사씨남정기

한국
고전
문학
전집

017

사씨남정기

8

김만중 지음 | 류준경 옮김

문학동네

머리말

『사씨남정기』는 서포西浦 김만중金萬重, 1637~1692이 창작한 한글소설로, 김만중의 또다른 소설 『구운몽』과 함께 조선시대에 가장 인기 있고 가장 영향력이 컸던 작품 중 하나다.

조선시대 소설 작품은 대부분 목판본이나 필사본의 형태로 유통되었다. 『사씨남정기』는 목판본으로 출판되기도 했지만, 필사되어 유통되는 경우가 더 많았다. 독자가 작품을 빌려 읽는 데서 그치지 않고, 굳이 베껴 쓴 이유는 작품을 간직하여 여러 번 읽거나, 길이 보전하고 싶어서였다. 『사씨남정기』의 필사본 수가 전체 고전소설 작품 중 두번째로 많다는 사실에서 『사씨남정기』에 대한 독자의 관심과 애정을 확인할 수 있다. 간직하여 보전하고 싶은 대표적인 작품이 바로 『사씨남정기』였던 것이다.

그런데 소설을 베껴 쓰는 과정에서 독자들의 바람이 투영되어 작품이 변형되기도 했다. 가장 큰 변화는 주로 한글에서 한문, 혹은 한문에서 한글로 표기 방식을 바꾸는 과정에서 일어났다.

처음에 김만중은 한글로 『사씨남정기』를 창작했다. 부녀자를 주요한 독자로 생각했기 때문이다. 하지만 김만중이 돌아간 지 17년 뒤에 그의 종손자 김춘택金春澤, 1670~1717은 『사씨남정기』가 한글로만 전하는 것이 안타까워 한문으로 번역했다. 『사씨남정기』가 제대로 평가받고, 사대부들에게도 읽히기를 바랐기 때문이다.

그런데 김춘택의 한역漢譯 이후 『사씨남정기』는 대부분 김춘택의 한역본으로 전승되었다. 지금 전하는 대부분의 한글본도 김춘택이 한문으로 번역한 『사씨남정기』를 다시 한글로 옮긴 것이다. 물론 김만중 원본의 내용이 완전히 사라진 것은 아니다. 비록 김만중의 원본, 혹은 이와 동일한 계열의 국문본 작품은 전하지 않지만, 누군가 국문본의 내용을 거의 직역 투의 한문으로 번역하기도 했고, 김춘택 한역본을 다시 한문으로 개작하면서 김만중의 원본 내용을 일부분 반영하기도 했다.

이렇게 수백 년 동안 지속된 번역과 필사로 인해 『사씨남정기』 원래의 모습을 찾기란 쉽지 않다. 난마처럼 얽힌 이본들 사이의 관계를 밝힐 명확한 기준이 없기 때문이다. 하지만 다행스럽게도 김춘택은 『사씨남정기』를 한문으로 번역하면서 번역의 범례를 충실히 밝혀놓았다. 그 범례는 『사씨남정기』의 전승 과정을 이해할 수 있는 좋은 기준이 된다. 그 덕택에 현재 우리는 대략적으로나마 『사씨남정기』의 전승 과정을 이해할 수 있게 되었다. 물론 이는 선학들의 지난한 노력으로 이루어졌다. 다니엘 부셰 교수, 이금희 교수, 이래종 교수 등등 많은 연구자들의 연구 성과를 통해 김춘택 한역본의 모습을 정확히 재구할 수 있었고, 김만중 원본의 모습을 보다 충실히 담고 있는 이본이 무엇인지 밝힐 수 있게 되었다.

그런데 김만중의 원본에 가까운 이본의 존재를 밝히게 되었지만, 지금까지 간행된 현대어역 『사씨남정기』는 이를 바탕으로 하지 않았다. 심지어 『사씨남정기』에 대한 연구에서조차 대부분 김춘택 한역본을 기본 대본으로 사용했다. 부족한 능력에도 불구하고 필자가 문학동네에서 간행하는 한국고전문학전집 중 『사씨남정기』의 현대어역과 원문 교감 및 주석 작업을 맡기로 한 것은 바로 이 때문이었다. 김만중이 창작한 원본과 가장 비슷한 모습의 『사씨남정기』를 현대어로 소개하는 일과, 원본 계열의 대표적인 이본에 대한 활자화 및 교감, 주석 작업이 필요하다고 판단되었기 때문이다.

번역 작업은 대부분 연구년이었던 2011년에 진행되었다. 하지만 게으른 천성으로 최종 마무리를 미뤄두고 있다가, 이제야 책을 내놓게 되었다. 끝까지 원고를 기다려준 문학동네 편집진에 감사의 말을 전한다. 장서각본 『사씨남정기』는 필체부터 문체까지 예스러우면서도 전아한 맛이 있다. 처음에는 이 문체를 흉내낼 마음을 가졌으나 고어 투로 인한 어색한 느낌을 지울 수 없어 작업 도중 포기했다. 하지만 여전히 현대어역 초고에는 지난 작업의 흔적으로 생경한 어투가 많았다. 그런 빽빽한 원고를 자연스러운 현대의 문체로 바꿀 수 있었던 것은 모두 문학동네 편집진, 특히 류기일 선생님 덕택이었다. 이 자리를 빌려 감사의 말씀을 전한다. 아울러 나의 둔한 자질 탓에 적지 않은 실수가 있었을 것이다. 독자의 꾸짖음을 기다린다.

2014년 9월
류준경

머리말 _5

【 사 씨 남 정 기 】

요조숙녀는 관음찬을 짓고
매파는 좋은 인연을 이어주다 _15

부인은 시경의 덕목을 본받으려 하고
첩은 음란한 음악을 연주하다 _27

부인은 아들을 낳고
문객은 첩을 훔치다 _39

정숙한 아내는 어머니를 뵈러 가고
음란한 첩은 흉악한 꾀를 부리다 _48

군자는 참소를 믿고
흉악한 인간은 아들을 죽이다 _58

조강치처가 집에서 쫓겨나니
시부모가 꿈속에서 계시하다 _68

회사정에서 하늘을 향해 통곡하고
황릉묘에서 옷깃을 여미고 이야기하다 _82

부인은 불문에 의지하고
소인의 무리는 시로 죄를 꾸미다 _97

간악한 여인은 정부에게 비파를 타고
유배객은 감로수로 풍토병을 씻어내다 _108

태수는 미녀와 함께 가고
돌아가는 나그네는 옛 임을 만나다 _116

소인은 악행으로 죽임을 당하고
불운이 끝에 평안함이 돌아오다 _127

마침내 모자가 상봉하고
잔악한 여인은 결국 죽임을 당하다 _143

【 원본 | 사씨남정기 謝氏南征記 (연세대본) 】_159

【 원본 | 사씨남정기 謝氏南征記 (장서각본) 】_243

해설 | 『사씨남정기』를 읽는 법 _429

【 일러두기 】

1. 이 책의 저본은 연세대학교 도서관 소장 한문필사본 『南征記─白蘋洲重逢記』(고
   서 811.36 김만중 사-필-가, 이하 연세대본이라 칭한다)와 한국학중앙연구원 장서
   각 소장 한글필사본 『南征記』(도서번호: 4-6789, 이하 장서각본이라 칭한다)다.

2. 지금까지 전하는 대부분의 『사씨남정기』는 김춘택이 개작한 한역본 계열이며, 김만
   중이 창작한 국문 원본 계열의 『사씨남정기』는 전하지 않는다. 다만 연세대본과 장
   서각본이 원본에 가장 가까운 이본이라 평가된다. 따라서 연세대본과 장서각본을 저
   본 삼아 작업을 진행했다.

3. 연세대본과 장서각본은 각각 한문과 한글이라는 표기 방식의 차이로 인해 하나의
   텍스트에 교감 작업을 진행하기가 어려워, 두 본에 각각 주석 작업을 진행했다.

4. 장서각본은 김만중 국문 원본 계열 작품을 한역한 것을 다시 한글로 옮긴 것으로 판
   단되고 조금씩 내용이 축약되는 면모가 보이는바, 연세대본을 기본 번역 대본으로
   삼고 장서각본과 비교하며 작업을 진행했다.

5. 위의 두 본과 함께 김춘택 한역본을 대조하여 보다 원본의 모습에 가까워지도록 노
   력했다. 김춘택 한역본은 이래종 교수의 교감본 『사씨남정기』(태학사, 1999)와 규장
   각본 『南征記』(가람 古 813.53 G422n)를 사용했다. 이와 함께 김춘택 한역본을 재개
   작한 한문본 계열도 아울러 교감과 번역에 활용했다. 김춘택 한역본 재개작 계열 한
   문본은 『懸吐 謝氏南征記』(1914, 영풍서관)를 사용했다.

6. 인명과 지명 등 고유명사의 한자 표기는 저본이 아닌 김춘택 한역본을 기본으로 했
   다. 다만 표기가 의심스러운 것은 주석에서 밝혔다.

7. 연세대본의 경우, 오자와 탈자는 바로잡고 그 내용을 주석에 기입했으며, 작품에 인

용된 한시가 원작과 다를 경우 주석에서 밝히고, 현대어역에서는 원작을 바탕으로 저본의 내용이 반영될 수 있도록 했다.

8. 저본에 나타나는 부정확한 부분들은 김춘택 한역본을 바탕으로 수정했다. 연도와 간지가 일치하지 않는 경우와 유연수가 사씨를 내쫓으며 사당에 고유告由한 글의 서두 부분이 대표적인 예다.

9. 저본에는 장회章回의 구분이 없으나, 독자의 이해를 돕고자 김춘택 한역본을 참고하여 장을 나누고 제목을 붙였다.

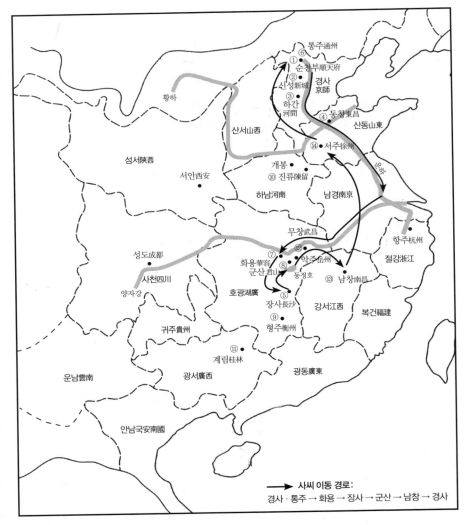

사씨 이동 경로:

경사 · 통주 → 화용 → 장사 → 군산 → 남창 → 경사

사씨남정기 배경 지도

① 북경 순천부 유연수의 집
② 신성 사씨의 친정
③ 하간 교씨의 고향
④ 동창 유연수와 냉진이 만난 곳
⑤ 장사 두억의 부임지로, 사씨가 배
　를 타고 찾아간 곳
⑥ 통주 사씨가 배를 타고 출발한 곳
⑦ 화용 임씨의 고향
⑧ 군산 수월암이 있는 곳
⑨ 형주 유연수의 유배지
⑩ 진류 동청의 첫 부임지
⑪ 계림 동청의 두번째 부임지
⑫ 무창 유연수가 해배된 후 머문 곳
⑬ 남창 사공자가 추관으로 부임한 곳
⑭ 서주 교씨가 창기가 되어 머문 곳

사씨남정기

요조숙녀는 관음찬을 짓고
매파는 좋은 인연을 이어주다

유연수劉延壽는 자字가 산경山卿으로 북경 사람이다. 그는 성의백誠意伯 유기劉基, 명나라의 개국 공신의 후예로, 성의백이 벼슬하여 북경에 거주한 뒤부터 그 자손들은 북경에 일가를 이루고 살았다. 연수의 아버지 유희劉熙는 세종世宗, 명나라 제11대 황제 때 예부상서禮部尚書를 지냈는데, 문장과 덕망이 높아 세상 사람들의 추앙을 받았다.

그 무렵 태학사 엄숭嚴崇, 명나라 중엽의 간신이 정권을 농단했다. 유희는 엄숭과 뜻이 맞지 않아 병을 핑계로 간절하게 사직을 바라는 상소를 올렸다. 천자가 상서 벼슬에서 물러나는 것을 허락하고 특별히 태자소사太子少師, 태자를 보도(輔導)하는 벼슬를 제수하여 어진 사람 공경하는 뜻을 보였다. 소사는 청현요직清顯要職이 아니어서 비록 조정의 논의에 참여할 수는 없었지만, 당시의 사대부들 모두 그의 덕을 숭상하여 우러러보지 않는 사람이 없었다.

성의백 이후 집안에 벼슬이 끊이지 않았기에 유희 집의 빼어난 정원과 아름다운 음악은 왕후王侯의 저택과 다를 바 없었다. 하지만 소사가 성정이 본디 검약하고 예로 집안을 다스렸으므로 집안이 조정^{朝廷}처럼 법도가 있었다.

소사에게는 누이 하나가 있었는데 홍려소경^{鴻臚少卿, 벼슬 이름} 두강^{杜強}의 아내였다. 두강이 일찍 죽어 누이가 홀로 되니 소사가 이를 불쌍히 여겼고, 우애하는 정은 갈수록 더욱 두터워졌다.

소사가 마흔이 된 뒤에 비로소 연수를 낳았는데, 연수가 강보를 벗어나기도 전에 어머니가 세상을 떠났다. 소사는 아들이 어려서 어미 잃은 것을 불쌍히 여겨 지극히 사랑했지만, 가르침은 매우 엄격했다.

연수 나이 겨우 십여 세에, 얼굴은 관옥^{冠玉}과 같고 글솜씨가 매우 뛰어나 한번 붓을 휘두르면 즉시 천 자가 넘는 글을 지을 수 있었다. 소사는 매우 기특하게 여기면서도 어미가 이 모습을 보지 못한 것을 항상 안타까워했다.

연수가 나이 열다섯에 향시^{鄉試}에 장원하고, 회시^{會試}에 급제했다. 시험관이 처음에는 그의 글이 뛰어나다고 여겨 일등으로 올렸으나, 이윽고 연수의 글임을 알고, 나이 어린 것을 꺼려서 삼등으로 내렸다. 곧이어 연수가 한림편수^{翰林編修}를 배수^{拜受}하니 즉시 성 안팎에 그 이름이 떨쳐 동료들 어느 누구도 감히 바라볼 수조차 없었다.

연수는 아직 나이가 어렸기에, 사직을 바라는 상소를 올렸다.

"신의 나이가 아직 스물이 되지 않았으며 배운 것 또한 매우 적습니다. 십 년을 기한으로 독서한 뒤 벼슬길에 나아가고 싶습니다. 이는 신의 지극한 바람이옵니다."

천자가 그 뜻을 가상히 여겨 조서를 내렸다.

"특별히 지금의 직책을 지닌 채로 오 년의 말미를 내리니 성현의 책을 읽고 치국의 도리를 강구한 뒤 스물이 되거든 나아와 짐을 보필하도록 하라."

조서가 내려지니 조정의 모든 벼슬아치 중 놀라지 않는 이가 없었다.

소사는 충의忠義로써 연수를 더욱 격려하고 성은聖恩의 만분지일이라도 갚을 수 있도록 노력하라고 당부했다.

연수가 급제한 뒤에 구혼하는 자가 매우 많았다. 하지만 혼인을 허락할 만한 곳이 없었다. 하루는 소사가 누이 두부인과 함께 매파를 모두 불러서 서울의 처자 가운데 누가 어진지 두루 물어보았다. 여러 매파가 박수를 치며 서로 달려들어 기리고자 하는 사람이면 구름 위에 올려놓고, 헐뜯고자 하는 사람이면 구천 아래에 떨어뜨리니 논의가 공정하지 못했다. 소사가 이를 매우 싫어하고 괴롭게 여기자, '주매파'라고 불리는 이가 앞으로 나와 말했다.

"여러 사람이 자기의 소견대로 중매하기를 바라니 말이 매우 공정하지 않습니다. 소첩이 한말씀 올리오니 소사께서 판단하십시오. 서울의 부귀형세 가문에서 고르신다면 엄승상嚴丞相 댁의 손녀만한 이가 없고, 현명한 처자를 구하신다면 신성현新城縣의 사급사謝給事, 급사는 벼슬 이름 댁 따님만한 이가 없습니다. 나리께서 이 둘 가운데 고르십시오."

소사가 말했다.

"부귀는 본래 내가 바라는 바가 아니지. 여자의 현명함만을 바랄 뿐이야. 신성의 사급사라면 분명 직간直諫하다가 죽은 사담謝潭이리라. 이 사람의 높은 명성과 곧은 절개는 세상의 으뜸이니, 이 집과 혼인하는 게 가장 마땅해. 다만 처자가 현명한지 알 수가 없구나."

"첩의 사촌동생이 바로 사급사 댁의 하녀로 처자의 유모이기도 합니다. 소첩은 그녀가 현명하다고 익히 들어왔으며 사급사의 탈상 때는 그 댁에 가 직접 뵙기까지 했습니다. 그때 소저의 나이가 열셋이었는데 덕성스런 모습을 이미 갖추었고, 자태는 선녀가 내려온 듯했으니 정말 인간 세상의 사람이 아니었습니다. 여공女工은 예사요, 경전經傳과 사서史書까지 두루 보았습니다. 글솜씨도 매우 뛰어나니 비록 재주 있는 남자라도 그에 미치긴 어려울 것입니다."

두부인이 이 말을 듣고 얼마간 생각하다가 갑자기 말했다.

"우화암 여승 묘희는 계행이 매우 높고 안목도 갖춘 사람이지. 사오 년 전 나에게 '신성의 시급사 댁에 소저 하나가 있는데, 진실로 경국지색입니다'라고 하기에, 내가 조카의 혼인 때문에 유의해 들었어. 지금 자네 말을 들으니 과연 그 현명함을 알겠네!"

소사가 말했다.

"누이가 들은 말과 주파가 본 것을 함께 고려하니 시급사 댁 딸은 반드시 현명한 사람일 게야. 하지만 혼인은 큰일이라 소홀히 결정할 수 없으니 어찌하면 정확하게 알 수 있겠나?"

두부인이 말했다.

"제게 계책 하나가 있습니다. 집에 남해관음상이 하나 있는데, 당나라 때 명화로 오도자吳道子, 당나라 때 유명한 화가가 그린 것이지요. 이를 우화암의 묘희에게 보내려 한 지 오래였습니다. 이제 묘희에게 이 그림을 주고 사씨의 집에 가서 그녀의 시문詩文을 얻어오라 청하겠습니다. 그러면 그녀의 재주가 뛰어난지 아닌지 즉시 알 수 있을 것입니다. 자색이라면 묘희가 직접 볼 것이 분명하니, 묘희가 어찌 우리를 속이겠습니까?"

소사가 웃으며 말했다.

"이 계책이 매우 좋네만, 관음을 글제로 하면 짓기가 매우 어려우니 규방의 아녀자가 어떻게 지을 수 있겠는가?"

두부인이 말했다.

"글제가 어렵다고 짓지 못한다면 어떻게 재주 있다고 하겠어요?"

소사가 그렇다 하고 즉시 주파를 물러가게 했다.

두부인은 우화암에 사람을 보내 묘희에게 관음화상을 주고 신성의 사급사 댁에 가도록 부탁했다. 신성은 서울과 가까워, 금방 묘희가 사급사 댁에 도착하여 부인 뵙기를 청했다. 부인 또한 불법을 숭상하므로 즉시 묘희를 불렀다. 묘희가 앞에서 절하고 간단히 안부 인사를 했다.

부인이 말했다.

"스님을 오랫동안 못 보았군. 모르겠네만, 오늘 어떤 일로 오셨는가?"

"요즈음 거처하는 암자가 낡아 중수하는 재목을 모으느라 바빠서 겨를이 없었기에 오래도록 부인께 나아와 인사드리지 못했습니다. 이제막 암자를 중수했으므로, 부인께 보시를 간청하고자 감히 와서 뵙기를 청했습니다."

"진실로 불사佛事에 도움이 된다면 어찌 아까울 것이 있겠나만 우리집에 있는 것이라곤 다만 네 벽뿐이니 보시할 수 없을까 걱정이네. 모르겠네만, 스님이 구하는 게 어떤 것인가?"

"소승이 구하는 것은 특별한 것으로 부인 댁에서 비용이 들 일은 아닙니다. 하지만 바라는 것을 얻는다면 소승에게는 주옥珠玉 정도가 아닐 것입니다."

"들어나 보세. 말하려는 게 도대체 어떤 것인가?"

"소승이 암자를 중수한 뒤에 어떤 호사가께서 관음화상 한 축을 보내오셨습니다. 이는 당나라 때의 명화입니다. 하지만 윗면에 명인의 시가 없는 것이 큰 흠입니다. 만약 소저께서 시 한 수를 지어 친히 써주시면 영원토록 산문山門의 지극한 보배가 될 것입니다. 그 공덕을 말하자면 칠보七寶의 재물을 수레에 한가득 담더라도 이와 같은 보시가 될 수는 없을 것입니다."

"어린 딸이 약간 배우고 익힌 것은 있네만, 어찌 능히 이러한 시를 짓겠나? 그래도 물어는 보겠네."

부인이 즉시 소저를 부르니 소저가 명을 받들어 왔고, 묘희와 서로 마주쳤다. 묘희가 크게 놀라며 생각했다.

'인간 세상에 어찌 이런 사람이 있을까? 반드시 관음께서 현성顯聖하시어 여기 있는 것이로다.'

"사오 년 전에 소저를 뵈었는데 소저께서는 기억하시는지요?"

"어찌 잊을 수 있겠습니까?"

부인이 소저를 돌아보며 말했다.

"이 스님이 멀리서 와 네 시를 구하는데, 지을 수 있겠느냐?"

소저가 웃으면서 말했다.

"일 없는 산인이 문인의 시를 얻는 것을 일삼으니, 시를 구하는 사람에게나 지어주는 사람에게나 모두 무익할 것입니다. 하물며 시를 짓는 것은 더욱이 여자가 경계해야 할 바이지요. 스님의 부탁을 들어드릴 수 없을 듯합니다."

"그렇지 않습니다. 이는 물건이나 감상하고, 경관이나 읊조리며 짓는 시에 비할 것이 아닙니다. 소승이 관음화상 하나를 얻었기에 좋은 글을 얻어서 그 덕을 칭송하고 싶었습니다. 그런데 관음보살은 여자의 몸이니 꼭 여자가 쓴 좋은 글을 얻어서 그 덕을 칭송하는 것이 마땅하다고 생각합니다. 지금 여자 가운데서 소저를 제외하고 누가 능히 이런 시를 짓겠습니까? 바라건대, 소저께서는 관음보살의 얼굴을 봐서라도 사양하지 마세요."

부인도 말했다.

"네가 만일 지을 수 있다면 이 또한 보시이니, 어찌 헛되게 짓는 시문과 비교하겠느냐?"

"글제나 들어보도록 하지요."

묘희가 즉시 따라온 자를 시켜 한 축의 그림을 중당中堂에 걸게 했다. 만경창파萬頃蒼波에 외로운 섬 하나가 있고 관음대사가 흰옷을 입고서 장신구와 화장도 없이 어린아이를 안고 대숲 가운데 앉아 있었다. 필법이 매우 뛰어나고 정채精彩가 흘러넘쳐 마치 살아 있는 사람의 얼굴인 듯했다.

소저가 말했다.

"제가 배운 것은 유가儒家의 책이어서 불가佛家의 일은 모른답니다. 힘써 짓는다 하더라도 스님의 안목에 차지 않을까 걱정입니다."

"제가 듣기로 연잎과 연꽃이 색을 달리하지만 그 뿌리는 하나이며, 공자와 석가가 도를 달리하지만 성덕聖德은 같다 했습니다. 소저께서 만약 유가의 말씀으로 보살의 공덕을 칭송하신다면 더욱 빛날 것입니다."

소저가 손을 씻고 향을 사르고는 붓을 잡아 관음대사를 기리는 글 일백스물여덟 자를 족자 위에 가늘게 쓰고서 아래에 행서行書로 "모년 모월 모일에 사씨謝氏 정옥貞玉이 쓰다"라고 썼다.

묘희도 글이 뛰어난 스님이었다. 마음속으로 탄복하며 부인과 소저에게 무수히 감사의 인사를 드린 뒤 하직하고 돌아왔다.

그때 소사와 두부인은 같이 앉아 묘희가 오기만을 고대하고 있었다. 잠시 후 묘희가 도착하니 소사가 어서 들게 했다. 묘희는 사람을 시켜 한 축의 족자를 받들게 하고 웃음을 머금으며 들어왔다. 두부인이 말했다.

"자네, 사소저는 보았는가?"

"그 집에 갔는데 어찌 보지 못했겠습니까?"

"먼저 자색부터 말해보게."

"족자 속의 사람과 다름이 없었습니다."

그리고 부인 및 소저와 문답한 내용을 이어 말했다.

소사가 말했다.

"자네 말을 듣건대 사급사 댁 처자는 자색이 아름다울 뿐 아니라 덕성과 식견도 분명 다른 사람보다 더욱 뛰어날 걸세. 다만 시가 어떨지 모르겠군."

소사가 즉시 족자를 펼쳐보았다. 필법이 깨끗하고 조금도 구차한 모습이 없어, 저절로 탄복했다.

시는 이러했다.

들건대 대사는 옛날의 성녀시라　　　　　　　　　我聞大師 古之聖女

덕성을 생각하니 주나라 임사*에 비할러라.　　緬惟其德　比周姙姒

관저와 갈담**이 부녀자의 할 일인데　　　　關雎葛覃　婦人之事

빈산에 홀로 있음이 어찌 본뜻이리오?　　　　獨立空山　豈有素志

직설***은 세상을 도왔으나 이제****는 주려 죽은 것은

　　　　　　　　　　　　　　　　　　稷契補世　夷齊餓死

도가 달라서가 아니라 때가 달라서였네.　　　道非不同　所遇各異

흰옷 입고 아이 안은 모습 보며　　　　　　　我觀遺像　白衣抱子

그림 속 사람 생각하니 그 대강을 알겠도다.　仍畫想人　識其槪矣

옛날 절부節婦가 머리 깎고 몸 상해　　　　　古之節婦　斷髮毁體

세상을 벗어난 것, 오직 의를 취한 것이라네.　離群絕世　惟義之取

서역에선 비결을 찬양하고, 세속에선 기이한 것 좋아하나

　　　　　　　　　　　　　　　　　　西域贊訣　流俗好怪

신기한 것 부회함은 윤리에 무익할 뿐일러라.　傅會神奇　無益倫紀

아아, 대사께서는 어찌하여 이에 이르렀나?　嗚呼大師　胡爲於此

긴 대숲에 하늘은 차고 푸른 물결 만리나 되는 곳에.

　　　　　　　　　　　　　　　　　　脩竹天寒　滄波萬里

꽃다운 이름이 영원한들 어찌 위로가 되리오?　何以自慰　芳名百祀

찬문 짓노라니 눈물 흘러 땅을 적시도다.　　　我作贊詞　淚流濕地

　소사가 보고 나서는 크게 놀라 생각하길,

　'예부터 관음찬을 지은 것이 많았으나 일찍이 이 같은 정론正論은 보

---

* 주나라 임사(姙姒): 주나라 문왕(文王)의 어머니 태임(太妊)과 부인인 태사(太姒). 어진 부인
으로 유명하다.
** 관저(關雎)와 갈담(葛覃): 『시경詩經』의 편명. 부인의 덕을 찬미했다.
*** 직설(稷契): 직(稷)과 설(契). 요순(堯舜)시대의 명신(名臣)으로 요순의 덕치를 도왔다.
**** 이제(夷齊): 백이(伯夷)와 숙제(叔齊). 은(殷)나라 충신으로 주나라 무왕이 은나라를 멸
망시키자, 수양산에 들어가 굶어죽었다.

지 못했다. 이 어찌 아녀자의 식견으로 미칠 수 있는 것이겠는가?'
하고, 두부인을 돌아보며 말했다.

"아들의 배필은 정해졌네."

연수를 불러 시를 보여주고 말했다.

"너라면 이처럼 지을 수 있겠느냐?"

연수 또한 마음속으로 기뻐하며 탄복했다.

묘희가 부인 앞에서 인사하며 말했다.

"소승이 처음에는 여기 머물며 사소저와의 혼인을 보려 했습니다. 그런데 남악南嶽에 계신 소승의 스승께서 편지를 보내 '서울은 어지러운 땅이니 오래 머물러선 안 될 것이다. 모름지기 어서 내려와 전에 배우던 경서를 마저 익히도록 하라' 하시어 내일 남쪽으로 떠나려 합니다. 감히 바라건대, 관음화상을 절에 맡기셔서 아침저녁으로 분향하며 예배드리도록 함이 어떻겠습니까?"

"스님이 도를 배우려고 이처럼 먼 길을 간다니 매우 섭섭하지만 어찌 만류하겠나! 관음화상은 본래 스님 있는 곳에 오래전부터 보내려던 것이니 모셔가는 것이 좋겠네."

소사 또한 금은金銀을 주며 말했다.

"노자에 쓰도록 하게."

묘희가 재배하며 감사를 표하고 떠났다.

소사가 말하기를,

"사급사 댁에 남자가 없으니 마땅히 주파를 통해 뜻을 전해야겠다"
하고, 즉시 주파를 사급사 집으로 보냈다.

부인이 주파를 불러들이니, 주파가 먼저 유소사 댁의 부귀와 권세를 이야기하고, 그다음으로 유한림의 문채와 풍류를 언급한 뒤 말했다.

"여러 재상가에서 구혼하는 자가 매우 많았으나 유소사께서는 일찍이 소저의 경국지색과 성대한 덕을 듣고서 감히 소첩에게 뜻을 전하도록 하셨습니다. 유씨 집안에서 납폐納幣, 혼인 예물을 보내는 일하는 날이 곧 소저께서 명부命婦, 봉작(封爵)을 받은 부인가 되는 날입니다. 부인의 뜻은 어떻습니까?"

부인이 크게 기뻐했다. 소저와 상의한 후 결정하기 위해 주파를 객관에 머무르게 하고 직접 소저의 방으로 갔다. 주파가 온 뜻을 자세히 전하고 말했다.

"나는 매우 마땅하다고 생각한다만 네 뜻이 어떤지 모르겠구나. 네 의사를 숨기지 말고 말해보거라."

소저가 소리를 낮춰 대답했다.

"제가 듣기에 유소사는 당금의 어진 재상이니 그 집과 혼인하지 못할 까닭이 없습니다. 다만 주파의 말을 들으니 의심하지 않을 수 없군요. 소녀가 듣기에 군자는 덕을 숭상하고 색을 천시한다고 했습니다. 또한 옛날 어진 부인들은 반드시 덕으로 사람을 섬겼고 군자는 색으로 부인을 취하지 않았다고 했습니다. 그러나 지금 주파가 말한 것은 색이었으니 소녀는 이를 부끄럽게 생각합니다. 또 주파가 유씨 문중의 부귀와 권세를 크게 칭송했습니다만 저희 집 선급사돌아가신 사급사. 곧 선친의 맑은 이름과 곧은 절개는 언급하지 않았습니다. 아마도 주파가 어리석어 소사의 뜻을 모두 전달할 수 없었던 듯합니다만, 만약 그게 아니라면 유소사가 어질다는 명성은 모두 헛된 것일 터이니, 소녀는 그 집에 들어가고 싶지 않습니다."

부인이 평소 딸을 매우 기특히 여기고 사랑했으므로 억지로 반대하지 않았다. 밖으로 나와 주파에게 말했다.

"곤궁한 집 딸아이가 귀인貴人의 배필이 되는 것을 감당할 수 없을 것 같네. 게다가 소사께서 딸아이의 자색을 잘못 들으신 듯하네. 가난한 집에서 손수 길쌈하며 자란 아이이니, 약간 배운 바가 있다 한들 어찌 감히 부귀가의 딸에 비하겠나? 혼인한 뒤 딸아이가 듣던 바와 같지 않다고 하여 큰 죄를 얻을까 걱정되니 자네는 모름지기 이런 뜻을 전해주게."

주파가 매우 이상하게 생각하고 온갖 방법으로 설득해 반드시 흔쾌한 허락을 받아내려 했으나 부인의 말은 처음부터 끝까지 한결같았다.

주파가 돌아와 처음부터 끝까지 소사에게 자세히 아뢨다.

소사가 크게 실망하며 오랫동안 깊이 생각하다가 말했다.

"자네 사급사 댁에 가서 뭐라고 하였나?"

주파가 말한 바를 자세히 전했더니 소사가 웃으며 말했다.

"내가 너무 소홀하여 말할 바를 상세히 가르치지 않아 저 집이 의심하게 했구나. 후회한들 어쩌겠나. 자네는 그만 물러가게."

다음날 소사가 몸소 신성에 가서 신성 현령에게 말했다.

"사급사 댁에 처자가 있다고 하여 제가 구혼하려고 일찍이 매파를 보내 뜻을 전했더니, 그 댁에서 이렇게 말했습니다. 아마도 매파가 저의 뜻을 제대로 전달하지 못한 듯합니다. 바라건대 선생께서 한 번의 수고로움을 잊고 몸소 사급사 댁에 가서 저의 뜻을 자세하게 전달해 좋은 혼인의 인연을 맺도록 해주십시오. 그렇다면 이보다 큰 행운은 없을 것입니다."

"선생님께서 부탁하신다면 마땅히 마음을 다하겠습니다. 다만 저 집에 가서 어떻게 말해야 할까요?"

"별다른 것 없습니다. 그저 '내가 혼인을 바라는 것은 오직 선급사의 맑은 덕을 흠모해서이고 또 소저에게 부덕婦德이 있기 때문입니다'라고 한다면 저 집에서 특별히 허락지 않을 이유가 없을 것입니다."

"삼가 가르침을 따르겠습니다."

현령이 소사와 헤어진 후에 관아 사람을 사급사 집으로 보내 다음날 직접 찾아갈 것이라는 뜻을 전달했다. 부인이 '반드시 혼사 때문이리라'

생각하고 비복에게 명하여 객당을 청소케 하고 그를 기다렸다.

다음날 현령이 오니 소저의 유모가 소공자를 안고서 객당 아래에서 절하며 말했다.

"주인어른께서 돌아가신 지 이미 오래고 작은 주인은 아직 어려 귀객을 접대할 수 없습니다. 모르겠습니다, 나리께서는 어찌 왕림하셨는지요?"

"다른 일이 아니네. 어제 유소사께서 친히 관아에 오셔서 나에게 말씀하시기를 '내 아들에게 구혼하는 곳이 매우 많았으나 하나도 뜻에 맞는 곳이 없었습니다. 제가 사급사 댁 따님이 그윽하고 정숙하여 정말로 부덕이 있다고 들었습니다. 이는 진실로 제가 바라는 바입니다. 더욱이 사급사의 맑은 이름과 곧은 절개는 제가 흠모해온 바입니다. 일찍이 매파를 보내 구혼했으나 분명한 답을 얻지 못하였지요. 아마도 매파가 나의 뜻을 그릇 전달한 듯합니다. 현령께서 나를 위해 중매하여 혼인을 이루어주시길 감히 부탁드립니다'라고 하셨네. 그래서 내가 이곳에 왔으니 이 뜻을 노부인께 고해 흔쾌히 허락하시도록 하게나."

유모가 들어가 부인에게 아뢰고 다시 나와 부인의 말을 전했다.

"나리께서 딸아이의 혼사를 위해 수고로움을 잊고 왕림하셨으니 실로 매우 황공합니다. 하교하신 유소사 댁과의 혼사는 외려 감당할 수 없을까 걱정이었지, 어찌 다른 뜻이 있었겠습니까. 오직 명을 따를 것입니다."

현령이 매우 기뻐 돌아온 즉시 서찰을 써 유소사에게 전달했다.

유소사가 매우 기뻐하며, 좋은 날을 가려 혼사를 이루었다. 유한림이 육례六禮를 갖추어 신부를 맞이하는데, 사소저의 성대한 위의威儀와 아름다운 예절을 칭찬하지 않는 선비가 없었다.

부인은 시경의 덕목을 본받으려 하고
첩은 음란한 음악을 연주하다

유한림과 사소저가 마침내 혼인하니 진실로 『시경詩經』에 이른 바 '요조한 숙녀, 군자의 좋은 짝이네'와 같았다.

다음날 폐백을 받들어 소사께 드리고 가묘家廟에 올라가 조상들께 고했다. 친척과 손님들도 모두 모여 함께 소저를 바라보았는데, 소저는 정신이 맑고 기질이 빼어나 마치 봄바람에 난초가 움직이는 듯, 가을 물에 하얀 연꽃이 비치는 듯했다. 행동거지가 모두 법도에 조금도 어긋나지 않으니 모든 사람이 소저를 칭찬하고 소사에게 축하의 말을 전했다. 예를 마친 뒤 소사가 신부를 마루에 올라오게 했다.

"일찍이 관음찬을 보니 재주가 뛰어나단 걸 알 수 있겠더구나. 다른 작품도 분명 적지 않을 테지."

소저가 자리에서 물러나 대답했다.

"붓을 놀려 글을 쓰는 일은 여자에게 마땅한 바가 아닙니다. 게다가 타고난 자질이 노둔하여 일찍이 지은 시가 없습니다. 관음찬은 어머님의 명을 따라 억지로 지은 것일 따름입니다. 외람되게도 누추한 시를 보시리라고는 생각지도 못했습니다.”

“글 쓰는 일이 여자가 할 일이 아니라면 옛날 어진 부녀자들이 글을 배운 것은 무엇 때문이냐?”

“옛날 부인들이 글을 배운 것은 어진 행동을 본받고 악한 행동을 경계하고자 한 것일 뿐입니다.”

“신부가 이제 우리집에 왔으니 장차 어떻게 남편을 도와 바른길로 이끌 것이냐?”

“첩이 어려서 아버지를 여의고, 어머님의 사랑을 받고 자랐습니다. 본래 배운 바가 없으니 어찌 밝은 물음을 받들어 답하겠습니까? 하지만 어머님께서 첩을 보내실 때 중문中門에 이르러 경계하여 말씀하시기를 ‘반드시 공경하고 반드시 경계하여 지아비의 뜻에 어긋나지 마라’ 하셨으니, 그 말씀이 아득하게 귓가에 오래도록 남아 있습니다. 만약 첩이 마음을 다해 이것에 힘쓴다면 큰 허물은 면할 수 있을 것입니다.”

“지아비의 뜻에 어긋나지 않는 것이 실로 부덕婦德이다만 남편이 잘못된 행동을 할지라도 순종할 것이냐?”

“이를 말하는 것이 아닙니다. 옛말에 ‘부부의 도리 또한 오륜에 속해 있다’고 했습니다. 아버지에게는 간언하는 아들이 있고, 나라에는 간언하는 신하가 있으며, 형제는 바른 도리로 서로 격려하고 벗들은 착한 행동을 서로 권하는데 어찌 오직 부부의 경우만 그렇지 않겠습니까? 허나 예부터 남편이 부인의 말을 들으면 해롭기만 하고 이로움이 없었으니 암탉이 새벽을 알리는 것을 경계하지 않을 수 없는 것입니다.”

소사가 여러 손님을 돌아보며 말했다.

“우리 며느리는 옛날의 조대가曹大家, 후한(後漢) 때의 반소(班昭)에 비할 만하니 세속의 어떤 여자가 이에 미치겠는가!”

또 한림에게 말했다.

“어진 부인을 얻는 것은 작은 경사가 아니다. 네가 내조를 얻었으니 내가 무엇을 근심하겠느냐?"

가까운 시비 한 명에게 상자에서 거울 하나와 옥가락지 한 쌍을 내어오게 하고, 소저에게 주며 말했다.

"이것들은 비록 작지만 우리집의 오랜 유물이다. 며느리가 거울처럼 밝고, 옥처럼 온화한 덕이 있기에 특별히 상으로 내리마."

소저가 재배하고 받았다. 그날 손님과 주인이 모두 즐거워하다 잔치를 마쳤다.

소저는 유씨 문중에 시집온 뒤로 시아버지를 효성으로 받들고 비복들에게 인정을 베풀었다. 몸소 예의에 맞게 행동하고 법도 있게 집을 다스려 규중이 봄처럼 온화했다.

어느덧 삼사 년이 지났다. 즐거움이 다하면 슬픔이 생기는 것은 인간사에 항상 있는 일이라, 소사가 병을 얻어 점점 위중해졌다. 한림 부부가 옆을 떠나지 않고 옷에 허리띠도 풀지 않은 채 약도 쓰고 기도도 하며 할 수 있는 모든 일을 했으나 조금의 차도도 없었다. 소사는 스스로 일어나지 못할 줄 알고 한림 부부에게 말했다.

"나의 수명은 정해졌으니 헛되이 수고롭게 기도하지 마라."

또 두부인을 불러 말했다.

"내가 누이와 이제 영영 이별하게 되었네. 누이 또한 이제 나이가 많으니 지나치게 슬퍼하지 말고 부디 몸 잘 돌보시게. 연수는 나이가 어리니 어떤 일이든 허물이 있다면 반드시 가르쳐주시게."

한림에게 말했다.

"공손히 제사를 받들거라. 가풍을 떨어뜨리지 않는 것이 모두 네 한 몸에 달렸으니 충효를 다하고 학문에 힘쓰도록 해라. 고모의 말을 나의 가르침인 듯이 듣고 모든 일을 며느리와 상의하여 결정하거라. 며느리의 효행과 식견이 범상한 자에 비할 바가 아니니 분명 너를 올바르지 않은 길로 인도하지 않을 것이다."

또 사씨를 불러 말했다.

"네가 하는 일마다 내가 항상 마음으로 감복한 지 오래다. 이제 영영 이별하게 되었으나 따로 경계할 말은 없고 다만 잘 지내기를 바랄 뿐이야."

세 사람이 눈물을 흘리며 말씀을 받들었다. 이날 소사가 끝내 세상을 뜨고 말았다. 한림 부부는 하늘을 향해 울부짖고 땅을 치다 여러 번 혼절했다. 길일을 가려 선산에 장사를 지내는데 상례를 지낼 때 예禮 이상의 정성을 다하니, 그 슬퍼하는 모습과 애절한 곡읍哭泣에 감동하지 않는 이가 없었다.

세월이 흐르는 물과 같아 어느덧 삼 년이 지났다. 한림이 비로소 벼슬길에 나아가니 천자가 한림을 중용하려 했다. 하지만 거듭 올린 상소에서 시사時事와 득실을 말하여 권세가들에게 미움을 받은데다, 엄승상 또한 그를 배척하여 여러 해 동안 벼슬이 바뀌지 않았다.

사씨는 나이가 스물셋으로 결혼한 지 십 년이 다 되어갔으나 자식이 없었다. 마음으로 몹시 걱정하며 자신은 기질이 허약해 자식을 낳을 수 없을 것이라 생각했다. 조용한 때 한림에게 첩을 들이라고 힘써 권하니 한림은 진심이 아니라고 생각해 웃고 대답하지 않았다. 이에 사씨가 몰래 매파를 불러 양가良家 여자 중 아들을 낳을 만한 사람을 구했다. 비복들이 이 일을 서로 전하다가 말이 두부인에게까지 들어갔다. 두부인이 놀라 사씨에게 와서 말했다.

"듣기에 자네가 한림에게 첩을 들이라 한다 하니 정말인가?"

"그렇습니다."

"집안에 첩을 두는 것은 실로 재앙의 근원이네. 속담에 이르기를 '한 마리 말에 두 안장을 얹을 수 없고, 한 그릇에 두 숟가락을 둘 수 없다' 했거늘, 남편이 첩을 얻으려 할지라도 오히려 마땅히 힘써 막아야 할 터인데, 자네가 스스로 구하는 것은 무슨 뜻인가?"

"첩이 이 집안에 들어온 지 이미 구 년이나 아직 아들도, 딸도 없습니다. 옛 법도로 논한다면 내쳐지더라도 달게 받아들여야 할 터인데, 어찌 감히 투기하는 마음이 있겠습니까?"

　　"자식을 낳음에 이르고 늦거나, 더디고 빠름은 각각 하늘이 정한 것이므로 사람의 힘으로 어쩔 수가 없는 것이네. 유씨 문중에는 서른이 지난 뒤에 초산했다가 이어서 아들 다섯을 낳은 경우도 있고, 마흔이 지난 뒤에 초산한 사람도 있다네. 자네는 겨우 스물이 넘었을 뿐인데 어찌 이토록 지나치게 염려하는가?"

　　"첩은 타고난 기질이 허약합니다. 기운이 쇠할 나이는 아닙니다만 혈기의 왕성함이 스무 살 전만 못합니다. 이는 곧 첩만 아는 일입니다. 하물며 도리로 말하자면 일처일첩一妻一妾은 사대부에게 떳떳한 일입니다. 첩이 비록 관저關雎, 규목樛木, 모두 『시경』의 편명. 문왕의 후비(后妃)인 태사의 덕을 칭송했다과 같은 덕은 없지만 세속 부녀자들의 투기는 배우지 않을 것입니다."

　　두부인이 웃으며 말했다.

　　"자네가 반드시 내 말을 터무니없다고 여길 테니 나 또한 도리로 말하겠네. 관저와 규목이 비록 태사의 투기하지 않는 덕을 노래했다지만 문왕 또한 호색하지 않고 애정을 고르게 하여 첩들의 원망이 없게 하셨네. 만약 문왕이 미인만 총애하여 사랑과 미움이 고르지 않았다면 아무리 태사에게 투기하는 마음이 없었다 한들 궁중에 어찌 첩들의 원망이 없었겠으며 안살림이 어지럽지 않았겠는가? 또 옛날과 지금이 다르고 성인과 범인은 큰 차이가 있다네. 다만 투기하지 않는 것으로 이남二南의 교화敎化*를 본받고자 한다면 진실로 이른바 '헛된 이름을 좇다가 정말 재앙을 받는다'는 것일 테야."

* 이남(二南)의 교화(敎化): 문왕의 후비인 태사의 덕으로 후비와 궁녀가 서로 화목하게 지낸 일. 이남은 『시경』의 「주남周南」과 「소남召南」을 가리키는 말로 후비의 덕을 칭송하는 내용을 담고 있다.

"첩이 어찌 감히 옛 성현을 바라겠습니까? 근래 부녀자들이 인륜의 성대함과 성현의 가르침을 모르고, 시부모님을 따르지 않는데다 그저 질투만 일삼아 집안을 어지럽히고 제사를 끊어버리니 첩이 이를 매우 분하고 부끄럽게 여겼지요. 비록 예속을 변화시킬 수는 없으나 어찌 차마 그런 풍속을 따르고 허물을 본받겠습니까? 또 지아비가 만약 자기 몸을 버려가며 그릇된 색에 빠져 세상 사람들이 천시한다면, 첩이 비록 힘없고 약하지만 미움받는 것을 꺼리지 않고 마땅히 대의大義로써 간언할 것입니다."

두부인이 돌이킬 수 없음을 알고 탄식하며 말했다.

"새로 들어올 사람이 행여 어진 여자라면 매우 좋겠지만, 그렇지 않다면 어찌 가도家道가 어지러워지지 않겠는가? 자네 훗날 분명 내 말을 떠올릴 걸세."

두부인이 쓸쓸히 돌아갔다.

다음날 한 매파가 사씨에게 아뢨다.

"한 여자가 있습니다만 부인께서 구하시는 사람에 비해 넘치는 듯합니다."

"무슨 말인가?"

"부인께서 상공을 위해 첩을 구하는 것은 상공이 색을 탐해서가 아닙니다. 사족土族 중 덕행이 유순하고 아들을 낳을 만한 사람을 구하려는 것입니다. 그런데 이 여자는 행동거지와 재주가 세상에 특출하니 부인의 뜻에 맞지 않을까 걱정입니다."

사씨가 웃으며 말했다.

"매파는 나를 희롱하는가? 정말 어떤 사람인가? 자세히 말하게."

"하간河間 땅 사람입니다. 성은 교喬요, 이름은 채란彩鸞입니다. 본래 사족의 딸이었으나 어려서 부모를 잃고 오라비에게 의지하였죠. 지금 나이는 열여섯 살입니다. 얼마 전에 혼인을 의논했는데, 처자가 스스로

'문호門戸가 이토록 쇠잔하니 선비의 아내가 되느니 차라리 이름난 재상가의 첩이 되리라'라고 말했답니다. 이는 만나기 어려운 인연입니다. 그 여자의 아름다운 자색은 온 고을에 이름났고, 옛사람의 책을 읽고 옛사람의 행실을 본받으며, 여공女工의 재주 또한 능통하지 않은 것이 없습니다. 만약 가인佳人을 구하신다면 이보다 뛰어난 자는 없을 것입니다."

사씨가 크게 웃으며 말했다.

"진실로 사족의 여자라면 그 품성과 행실이 천인賤人과 다를 것이니 내 뜻에 매우 합당하구나. 상공께 천천히 아뢰어 처리해야겠다."

사씨가 틈을 타 매파의 말을 한림에게 아뢰니 한림이 말했다.

"소실을 두는 것은 그리 급한 일이 아닙니다. 하지만 부인의 아름다운 뜻을 거듭 저버리는 것도 좋은 일이 아니지요. 교씨 여인이 정말로 어질다면 좋은 날을 가려 데려오는 것이 좋겠습니다."

사씨가 즉시 매파를 그 집에 보내 뜻을 전달하고 좋은 날을 가려 친척들을 불러모아 교씨를 맞았다. 교씨가 한림과 부인에게 배알하고 나아가 앉았는데, 아리따운 모습과 교태스러운 말투에 민첩함까지 겸하니 흡사 해당화 가지가 이슬을 머금고 바람결에 떨리는 듯해 칭찬하지 않는 사람이 없었다. 한림과 사씨는 기쁜 기색이었으나 오직 두부인만 마음속으로 크게 기뻐하지 않았다.

이날 밤 한림이 교씨를 데리고 화원의 별당에 머무르니, 두부인이 사씨와 조용히 말을 나누었다.

"자네가 비록 첩을 구하더라도 마땅히 성품과 행동이 평범하고 유순한 사람을 구해야 했네. 지금 교씨는 부질없이 예쁘기만 하니, 자네에게 이롭지 않을 뿐만 아니라 조상께도 누를 끼칠까 걱정이네."

사씨가 웃으며 말했다.

"용모로 사람을 취할 수는 없는 일이나 한편으로 용모가 장부의 눈에 들지 않는다면 어떻게 장부를 가까이하여 자녀를 낳겠습니까? 위나라은 맑은 눈동자와 하얀 이의 미모가 여자 가운데 으뜸이면서도 현숙한 덕으로 예나 지금이나 칭송되니, 어찌 절세가인이라 하여 모두 어질지 않다 하겠습니까?"

두부인이 답했다.

"장강이 어질기는 했지만 자식은 없었네."

그러고는 두 사람이 모두 웃었다.

한림이 교씨가 거처하는 곳을 '백자당百子堂'이라 이름하고, 납매臘梅 외에 네다섯 명의 시비를 골라 시중을 들게 했다. 교씨는 재바르고 총명해 한림의 뜻을 잘 받들고, 마음을 다해 사씨를 섬기니 집안의 모든 사람 중 기뻐하지 않는 이가 없었다.

채 반년이 되지 않아 교씨에게 태기가 있었다. 한림과 사씨 모두 크게 기뻐했으나, 교씨는 아들을 낳지 못할까 저어하여 점쟁이를 불러 점을 쳤다. 어떤 이는 딸이라 하고, 어떤 이는 아들이라고 했지만, 아들이면 오래 살지 못할 것이라고도 했다. 이에 교씨가 크게 근심하자 시비 납매가 교씨에게 말했다.

"첩의 집 가까이에 한 여인이 사는데, 사람들이 이십랑李十娘이라 부릅니다. 남쪽에서 와서 기이한 일을 많이 했으니 그 사람을 불러 물으면 아들인지 딸인지 분명히 알 것입니다."

교씨가 즉시 십랑을 불러 물었다.

"부인네의 남녀 태기를 구별할 수 있다니, 정말 그러한가?"

"이를 아는 것은 매우 쉽습니다. 진맥하기를 청하옵니다."

교씨가 진맥하게 하니, 십랑이 말했다.

"맥으로 보건대 분명히 여자의 태기입니다."

교씨가 안타까움과 답답함을 이기지 못해 말했다.

"상공께서 나를 취한 것은 내가 사족이기 때문만이 아니라 후사를 보기 위해서인데 딸이라면 낳지 않느니만 못하다."

십랑이 말했다.

"소첩이 이인異人을 만나 복중 여아를 남아로 바꾸는 술법을 배울 수 있었습니다. 전부터 시험하여 맞지 않은 적이 없었으니, 만약 아들을 원하신다면 어찌 시험하지 않으십니까?"

교씨가 크게 기뻐하며 말했다.

"진짜 말한 대로 된다면 마땅히 천금의 상을 내리겠네."

십랑이 부적에 기이한 방문方文을 써서 교씨의 잠자리에 감추어두고 말했다.

"득남하실 때를 기다렸다가 와 뵙겠습니다."

교씨는 반신반의했다.

열 달을 채우고 과연 아들을 낳았는데, 얼굴이 깨끗하고 빼어나며 살결이 옥과 같았다. 한림이 매우 기뻐했고 집안 사람들도 모두 경사스러운 일이라고 축하했다. 이름을 '장주掌珠'라 했다.

교씨가 득남한 뒤로 한림은 그녀를 더욱 후대하고, 아이를 손안의 보물처럼 사랑하여 유모에게 잘 양육토록 거듭 당부했다. 사씨는 교씨와 함께 아이를 어루만지며 사랑하니 보는 사람들이 누구의 소생인지 모를 정도였다. 한림이 아들을 얻은 뒤 가도는 크게 번창하고, 집에는 즐거움이 넘쳤다.

때는 늦은 봄 삼월이었다. 온갖 꽃들이 정원에 만발하니 진정 꽃을 감상할 만한 계절이었다. 마침 한림은 천자를 모시고 서원西苑에서 열린 잔치에 참여했고, 사씨는 홀로 책상에 기대 조용히 『예기禮記』를 보고 있었다. 시비 춘방春芳이 사씨에게 아뢨다.

"화원의 작은 정자 앞에 모란이 만개했습니다. 부인께서는 완상하실 뜻이 없으신지요?"

사씨가 그 말을 듣고 시비 대여섯 명과 함께 정자 앞으로 갔다. 버드

나무 빛이 난간에 드리우고 꽃향기가 옷에 가득하니, 화려하면서도 그
윽하여 정말 아름다운 경관이었다. 시비에게 차를 끓이게 하고 교씨를
맞으려는데, 홀연히 바람 끝에 거문고 소리가 낭랑하게 들려왔다. 사씨
가 귀기울여 들으니 곡조가 그윽하면서도 소리가 처량한 것이 마치 진
주가 옥쟁반에 구르고 나뭇잎에 이슬이 맺힌 듯하여 듣는 사람의 귀를
즐겁게 하고, 마음을 움직일 만했다. 사씨가 다 듣고 좌우의 시비를 돌
아보며 말했다.

"기이하구나, 거문고 소리가. 누가 이 곡조를 타느냐?"

"교씨의 솜씨입니다."

"일찍이 교낭자가 거문고 타는 것을 듣지 못했는데, 예전부터 탔느
냐? 오늘 때마침 탄 것이냐?"

"교씨는 항상 안채와 멀리 떨어진 백자당에 머무르므로 부인께서 들
을 수 없으셨을 겁니다. 거문고를 매우 사랑하여 한가할 때면 종종 몇
곡조를 타니, 시비들은 여러 번 들어보았습니다."

사씨가 묵묵히 다시 들었다. 얼마 후 거문고 소리가 그치고 이어서 가
느다란 목소리로 노래 부르는 것이 들렸는데, 모두 당나라 때의 명시^{名詩}
였다.

첫째 시는 이러했다.

서쪽 행랑 아래서 달을 기다리는데   待月西廂下
바람 맞아 지게문 반쯤 열렸네.   迎風戶半開
꽃 그림자 담장에 흔들거리니   拂墙花影動
임이 오셨나 생각하도다.   疑是玉人來*

* 이 시는 당나라 원진(元稹)의 전기소설 『앵앵전鶯鶯傳』에서 여주인공 앵앵이 읊은 시이다.

두번째 시는 이러했다.

강어귀 갈대숲에 밤 서리 내리니	水國蒹葭夜有霜
달빛과 산색이 한결같이 푸르도다.	月寒山色共蒼蒼
천리의 이별 이제부터라고 누가 말했나	誰言千里自今夕
이별의 꿈 아득하고 변방의 길은 멀도다.	離夢杳如關塞長*

두 시를 읊조리니, 진실로 '들보의 먼지가 날리고, 흘러가는 구름이 멈추는 노래'였다. 사씨가 다 들은 뒤에 머리를 숙여 조용히 생각하다가 시비 춘방에게 교씨를 청하며 말하게 했다.

"마침 일이 없어 우연히 화원에 왔으니 낭자는 한 걸음 수고를 아끼지 말게나."

교씨가 명을 받들어 와서 사씨에게 절했다. 사씨는 함께 앉아 꽃을 감상하고, 차를 마시고는 말했다.

"낭자가 음률에 이토록 정통할 줄은 생각지도 못했네. 지금 거문고 소리를 들으니 족히 채문희채염(蔡琰). 시와 음률에 뛰어났다와 이름을 다툴 만하네."

교씨가 사례하며 말했다.

"천한 재주일 뿐입니다. 게다가 잘하는 것이 아니라 스스로 즐기는 정도에 불과합니다. 부인께서 들으실 줄은 생각지도 못했습니다."

"낭자의 거문고 소리는 매우 뛰어나 다시 말할 바가 없네만, 나와 낭자는 정이 형제와 같고, 또 붕우朋友의 의리가 있으니 한마디하고자 하네."

"부인께서 가르침을 주신다면 첩에게는 큰 행운일 것입니다."

"낭자가 연주한 거문고 곡은 바로 〈예상우의곡霓裳羽衣曲〉 당(唐) 현종(玄宗)이

---

* 이 시는 당나라 때 기생 설도(薛濤)가 지은 「송우인送友人」이다.

^{윤색한 악곡 이름. 신선세계를 노래했다}이네. 이 곡을 요즘 사람들이 숭상하기는 하지만 그 시대를 의논하자면 당 현종은 화려하고 부귀스러운 향락을 지나치게 누리다가 끝내 안녹산의 난을 만나 만리 밖으로 피신했고, 양귀비는 안녹산의 생일에 그를 비단 포대기로 싸고 놀아 비난을 받다가 끝내 마외의 언덕에서 죽임을 당해 세상 사람들이 비천하게 여겼지. 따라서 이 곡은 망국의 음악으로, 숭상하기에 부족하다네. 게다가 낭자의 손놀림은 지나치게 날렵하고 소리는 과도하게 애절하여 다른 사람의 마음을 움직일 수는 있어도 기운을 온화하게 할 수는 없다네. 또 낭자가 읊조린 것은 곧 앵앵鶯鶯과 설도薛濤의 시였네. 앵앵은 절개를 잃었고 설도는 창기였으니, 시는 비록 아름다워도 행실은 매우 비천했지. 고금의 곡조 중에 이보다 빼어난 것이 없고, 전후前後의 시 중에 이보다 뛰어난 것이 없어서 하필이면 이러한 것을 읊조리며 음미하는가?"

교씨가 듣고서 부끄러움을 견딜 수 없었다. 당황해 어쩔 줄 몰라서, 사례했다.

"촌구석의 여자가 그저 다른 사람들이 숭상하는 것에 마음을 기울여 그 옳고 그름이 이 같은 줄 몰랐습니다. 마땅히 부인의 가르침을 뼈에 새겨 잊지 않겠습니다."

사씨는 교씨가 부끄러워하는 것을 걱정하며 위로했다.

"내가 낭자를 사랑하여 감히 이런 말을 했네. 만약 다른 사람이었다면 어찌 감히 입을 열었겠나? 차후에 내게도 부족한 곳이 있다면 마땅히 직언을 꺼리지 말게."

이어 교씨와 함께 조용히 이야기하다가 모임을 마쳤다.

그날 저녁 한림이 조회를 마치고 돌아왔다. 교씨의 방에 이르러 취흥을 이기지 못해 난간에 기댔다가 달빛이 낮처럼 밝고 꽃 그림자가 창에 가득하니 노래가 듣고 싶어 교씨에게 시를 읊조리게 했다. 교씨가 사양하며 말했다.

"근래 찬바람에 몸을 상하여 소리를 할 수 없습니다."

"그렇다면 거문고 한 곡을 타게나."

교씨가 기꺼이 타지 않으니 한림이 거듭 재촉했다. 그러자 교씨가 자리를 피해 눈물을 흘렸다. 한림이 괴이하게 여겨 물었다.

"자네가 우리집에 들어온 뒤로 일찍이 즐거워하지 않는 것을 본 적이 없었는데 집안에 무슨 일이 있었기에 이같이 구는가?"

교씨가 대답은 않고 눈물을 비 오듯 흘렸다. 한림이 거듭 물으니, 교씨가 대답했다.

"첩이 한림의 물음에 답하지 않는다면 한림께 죄를 짓고 사실대로 답한다면 부인께 죄를 지을 것이니 답하기도 어렵고 답하지 않기도 어렵습니다."

"자네를 허물치 않을 것이니 숨기지 말고 말하게."

교씨가 눈물을 거두며 대답했다.

"첩이 속된 노래와 비루한 음악으로 군자의 귀를 더럽히면서 상공의 명을 받들어왔습니다. 거칠고 졸렬한 줄도 모르고 항상 명을 따른 것은 군자께 정성을 다해 한 번이라도 웃으시도록 하고자 한 것일 뿐입니다. 어찌 다른 뜻이 있었겠습니까? 오늘 아침 부인이 첩을 불러 꾸짖기를 '상공이 너를 취한 것은 본래 대를 잇기 위해서지 집안에 미색이 없어서가 아니야. 너는 날마다 얼굴을 꾸미니 매우 마땅치 않아. 듣자 하니 네가 음란하고 바르지 못한 음악으로 장부의 마음을 미혹게 하며 돌아가신 시아버님의 가풍을 타락시킨다더군. 그 죄는 죽어 마땅하나 지금은 그냥 내버려두지. 후에도 만약 고치지 않는다면 내가 비록 약한 여자이지만 여후呂后가 척부인戚夫人의 손발을 끊어버린 도끼와 그녀를 벙어리로 만든 약을 갖고 있으니* 모름지기 조심하도록 해!'라며 매우 엄하게 꾸짖었습니다. 첩은 시골의 빈한貧寒한 여자인데, 특별히 상공의 큰 은혜를 입어 영화가 넘쳐나고 부귀가 극진하니 죽더라도 한이 없습니다. 다만 상공의 밝은 덕이 천첩 때문에 세상의 웃음거리가 될까 두려워 감히 명을 따르지 않았던 것입니다."

한림이 그 말을 듣고 크게 놀라 가만히 생각했다.

'부인이 평소에 투기하지 않는다고 자부했는데 어찌 이런 말을 했을까? 또 부인은 교씨를 예로 대하며 단점을 언급한 적이 없었어. 비록 하인들 사이의 일이라도 그 잘못을 드러나게 지적하지는 않았으니 교씨가 부인에게 잘못을 저질러 그런 것이 아닌가?'

---

* 여후(呂后)가~있으니: 여후는 한고조(漢高祖) 유방(劉邦)의 황후이고, 척부인은 한고조의 총희(寵姬)이다. 한고조가 죽자 여후는 척부인의 손발을 자르고 눈을 빼고 귀를 지지고 벙어리가 되는 약을 먹여 굴속에 살게 하고 '사람 돼지[人彘]'라 불렀다.

이유를 알 수 없어 얼마 동안 생각하다가 교씨를 불렀다.

"내가 자네를 취한 것은 부인이 권했기 때문이네. 일찍이 부인이 자네에 대해 나쁜 말 하는 것을 듣지 못했으니, 반드시 비복들 사이에 참언이 있어서 한순간 노기를 이기지 못한 것일 게야. 비록 그런 말이 있었더라도 본성이 온화하여 자네를 해하려는 마음은 결코 없을 테니 만에 하나라도 의심하지 말게. 설사 해하려 한다 해도 내가 있는데, 어찌하겠나?"

교씨가 겉으로 사례했으나 분한 마음을 끝내 버리지 못했다.

오호라! 옛말에 '호랑이를 그릴 때는 골격 그리기가 어렵고 사람을 알 때는 마음 알기가 어렵다'고 했다. 교씨는 용모가 공손하고 언사가 온화하여 사씨가 마음으로 좋은 사람이라 여겼다. 한때 경계의 말을 건넨 것은 다만 바르지 못한 소리가 장부의 마음을 미혹하게 할까 걱정한 것일 따름이지 어찌 다른 뜻이 있었겠는가? 교씨가 매우 분한 마음을 품고서 헐뜯기 시작하여 끝내 큰 재앙의 근원이 되었으니, 부부와 처첩 간의 일을 어찌 조심하지 않겠는가. 한림이 비록 교씨의 간악한 마음을 깨닫지 못했으나, 사씨에 대해 의심하는 마음 또한 없었다. 따라서 교씨가 다시 헐뜯지는 않았다.

하루는 납매가 사씨의 시비와 함께 노닐다가 돌아와 교씨에게 말했다.

"춘방의 말을 들으니 부인에게 태기가 있다고 합니다."

교씨가 크게 놀라 말했다.

"십 년 만에 처음으로 태기가 있다니 진실로 세상에 드문 일이군. 필시 월사月事가 그릇되어 그럴 것이야."

이어 가만히 생각했다.

'만약 저가 아들을 갖는다면 내 아들은 매우 무색해질 테지. 어떻게 좋은 계책을 얻을 수 없을까?'

거듭 헤아렸으나 계책이 없었다.

급기야 다섯 달이 지나니 태기가 분명해, 온 집안이 크게 기뻐했다. 교씨는 심기가 불편해 납매와 몰래 낙태시키는 약을 구한 뒤, 사씨가 마시는 약에 가만히 탔다. 하지만 사씨가 마시다가 기운이 거슬려 토해 끝내 그 계책은 이루어지지 않았다.

열 달이 차자, 과연 아들을 낳았다. 골격이 비상하고 풍채가 빼어났다. 한림이 크게 기뻐 인아麟兒라 이름하니, 집안 사람들이 모두 떠받들었다. 교씨는 비록 불측한 마음을 품었으나 계책이 없어서 사씨에게 축하의 인사를 하며, 기뻐서 애지중지하는 체했다. 한림과 사씨가 모두 진심이라고 믿었다.

인아가 점점 자라 하루는 장주와 함께 누워 있고 마침 두 유모가 같이 놀아주고 있었다. 한림이 밖에서 들어와 두 아이가 노는 것을 보고 다가가 어루만졌다. 인아가 비록 어리나 기상이 탁월하여 잔약한 장주와 크게 달랐다. 한림이 옷을 벗지도 않은 채 인아를 껴안으며 말했다.

"이 아이 이마 위에 뼈가 솟은 것이 돌아가신 아버님과 비슷하니 필시 우리 집안을 크게 할 것이야."

유모를 돌아보면서

"모름지기 조심하여 기르거라"

하고 다시 인아를 유모에게 맡기고 나갔다.

장주의 유모가 장주를 안고 들어가 교씨에게 통곡하며 아뢨다.

"한림께서 인아만 사랑하셔서 장주는 보고도 아니 본 듯 하시더이다."

교씨가 크게 번뇌하며 혼잣말을 했다.

"내가 용모와 자태에서 사씨와 짝할 수 없고, 솜씨 또한 저에 미치지 못하지. 게다가 처와 첩이란 차이마저 있어. 다만 나에게는 아들이 있고, 저는 아들이 없어서 내가 상공의 공경을 받았지. 허나 이제 저가 아들 인아를 낳았으니 장차 그 아이가 이 집 주인이 될 것이야. 이제 내 아이는 어디에 쓰겠어? 사씨 또한 비록 겉으로는 인의仁義를 베풀지만 화원에서 꾸짖으며 한 말은 분명 시기였어. 한림에게 한 번 참소하기는 했으나 그의 마음이 사씨에게 두텁게 치우쳤으니, 나의 앞길을 어찌 걱정하지 않겠어?"

이에 다시 십랑을 불러 상의했다. 십랑은 교씨에게 금은보배를 많이 받아 마침내 교씨의 심복이 되었다. 십랑은 간악한 음모와 사특한 흉계를 꾸미지 않은 적이 없었으나, 일이 매우 비밀스러워 아무도 알지 못했다.

하루는 한림이 조회를 마치고 집으로 돌아왔다. 마침 이부吏部의 석낭중石郎中, '석'은 성이고, 낭중은 벼슬 이름이 사람을 시켜 편지를 보내왔다. 편지를 보니 사람을 천거하는 글이었다.

편지는 다음과 같았다.

소주蘇州 수재 동청董淸은 남방의 아름다운 선비입니다. 팔자가 기구해 거듭 과거를 보았으나 합격하지 못했습니다. 집안도 낭패하여 식솔들이 흩어져 다른 사람에게 의탁하게 되었고, 근래에는 저희 집에 머물고 있습니다. 제가 지금 산서의 학관을 맡아 떠나게 돼 동청이 의지할 곳이 없기에 선생께 천거합니다. 선생의 문하에 지금 기실記室, 문서를 담당하는 보좌관이 없습니다. 이 사람은 필법이 정묘하고 일처리가 민첩하니 시험해보시면 그 재주를 알 수 있을 것입니다. 그를 직접 문하에 보내니 한번 보소서.

동청은 선비 집안의 자식이었다. 어려서 부모를 잃고 무뢰배와 어울리며 유흥가와 도박장을 날마다 쫓아다녀 가세가 크게 기울었다. 의지할 곳이 없자 서울로 와서 재상같이 높은 벼슬아치의 집에 의탁했다. 사람됨이 뛰어난 곳이 있고, 모습이 준수하고 언사가 재바르며 필법 또한 정묘하므로 그를 처음 보고 좋아하지 않는 사대부가 없었다. 하지만 조금 지나면 자제를 꾀어 비행을 일삼거나, 혹 집안에 오가는 말을 지어내

윗사람과 아랫사람을 엮고 이 사람 저 사람을 의심하고 비난하게 했다. 결국 여러 곳에서 받아주지 않자 석낭중의 집에 의탁하게 되었다. 석낭중 역시 그의 간악함을 알게 되었으나 차마 드러내 말하지 못하다가 마침 외직에 부임하며 유한림에게 천거한 것이었다.

한림은 오래도록 시중侍中, 본래 재상을 가리키는 말이나, 여기서는 한림편수를 의미함 벼슬을 하여 서찰이 쌓였으나 문하에 한 명의 서기도 없어서 항상 좋은 선비를 얻어 객당에 머무르게 하고 싶었다. 마침 석낭중의 편지를 받아 보고는 즉시 동청을 불렀다. 함께 말을 해보니 대답이 물 흐르듯 했다. 한림이 크게 기뻐서 그를 문하에 두고 서찰을 주고받는 수고를 대신하게 했다. 동청은 필법이 빼어날 뿐만 아니라 인물도 눈치가 빠르고 똑똑하여, 온갖 말과 행동을 모두 한림의 뜻에 맞게 하니 한림이 더욱 그를 믿고 가까이했다.

동청이 들어온 뒤, 사씨 역시 들은 바가 있어 조용히 한림에게 말했다.

"제가 듣기에 동청은 사람이 바르지 못한 정도가 아니어서 여러 곳에서 받아주지 않아 여기 오게 되었다고 합니다. 상공께서는 모름지기 들이지 마시어 뒷날 폐단이 되지 않게 하십시오."

"나 역시 동청에 대해 오래전부터 여러 말을 들었습니다. 하지만 사실인지 거짓인지 알지 못하는데다 내가 그를 머물게 한 것은 그저 그 붓을 빌려 수고를 대신하게 하기 위해서입니다. 나와 붕우朋友의 도리가 있지 않으니 무엇 때문에 그가 옳은지 그른지 따지겠습니까?"

"상공께서 비록 그와 붕우의 도리가 없다 할지라도 바르지 못한 사람과 함께 있으면 미혹함에 물들어 모르는 사이에 간사한 데 빠지게 됩니다. 또한 이런 사람을 집에 오래 머물게 하는 것은 엄숙히 집안을 다스리는 도리가 아닙니다. 돌아가신 소사께서 살아 계실 때 일찍이 잡객雜客을 들이시는 것을 보지 못했습니다."

"부인의 말 역시 일리가 있습니다만 근래 풍속이 오직 다른 사람 비난하기만 좋아합니다. 동청이 비방을 듣는 것도 혹 분명하지 않은가 의심됩니다. 무릇 사람이 바른지 그른지는 오래도록 같이하면 알 수 있습니다."

사씨는 동청을 매우 싫어하지만, 한림은 아주 가깝게 여겨 신임하는 것을 교씨가 알았다. 따라서 한편으로 만들어 바깥으로부터 도움을 받고자, 남몰래 납매로 하여금 동청과 사통하고, 종종 비밀스런 계책을 상의하게 했다.

예부터 규문 안에서 한번 정도正道를 잃으면 못할 일이 없어지는 법이다. 십랑은 교씨와 한마음이 되어 몰래 남자가 여자에게 미혹되는 부적을 사용했다. 그후 한림은 점점 교씨에게 미혹되어 마음과 생각이 전과 크게 달라졌다. 사씨가 비로소 두려운 마음이 생겼지만, 어찌할 수 없어 겉으로 드러내지 못한 채 깊이 의심하고 걱정했다.

하루는 교씨가 십랑에게 말했다.

"내가 여자로 다른 사람 아래 있으니 하루도 편안할 날이 없고 앞날의 화복 역시 미리 헤아릴 수 없다네. 지난번에 자네의 기이한 술책을 시험해보니 부절符節을 맞춘 듯 꼭 들어맞았지. 듣기에 세상에 저주하는 일이 성행한다고 하니 자네는 분명 잘 알 것이네. 만일 나를 위해 사씨와 인아 둘을 없애준다면 이 몸이 죽을 때까지 어찌 은혜를 잊겠나?"

십랑이 오랫동안 곰곰이 생각하다 말했다.

"이 일에는 어려움이 많습니다. 설사 계교를 행하여 사람을 병들어 죽게 하더라도 재상가에는 출입하는 사람이 많으니 병의 근원을 캐내다보면 첩의 소행임을 알 것입니다. 첩의 몸이 가루가 되어 없어지는 것은 진실로 문제가 아닙니다만, 장차 낭자께 화가 미칠 것이니 이는 이른바 작은 재앙을 다른 사람에게 옮기려다 자신이 큰 화를 받는다는 것으로, 결코 좋은 계책이 아닙니다. 첩에게 다른 계책이 있습니다. 우선 장주가 조금 아프길 기다렸다가, 낭자 또한 병이 들었다며 자리에 앓아누우세요. 그리고 나서 사씨가 낭자를 모해하는 글을 거짓으로 지어 한림 손에 닿게 한다면 한림이 반드시 사씨를 의심할 것입니다. 이어 다시 교묘한 말로 참소한다면 어찌 낭자가 뜻을 이루지 못할까 근심하겠습니까?"

교씨가 크게 기뻐하며 십랑에게 상을 후하게 내리고, 장주가 병이 나기를 기다려 그 계책을 실행하려 했다.

여러 달이 지나고 때마침 초가을이 되었다. 장주가 바깥바람에 몸이 상해 젖을 토하기도 하고 때때로 경기驚氣를 일으키기도 했다. 한림이 크게 걱정하여 의원에게 약을 짓게 했다. 교씨가 납매와 함께 십랑의 계책을 몰래 실행하려고 납매에게 말했다.

"사씨가 저주하는 글을 만들고자 하나 반드시 그 필체가 같아야 계책을 펼 수 있어. 저의 글씨가 매우 뛰어나 모방하기 어려우니, 동청이 아니면 위조하기 힘들 게야. 내가 너를 시켜 몰래 이 뜻을 전하고 싶지만 그와 지극히 가깝지 않으니 입 밖에 내기 어려워. 게다가 만약 동청이 기꺼이 따르지 않아 일이 누설된다면 그 화를 헤아릴 수 없을 것이야. 그러니 일을 잘 도모하도록 해."

"동청이 사씨를 크게 원망하고 낭자께 매우 호감을 느끼니 일을 누설할 리 만무하고, 혹 기꺼이 따른다면 다행일 것입니다. 가서 물어보겠습니다."

"한漢 무제武帝의 황후가 사마상여司馬相如에게 「장문부長門賦」를 짓게 하고는 천금千金을 주었지.* 이제 이 덕택에 내 일이 이루어진다면 동청의 공은 사마상여보다 배는 더할 것이야. 반드시 이 뜻을 전하도록 해."

이어 사씨의 필적을 구해 그날 밤 납매를 통해 동청에게 보냈다.

---

* 한(漢) 무제(武帝)의~주었지: 한 무제의 진황후(陳皇后)가 투기로 총애를 잃고 장문궁(長門宮)에 물러나 슬픔과 시름으로 나날을 보내던 중, 촉군(蜀郡) 성도(成都)의 사마상여(司馬相如)가 문장이 뛰어나다는 말을 들었다. 황금 100근(斤)을 주면서 시름을 풀 수 있는 문장을 요구하자, 사마상여가 그를 위해 「장문부長門賦」를 지었다. 「장문부」 덕분에 무제는 마음을 돌렸고 진황후는 다시 총애를 입게 되었다.

이튿날 날이 채 밝기도 전에 납매가 웃음을 머금고 들어왔다. 교씨가 급히 나가 맞이했다.

"일은 어찌되었느냐?"

"요행히 허락을 받았습니다만 값을 매우 높게 부르더이다."

"모든 보배를 다 들이부어도 아까울 게 없지."

"보배를 이르는 것이 아니었습니다."

납매가 교씨의 귀에 대고 몰래 동청의 말을 전하니 교씨가 웃고 대답하지 않았다.

옛날 성인이 규문의 예법을 지을 때는 매우 엄정했다. 바깥말이 안에 들지 못하게 하고 안 말이 바깥으로 나가지 못하게 하여, 몸과 마음을 닦고 집안을 바로잡았다. 또 음란한 풍속을 몰아내고 간사한 말을 멀리 하여 근본을 단정하게 하고 작은 일부터 예방했다. 이제 유한림이 안으로는 간사하고 아첨하는 첩에게 미혹되고 밖으로는 바르지 못한 자를 믿으며, 또한 하찮고 간사한 종이 그 틈을 타 더러운 말을 지어내 가문을 욕되게 하니 어찌 애석하지 않겠는가!

백자당과 바깥채는 다만 담장 하나로 나눠져 있었고, 화원의 자물쇠는 모두 교씨가 가지고 있었다. 한림이 내당에서 자면 교씨와 동청이 서로 정을 통했으나 집안 사람들 중에 이를 아는 이가 하나도 없었다.

정숙한 아내는 어머니를 뵈러 가고
음란한 첩은 흉악한 꾀를 부리다

그 무렵 한림은 장주의 병을 매우 염려했다. 교씨 역시 자리에 누워 식음을 전폐하니 한림이 앞일을 더욱 걱정했다. 하루는 납매가 흉악한 내용이 적힌 글 한 장과 발라낸 뼈를 아궁이의 잿더미 속에서 발견해 교씨에게 건넸다. 마침 한림이 교씨와 앉아 있다가 함께 보고는 낯빛이 흙같이 변해 오래도록 아무 말이 없었다. 천천히 글을 보니 곧 교씨와 장주를 저주하는 글이었다. 내용이 흉측하여 차마 볼 수 없을 지경이었다.

교씨가 크게 통곡하며 말했다.

"첩이 열여섯에 상공의 댁에 들어와 이제 사 년이 되었습니다. 비록 아랫사람과 말할 때라도 허물조차 없도록 했습니다. 그런데 어떤 사람이 이런 흉악하고 험한 일을 해 우리 모자의 목숨을 해하려는 것입니까?"

한림은 그 필적을 자세히 보며 곰곰이 생각할 뿐 아무 말이 없었다.

교씨가 말했다.

"이 일을 장차 어찌 처리하시렵니까?"

"이 일은 드러난 자취가 없어서 억지로 알아내려 하면 옥과 돌이 모두 타버리는 폐단이 있을 듯하네. 더욱이 이미 흉서를 찾았으니 분명 재앙이 일어날 이유가 없어. 그 글을 태워 집 안을 깨끗이 하는 것이 마땅할 듯하네."

"처리가 매우 마땅합니다."

한림이 앞에서 그 글을 태워버리고 이어 납매에게 주의를 주었다.

"삼가 입 밖에도 내지 마라."

한림이 일어나 안채로 들어가니 납매가 교씨에게 물었다.

"일을 처리하는데 어찌 계속하지 않고 멈추셨나요?"

"그렇지 않아. 이 일은 다만 상공이 의심케 해야 할 뿐이야. 끝까지 밝혀내려 하면 도리어 우리의 근심거리가 되지 않겠어? 상공의 마음이 이미 움직였으니 또다른 계책으로 도모하면 돼."

한림이 그 필적을 보니 사씨의 손에서 나온 듯했다. 끝까지 밝혀내다간 난처한 우환이 있을까 걱정해 흔적을 태워 없애버리고 속으로 생각했다.

'교씨가 지난번에 부인이 투기했다고 말했어도 믿지 않았는데, 이렇게 흉악한 변고가 있으리라고 어찌 생각이나 했을까? 부인이 처음에 아들이 없어서 내게 첩을 얻도록 권했는데 이는 무슨 뜻이지? 아들을 얻은 뒤 갑자기 독수毒手를 뻗치니 이는 이른바 겉으로만 인의仁義를 베푼다는 것이야.'

이후로 사씨를 전과 크게 다르게 대했지만, 이 일에 대해서는 한마디도 말하지 않았다.

이때, 신성에 있는 사씨 어머니의 병환이 위중했다. 사씨는 그리움이 망극罔極하여 한림에게 청했다.

"노모께서 연로한데다 병중이시니 때를 맞추어 가 뵙지 못한다면 영영 잊을 수 없는 아픔이 될까 걱정입니다. 『시경』에 '남편에게 아뢰고 부모님을 뵙겠다'라고 했습니다. 옛사람도 이미 행한 바가 있으니 감히 가 뵙기를 청합니다."

"장모님 병환이 이러하니 자식으로서 마음이 어떠하겠습니까? 모름 지기 속히 가 뵈세요. 나 역시 뒤따라가 문후問候를 올리겠습니다."

사씨가 사례하고, 교씨에게 말했다.

"내가 신성에 가면 분명 시간이 꽤 걸릴 것이네. 집안일은 오로지 자네만 믿겠네."

사씨는 즉시 짐을 꾸려 인아와 함께 신성으로 갔다. 모녀가 서로 만나니 슬픈 마음과 기쁜 마음을 이루 다 할 수 없었다.

사씨의 어머니가 날로 점점 위중해졌다. 온 집안 사람들이 놀라 걱정 했고 한림 또한 사람을 보내 안부를 묻고 때때로 약재를 보냈다. 이러는 사이 어느덧 거의 두 달이 지났고 병환은 이미 위태로운 지경에 이르렀 다. 사씨는 차마 집으로 돌아갈 수 없어 계속 신성에 머물렀다.

이 무렵 산서山西와 산동山東 및 하남河南 지역에 연이어 크게 흉년이 들 어 백성들이 모두 뿔뿔이 흩어졌다. 천자가 크게 근심해 즉시 근신近臣 세 명을 세 곳에 나누어 보내 백성의 고통을 살피도록 했다. 유한림은 산동 지역의 어사로 뽑혀 그날로 임금께 하직인사를 드리고 떠나니, 사 씨와 미처 이별의 인사를 나누지 못했다.

한림이 떠난 뒤 교씨는 날마다 동청과 지냈는데, 갈수록 거리낌이 없 었다. 교씨가 말했다.

"한림은 멀리 떠났고, 사씨는 오래도록 집에 돌아오지 않으니 지금이 정말 이간질할 때예요. 어떻게 하면 좋을까요?"

동청이 말했다.

"나에게 계책이 하나 있소. 사씨가 혹 죽음을 피하더라도 분명 다시 이 집에 들어오지는 못할 게요."

귀에 대고 조용히 속닥속닥하니, 교씨가 크게 기뻐했다.

"낭군의 계책은 귀신도 헤아릴 수 없어요. 진평陳平이 범아부范亞父를 이간질한 계책*도 이에 미치지는 못할 거예요. 다만 누가 이 계책을 실행할 수 있을지 모르겠군요."

"나에게 심복과 같은 벗 하나가 있으니 이름이 '냉진冷振'이오. 기이한 꾀가 많고 말을 잘하니 족히 이 일을 맡을 만하오. 다만 사씨가 애중히 여기는 장신구를 얻은 뒤에야 계책을 시행할 수 있을 텐데, 그런 물건을 구하는 것이 쉽지 않을까 걱정이오."

"사씨의 시녀인 설매가 곧 납매의 사촌이지요. 설매를 유혹하면 구할 수 있을 거예요."

즉시 설매를 불러 많은 뇌물을 주고 친분을 맺으니 설매가 크게 기뻐했다. 이어서 납매를 시켜 몰래 사씨의 장신구를 훔쳐오게 했다.

설매가 말했다.

"부인의 장신구를 담은 자물쇠 달린 상자가 방에 있긴 하지만 거의 똑같은 열쇠가 있어야 꺼내올 수 있어. 근데 모르겠네, 어디에 쓸 게야?"

"쓸 곳을 꼭 알 필요는 없잖아. 절대 다른 사람에게 말하지 마. 만약 누설하면 너와 나 모두 살아날 수 없을 테니까."

납매가 교씨에게 말하니, 교씨가 새로 열쇠를 만들려다 혹 번거로울까싶어 여러 열쇠 중에 분명 비슷한 것이 있으리라 생각하고 열쇠 십여 개를 꺼내주며 말했다.

---

* 진평(陳平)이 범아부(范亞父)를 이간질한 계책: 한고조 유방의 모신(謀臣) 진평이 항우와 그의 모신 범증 사이를 이간질한 계책을 말함. 범증의 계책으로 유방이 위태로워지자, 진평은 항우의 사자(使者)를 범증의 사자인 것처럼 잘 맞이하여 대접하다가 짐짓 항우의 사자라는 것을 처음으로 깨달은 척하면서 박대해 항우가 범증을 의심토록 만들었다. 그 결과 범증은 병권(兵權)을 모두 빼앗기고 마침내 통분을 못 이긴 채 등창이 나서 죽었다.

"비녀나 가락지 중 사씨가 매우 아끼고 한림도 익히 본 것을 훔쳐내면 가장 좋을 게야."

설매가 그 열쇠로 마침내 상자를 열고 옥가락지를 훔쳐내 교씨에게 건네며 말했다.

"이것은 한림의 선대로부터 전해온 보배로 부인이 가장 아끼는 것입니다."

교씨가 매우 기뻐하며 설매에게 큰 상을 내렸다. 바야흐로 동청과 함께 계책을 펴려는데 홀연히 신성에서 온 사람이 사씨의 모친상을 알리고 사씨의 말을 전했다.

"상을 주관하는 공자의 나이가 어리고 가까운 친척도 없네. 내가 손수 초상과 장례를 치른 뒤 곧바로 집에 돌아가려 하니 집안일에 십분 마음 써주게'라고 하셨습니다."

교씨가 즉시 납매를 시켜 사씨를 조문하게 한 뒤 곧바로 동청과 상의해 냉진을 몰래 산동으로 보냈다.

한편, 유한림은 산동 경계에 이르러 백성들의 괴로움을 알고자 유생처럼 변복하고 마을을 두루 돌아다녔다. 동창부東昌府, 산동 지방 고을. 현재 산동 성 랴오청(聊城)에 이르러 주점에 들어가 술을 사 마시는데 어떤 젊은이가 밖에서 들어와 읍하고 자리에 앉았다. 풍채가 빼어나기에 한림이 그 이름을 물었더니 대답했다.

"소제는 본래 남방 사람으로 이름은 장진蔣振이라고 합니다. 존형의 높으신 이름을 감히 묻고자 합니다."

한림이 사실대로 말하지 못해 천천히 다른 이름을 댔다. 이어 민간의 형편을 물으니 대답이 자세하고 매우 조리 있었다. 한림이 스스로 '이 젊은이는 분명 뛰어난 선비이리라' 생각하고 물었다.

"장형은 지금 어디에서 오시는 길입니까? 형이 비록 남방에 살았다고 하지만 말씨로 보건대 필시 서울 사람입니다."

"소제는 본래 외로운 처지로 여기저기 떠돌았습니다. 두 해 동안 서울에서 노닐다가 올봄에 신성에 와 반년을 머물렀습니다. 이제 막 그곳을 떠나 고향으로 향하는 참입니다."

"나 역시 남쪽으로 가니 며칠간 동행하는 것이 어떻겠소?"

두 사람은 술을 마시며 서로 즐거워하고 이제야 만난 것을 안타까워했다. 말을 타고 나란히 가다가 함께 객점에 들어가 묵었다. 다음날 아침 옷매무새를 가다듬는데, 젊은이의 내의에 옥가락지 하나가 달려 있었다. 한림이 어찌 집안에 대대로 전해오는 물건을 모르겠는가. 유심히 바라보고 매우 이상하여 꼭 다시 봐야겠기에 젊은이에게 부탁했다.

"내가 어릴 때 서역 사람을 만나 옥의 가치를 조금 알게 되었다오. 지금 장형이 찬 가락지를 보니 분명 좋은 물건이외다. 부디 살펴보게 허락해주시오."

젊은이는 처음에는 어려워하는 기색이었지만, 돌아서 곧바로 풀어주었다. 한림이 받아 보니 옥빛과 새겨진 모양이 완연히 자기 집안에 전해오는 것이었다. 또 검은 머리카락 약간으로 동심결同心結을 묶어 끈을 만들어놓았으므로 한림이 크게 의아해하며 젊은이에게 말했다.

"이 옥은 정말 좋은 물건이오. 장형은 어디서 이를 얻었으며, 내의에 동심결로 매단 뜻은 무엇이오? 필시 마음으로 아끼는 물건일 것이외다."

젊은이가 오래도록 쓸쓸해하다가 답하지 않고 돌려받아 다시 내의에 매달았다. 한림이 자세히 알고 싶어 다시 물었다.

"장형의 옥가락지는 분명 무정한 물건이 아니오. 어째서 그 연고를 말해주지 않는 게요?"

"일찍이 북방에 있을 때 마침 서로 마음을 알아주는 이가 있어 이를 주었지요. 무슨 다른 곡절이 있겠습니까?"

한림이 스스로 생각하기를, '이것이 만약 우리 집안의 물건이라면 저가 얻을 방법이 없다. 그러나 만약 다른 집의 물건이라면 옥의 품질이나 모양이 어찌 털끝만큼도 다르지 않을 수 있을까? 신성에서 왔다고 했으니 비복들이 훔쳐내 이자에게 판 것은 아닐까?' 하며 반드시 그 전말을 알아내고자 했다.

둘이 여러 날을 함께하니 시간이 지남에 따라 서로 친해졌다. 한림이 술에 취해 다시 물었다.

"장형의 동심결로 묶은 옥가락지는 필시 깊은 뜻이 있는데도 끝내 말해주지 않으니 이 어찌 친구의 정이라 하겠소?"

"내가 형의 기상을 보니 형 또한 다정한 사람입니다. 말한들 뭐가 거리끼겠습니까. 한수韓壽가 가씨賈氏의 향을 훔쳤고* 조자건曹子建이 복비宓妃의 베갯머리에 머물렀으니** 이는 모두 천고의 다정한 일입니다. 형은 비웃지 마소서."

"나와 장형은 기이하게 만나 간담상조肝膽相照하는 사이가 됐으니 어찌 숨기는 마음이 있겠소? 형이 만난 사람이 어떤 사람인지 모르겠소."

"다 말하는 것이 번거로운 일은 아니나 형이 안다고 해도 또한 무익합니다. 소제는 결코 말하지 않을 것입니다."

"형이 북방에서 이처럼 아름다운 인연이 있었는데, 지금 이를 버리고 남쪽으로 가는 까닭은 무엇이오?"

---

* 한수(韓壽)가 가씨(賈氏)의 향을 훔쳤고: 한수투향(韓壽偷香)의 고사. 한수는 진(晉)나라 때 미남으로, 사공(司空) 가충(賈充)의 아전이었다. 가충의 딸 가오(賈午)가 한수를 좋아하여 저녁에 불러들여 기향(奇香)을 주었다. 이는 서월(西越)에서 조공한 귀한 향으로, 황제가 가충에게만 준 것이었다. 가충이 이 일을 알고 한수를 사위로 삼았다.
** 조자건(曹子建)이 복비(宓妃)의 베갯머리에 머물렀으니: 조자건이 꿈에서 복비에게 사랑을 고백한 일을 말함. 삼국시대 조식(曹植, 자건은 자)은 견씨(甄氏) 집 처녀를 사모했지만, 결국 그녀는 형 조비(曹丕)의 부인이 되었다. 조비가 아버지 조조의 뒤를 이어 황제가 된 후, 견씨에게 사약을 내려 죽였다. 그후 조식이 꿈에 견씨를 만나 예전에 사모했다는 것을 호소했으나, 곧 꿈에서 깨고 말았다. 이에 조식은 섭섭함을 이기지 못하여 「낙신부洛神賦」를 짓고, 견씨를 낙수(洛水)의 신녀인 복비에 비유했다.

젊은이가 한숨을 쉬면서 말했다.

"호사다마好事多魔이니 아름다운 기약을 다시 맺기 어렵겠지요. 옛말에 '고관의 대문은 바다처럼 깊으니 이제부터 나는 행인行人과 같도다'*라고 하였는데 이것이 바로 소제의 지금 일입니다."

젊은이가 쓸쓸히 눈물을 흘리자 한림이 말했다.

"형은 다정한 사람이라 할 만하오."

두 사람이 흠뻑 취해 술자리를 마쳤고, 다음날 길을 나누어 떠났다.

한림이 생각하기를,

'이 비록 의문이 없을 수 없으나 다시 생각건대, 사씨가 어찌 예의에 어긋나는 행동을 했겠으며, 세상에 어찌 비슷한 물건이 없겠는가?' 하고 의심을 누그렸으나 내심 불안해했다.

반년 뒤 한림이 일을 마치고 서울로 돌아와 복명復命, 임금의 명을 받고 일을 처리한 뒤 그 결과를 보고하는 것하고 귀가했다. 사씨 역시 돌아온 지 오래였다. 한림은 부인에게 조곡弔哭, 곡을 하며 조문함한 뒤 교씨와 두 아이를 보고 편히 지냈냐며 위로했다. 홀연히 동창에서 만난 젊은이의 말이 생각나 갑자기 얼굴빛을 바꾸어 사씨에게 물었다.

"부인이 예전에 아버님으로부터 받은 옥가락지는 지금 어디에 있습니까?"

"옥가락지는 상자에 있습니다만, 어찌하여 물으시는지요?"

"의심나는 일이 좀 있었으니 속히 봅시다."

---

* 고관의 대문은~행인(行人)과 같도다: 당나라 때의 인물인 최교(崔郊)가 지은 시의 한 구절 "재상가 문은 한번 들어가면 바다처럼 깊으니 이로부터 소랑은 길가 사람 되도다(侯門一入深如 海, 從此蕭郎是路人)"를 말한다. 최교는 고모 집의 시비(侍婢)와 서로 사랑했는데, 그 시비가 재 상의 집에 팔려가게 되었다. 최교는 한식(寒食) 때 시비가 나온 틈을 타 시를 한 수 주었는데 시비의 주인인 재상이 그 구절을 보고는 시비를 최교에게 보내주었다. 이 구절은 시비가 재상 의 집에 들어가게 되었으니, 그가 나올 때 잠시라도 보기 위해 자신은 길가를 배회할 것이라 는 의미이다.

사씨가 한림의 행동을 의아하게 생각하며 시비에게 상자를 가져오게 했다. 상자를 열어보니 다른 물건은 모두 그대로인데 오직 옥가락지만 없었다. 한림은 발끈하는 표정이었으나, 한마디 말도 하지 않았다.

사씨가 말했다.

"상공께서 분명 옥가락지가 있는 곳을 아시는 듯합니다."

"부인이 다른 사람에게 정표로 주고서 어찌 내게 묻습니까?"

사씨는 깜짝 놀라 아무 말도 할 수 없었다. 시비가 홀연히 두부인이 오셨다고 알렸다. 한림이 맞아 자리로 모셨다. 인사를 드린 뒤 한림이 말했다.

"집안에 큰일이 있으니 감히 고모님께 여쭙고자 합니다."

"무슨 일이냐?"

한림이 동창에서 젊은이를 만난 일을 자세하게 말했다.

"그때는 반드시 비슷한 물건일 것이라 여겼는데, 이제 와 보니 옥가락지가 정말로 상자에 없습니다. 불행히도 집안에 이런 큰 변고가 생겼으니 마땅히 법도로 다스려야겠으나, 감히 제 마음대로 할 수 없기에 여쭙습니다."

사씨가 이 말을 듣고 넋이 빠져 눈물만 흘리다가 말했다.

"첩의 평소 행동이 무상無狀하여 상공께서 이처럼 의심하시니 무슨 면목으로 다시 다른 사람을 대하겠습니까? 살고 죽는 것은 오직 상공께 달려 있으니 뜻대로 처분하세요. 옛 시에 '현인군자賢人君子는 모함하는 말을 믿지 않고, 모함하는 자를 승냥이와 호랑이에게 던진다'고 했습니다. 집안에 분명 교묘히 모함을 하는 사람이 있으니 상공께서는 살피십시오."

두부인이 크게 화를 내며 말했다.

"너의 총명과 식견이 돌아가신 소사께 비하면 어떠하냐?"

"소자가 어찌 감히 바랄 수 있겠습니까?"

"소사께서 본디 사람을 알아보는 능력이 있으신데다가 천하의 일을 두루 경험하셨는데도, 매번 사씨를 칭송하며 '나의 며느리는 특별한 사람이니 비록 옛날의 열녀라도 미치지 못할 게야'라고 하셨다. 또 임종하시면서 너를 나에게 부탁하시길 '연수는 나이가 어리니 모든 일을 가르치게'라 하셨으며 사씨에 대해서는 '달리 경계할 일이 없네'라고 하셨지. 사씨의 현명함을 잘 아시기에 가르칠 만한 일이 없다고 하신 것이야. 음란하고 더러운 행실은 보통 이하의 사람도 차마 하지 않는 것이거늘 어찌 사씨에게 털끝만큼이라도 의심스런 일이 있겠느냐? 이는 집안의 간사한 사람이 옥가락지를 훔쳐내 사씨를 모해하려는 계책에 불과하다. 아니면 시비들 가운데 음란한 자가 필시 훔쳐다가 다른 사람에게 주었을 것이야. 네가 지금 엄중하게 실상을 조사하지는 않고 도리어 빙옥 ＊玉 같은 사람을 의심하니 너의 어리석음이 이 정도일 줄 어찌 생각이나 했겠느냐?"

한림이 감사드리고 말했다.

"가르치심이 매우 마땅합니다."

한림이 집에 있던 노비들과 사씨가 데려온 노비들을 잡아내 곤장을 치며 갖은 방법으로 물었으나 근거 없는 말에 차마 거짓으로 자백하지는 않았다. 설매 또한 그중에 있었으나 사실대로 아뢰면 결코 죽음을 면할 수 없다는 것을 알기에, 한결같이 입을 굳게 다무니 끝내 단서를 찾을 수 없었다. 두부인 또한 어찌할 수 없어 집으로 돌아갔다.

사씨가 생각했다.

'더러운 이름을 씻어내기 전까지 어찌 다른 사람을 대하겠는가.'

이에 초가집에 나가 살며, 거적을 깔고 앉아 죄인을 자처했다. 그러나 전후로 한림의 귀에 모함하는 말이 자주 들어가니 한림이 끝내 의심을 풀 수 없었다. 이후로 매번 교씨와 함께 머무니 교씨가 마음속으로 매우 통쾌하게 여겼다.

군자는 참소를 믿고
흉악한 인간은 아들을 죽이다

하루는 한림과 교씨가 사씨 일을 상의했다. 교씨가 말했다.

"부인은 성질이 본래 도도하여 말을 꾸미고 명예를 구하니 매사를 다 옛 열녀에게 비기며 온 세상 부인네들을 내려다보았습니다. 그러니 어찌 이같이 비루한 행동을 저질러 다른 사람의 경멸과 비난을 기꺼이 감수하겠습니까? 첩의 짧은 생각에도 두부인의 말씀이 분명 옳습니다. 그렇지만 두부인의 말씀이 공정하지는 않습니다. 사씨는 지나치게 기리면서 상공은 너무 심하게 폄하하십니다. 옛 성인도 다른 사람에게 속은 적이 있습니다. 돌아가신 아버님이 비록 매우 고명高明하시나 사씨를 맞이하고 오래지 않아 돌아가셨으니 어찌 그 뒷날의 일까지 거슬러 헤아리셨겠습니까? 또 두부인이 항상 당신의 명을 듣게 하니 어찌 한쪽으로 지나치게 치우친 것이 아니겠습니까?"

"사씨의 말에 조금도 구차한 빛이 없으니 나 또한 반드시 저에게 이런 일이 있었다고 생각지는 않네. 다만 지난날 의심스런 일을 보아서 믿지 못하는 마음도 있다네."

이어 지난날 저주한 글이 사씨의 필체와 비슷하다는 말을 하고, 덧붙였다.

"그때는 집안에 말이 많아질까 우려하여 즉시 태워버리라 하고 자네에게는 말하지 않았지. 부녀자의 악행이 이런 데 한번 이르렀으니, 이로 보건대 또한 의심하지 않을 수는 없네."

"만일 의심스럽다면 장차 부인을 어찌 대하시렵니까?"

"비록 그렇지만 지난 일은 본래 증거가 없고, 이번 일은 더더욱 명백하지 않아. 아버님께서 일찍이 사랑하셨고, 장례까지 함께 치렀으며 더욱이 고모께서 힘써 구하시니 차마 내칠 수는 없을 게야."

교씨는 잠자코 있었다.

한편, 교씨가 임신하여 또 아들을 낳았다. 한림이 이름을 봉추鳳雛라 하고 다른 두 아이와 똑같이 사랑했다. 허나 유씨인지 동씨인지 어찌 구별할 수 있겠는가?

하루는 한림이 나간 틈을 타 교씨와 동청이 상의했다.

"지난날의 계책이 좋았다 하나 한림이 저렇게 말하니, 풀만 베고 뿌리를 없애지 못한다면 봄바람을 만나 다시 살아나지 않는다고 어떻게 보장하겠어요? 사씨와 두부인이 옥가락지의 행방을 끝까지 찾다가 만약 일이 누설되기라도 하면 어찌 큰 화가 되지 않겠어요?"

"두부인이 사씨를 돕고 있으니 낭자가 틈을 타 교묘한 말로 고모와 조카를 이간질하시오. 사이가 벌어지면 사씨를 없애기가 어렵지 않을 것이오."

"나 역시 그런 뜻이 있어 일찍이 상공에게 한번 말해보았어요. 허나 상공이 대답하지 않았죠. 평소 두부인을 부모처럼 섬겨 한 번도 어긴 적 없었으니 그 사이를 이간질하기는 어려울 거예요."

"그렇다면 묘책을 세우기 어려우니 천천히 다시 의논합시다."

한편, 두부인은 사씨를 위해 옥가락지의 행방을 두루 찾았으나 끝내 알 수 없었다. 마음으로는 교씨의 소행이라 짐작했으나 뚜렷이 드러나지 않은 일로 말을 꺼낼 수는 없었다. 마음이 매우 언짢아 한림의 집을 왕래하지도 않았다. 마침 아들 두억杜億이 급제하여 장사長沙, 현재 후난 성 창사의 추관推官, 형벌과 관련된 일을 담당하는 벼슬이 되었다. 두부인은 당연히 아들을 따라 장사로 가야 했다. 아들이 영화롭게 된 것은 기뻤으나 사씨의 외로운 형편이 깊이 걱정되어 마음을 놓을 수 없었다.

급기야 날을 정해 떠나게 되자, 한림이 두부인 모자를 모셔 전별했다. 두부인이 자리를 둘러봐도 사씨가 안 보이자, 한림에게 말했다.

"소사께서 돌아가신 뒤에 조카와 서로 의지하며 이 마음을 위로했는데, 이제 만릿길을 떠나려니 내 마음이 어떻겠느냐? 내 조카에게 한마디 부탁이 있다."

한림이 꿇어앉으며 물었다.

"무슨 말씀이십니까?"

"다른 말이 아니라 사씨를 부탁하려는 것이야. 사씨는 소사께서 사랑하셨고 성품이 본래 선하니 턱없는 악명惡名을 얻으리라고 어찌 짐작이나 했겠느냐? 내 여러 가지로 보호하고자 하니 내가 떠난 뒤에 비록 이상한 말이 있더라도 듣고 놀라지 말고, 그 잘못을 눈으로 본다 할지라도 반드시 나에게 서찰로 물어 의논하고 절대 급히 처리하지 마라."

"삼가 가르침을 받들겠습니다."

두부인이 시비를 돌아보며 말했다.

"사부인은 어디에 있느냐? 나를 데려가거라."

시비가 두부인을 모시고 마침내 사씨가 머무는 곳에 이르렀다. 초가집에 거적이 보기에 처참했다. 사씨는 나무비녀에 베옷을 입고, 헝클어진 머리에 거친 얼굴을 하고 있었다. 모습이 초췌하니 옷 무게도 감당하지 못할 듯했다. 사씨가 두부인을 맞아 절하고 말했다.

"아주버님께서 영화롭게 되고, 고모님께서 멀리 떠나시는데도 몸이 더러운 땅에 있는데다 씻을 수 없는 죄명이 있어서 뜰에 나아가 축하드리지 못했습니다. 죽을 때까지 무궁한 한이 되었을 텐데, 뜻하지 않게 고모님께서 누추한 곳에 와주시니 황공하고 황공하옵니다."

"소사께서 임종할 때 내게 조카를 부탁한 말이 아직도 귀에 선하네. 도의로 이끌고 가르치지 못해 그대를 이 지경에 이르게 했으니 모두 이 늙은이의 잘못이야. 훗날 구천에서 무슨 면목으로 다시 소사를 뵙겠나? 그렇지만 지난날 내가 그대에게 한 말이 있으니 이제 내 말이 생각날 걸세."

사씨가 감사하며 말했다.

"가슴에 품었으니 언제인들 잊을 수 있겠습니까? 첩이 어리석고 망령되어 스스로 이에 이르렀으니 어찌 감히 하늘을 원망하며 또 다른 사람을 원망하겠습니까?"

"지난 일은 말하지 말게. 자네가 불행하게도 일찍 시부모를 여의고 다만 나와 서로 의지하며 살았는데 이제 나마저 멀리 떠나게 되었네. 아들이 외지에 벼슬하여 가마 타고 따라가니 어찌 영화가 아니겠냐만 자네 때문에 마음이 편할 수 없다네. 집안의 기색이나 형편으로 보아 결코 하루라도 그대를 여기 머물게 할 수 없네만, 그대 친정은 영락하여 아무래도 의지하기 어렵고 게다가 신성은 더러운 말이 나온 곳이니 더욱 마음 편히 있을 수 있는 곳이 아니네. 내가 가는 장사는 가는 길이 험하나 배로 가면 그리 멀지는 않네. 만일 난처한 일이 생기면 즉시 내게 연락하게. 마땅히 배로 맞이하겠네. 나와 함께 머물며 천천히 뒷일을 살핀다면 일도 잘 풀리고, 모함하는 말도 들리지 않을 것이야."

"고모님께서 이처럼 생각해주시니 만 번 죽더라도 보답하기 어려울 것입니다. 첩이라고 어찌 앞날을 생각하지 않았겠습니까? 신성은 정말로 돌아갈 수 없고, 오직 고모님께 종신토록 의지하려는 생각뿐이었습니다. 하지만 고모님이 또 만리 밖으로 떠나시니 첩은 정말로 돌아갈 곳이 없어 마음을 가눌 수 없는데, 심지어 배로 맞이하겠다고 오라고까지 말씀해주시니 감격스럽고 감격스럽습니다. 그러나 배로 간다 하더라도 첩첩이 가로막힌 산과 강을 어찌 여자가 갈 수 있겠습니까? 첩의 어리석은 생각으로는, 상공이 집 안에 머물길 허락하지 않으면 시부모님 묘소 아래서 평생을 보내고자 합니다만 어떨지 모르겠습니다."

"애달프다, 그대 뜻이. 처량하다, 그대 뜻이. 묘소 아래가 좋다 해도 안전한 곳이 아니네. 모름지기 내 말을 기억하고, 반드시 모든 일을 참고 훗날을 기다리게. 하늘은 반드시 선한 사람을 보호하니 자네의 액운이 어찌 오래가겠나!"

거듭 간곡히 충고하고 눈물을 흘리며 이별했다.

두부인이 떠난 뒤, 교씨는 마음속으로 통쾌하고 기쁘니 마치 눈에 박힌 못과 등에 박힌 가시를 뽑아낸 듯했다. 또다시 동청을 불러 일을 꾸몄다. 동청이 말했다.

"두씨가 이미 떠났으니 정말 간계를 사용할 때요. 사씨가 목숨을 부지할 수 없게 만들 계책이 하나 있는데 낭자가 쓰지 않을까 걱정이오."

"만약 비책이 있다면 내가 어찌 따르지 않겠어요?"

동청이 소매에서 책 한 권을 꺼내며 말했다.

"이는 당나라 역사책이오. 당나라 고종高宗에게는 왕황후王皇后와 무소의武昭儀가 있었는데, 소의가 황후를 모함하고자 했으나 기회를 얻을 수 없었소. 소의가 딸을 낳았는데 모습이 매우 빼어났고, 황후 역시 사랑하여 어루만지듯 잘 돌보아 길렀소. 하루는 황후가 방에서 아이와 놀다 나왔는데, 소의가 즉시 그 딸을 눌러 죽이고서 '누가 내 딸을 죽였나?' 하며 대성통곡했소. 궁인들을 심문하니 모두 '황후가 방에서 나왔다'고 하였소. 황후는 끝내 무죄를 밝힐 수 없었고 고종은 마침내 황후를 폐하고 소의를 황후로 삼았으니, 바로 측천무후則天武后, 당나라 고종의 황후로 중국 역사에서 유일한 여제(女帝)가 되었요. 큰일을 이루고자 한다면 작은 일은 돌아보지 말아야 하오. 지난날 장주의 병으로 상공이 이미 사씨를 의심했고, 또 낭자에게는 아들이 둘 있으니 진실로 측천무후의 계책을 쓴다면 사씨에게 비록 태임, 태사의 부덕婦德이 있고 소진蘇秦, 장의張儀, 둘 다 전국시대의 유명한 유세객 같은 말재주가 있다 하더라도 결백을 증명하기 어려울 것이오. 낭자가 어찌 뜻을 이루지 못할까 걱정하겠소?"

교씨가 동청의 등을 치면서 말했다.

"호랑이도 자기 자식을 사랑하는데 사람이 돼서 어찌 자식을 죽이겠어요? 당신 의도를 보니, 이는 분명 다른 아이를 죽이고 자기 자식만 보호하려는 계책이에요."

"낭자의 형세는 정말로 호랑이와 같소. 호랑이가 사람을 물지 못하면 사람이 반드시 호랑이를 죽이니, 내 말을 따르지 않으면 뒷날 반드시 후회할 게요."

"이 계책은 차마 쓸 수 없으니 다시 다른 계책을 생각해보세요."

그러고는 서로 수작하며 노는데 하인이 갑자기 한림이 돌아왔다고 알렸다. 동청이 크게 놀라 달려나가며 납매에게 말했다.

"낭자의 사람됨으로는 내 계책을 쓰지 못할 것 같다. 내 계책을 쓰지 않으면 너희는 남아나지 않을 게야. 너는 틈을 타서 반드시 이 계책을 실행토록 해라."

납매가 받아들이고, 기회를 틈타 손을 쓰고자 했다.

하루는 장주가 난간 가에 누워 깊이 잠들어 있었다. 보고 지키는 사람은 없고 다만 사씨의 시녀인 춘방과 설매가 화원을 거쳐 난간 아래를 지나가고 있었다. 납매가 문득 흉악한 마음이 생겨 두 사람이 멀리 가기를 기다렸다가 비로소 손을 써 장주를 눌러 죽였다. 그러고는 나와서 설매에게 말했다.

"옥가락지 일이 끝내 발각되면 부인이 반드시 너부터 죽일 것이다. 여차여차하면 화를 면할 수 있고 큰 상도 받을 거야."

비밀스럽게 말하니 설매가 허락했다.

장주의 유모가 돌아와 장주를 보니 칠규七竅, 사람의 얼굴에 있는 일곱 개의 구멍에 피를 흘리며 죽은 지 오래였다. 크게 놀라 달려나와 통곡하며 교씨에게 알렸다. 교씨가 대성통곡하며 급히 뛰어나와 보았다. 하지만 이미 어쩔 수 없었다. 동청이 쓴 계책임을 알았으나 일이 이미 이 지경에 이르렀기에 계책을 이루기 위해 한림에게 달려가 알렸다. 한림은 얼굴이 쪽빛처럼 파래져 즉시 가 보고는 입 밖으로 한마디 말도 내지 않았다.

그러자 교씨가 가슴을 치고 통곡했다.

"이는 분명 지난번 우리 모자를 저주한 사람이 한 짓입니다. 집안 하인들을 심문하면 찾아낼 수 있을 것입니다."

한림이 즉시 명하여 하인들을 불러모았다. 형벌 기구를 크게 벌여놓고 큰 곤장으로 엄하게 심문했다. 장주의 유모가 말했다.

"제가 공자와 난간에서 놀던 중 공자가 깊이 잠들었습니다. 갑자기 급한 일이 생겨 잠깐 나갔다 돌아오니 그사이에 이런 변이 났습니다. 공자 곁을 떠난 죄는 만 번 죽더라도 애석하지 않으나 그 밖에는 하나도 모르겠습니다."

납매가 말했다.

"첩이 마침 문밖을 지나다 우연히 들어와 보니 춘방과 설매가 난간 아래 서서 무슨 말을 하다가 헤어졌습니다. 그리고 오래지 않아 이러한 변이 생겼으니, 두 사람에게 물어본다면 알 수 있을 것입니다. 설매가 비록 저의 사촌이지만 엄히 물으시니 숨길 수 없나이다."

한림이 춘방과 설매를 잡아냈다. 먼저 춘방을 심문했다. 엄중히 벌하니 살이 모두 찢기고 뼈마디가 부서졌다. 하지만 한결같이 "설매와 우연히 난간 아래를 지나갔을 따름입니다. 그 밖에는 본 것이 없습니다"라고 할 뿐이었다.

설매 역시 춘방이 말한 바와 다름이 없었다. 하지만 다시 엄중하게 매질하니 곧 말했다.

"첩이 이제 죽을 지경에 이르렀으니 부득이 사실대로 대답하옵니다. 사부인이 저희 두 사람을 불러 이르기를 '인아와 장주는 세불양립勢不兩立이니 너희가 장주를 눌러 죽인다면 마땅히 크게 상을 내리리라' 하여 저희가 여러 날 동안 궁리하고 도모했으나 적당한 기회를 얻지 못했습니다. 오늘 마침 장주가 홀로 자고 있고 보살피는 사람이 없기에 춘방이 비로소 손을 썼습니다. 하지만 첩은 온몸이 떨려서 앞으로 나아갈 수도 없었습니다."

한림이 크게 노하여 별도의 큰 곤장으로 춘방을 엄중하게 다스렸다. 춘방이 설매를 크게 꾸짖었다.

"네가 부인을 팔아서 죽음을 면하고자 하느냐? 죽으면 죽는 게지 어찌 전혀 근거 없는 말로 빙옥 같은 부인 탓으로 돌리느냐? 개돼지도 너처럼 행동하진 않을 게야. 네가 비록 죽음을 면하더라도 하늘이 반드시 너를 죽일 게다."

춘방은 끝내 한마디도 말을 바꾸지 않고 매를 맞다 죽었다.

교씨가 말했다.

"설매는 본래 흉악한 일을 하지 않았고 사실대로 공초했으니 공이 있을 뿐 죄는 없습니다. 춘방은 이미 죽었지만 다른 사람이 시킨 것이라면 어찌 그의 본심이었겠습니까?"

이어 장주의 이름을 크게 부르짖으며 가슴을 치고 통곡하며 말했다.

"장주야! 장주야! 내가 너의 원수를 갚지 못한다면 살아 무엇하겠느냐? 차라리 너를 따라 죽으리라."

급기야 방으로 들어가 수건으로 목을 매니, 시비가 급히 구해냈다. 교씨는 하늘을 부르짖고 발을 구르며 통곡을 멈추지 않았다. 한림은 머리를 숙인 채 아무런 말이 없었다. 이에 교씨가 말했다.

"투기하는 부인이 처음엔 우리 모자의 목숨을 없애려고 감히 간악한 일을 저질렀으나 하늘이 도우시어 다행히 발각됐는데, 또 시비를 시켜 이런 생각할 수도 없는 큰 변고를 지어내니 내일이 되기도 전에 재앙이 나에게 미칠 것이다. 내가 차라리 스스로 죽어 다른 이의 손에 죽지 않으려는데 누가 쓸데없이 목맨 것을 풀었느냐? 상공께서는 투기하는 부인과 같이 살고자 하신다면 어찌 저를 속히 죽게 하여 투기하는 부인의 마음을 통쾌하게 만들어주지 않으십니까? 첩은 만 번 죽어도 애석하지 않습니다만, 투기하는 부인에게는 정부情夫가 있으니 그다음엔 상공에게 독수가 미칠까 실로 걱정입니다.”

말을 마치고 다시 목을 매니 한림이 급히 구하고서 벌컥 성을 내며 말했다.

“투기하는 부인이 처음 망측한 변을 일으켰을 땐 특별히 부부의 정으로 차마 드러내지 않았다. 또 신성에서 더러운 행실이 있었으나 집안이 부끄러울까 오히려 덮으려 했다. 그러나 장주의 죽음은 실로 천지간에 있을 수 없는 변고다. 이 부인을 집안에 둔다면 반드시 조상님께서 제사상을 받지 않으시고 자손이 끊어지리라.”

이어 교씨를 위로했다.

“오늘은 이미 늦었으니 내일 친족을 모아 사당에 아뢰고 투기하는 부인을 쫓아내고, 자네를 부인으로 삼겠네. 슬퍼해봐야 무익하니 꽃다운 얼굴을 상케 하지 말게.”

교씨가 눈물을 훔치며 감사해했다.

“이같이 처리하시니 소첩의 원한이 조금 풀리는 듯합니다만 부인의 자리를 천첩이 어찌 감당하겠습니까?”

이날 한림이 여러 친족에게 두루 알려, 이튿날 아침 사당에서 모이기로 약속했다.

아아! 유소사는 구천에서 일어날 수 없고, 두부인은 이미 만리 밖으로 떠나갔으니 누가 한림의 뜻을 되돌릴 수 있겠는가?

시비가 사씨에게 사실을 알리며 통곡하니 사씨가 말했다.
"이런 일이 있을 줄 이미 알았노라."
말과 행동이 침착하고, 안색도 변하지 않았다.

조강지처가 집에서 쫓겨나니
시부모가 꿈속에서 계시하다

　다음날 아침 유씨 집안의 친족들이 일시에 모였다. 한림이 사당으로 맞아들여 사씨의 전후 죄상을 모두 말하고 쫓아낼 뜻을 밝혔다. 여러 친지들이 본래 사씨가 어진데다 가난한 친지들에게 은혜를 많이 베푼 사실을 아니 한림의 말을 듣고 놀라지 않을 수 없었다. 하지만 누가 기꺼이 남의 집 일을 도맡아 반대하겠는가?

　모두 말했다.

　"한림이 이미 알아서 숙고하셨을 터이니 우리가 어찌 간여하겠습니까? 한림의 뜻대로 처리하십시오."

　한림이 의견이 하나로 모인 것을 보고 크게 기뻐하며, 하인들에게 사당을 치우고 향촉을 갖추도록 명했다. 한림은 관복을 가지런히 한 뒤 친족들을 이끌고 향안香案 앞에 서서 향을 사른 뒤 재배하고는 조상 혼령께 사씨의 죄상을 아뢨다.

　그 축의 내용이 다음과 같았다.

가정 36년 세차 정사년 모년 모일에 효증손 한림학사 연수가 삼가 증조고 문연각 태학사 문충공 부군, 증조비 호부인, 조고 태상경 증이부상서 부군, 조비 정부인, 선고 태자소사 예부상서 정헌공 부군, 선비 최부인의 혼령께 아룁니다.

부부는 오륜의 시초이자 만복의 근원이어서 나라의 흥망과 집안의 성쇠가 모두 여기서 말미암으니 어찌 삼가지 않겠습니까? 사씨가 처음 저희 집에 들어와서는 조금도 예의에 어긋남이 없었습니다. 무릇 사람들이 시작은 쉽게 하나 끝마침이 있는 경우는 드무니, 끝까지 제대로 하기란 실로 어렵습니다. 옳지 못한 말이 점점 귀에 들어오고 미워할 만한 행동이 때로 눈에 보였습니다만 도리어 고치기를 바라 질책하지 않았습니다. 그러나 사씨는 가장家長을 능멸하고, 자칭 현철賢哲하다며 입으로는 성인의 말씀을 읊조렸으나 몸으로는 간특한 일을 행하며 더러운 물건을 묻으니, 장차 화를 헤아릴 수 없었습니다. 하지만 특별히 조상님의 음덕을 입어 사씨의 필체가 드러났습니다. 마땅히 국법으로 처리해야 하나 일찍이 선고의 깊은 사랑을 받았고 또 함께 삼년상을 치렀기에 지금까지 참고 견디며 죄를 드러내지 않았습니다. 하지만 사씨는 날로 더욱 방자해져 어머니의 병을 핑계로 신성에 가 더러운 행실을 저지르니, 그 일이 원근에 전파되어 듣는 사람은 귀를 막고 보는 사람은 한심해했습니다. 하지만 털끝만큼이라도 분명하지 않은 일이 있을까 하여 더러운 몸을 집안에 머물게 했는데 자신의 잘못은 생각지 않고 더욱 원망의 독기를 품어서 불측한 여종을 꾀어 강보에 싸인 아이에게 처참한 화를 미치게 했습니다. 이러한 일을 할 수 있다면 무슨 짓인들 차마 못하겠습니까? 옛날 진황후陳皇后는 남을 저주한 일이 발각되어 장문궁長門宮으로 폐출되었으니 옛 선비들은 역사책에 '황후가 죄가 있어 폐출되었다'고 기록했습니다.* 또 조비연

---

* 진황후(陳皇后)는~기록했습니다: 한 무제의 진황후가 요사스런 방법으로 임금의 마음을 얻

趙飛燕은 음란하게 행동하고, 그녀의 동생 합덕合德은 허미인許美人의 아들을 독살하여 사약을 받았습니다.* 지금 사씨는 이들 세 명의 악행을 겸하여 죄가 칠거지악七去之惡에 해당하니, 조상님께서 제사를 받지 아니하고 후 사가 끝내 멸절될까 두렵습니다. 이에 부득이 사씨를 쫓아내고 소첩인 교씨를 정실正室로 삼고자 합니다. 비록 육례를 행하지 않았으나 교씨는 본래 명문가의 자손입니다. 『시경』을 외우고 『예기』를 익혀서 단정하고 바른 덕성이 있으며, 마음을 바로잡고 행실을 삼가 성실히 하고 정숙한 절개가 있으니 족히 제사를 받들 만합니다. 이에 정실로 지위를 올리고 자 하여, 삼가 아뢰옵니다. 상향尙饗.

읽기를 마치자, 시비가 사씨를 계단 아래 이끌고 와 사당 앞에서 사배四拜토록 했다. 사씨가 하직인사를 하고 문을 나서니 모인 친지들이 문밖에서 작별했다. 모두 눈물을 흘리며,

"부인께서는 귀체貴體 보중하세요. 다른 날 서로 만나기를 바랍니다" 라고 할 뿐이었다.

사씨가 감사해하며 말했다.

"죄인을 위해 멀리까지 나와 송별해주시니 감격스럽기 그지없습니다. 하지만 어찌 다시 만나기를 바랄 수 있겠습니까? 인아를 잘 보살펴 주시기만 간절히 바랄 뿐입니다."

유모가 인아를 안고 통곡하니, 사씨가 인아의 머리를 쓰다듬으며 말했다.

"행여라도 내 생각은 말고 새어머니를 잘 섬겨라. 모르겠구나, 언제

으려다가 발각되어 장문궁에 유폐된 일을 가리킴.
* 조비연(趙飛燕)은~받았습니다: 한 성제(成帝)의 황후 조비연과 그녀의 여동생 합덕의 음행을 가리킴. 조비연은 황제를 유혹하여 허황후를 폐하고 황후가 된 뒤 여러 신하를 유혹하며 음란하게 굴었다. 동생 합덕은 허미인, 조궁 등이 낳은 황제의 아이를 죽게 했다.

너와 다시 만날까?"

또 탄식하며 말했다.

"둥지가 기울었는데 알이 온전할 수는 없는 법이니 어찌 네가 여기 머물기를 바랄까? 나의 죄악이 매우 무거워 너에게까지 화가 미쳤구나. 그저 바라노니, 다음 생에 다시 모자母子가 되어 이번 생에 못다 한 인연 을 잇자구나."

흐르는 눈물이 인아의 머리에 방울져 떨어졌다. 사씨가 갑자기 눈물 을 거두고 말했다.

"소사께서 돌아가실 때 내가 죽지 못했고, 어머니 돌아가실 때도 따르 지 못했는데 어찌 강보에 싸인 어린아이에 연연하겠는가!"

인아를 건네주고는 가마를 타고 떠났다. 인아가 크게 울부짖었다.

"어머님을 따라갈 테야."

사씨가 가마에서 다시 인아를 안아 젖을 먹이며 말했다.

"내 마땅히 내일이면 올 것이니 잘 있거라, 잘 있어."

다시 유모에게 건네고 마침내 이별하고 떠났다.

사씨는 흰 베로 얼굴을 가렸다. 오직 두 명의 여종만 뒤따랐으니, 친 정에서 데려온 유모와 차환叉鬟. 주인을 가까이에서 모시는 젊은 계집종이었다.

사씨가 문을 나선 뒤 시비들이 교씨를 옹위해 사당에 오르게 했다. 구 슬과 비취로 장식한 관을 쓰고 고운 무늬를 그린 치마를 이끄니 패옥 소리가 낭랑하게 울렸다. 위의威儀가 매우 엄숙하고 광채가 밝게 빛나 마 치 신선을 바라보는 듯했다. 예를 마치고 여러 노비로부터 인사를 받았 다. 노비들은 머리를 조아리고 백세百歲를 외쳤다. 교씨가 명을 내렸다.

"이제 내가 안살림을 맡았으니 전과는 크게 다를 것이다. 너희는 모름 지기 마음을 다해 따르고 화목하게 지내 삼가 죄를 짓지 말도록 하여 라."

"삼가 명을 받들겠습니다."

몇 명의 늙은 하인이 아뢨다.

"사씨는 여러 해 동안 이 집 안주인이었습니다. 지금 비록 죄를 지어 쫓겨나나 저희가 인정상 마땅히 배송해야겠기에 감히 청하옵니다."

교씨가 말했다.

"이는 두터운 정이니 어찌 만류할 수 있겠느냐?"

여러 시비들이 일제히 큰길로 따라나서니 통곡 소리에 땅이 진동했다. 사씨가 가마를 멈추고 차환에게 말을 전했다.

"죄인을 멀리까지 배웅해주니 고맙고 고맙네. 새 부인을 힘써 섬기되, 옛사람도 잊지는 말아주게."

원근의 사람들이 거리를 가득 메웠는데, 눈물을 흘리지 않는 이가 없었다. 사람들끼리 서로 말했다.

"세상사 생각지도 않게 뒤집히는 것이 이 같을 수도 있구나. 십 년 전 유한림이 사부인을 맞아 이 길을 지날 때 위세가 근래 보기 드물게 성대하여 딸을 가진 집에선 모두 부러워했지. 이제 갑자기 이렇게 되니 상전벽해桑田碧海란 말이 진실로 허황되지 않아."

또 어떤 사람이 말했다.

"내가 듣기에 사부인은 세상에 다시없는 절색일 뿐만 아니라 행실 또한 옛날의 맹광孟光, 후한의 은사인 양홍(梁鴻)의 아내. 현부(賢婦)로 칭송되었다보다 뛰어나 유소사가 사랑하고 유한림이 귀중히 대하는 것이 세상에 비할 바가 없다 했는데 하루아침에 천대받고 버려져 이 지경이 되었구나. 실제 그 옳고 그름은 알 수 없으나 부부 사이의 일이 어찌 어렵지 않겠는가?"

이날 천지가 어둑하고 참혹하며 햇빛이 없고 일시에 요란히 바람이 불며 갑작스레 비가 내리니 길 가던 사람들이 놀라지 않을 수 없었고, 한림 역시 불평한 마음이 없을 수 없었다.

가마꾼이 신성으로 향하려는데 사씨가 차환에게 말했다.

"바로 소사의 묘로 가도록 해라."

마침내 가던 길을 바꾸었다. 조양문朝陽門, 북경 내성(內城)의 동쪽 대문을 지나 곧바로 묘에 이르러 몇 칸 되지 않는 초가집을 얻어 머물렀다. 사방은 황량한 산이고 마을은 쓸쓸하여, 아침저녁으로 오직 원숭이의 휘파람 소리와 새들의 울음소리만 들릴 뿐이었다.

사씨 집안 소공자가 이 기별을 듣고 급히 말을 달려와 통곡했다.

"여인이 시집에서 받아주지 않으면 으레 친정으로 돌아오기에, 형제 가 서로 의지할 수 있게 되어 불행 중 다행이라 여겼거늘, 누님이 이 빈 산에 온 것은 대체 무슨 뜻입니까?"

"내 어찌 형제를 생각하지 않겠으며, 또 어머님의 혼백을 모시고 싶지 않겠니? 다만 생각건대 일단 친정으로 돌아가면 유씨 집안과는 영원한 이별이 될 것이야. 또 나는 본디 털끝만큼의 죄악도 없고, 한림 또한 현 명한 군자니 비록 한때의 모함에 미혹될지라도 뒷날 뉘우치는 마음이 어찌 없겠니? 설혹 한림이 나를 영원히 버린다 할지라도, 일찍이 돌아 가신 소사께 후대를 받았으니 소사의 묘 아래 늙어 죽는 것이 나의 바 람이야. 아우는 이상하게 생각지 마라."

사공자는 다시 부탁해봐야 소용없을 줄 알고 즉시 집으로 돌아가 사 내종 한 명과 시비 한 명을 보냈다. 사씨가 말했다.

"우리집에 본디 하인이 별로 없는데, 여기에 하인 둘을 둬봐야 어디에 쓰겠는가?"

늙은 사내종만 머물러 문을 지키게 하고, 시비는 즉시 돌려보냈다.

이 땅은 유씨 종족이 모이는 곳으로 하인들이 거주했다. 사씨가 온 것 을 보고 문안하며 존경하지 않는 사람이 없어, 가진 것이 있고 없고 간 에 서로 도우니 족히 의지가 되었다. 사씨는 길쌈에 뛰어나 품을 팔아 옷도 만들고 옷감도 짜며 생활했다. 게다가 몸에 지니고 온 약간의 장신 구가 있어서 진주와 패물 등을 내다팔아 부족한 데 보태니 고초가 심하 기는 해도 세월을 보낼 수 있었다.

이 무렵, 교씨는 사씨가 신성의 친정으로 돌아가지 않고 곧바로 유씨 집안의 묘로 갔다는 말을 듣고,

'이는 분명 쫓겨난 부인임을 자처하지 않으려는 것이다'

생각하여, 한림에게 말했다.

"사씨는 더러운 행실로 조상들께 죄를 짓고서 어찌 감히 유씨 집안의 묘 아래 머무나요?"

"이미 쫓겨난 뒤니 행인과 같아서 동서남북 어디든 마음대로 머물 수 있소. 게다가 그 땅은 비단 유씨 집안 사람들뿐만 아니라 다른 사람도 거처하는 곳이니 어찌 금할 수 있겠소?"

교씨가 기뻐하지 않았다.

며칠 뒤 교씨가 동청과 의논하니, 동청이 말했다.

"사씨가 묘 아래 머무는 데는 세 가지 큰 뜻이 있소. 하나는 신성으로 가지 않고 옥가락지의 일을 밝혀내려는 것이고, 두번째는 스스로 무죄라며 여전히 유가의 며느리임을 자처하려는 것이며, 세번째는 향당의 친지들에게 정을 얻어 다른 사람이 도와주기를 바라는 것이오. 게다가 선산은 상공이 봄가을로 왕래하는 곳이니, 상공이 만약 저가 황량한 산에서 고초를 겪는 모습을 본다면 어찌 함께하던 정을 돌이켜 후회하는 마음이 싹트지 않겠소? 요사이 바깥 물정을 들으니 말이 흉흉하여 종종 사씨를 위해 원통함을 호소하는 경우가 있다 하였소. 만일 한림이 갑자기 깨우쳐 사씨를 다시 맞아들인다면 뒷날의 화가 어찌 지극하지 않겠소?"

"만약 그렇다면 몰래 칼잡이를 보내 베어 죽이는 것이 좋겠어요."

"아니 되오. 사씨가 만약 불의에 피살되면 한림이 어찌 의심하지 않겠소? 나에게 계책이 하나 있다오. 지난날의 옥가락지가 아직 냉진에게 있으니 우연한 일이 아니오. 냉진은 본래 처자식이 없는데다 일찍부터 사씨의 사람됨을 사모했소. 냉진이 꾀를 써서 사씨를 속여 데려간 뒤 아

내로 삼도록 한다면 사씨의 정절은 허물어질 것이오. 그럼 다시는 다른 사람이 사씨의 억울함을 호소하지 않을 테고 한림이 사씨를 생각하는 일도 곧 끊어질 것이오."

"절묘합니다, 절묘해요. 그런데 사씨를 속일 수 있을까요?"

"사씨는 자못 절개가 굳어 동생의 집에도 가지 않으니 다른 일로 마음을 움직일 수 없소. 심복을 두부인의 하인으로 꾸며 사씨에게 보내 '추관께서 서울의 벼슬자리를 맡으셔서 두부인 역시 집으로 돌아오셨습니다'라고 말하게 하고 두부인이 사씨를 부르는 편지를 위조해 전하면, 반드시 믿을 것이오. 한편으로 냉진에게 매우 후미진 곳에 집을 구하여 화촉을 미리 준비시키고 사씨가 오기를 기다렸다가 강제로 혼인케 해야 하오. 그러면 사씨에게 날개가 있다 해도 날아갈 수 없을 게요."

교씨가 손뼉을 치고 웃으며 말했다.

"꾀가 매우 절묘해요."

교씨가 즉시 두부인의 편지 몇 장을 구해 동청에게 주었다. 부녀자의 필체라 베끼기가 쉬웠다. 동청이 서찰 한 통을 베껴 쓰고 냉진을 찾아가 계획을 모두 알려주고 말했다.

"유한림의 두 부인은 모두 절세미인이야. 내가 하나를 얻고, 자네가 하나를 얻는다면 우리 두 사람의 행운이 손책孫策과 주유周瑜보다 훨씬 나을 테지.*"

냉진이 크게 기뻐서 자기도 모르는 사이에 손으로 춤추고 발을 구를 정도였다. 냉진은 화촉을 준비하고 일이 성사되기를 기다렸다.

한편, 사씨는 창 아래서 길쌈을 하고 있었다. 갑자기 문밖에서 어떤 사람이 말했다.

---

* 손책(孫策)과~나을 테지: 삼국시대 오나라의 인물인 손책과 주유는 절세미인인 교공(喬公)의 두 딸을 각각 아내로 삼았다.

"여기가 유한림 부인이 사시는 곳입니까?"

하인이 찾아온 이유를 물으니, 그가 말했다.

"저는 성안 두홍려^{杜鴻臚} 댁 종입니다."

"두부인과 두추관은 장사의 임지에 가셨는데 누가 그 집에 있는 게 요?"

"그대가 모르는구려. 우리 어르신이 장사의 추관으로 부임하셨는데 천자께서 조서를 내려 '한림원의 관원을 외지에 보내는 것은 잘못된 천 거다'라며 이부의 관원들을 추고^{推考, 벼슬아치의 죄를 따짐}하고 즉시 역마를 보 내 돌아오게 하셨소. 하여 어르신이 대부인을 모시고 어제 집으로 돌아 오셨다오. 사부인이 여기에 있다는 말을 듣고 나를 보내 문안케 하고, 또 서찰도 보내셨소."

하인이 서찰을 받아 사씨에게 드리고 온 자의 말을 자세히 전했다. 사 씨가 그 글을 보았다.

한번 이별한 뒤 그리움을 헤아릴 수 없었는데, 아들이 곧바로 서울의 벼슬자리로 돌아오게 되었기에 나 역시 왔다네. 늙은이가 서울을 떠난 뒤 그대가 이 땅에 이르렀다니 얼마나 힘들겠나. 그대가 머무는 곳은 산 골이니 여인이 홀로 있으면 강포^{強暴}한 자에게 욕보일까 어찌 두렵지 않 겠나? 빨리 우리집으로 와 서로 의지한다면 만사가 매우 좋을 것이네. 내일 가마를 보낼 테니 모름지기 속히 오게.

사씨는 두부인이 돌아왔다는 말을 듣고 마음으로 매우 놀랍고, 위안 이 되어 크게 기뻤다. 서찰에 별다른 말은 없고, 서로 의지하자는 말이 전에 함께 의논한 일과 꼭 들어맞았다. 게다가 필체까지 거의 일치하여 조금도 의아한 마음이 없었다. 가서 뵙겠다는 뜻의 글을 답장으로 보냈 다. 이날 밤 사씨가 등불 아래 앉아 눈물을 흘리며 생각했다.

'이곳에 온 뒤 비록 매우 힘들었지만 날마다 선산의 묘소를 보며 마음에 위안을 삼았는데, 내일 이곳을 떠나려니 마음이 절로 처량해지는 구나.'

베개에 기대 얼핏 잠이 들었다. 홀연히 어떤 사람이 밖에서 들어와 어르신과 부인의 명이라며 말했다.

"부인을 부르십니다."

사씨가 눈을 들어 바라보니 곧 지난날 소사의 심부름을 하던 시비였다. 즉시 그를 따라 한 곳에 이르렀는데, 인적이 드문 곳으로 집과 창이 고요하고 쓸쓸해 보였다. 시비 몇 명이 사씨를 맞이하며 말했다.

"어르신께서 부인과 함께 방에서 기다리십니다."

사씨가 방에 돌아 들어가니 소사와 부인의 모습이 완연하여 전날과 다름이 없었다. 부인은 명부命婦의 관복을 갖춰 입어 차림새와 태도가 단정하고 위엄이 있었다. 사씨가 땅에 엎드려 한참 동안 눈물을 흘렸다.

소사가 말했다.

"슬퍼 마라. 우리 아이가 남들이 모함하는 말을 믿어 어진 며느리에게 이렇게 고초를 겪게 하니 내 마음이 어찌 하루라도 편했겠느냐? 저승과 이승이 길이 달라 구하려 해도 구할 수가 없고, 또 천수天數가 정해지면 피하려 해도 피하기 어렵단다. 간혹 풍운을 타고 옛집에 내려가 슬픈 눈물만 비에 섞어서 흩뿌릴 뿐이었다. 지금 너를 부른 것은 다름이 아니야. 하인이 전한 서찰은 두부인이 쓴 것이 아니다. 그 가운데 단서가 있지. 자세히 보면 알 수 있을 테니 긴 말이 필요 없을 게다."

부인이 사씨를 앞에 가까이 오게 한 뒤 머리를 쓰다듬으며 위로했다.

"나 또한 일찍 세상을 떠나 며느리의 얼굴을 볼 수 없었지. 며느리는 눈을 들어 나를 보아라. 비록 구천에 있지만 너와 우리 아이가 함께 사당에 올라 절하는 모습을 볼 때마다 마음이 기뻤다. 본래 술을 즐기지 않지만 네가 올리는 술에는 취하지 않을 때가 없었지. 불행히도 지금은 교씨 그 음란한 여자가 우리 제사를 주재하니 내 어찌 흠향하겠느냐. 네가 집을 떠난 뒤로 내가 다시는 옛집에 가지 않고 너와 오래도록 여기에 머물렀다. 네가 마땅히 또 멀리 떠나야 하니 비록 운명이라지만 어찌 슬프지 않겠느냐?"

사씨가 다 듣고 오열하며 답했다.

"비록 두부인이 불러 경성으로 가게 되었지만 묘소 곁을 떠나는 저의 심정은 쓸쓸합니다. 아버님의 가르침을 듣건대, 그 서찰이 두부인이 쓴 게 아니라 하시니 첩은 갈 곳이 없습니다. 이제 묘소 아래서 늙어 죽고자 하는데 어머님께서는 어찌 멀리 떠나라 하시는지요?"

소사가 말했다.

"그러라는 뜻이 아니다. 서찰이 비록 위조된 것이나 이곳에 오래 머물면 정말로 강포한 자들에게 욕을 당할 게야. 또 너에게는 칠 년간의 액운이 있으니 남쪽 물길로 오천 리 밖을 가야 마땅히 화를 면할 수 있다. 이는 벗어날 수 없는 운명이야. 오늘 부른 것은 바로 이를 말해주기 위해서다. 힘써 노력하고 조금도 의심하지 말도록 하여라."

"여자의 몸으로 멀리 떠나기가 실로 어렵습니다. 앞날의 길흉을 하나하나 가르쳐주십시오."

"이는 천기이니 어찌 누설할 수 있겠느냐? 다만 한 가지 전할 말이 있다. 지금부터 육 년 뒤 사월 십오일 밤에 백빈주白蘋洲 가에 배를 대고 기다렸다가 위급한 사람을 구하도록 해라. 명심하여 잊지 마라. 그리고 이곳은 구천 아래로 사람이 머물 곳이 아니니 오래 머물 수 없다. 속히 돌아가도록 해라."

"존안을 한번 이별하면 어느 날 다시 뵐 수 있을까요?"

사씨가 큰 소리로 통곡했다. 그러자 유모와 시비가 가위에 눌렸다고 생각해 크게 소리치며 몸을 흔들었다. 놀라 일어나 앉으니 꿈이었다. 정신을 가다듬고 유모에게 말했다.

"막 꿈을 꿨는데 매우 이상했다네."

이어서 꿈속의 일을 자세히 말했다. 다시 두부인의 편지를 들고 두세 번 살펴보았으나 가짜인지 알 수 없었다. 그러다 마침내 생각했다.

'두홍려의 이름이 '강(鋼)'이므로 두부인이 평소 말할 때에도 반드시 '강'이라 소리 내는 것을 피하셨는데 이 서찰은 '강' 자를 거리낌없이 쓰고 있으니 분명 위조한 것이다. 다만 어떤 사람이 이렇게 필체를 모방했는지 알 수 없구나.'

이런 생각을 유모와 주고받는 사이에 날이 이미 밝았다.

사씨가 유모에게 말했다.

"소사께서는 분명히 내게 남쪽으로 오천 리를 가야 한다고 이르셨네. 비록 꿈속이라 자세히 듣지는 못했지만 장사는 정말로 남쪽이며, 두부인께서 때때로 나에게 장사까지 거리가 물길로 오천 리라고 말씀하셨어. 시부모님은 분명 나를 두부인에게 의탁하려 하신 게야. 허나 두부인께서는 아직 내가 쫓겨난 것을 모르시고, 또 남쪽으로 가는 배를 구하기가 쉽지 않으니 장차 어찌할까?"

하인이 갑자기 알렸다.

"두홍려 댁 하인이 가마를 가지고 왔습니다."

유모가 말했다.

"진위 여부를 캐묻는 게 좋겠습니다."

"이는 거짓이 분명해. 분명 강포한 무리의 짓이니 그 말을 따르지 않으면 반드시 변고를 일으킬 게야. 그저 밤에 바람을 맞아 운신할 수 없다고만 말하게."

유모가 그대로 말하니 그들이 서로 말없이 돌아보다 감히 억지로 청할 수 없어 동청에게 돌아갔다. 동청이 말했다.

"내가 듣기에 사씨는 매우 지혜로운 사람이야. 지난밤 답장을 쓰고 난 뒤 다시금 의심이 생겨 사람을 성으로 보내 거짓임을 알아내고는 병을 펑계로 오지 않는 것일 게야. 만약 우리가 한 짓임을 알게 된다면 그 화를 헤아리지 못할 것이다."

냉진은 처음에 답장을 보고 쓰러질 듯 기뻐했다. 하지만 계교를 이룰 수 없게 되자 동청에게 말했다.

"이미 쏜 화살을 중간에 멈출 수는 없네. 꾀로 이룰 수 없다면 마땅히 힘을 써서 취해야지. 나에게 네댓 명 형제 같은 이들이 있으니, 모두 용맹하고 건장하다네. 함께 밤중에 가서 위협할 걸세. 만약 내 말을 따르면 나의 복이고, 따르지 않으면 한칼에 찔러 죽여 자네의 화근을 끊어버리겠네."

"자네의 계책이 내 뜻과 같네."

냉진이 무리를 모아서 바로 일을 일으키려 했다.

사씨는 꿈속의 일이 매우 분명했으나 또한 의심하지 않을 수 없어 쉽게 결정하지 못했다. 마침내 소사의 무덤을 향해 향을 사르고 축원했다.

가정 38년 기미년 월일 소부 사씨 정옥이 존귀하신 시부모님의 영전에 엎드려 비옵니다. 첩이 비록 꿈속에서 밝으신 가르침을 입었으나 다시 생각하니 여자의 몸으로 홀로 만리를 간다면 무사히 도달하기 어려울 듯합니다. 차마 묘소를 멀리 떠날 수도 없습니다. 이제 점괘를 빌려 의심을 풀려 하옵니다. 신령하신 시부모님께서는 아득한 가운데 모르시는 바가 결코 없을 것이니, 바라옵건대 조짐을 분명히 보이시어 흉액을 피하고 길한 데로 나아갈 수 있게 하소서.

축원을 마치고 동전을 던지니 괘를 이루었는데, 돈괘遯卦가 변하여 귀매괘歸妹卦가 되었다. 점괘가 이러했다.

'남쪽이 이로우며, 동북쪽이 불리하다. 서남쪽으로 가면 옛사람을 만나리라.'

또 다음과 같았다.

'물길로 남행南行하매 놀라지도 의심하지도 마라. 비유컨대, 항아姮娥, 달에 사는 선녀가 월궁月宮에 몸을 의탁한 것과 같으니 끝내 크게 창성하리라.'

점을 치고 나서 사씨가 탄식했다.

"신령께서 명한 바로다."

하인을 통주通州, 순천부에 있던 고을. 북경에서 남방으로 통하는 운하의 거점 나루에 보내 떠나는 배편을 찾아보게 했다. 하인이 돌아와 말했다.

"통주에 사는 장삼張三은 두홍려 댁의 하인이었는데, 요즘에는 생강 사고파는 일을 합니다. 지금 막 광서廣西로 배를 출발시키려는데 장사를 지난다고 합니다."

사씨가 크게 기뻐했다.

"두홍려 댁의 하인이라면 우리집 하인과 무엇이 다르겠는가? 이 또한 신령께서 도우신 바로다."

즉시 노자를 마련해 통주로 향했다. 이웃 사람들에게는

"신성으로 가니, 오래지 않아 돌아올 것이다"

라고 일렀다.

사씨가 시부모의 묘소에 하직인사를 드리며 목놓아 통곡하니 구름이 덮여 참담하고, 짐승들도 슬퍼하는 듯했다. 사씨가 묘소를 떠나자마자 냉진 일당이 집에 이르렀다. 하지만 집이 빈 것을 보고 별수 없이 돌아갔다.

회사정에서 하늘을 향해 통곡하고
황릉묘에서 옷깃을 여미고 이야기하다

사씨가 통주에서 배를 타니 장삼이 유한림의 부인인 것을 알았다. 장사까지 힘든 길은 아니었지만 모든 일에 마음을 다해 받들고 조금도 태만하지 않았다.

여러 날 동안의 뱃길에 아침에는 바람이 일고 저녁에는 노을이 졌다. 옛 오나라 땅에는 산이 천 겹이나 이어졌고, 옛 초나라 땅에는 물길이 만 겹이나 일렁였다. 삼강三江에는 기러기가 날고 한수漢水에는 바람이 일었다. 이윽고 호광湖廣, 지금의 후베이 성, 후난 성 일대 지방에 이르니 사씨는 장사가 점점 가까워짐을 보고 마음이 조금 평온해졌다. 화용현華容縣, 동정호 북쪽에 있는 고을 이름에 이르니 거센 바람이 크게 일어 배가 나아갈 수 없었다. 배에 탄 사람들 가운데 병들어 누운 자도 많으므로 배를 강변에 정박했다. 사씨는 강마을로 갔다. 산 아래 초가집이 물가로 사립문이 나 있어, 문을 두드려 사람을 불렀다. 열네댓 살쯤 된 여자가 나왔다. 모습이 매우 아리따워 마치 복숭아꽃 한 가지가 강물에 밝게 비치는 듯했다. 여자가 사씨를 맞이해 마루에 오르게 했는데, 날이 이미 저물었다.

사씨가 물었다.

"낭자는 누구인가요? 어찌 가장도 없이 홀로 빈집에 있나요?"

"첩의 성은 임林입니다. 어려서 아버님을 여의고 어머니인 변씨卞氏와 서로 의지하며 살고 있습니다. 어머니는 강 건너 친척의 굿을 보러 배를 타고 갔다가 맞바람에 길이 막혀 아직 돌아오지 못하고 있습니다."

임씨는 물러나 유모에게 사씨의 행색行色을 물어본 뒤 부엌에 들어가 손님 대접할 음식을 준비했다. 얼마 뒤 마루에 불을 밝히고 저녁식사를 올렸다. 식사를 끝내고 술과 다과도 올렸다. 강마을의 좋은 술과 무창武昌의 물고기회에 제철 과일, 동산東山의 채소가 모두 매우 정결했다. 사씨는 술과 고기는 먹지 않고 채소와 과일만 먹고 식사를 마쳤다. 지극한 정성에 감격하여 임씨를 불러 말했다.

"멀리서 온 나그네가 주인을 수고롭게 하여 부끄럽고 미안합니다."

"부인은 천인天人이십니다. 누추한 곳까지 내려오셨는데 살림이 빈궁하여 제가 정성을 다하지 못하니 무례함이 심합니다. 황공하고, 부끄러울 따름입니다."

사씨가 거듭 감사해하고 임씨의 집에 묵었다. 다음날도 바람이 불어 연이어 사흘을 머물렀으나 임씨는 더욱 공경하며 대접했다. 이별할 때 두 사람의 정이 깊고 깊어져 차마 서로 헤어질 수가 없었다. 사씨가 끼고 있던 가락지를 빼 임씨에게 주며 말했다.

"비록 하찮으나 조금이라도 나의 정을 표하려 해요. 옥 같은 손에 끼고 헤어진 뒤 보면서 잊지 않길 바랍니다."

임씨가 사양하며 말했다.

"이것은 부인의 여비에 꼭 필요한 것이니 첩이 감히 받을 수 없습니다."

"장사까지는 멀지 않고, 그곳에 도착하면 쓸 데가 없으니 사양하지 마세요."

임씨가 바야흐로 받아 손가락에 끼고 눈물을 뿌리며 이별했다.

사씨가 다시 길을 떠난 며칠 뒤 남자 하인이 나이가 많을 뿐 아니라 물길에 익숙하지 못해 병에 걸려 죽었다. 사씨는 슬픔을 참지 못해 그를 위해 가는 길을 멈추고 장삼을 시켜 강가 언덕에 묻게 했다. 이제 사씨의 일행 가운데 남자 하인은 하나도 없고 유모와 차환 둘만 남았을 뿐이었다. 분명 낭패여서 갈 길이 얼마나 되는지 물었다.

장삼이 말했다.

"순풍을 만난다면 내일쯤 장사에 닿을 것입니다."

사씨는 매우 기뻤다.

이윽고 순풍에 배가 빨라 동정호 어귀를 거쳐 악양루 아래 도착했다. 이 땅은 곧 전국시대 초나라의 땅이었다. 옛날 순임금이 남쪽으로 순수 巡狩하다가 이곳 창오산蒼梧山에서 붕어崩御했다. 두 아내인 아황娥皇과 여영 女英이 쫓아왔으나 이를 수 없어 상수湘水 가에서 통곡했는데, 눈물이 다하자 피가 흘렀다. 피눈물을 대나무 숲에 흩뿌리니 피눈물 자국이 대나무에 얼룩졌다. 이른바 소상반죽瀟湘斑竹이 그것이다.* 그뒤 어진 신하 굴원屈原이 회왕懷王을 섬기며 충성을 다해 나라의 은혜를 갚으려 했다. 하지만 끝내 소인의 모함을 받아 강남으로 내쳐졌다. 『이소離騷』를 짓고 가슴 아파하다가 마침내 물에 빠져 죽었다.** 한나라 때 가의賈誼는 낙양의 뛰어난 선비였으나 미움을 받아 장사로 내쳐졌다. 이에 굴원을 조문하는 글을 지었다.*** 이들 네 사람의 자취는 천년이 지나도 여전히 남아

---

* 옛날 순임금이~그것이다: 순임금과 아황·여영의 고사를 말함. 옛날 순임금이 창오산에서 별세하자, 두 비인 아황과 여영이 찾아가려 했으나 소상강(瀟湘江)에 막혀 건너가지 못하고 피눈물을 대나무 숲에 뿌리며 통곡하다가 강가에서 죽었다. 그후 대나무에 눈물 자국이 선명하게 나타나 반죽(斑竹)이 되었다. 이를 소상반죽이라 한다.
** 그뒤 어진 신하~빠져 죽었다: 굴원은 전국시대 초나라 대부다. 초 회왕(懷王)이 굴원을 모함하는 말을 듣고 그를 멀리하자 『이소』를 지었다. 양왕(襄王) 때 모함을 받아 다시 강남에 추방되자 멱라수(汨羅水)에 빠져 죽었다.
*** 한나라 때 가의(賈誼)는~지었다: 전한(前漢) 때 중신이던 가의가 모함 때문에 장사왕태

있으니, 슬픈 빛의 구름 낀 구의산九嶷山, 창오산, 순임금의 무덤이 있다고 한다과 밤비 내리는 소상강, 밝은 달 뜬 동정호, 그리고 두견새 우는 황릉묘黃陵廟 아황과 여영의 사당는 모두 애가 끊어지는 곳이었다. 비록 아무런 관심 없이 지나가는 사람이라도 여기서 두견새 소리를 들으면 슬픔에 넋이 나가 쓸쓸히 눈물 흘리지 않는 사람이 없었으니 '초나라 땅의 쓸쓸함'이란 말이 진실로 헛말이 아니었다. 하물며 사씨는 몸을 깨끗이 하고 행동을 삼가며 마음을 다해 남편을 섬기고도 모함을 받아 곤욕을 치르고 떠돌며 온갖 어려움을 겪었으니 지금 이 땅에 이르러 옛사람을 조문하고 현실을 슬퍼하며 자기 신세를 생각하면 어찌 슬프지 않겠는가? 밤이 새도록 슬픔에 겨워 한잠도 이룰 수 없었다.

이곳은 남쪽에서 오는 배와 북쪽으로 가는 배가 모두 만나는 곳이었다. 밤이 깊어지자 사람 소리도 없어 온 세상이 고요했다. 갑자기 옆 배에서 사람들의 말소리가 들렸다.

"장사 사람들은 복도 없지."

"어찌 복이 없다고 하는가?"

"작년에 온 두추관은 청렴하고 사사로움이 없으면서, 송사訟事를 잘 다루어 백성의 원망이 없었지. 하지만 새로 온 유추관은 옳고 그름은 가리지 않고 오직 돈만 밝히니 장사 사람들이 어찌 복이 없지 않겠는가?"

사씨가 그 말을 듣고 생각했다.

'만일 이 말대로라면 두추관이 서울의 벼슬을 하게 되었다는 말은 헛말이 아닌 듯하구나.'

뒤척이는 사이에 날이 밝았다. 장삼에게 소식을 자세히 물어보게 했다. 장삼이 돌아와 알렸다.

"정말 그 말대로입니다. 두추관께서 부임한 이후로 군이 잘 다스려졌

부(長沙王太傅)로 좌천되어, 굴원의 죽음을 애도하는 「조굴원부弔屈原賦」를 지은 일을 말한다.

습니다. 하여 순안어사巡按御使, 왕명으로 여러 곳을 돌아다니며 살피고 조사하는 어사가 특별히 선발하여 등용하도록 조정에 아뢰었다고 합니다. 성도부成都府 지부知府, 성도부의 으뜸 벼슬. 성도는 사천(四川) 지방에 있는 고을 이름가 되어 두부인을 모시고 지난달 초에 벌써 임소任所로 가셨다고 합니다."

사씨가 다 듣고 하늘을 우러러 탄식했다.

"삶이 곤궁하여 이처럼 되었으니, 분명 하늘이 날 이곳에서 죽게 하려는 것이로다."

이어 장삼에게 말했다.

"이제 장사로 간들 의지할 곳이 없으니 우리 셋은 이곳에 내려주게. 자네는 먼 길 잘 가도록 하게."

"장사는 가셔도 의지할 곳이 없습니다. 소인 역시 멀리 이문을 남기러 가야 하기에 이곳에 머물 수가 없고요. 다만 모르겠습니다, 부인께서는 여기서 어디로 가실 생각이십니까?"

"이 한 몸 어디인들 의탁하지 못하겠나? 자세히 묻지는 말게."

유모와 차환은 어찌할 바를 몰라 서로 붙잡고 통곡했다. 장삼이 강가 초가집에 배를 대 사씨와 두 시비를 내려주고 울면서 하직했다.

"갈 길이 매우 바빠 여기 머물 수가 없습니다. 부인께서는 천만 보중하십시오."

마침내 닻줄을 풀고서 떠났다.

유모와 차환이 통곡하며 사씨에게 말했다.

"노자는 벌써 떨어졌고 의지할 곳도 없습니다. 마님, 이제 어찌할까요?"

"내가 눈뜬장님 같아 사람을 알아보지 못했지. 스스로 엎어져 이런 곤욕을 겪은 게야. 이제 와서 연명해봐야 매우 구차할 뿐이지. 이 지경에 이르고 어찌 죽음을 두려워하겠는가?"

또 말했다.

"마음이 몹시 답답하니 높은 봉우리에 올라 고향을 한번 바라보고 싶구나. 자네들이 나를 부축해 오르도록 해주게."

두 사람이 사씨를 부축하여 언덕에 올랐다. 깎아지른 언덕이 물가에 있었는데, 우뚝 솟은 나무까지 천 자나 되었다. 대숲 사이에 사당이 하나 있으니, 그 현판에 '회사정懷沙亭'이라 써 있었다. 이곳이 바로 굴원이 바위를 껴안고 물로 뛰어든 곳이었다. 후대 사람이 이곳에 사당을 세웠고, 고금의 시인들은 이곳에서 수많은 시를 지었다. 사씨가 유모에게 말했다.

"두추관이 벼슬이 바뀌어 이미 떠났기에 지난번 꿈이 맞지 않는다고 생각했는데, 이제 신령께서 가르친 뜻을 알겠구나."

"무슨 말씀이십니까?"

"이곳은 충신이 물에 뛰어든 곳이네. 시부모님의 신령은 내가 굴원처럼 죄가 없다는 것을 아시지. 따라서 이곳에 와 바위를 껴안고 물에 뛰어들어 맑은 절개를 보전하게 하신 게야. 옛사람과 더불어 꽃다운 이름을 다툴 수 있게 하신 게지. 이 어찌 우연이겠어? 맑은 강물의 깊이가 천척千尺은 됨직하니 정말로 내 뼈를 묻을 곳이네."

말을 마치고 물에 뛰어들려 하자 유모와 차환이 통곡하며 말했다.

"저희 둘은 천신만고 끝에 부인을 모시고 여기에 이르렀으니, 마땅히 생사를 함께해야 할 것입니다. 부인과 함께 빠져 같이 구천지하九泉地下를 노니는 것이 쇤네들의 바람이옵니다."

"나는 죄가 있으니 정말 죽어 마땅하네. 하지만 자네들은 죄도 없는데 어찌 나를 따르려는 겐가? 노자가 비록 거의 다했지만 그래도 아직 남은 것이 있으니 반씩 나눠 갖도록 하게. 이곳 인가에 의탁하여 종복이 된다면, 차환은 나이가 어려 심부름을 할 수 있고 유모는 비록 나이가 들었지만 또한 충분히 밥을 지을 수 있으니 어찌 좋은 주인을 얻지 못할까 걱정하겠나? 각각 자기 몸을 아끼고 천만 보중하게. 행여 북방 사람을 만나면 내가 이 강에 스스로 뛰어들었다고 전해주게."

또 말했다.

"삶과 죽음은 큰일이니 명백하게 하지 않을 수 없구나."

그리고 붓을 들어 기둥에

"모년 모월 모일에 사씨 정옥이 여기서 빠져 죽도다"

라고 썼다.

다 쓰고 땅바닥에 붓을 던지며 하늘을 우러러 크게 부르짖었다.

"하늘이여! 하늘이여! 어찌 나를 이 지경에 이르게 하셨나요! 옛사람이 이른바 '착한 이에게 복을 내리고 음란한 사람에게 재앙을 내린다'고 한 것은 실로 거짓입니다!"

또 말했다.

"비간比干*은 심장이 쪼개지고 오자서伍子胥**는 눈이 뽑혔지. 굴원은 물에 빠져 죽었고, 가의는 「복조부鵩鳥賦」를 지었어.*** 예부터 이러했으니 내가 죽는 것은 진실로 마땅하도다."

북쪽을 향해 축원하며 말했다.

"부모님, 시부모님 신령이시여! 하늘에 드높이 떠 계시겠지요. 바라옵건대, 첩의 혼백을 인도하시어 같은 곳에서 함께 지내게 하소서."

유모를 돌아보며 말했다.

---

* 비간(比干): 은(殷)나라 주왕(紂王)의 숙부. 주왕의 학정을 간언하니, 주왕이 노하여 "성인의 심장에는 일곱 개의 구멍이 있다 하는데 사실인지 보겠다" 하고서 비간을 죽여 그 심장을 쪼갰다.
** 오자서(伍子胥): 춘추시대 초나라 사람으로, 오(吳)나라 부차(夫差)를 섬겨 초나라와 월(越)나라를 무찌르고 오나라를 부강하게 만들었다. 그러나 부차는 간신의 말만 믿고 오자서에게 촉루검(屬鏤劍)을 주어 자살하게 했다. 자살할 때 오자서는 자신의 눈을 뽑아 동문에 걸어 오나라가 월나라에 멸망하는 것을 보게 해달라고 부탁했다.
*** 가의는~지었어: 한(漢)나라 가의가 좌천되어 장사왕태부(長沙王太傅)로 있을 때 불길한 새인 복조(鵩鳥)가 지붕 위에 날아와 모였다. 당시 민간에 전하는 말로는 복조가 지붕에 앉으면 그 집주인이 죽는다고 했으므로, 가의가 슬퍼 「복조부」를 지었다 한다.

"술잔을 받들고 소사의 사당에 다시 들어가고 싶네만, 어찌할 수 있겠나? 인아의 생사도 어찌되었을까? 내 아이와 아우를 한 번만 볼 수 있다면 죽는다 해도 여한이 없을 텐데."

세 사람이 서로 붙잡고 강물을 내려다보았다. 파도가 솟구쳐 깊이를 알 수 없었다. 햇빛은 쓸쓸하고 사방에서 먹구름이 일어났다. 원숭이의 울음소리와 귀신의 통곡 소리가 비통함을 돋울 뿐이었다.

세 사람이 한바탕 크게 통곡하다가 사씨가 숨이 막혀 정신을 잃었다. 유모와 차환이 슬피 울부짖으며 부축하고 팔다리를 주물렀다.

사씨가 정신이 혼미하여 어질어질한 사이에 한 줄기 향기가 코를 찔렀고 패옥 소리가 쟁쟁히 귓가에 울렸다. 눈을 들어 바라보니 푸른 옷의 여동女童이 눈앞에 서 있었다. 모습이 기이해 세상 사람이 아닌 듯했다.

여동이 사씨를 향해 말했다.

"낭랑娘娘께서 찾으십니다."

사씨가 놀라 일어나 물었다.

"낭랑은 누구며 어디에 계시는가? 일찍이 일면식도 없는데 어찌 나를 찾으시는가?"

"부인께서는 가면 아실 것입니다."

사씨가 여동을 따라 후원의 대숲을 지나 백여 걸음을 가니 화려한 성곽에 높다란 대문이 있어 마치 왕이 거처하는 곳 같았다. 연이어 세 겹의 문을 들어가니 높은 전각이 구름 끝까지 솟아올라 있었다. 기와는 유리로 되었고, 계단은 백옥으로 만들어 화려하면서도 엄숙하니 실로 인간 세상의 것이 아니었다.

여동이 말했다.

"모임이 끝나지 않았으니 부인께서는 잠시 여기 계십시오."

사씨가 대전大殿 문의 동쪽에 앉았다. 대전의 문틈으로 엿보니 건물은 깊고 엄숙했으며 뜰은 넓고 컸다. 절부월節斧鉞, 절과 부월. 깃발과 도끼 모양으로 만든 권력과 권위를 상징하는 물건과 깃발이 좌우에 벌여져 있고, 각종 악기들이 크게 펼쳐져 있었다. 그 가운데 궁녀 수백 명이 각각 노래하고 연주하니, 그 소리가 맑고 화평해 능히 사람의 불평한 기운을 풀리게 했다.

여관女官, 궁궐에서 왕과 왕비를 가까이서 모시는 여인이 명부命婦 백여 명을 인도해 섬돌 아래 서게 하니 별 같은 관과 달 같은 패옥에 복색이 다양했다. 자줏빛 옷을 입은 여관 두 명이 섬돌 위에 서서 주렴을 높이 말고 황금 향로에 용뇌향龍腦香을 피우고 높은 소리로 "배례"를 외쳤다. 그러자 여러 명부들이 동시에 네 번 절했다. 예를 마치고서 여관이 명부들을 인도하여 대전에 오르게 했다.

사씨가 여동에게 물었다.

"이들은 어떤 부인들인가?"

"오늘이 보름이라 여러 부인이 낭랑께 조회하는 것입니다."

말을 채 마치기 전에 시녀가 대전에서 내려와 말했다.

"사부인을 모셔왔느냐?"

"이미 오셨습니다."

즉시 사씨를 인도해 옥으로 된 섬돌 아래 서게 하고 말했다.

"낭랑께 배견拜見하세요."

사씨가 네 번 절했다. 대전에서 말을 전했다.

"사부인을 대전에 오르게 하라."

여동이 다시 사씨를 인도해 대전에 오르게 하니 사씨가 땅에 부복俯伏했다.

낭랑이 자리를 내리며 말했다.

"일어나 앉으세요."

사씨가 자리에 나아가 눈을 들어 바라보았다. 낭랑은 운무의雲霧衣를 입고 청옥규靑玉圭를 잡았으며 명월패明月佩를 차고서 백옥상白玉床에 앉아 있었다. 그 옆에 놓인 작은 상에도 한 부인이 앉아 있었는데, 위엄 있는 모습이나 행동거지가 낭랑과 비슷했다. 명부 백여 명은 좌우로 나누어 앉아 있었다. 나이의 많고 적음이나 모습의 곱고 그렇지 않음이 제각기 크게 달랐다. 하지만 복색은 한결같았고, 엄숙하고 단아한 모습에 정신이 맑고 깨끗해지는 듯했다.

낭랑이 물었다.

"부인은 나를 알겠나요?"

"첩은 하계의 미미한 신세이며 인간 세상의 천한 존재인데 어찌 낭랑을 알겠습니까?"

"부인은 서책을 두루 보았으니 반드시 우리 형제의 이름을 알 거예요. 우리 두 사람은 요임금의 딸이자 순임금의 아내로, 『사기史記』에서 말한 아황과 여영, 『초사楚辭』에서 말한 상군湘君과 상부인湘夫人이 바로 과인 자매랍니다."

사씨가 머리를 조아리며 말했다.

"속세의 미천한 여자가 매번 서책을 읽으면서, 오래전부터 항상 성대한 덕과 꽃다운 이름을 사모했습니다. 하지만 오늘 이렇게 위엄 있으신 모습을 직접 뵈리라고는 생각지도 못했습니다."

"이곳에 오도록 한 데 어찌 다른 뜻이 있겠어요. 부인은 부질없이 떳떳치 못한 마음을 품고서 천금 같은 몸을 아끼지 않고 원통하게 굴원의 행동을 따르려 했어요. 이것은 진실로 하늘의 뜻이 아니에요. 그런데도 도리어 하늘을 부르며 천도天道가 무지하다고 한탄하고, 하늘을 울부짖으며 천리天理가 근거 없다고 말했지요. 부인의 총명함으로도 오히려 이해하지 못하는 것이 있기에 특별히 부인을 불렀답니다. 이제 한마디 말로 부인의 억울한 심정을 풀어주고자 해요."

"낭랑의 하교가 이와 같으니, 천첩의 속마음을 조금 풀어보도록 하겠습니다. 무지한 천첩은 일찍이 천도는 사사로움이 없어서 착한 사람에게 복을 내리고, 음란한 자에게 재앙을 내린다고 생각했습니다. 그런데 지금 보니 정말 그렇지 않습니다. 예부터 충신忠臣, 의사義士로서 참혹한 화를 입은 자, 예컨대 오자서나 굴원 같은 사람 말고, 우선 규중 여자로 말해보겠습니다. 위나라의 장강莊姜은 예부터 시인들이 그 덕성을 크게 칭송했고 공자께서도 책에 기록하여 후세의 모범으로 삼으셨습니다. 하지만 아름다운 자질과 덕성이 이와 같은데도 끝내 소인의 모함으로 곤욕을 치르고 장공莊公으로부터 박대를 받았습니다. 하여 지금까지도 사람들이 이를 언급하며 눈물짓고 있습니다. 한나라의 반첩여班婕妤*는 예의로 임금을 도왔기에 임금과 수레에 동승하기를 고사했고, 지혜로 몸을 보전하였기에 태후의 봉양을 자청했습니다. 하여 옛 선비들이 크게 칭송했습니다. 하지만 끝내 조비연이 질투해 장신궁에서 한을 머금고 시를 지었으니, 후인들이 이를 보고 천추千秋토록 탄식하고 있습니다.

이 두 사람은 명철한 덕성이 빼어났는데도 몸을 보전할 수 없었던 경우입니다. 이 밖에 현부賢婦, 열녀烈女로 참혹한 재앙을 당한 사람들이야 어찌 이루 다 기록할 수 있겠습니까? 첩은 본래 한미한 가문에서 태어났습니다. 어려서 아버지를 여의고 어머니께서 사랑으로 기르셔, 배운 것이 거의 없었습니다. 그럼에도 유소사께서 매파의 말을 잘못 들으시어 첩을 육례로 맞이해 며느리를 삼아주시니 제 분수에는 지나친 것이었습니다. 따라서 밤낮으로 조심하여 살얼음을 밟는 듯, 깊은 못가에 있는 듯 행동하며 큰 허물이 없기만을 바랐습니다. 그런데 소사께서 세상을 떠나시고 집안이 크게 변할 줄 어찌 알았겠습니까? 남산의 대나무를 베어도 이루 다 기록할 수 없는 죄와, 동해물을 기울여도 이루 다 씻을 수 없는 악명을 한 몸에 짊어지게 되었습니다. 얼굴을 가리고 규방을 떠

---

* 반첩여(班婕妤): 한나라 성제(成帝) 때의 여류 시인. 궁녀로 있으면서 황제의 총애를 받아 첩여(婕妤, 한대 여관의 명칭)가 되었으나 후에 조비연이 황제의 총애를 받게 되자, 모함을 받아 장신궁으로 물러나 태후(太后)를 모셨다. 그는 장신궁에 있는 동안 시부(詩賦)를 지어 스스로 슬퍼했는데, 사(詞)가 매우 애처로웠다.

났고, 눈물을 뿌리면서 시부모님 묘소를 이별했습니다. 몸이 강호를 떠돌다 소상瀟湘에 이르렀습니다. 하늘을 부르짖어도 하늘은 듣지 아니하고, 땅을 두드려도 땅은 대답이 없었습니다. 따라서 만장萬丈이나 되는 물가에 서서 한 터럭 같은 몸을 버리려 했습니다. 고금에 버려지고 쫓겨난 여인 가운데 첩 같은 신세가 어디 있겠습니까? 아녀자의 미욱한 마음에 하늘에 유감이 없을 수 없었습니다. 이에 감히 소리를 지르고 울부짖었던 것입니다. 낭랑께서 살펴 듣고, 이처럼 힘써 가르쳐주시리라고는 생각지 못했습니다. 첩의 죄는 만 번 죽더라도 오히려 가벼울 것입니다."

낭랑이 듣고 좌우를 돌아보며 잠시 미소를 짓다가 말했다.

"그대의 말을 들으니, 그대는 굴원이 하늘에 물었던 일*을 본받고자 하는가요? 내 마땅히 조목조목 대답하리다. 오나라 임금은 광패狂悖하고 초나라 임금은 혼암昏暗하여 하늘에 죄를 얻었지요. 이에 하늘이 그 나라의 종묘사직을 망하게 하려 했답니다. 따라서 오자서와 굴원이 받아들여지지 않았으니, 이는 하늘이 하신 바예요. 그러나 어찌 하늘이 이 두 사람을 미워해서였겠어요? 형세를 보아 부득이 그렇게 하신 것이에요.

만약 장공이 장강의 내조를 받았더라면 위나라는 마땅히 초나라 장왕莊王, 춘추시대 초나라의 임금. 초나라를 강성하게 하여 춘추오패(春秋五覇)의 하나가 되었다의 패업을 이루었을 것이요, 한나라 성제가 반첩여의 경계를 따랐더라면 한나라는 마땅히 주周 선왕宣王, 쇠퇴했던 주나라를 중흥시킨 현군처럼 중흥을 이루었을 거예요. 하지만 이 두 임금은 어리석어 하늘이 내린 복을 받을 수 없었지요. 따라서 두 부인은 죄를 얻어 쫓겨났습니다. 이는 하늘이 오나라와 초나라를 망하게 하고 위나라와 한나라를 쇠잔하게 만들고자 했기 때문이랍니다.

---

* 굴원이 하늘에 물었던 일: 굴원이 하늘에 묻는 형식의 글인 「천문天問」을 지은 일을 말함.

하지만 네 사람의 행적과 이름은 마치 좋은 쇠가 백번 단련된 뒤 더욱 굳세지고, 소나무가 추위를 겪은 뒤 더욱 무성해지는 것처럼 그 광채가 마땅히 하늘과 땅처럼 영원하고 일월과 더불어 빛을 다투게 되었어요. 이들 네 사람이 생전에 비록 고초를 치렀으나 이는 한때의 곤욕일 뿐이요, 죽어서 이름을 드리웠으니 이는 만세의 영화랍니다. 천도天道가 밝고 밝으니 어찌 털끝만큼이라도 어긋남이 있겠어요?

과인의 자매는 규중의 약질弱質로 따로 배운 바 없이 다만 부귀하게 자랐을 뿐이었지요. 하지만 시집에 교만하지 않고, 엄하신 시아버님께 마음을 다했어요. 상제께서 특별히 이를 아름답게 여기고 이 땅의 신령으로 봉하여 천하의 음교陰敎, 부녀자의 교화를 모두 담당하게 하셨어요. 이 자리에 있는 여러 부인은 모두 역대의 현부, 열녀랍니다. 때때로 비구름을 타고 와 한자리에 모이는데, 생전의 영예와 치욕, 세상의 슬픔과 기쁨이야 어찌 논할 만한 것이겠어요? 이로 보건대 진실로 선행이 있으면 하늘은 반드시 복을 내린답니다. 하물며 부인의 일은 옛날 불행한 사람이 겪었던 일과 달라요. 유씨 집안은 본래 선행을 쌓은 집안이지요. 성의백이 남긴 은혜가 지금까지도 전해지고, 유소사의 충성과 신의는 만세토록 빛날 거예요. 유한림은 단아한 군자이지만, 어린 나이에 현달하여 천하의 많은 일들을 두루 경험하지는 못했지요. 따라서 하늘이 짐짓 일시적인 재앙을 내려 크게 깨우치고, 허물을 고치기를 기다렸다가 다시 그대가 아내가 되게 하여 그의 부족한 부분을 돕도록 하려는 것이랍니다. 이는 모두 상제께서 유씨 집안을 도우려는 뜻이지요.

그런데 부인은 어찌 이처럼 조급하세요? 부인은 스스로 '일신에 악명뿐이다'라고 말하지만 이는 비유컨대 뜬구름이 잠시 햇빛을 가린 정도일 뿐이니 어찌 개의하겠어요? 부인을 모함한 자들은 한때나마 득의한 것을 과시하여 음란하고 사치한 일을 하지 않은 것이 없지요. 하지만 상제께서 그들의 죄악을 크게 만들어 큰 벌을 내리려 하고 계십니다. 비유컨대 독사가 사람을 함부로 물고 독충이 더러운 땅에 있는 것과 같아요. 하지만 지저분하고 더러운 것들은 말해봐야 추해질 뿐이랍니다. 어찌 저들과 더불어 옳고 그름을 다투겠어요?"

낭랑은 시비를 시켜 사씨에게 차를 올리게 했다. 차를 마시고 사씨에게 말했다.

"부인이 이곳에 온 지 오래되었으니 시비들이 반드시 의심할 거예요. 빨리 돌아가세요."

"낭랑께서 부르시어 첩이 짧은 목숨을 겨우 이었습니다만, 실로 의탁할 곳이 없으니 돌아가봐야 응당 물에 뛰어들 뿐입니다. 낭랑께서 첩을 비루하게 여기시지 않아 시비의 말석 옆자리에라도 머물게 허락하시면 이곳에서 낭랑을 모시며 지내고 싶습니다."

낭랑이 웃으며 말했다.

"부인은 다른 날 마땅히 이곳으로 와서 조대가, 맹광과 어깨를 나란히 할 거예요. 지금은 기한이 차지 않았으니 머물고자 해도 어찌 가능하겠어요? 남해도인南海道人이 그대와 깊은 인연이 있으니 잠시 의탁하도록 하세요. 이 또한 하늘의 뜻이지요."

"첩이 듣기에 남해는 세상의 한구석으로 길이 멀고 험하다 했습니다. 첩에게는 수레도 없고 양식도 없으니 어찌 갈 수 있겠습니까?"

"곧이어 반드시 인도할 사람이 생길 터이니 심려치 마세요."

이어서 동쪽 벽 자리의, 얼굴이 매우 아름답고 두 눈이 별처럼 빛나는 사람을 가리키며 말했다.

"저 사람이 바로 그대가 말한 위나라의 장강이랍니다."

또 용모가 밝은 꽃과 같고 얼굴이 수려한 사람을 가리키며 말했다.

"저 사람이 한나라의 반첩여예요."

또 서쪽 벽 자리의, 거동이 한아하면서 얼굴이 반첩여 같은 사람을 가리키며 말했다.

"저 사람이 후한의 조대가예요."

또 얼굴이 살지고 피부가 조금 검은 사람을 가리키며 말했다.

"저 사람이 양처사梁處士의 아내인 맹씨孟氏예요."

사씨가 다시 일어나 인사를 드리고 말했다.

"여러 부인께서는 첩이 평생 모시고 심부름이라도 하길 바랐던 분들이옵니다. 오늘 직접 얼굴을 뵐 수 있을 거라고 어찌 생각이나 했겠습니까?"

네 부인은 각각 눈빛으로 마음을 보냈다.

사씨가 절하고 물러나오는데, 낭랑이 말했다.

"힘쓰고 힘써, 선을 행하세요. 오십 년 뒤에 마땅히 이곳에서 만날 수 있을 거예요."

다시 여동에게 명해 사씨를 모시도록 했다. 사씨가 대전에서 내려오자마자 대전에 열두 개의 주렴珠簾이 드리워졌고, 그 소리가 땅을 흔들었다.

사씨는 마음이 놀라 몸이 움찔했다. 유모와 차환은 사씨가 소생한 것을 알고 큰 소리로 부르짖었다. 사씨가 일어나 앉으니 날은 이미 저물었다.

부인은 불문에 의지하고
소인의 무리는 시로 죄를 꾸미다

사씨는 정신이 어질어질하여 오랜 뒤에야 비로소 안정되었다. 차의 향은 여전히 입안에 남아 있었고 낭랑의 말도 귀에 생생했다. 유모에게 말했다.

"내가 조금 전에 어디를 다녀왔는가?"

"부인께서 한동안 숨이 막힌 듯하더니 다시 깨어나셨습니다. 모르겠습니다, 혼백이 어디라도 다녀오셨나요?"

사씨가 이어 꿈속에서 낭랑을 만나 서로 문답한 말을 전하고, 후원의 대숲을 가리키며 말했다.

"내가 분명히 푸른 옷의 여동을 따라서 저 길로 갔네. 자네들이 내 말을 믿지 못하겠거든 나를 따라오게."

마침내 작은 길을 따라 대숲 밖으로 가니 과연 묘당 한 채가 있었다. 현판에 '황릉묘'라 써 있으니, 정말로 아황과 여영의 묘당이었다. 묘당의 모습은 꿈속에서 본 것과 다름없었으나 단청은 떨어지고 전각은 황량했다. 묘당의 문으로 들어가 대전 위까지 올라갔다. 흙으로 빚은 두

비의 소상塑像이 엄연히 꿈에서 본 것과 같았다.

사씨가 향을 사르고 공손히 아뢨다.

"천첩이 낭랑의 도우심을 입었습니다. 뒷날 하늘에서 뵙더라도 마땅히 큰 은혜를 잊지 않을 것입니다."

물러나 서쪽 행랑에 앉았다. 굶주림이 자못 심하여 차환에게 묘당을 지키는 집에서 음식을 얻어오게 했다. 세 사람이 음식을 나눠 요기하고 서로 말했다.

"묘당 근처에 의지할 만한 곳이 없으니 신령이 우리를 희롱했도다."

그 무렵 해가 서산에 지고 달빛이 어둑했다. 갑자기 두 사람이 묘당의 문으로 들어왔다. 한동안 사씨 일행을 바라보다가 말했다.

"이 사람이 아닐까?"

사씨가 나아가 바라보니 한 명은 여승이요, 다른 한 명은 여동이었다.

두 사람이 말했다.

"낭자께서는 어려움을 만나 강물에 뛰어들려 하지 않았나요?"

세 사람이 놀라며 말했다.

"스님이 어찌 그것을 아시나요?"

여승이 놀라, 예를 올리며 말했다.

"저희는 동정호의 군산君山, 후난 성 동정호에 있는 산으로 옛날 상군이 놀던 곳이라 하여 상산(湘山)이라고도 한다에 있습니다. 방금 비몽사몽간에 백의관음께서 말하기를 '어진 여인이 어려움을 만나 물에 뛰어들려 하니 빨리 황릉묘에 가서 구하라' 하여 배를 저어 왔더니 과연 낭자를 여기서 만나게 되었습니다. 부처님 말씀이 정말 신이하군요."

사씨가 말했다.

"우리는 거의 죽기 직전이었습니다. 이제 스님께서 구해주시니, 매우 고마워 잊을 수 없을 것입니다. 하지만 스님을 따라가면 혹 암자에 폐를 끼칠까 걱정입니다."

"출가한 사람은 자비를 근본으로 삼습니다. 게다가 보살의 명까지 받았습니다. 낭자께서는 염려치 마십시오."

모두가 서로를 부축해 언덕을 내려와 배를 타고 노를 저어 갔다. 갑자기 한 줄기 순풍이 황릉묘로부터 불어와 순식간에 군산에 도착했다. 군산은 그 이름처럼 동정호 칠백 리 가운데 홀로 우뚝했다. 사방이 모두 물이고 기이한 바위들이 모였으며, 대숲은 빽빽하고 솔숲은 무성하여 예로부터 사람의 발자취가 닿지 않는 곳이었다.

여승이 사씨를 붙들고 달빛 아래 길을 찾았다. 열 걸음에 아홉 번은 넘어질 정도로 힘들게 암자에 도착했다. 암자의 이름은 수월암水月菴이었다. 그윽하고 고요하여 인간 세상과 다른 듯했다. 세 사람은 종일토록 고생한데다 어두워져 도착했으므로 바로 잠이 들었다. 다음날 해가 높이 솟도록 일어나지 않았다.

여승이 불당을 치운 뒤, 향을 피우고 경쇠를 쳤다. 그리고 사씨를 깨우며 말했다.

"일어나 예불을 올리시지요."

사씨는 일어나 유모와 차환과 함께 관음화상이 있는 불당으로 갔다. 눈을 들어 바라보다 갑자기 눈물을 흘렸다. 화상 가운데 적힌 글은 바로 십구 년 전 사씨가 손수 짓고 쓴 것이었다. 여승이 사씨의 흐르는 눈물을 보고 괴이하게 여겨 물었다.

"낭자께서는 어찌하여 불상을 보고 눈물을 흘리시나요?"

"불상의 왼쪽에 쓴 찬시는 바로 내가 어릴 때 짓고 썼던 것입니다. 옛날의 자취가 눈에 들어오니 슬픈 마음을 참을 수가 없군요."

여승이 크게 놀라며 말했다.

"그렇다면 낭자는 필시 신성 사급사 댁의 사소저일 것입니다. 모습이 비슷하고 목소리가 익숙해 내가 벌써부터 이상하게 생각했습니다. 소승은 다른 사람이 아니라 바로 그때 찬시를 청했던 우화암의 묘희랍니다."

사씨 또한 크게 놀라 말했다.

"마음이 어지러워 옛 벗을 알아보지 못했습니다."

"소승이 그때 유소사의 명을 받들어 소저에게 찬시를 부탁했지요. 소사께서 찬시를 본 뒤 크게 기뻐하며 혼인을 결정하고 소승에게 상을 후하게 주셨습니다. 소승이 더 머무르며 소저의 혼인을 보려 했으나 스승님 뵙는 일이 급하여 관음화상을 받들고 곧이어 형산으로 갔답니다. 스승님과 함께 십 년 동안 살며 도를 배우다가 스승님이 돌아가신 뒤 곧바로 이곳에 왔지요. 이곳이 한적하고 외진 것이 좋아 비로소 암자 하나를 짓고 공부를 완성하려는 뜻을 세웠습니다. 때때로 관음화상을 보며 낭자의 모습을 가만히 떠올렸지요. 그런데 무슨 일 때문에 이곳에 오게 되었나요?"

사씨가 유씨 집안에 있었던 전후의 사정을 자세히 말했다.

묘희가 탄식하며 말했다.

"세상사가 본래 그러하니 부인께서는 삼가 개의치 마세요."

사씨가 관음화상을 바라보니, 큰 바다에 외로운 섬이 있고, 찬 하늘에 대숲이 펼쳐진 것이 완연히 이 암자의 경치와 다름이 없었다. 게다가 시가 자신의 신세를 그려놓은 듯하니, 탄식하며 말했다.

"만사가 미리 정해진 대로이니 탄식한들 무슨 보탬이 있겠는가마는, 보살 그림에는 동자가 있는데 슬프게도 내 품에는 인아가 없구나! 만약 보살이 안다면 어찌 불쌍히 여기지 않으실까?"

사씨는 매일 향을 사르며 한림이 마음을 돌리고, 인아를 다시 볼 수 있기를 축원했다.

묘희가 조용히 사씨에게 말했다.

"부인께서 이미 이곳에 오셨으니, 옷은 어떻게 하시겠습니까?"

"내가 이곳에 머무는 것은 부득이해서입니다. 게다가 저는 본래 유가儒家의 여자이니 어찌 옷을 갈아입을 수 있겠습니까?"

"유한림은 현명한 군자이니 비록 한때 모함하는 말을 믿었다지만 어찌 훗날 뉘우치는 마음이 없겠습니까? 제가 스승으로부터 일찍이 운명을 헤아리는 법을 배웠습니다. 바라건대, 부인의 사주를 한번 말해보세요."

사씨가 연월일시年月日時를 모두 말했다. 묘희가 헤아려보고는 축하하며 말했다.

"부인의 운명에는 오복五福이 모두 갖추어져 있습니다. 지금 비록 육칠 년의 재액災厄이 있지만 지나고 나면 부귀영화가 헤아릴 수 없을 정도일 것입니다. 이제 마음을 편히 하셔서 귀한 몸을 상하게 하지 마십시오."

사씨가 묘희의 말을 들으니 지난번 꿈속의 일과 꼭 같았다. 이에 이어서 물었다.

"이곳에 '백빈주白蘋洲'가 있나요?"

"동정호 남쪽에 한 섬이 있는데 마름蘋이 많이 자란답니다. 꽃이 필 무렵에는 모습이 흰 눈이 내린 듯하여 '백빈주'라 부르지요. 그런데 부인이 어떻게 그걸 아시나요?"

사씨가 꿈속에서 시부모님이 말씀하신 것을 모두 말해주었다.

"꿈속에서 이렇게 가르쳐주셨으나 지금까지도 여전히 그 뜻은 모르겠습니다."

"그때가 되면 알 수 있겠지요."

사씨가 이어 중간에 비바람에 막혀 임씨의 집에 머문 사실을 이야기하고, 아울러 임씨 여자가 어질다고 칭찬했다.

묘희가 말했다.

"부인께서 분명 소승의 조카딸을 본 것입니다. 이름은 추영秋英이지요. 제 동생에게 이 딸아이 한 명뿐이었는데, 아이가 아주 어릴 때 죽었답니다. 아이의 아비는 다시 변씨 집안의 여인을 얻어 후처로 삼았습니다.

그런데 아비가 죽자, 변씨는 이 아이를 소승에게 보내 출가시키려 했습니다. 하지만 소승이 그 아이의 팔자를 보니 귀한 아들을 많이 낳을 운명이었습니다. 따라서 소승은 변씨에게 아이를 키우도록 권했지요. 요즈음 듣기에 그 아이가 효행이 많고 길쌈도 부지런히 하며 모녀가 서로 마음으로 이해하고 지내 온 마을이 칭찬한다고 하더군요."

사씨가 생각하길,

'가장 얻기 어려운 것이 계모의 마음이지. 그런데 십여 세 여자아이에게 이런 지극한 행실이 있으니 나 같은 사람이 어찌 부끄럽지 않겠는가?'

하며 탄식을 그치지 않았다.

사씨는 암자에 머물면서 모든 일을 묘희와 상의하고 노고를 같이했다. 때때로 차환과 여동을 강 건너 마을에 보내 양식을 얻어오게 하며 생활을 도왔다. 해가 가고, 달이 가는 동안 점점 세상의 일들을 잊게 되니, 참으로 이른바 '천지에 집 없는 나그네요, 강호에 머리 기른 중이네'라는 말과 같았다.

한편, 사씨가 묘소를 떠나버린 뒤 냉진은 동청에게 돌아가 그 사실을 알렸다. 동청이 사람을 시켜 알아보니 신성에 가서 지낼 것이라 했다기에 신성으로도 사람을 보내 물어보았으나 종적이 없었다. 마음속으로 매우 의아해했지만 어떤 단서도 찾을 수 없었다.

교씨가 한림에게 말했다.

"소문에 사씨가 다른 사람을 따라 멀리 떠나버렸다고 하니, 정말로 음란한 여자입니다. 인아가 그 배에서 나왔으니 반드시 어미의 악행을 본받을 것입니다. 게다가 사씨가 다른 사람과 사사로이 정을 통한 지도 오래되었으니, 인아를 머물게 하는 것이 조상에게 욕이 될까 걱정입니다."

"예부터 어미가 비록 어질지 않더라도 자식은 어진 경우가 있었소. 또 인아의 골격이 선군과 흡사한데다, 나와도 꼭 닮은 곳이 많으니 어찌 털끝만큼이라도 의심이 있겠소?"

교씨가 인아를 잘 대하지 않는다는 것을 한림도 알고 보호하려는 뜻이 있었으므로 교씨는 인아를 해칠 수 없었다. 교씨는 말을 교묘하게 하고 낯빛을 꾸미면서 요망한 음악과 음란한 노래로 한림을 미혹했다. 또한 가혹한 형벌을 써서 아랫사람들을 부렸는데 혹시라도 더러운 행실을 언급하는 사람이 있으면 살을 지지고 뼈를 깎아내 그 위력을 보였다. 따라서 집안의 누구라도 두려워 떨지 않는 이가 없었고, 감히 똑바로 바라볼 수조차 없었다. 교씨는 더욱 방자해져 한림이 숙직을 서는 밤이면 납매하고만 백자당에 머물며 동청을 잠자리로 불러들였다. 집안 사람들 중 아는 이가 많았지만 그 위세가 두려워 감히 입 밖에 낼 수 없었다.

하루는 천자가 서원에서 초제醮祭, 일월성신에 제사를 지내는 도교의 의식의 예를 행했다. 한림 또한 궁에 머물며 재계齋戒했다. 마침 천자가 몸이 불편하여 제사 시간에 맞춰 나올 수 없었다. 따라서 날이 밝지 않았지만 한림이 일을 마치고 집으로 돌아왔다. 하인들이 짐짓 비밀을 드러내고자 한림에게 말했다.

"부인께서는 백자당에 나가 주무십니다."

교씨는 한림이 돌아왔다는 것을 알고 급히 옷을 입었고, 동청은 간신히 피해 달아났다. 교씨가 내당에 들어오니 한림은 이미 내당 앞에 와 있었다.

한림이 물었다.

"백자당은 오래전부터 청소하지 않거늘 어찌하여 나가 주무셨소?"

"내당에 머문 뒤로 꿈이 더욱더 어지러워져 홀로 자는 밤이면 종종 가위에 눌렸습니다. 따라서 간혹 나와 잔답니다."

"그 말이 정말 맞소. 나 역시 요사이 꿈이 어지러워 정신이 혼미하오. 하지만 나가서 자는 밤이면 그렇지 않아 매우 이상하게 생각했소. 그대 또한 그렇다니 마땅히 도인에게 물어봐야겠소."

이 무렵 천자는 신선과 귀신의 일을 좋아해 날마다 서원으로 가 기도하기를 일삼았다. 간의대부諫議大夫 해서海瑞*가 상소해 이를 강하게 간언하고, 또 엄숭을 비난했다. 천자가 크게 노해 즉시 그를 군대에 편입시켜버렸다. 한림이 여러 간관諫官을 이끌고 상소하여 있는 힘을 다해 해서의 사면을 청했다. 천자가 크게 꾸짖고, '대소 관료 누구든 기도에 대해 간언하면 능지처참하리라'라는 조목을 별도로 만들었다. 한림이 두려워 병을 핑계로 나오지 않으니, 친척과 벗들이 많이 찾아와 문병했다. 조천궁朝天宮의 도진인陶眞人도 한림을 보러 왔기에, 한림이 손님이 간 뒤 진인만 머물도록 했다. 그리고 함께 안방으로 들어가 재앙의 징조를 살폈다. 진인이 보고 나서 말했다.

"대단치는 않지만 전혀 없다고 할 수는 없겠습니다."

이에 사람을 시켜 침상 아래와 사방의 벽을 허무니 나무인형이 많이 나왔다. 한림이 크게 놀라 얼굴빛이 바뀌었다. 진인이 웃으며 말했다.

"이는 사람을 해치는 술법은 아닙니다. 상공 댁에 분명 상공의 총애를 얻으려는 사람이 있습니다. 예부터 이런 술법이 많았지요. 다만 사람을 혼미하게 할 뿐 특별히 해를 끼치는 일은 없습니다. 태워 없애버리면 아무런 일도 없을 것입니다."

진인이 모두 불태워버리도록 한 뒤, 다시 한림에게 말했다.

"제가 상공의 상을 보니 미간에 검은 기운이 있고, 집안의 기운도 좋지 않습니다. 이런 경우 주인에게 집을 떠나는 액운이 있습니다. 상공께서는 모름지기 다른 곳으로 몸을 피하여 재앙을 없애시고, 또 말씀을 삼가 후환이 없도록 하십시오."

한림이 사례하고 배웅했다.

---

* 해서(海瑞): 명나라 세종 때의 관리. 가정 45년에 황제의 초제를 비판하는 상소를 올린 일로 옥에 갇혔다가 세종이 죽은 뒤에야 풀려났다. 여기서 충군(充軍)한 일은 역사적 사실과 다르다.

한림이 생각했다.

'지난번 집에서 흉악한 물건을 발견하고 사씨를 의심했지. 지금은 사씨가 나간 지 오래고, 집을 수리한 지도 얼마 되지 않았어. 하지만 나무인형이 이렇게 많으니 분명 집에 변고를 일으키는 사람이 있는 게야. 사씨의 일이 혹시 애매했나?'

마음이 매우 편안하지 않았다.

사실 교씨가 꿈이 어지럽다고 말한 것은 백자당에 나가 잔 것을 숨기려 갑작스레 꾸며낸 계책이었다. 벽을 허물고 나무인형이 나와 교씨의 흉악한 음모가 거의 드러날 뻔했으나 끝내 발각되지는 않았으니 애통하고도 애통하도다.

한림이 비록 교씨가 한 짓인 줄 몰랐지만, 여러 해 동안 고혹蠱惑하게 했던 요사스러운 술법이 하루아침에 사라지니 마음이 어둠을 걷어낸 것 같았고, 지난날의 청명한 기운이 조금씩 싹트는 듯했다. 때때로 머리를 숙이고 앉아 조용히 사오 년 전의 일을 생각하면 깊이 후회되니 마치 꿈에서 막 깬 듯했다.

마침 두부인이 성도부에서 보낸 편지를 받았다. 두부인은 아직 사씨가 쫓겨난지 모르므로, 당부하는 말이 다만 간곡한 정도가 아니었다. 한림이 재삼 읽어보고 매우 이치에 맞다는 사실을 깨달았다. 거듭 생각하다가 마음으로 깨우쳐 말했다.

"사씨가 쫓겨난 것은 세 가지 죄 때문이지. 저주한 일의 경우는 진실로 의심스러운 바가 있어. 옥가락지 일의 경우는 사씨의 사람됨이 본래부터 방자하게 행동하지 않았고, 나이 또한 청춘이 아니야. 비록 눈으로 옥가락지를 보긴 했지만 그것은 시비가 한 짓인 듯해. 장주가 죽은 일도, 춘방이 죽어가면서까지 인정하지 않았지. 혹 따로 드러나지 않은 정황이 있는 게 아닐까?"

깊이 생각해보았지만 해결되지 않아 심사가 불편했다.

교씨는 실로 약삭빠르니, 어찌 한림의 태도를 알아채지 못하겠는가? 내심 크게 두려워 동청을 불러 상의했다.

동청이 말했다.

"우리 두 사람의 일은 집안 사람들 또한 많이 알고 있소. 하지만 말이 상공에게까지 닿지 않는 것은 오직 그대에 대한 총애를 두려워하기 때문이오. 한림의 마음이 달라지면 이 집에서 당신을 잡아들이려는 사람이 한둘이겠소? 우리 두 사람은 죽을 자리조차 찾지 못할 것이오."

"상황이 이렇다면 어찌해야 화를 면할 수 있을까요?"

"내게 한 가지 계책이 있소. 옛말에 '남이 나를 저버리는 것이 내가 남을 저버리는 것만 못하다'고 했소. 몰래 한림의 음식에 독약을 넣어 그를 죽게 합시다. 그후 우리 두 사람이 부부가 되면 어찌 즐겁지 않겠소?"

교씨가 꽤 오랫동안 생각하다 말했다.

"그 계책은 좋지 않아요. 일이 치밀하지 않아 만에 하나라도 발각된다면 큰 화가 먼저 눈앞에 닥칠 거예요. 다른 계책을 찾는 게 좋을 것 같아요."

한림은 한결같이 병을 핑계 삼을 수 없어 조정에 나아갔다. 하루는 한림이 외출하고 교씨가 동청과 함께 서실에서 서로 이야기를 나눴다. 동청이 우연히 책상 위에 있는 종이 하나를 보았다. 살펴보니 바로 한림이 지은 시였다. 두세 번 읽어보고는 얼굴에 기쁜 빛이 가득해 교씨에게 말했다.

"하늘이 우리 둘더러 백년해로하는 부부가 되라 하는군."

교씨가 놀라서 바삐 물었다.

"무슨 말이에요?"

"지난번에 천자께서 조서를 내려, '감히 서원에서 기도하는 일을 간언하는 신하가 있다면 능지처참하리라'라고 하였소. 한림의 시를 보니 지

금의 일은 크게 비난하고 또 엄승상을 옛날의 요망한 인간에 비유하며
배척하고 있소. 이를 승상에게 건네면 승상이 천자께 고발해 법으로 다
스릴 게요. 그러면 우리가 어찌 백년해로하는 부부가 되지 않겠소?"

교씨가 크게 기뻐하며 말했다.

"지난번 계교는 위태위태해 실행하기 매우 어려웠어요. 이제 다른 사
람의 손을 빌려 재앙의 뿌리를 제거하게 됐으니 매우 통쾌한 일이에요."

간악한 여인은 정부에게 비파를 타고
유배객은 감로수로 풍토병을 씻어내다

동청이 한림의 시를 소매에 넣고 즉시 엄숭의 집으로 가 문지기에게
말했다.

"이는 비밀스럽고 중대한 일이니 어르신께 직접 아뢰고자 하네."

문지기가 즉시 승상에게 아뢨다. 엄숭이 불러들여 물었다.

"자네는 누군가?"

"소인은 유연수의 문객입니다. 비록 그의 집에 의탁하고 있습니다만,
평소 그가 하는 말을 들어보니 매번 승상이 나라를 망친다며 항상 승상
을 미워하고 해치려 했습니다. 저는 그의 바르지 못함을 늘 애통히 여겼
습니다. 그런데 어제는 술에 취해 저에게 말하길, '승상은 바른 도리로
임금을 인도하지 않고 오직 아첨을 일삼을 뿐이야. 요즘 성상께서 허황
한 일을 좋아하시는 걸 보니 송나라 휘종徽宗, 송나라의 제8대 황제. 호사스런 생활을 하
며 도교를 몹시 숭상했다 때와 다름이 없어. 내가 간언할 수 없음을 알기에 이 시
한 편을 지어 내 뜻을 담았네'라고 했습니다. 소인이 '어떤 구절이 제일
절묘합니까?' 하고 물으니 연수가 말하길, '시 가운데 '옥배玉杯' '천서天

書'라는 말이 있으니 엄승상을 옛날 신원평新垣平*과 왕흠약王欽若**에 비유한 것이야. 진실로 절묘한 게지'라고 했습니다. 소인이 가만히 생각하니, 만약 이 일이 발각되면 저까지 연루되어 화를 입을까 두려웠습니다. 그래서 감히 그 시를 훔쳐와 승상께 바치게 되었습니다."

엄승이 그 시를 보니 과연 '옥배' '천서'라는 말이 있었다. 냉소하며 말했다.

"유희가 항상 나를 해치려 하더니, 이 녀석 또한 그 아비의 악독함을 본받아 스스로 죽기를 재촉하는군."

엄승이 동청을 자기 집에 머물게 하고 그 시를 소매에 넣고 즉시 대궐로 나아가 천자 뵙기를 청했다.

엄승이 아뢨다.

"근래에 기강이 해이해져 나이 어린 벼슬아치들이 국법을 능멸하니 실로 매우 한심스럽습니다. 성상께서는 기도하는 일에 대해 이제 막 법을 세우셨습니다. 그런데 유연수가 감히 신원평의 옥배와 왕흠약의 천서를 들먹여 성상을 비방하고 소신까지 모욕했습니다."

이어 그 시를 올리니 천자가 진노했다. 즉시 한림을 금위옥禁衛獄에 하옥하고 극형으로 다스리려 했다.

태학사 서계徐階, 명나라 세종 때의 충신가 아뢨다.

"성상께서 근신을 죽이려 하십니다만, 아직 신들은 그 죄목을 알지 못합니다. 바라건대 그 시를 내려주시옵소서."

천자가 즉시 그 시를 내려주며 말했다.

---

* 신원평(新垣平): 한나라 문제(文帝) 때의 술사. 궐하에서 '인주연수(人主延壽)'라 새겨진 옥배(玉杯)가 나왔다며 문제에게 바쳤으나 모든 것이 거짓임이 밝혀져 주살(誅殺)되었다.
** 왕흠약(王欽若): 송나라 진종(眞宗) 때의 대표적인 간신. 민심을 안정시키고 천하를 복종시킨다는 명목으로 진종을 부추겨 태산(泰山)에서 제사 지낼 것을 권하고 하늘에서 내려왔다며 천서(天書)를 조작했다.

"유연수가 감히 옥배와 천서의 말로 짐을 희롱하니 어찌 죽음을 면하겠는가?"

"이것은 시인이 흥을 담은 것에 불과합니다. 나라를 희롱하려는 뜻은 결코 분명치 않습니다. 하물며 한 문제나 송 진종은 모두 태평성대의 임금이었습니다. 이로 보건대 연수에게는 죄가 없는 듯하옵니다."

천자가 그 말을 옳게 여겨 노기가 조금 풀렸다. 그러자 엄숭이 아뢰었다.

"서계의 말이 비록 저러하나 연수의 죄가 완전히 풀릴 수는 없습니다. 특별히 먼 곳으로 유배를 보내 다른 사람이 주의하도록 하시옵소서."

천자가 그 청을 허락했다.

엄숭은 집으로 돌아와 형부의 관리를 불러 "연수의 유배지를 형주^{衡州}로 정하라"라고 말했다.

동청이 말했다.

"연수가 드러내놓고 승상을 비방했는데, 승상께서는 어찌 그를 죽이지 않으십니까?"

"마침 그를 놓아주려는 자가 있었다. 비록 극형을 쓸 수 없었지만 형주는 본래 풍토병이 심한 지역으로 물이나 풍토가 좋지 않아. 북방의 사람이 그곳에 유배를 가면 천 명 중에 한 명도 돌아오는 자가 없어. 사람을 몽둥이로 죽이든, 칼로 죽이든 무엇이 다르겠나?"

동청이 크게 기뻐했다.

한림의 집에서 통곡하지 않는 사람이 없었다. 교씨 역시 거짓으로 통곡했다. 한림이 길을 나서니 교씨가 노비들과 다 함께 성 밖까지 나왔다.

교씨가 말했다.

"첩이 차마 어떻게 홀로 있을 수 있겠어요. 상공을 따라가 생사를 같이하겠어요."

"나는 이제 멀고 험한 곳으로 유배를 떠나니 어찌 살아 돌아오길 바라겠소? 위로 제사를 받들고 아래로 두 아이를 기르는 일이 모두 부인의 한 몸에 달려 있는데 부인이 어찌 나를 따를 수 있겠소?"

또 말했다.

"인아가 비록 악한 어미의 소생이지만 성품이 자못 효순孝順하오. 어른이 될 때까지 잘 키워준다면 내 마땅히 눈을 감고 죽을 수 있으리다."

교씨가 통곡하며 대답했다.

"상공의 아들이 곧 첩의 아들입니다. 인아와 봉추를 대하는 데 어찌 털끝만큼이라도 차이가 있겠습니까?"

한림이 재삼 고마워하고 떠났다.

앞서 한림이 옥에서 나올 때, 모두 동청의 소행이라는 말이 있었다. 한림 역시 대략 짐작하여 하인들에게 물었다.

"동청은 어디에 있느냐? 어찌 나를 보지 않는 게냐?"

"동청이 나간 지 이미 사나흘은 지났습니다."

한림이 비로소 소문이 사실임을 알고, 다시 묻지 않았다. 한림은 하인 몇을 데리고 옥리獄吏를 따라 남쪽으로 향했다.

동청은 스스로 엄승상의 문객이라 일컬으며 그 세력에 편승했다. 마침내 진류현陳留縣, 개봉부(開封府)에 있던 고을. 현재 허난 성 카이펑의 남쪽에 있다의 현령 자리를 얻고, 교씨에게 '하간河間에서 만나 함께 부임지로 갑시다'라고 편지를 보냈다.

교씨는 이 이야기는 꺼내지 않고 다만 말하길,

"언니가 하간에 있는데, 병이 위중하여 날 보고 싶어하니 가지 않을 수 없겠어"

하고, 심복 시비인 납매 등 대여섯 명과 의논해 인아와 봉추 두 아이를 데리고 함께 하간에 가기로 했다. 인아의 유모가 인아와 함께 가기를 바라니 교씨가 크게 꾸짖었다.

"인아는 이미 커 젖 먹는 아이와 달라. 나 또한 오래지 않아 돌아올 것이야. 너는 다른 하인과 같이 집이나 지키도록 해."

끝내 인아의 유모를 물러가게 했다. 교씨는 집 안의 금은보화를 모조리 싣고 하간으로 떠났다. 하지만 어느 누가 막을 수 있겠는가.

배를 타고 떠난 지 수일 만에 호타하滹沱河, 산시 성(山西省)에서 발원하여 허베이 성 바이허(白河) 강으로 흘러들어가는 강. 하구가 베이징에 가깝다에 이르렀다. 날은 아직 밝지 않았고 인아는 깊이 잠들어 있었다. 교씨가 설매에게 말했다.

"인아는 그 자체로 화근이야. 만약 이 아이를 살려둔다면 화가 너희에게도 미칠 것이니, 강물에 던져버리도록 해."

설매가 결국 인아를 안고 물에 던지려 했다. 그러다 문득 생각했다.

'사부인께서 평소 나를 매우 사랑하셨지. 그런데도 나는 교씨와 모의해 빈말을 지어냈고, 결국 부인께 큰 화가 미쳤어. 이제 또 공자를 물에 빠뜨려 죽인다면 너무 심하게 하늘을 거역하는 게야. 어찌 두렵지 않겠어?'

끝내 갈대숲 깊은 곳에 인아를 몰래 두고 돌아와 보고했다.

교씨가 물었다.

"물에 빠졌을 때 인아가 어떻게 하더냐?"

"물에 던지니 빠졌다 다시 나오고 나왔다 다시 빠졌습니다. 두세 번 그러더니 다시 나오지 않았습니다."

"잘 처리했구나."

교씨가 하간에 도착하니 동청이 벌써 와 있었다. 동청은 미리 큰 배를 구해 위세를 성대하게 갖추고 교씨를 기다리고 있었다. 서로 보고는 기쁨을 이기지 못했다. 교씨는 언니는 보지 않고 동청과 함께 진류현으로 갔다.

동청은 새로이 벼슬을 얻고 교씨를 아내로 삼은데다 유씨 집안의 허다한 재물까지 얻어 의기양양했다. 스스로 범려范蠡가 서시西施를 배에 싣고 오호五湖를 떠나는 것* 같다고 생각했다.

한편, 유한림은 길에 오른 지 반년 만에 구사일생으로 유배지에 도착했다. 산천도 풍속도 전혀 달랐다. 아침이면 나쁜 바람이 일어나고 저녁이면 독기가 퍼지니 북방 사람이 살 수 있는 곳이 아니었다. 오래지 않아 한림이 병을 얻었다. 점점 위중해져 자리를 벗어날 수 없었다. 한림은 자신이 일어나지 못할 것을 알고 쓸쓸히 탄식했다.

"동청이 나를 이 지경에 이르게 한 게야. 처음에 동청이 왔을 때 사씨가 '바르지 못한 사람이니 가까이하지도 머물게 하지도 마세요'라고 했지. 나는 그 말을 듣지 않았어. 지금의 화는 스스로 부른 게야. 이로 보건대, 사씨는 실로 현명한 사람이야. 나의 처사가 이렇듯 밝지 못했으니 무슨 면목으로 지하에서 아버님을 다시 뵐까?"

눈물이 흘러 얼굴을 가렸다.

형주는 멀고 거친 땅이어서 본래 의약이 없었다. 날이 갈수록 병이 더욱 위중해져 점점 막바지까지 이르렀다. 하루는 어떤 흰옷을 입은 부인이 손에 병 하나를 들고 한림을 찾아와 말했다.

"상공의 병이 위중해요. 이 물을 마시면 나을 거예요."

"부인은 누구시기에 와서 나의 병을 고쳐주려 하십니까?"

"나는 동정 군산에 살고 있답니다."

그러고는 뜰 가운데 병을 두고 가버렸다.

깜짝 놀라 꿈에서 깼으나, 그 의미는 알 수 없었다. 이튿날 새벽 하인들이 뜰을 쓸다 떠들썩하게 말했다.

"뜰에 물이 나온다!"

한림이 일어나 보니 바로 부인이 병을 둔 곳이었다. 그 물은 맑고 시

* 범려(范蠡)가~떠나는 것: 전국시대 월나라 범려가 임금 구천(句踐)을 보좌하여 오나라를 멸망시킨 뒤, 벼슬을 버리고 오호에 배를 띄워 절세미인 서시를 싣고 떠난 고사를 말함.

원하고 근원이 풍부해 뜰 가운데서 콸콸 솟아나 마르지 않았다. 한림이 먼저 한 그릇을 마시니 맛이 달고 기운이 상쾌해 마치 감로수를 마시는 듯했다. 풍토병이 하늘에 구름이 걷히듯 사라져 팔다리가 가벼워지고 마른 얼굴에 생기가 돌았다. 보는 사람마다 놀라고 기이하게 생각하지 않는 이가 없었다.

이어 한림이 우물을 파게 했다. 물은 큰 가뭄 때라도 줄거나 늘지 않았다. 수십 리 밖의 사람들도 모두 와서 물을 길었다. 이후 형주는 풍토병이 없어져 청량한 땅이 되었다. 사람들은 그 우물을 '학사천學士泉'이라 불렀는데, 그 흔적이 지금까지 남아 있다.

동청은 진류에 부임한 뒤 오로지 탐욕만을 일삼아 백성들의 고혈을 짜내 반은 자기가 갖고, 반은 엄숭에게 보냈다. 그러고도 부족하다고 여겨 엄숭에게 편지를 보냈다.

"아들처럼 효성을 다하고자 하나 고을이 작고 물산이 적어 힘을 다할 수 없습니다. 바라건대, 남쪽에 물자가 풍족한 고을로 가서, 아들로서 지극한 정성을 다하고 싶습니다."

엄숭이 그 글을 보고 즉시 천자에게 아뢨다.

"진류 현령 동청은 문학적 역량이 매우 뛰어난데다 관리의 재능까지 겸했습니다. 옛날 소신召信, 두시杜詩, 두 사람 모두 한나라 때 남양(南陽) 태수(太守)가 되어 선정을 베풀었다나 공수龔遂와 황패黃霸, 모두 한나라 때 사람으로 흔히 백성을 잘 다스린 관리로 칭송된다의 현명함이라도 이에 미치지 못할 것입니다. 모름지기 큰 고을의 수령을 맡겨 그 재주를 시험하옵소서."

천자가 대답했다.

"빈자리가 나기를 기다렸다가 따로 뽑아 쓰도록 하라."

마침 계림桂林, 광서(廣西) 지방에 있던 고을. 현재 광시좡족자치구(廣西壯族自治區)의 구이린 태수 자리가 비었다.

엄숭이 말했다.

"계림은 남쪽의 큰 고을로 금은이 나고 상인들이 모여드는 곳이지."

마침내 동청이 계림 태수가 되게 했다. 동청과 교씨는 함께 크게 기뻐하며 날을 가려 부임지로 떠나갔다.

태수는 미녀와 함께 가고
돌아가는 나그네는 옛 임을 만나다

그 무렵 천자가 태자를 책봉하고 전국에 사면령을 내렸다. 유한림 역시 사면을 받았으나 감히 곧바로 서울로 갈 수 없었다. 마침 조상의 작은 농장이 무창武昌. 호광 지방에 있던 고을. 현재 후베이 성 우한(武漢)에 있으므로 그곳에서 생계를 잇고자 했다. 여러 날 동안 길을 가 장사 땅 가까이 도착했다. 계절은 마침 봄이 끝나 여름의 초입이었다. 날이 더워져 사람과 말 모두 매우 힘들었다. 길가 대숲에서 잠시 쉬며 하인에게 말을 먹이게 했다. 그러다 문득 생각했다.

'내가 신령의 도우심을 입어 삼 년이나 사나운 땅에 머물렀지만 몸에 질병이 없었어. 이제 천은天恩을 입어 전원으로 돌아가게 되었으니 바라는 대로 되었지. 서울에 있는 처자식을 데려와 무창에 모여, 조그마한 밭이나마 힘써 갈고 맑은 강에서 고기를 낚으며 태평성대의 숨어 사는 백성이 된다면 어찌 즐겁지 않겠나?'

한림의 마음이 매우 시원해졌다.

갑자기 북쪽에서 오는 일행이 있었다. 말과 사람 모두 성대하게 치장

하고 있었다. 붉은 막대에 푸른 기가 좌우를 둘러싸고 큰 소리로 길을 비키라며 사람들을 물러나게 했다. 한림이 대숲에 몸을 숨기고 눈을 들어 바라보니 곧 동청이었다.

크게 놀라 말했다.

"이자가 어떻게 높은 벼슬에 이르렀지? 행색을 보니 분명 자사 아니면 태수다. 필시 엄숭에게 붙어 저 벼슬을 얻었으리라."

더욱 통분함을 이기지 못했다. 이어 길을 비키라는 큰 소리가 났고, 비단옷을 입은 시녀 십여 명이 칠보 수레를 옹위하며 천천히 왔다. 진주와 비취가 햇빛에 빛났고 사향 향내가 코를 찔렀다. 차림새가 앞의 행차보다 배나 더 성대했다. 한림이 숨을 죽이고 깊은 곳에 앉아 행차가 지나가기를 기다렸다가 큰길로 나가 한 가게에 들러 점심을 먹었다. 건너편 집 쪽에서 어떤 여자가 먼저 가게에 들어왔다가 들락날락하며 한림을 뚫어지게 보았다. 이윽고 앞으로 나아와 절하고는 물었다.

"어찌 여기 오셨습니까?"

한림이 한참 바라보니 곧 설매였다. 놀라서 물었다.

"나는 사면을 입어 고향으로 돌아가고 있다. 그런데 너는 어찌하여 여기에 왔느냐? 집안 사람들은 모두 잘 지내느냐?"

설매가 눈물을 흘리며 아뢨다.

"집안일을 어찌 차마 말씀드리겠습니까? 상공께서는 저 앞 행차를 보고 누구라 생각하셨습니까?"

"동청이 어떤 벼슬을 하여 가더군. 이 이야기는 천천히 하고, 집 소식부터 빨리 말해보아라. 부인과 두 아이는 모두 별일 없느냐?"

"뒤에 가던 부인이 누구라고 생각하십니까?"

"필시 동청의 처자겠지. 내가 어찌 알겠느냐?"

"동청의 안사람이 바로 교씨입니다. 저도 그 행차를 따라왔습니다. 어쩌다 말에서 떨어져 이 가게에서 옷을 갈아입었는데, 생각지도 않게 상공께서 여기를 지나셨습니다."

한림이 놀라 눈을 크게 뜨고 오래도록 정신이 나간 듯 멍하게 있다가 곧 안정을 되찾고 물었다.

"세상에 어찌 이처럼 기이하고 이상한 일이 있을까? 곡절을 상세히 말해보거라."

"제가 위로는 하늘을 저버리고 아래로는 주인을 기만했으니 죄악이 산더미처럼 큽니다. 상공께서 만약 지난 잘못을 묻지 않으신다면 사실 대로 아뢰겠습니다."

"지난 일은 거론치 않을 것이니 자세히 말하도록 해라."

설매가 머리를 조아리고 울며 말했다.

"사부인께서 비복들을 자식처럼 대해주셨으나 저는 납매와 교씨의 꾐에 빠져 이러이러하게 옥가락지를 훔쳐냈고 저러저러하게 장주를 눌러 죽였습니다. 사부인께 쫓겨나는 화를 입혔으니 저의 죄는 만 번 죽더라도 오히려 가벼울 것입니다. 교씨는 동청과 사사로이 통정했고, 저주한 일은 교씨와 이십랑의 짓입니다. 저주하는 글은 동청이 쓴 것이고요. 상공께서 유배 가신 것 역시 동청이 교씨와 함께 꾸민 짓입니다. 동청이 벼슬을 얻은 뒤 교씨는 집 안의 재물을 모조리 쓸어 싣고 동청에게 갔으며, 인아 공자를 강물에 빠뜨려 죽게 했습니다. 첩이 비록 천하지만 일찍이 이런 일은 본 적이 없었습니다. 교씨는 질투가 많고 잔혹하여 시비들이 만약 동청에게 가까이 가기라도 하면 번번이 온갖 형벌로 가혹하게 다스렸습니다. 제가 비록 생명을 보전하고 있지만 죽을 곳을 알지 못하겠습니다."

이어 팔뚝을 내밀어 불로 지진 자국 여럿을 가리켜 보이며 말했다.

"자모慈母의 품을 떠나 호랑이의 아가리에 들었으니, 실로 화를 자초했습니다. 누구를 원망하고 누구를 탓하겠습니까?"

한림이 인아의 일을 듣고 크게 소리를 지르다 숨이 막혔다. 얼마 후 간신히 말했다.

"내가 매우 어리석어 음란한 여자에게 현혹되어 죄 없는 아내를 보호하지 못했고, 어미 잃은 어린아이를 참혹히 죽게 했으니 무슨 면목으로 세상에 서 있겠는가?"

"교씨가 공자를 데려가다 호타하에 이르자 저를 시켜 물에 던지도록 했습니다. 저는 거짓으로 물에 던진 척하고 몰래 갈대숲에 두고 왔습니다. 혹 조상님의 신령이 도우셨다면 분명 근처 사람이 거두어 기르고 있을 것입니다."

"정말 네 말대로라면 요행히 살아 있을 희망이 없지 않으니 네가 은인이다. 어찌 지난 허물을 거론하겠느냐?"

설매가 탄식하며 말했다.

"동행인이 지금 문밖에 있습니다. 만약 시간을 지체하면 교씨가 반드시 의심할 것이니 오래 머물 수 없습니다. 상공께서는 부디 몸을 보중하십시오."

"너는 우리집 하인이다. 어찌 원수의 손에 부리도록 하겠느냐? 이제 만났으니 가게 할 수 없다."

"저도 분명 사람의 마음이 조금이라도 있을진대 어찌 옛 주인을 버리고 원수를 섬기고 싶겠습니까? 함께 가는 사람은 동청입니다. 관인이 만약 제가 뒤떨어진 이유를 알리기라도 하면 교씨는 반드시 사람을 보내 쫓을 것이니, 상공께도 화가 미칠까 크게 우려됩니다. 차라리 뜻을 굽혀 욕을 참느니만 못합니다. 우선은 저들을 따라 눈앞의 화를 막고, 기회를 기다렸다가 다시 상공을 따라가도 늦지 않을 것입니다."

"네 말도 합당한 듯하니 일단 따라가는 것도 무방하겠다."

설매가 울며 인사하고 갔다가 다시 돌아와 아뢨다.

"급작스러워 한 말씀 드리는 걸 깜빡했습니다. 어제 악주岳州, 동정호의 동쪽에 있던 고을. 현재 후난 성 웨양(岳陽)에 도착해 어떤 사람의 말을 들으니, 유한림

부인이 장사의 두추관에게로 갔으나 추관이 벌써 교체되었기에 물에 빠져 죽었다고도 하고, 혹 죽지 않았다고도 했습니다. 길거리의 말이라 비록 정확하지는 않습니다만 들었으니 아뢰지 않을 수 없어 말씀드립니다.”

마침내 인사하고 떠나갔다.

이 무렵 교씨는 설매가 오래도록 돌아오지 않자 자못 이상하게 생각하고 있었다. 기다리는 사이에 날이 저물고, 그제야 설매가 돌아왔다. 교씨가 그 까닭을 물으니 설매가 대답했다.

“말에서 떨어져 다친 곳의 통증이 너무 심해 쫓아갈 수 없었기에 길이 늦었습니다.”

교씨는 본래 눈치가 빨라 동행했던 자를 불러 물었다. 그가 대답했다.

“설매가 객점에서 어떤 관인을 만나, 오래도록 문답하느라 늦었습니다.”

교씨가 또 물었다.

“그 관인은 어떤 사람이더냐?”

“그 하인에게 물어보니 ‘귀양 갔던 유한림이 사면받아 돌아온다’ 했습니다.”

교씨가 크게 놀라 그 모습과 행색을 물어보니 분명 유한림이었다. 급히 동청과 상의하니 동청 또한 크게 놀라 말했다.

“이놈이 분명 남방의 귀신이 되었겠거니 생각했는데, 지금까지 살아선 사면되어 돌아오는구나. 연수가 뜻을 펼치게 되면 반드시 나를 내버려두지 않을 게야.”

급히 집안의 장정 십여 인에게 큰길로 가 기일을 두지 않을 테니 반드시 연수의 목을 베어 오되, 매우 비밀스럽게 처리해 누설되지 않도록 하라고 했다. 장정들이 명령을 듣고 떠났다.

설매는 처음에 납매의 꾐과 유혹에 빠져 폭군처럼 사악한 교씨를 도와 그녀의 심복이 되었다. 동청은 호색한이어서 시비 중 자색이 빼어난 이를 종종 가까이했다. 교씨는 질투를 이기지 못해 손수 여러 시비를 죽였다. 설매와 납매도 진작 죽이려 했으나 모두 공이 크고, 납매는 특히 믿고 좋아했으므로 차마 죽이지 않았다.

설매는 지난 일을 깊이 뉘우쳐 원망하는 마음이 많았다. 하지만 아뢸 곳이 없어 밤낮으로 마음을 썩이다가 우연히 옛 주인을 만나 전후의 곡절을 모두 말하고 왔다. 하지만 동청과 교씨의 의심을 사니 스스로 죽음을 면하지 못할 것을 알고 후원의 나무 아래서 스스로 목을 매 죽었다.

한편, 한림이 생각했다.

'내가 정말 어리석었다. 간사한 말을 믿어 현숙한 부인을 소홀히 여겼어. 이제 몸은 위태롭고 집안은 망하게 되었다. 위로는 선조를 욕되게 하고 아래로는 자식을 보호하지 못했지. 이 한 몸 역시 떠돌며 돌아갈 곳 없으니 진실로 만고의 어리석은 필부요, 천하의 죄인이다. 죽은 뒤 지하에서 차마 어떻게 다시 부인을 볼 수 있을까?'

마침내 한림이 악주에 이르렀다. 물가를 두루 다니며 만나는 사람마다 사씨의 소식을 물었다. 아는 사람이 전혀 없었고, 혹 아는 사람이 있어도 정확하지 않았다. 한림이 더욱 절실하고 애통해 죽었든 살았든 간에 정확히 알고자 강가 어부의 집집마다 묻지 않은 곳이 없었다. 마지막에 어떤 사람이 말했다.

"서울의 어떤 재상 집안 가솔이 광서로 가는 배를 타고 와 회사정 아래 있는 어부의 집에 머물렀지요. 가서 물어보면 알 수 있을 것입니다."

한림이 크게 기뻐하며 곧장 그곳으로 가 마을 사람들에게 물으니 모두 다음과 같이 말했다.

"과연 어떤 젊은 부인이 흰옷을 입은 채, 노파와 차환을 데리고 이곳에 배를 타고 왔습니다. 세 사람이 배에서 내려 회사정에 올랐는데 얼마 후 간 곳을 알 수 없었습니다. 어떤 사람은 물에 빠져 죽었다고도 하더군요."

한림이 다 듣고 더욱더 망극해 사씨가 오갔던 길을 찾아보다 마침내 회사정에 올랐다. 오吳나라 땅의 산과 초楚나라 땅의 물을 한번 바라보자니 끝이 없었다. 경관은 쓸쓸하고 인적은 드문데 오직 두견새 울부짖는 소리만 들릴 뿐이었다. 그 사이를 오가며 애절하게 울부짖다 벽 위에 옛사람들이 써놓은 글을 바라보았다. 문득 기둥에 있는 글을 보니,

"모년 모월 모일에 사씨 정옥이 여기서 빠져 죽도다"

라고 쓰여 있었다. 한림은 대성통곡하다가 숨이 막혔다. 따르던 하인이 구해 겨우 깨어났다. 땅을 치고 가슴을 두드리며 말했다.

"사부인이 이 지경이 된 것은 나의 죄다. 이제 뒤늦게 후회한들 무슨 소용이 있겠나! 비록 지하에서 부인을 다시 본다 해도 무슨 면목으로 대할 수 있을까!"

강물 앞에서 한림과 하인이 모두 한바탕 크게 통곡하니, 물결도 울부짖고 온 세상이 슬퍼했다. 해가 저물어 이윽고 서쪽으로 사라지니 저녁 안개가 점점 일어났다. 상강의 정령은 거문고 줄을 끊고 낙포 선녀는 걸음이 묘연했다.*

한림이 마침내 머물던 어부의 집으로 돌아와 하인에게 분부했다.

"술과 과일을 삼가 준비해라. 내일 제사를 지내 나의 망극한 마음을 나타낼 것이다."

그리고 홀로 등불 아래 앉아 붓을 들고 골똘히 생각했다. 제문을 지으려 했으나 마음이 답답해 끝내 짓지 못했다. 하인은 이미 잠들어 우레같이 코를 골았다. 갑자기 밖에서 고함 소리가 크게 진동하는 것이 들렸다. 한림이 크게 놀라 창문을 열고 바라보니 십여 명의 건장한 사람들이

---

* 상강의 정령은~묘연했다: 상강의 정령은 상군(湘君), 곧 순임금의 두 아내인 아황과 여영을 말하며, 낙포 선녀는 낙수의 여신인 복비를 말함.

손에 큰 몽둥이와 날카로운 칼을 들고 우레 같은 소리로 외쳤다.

"유연수는 도망가지 마라!"

한림이 뒤창을 박차고 뛰어올라 달아나니, 하인도 미처 알지 못했다. 곧바로 집 뒤의 대숲을 뚫고 들어갔다. 동서를 분간할 수 없어 거꾸러지고 부딪히니 어찌해야 할지 알 수 없었다. 그 모습이 마치 집 잃은 개, 그물을 벗어난 고기 같았다. 멀리 달아나지 못해 추격자들이 바로 따라붙었다. 더욱 놀라고 당황스러워 대숲을 따라 달려가니 숲이 끝난 곳에 큰 강이 있었다. 이제 달아날 곳이 없었다. 십분 놀라 두려워하는데 추격자의 소리가 벌써 가까워졌다. 한림이 하늘을 우러러 탄식하며 말했다.

"내가 분명 이곳에서 죽는구나. 차라리 물에 빠져 죽을지언정 다른 사람의 손에 죽지는 않으리라."

마침내 언덕을 따라 내려와 물에 몸을 던지려 했다. 그때 홀연히 바람결에 사람 소리가 들렸다. 한림이 '분명 고기잡이배다' 생각하고 급히 불렀다.

"어부는 죽게 된 목숨을 빨리 구해주시오."

이 일이 있기 전, 묘희가 사씨에게 말했다.

"부인이 처음 오셨을 때 제게 '제가 시부모의 묘소 아래 있을 때 꿈을 꾸었는데, 시부모님께서 제게 지금부터 육 년 뒤 사월 보름에 백빈주에 배를 대 위급한 사람을 구하라고 하셨습니다'라고 말했습니다. 오늘이 바로 사월 보름입니다. 배를 끌고 가보시는 것이 어떻겠습니까?"

사씨가 갑자기 깨닫고 말했다.

"제가 정말 잊고 있었습니다. 스님 말씀이 맞습니다."

마침내 묘희와 함께 백빈주 가로 갔다.

이 무렵 달빛이 대낮처럼 밝아 작은 털끝이라도 헤아릴 수 있을 정도였다. 한림이 바라보니 어떤 여인이 뱃머리에 앉아 물장난을 치며 노래하고 있었다.

푸른 물에 가을달이 밝으니   綠水明秋月
남쪽 호수에서 마름을 캔다.   南湖採白蘋
연꽃이 교태로이 말하는 듯   荷花嬌欲語
시름겹게 뱃사람 마음 흔든다.   愁殺蕩舟人*

다른 여인이 화답했다.

호숫가에서 마름 캐는데   湖邊採白蘋
호수의 봄빛은 새롭기만 하다.   湖上春光新
동정호 돌아가는 나그네   洞庭有歸客
소상강서 임을 만나네.   瀟湘逢故人**

서로 부르고 화답하는데 그 노랫소리가 편안했다. 한림이 급히 외쳤
다.

"여자들은 나를 구해주시오!"

묘희가 말했다.

"자, 빨리 배를 대 저 사람을 구하거라!"

여동들이 배를 강가에 댔다. 한림이 급히 뱃머리에 올라와 말했다.

"뒤에 도적이 쫓아오니 배를 돌려 노를 저으시오."

이때 도적들이 쫓아와 크게 소리 질렀다.

"배를 돌리지 않으면 너희 모두 죽을 것이다."

여자들은 대답하지 않고 배는 나는 듯이 갔다. 도적들이 크게 노해 소
리쳤다.

---

* 이 시는 이백의 「녹수곡綠水曲」이다.
** 이 시는 남북조시대 시인 유혼(柳渾)의 「강남곡江南曲」인데, 첫 두 구는 원시와 조금 차이
가 있다.

"배에 탄 사람은 살인을 저지른 도적이다. 계림의 동태수가 우리에게 쫓아가 잡으라고 했다. 너희가 잡아준다면 상을 받을 것이고 그러지 않으면 죽을 것이다!"

한림이 비로소 동청이 보낸 무리임을 알고 더욱 놀라고 두려워 말했다.

"나는 유한림이오. 사람을 죽인 일이 없으며 저들이 전부 도적이오."

여자들이 도적들을 향해 말했다.

"너희 모두 나쁜 사람인데, 우리가 왜 배를 대겠느냐?"

이어 거문고를 뜯으며 노래했다.

창랑의 물 맑거든	滄浪之水淸兮
나의 갓끈 씻으리라.	可以濯我纓
창랑의 물 흐리거든	滄浪之水濁兮
나의 발을 씻으리라.	可以濯我足*

마침내 배를 저어 가니 도적들이 어찌할 수 없어 돌아갔다.

이 무렵 상강에 이내가 걷히고 동산에서 해가 솟았다. 얼마 후 배가 군산 아래 도착해 정박했다. 한림은 적들이 멀리 떠난 것을 알고 마음을 조금 진정했다. 그리고 여승에게 사례했다.

"스님은 어떤 분이시기에 제 한 목숨을 구해주셨나요?"

"상공께서는 제게 고마워 마시고 어서 선창에 들어가 옛 사람을 만나 보세요."

한림이 까닭을 몰라 주저하는데 갑자기 선창에서 희미하게 여자의

---

* 이 노래는 흔히 '창랑가(滄浪歌)'라 불리는 것으로, 『맹자孟子』「이루離婁」와 굴원의 「어부사漁父詞」에 나온다.

울음소리가 들렸다.

소인은 악행으로 죽임을 당하고
불운 끝에 평안함이 돌아오다

한림이 선창으로 들어갔다. 어떤 부인이 소복을 입고 나와 한림을 맞으며 땅에 엎드려 통곡했다. 한림은 물에 빠져 죽은 사씨가 나와 통곡한다고 생각해, 크게 놀라며 말했다.

"부인! 귀신이오, 사람이오? 아니면 꿈이오, 사실이오? 어찌 여기 있습니까?"

사씨가 옷깃을 여미며 대답했다.

"죄인이 스스로 죽지 못해 이곳까지 왔습니다. 진실로 오늘 다시 상공을 뵈리라고는 잠시라도 생각조차 못했습니다. 상공께서는 어디 계시다 여기까지 오시게 되었나요?"

"오늘 갑자기 만나니 부끄러움을 참을 수 없습니다. 그러나 옛 성인도 잘못을 뉘우칠 기회를 주었다 하니 부인은 편히 앉아 내 말을 잘 들어 보세요."

이어 사씨가 집에서 나간 뒤의 일을 자세히 말했다. 또 장사 길가에서 설매를 만나 서로 주고받은 이야기를 들려주었다. 교씨와 십랑이 저주한 일과 동청과 교씨가 글을 위조한 일까지 말하니 사씨가 말했다.

"그런 일이 있었을 줄 첩은 전혀 몰랐습니다."

또 설매를 꾀어 옥가락지를 훔쳐내고, 냉진에게 주어 자신을 속인 전 말을 말하니, 사씨가 감사하며 말했다.

"상공께서 말씀해주지 않았더라면 첩은 분명 구천 아래 원한 맺힌 귀신이 되고 말았을 것입니다."

또 장주를 눌러 죽인 뒤 설매를 시켜 춘방에게 죄를 미루도록 한 일을 말하니, 사씨가 말했다.

"사람의 흉악함이 어찌 그 지경까지 이를 수 있을까요?"

또 동청이 엄숭에게 참소하여 자신을 사지에 빠뜨린 일을 말하니 사씨가 말했다.

"상공께서 돌아가실 뻔한 화를 당하셨는데도 첩이 세상 밖의 사람이 되어 알지 못했습니다."

또 교씨가 집 안의 금은보화를 모조리 싣고 동청에게 간 일을 말하니 사씨는 대답하지 않았다.

호타하에서 인아를 빠뜨려 죽인 일에 이르니 사씨가 가슴을 치며 크게 통곡하다 땅에 쓰러져 기절했고, 한림 역시 실성통곡하다 숨이 막혔다. 묘희가 급히 구호해 겨우 정신을 차렸다.

또 설매가 차마 물에 던지지 못하고 갈대숲에 버려둔 일을 이야기하고 이어서 말했다.

"그 말대로라면 하늘이 혹시 재앙을 내린 것을 돌이켜 핏덩이를 보호하지 않았을까요?"

"설매의 말을 어찌 다 믿을 수 있겠어요? 설령 그때 물에 던지지 않았더라도 지금까지 살아 있으리라고 어찌 기약할 수 있겠습니까?"

두 사람이 눈물을 흘리며 울기를 그치지 않았다. 한림이 또 회사정에서 부인이 쓴 글을 보았다며 말했다.

"분명 물에 빠져 죽었다고 생각하고 밤중에 제문을 지으려 했지요. 그런데 동청이 보낸 도적들이 들이닥쳤어요. 노복도 모두 잃고 살아날 길이 전혀 없었는데 천만의외로 부인이 구해주었습니다. 모르겠습니다, 어떻게 여기에 오셨나요? 또 어떻게 내가 위급할 줄 알고 배를 대고 기다리셨나요? 회사정에 글을 쓴 것은 또 무슨 까닭에서였습니까?"

사씨가 묘 아래서 도적을 만나 변을 당할 뻔했던 일과 시부모께서 꿈속에 나타나 남쪽으로 가 백빈주에서 사람을 구하라고 지시한 일을 모두 말했다.

"꿈속에서 시부모님이 그토록 상세히 지시해주셨지만 첩의 마음은 마치 안개 속에 있는 것 같아 기억할 수 없었지요. 하지만 특별히 묘희 스님이 알려주어 상공을 구할 수 있었습니다. 그리고 물에 빠져 죽으려 했을 때도 스님의 구원에 힘입어 죄 많은 이 몸이 지금까지 삶을 이어왔습니다. 기둥에 쓴 글은 올 때 경황이 없어 지울 수 없었습니다. 상공께서 보시고 놀라리라고는 생각지도 못했습니다."

한림이 묘희를 돌아보고 말했다.

"스님은 전에 우화암에 있던 묘희로군요. 처음에 스님 덕택에 혼사를 이루었는데, 지금 또 우리 부부의 목숨을 구하여 다시 만나게 하였습니다. 이 은혜를 어찌 다 갚을 수 있겠습니까?"

"모두 상공과 부인의 복이며 하늘이 도운 것입니다. 제게 무슨 공이 있겠습니까? 이곳은 오래 머물 곳이 아닙니다. 암자로 가는 것이 좋겠습니다."

이어 암자에 올라 객당을 청소하고 한림을 자리로 모셨다. 유모와 차환도 와서 울며 인사를 드렸다.

한림이 말했다.

"지금 비록 사지에서 벗어나긴 했으나 집안은 몰락하고 몸은 홀로되어 의지할 곳이 없습니다. 무창에 메마른 밭이나마 조금 있으니 이를 수

습해 당분간 집안 살림을 꾸린 뒤에 서울에 가 가묘를 모셔와서 조상 신령께 죄를 청하려 합니다. 그리고 옛사람의 글을 읽으며 지난 잘못을 고칠 것입니다. 부인께서는 지난 일을 괘념해 나를 영영 버리시렵니까? 만약 그렇지 않다면 바라건대 함께 가도록 합시다."

사씨가 몸가짐을 단정히 하며 대답했다.

"상공께서 첩을 버리시지 않는다면 첩이 어찌 감히 상공을 따르지 않겠습니까? 지금 어려운 처지에 계시니 어찌 도울 길을 생각하지 않겠습니까? 하지만 첩이 시댁을 나올 때 친족을 모아 조상 신령께 떠남을 아뢰었습니다. 이제 다시 들어가려는데 어찌 절차가 없을 수 있겠습니까? 첩이 감히 지난 일에 연연하는 것이 아닙니다. 여자가 남자를 따르는 것이 하늘의 상도常道이지만, 시집을 나갔다 다시 드는 것 또한 변례變禮입니다. 어찌 구차하게 할 수 있겠습니까?"

한림이 사과하며 말했다.

"내가 미처 생각하지 못했습니다. 부인의 말씀이 지극히 온당합니다. 내가 먼저 서울로 가 한편으로 인아의 소식을 알아보면서 가묘를 모시고 오겠습니다. 그러고 예로 부인을 맞이하겠습니다."

"그러시는 것이 매우 좋겠습니다. 다만 상공의 발걸음이 위험합니다. 동청의 읍과 무창이 멀지 않으니, 상공이 거기 있다는 말을 들으면 반드시 도적을 보내 몰래 해치려 할 것입니다. 정말로 어찌 두렵지 않겠습니까? 제사를 받들고 온전히 부부가 되는 것이 비록 긴급한 일입니다만, 우선 성명을 바꾸고 은밀한 곳에 몸을 숨겨 다른 사람이 예전의 유한림임을 모르게 하십시오. 그런 뒤 천천히 일의 낌새를 살펴보고 다시 의논하는 것이 좋겠습니다."

"부인의 말씀이 금쪽같습니다. 그러나 동청이란 놈은 지금 막 계림에 부임했으니 그곳을 벗어나기란 쉽지 않을 것입니다."

"천하의 일은 변하기 마련입니다. 도적 동청은 음흉해 결코 오래도록 부귀를 누리지 못할 것입니다. 상공께서는 우선 기다리시지요."

한림은 또 유배지에 있을 때 신령이 특별히 샘물이 솟게 한 일을 이야기하며 말했다.

"신령이 스스로 동정호 군산에 있다고 하셨지요. 이곳에서 상봉함은 필시 신령의 영험함일 것입니다."

사씨가 말했다.

"그것은 관음보살이 나타나신 것입니다."

이어 함께 불상 앞으로 가 향을 피우고 예배하며 은혜에 감사했다.

그날 한림은 객사에서 홀로 잤다. 다음날 묘희가 배를 준비하고, 무창으로 떠나는 한림을 환송했다. 한림과 사씨가 눈물을 흘리며 이별했다.

한림이 마침내 무창에 도착하니 잃어버렸던 노비들이 먼저 도착해 있었다. 노비들이 한림을 보고 모두 눈물을 흘리며 "다시 살아나셨다"라고 말했다.

도적 동청이 보낸 장정들은 오직 한림만 잡고자 했으므로 다른 사람을 해치지는 않았다. 따라서 노복들은 목숨을 보전할 수 있었지만 한림이 간 곳을 알 수 없어 수소문해 이곳까지 찾아온 것이었다.

동청이 보낸 장정들이 한림을 놓치고, 돌아가 동청에게 보고했다. 동청은 교씨와 함께 크게 두려워하며 의논했다.

"나와 연수는 세불양립勢不兩立이니 반드시 죽이겠다."

동청은 다시 장정들을 보내 한림을 뒤쫓게 하고 계림으로 부임했다.

한편, 냉진은 서울에 있으며 도박을 일삼다가 가진 돈을 모두 잃었다. 그뒤 스스로 생각하기를,

'동청이 큰 벼슬을 하니 그에게 가면 나를 버리지 않으리라'

하고 계림으로 갔다. 동청이 기뻐하며 냉진을 맞이하고 머물게 하며 심복으로 삼았다. 이익을 가로채는 일이라면 모두 냉진과 상의했다. 구실을 얽어 부유한 백성을 죽여 그 재산을 빼앗고, 부유한 상인을 독살해

재물을 약탈했다. 동청의 악명이 남방에 자자하니 남방 사람들이 그의 살점을 갈아 먹고 싶어했으나, 다만 엄숭이 두려워 감히 입 밖에 내지 못했다.

교씨가 계림에 온 지 얼마 되지 않아 아들 봉추가 풍토에 적응하지 못해 병들어 죽었다. 납매는 동청의 예쁨을 받아 임신하게 되었다. 교씨가 질투를 이기지 못해 동청이 외지에 간 틈을 타 모래 부대로 납매를 눌러 죽였다. 그리고 병들어 죽었다고 둘러대니 동청이 믿었다.

계림은 큰 고을이어서 관아에서 처리할 일이 매우 많았다. 동청이 영내 고을을 순행하느라 관아에 있는 날이 아주 적었다. 그 틈을 타 냉진이 마침내 교씨와 사통하니 마치 동청이 유한림 집에 있으며 교씨와 사통할 때와 같았다.

천도天道는 돌고 돌아 회복되지 않는 것이 없다는 말이 진실로 허언이 아니었다. 동청이 유한림의 뒤를 쫓았으나 끝내 찾을 수 없었다. 마음이 크게 두려워 엄숭을 전보다 배나 더 섬겼다. 십만 냥의 금은보화를 마련해 냉진에게 가져가 엄승상의 생신을 축하드리도록 했다. 냉진이 서울에 도착하니 마침 천자가 엄숭의 간악함을 깨달아 삭탈관직하여 시골로 추방하고 재산을 모두 몰수했다. 냉진이 크게 놀라 생각했다.

'동청의 죄악은 하늘까지 차고도 넘쳐날 지경이나 사람들이 감히 고발하지 않은 것은 오직 엄승상의 위세를 두려워해서였지. 이제 빙산이 녹았으니 동청이 어찌 오래갈 수 있으랴? 중간에서 대책을 세우는 것만 못하다.'

냉진은 곧바로 대궐 문으로 가 신문고를 크게 쳤다. 법관이 그 이유를 물으니 대답했다.

"저는 본래 북방 사람으로 일이 있어 남쪽을 돌아다녔습니다. 마침 계림을 지나다 들으니 태수 동청이 불법을 자행하고 극히 흉악한 일을 저질러 위로는 하늘을 기만하고 아래로는 조정을 모욕했습니다. 비록 제

일과 아무런 관련이 없습니다만 통분한 마음을 이길 수 없었습니다. 이에 먼 지방의 원한 품은 백성을 대신해 감히 탐관오리의 죄악을 아뢰고자 합니다."

이어 동청이 백성을 잔인하게 다루고, 양민을 해치고, 큰 장사치를 위협해 재물을 빼앗고, 흉악한 무리와 결탁해 도리에 어긋난 행동을 도모한 것 등 열두 가지 죄를 조목조목 열거하며 고발했다. 법관이 천자에게 글을 올리니 천자가 진노해 의금부의 병졸을 뽑아 동청을 잡아들여 하옥시켰다. 해당 관청에서 진상을 조사하니 냉진의 말이 하나도 어긋나지 않았다. 지금 조정에 엄숭이 없으니 누가 그를 구해줄 수 있겠는가? 동청의 재물이 북두칠성만큼 높이 쌓여 있었지만 하늘과 귀신이 죽여 없애려는 목숨을 결코 구할 수는 없었다. 마침내 서울 거리에서 참수형에 처해졌다. 처자는 관아의 노비로 삼고 재물은 나라에서 몰수하니 황금이 삼만여 냥이요, 은이 사만여 냥이었다. 그 외 주옥과 비단 등은 이루 헤아릴 수조차 없었다.

냉진이 관아에 돈을 치르고 교씨를 빼냈다. 서울에서 계속 사는 것이 불편해 교씨와 함께 산동으로 갔다. 냉진을 따라가는 것은 교씨가 본래부터 바란 바였다.

몸에 지닌 패물이 마침 한 상자 있었고, 동청이 엄숭에게 뇌물로 주려던 십만 냥의 재물 역시 냉진의 수중에 있었다. 두 사람은 매우 기뻐하며 수레를 사 보화를 싣고 산동으로 향했다. 가는 도중 동창 땅에 이르렀다. 교씨는 여러 날을 내달려 피곤함을 견딜 수 없었다. 냉진이 술과 음식을 사 위로하니 교씨가 매우 기뻐했다. 둘은 취해 주점에 쓰러져 누웠다.

수레꾼 정대는 본래 도적의 무리였다. 냉진의 행장이 작지만 매우 무거운 것을 보고 침을 흘린 지 여러 날이었다. 그날 밤 그들이 취해 쓰러진 틈을 타 무뢰배와 함께 재물을 훔쳐 달아났다. 냉진과 교씨는 날이 밝고서 곧 깨달았다. 하지만 하늘을 보고 울부짖을 뿐 길을 갈 수 없었다. 그 고을에 머물면서 관아에 고발해 정대의 거처를 찾고자 했다. 하지만 형세가 바람을 잡으려는 것과 마찬가지여서 끝내 종적조차 찾을 수 없었다.

하루는 천자가 조서를 내려 수령이 백성을 침탈하고 학대하는 폐단을 강조하고 좌우를 돌아보며 말했다.

"얼마 전에 동청의 죄상을 보니 실로 강도와 마찬가지였다. 당초에 누가 천거하여 벼슬을 내렸는가?"

서각로徐閣老, 각로는 재상에 해당하는 벼슬가 아뢨다.

"엄숭의 천거로 진류 현령이 되었다가 다시 계림 태수로 뽑혔습니다."

천자가 말했다.

"짐이 지금 생각하니 엄숭이 동청을 천거하며 '문학과 이재吏才를 겸비했다'고 했다. 이로 보건대 엄숭이 천거한 자는 모두 소인이며, 배척한 자는 모두 군자일 것이다."

이어 이부吏部에 명해 엄숭이 천거한 이백여 명을 걸러 쫓아냈다. 그리고 엄숭의 모함으로 죄를 입은 전 간의대부 해서를 어사로 삼고, 전 한림학사 유연수를 이부시랑吏部侍郎, 이부에서 두번째로 높은 벼슬으로 삼았다. 또 백성을 사랑하고, 공정하며 청렴한 두억 등의 벼슬을 높여 등용했다. 마침 과거를 치를 무렵이었다. 천자가 예부에 '반드시 공정한 방법으로 사람을 뽑아 인재를 잃지 말라'라고 당부했다.

사급사의 아들 사공자는 삼년상을 마치고 아내를 얻어 집안을 지키고 있었다. 처음에 사씨가 남행할 때 사공자에게 몰래 남행한다는 뜻을 전했다. 따라서 그뒤 두추관이 성도부로 자리를 옮길 때 사씨도 두부인을 따라 성도로 갔을 것이라고 생각했다. 길이 멀어 오래도록 소식을 전할 수 없으므로 간절히 그리워할 뿐, 누이가 이처럼 낭패를 당했으리라고는 생각지도 못했다. 이 무렵 집안이 점점 안정되었다. 그러므로 배를 사 촉 땅으로 들어가 누이를 만나려 했다. 그러다 조보朝報, 조정의 소식을 담은 관보를 보니, 두태수가 순천順天 부윤府尹, 순천부의 으뜸 벼슬이 되어 오래지 않아 서울로 돌아올 것임을 알았다. 게다가 과거가 멀지 않았으므로 우선 집에서 공부하며 두부인이 서울로 돌아오기만을 기다렸다.

얼마 뒤 사공자는 과거를 보러 가, 초장, 중장, 종장 세 번의 시험을 모두 치렀다. 시험을 보고 나오니, 순천 부윤이 이미 서울로 돌아와 있었다.

사공자는 순천 부윤을 찾아뵙고 누이의 소식을 물었다. 두부윤이 눈물을 흘리며 말했다.

"사형謝兄이 아직 누이의 소식을 모르는군요. 내가 장사에 있을 때 누이께서 마침 장사로 오는 장사치의 배를 얻어 타고 내게 의탁하려 했소. 하지만 장사 땅에 이르기 전에 내가 성도부로 자리를 옮겼다는 소식을 듣고 오기도 가기도 어려워졌지요. 하여 상수에 빠져 죽으려 했는데, 다른 사람이 구해줘 다행히 죽지 않았다고 하더이다. 나는 누이께서 오시는 줄도 몰랐다가, 나중에야 뱃사람의 말을 들었지요. 하여 거듭 하인을 소상강 근처로 보내 여러 번 종적을 찾았으나 끝내 아무 소식이 없었소. 그런데 작년 그곳에 사는 사람의 말을 들었지요. 유한림이 사면을 받고 돌아오다가 회사정에 올라 누이가 쓴 글을 보고 분명 죽었다고 생각했답니다. 그래서 제수를 조금 준비해 제사를 지내려는데, 그날 밤 도적을 만나 쫓기니 간 곳을 모른다고 하더이다. 그는 분명 유형劉兄일 게요. 조정에서 이제 이부시랑의 벼슬로 부르나 여전히 그 거처를 모른다오. 유형이 무사한지도 확신할 수 없다오."

사공자가 다 듣고서 통곡하며 말했다.

"그렇다면 우리 누이는 분명 목숨을 보전하지 못했겠구나!"

"내가 여러 번 종적을 찾아보았는데 모두 죽지 않았다고 했소. 사형은 지나치게 슬퍼 말고 다시 찾아보는 게 좋겠소."

사공자는 그 말이 옳다고 생각해 집으로 돌아가 행장을 꾸려 누이를 찾아 떠나려 했다. 마침 과거의 방이 붙어 명부를 보니 사공자가 이등으로 급제했다. 이어 강서江西 남창부南昌府, 장사가 있는 호광 지방의 동쪽으로 지금의 장시 성 난창의 추관이 되었다. 사공자는 생각했다.

'남창부와 장사는 멀지 않으니 임지에 도착한 뒤 누이를 찾아야겠다.'

그리고 날을 가려 부임했다.

한편, 유한림은 동청의 해코지를 피하기 위해 성명을 바꾸고 스스로 서생이라고만 하니, 무창 사람들이 아무도 알아보지 못했다. 노복들을 부려 밭을 개간하고 힘써 경작했다. 또한 하인을 시켜 군산에 양식을 보냈다. 그 하인이 돌아와서 한림에게 말했다.

"악주 관아의 문에 방이 붙었는데, 상공의 소재를 찾고 있었습니다. 그 이유를 물으니 '유한림이 막 이부시랑에 임명되어 조정에서 유배지에 조서를 내렸네. 하지만 유배지에서는 사면을 받아 돌아갔다고 하더군. 따라서 그 거처를 자세히 찾다 급기야 이곳까지 왔는데, 물어보니 한림이 밤중에 도적을 만나 하인과 서로 흩어지고 간 곳을 알지 못한다고 했네. 하여 방을 걸어두고 찾고 있지'라고 했는데, 다른 사람들의 말도 모두 같았습니다. 하지만 쇤네가 감히 상공의 거처를 사실대로 말할 수 없어 아뢰지는 않았습니다."

"엄숭이 권력을 마음대로 휘두른다면 내가 이부시랑이 될 리 만무하다. 필시 조정에 변화가 있는 것이다."

즉시 무창에 가 이름을 대니 지부가 급히 나와 맞이하며 말했다.

"노선생께서는 막 이부시랑이 되셨습니다. 조정에서 실로 다급히 부르고 있는데 선생께서는 어디 계시다 이리로 오셨습니까?"

시랑이 원수를 피해 몸을 숨긴 이유를 말했다. 조정의 일을 물으니, 엄숭은 이미 패했고 동청도 벌써 죽었다고 했다. 시랑이 사씨에게 서신으로 소식을 알리며, 이부시랑의 부름을 받들어 상경할 뜻을 알리고 엄숭과 동청이 이미 패배했다는 기별을 전했다. 또 편지에 썼다.

"오늘날 조정에 비록 소인이 없다 하나 오래도록 버려졌던 몸이 갑자기 청현의 요직을 맡을 수는 없습니다. 벼슬을 갈아주도록 상소해 남쪽에 작은 도읍을 얻어 부인을 맞이할까 합니다."

시랑은 감히 오래 머물 수 없어 서울로 길을 떠났다. 남창부에 이르니 그 지역의 관리가 나와 맞이했다. 마침 맞이하는 관리의 이름을 적어 올린 종이를 보니 '사경안'이었다. 하지만 시랑은 누구인지 몰랐다. 급기야 서로 만나게 되었는데 사추관이 미처 말을 꺼내기도 전에 눈물을 먼저 흘렸다. 시랑이 그 이유를 물으니, 대답했다.

"누이가 집을 나간 뒤, 아직 생사도 알지 못하니 어찌 슬프지 않겠습니까?"

그제야 시랑이 그가 사공자임을 알고 크게 놀랍고도 기뻐 손을 잡고 말했다.

"지난번 내가 미욱하여 죄 없는 누이를 쫓아냈네. 이제 자네 얼굴을 보니 어찌 부끄럽고 황송하지 않을 수 있겠나."

사추관이 더욱 간절히 슬퍼하며 말했다.

"매형이 비록 누이의 무죄를 알았지만, 누이가 살았는지 죽었는지 알 길이 없으니, 참담한 마음을 더욱 이길 수 없군요."

"처남은 아직 누이의 소식을 모르는구나!"

전후의 곡절을 말하니 사추관이 놀라 쓰러졌다가 일어나 시랑에게 감사해했다.

"누구인들 허물이 없겠습니까마는 고치는 것이 어렵다고 했습니다. 매형이 비록 한때 소인에게 속았지만 끝내 크게 깨달았으니 군자라 이를 만합니다."

공무로 가는 길이라 기한이 있어 두 사람은 기쁜 마음을 다 나누지 못하고 헤어졌다.

사추관은 시랑을 보낸 뒤, 먼저 사씨에게 서찰과 양식을 보내고 아울러 상부에 말미를 얻어 급히 모셔오겠다는 뜻도 전했다. 시랑이 서울에 도착해 사은숙배謝恩肅拜, 새롭게 벼슬을 얻은 사람이 천자에게 절하는 의례하니 천자가 맞아 보고 지난날 소인에게 속았던 일을 말하며 탄식을 그치지 않았다.

시랑이 머리를 조아리며 말했다.

"성은이 하늘과 같으니 신이 비록 분골쇄신粉骨碎身하더라도 만분의 일도 갚기 어려울 것입니다. 신이 본래 어리석은데다 일에서 멀어진 지 이미 오래여서 지금 내려주신 벼슬은 결코 감당할 수 없을 것입니다. 바라건대 강호의 작은 고을 하나를 얻어 백성을 다스리고 정무를 맡아 나라의 은혜에 보답하고 싶습니다."

천자가 처음에는 윤허하지 않다가 그 말이 간절한 것을 보고 이어 말했다.

"경의 뜻이 이와 같으니 짐 또한 경이 백성을 다스리는 것을 보겠다."

이에 특별히 강서 포정사布政司, 지방장관에 임명했다. 시랑은 감읍하며 물러나왔다.

옛집을 찾아가니 건물은 황량하고 뜰은 적막했다. 오직 인아의 유모 등 몇 명만이 집을 지키고 있었다. 본당에는 먼지가 쌓였고 사당에는 풀이 무성했다. 시랑은 즉시 가묘에 올라 머리를 조아리고 사죄했다. 이어 두부인 댁에 가니 두부인이 시랑을 붙잡고 크게 통곡하며 말했다.

"서로 헤어진 칠 년 동안 세상사 거듭 변했다만, 이 늙은이가 다행히도 잔명을 보전해 조카와 다시 만났으니 어찌 하늘의 뜻이 아니겠느냐?"

"고모님께서 여러 해 동안 집을 떠나 고생하셨을 텐데, 이처럼 건강하시니 제 마음이 한결 편안합니다. 제가 불행하게도 고모님의 가르침을 외면하고 죄 없는 아내를 내쳤습니다. 참으로 고모님 앞에 설 면목이 없습니다. 하지만 특별히 조종 신령의 도움을 입어 만 번 죽어 마땅한 목숨을 보전했고, 요행히 떠돌던 아내를 만나 지난날의 잘못을 크게 뉘우쳤습니다. 바라건대, 고모님께서는 지난날의 죄를 용서하십시오."

두부인이 놀라며 말했다.

"이 말이 사실이라면 사부인은 무고하냐? 네가 이미 지난 일을 뉘우쳤는데 내가 어찌 잘못을 들추겠느냐? 모르겠구나, 너는 어떻게 지난 잘못을 깨우쳤고, 또 어떻게 부인을 다시 만난 것이냐?"

이에 시랑이 지난 일을 자세히 말했다. 그러자 두부인이 눈물을 흘리며 말했다.

"죄 없는 부인이 허다한 고초를 두루 겪었구나!"

유씨 친족들도 모두 모여 시랑을 치하하고, 사씨가 돌아온다기에 매우 기뻐했다.

시랑은 오랫동안 머물 수 없어 두부인과 작별하고 강서 땅으로 나아갔다. 사추관이 또한 그의 막하*여서 두 사람이 서로 만나니 기쁨을 말로 표현할 수 없었다. 사추관이 몸소 군산에 가서 사씨를 모셔오려 하니 시랑이 말했다.

"나 또한 마땅히 처남과 같이 가야 하네만 직무를 수행해야 하기에 경내를 벗어날 수 없다네. 자네가 먼저 가서 모셔오면 내 마땅히 경계까지 나아가 맞이하겠네."

사추관이 응낙하고, 큰 배를 갖추어 성대하게 차리고 길을 떠났다. 시랑은 사씨에게 편지를 보냈다. 묘희에게도 금은과 채단을 보내 은혜에 사례했다.

사추관이 동정호를 거쳐 곧바로 군산에 도착했다. 사씨는 벌써 사추관의 편지를 읽고 그가 오는 것을 알았기에 묘희와 차환을 보내 맞이했다. 사추관이 암자에 도착했다. 형제가 헤어져 십 년째 생사를 모르다가 이제야 만나게 되었다. 게다가 사씨가 집을 떠날 때 아직 어린아이였던 동생이 이제 조정의 명사가 되어 집안의 명성을 이으니 사씨는 기쁨과 슬픔이 엇갈려 눈물만 흘릴 따름이었다.

사씨가 시랑의 편지를 보니, 강서 포정사가 되어 가까운 곳에 와 있었다. 사씨는 기쁨을 이길 수 없었다. 사추관이 묘희에게 감사해했다. 이어 시랑이 보낸 금은, 비단과 자신의 예물을 모두 마루에 두니 그 수가 매우 많았다. 묘희가 고마워하며 말했다.

"시랑과 부인의 복은 하늘이 내린 것입니다. 소승에게 무슨 공이 있겠습니까? 진귀한 보물은 제게는 쓸 곳이 없으니 다만 불사에 사용해 부인과 두 분 상공의 복을 기원하겠습니다."

그날 밤 사추관은 객당에 머물렀다. 다음날 사씨가 떠나니 묘희와 여동이 산에서 내려와 이별했다. 모두 몸조심하라며 눈물을 흩뿌리고 헤어졌다. 강서 경계에 이르니 시랑이 벌써 강변에서 기다리고 있었다. 구름 같은 돛과 비단 닻줄이 강물에 빛나고 옥 절월과 금빛 깃발이 봄바람에 휘날렸다. 두 척의 배가 가까워졌다. 시비들이 미리 알아서 부인에게 의복을 드렸다. 칠 년간 입은 소복을 비로소 벗고 시랑을 다시 만나 함께하니, 진실로 인륜에 큰 경사요, 세상에 드문 일이었다. 관악기와 현악기가 풍악을 울리며 앞에서 인도해 관아에 도착했다. 곧바로 가묘에 올라 예를 올리고 제문을 지어 고했다. 글이 매우 절실하여 눈물을 흘리지 않는 이가 없었다.

그때 강서의 대소 관료들이 모두 예물을 바쳐 유시랑 부부가 다시 만난 것을 축하했다. 더불어 사추관 남매가 다시 모인 것도 축하했다. 그 성대함이 처음 혼인할 때보다 더했다. 시랑이 크게 잔치를 베풀고 손님과 함께 마음껏 기뻐한 뒤 마쳤다.

그뒤, 사추관이 사씨를 관아로 모셔 부모의 영전에 인사를 올렸다. 그리고 특별히 잔치를 열어 사씨를 위로했다. 사씨를 위해 날마다 잔치가 열렸으나 사씨는 슬하에 인아가 없으니 슬픈 마음이 저절로 간절해졌다. 집안과 관아의 하인을 여러 곳에 두루 보내 알아보게 했으나 끝내 종적조차 찾을 수 없었다.

어느덧 또 한 해가 지났다. 사씨가 조용히 시랑에게 말했다.

"첩이 한 가지 드릴 말씀이 있습니다. 상공께서는 들어주시겠는지요?"

"말씀하시는 바가 옳다면 어찌 따르지 않겠습니까?"

"첩이 지난번 사람을 잘못 천거해 상공의 집안일이 크게 어긋났지요. 지금도 생각하면 모골이 송연합니다. 그러나 지금의 일은 지난번과 아주 다릅니다. 첩의 나이가 이미 마흔이 되었고 단산斷産한 지 이미 십 년이 지났으니 결코 다시 아이를 바랄 수 없습니다. 어찌 한번 목이 멘다고 먹기를 그만두겠습니까? 상공께서는 어찌 이를 생각지 않으시나요?"

"부인의 말씀이라면 따르지 못할 것이 없습니다만 이 일은 결코 따를 수 없습니다. 인아가 나 때문에 화를 당했는데 생사도 알지 못합니다. 비참한 마음이 골수에 새겨졌지요. 이제 차라리 대를 끊을지언정 맹세코 다시금 천한 이를 취하여 잡종을 두지 않을 것입니다."

"상공께서는 어찌 그리 답답하세요? 삼천 가지 불효 중에 후사가 없는 것이 가장 크다 했습니다. 첩이 상공을 따라 사당에 오를 때마다 쓸쓸하게도 둘뿐이고, 후사로 한 점 혈육도 없습니다. 두렵게도 조상 제사가 실낱같이 위태로우니, 첩은 매우 참담하고 부끄럽습니다. 두려운 것은 대가 끊기는 것이니, 조상님의 걱정하는 말씀이 귀에 들리는 듯합니다. 상공의 마음 또한 그렇지 않으신지요?"

"부인의 말씀 또한 틀리지는 않아요. 하지만 인아의 생사도 아직 분명히 알지 못하고, 부인의 나이 역시 단산할 때가 아닙니다. 이런 말은 천천히 하는 게 좋겠습니다."

사씨가 혼자 생각했다.

'시랑이 이처럼 사양하는 것은 인아의 생사를 알지 못하고 또 지난 일을 생각하여 현숙한 사람을 얻지 못할까 걱정해서야. 내 나이가 어릴 때는 경험한 일이 많지 않았지. 따라서 교씨가 자기 덕성을 아름답게 꾸미는 것에 끝내 속고 말았어. 하지만 화용현의 임씨 여인이라면 어찌 털끝만큼이라도 의심하겠어? 용모가 단정하여 경국지색일 뿐 아니라 묘희의 말을 듣건대 귀한 아들을 많이 낳을 팔자라 했지. 만약 첩을 구한다면 이보다 나을 수는 없을 게야. 지난번 만났을 때 나이가 이미 장성했으니 지금쯤이면 시집을 갔을 것도 같구나. 헤어질 때는 떠나기 바빠 나이도 물어볼 수 없었으나 지금까지도 마음에서 떠나지 않아. 또, 늙은 하인이 나를 따르다 어려움을 겪어 길에서 죽었지만 관을 구할 수 없어 그냥 묻고 말았지. 게다가 황릉묘에 발원할 일도 있는데 새로 어려움을 겪느라 지금까지 지체하고 있었어. 묘희의 은혜도 마음에 새겨놓았는데 소식이 끊긴 지 거의 열흘이 되었지. 이 몇 가지 일을 모두 지체할 수는 없어.'

마침내 이 뜻을 시랑에게 전했다. 그러자 하인과 차환을 보내 자신의 재산으로 황릉묘를 중수하고 하인의 장례를 다시 치르게 하였으며, 임씨 여인과 묘희에게 많은 금과 비단을 보내 옛정에 보답했다.

묘희는 앞뒤로 얻은 재물로 수월암을 수리하고 건물의 칸수를 늘렸다. 또 군산의 꼭대기에 특별히 구층탑을 세우고 '부인탑'이라 이름했다.

차환이 임씨의 집에 가니 변씨는 이미 죽고 임씨만 홀로 살고 있었다. 임씨는 차환을 보고 크게 기뻐하며 사씨의 안부를 물었다. 차환이 자세히 말하고 또 금과 비단을 전하니, 임씨는 거듭 고마움을 표한 뒤에야 받았다. 차환이 돌아와 사씨에게 그간의 일을 아뢨다. 사씨는 다행히 오랜 바람을 이룬데다 임씨가 아직 시집가지 않았다는 것을 알고 더욱 기뻐했다.

마침내 모자가 상봉하고
잔악한 여인은 결국 죽임을 당하다

한편, 설매가 차마 인아를 물에 던지지 못하고 갈대숲에 버리고 돌아갔을 때 마침 형주荊州, 호광에 있던 고을. 동정호의 북쪽에 있다 사람 왕삼이 장사할 물건을 배에 싣고 그곳에 도착했다. 수풀 속에서 아이 울음소리가 나는 것을 듣고 가보니 서너 살쯤 되는 아이가 있었는데, 살결이 옥과 같고, 기상이 비범했다. 왕삼이 생각했다.

'이는 보통 사람의 아이가 아니다. 골격이 비범하니 데리고 가 자식이 없는 사람에게 팔면 분명 많은 돈을 받을 것이다.'

마침내 아이를 안고 배에 올랐다. 여러 곳을 두루 다녔으나 사려는 사람이 없었다. 배가 무창에 도착했을 때 갑자기 거센 바람을 만났다. 함께 가던 다른 배들은 모두 침몰했고, 왕삼의 배 역시 돛대가 부러지고 삿대가 꺾여 거의 쓰러질 지경이었다. 하지만 천행으로 부서지지는 않아 표류하다 화용현에 도착했다. 그 무렵 큰 기근이 들어, 왕삼은 인아와 함께 마을에서 구걸했다. 왕삼은 인아를 걷어 기를 사람을 끝내 구하지 못할 것을 알고 임씨 집 울타리 밖에 버려두고 떠났다.

그때 변씨와 임씨가 함께 자고 있었다. 임씨가 밤에 꿈을 꾸었는데, 울타리 아래 불빛이 하늘에 직접 이어져 있었다. 나가보니 한 마리 짐승이 누워 있는데, 옥 같은 비늘에 머리에는 뿔이 하나 있었다. 용도 아니고 호랑이도 아닌데 모습이 매우 기이했다. 임씨가 크게 놀라 깨어나니 곧 꿈이었다. 임씨가 매우 기이하게 생각하며 나가보니 짐승이 누워 있던 곳에 한 아이가 있었다. 모습이 특이해 마침내 아이를 안고 들어왔다.

변씨가 말했다.

"올해 흉년이 심하니 분명 버려진 아이일 게야. 우리집 또한 가난하니 어찌 거두겠느냐?"

"어머니께 아들이 없으니 이 아이를 거두어 아들로 삼는다면 매우 좋은 일일 거예요. 또 아이가 꿈에 보인 징조가 저러하니 앞으로 분명 귀하게 될 아이예요."

변씨가 그 말을 따라 아이를 기르며 아들로 삼았다.

변씨가 죽은 뒤 근처 사람들이 모두 임씨가 현명하고 아름다운 것을 알았으므로 많은 사람이 아내로 삼고 싶어했다. 임씨는 모두 허락하지 않았다.

"상중일 뿐만 아니라 여자가 직접 혼사를 주관할 수도 없습니다. 출가한 숙모가 계시니 모셔와 혼인을 주관하게 한 뒤에야 가능할 것입니다."

그녀의 말이 비록 이와 같았지만 그녀는 본래 농부의 아내가 되고 싶지 않았다. 오직 숙모를 따라 출가하고 싶었지만 인아 때문에 아직 결행하지 못한 것이었다. 사씨가 보낸 차환이 왔을 때 인아는 마침 마을에 가 있었으므로 차환이 보지 못하고 갔다.

사씨가 시랑에게 임씨 여인에 대해 말하고 권했다.

"첩은 호랑이에게 혼난 사람입니다. 임씨 여인의 성품이 만약 터럭만큼이라도 의심스럽다면 어찌 감히 다시 천거하겠습니까? 하물며 이 여인은 곧 묘희의 조카입니다. 만약 묘희가 아니었다면 우리 부부가 어찌 다시 만났겠어요? 상공은 묘희의 면목을 생각지 않으시나요?"

시랑이 지극한 정성에 감격해 비로소 허락했다. 사씨는 크게 기뻐 임씨의 집으로 즉시 차환을 보내 그 뜻을 전달했다.

임씨가 말했다.

"상공과 부인께서 저를 더럽게 여기시지 않고 첩으로 삼으려 하시니 지극한 영화입니다. 어찌 다른 뜻이 있겠습니까마는, 수개월 전 모친상을 당해 아직 상을 마치지 못했습니다. 그리고 집에 아직 어린 남동생이 있습니다. 이 아이는 부중府中으로 데려갈 수 없을 것이니 이것이 염려됩니다."

차환이 말했다.

"마땅히 상공과 부인께 아뢰어 처리하겠습니다. 다만 지난날 왔을 때는 형제를 보지 못했습니다. 나이가 어찌됩니까?"

갑자기 한 아이가 밖에서 들어왔다. 나이는 열한두 살쯤 되었다. 얼굴이 그린 듯하고 풍채가 준수해 시골 아이들과 사뭇 달랐다.

임씨가 수양한 사실은 말하지 않고 다만 이렇게 말했다.

"계모의 소생으로 나이는 올해 열두 살입니다. 지난날 부인이 오셨을 때 마침 다른 곳에 가 있었기에 보지 못하셨습니다."

차환이 거듭 유의해 보고 돌아왔다.

차환이 임씨의 말을 아뢰니, 시랑이 말했다.

"상이 끝날 때까지 기다린다고 하니 그녀가 어진 것을 알겠구나."

마음으로 기뻐했다.

사씨가 말했다.

"어린 동생을 데려오는 것은 무방합니다. 어찌 이를 꺼리겠습니까?"

차환이 다시 아뢨다.

"임씨의 어린 동생이 인아 공자님과 흡사해 슬픔을 이길 수 없었습니다. 게다가 그 아이의 나이가 공자님과 같으니 만약 수양한 아이였다면 진실로 의심했을 것입니다. 하지만 임씨가 계모의 소생이라고 말해 다시 물을 일이 없었습니다."

사씨가 말했다.

"인아는 죽었든 살았든 간에 응당 북방에 있을 게야. 어찌 그 먼 곳으로 왔겠어? 게다가 세월이 이미 오래되어 목소리나 모습조차 점점 잊히고 있어. 살아서 만날 수 있다 해도 진실로 알아보기 어려울 게야."

시랑이 좋은 날을 가려 임씨를 맞이했다. 모습이 단정하고 덕성이 그윽하니 사씨가 말한 것보다 더 나았다.

시랑이 사씨에게 말했다.

"이 여자라면 음란한 교씨와 크게 다르겠습니다."

"팔을 세 번 부러뜨린 뒤라야 좋은 의원이 된다고 했습니다. 풍상을 겪은 뒤니 첩이 사람을 가리는 데 어찌 신중하지 않았겠습니까?"

두 사람이 모두 웃었다.

임씨가 유씨 문중에 들어온 뒤 진심으로 예의를 다하니 위아래가 모두 화목했다.

어느 날 인아의 유모가 마침 임씨의 방에 왔다가 인아 이야기를 하게 되었다. 유모는 슬피 우느라 말조차 제대로 할 수 없었다. 임씨에게 말했다.

"전날 차환이 낭자의 댁에서 돌아와 '낭자의 동생이 모습이나 나이가 인아 공자님과 비슷하다'라고 하더군요. 한번 뵐 수 있기를 바랍니다."

임씨가 이 말을 듣고 속으로 크게 의아해 말했다.

"공자를 어느 곳에서 잃었나요?"

"북경 순천부 호타하에서 잃었습니다."

임씨가 속으로 생각했다.

'북경과 우리집의 거리가 비록 천리나 된다고 하지만 우리집은 물가에 있으니 장사치들의 배가 모두 우리집 앞에 모이고, 북경을 왕래하는

사람들 역시 적지 않지. 어찌 반드시 인아가 아니라고 할 수 있겠어?'

임씨가 이곳에 온 뒤로는 인아를 바깥채에 머물게 했기에 시비를 시켜 즉시 인아를 불러오게 했다. 인아가 유모를 보자 오래전에 서로 알던 사람처럼 서로 뚫어지게 바라보았다.

임씨가 말했다.

"이 아이가 공자와 비슷한 곳이 있나요?"

"덩치는 비록 다르지만 골격은 우리 공자님과 아주 흡사해요. 공자님은 이마 위에 뼈가 튀어나와 상공께서 항상 '이 아이에게는 돌아가신 아버님의 독특한 모습이 있다'라고 말씀하셨죠. 지금 이 아이의 이마 위에도 그 뼈가 있으니, 슬픈 마음을 가눌 수가 없습니다."

"이 일은 참으로 기이합니다. 이 아이는 사실 저의 어머니 소생이 아닙니다. 모년 모일에 버려진 아이를 거두어 길렀는데 꿈이 기이했습니다. 이 아이의 모습에 닮은 곳이 있다면 의심하지 않을 수 없습니다."

인아가 이 말을 듣고 말했다.

"이분은 분명 나의 유모입니다. 부인이 나를 데리고 떠날 때 유모를 불러서 집을 지키게 했지요. 유모가 차마 나를 놓을 수 없고, 나 또한 유모를 차마 놓을 수 없어 가는 길에 통곡하던 모습을 아직도 잊지 못합니다. 그러니 어찌 내가 유모를 모르겠습니까?"

유모가 즉시 껴안고 통곡했다.

"분명 인아 공자님이에요. 그렇지 않다면 서로 헤어지던 때의 일을 어찌 알겠어요?"

임씨가 말했다.

"이 아이가 비록 부모님 성명은 몰랐지만, 예전에 큰 집에서 놀던 일은 오히려 기억하고 있었어요. 또 물가 갈대숲에서 장사치를 만나 배에 오른 일을 똑똑히 말했지요. 그래서 처음부터 매우 의심스러웠답니다."

이때 집안 사람들이 서로 말을 전하니 관아 전체가 들썩했다. 사씨가 급히 임씨의 방으로 와 인아를 보았다. 이미 그 아이가 인아라는 사실을 알았지만 직접 보니 더욱 의심의 여지가 없었다.

사씨가 물었다.

"네가 나를 알아보겠느냐?"

인아가 한동안 우러러보다가 통곡하며 말했다.

"어머니께서 나가실 때 제가 유모의 품속에서 울고 있으니, 저를 안고 교자 안에서 젖을 먹이셨습니다. 그때의 일을 아직도 기억하는데 어찌 모르겠습니까?"

사씨가 즉시 인아를 안고 대성통곡했다.

그 무렵, 시랑은 마침 외당에서 정무를 보고 있었다. 갑자기 관아가 떠들썩한 소리를 듣고 놀라 안으로 들어오니, 십여 년 전에 잃어버렸던 아이가 완연히 방안에 있었다. 서로 껴안고 크게 통곡했다. 이윽고 임씨를 불러 인아를 수양한 사정을 묻고 말했다.

"자네는 우리집 은인이네. 어찌 첩으로 대우하겠나. 모름지기 더욱 유순하기를 힘써 부인의 아름다운 뜻을 저버리지 말게."

임씨가 즉시 절하며 말했다.

"하늘이 공자를 첩에게 보내 수양하게 한 것입니다. 첩에게 무슨 공이 있겠습니까? 이처럼 말씀하시니 도리어 복이 달아날까 걱정됩니다."

이후 사씨는 임씨가 고마워 마치 자매처럼 정겹게 대했다.

사추관과 여타 소속 관원들도 모두 와서 축하하고, 예단도 보냈다. 시랑이 직접 전부 다 본 뒤 어떤 것은 받고 어떤 것은 받지 않았다.

남풍南風, 강서 건창부(建昌府)에 있던 고을 현령이 보낸 노리갯감 가운데 한 쌍의 옥가락지가 있었는데 분명 지난번 잃어버린 것이었다. 시랑이 이상하게 생각해, 다른 물건은 돌려보내고 단지 옥가락지만 남겨두었다. 빈객들이 모두 흩어진 뒤 남풍 현령만 불러 조용히 물었다.

"보내주신 예단 중 옥가락지는 귀중한 보배입니다. 받기 미안합니다만 사연이 있습니다. 이 물건은 곧 우리집에 대대로 전해지던 것으로 십여 년 전 잃어버렸다가 지금 선생으로부터 얻게 되었습니다. 선생께서는 처음에 어디서 이걸 얻으셨나요?"

"한 여인이 팔기에 값을 치르고 샀다가, 지금 경사스런 일을 맞아 정을 표한 것입니다. 어찌 선생님 댁에 전해지던 물건이라고 생각이나 했겠습니까? 가락지를 판 사람이 지금도 분명히 있을 테니 현으로 돌아간 뒤 상세히 조사해 아뢰겠습니다."

인사하고 읍으로 돌아가 아전을 불러 말했다.

"지난해 가락지를 판 사람을 즉시 잡아오거라."

아전이 그 여인을 잡아들이니 현령이 말했다.

"너는 누구의 아내냐? 어디에 살며, 언제 이곳으로 왔느냐?"

"쇤네의 성은 '양(楊)'이며 남편의 성은 '정(鄭)'입니다. 본래 하남의 개봉부에 살다, 작년에 남편을 따라 이곳에 왔습니다. 남편이 죽은 뒤 고향으로 돌아갈 수 없어 그 옥가락지를 가지고 있다가 관아에 팔았습니다."

"네가 판 옥가락지는 분명 여염집의 보통 사람이 소장할 물건이 아니므로 내가 매우 의심했다. 지금 서울에서 온 어떤 사람이 이 옥가락지를 보고 '이는 나라 곳간에 있던 보물로 잃어버린 것입니다. 조정에서 바야흐로 사방 문에 방을 걸어놓고 찾고 있습니다'라고 했다. 네가 그 출처를 사실대로 고하지 않는다면 마땅히 서울로 압송할 것이다."

여인이 벌벌 떨며 대답했다.

"이것은 남편이 살아 있을 때 얻은 물건으로 여자인 제가 아는 바는 없습니다. 다만 남편이 하남에 있을 때 마부로 길에서 품을 팔아 생활했는데, 어느 날 저녁 보물을 얻어왔습니다. 연유를 물었더니 '냉진이란 자가 보화를 다섯 수레나 싣고 산동으로 향해 가는데, 그 모습이 매우 의심스러웠지. 분명 다른 사람의 물건을 빼앗은 것이었어. 따라서 내가 이 물건을 갖는 것 역시 무방할 것 같아 밤에 냉진이 취해 쓰러진 틈을 타 동료들과 나누어 가지고 왔어'라고 했습니다. 얼마 후 물어보니 냉진이 동창부에 소송해 도적을 찾고 있었습니다. 따라서 감히 하남에 머무르지 못하고 이곳으로 옮겨왔습니다. 하지만 오래지 않아 남편이 죽고 말았습니다. 만약 나라 곳간의 도적이라면 냉진 놈일 것입니다."

현령이 말하기를,

"들어보니 옥가락지가 들어온 과정이 분명하다"

하고 하나하나 시랑에게 보고했다.

시랑이 말했다.

"지난날, 동창부에서 한 젊은이가 옥가락지 가진 걸 보았지. 그가 냉진 아닐까? 동창부에서 종적을 쫓는다면 찾을 수 있을 게야."

즉시 영리한 하인을 골라 관원과 함께 동창부로 가 종적을 쫓도록 했다.

한편, 교씨는 냉진을 따라 동창부에 머물렀다. 가세가 기울어 집은 네 벽뿐이었고, 배고픔과 추위가 뼈에 스며 괴로움을 견딜 수 없었다. 교씨는 날마다 냉진을 꾸짖으며 말했다.

"나는 유한림의 부인과 동태수의 안사람으로 몸에는 아름다운 비단 옷을 걸치고 입으로는 팔진미를 실컷 먹었어. 걸음마다 연꽃이 피고 말하는 대로 황금이 되었지. 하지만 너를 따르고부터는 이렇게 가난하니 차라리 스스로 죽을지언정 이 같은 꼴은 보지 않을 테야."

냉진은 이제 재물은 찾을 길이 없고 날마다 교씨의 원망과 욕설을 마주하니 어려움을 이길 수 없었다.

동창부의 왕지휘지휘(指揮)는 벼슬 이름. 군직의 한 종류는 집이 매우 부유했는데, 아들이 어렸다. 냉진이 그 아들을 속일 수 있을 줄 알고 날마다 불러내 창루에서 술에 취하기도 하고 도박장에서 놀기도 했다. 그러면서 아첨으로 우롱하고 속여 재물을 얻으니 집안 살림이 조금 풍족해졌다.

왕공자의 외숙이 옆 고을의 수령이 되었다. 그는 조카가 냉진에게 끌려다니며 주색으로 몸을 망친다는 것을 알았다. 이에 조카를 크게 꾸짖고, 또 관원을 뽑아 냉진을 잡아오게 했다. 곤장 백 대를 쳐 수레에 실어 집으로 돌려보냈으나 곤장으로 인해 죽고 말았다. 교씨는 의지할 곳이 없어지자 두렵고 걱정되었다.

서주徐州, 현재 장쑤 성 쉬저우에 사는 조파趙婆는 창기의 우두머리였다. 마침 동창부에 왔다가 교씨의 미색을 보고 말했다.

"나를 따라가면 부귀를 얻을 수 있지. 무엇 때문에 이처럼 고생하겠나?"

교씨가 기뻐 따라가니, 사람들이 조칠랑이라 불렀다. 교씨가 비록 서른이 다 되었으나 아름다움이 시들지 않았고 〈예상우의곡〉 한 곡으로 크게 소문이 나니 부유한 집 자제들이 구름처럼 모여 잔치를 벌여 즐겼고, 조칠랑의 명성은 서주를 진동했다.

시랑이 보낸 하인과 관원이 동창부에 도착해 냉진을 찾았다. 그에 대해 아는 사람이 없었는데 마지막에 어떤 사람이 말했다.

"냉진이란 자가 재물을 잃었다고 한동안 관아 앞에 머물렀지만, 오래지 않아 죽고 말았고 가족 또한 없다오."

여러 곳에서 물어보니 모두 말이 같아 어찌할 도리가 없었다.

돌아오다가 서주의 한 주점에 들어가 술을 사 마셨다. 마침 건너편 누각 위를 보니 어떤 여자가 주렴을 걷고 앉아 있었다. 시랑의 하인이 자세히 보니 완연히 교씨였다. 이에 점원에게 물었다.

"저 누각에 있는 아리따운 여인은 누구인가?"

"이곳의 명창 조칠랑이지요."

"본래 이곳 사람인가? 다른 곳에서 왔는가?"

"이곳에 온 지 오래되지 않았고, 본래 동창 사람이랍니다."

하인이 돌아와 냉진은 이미 죽어 찾을 곳이 없고, 서주에 갔다가 교씨를 만난 일을 자세히 아뢰었다.

시랑이 말했다.

"음란한 계집이 동청이 죽은 뒤 먼 땅을 떠돌다 분명 창기가 된 것이리라."

시랑이 다시 관원을 보내 잡아와 죽이고자 했다.

그러자 사씨가 말했다.

"그의 죄는 죽어 마땅합니다. 그러나 지금 창기가 되어 한없는 욕을 받고 있으니, 분명 하늘이 보답한 것입니다. 하물며 이곳 관원과 백성들이 모두 상공을 추앙하고 있는데 어찌 집안의 더러운 행실을 다른 사람들에게 전파하시려 합니까?"

시랑이 그 말이 옳다고 생각했다. 하지만 그녀를 죽이려는 마음만은 매우 간절했다.

시랑은 강서에 삼 년을 머물며 백성을 사랑하고 정무에 성실하고 도리에 따라 몸가짐을 바르게 했다. 위로는 조종의 어진 행실을 본받고 안으로는 부인의 선도善導를 따랐다. 이에 강서가 크게 다스려지니 천자가 가상히 여겨 특별히 예부상서의 벼슬을 내렸다.

상서가 역마를 타고 서울로 올라가는데 중간에 서주를 지나게 되었다. 교씨의 소식을 알고 싶어 집안 하인을 따로 주점에 보내 알아보게 했다. 조칠랑이 교씨임이 명백하여 의심의 여지가 없었다. 마침내 그 동네 매파를 불러 많은 돈을 주며 말했다.

"너는 조칠랑에게 가서 이리이리 말하라."

매파가 교씨를 보고 말했다.

"지금 예부 최상서께서 서울로 돌아오라는 부름을 받고 이곳을 지나고 계시다네. 그러다 낭자의 꽃다운 이름을 듣고 소실로 삼고 싶어 나에게 분부하셨지. 최상서는 지금 조정의 명재상이야. 연세는 아직 마흔이 채 되지 않았고 부귀는 천하의 으뜸이지. 내가 그 댁 노비의 말을 들으니 비록 부인이 계시긴 하나 병이 들어 집안을 다스릴 수 없다더군. 칠랑 자네가 만약 그 집에 들어간다면 이름은 비록 첩이지만 실제로는 부인일 걸세. 칠랑의 뜻은 어떠한가?"

교씨가 스스로 생각했다.

'내가 이곳에 온 뒤로 비록 먹고사는 데 근심은 없지만 나이가 이미 적지 않고 앞길에 한계가 있지. 그러니 어찌 남은 일생 보낼 곳을 생각하지 않겠어.'

이 무렵 조파가 이미 죽어서 행동을 마음대로 할 수 있었기에 교씨가 허락했다.

그러자 매파가 말했다.

"상공께서 부인과 동행하니 자못 불편한 점이 있네. 따라서 낭자가 하루 동안 머물렀다 떠나 서울에 도착하면 혼인하자 하셨네."

"그러면 더욱 좋지요."

매파가 돌아와 아뢰니, 상서가 의복을 아름답게 만들어 수레에 가득 실어 보내고, 하루 거리를 떨어져 오게 했다.

상서가 서울에 도착해 사은숙배한 뒤 집에 이르렀다. 친족을 모아 함께 잔치를 벌였다. 그날 사씨가 비로소 두부인을 만났다. 서로 이별한 지 벌써 십 년이었다. 슬픔과 기쁨이 모두 지극하니 그 모습을 형언할 수 없었다.

사씨가 임씨를 불러 두부인에게 인사드리게 하며 말했다.

"이 사람은 지난번 사람과 아주 다르답니다. 고모님께서는 잘못이라 생각지 마십시오."

두부인이 웃으며 말했다.

"그 사람됨이 어질다 할 만하네."

상서가 두부인께 아뢌다.

"산동 노상에서 가인 한 사람을 얻어 데려왔습니다. 고모님께서 보시겠습니까?"

"한번 보자꾸나."

상서가 좌우를 돌아보며 말했다.

"조칠랑을 불러오너라."

그 무렵 교씨는 다른 사람을 따라 근처에 이르렀다. 드디어 교씨가 유상서의 집 문밖에 도착했다. 교씨가 갑자기 인솔자에게 말했다.

"이 집은 유한림 댁 아니냐? 어찌 여기로 왔느냐?"

"유한림이 귀양 간 뒤 우리 어르신께서 구입해 살고 계십니다."

"정말로 내가 이 집과 인연이 있구나. 마땅히 백자당에 들어가 살겠지."

가마에서 내린 뒤 시녀가 교씨를 인도했다. 머리 가리개를 벗기고 계단 아래로 오게 했다. 교씨가 눈을 들어보니 사씨가 두부인을 모시고 앉아 있었다. 좌우 사람들은 모두 유씨 친족이었다. 교씨는 간담이 찢어지는 듯해 머리를 들 수 없었고 한 목숨 살려주기만을 바랐다.

상서가 크게 꾸짖었다.

"음란한 것! 네가 네 죄를 아느냐?"

"어찌 모르겠습니까. 첩의 머리털을 뽑은들 첩의 죄를 헤아릴 수 있겠습니까? 죽어도 다 갚지 못할 것입니다."

"너의 죄는 열두 가지다. 당초에 부인이 음란한 음악을 경계했지. 그것은 호의였다. 그런데도 너는 나에게 모함해 장부를 홀렸다. 그것이 첫번째 죄다.

이십랑과 더불어 요망한 술수를 부려 장부를 손안에 놓고 희롱했다. 그것이 두번째 죄다.

음란한 종년을 부려 동청과 간통하고 한마음이 되었다. 그것이 세번째 죄다.

스스로 저주한 글을 묻고는 부인에게 죄를 미루었다. 그것이 네번째 죄다.

동청과 간통해 가문을 더럽혔다. 그것이 다섯번째 죄다.

옥가락지를 훔쳐 간사한 놈에게 주고 음란한 행실을 부인에게 전가했다. 그것이 여섯번째 죄다.

손수 자기의 아이를 죽여놓고 부인을 대악大惡에 빠지게 했다. 그것이 일곱번째 죄다.

몰래 도적을 보내 부인을 해치려 했다. 그것이 여덟번째 죄다.

샛서방과 공모해 엄숭에게 모함하고 나를 사지에 빠뜨렸다. 그것이 아홉번째 죄다.

유씨 집안의 재물을 쓸어담아 샛서방을 따라갔다. 그것이 열번째 죄다.

인아를 물에 빠뜨려 죽게 했다. 그런 짓을 차마 할 수 있단 말이냐? 그것이 열한번째 죄다.

길에 도적을 보내 나를 반드시 죽이라 했다. 그것이 열두번째 죄다.

너는 이 세상에 용납될 수 없는 열두 가지 죄를 짊어지고 있다. 그러고도 살기를 바라느냐?"

교씨가 머리를 조아리며 말했다.

"그것들이 첩의 죄이긴 합니다. 하지만 장주를 죽인 것은 납매가 한 짓입니다. 그리고 옥가락지를 훔쳐내 냉진에게 준 것도, 장사 가는 길에 도적을 보내 해치려 한 것도 모두 동청이 한 짓입니다."

이어 사씨를 향해 애걸하며 말했다.

"첩이 비록 부인을 저버렸지만, 바라건대 부인께서는 끝없는 자비심을 베풀어 제 남은 목숨을 구해주십시오."

사씨가 대답했다.

"네가 나를 해치려 한 것은 잊을 수 있다. 하지만 조종과 상공께 죄를 지은 것은 나 역시 구하기 어렵다."

교씨가 슬피 울부짖기를 그치지 않았다. 상서가 큰 소리로 하인을 불러 교씨를 결박하고 가슴을 갈라 염통을 꺼내라고 명령했다.

사씨가 말했다.

"교녀의 죄가 매우 큽니다만 일찍이 부인으로 상공을 모셨습니다. 따라서 이름이나 지위가 가볍지 않으니 죽이더라도 신체만은 보전케 하십시오."

상서가 그 말에 따라 교씨를 동쪽 행랑으로 끌어내 목을 매 죽게 하고 주검을 거두지 않아 까마귀의 밥이 되게 했다.

상서가 교씨를 죽인 뒤 사씨는 춘방의 억울한 죽음을 생각해 유골을 수습해 장례를 치르고 제문을 지어 제사도 지냈다. 또 이십랑이 요망한 술수를 부린 죄를 다스리고자 사람을 보내 찾게 했다. 찾아보니 이미 궁녀 금영金英의 옥사* 사건으로 능지처참된 뒤였다.

임씨는 유씨 문중에 들어온 뒤 어질다는 명성을 얻었다. 십 년 동안 연달아 아들 셋을 낳으니 웅아熊兒, 준아駿兒, 난아鸞兒라 했다. 모두 아버지와 형의 풍채를 빼닮았다. 유상서는 목종조穆宗朝에 각로閣老 자리에 올라 태평성대를 이루었다. 황후가 사씨의 어진 덕행을 듣고 자주 불러 보니 육궁六宮, 황후의 거처의 궁인들이 모두 스승으로 섬겼다.

네 아들은 모두 과거에 급제해 현달했다. 사추관 역시 높은 벼슬에 올라 가문이 혁혁赫赫하니 비할 바가 없었다.

상서와 사씨는 해로하다가 팔십에 이르러 함께 세상을 떠났다. 유인은 병부상서가 되었고 유웅은 이부시랑이 되었으며, 유준은 호부상서, 유란은 태상경이 되었다. 임씨 역시 무궁한 복을 누렸다.

사씨는 『여훈女訓』 열세 장과 『속열녀전續烈女傳』 세 권을 지어 세상에 전했다. 네 며느리 왕씨王氏, 양씨梁氏, 두씨杜氏, 이씨李氏는 모두 어질어 시어

---

* 금영(金英)의 옥사: 가정 21년(1542), 궁녀 양금영(楊金英)이 세종이 잠든 틈을 타 목을 졸라 살해하려 했던 사건으로 생긴 옥사. 주모자인 후궁 영빈(寧嬪), 궁녀 양금영 등 10여 명이 사사되었다.

머니의 가르침을 따랐으니 유씨 가문은 세상의 명가名家가 되었다. 도성 사람들이 모두 사씨의 절의를 흠모하기에 이 전기傳記를 지어 스스로 경계하노라.

사씨남정기

謝氏南征記 · 연세대본

요조숙녀는 관음찬을 짓고
매파는 좋은 인연을 이어주다

劉延壽字山卿, 北京順天府[1]人, 誠意伯劉基[2]之後也. 自誠意伯始居于
京師, 子孫因家焉. 父檜[3], 世宗朝爲禮部尙書[4], 文章才德, 爲世所推. 是時,
太學士嚴嵩[5], 當國專權, 檜與之不合, 上疏稱病辭職甚懇. 天子許遞尙書,

---

1) 北京順天府(북경순천부): 북경 일대를 가리키는 말. 명나라 영락(永樂) 연간에 과거 연왕부
(燕王府)를 개칭한 것으로, 경사를 포함하여 5개의 주(州)와 23개의 현(縣)이 소속되었다.
2) 誠意伯劉基(성의백유기): 유기(1311~1375). 자(字)는 백온(伯溫). 성의백은 봉호(封號)이다.
원말 명초의 절강(浙江) 청전(靑田) 사람으로 주원장을 도와 명나라 건국에 기여하여 성의백
에 봉해졌다. 경사(經史)에 능통하고, 시문(詩文)에 뛰어나 송렴(宋濂)과 함께 일대문종(一代文
宗)으로 칭송되었다.
3) 檜(회): 김춘택 한역본에는 '熙(희)'라 되어 있다.
4) 禮部尙書(예부상서): 예부의 으뜸 벼슬로, 예조판서(禮曹判書)에 해당한다.
5) 嚴嵩(엄숭): 원문은 '嚴崇(엄숭)'으로 되어 있으나 바로잡음. 이하 '嚴崇'은 모두 '嚴嵩'으로
바꾸었다. 엄숭(1480~1567)은 명나라 중엽의 재상으로 자는 유중(惟中), 호는 개계(介溪)이
다. 강서성(江西省) 분의(分宜) 사람으로 1542년부터 무영전대학사(武英殿大學士), 화개전대학
사(華盖殿大學士) 등 태학사직을 여러 차례 역임했다. 이후 재상이 되어 아들 엄세번(嚴世蕃)과
조문화(趙文華) 등을 앞세워 국사를 조종하는 등 20여 년간 권력을 휘둘렀다. 특히 자기와 의
견을 달리하는 사람들을 배척하여 궁지에 빠뜨리고 하언(夏言), 증선(曾銑), 장경(張經), 양계
성(楊繼盛) 등과 같은 문무대신을 살해하기도 했다. 뇌물을 받고 관직을 팔았으며, 군인들에게
지급되는 급료나 지급품을 착복하고, 군비(軍備)를 허술하게 하여 동남쪽 왜구와 북쪽 말갈족

特拜太子少師[6], 以示敬賢之意. 少師非淸顯樞要之任, 雖不干預於朝廷得失, 而一時士大夫皆高尙其德, 莫不推仰.

誠意伯以後, 子孫冠冕不絶, 園池之勝, 鍾鼓之樂, 無異王侯. 而少師性本恭儉, 治家以禮, 閨門之內, 若朝廷焉. 少師唯有一妹, 鴻臚少卿[7]杜強之妻也. 強早死, 故怜其妹之寡居, 友愛之情, 愈往彌篤.

少師四十後, 始生延壽. 〃〃未離襁褓, 母夫人棄世, 少師怜其幼失所恃, 雖甚鍾愛, 敎訓之道, 亦且嚴矣. 延壽年才十餘, 面如冠玉, 文章大成, 一揮筆, 立成千言. 少師大奇之, 每恨母氏之未及見也.

延壽年十五, 中鄕試[8]壯元, 會試登第. 考官奇其文, 初欲置之上, 第而知其延壽之文, 嫌其年少, 置之第三[9]. 卽拜翰林編修[10], 一時聲名傾動中外, 儕肯莫不望焉. 延壽以其年少, 上疏辭職曰: "臣之年, 未滿二十, 所學甚少, 限十年讀書後, 始爲出仕, 臣之至願也." 天子嘉其意, 下詔曰: "特以本職, 給假五年, 讀聖賢書, 講究治國之道後, 二十而出, 以輔朕身." 詔下, 滿朝縉紳, 莫不動容. 少師尤以忠義勑勵延壽, 以報聖恩之萬一云爾.

延壽登第之後, 求婚者甚多, 而曾未有許處. 至是, 少師與其妹杜夫人, 盡召媒婆, 廣問京城中處女之賢者, 衆媒婆拍手相爭, 所欲譽者, 則上之於靑雲之上; 所欲毁者, 則落之於九仞之下, 論議不公. 少師甚厭苦之, 朱

의 침입이 끊이지 않았다. 만년에 아들 엄세번은 어사 추응룡(鄒應龍), 임윤(林潤)의 계속된 탄핵으로 주살되고, 그는 면직되고 가산을 몰수당했으며, 얼마 후 병으로 죽었다.
6) 太子少師(태자소사): 태자를 보도(輔導)하는 벼슬의 하나로 삼사(三師)[太子太師, 太傅, 太保]와 삼소(三少)[太子少師, 少傅, 少保]가 있는데, 삼소는 정2품에 해당한다.
7) 鴻臚少卿(홍려소경): 홍려시(鴻臚寺)에 소속된 두번째로 높은 벼슬. 홍려시는 조회(朝會)와 책봉(冊封) 등의 의례를 담당하던 기관으로 경(卿) 1인과 소경(少卿) 2인 외에 여러 관직을 두었다.
8) 鄕試(향시): 지방에서 치르는 과거. 여기에 합격해야 경사에서 치르는 회시(會試)에 응시할 수 있다.
9) 第三(제삼): 3등(三等). 과거 급제자 중 1~3등까지를 1갑(一甲)이라고 한다.
10) 翰林編修(한림편수): 한림원(翰林院)의 편수. 한림원은 조서(詔書) 작성이나 역사서 편찬 등을 담당하는 기관이고, 편수는 역사서 편찬을 담당하는 정7품 벼슬이다. 과거에 1갑으로 급제하는 사람 정도만이 한림원에 근무할 수 있었다.

媒婆爲號者, 進前言曰: "諸人以其所見, 各求自售, 其言甚不公. 小妾有一言, 少師擇焉. 京城中, 欲求富貴形勢之家, 則莫如嚴丞相宅孫女也. 欲求處子之賢哲者, 則莫如新城縣[11]謝給事[12]之女子也. 老爺願擇斯二者." 少師曰: "富貴本非吾願也. 只是女子之賢則吾願也. 新城謝給事, 必是直諫竄死之謝談也. 此人卽高名直節之士也. 結婚甚當, 而第未知處子之賢否?" 朱婆曰: "妾之四寸弟, 卽謝給事宅婢子, 而處子之乳母也. 是以, 小妾熟聞其賢. 而謝給事終制之日, 小妾亦往其宅, 親見小姐, 則其時小姐之年十三歲也, 德宇已成, 而若論姿色, 則天人謫降, 實非人世之人. 至於女工, 特其餘事, 而況又博覽經史, 文才俊發, 雖男子之有才者, 亦難及矣." 杜夫人得聞此語, 思之半餉, 忽語曰: "雨花菴女僧苗姬, 戒行甚高, 而且有眼目之人也. 四五年前謂我曰: '新城謝家有一小姐, 眞國色也.' 我以姪兒之婚事, 留意聽矣. 今聞汝言, 果知其賢耶." 少師曰: "以兄妹[13]之所聞, 朱婆之所見相叅, 則謝家女子, 必是賢哲之人. 然而婚姻大事, 不可草率而定, 何以則得聞其詳歟?" 杜夫人曰: "吾有一計. 吾家有一南海觀音像, 唐時名畫, 吳道子之寫也. 吾欲送雨花菴苗姬處者, 久矣. 今請苗姬, 仍給此畫, 勸送謝家, 請得其女之詩文, 則其才巧拙, 自可立見, 至於姿色, 則苗姬必當親見, 苗姬豈欺我哉?" 少師笑曰: "此計甚好. 但以觀音爲題, 則措辭極難, 閨中女子, 何以製作乎?" 杜夫人曰: "以題難而不作, 則何謂之才乎?" 少師曰: "是也."

卽退媒婆, 而杜夫人送人雨花菴, 遂請苗姬俸給觀音畫像, 送于新城謝家, 新城拒京師[14], 至近之地. 苗姬遂到謝給事宅, 請見夫人. 夫人亦尙佛法, 卽召苗姬, 苗姬拜於前, 寒暄畢後, 夫人曰: "不見師尼, 久矣. 不知今

---

11) 新城縣(신성현): 지명. 순천부와 인접한 보정부(保定府)에 속했다.

12) 謝給事(사급사): 사(謝)는 성(姓)이고, 급사는 벼슬 이름. 급사중(給事中)이라고도 한다. 황제의 시종(侍從), 간언(諫言) 및 육부(六部)의 폐단 규찰 등을 담당한 정7품~종7품 사이의 벼슬이다.

13) 兄妹(형매): 누이를 부르는 말. '현매(賢妹)'라고도 한다.

14) 京師(경사): 원문은 '京司(경사)'라 되어 있으나 바로잡음.

日有何事而來?"苗姬曰: "近來爲因所居菴子頹落, 鳩材重修之間, 役役無暇, 故久闕問候於夫人前矣. 今則僅修菴子, 而欲懇普施於夫人前, 故敢來請謁." 夫人曰: "苟有輔於佛事, 豈有可惜之物乎! 但家徒[15]四壁而已, 恐不副情. 不知師尼所求何物?" 苗姬曰: "小僧所求者, 則別有其物, 非欲夫人宅有所費也. 若得所願, 則於小僧不啻珠玉矣." 夫人曰: "試言之. 所言果是何物?" 苗姬曰: "小僧菴子重修之後, 有一好事之宅, 送觀音畫像一軸, 此是唐時名畫也. 而上面無名人之詩, 大可欠也. 若得小姐一首詩, 親自寫給, 則永爲山門之至寶也. 言其功德, 則雖以七寶之財, 載之一車, 其普施恐不如此也." 夫人曰: "小女雖有若干記誦之學, 而豈能作此詩乎? 請試問之."

卽召小姐, 小姐奉命而至, 與苗姬相見. 苗姬大驚曰: '人世安得有如此之人乎? 必是觀音顯聖, 以在此也.' 苗姬曰: "四五年前, 得拜小姐, 小姐其記得否?" 小姐曰: "何可忘之?" 夫人回顧小姐曰: "此師尼自遠而來, 欲求汝之詩筆, 汝能作之乎?" 小姐笑曰: "無事山人, 以求得文人之詩爲事, 求之者應之者, 皆非有益, 況詩賦歌詞, 尤爲女子之所戒, 師尼之請, 恐不得從也." 苗姬曰: "不然. 此則非賞物翫景而作詩之比. 小僧得一觀音畫像, 欲得高文, 稱頌其德, 而小僧自念觀世音乃女子之身也, 必得女子之奇文, 方可稱揚其德, 而當今女子中, 捨小姐而孰能作此乎? 伏望小姐, 觀菩薩顏面而勿辭焉." 夫人曰: "汝若能作之, 則此亦一普施, 豈與浪作詩文者比哉?" 小姐曰: "試聞其題." 苗姬卽使從人持一軸畫像, 掛於中堂, 萬頃蒼波中, 有一孤島, 觀音大師着白衣, 而無瓔珞[16]梳粧, 抱一童子, 坐於脩竹之裡, 筆法極妙, 精彩流動, 恰似生面焉. 小姐曰: "吾之所學, 乃儒家之書, 不知佛家之事. 雖欲勉强作之, 恐未滿於師尼之眼目." 苗姬曰: "吾聞花葉異色, 蓮根一

---

15) 徒(도): 원문은 '道(도)'라 되어 있으나 바로잡음.
16) 瓔珞(영락): 원문은 '纓絡(영락)'이라 되어 있으나 바로잡음. 한역(漢譯)의 저본이었던 책의 한글 표기가 '영락'이어서 오역한 것으로 보인다. 영락은 관음보살이 목이나 팔에 두르는 장신구를 말한다.

也; 孔釋殊道, 聖德同也. 小姐若以儒家之文字, 稱頌菩薩之功德, 尤有光輝矣." 小姐洗手焚香, 把筆而作觀音大師贊一百二十八字, 細書于篏子之上, 而下行書, '某年月日, 謝氏庭玉書'. 苗姬能文僧也. 心中歎服. 向夫人小姐, 無數拜謝, 下直而退.

　　此時, 少師與杜夫人, 同坐苦待苗姬之來. 有頃, 苗姬來到. 少師使之急入, 苗姬使一人奉一軸篏子, 含笑而入. 杜夫人曰: "汝見謝小姐乎?" 苗姬曰: "旣往其家, 何以不見乎?" 夫人曰: "先言其姿色." 苗姬曰: "與篏子中人, 無異矣." 因言與夫人小姐問答之事. 少師曰: "以汝言觀之, 則謝家女子, 非但姿色之美, 德聖識見, 必是過人者也. 第未知作詩之如何耳." 少師卽展篏子而視之, 筆法精工, 小無苟且之態, 已不覺其歎服. 又視其詩曰:

我聞大師, 古之聖女. 緬惟其德, 比周姙姒[17].

關雎·葛覃[18], 婦人之事, 獨立空山, 豈有素志?

稷契[19]補世, 夷齊[20]餓死, 道非不同, 所遇各異.

我觀遺像, 白衣抱子, 仍畫想[21]人, 識其槪矣.

古之節婦, 斷髮毁體, 離群絶世, 惟義之取.

西域[22]贊訣, 流俗好怪, 傅會神奇, 無益倫紀[23].

嗚呼大師, 胡爲於此? 脩竹天寒, 滄波萬里.

17) 周姙姒(주임사): 주나라의 태임(太姙)과 태사(太姒). 주 문왕(文王)의 어머니와 부인이다. 현숙한 부인으로 유명하다.
18) 關雎·葛覃(관저·갈담): 『시경詩經』 「주남周南」의 편명(篇名). 「관저」편은 문왕의 후비(后妃)의 덕을 찬미했고, 「갈담」편은 문왕의 후비의 덕행을 나타냈다.
19) 稷契(직설): 직과 설. 요순(堯舜)시대의 명신(名臣)으로 직은 농사를, 설은 교육을 담당했다.
20) 夷齊(이제): 백이(伯夷)와 숙제(叔齊). 은(殷)나라의 충신으로 주나라 무왕(武王)이 은나라를 멸망시키자, 수양산에 들어가 굶어죽었다.
21) 想(상): 원문은 '像(상)'으로 되어 있으나 바로잡음.
22) 域(역): 원문은 '藏(장)'으로 되어 있으나 바로잡음.
23) 紀(기): 원문은 '絶(절)'로 되어 있으나 바로잡음.

何以自慰? 芳名百祀. 我作贊詞, 淚流濕²⁴⁾地.

少師覽之旣畢. 大驚曰:"自古作觀音贊者極多, 而曾未見如此之正論. 此豈年少女子識見所及乎?"回謂杜夫人曰:"子之配匹, 定矣."招延壽使之觀, 謂曰:"汝能作如此乎?"延壽亦中心悅服. 苗姬辭于夫人前曰:"小僧欲姑留於此, 得觀謝小姐之成禮, 而小僧之師在於南嶽²⁵⁾, 遺書小僧曰:'京城紛擾之地, 不可久留, 而須速下來, 收拾前日所學經書.'故明日將啓南行, 敢請菩薩遺像永留山門, 以爲朝夕焚香禮拜之地, 如何?"夫人曰:"師尼爲其學道, 有此遠行, 雖甚缺然, 何可挽留? 觀音畫像, 本欲送師尼處者, 久矣. 奉去可也."少師亦給金銀曰:"要以爲路費之資."苗姬再拜謝禮而去.

少師曰:"謝給事家無男子, 當以朱婆通意."卽送朱婆於謝家. 夫人招見朱婆. 朱婆先言劉少師²⁶⁾家勢富貴, 次及劉翰林文彩風流, 且曰:"諸宰相家求婚者, 甚多, 劉老爺夙聞小姐國色盛德, 敢使小妾通意, 劉家納幣²⁷⁾之日, 卽小姐爲命婦²⁸⁾之時也. 夫人之意如何?"夫人大悅, 與小姐相議後, 欲爲決定, 留朱婆於客館, 親進小姐之房, 俱道朱婆之來意. 且曰:"我意則甚當, 第未知汝意如何. 可否問汝, 而汝勿隱諱."小姐低聲而答曰:"我聞劉少師, 當今賢相, 結婚其家, 無所不可. 而但聽朱婆之言, 不能無疑. 小女聞君子尙德而賤色, 古之賢婦必以德事人, 君子不以色取婦. 今者, 朱婆所言者色, 小女竊恥之. 且朱婆盛稱劉家富貴形勢, 不及吾家先給事淸名直節, 或

---

24) 濕(습): 원문은 '秀(수)'로 되어 있으나, 문맥상 떨어지다[墮], 적시다[濕] 정도의 글자가 와야 한다. 한역의 저본이었던 책의 한글 표기가 '습'이어서 '수'로 오독한 것으로 보인다.

25) 南嶽(남악): 중국의 오악(五嶽) 중 하나로, 남쪽의 형산(衡山)을 가리킨다.

26) 師(사): 원문은 '郎(낭)'으로 되어 있으나 바로잡음.

27) 納幣(납폐): 혼례(婚禮)의 육례(六禮) 중 하나로, 정혼(定婚)의 증거로 신랑 집에서 신부 집으로 예물을 보내는 것.

28) 命婦(명부): 봉작(封爵)을 받은 부인을 통틀어 이르는 말. 남편이 관직에 나아갈 경우, 그 아내도 봉작을 받는다.

者朱婆迷甚, 不能盡達少師之意, 而若不然, 則劉少師之賢名, 盡歸於虛矣, 小女不願入其家." 夫人平日大奇愛其女, 不敢違拒, 出語朱婆曰: "窮家女子, 不敢當貴人之配匹. 且少師誤聞小女之姿色矣. 小女生長貧家, 手自紡績, 雖有若干所學, 豈敢與富貴家女子彷彿乎? 結婚之後, 若不如所聞, 則亦恐得罪之重, 須以此意回報." 朱婆大怪之, 萬端遊說, 必欲得其快許, 而夫人之言, 終始如一. 朱婆還以此言悉告少師. 少師甚不悅, 沈吟良久問曰: "汝往謝家, 何以發言乎?" 朱婆悉傳其所言, 少師笑曰: "吾甚率略, 所言之事, 不能詳敎. 以致彼家之有疑, 追悔曷及? 汝姑退去."

翌日, 少師親往新城, 見知縣[29]曰: "謝給事家有處子云, 吾欲求婚, 曾送媒婆通意, 則彼家所言如此, 或恐媒婆不能盡達吾意也. 伏願先生, 忘其一勞, 親進謝家, 細通我意, 以成秦晉之好[30], 則幸莫大焉." 知縣曰: "先生有敎, 當盡心爲之. 而但到彼家, 凡干說辭, 何以爲之耶?" 少師曰: "別無他事. 但曰: '吾之所願結婚者, 只是艶慕先給事之淸德, 且爲小姐之有婦德云爾.' 則彼家別無不許之理." 知縣曰: "謹受敎矣." 知縣送少師之後, 招致衙吏, 送于謝家, 以傳明日知縣親臨之意. 夫人曰: "必是爲婚事也." 命婢僕修灑客堂而待之.

明日知縣至, 小姐之乳母, 抱小公子, 拜於堂下曰: "主人棄世已久, 小主人年幼, 不能接對貴客. 未知老爺何以降臨?" 知縣曰: "無他事也. 昨日劉少師, 親來衙中, 謂我曰: '我爲兒子, 求婚處甚多, 無一合意. 窃聞謝家女子, 幽閑窈窕, 實有婦德, 此實我之所願. 況謝給事淸名直節, 我之所仰慕. 曾遣媒婆求婚, 而未得分明回報, 窃恐媒婆誤傳我意, 故敢請知縣爲我媒妁, 以成親事云.' 故敢來于此, 此意告于老夫人, 快賜一許." 乳母遂入告夫人, 而出告知縣曰: "老爺爲此小女之婚事, 忘勞下臨, 實甚惶恐. 下敎劉少

---

29) 知縣(지현): 현령(縣令), 현감(縣監) 등과 같은 현의 으뜸 벼슬.
30) 秦晉之好(진진지호): 혼인. 진(秦)나라와 진(晉)나라의 왕실이 혼인을 맺고 지낸 데서 유래했다.

師宅婚事, 猶恐不敢當, 豈敢有他意? 唯命是從." 知縣大喜而去, 卽修書札,
備達劉少師. 劉少師大悅, 擇吉日成婚. 劉翰林俱六禮[31]親迎, 謝小姐威儀
之盛, 禮節之美, 縉紳莫不稱讚.

31) 六禮(육례): 혼인의 여섯 가지 예법. 납채(納采), 문명(問名), 납길(納吉), 납폐(納幣), 청기
(請期), 친영(親迎).

부인은 시경의 덕목을 본받으려 하고
첩은 음란한 음악을 연주하다

翰林與小姐遂成親事, 眞所謂窈窕淑女, 君子好逑者也. 翌日, 奉幣帛, 獻于少師, 而上於家廟, 告于朝宗. 親戚賓客皆會, 咸觀小姐. 小姐神淸氣秀, 若蘭草動搖於春風, 白蓮掩映於秋水. 周旋之際, 皆中規矩, 少無差失, 衆皆稱道, 向少師致賀. 禮畢, 少師命進新婦而問曰: "曾見觀音贊, 可知其才之高. 其他吟詠, 必不少矣." 小姐避席而答曰: "手弄翰墨, 大非女子之所宜. 且兼本質魯鈍, 曾無所作之詩. 觀音贊則承母命而勉強爲之, 不意陋詩猥入下覽." 少師曰: "翰墨非女子之所事, 則古之賢婦女, 未有不學, 何也?" 小姐曰: "古之學書, 所以法其賢行, 戒其惡行而已." 少師曰: "新婦今入吾家, 將以何事, 補導丈夫耶?" 小姐對曰: "妾早失嚴父, 慈母愛而養之, 本無所學, 何以仰答明問? 然慈母送妾, 至于中門戒之曰: '必敬必戒, 無違夫子.' 此言耿耿, 長在于耳. 若使妾從事于妓[1], 則庶免大過矣." 少師曰: "無違夫子, 實爲婦德, 則丈夫雖有過擧, 其可順從乎?" 小姐曰: "非謂此也. 古

---

1) 妓(자): 원문은 '慈(자)'로 되어 있으나 바로잡음.

語曰: '夫婦之道, 亦備五倫.' 父有諫子, 國有諫臣, 兄弟以正道相勉, 朋友以善行相責, 何獨夫婦而不然乎? 然自古丈夫聽婦人之言, 則有害無益, 牝鷄司晨, 不可不戒." 少師回顧衆賓曰: "吾婦可比古之曹大家[2], 豈世俗女子之所及乎?" 謂翰林曰: "得賢婦, 非小慶也. 汝得內助, 吾何憂哉?" 命近侍一人, 出箱中寶鏡一面. 玉環一雙, 賞小姐曰: "此物雖微, 吾家古物. 新婦明如寶鏡, 德如溫玉, 故特以賞賜." 小姐再拜而受. 是日賓主盡歡而罷. 小姐自入劉門之後, 奉舅姑以孝, 對婢僕以恩, 節躬之禮, 治家之法, 閨門之內, 和氣如春焉.

而忽過三四年中. 樂極哀生, 人事之常, 少師得病, 漸到危重. 翰林夫妻, 自不離側, 衣不解帶, 醫藥祈禱, 無所不至, 而小無差效. 少師自知不起, 謂翰林夫妻曰: "我之天壽已定, 愼勿徒勞祈祝." 又請杜夫人曰: "我與兄妹, 今當永別. 兄妹亦旣年滿, 勿爲過哀, 千萬保重. 延壽年少, 凡百過事, 必盡敎誨." 謂延壽曰: "恭承祭祀, 勿墮家風, 在汝一身, 盡其忠孝, 勉力學問, 叔母之言, 聽如我敎. 凡事與新婦相議行之, 新婦孝行識見, 非凡常之比, 必不以非義導汝也." 又請謝氏曰: "新婦每事, 吾常心服, 久矣. 今當永訣, 別無戒飭之言, 唯望好在耳." 三人流涕受命. 是日少師奄忽而逝. 翰林夫妻, 呼天擗地, 數至滅性. 擇吉日葬于先山, 執喪踰禮, 顔色之慽, 哭泣之哀, 遠近莫不感動.

日月如流, 三年荏苒. 翰林始就仕路, 天子欲重用之, 翰林屢上疏章, 言時事得失以忤權貴, 嚴承相亦排詛之, 累年不遷. 謝氏年二十三歲, 成婚將及十年, 頓無男女. 謝氏心甚憂惱, 自謂氣質殘弱, 恐不得生産, 從容之時, 力勸翰林蓄妾. 翰林疑其非誠, 笑而不答. 謝氏密召媒婆, 求得良家女

2) 曹大家(조대가): 후한(後漢) 때의 뛰어난 여류 문인인 반소(班昭). 남편의 성이 '조(曹)'이므로 높여 조대가라 불렸다. 반고(班固)의 누이동생으로, 화제(和帝)의 부름을 받고 궁중으로 들어가 황후(皇后)와 귀인(貴人)의 스승이 되었다. 반고가 『한서漢書』를 저술하다가 완성하지 못하고 죽자 뒤를 이어 완결하기도 했다.

子宜子者, 婢僕相傳, 言及杜夫人. 杜夫人驚來見謝氏曰: "聞娘子勸翰林求妾, 誠然乎?" 謝氏曰: "是也." 杜夫人曰: "家內有妾, 實是禍本. 諺言曰: '一馬無兩鞍, 一器無兩匙.' 丈夫雖欲得妾, 猶當力止之, 夫人之自求, 是何意耶?" 謝氏曰: "妾入尊門, 已經九歲, 而尙無一男一女. 若古法論之, 則見黜甘心, 豈敢有妬恚之心乎?" 杜夫人曰: "男女生産, 早晩遲速, 各有天數, 難容人力. 劉門中三十後始産, 仍生五男子有之, 或四十後有始生者, 娘子才踰二十, 何以過慮, 至於此也?" 謝氏曰: "妾稟氣虛弱, 此非氣衰之年, 而血氣之盛, 不如二十之前矣. 此則妾獨知之. 況以道理言之, 一妻一妾, 士之常事, 妾雖無關雎·樛木[3]之德, 勢不學世俗婦女之妬忌也." 杜夫人笑曰: "娘子必以我言爲浪言也. 我亦言其道理, 關雎·樛木, 雖是太姒不妬之德, 文王亦以不好色故, 均其恩澤, 使無衆妾之怨言. 若使文王專寵美色, 愛憎不均, 太姒雖無妬忌之心, 宮中豈無衆妾之怨內政之亂乎? 且古今各異, 聖凡懸殊, 只以不妬欲擬於二南[4]敎化, 眞所謂慕虛名而受實禍也." 謝氏曰: "妾豈敢望古聖賢? 近世婦女, 不知人倫之大, 聖經之訓, 不順舅姑, 但事嫉妬, 亂人之家, 絶人之祀, 妾甚憤愧. 雖不能革禮變俗, 豈忍隨其風而效其尤哉? 丈夫若自棄其身, 溺於不正之色, 爲世所賤, 則妾雖疲劣, 當以大義, 不避嫌疑而諫矣." 杜夫人知其不可回, 歎曰: "新入之人, 幸若賢婦, 則大善. 不然則何必保其家道之不亂乎? 娘子他日, 必思我言." 悵然而去.

翌日, 一媒婆告于謝氏曰: "有一女子, 過於夫人之所求也." 謝氏曰: "何謂也?" 媒婆曰: "夫人爲相公求妾, 非相公之愛色也. 必欲求士族之人, 德行柔順宜子者. 而此女子則行檢才調, 特出世上, 恐不合於夫人之意." 謝氏笑曰: "媒婆戲我耶? 果是何如人耶? 其細言之." 媒婆曰: "河間人也. 姓喬,

---

3) 樛木(규목): 『시경』의 편명. 후비가 질투가 없으므로 중첩(衆妾)이 그 덕을 즐거워함을 노래했다.
4) 二南(이남): 『시경』의 「주남」과 「소남召南」. 후비의 덕을 칭송하는 내용을 담고 있다.

名彩鸞. 本是士族之女, 而早失父母, 依支⁵⁾其兄, 時年十六歲也. 方擇婚而處子自謂曰: '門戶之衰至此, 與其爲士人之妻, 寧爲名士宰相家之妾.' 此則難遇之緣也. 其女子姿色之美, 名於一鄕, 讀古人之書, 法古人之行, 女工之才, 無所不通. 若求佳人, 無踰於此." 謝氏大喜曰: "眞是士族之女, 則其性行必與賤人有異, 吾意則甚合也. 徐白於相公而處之." 乘間以媒婆之言, 告于翰林. 翰林曰: "我有之小室, 本非急事, 而重違夫人之佳意, 出此計耳. 喬家女子, 實若賢順, 則擇吉日率來, 宜矣."

謝氏卽送媒婆于其家, 通其意, 擇吉日, 會集親戚, 以迎喬氏. 喬氏拜謁于翰林夫人前而就坐, 嫩色嬌語, 兼以敏捷, 恰似海棠花一枝, 含露搖風, 莫不稱贊. 翰林謝夫人, 皆有喜色, 而獨杜夫人, 心中大不悅. 是夜, 翰林引喬氏遂居花園中別堂. 杜夫人與謝氏, 從容談話, 杜夫人曰: "娘子雖求小室, 當求得性行平順者, 而今觀喬氏, 徒有殊色, 非但不利於娘子, 亦恐連累於祖先." 謝氏笑曰: "雖不可以容貌取人, 苟其容貌不入於丈夫之眼, 則何以得近於丈夫, 而誕育子女乎? 衛國莊姜⁶⁾, 明眸皓齒, 卓冠女中, 而賢淑之德, 稱於古今, 則豈以絶色佳人而皆謂之不賢哉?" 杜夫人曰: "莊姜雖賢, 而無子矣." 兩人皆笑.

翰林名喬氏所居室曰'百子堂'. 定侍婢臘梅等四五人, 使之使喚. 喬氏明敏聰慧, 善迎翰林之志, 盡心事謝夫人, 家中大小, 莫不歡悅. 未及半載, 喬氏有孕, 翰林夫人皆大喜. 喬氏恐不得男子, 招卜者而筮之, 或云女子, 或云男子, 而若男子無壽矣. 喬氏大用憂慮, 侍婢臘梅謂喬氏曰: "妾之家傍, 有一女人, 人稱李十娘. 自南方而來, 多有奇異之事, 招問此人, 則可的知其男女矣." 喬氏卽招李十娘問曰: "能辨婦⁷⁾人之男女胎然乎?" 十娘曰: "此

<hr />

5) 支(지): 원문은 '止(지)'로 되어 있으나 바로잡음.
6) 莊姜(장강): 춘추시대 위(衛)나라 장공(莊公)의 부인. 제(齊)나라 출신으로, 아름답고 현명했으나, 아들이 없어 장공의 총애를 잃었다.
7) 婦(부): 원문은 '夫(부)'로 되어 있으나 바로잡음.

事知之甚易, 願請軫脈." 喬氏使之軫脈. 十娘曰: "以脈論之, 則必是女胎."
喬氏不勝悶鬱曰: "相公之取我, 非徒爲其士族, 爲後嗣也. 果是女子, 則不
如不生." 十娘曰: "小妾得逢異人, 學得變女胎爲男胎之術, 自前試之, 無不
契合. 若求男子, 則何不試之乎?" 喬氏大喜曰: "實如所言, 當以千金賞賜
之." 十娘書符法怪方, 潛藏於喬氏枕席, 謂曰: "當待後日得男後, 來謁矣."
喬氏半信半疑.

及十朔果生男子, 眉目淸秀, 肌膚如玉. 翰林甚喜之, 閤家無不稱慶. 名
之曰 '掌珠'. 自喬氏得男之後, 翰林待之益厚, 愛兒子如手中寶物, 申飭乳
母使之善養. 謝氏與喬氏撫而愛之, 觀者莫知其某氏所生. 翰林生男之後,
家道大昌, 閨門欣欣.

時値暮春三月, 百花滿發於園中, 正是賞花之節也. 此時翰林陪侍天子,
預於西苑[8]之宴, 謝夫人獨倚書案, 閑看禮記. 婢僕春芳告于夫人曰: "花園
小亭之前, 蔽芾盛開, 夫人其可無意於翫賞乎?" 夫人從其言, 與侍婢五六人
至亭前, 柳影拂欄, 花香滿衣, 繁華幽雅, 眞是美景. 命侍婢煎茶, 欲邀喬氏
矣. 忽聞風端, 琴聲琅然, 夫人側耳聽之, 曲調游揚, 聲音悽絶, 若眞珠之轉
玉盤, 山葉之滴小露, 能悅人之耳, 動人之心. 夫人聽罷, 回謂左右侍婢曰:
"奇哉! 此琴聲. 孰能爲此調乎?" 侍婢曰: "喬娘子之手才也." 夫人曰: "曾未
聞喬娘子之彈琴, 自前而彈耶? 適會今日而彈耶?" 侍婢曰: "喬氏常在百子
堂, 與內舍隔遠, 夫人雖未得知之, 喬娘子甚愛琴, 若得閑時, 輒理其曲, 故
侍婢等累次聽之矣." 夫人默然更聽. 良久, 止琴以細聲繼吟歌詞, 皆唐人名
詩. 其一詩曰:

---

8) 西苑(서원): 북경 구황성(舊皇城) 서화문(西華門) 서쪽에 있던 원(苑). 원래는 금(金)나라의
이궁(離宮)이었는데, 원(元)나라에 와서는 대궐 안에 두었고, 명나라에 와서는 대궐의 서쪽에
있으므로 '서원'이라 칭했다. 그 안에는 태액지(太液池), 경화도(瓊華島), 광화전(廣華殿) 등 여
러 승경(勝景)이 있다.

待月西廂下, 迎風戶半開.
拂墻花影動, 疑是玉人來.[9]

又吟一詩曰:

水國蒹葭夜有霜, 月寒山色共蒼蒼.
誰言千里自今夕, 離夢杳如關塞長.[10]

吟此兩詩, 眞是拂梁塵遏流雲[11]之調也. 夫人聽罷, 低首沈吟, 命侍婢春芳請喬氏曰: "適値無事, 偶來花園, 娘子無惜一步之勞." 喬氏承命而至, 拜于夫人. 夫人與之偕坐賞花飮茶. 夫人曰: "不意娘子精通音律, 至於斯也. 今聽琴聲, 足與蔡文姬爭名矣." 喬氏謝曰: "賤才非爲能也, 不過自樂而已. 不意夫人之下聽也." 夫人曰: "娘子之琴聲極妙, 更無可論, 而吾與娘子, 情同兄弟, 亦有朋友之義, 欲爲一言耳." 喬氏曰: "夫人苟有所敎, 妾之萬幸也." 夫人曰: "娘子之琴調, 乃霓裳羽衣曲[12]也. 此調雖爲時人之所尙, 若

---

9) 待月西廂下~疑是玉人來(대월서상하~의시옥인래): 당나라 원진(元稹)이 지은 전기소설인 『앵앵전鶯鶯傳』에서 앵앵이 읊은 시. 마지막 구 원문은 '猶疑玉人來(유의옥인래)'로 되어 있으나 바로잡음.
10) 水國蒹葭夜有霜~離夢杳如關塞長(수국겸가야유상~이몽묘여관색장): 당나라 설도(薛濤)의 「송우인送友人」. 원문은 몇 글자 차이가 있다. 원문은 '水口蘆林夜有霜, 月光山色共蒼蒼. 誰言千里自此始? 別夢依依關塞長(수구노림야유상, 월광산색공창창. 수언천리자차시? 별몽의의관색장)'으로 되어 있으나 바로잡음.
11) 拂梁塵遏流雲(불량진알류운): '불량진(拂梁塵)'과 '알류운(遏流雲)'은 모두 노랫소리가 빼어남을 나타내는 표현임. 사영운의 「위태자魏太子」에 "빠르게 거문고 연주하니 새가 날아와 듣고 맑은 노랫소리에 들보의 먼지가 날린다(急絃動飛聽, 淸歌拂梁塵)"라는 표현이, 이백의 「남도행南都行」에 "맑은 노래 흐르는 구름 멈추고 아리따운 춤 한가로움이 있도다(淸歌遏流雲, 艶舞有餘閒)"라는 표현이 나온다.
12) 霓裳羽衣曲(예상우의곡): 당(唐) 현종(玄宗)이 윤색한 당나라 악곡 이름. 신선 세계를 노래한 것이라 한다.

論其時代, 則明皇[13]極繁華富貴之樂, 而終遇祿山之亂[14], 竄身萬里, 楊太眞[15]未免錦襁褓之譏[16], 終有馬嵬坡之變[17], 爲世所鄙, 則此是亡國之樂, 不足尙也. 且娘子用指太輕, 聲音太哀, 雖能動人之心[18], 不能和人之氣. 且娘子所吟之詩, 乃鶯鶯·薛濤之詩也. 鶯鶯失節, 薛濤娼妓, 其詩雖巧, 其行甚卑. 古今曲調, 豈無妙於此者; 前後詩詞, 豈無勝於此者乎? 何必吟詠翫味於斯乎?" 喬氏聽畢, 不勝慙愧, 跼蹐拜謝曰: "鄕曲女子, 祇自傾心於他人之所尙, 不知其是非之若是. 夫人下敎, 當刻骨不忘矣." 夫人恐其無聊, 慰之曰: "我愛娘子, 故敢發此言. 若他人, 則豈敢開口乎? 此後我之不足處, 宜直言無諱." 因與喬氏從容發話而罷.

---

13) 明皇(명황): 당 현종의 시호.
14) 祿山之亂(녹산지란): 안녹산(安祿山)의 난. 안녹산은 당 현종 때의 절도사(節度使)로 재상 양국충(楊國忠)과의 반목으로 반란을 일으켰다.
15) 楊太眞(양태진): 당 현종의 비인 양귀비(楊貴妃).
16) 襁褓之譏(강보지기): 비단 포대기의 비웃음. 양귀비가 안녹산의 생일에 안녹산을 아이처럼 다루며 큰 비단 포대기로 싸고 가마에 태우며 놀았는데, 그러다가 나중에는 함께 밤을 보내기도 한 일을 가리킨다.
17) 馬嵬坡之變(마외파지변): 마외(馬嵬)의 변. 마외는 지명. 당 현종이 안녹산의 난으로 몽진하다가 마외의 언덕에 이르렀을 때, 호위하던 육군(六軍)이 나아가지 않고 나라를 망친 장본인들을 처결할 것을 주장해, 양귀비가 그 오라비 양국충와 함께 죽게 된 일을 말한다.
18) 動人之心(동인지심): 원문은 '動之心(동지심)'으로 되어 있으나 바로잡음.

부인은 아들을 낳고
문객은 첩을 훔치다

此日之夕, 翰林罷朝而回, 到於喬氏之房, 不堪醉興, 徒依欄干, 月色如畫, 花影滿窓, 欲聽歌詞, 使之吟詩. 喬氏辭曰: "近來爲風寒所傷, 不能成聲." 翰林曰: "然則彈琴一曲." 喬氏不肯, 翰林再三促之. 喬氏避席流涕, 翰林怪而問曰: "汝入吾家之後, 未曾見汝之不悅, 家內有何事, 故而若此?" 喬氏不答而涕淚如雨, 翰林再三問之. 喬氏答曰: "妾不答翰林之下問, 則得罪於翰林, 答之以實, 則得罪於夫人, 答之亦難, 不答亦難." 翰林曰: "我不咎汝, 汝勿諱言." 喬氏收淚而答曰: "妾以啁啾之歌, 庸陋之調, 不堪以累君子之耳. 而奉相公之命, 不覺其鼺拙, 而奉行之不暇者, 蓋欲盡其誠於君子, 以助一笑而已, 豈有他哉? 今日之朝, 夫人召妾而責之曰: '相公之取汝, 本爲[1]嗣續, 家內非無美色也. 汝日日治容, 甚非所宜, 聞汝以淫亂之風流, 不正之曲調, 迷惑丈夫之心, 墜落先少師之家風, 其罪當死. 我今姑舍, 後若

---

1) 爲(위): 원문은 '非(비)'로 되어 있으나 바로잡음.

不改, 我雖殘弱女子, 猶有呂太后斷戚夫人手足之斧, 病啞之藥[2], 汝須操心.' 呵責甚嚴, 妾乃鄕村貧寒女子, 特荷相公大恩, 榮華溢矣, 富貴極矣, 死無所恨矣. 但恐相公明德, 因一賤妾, 爲世所笑, 故不敢從相公之命." 翰林聽畢, 大驚自思: '夫人平日, 以不妬自任, 何以有此言? 且夫人待喬氏以禮, 曾無言及喬氏之短處, 雖婢僕間事, 亦不明言其罪惡, 無乃喬氏見過於夫人而然乎?' 不得其由: 沈吟良久, 招喬氏謂之曰: "我之取汝, 夫人所薦. 曾未聞向汝而出惡言, 必是婢僕間有讒言, 不勝一時之怒氣. 雖有此言, 本性溫柔, 必無害汝之心, 千萬勿疑. 設欲害之, 唯我在彼, 彼焉能乎?" 喬氏佯謝, 而憤怒之心, 終始不舍.

嗚呼! 古語云: '畫虎難畫骨, 知人難知心.' 喬氏容貌恭順, 言辭柔和, 謝氏心以爲好人, 而一時警戒之言, 不過恐其以淫佚之聲, 迷惑丈夫之心而已, 豈有他意哉? 喬氏甚懷恨心, 始發讒言, 遂爲大禍之本. 夫婦妻妾之間, 豈不愼哉? 翰林雖不覺喬氏之奸情, 而亦無致疑於謝氏之心, 喬氏更不復讒言.

一日, 臘梅與謝夫人侍婢同遊, 還謂喬氏曰: "聞春芳之言, 夫人有胎氣云矣." 喬氏大驚曰: '十年後, 始有胎氣, 誠人間稀罕之事, 必是月事愆候而然也." 仍自思曰: '彼若得男子, 則我子無色甚矣. 何以則得善策乎?' 反復思量, 計無所出. 及至五朔, 胎候分明, 合家大喜. 喬氏心甚快快, 與臘梅潛謀, 廣買下胎之藥, 暗和於謝氏所飮之藥, 而謝氏臨飮, 氣逆吐出, 其計遂不行.

十朔已盈, 果得男子, 骨格非常, 神彩俊邁, 翰林大喜, 名以獜兒, 一家之人, 莫不咸戴. 喬氏雖懷不測之心, 無所施之計, 致賀於夫人, 佯爲喜悅而愛重之. 翰林與夫人, 皆信其眞情. 獜兒漸長與掌珠同臥, 而乳母相戲, 翰林自外而入, 見兩兒之相戲, 進而撫之, 獜兒雖是穉兒, 氣像卓越, 大不同

---

2) 猶有~病啞之藥(유유~병아지약): 여태후(呂太后)는 한고조 유방(劉邦)의 황후이고, 척부인(戚夫人)은 한고조의 총희(寵姬)다. 한고조가 죽자 여후는 척부인의 손발을 자르고 눈을 빼고 귀를 지지고 벙어리가 되는 약을 먹여 굴속에 살게 하고 '사람 돼지[人彘]'라 불렀다.

於掌珠之屛弱. 翰林未及脫衣, 抱持獜兒曰: "此兒額上有高骨, 恰似先人, 必是大吾門者." 顧謂乳母曰: "汝須操心撫養." 還授乳母而入. 掌珠之乳母, 抱掌珠而入, 哭告喬氏曰: "翰林只愛獜兒, 而掌珠則視而不見矣." 喬氏大加煩惱, 自言: '我與謝氏, 容貌態度, 旣不相侔, 文彩又不及於彼. 而嫡妾有分, 徒以我則有子, 彼則無子, 我被丈夫之敬待. 今則彼旣生子, 獜兒將爲此家主, 我兒何用焉? 謝氏亦雖外施仁義[3]而花園責示之言, 明是猜忌. 一番讒言, 雖入於翰林之耳, 翰林之情, 偏厚於謝氏, 我之前程 豈不可慮乎?' 更請十娘相議. 十娘多受喬氏之金銀寶貝, 遂爲心腹, 嫉害之謀, 邪慝之計, 無所不爲, 事機極密, 莫有知者.

一日翰林退朝還家, 吏部石郎中[4]使人送書, 視之則乃薦人之書也. 其書曰:

> 蘇州[5]秀才董淸, 乃南方之佳士也. 命途崎嶇, 累擧不中, 家束敗散, 依托於人. 近來留住小弟之家矣. 小弟以山西學官, 今將發行, 董生無可依止處, 故薦于先生. 先生門下, 本無記室, 此人之筆法精妙, 臨事敏捷, 從容試之, 則其才可知. 使渠親進門下, 願賜一見.

槪董淸, 士人之子, 早失父母, 交結無賴之徒, 風流之家, 雜技之店, 逐日往來, 家道大敗. 無所於歸, 來到京師, 托迹於宰相名官之家. 其爲人也, 亦有長處, 形容俊秀, 言辭敏捷, 筆法亦且精妙. 士大夫初見此, 莫不愛之, 久後則或引子弟多作不法之事, 或做出家內往來之言, 交搆上下, 疑亂彼此,

---

3) 外施仁義(외시인의): 속으로는 욕심이 많으면서 겉으로 인의를 베풀다. 한나라 때 강직한 신하인 급암(汲黯)이 한 무제에게 "폐하께서 안으로는 욕심이 많으면서 밖으로는 인의를 베푸시니, 그러고서 어찌 요순의 선치(善治)를 본받고자 하십니까(陛下內多欲而外施仁義, 奈何欲效唐虞之治乎!)"라 했다.
4) 郎中(낭중): 벼슬 이름. 상서와 시랑을 보좌하는 고위직이다.
5) 蘇州(소주): 지명. 지금 장쑤 성(江蘇省) 근처 상하이 서쪽에 있다.

是以, 不容於諸處, 依止於石郞中家. 郞中亦知其奸, 不忍顯言, 其家適仍外赴, 薦于劉翰林. 翰林久爲侍中[6], 書札旁午, 門下無一書記, 常欲得佳士而客之矣. 及見石郞中書, 卽招董淸, 與之相語, 應答如流, 翰林大喜, 置之門下, 以代書札酬應之勞. 董淸非但工於筆, 性又伶俐, 凡干說事, 皆中翰林之意, 翰林大加親信. 董淸入來之後, 謝氏亦有所聞, 從容謂翰林曰: "我聞董淸非但不正之人, 不容於諸處而來在云, 相公須勿容留以貽後弊." 翰林曰: "吾亦聞董淸之多言久矣. 非但未知虛實, 吾之所留者, 只資其筆, 欲代我勞而已, 與我無朋友之道, 何論其正與不正乎?" 夫人曰: "相公與彼, 雖無朋友之道, 不正之人, 與之同處, 則沉淹迷惑, 自不覺其陷於奸邪之地. 且使如此之人, 久留家中, 亦非齊家嚴肅之道. 先少師在世時, 未曾見間有雜客矣." 翰林曰: "夫人所言, 亦有理也. 但近來時俗, 好沮毁人, 董淸得談, 或疑不明也. 凡人邪正, 久處可見矣." 喬氏知夫人之甚嫉董淸, 翰林之大加親信, 欲引爲外援, 密使臘梅私通董淸, 多有祕計相議之事. 自古閨門之內, 一失正道, 則其餘事, 無所不爲.

李十娘與喬氏, 合爲一心, 密試男子迷惑婦女之符. 自此之後, 翰林漸惑於喬氏, 精神意思, 與前大異. 夫人始有懼心, 而亦無奈何, 不形辭色, 而深自疑懼. 喬氏謂李十娘曰: "我以女子爲人之下, 未得一日之安, 前頭之禍福, 亦未豫料. 十娘之奇術試之, 前若合符節矣. 聞世俗盛行咀呪之事, 十娘必詳知之. 幸若爲我除此二人, 則此身未死之前, 何可忘恩也?" 十娘沈吟良久曰: "此事多有難便, 設若行計, 致人病死, 宰相家多有出入之人, 究探病根, 知妾所爲, 則妾身粉碎, 固不可論, 而亦且禍及於娘子. 此所謂移小災於他人, 而受實禍於自身也, 甚非長策. 妾有一計, 姑待掌珠之微恙, 娘子亦稱一病, 委席呻吟, 僞作夫人謀害娘子之書, 得達翰林, 則翰林必疑於夫人矣. 更以巧言讒之, 則娘子何憂不得志乎?" 喬氏大喜, 重賞十娘, 而

<hr>

6) 侍中(시중): 본래 재상을 가리켜 시중이라 하나, 여기서는 중요한 벼슬을 의미한다.

待掌珠之有病, 欲行其計.

過數月後, 正值初秋, 掌珠爲風所傷, 或吐乳, 或時驚動, 翰林大慮之, 請醫治藥. 喬氏密與臘梅, 欲行十娘之計, 謂臘梅曰: "欲作謝氏咀呪之書, 而必須如彼之筆跡然後, 乃可行計. 彼之書法極妙, 難可摸寫, 若非董生, 難造僞書. 吾欲使汝密通此意, 而旣非至親, 難可發口. 且董生若不肯聽從, 事機漏泄, 則禍且不測, 汝其善事圖之." 臘梅曰: "董淸大怨謝氏, 極感娘子, 萬無漏泄之理. 倘有肯諾之心, 則幸也, 當往問之." 喬氏曰: "漢武帝之皇后, 使司馬相如作長門賦, 而以千金獻壽.[7] 今吾事若因此以成, 則董生之功, 倍於相如矣. 須傳此意." 仍求得謝氏筆跡, 是夜, 送臘梅于董生.

翌日未明, 臘梅含笑入來, 喬氏顚倒出迎曰: "事機如何?" 臘梅曰: "僥倖受許, 而但索價甚高矣." 喬氏曰: "雖傾盡寶玩, 無所惜矣." 臘梅曰: "非謂寶貨也." 因附喬氏之耳, 密傳董生之語, 喬氏笑而不答.

古之聖人, 制閨門之禮, 甚嚴. 使外言不入於內, 內言不出於外, 以之修身而齊家; 黜淫亂之風, 遠姦邪之言, 以爲端本防微之地. 今者劉翰林內惑侫邪之妾, 外信不正之人, 而奸細之婢, 又乘其間, 做出穢言, 貽辱家門, 豈非可惜乎? 自百子堂通外舍, 只隔一墻, 而花園鎖匙, 皆屬喬氏. 翰林宿于內堂, 則喬氏與董淸交通, 家內之人, 無一知者.

---

7) 漢武帝之皇后~而以千金獻壽(한무제지황후~이이천금헌수): 한 무제의 진황후(陳皇后)가 투기로 총애를 잃고 장문궁(長門宮)에 물러나서 슬픔과 시름으로 나날을 보내던 중, 촉군(蜀郡) 성도(成都)의 사마상여(司馬相如)가 문장이 뛰어나다는 말을 듣고 황금 100근(斤)을 주면서 시름을 풀 수 있는 문장을 요구하자, 사마상여가 그를 위해 「장문부長門賦」를 지었다. 「장문부」로 인해 무제는 마음을 돌려 진황후가 다시 총애를 입게 되었다.

정숙한 아내는 어머니를 뵈러 가고
음란한 첩은 흉악한 꾀를 부리다

是時, 翰林深慮掌珠之病, 而喬氏亦在床褥, 食飮全廢, 翰林尤用前慮[1]. 一日, 臘梅得一紙凶書碎骨于竈突灰中, 持納喬氏. 翰林與喬氏幷坐同觀, 翰林面色如土, 黙然者久矣. 徐觀其書, 乃咀呪喬氏與掌珠之書也. 辭意凶慘, 實不忍見, 喬氏大哭曰: "妾十六入相公之門, 今已四年矣. 雖上下言辭之間, 亦小無過惡之言, 何如之人, 作此凶險之事, 欲害吾母子之命乎." 翰林細見其筆跡, 沈吟不語. 喬氏曰: "此事, 將何以處置乎?" 翰林曰: "此事無顯著之跡, 必欲强知, 則恐有玉石俱焚之弊. 況又旣得兒書, 必無作祟之理, 焚燒其書, 淨潔家內, 似乎宜矣." 喬氏曰: "處置極當矣." 翰林燒其書于前, 仍勅臘梅曰: "愼勿出口."

翰林起入于內, 臘梅問喬氏曰: "處置此事, 何以歇後也?" 喬氏曰: "不然. 此事, 但疑相公之心而已. 必欲窮究, 反非吾輩之憂慮乎? 相公之心已動

---

1) 前慮(전려): 원문은 '煎慮(전려)'로 되어 있으나 바로잡음. 일이 일어나기 전에 미리 생각하여 헤아린다는 뜻.

矣. 更以他策圖之耳." 翰林見其筆跡, 似出謝氏手, 恐有窮尋難處之患, 燒火滅跡. 而內自思念: '喬氏前言夫人之妬忌, 吾不信之, 豈意有如此之凶變乎? 夫人初以無子, 勸我得妾, 此何意也? 旣得男子之後, 輒行毒手, 此所謂外施仁義者也.' 自此之後, 待謝氏與前頓異, 而但不出一言.

此時, 謝氏母夫人在新城病重. 謝氏情思罔極, 請於翰林曰: "老母年老病中, 若不及時往見, 恐有終天之痛[2]. 詩云: '告于舅氏, 歸寧父母'[3], 古人已有行之者, 敢請歸覲." 翰林曰: "嫂母病患如此, 人子情理, 當復如何? 須速歸覲. 吾亦從後進候矣." 謝氏謝而謂喬氏曰: "吾往新城, 日月必久. 家內之事, 專恃於君." 卽治行李, 與獜兒往新城. 母女相見, 悲喜之心可掬. 母夫人日漸沈重, 一家憂惶, 翰林亦送人問候, 時[4]送藥物. 如是之間, 將及兩朔, 而病患已到危境, 謝氏不忍還家, 留滯新城.

是時, 山西·山東·河南, 連歲凶荒, 民皆離散, 天子大用憂慮, 卽召近侍三人, 分遣三處, 察其民情疾苦. 劉翰林亦拔山東繡衣[5], 卽日辭朝發行, 未及與謝氏相別. 翰林出去之後, 喬氏與董淸, 日日相會, 尤無忌憚. 喬氏曰: "翰林遠行, 謝氏久不還家, 此正行間之時. 何以則可乎?" 董淸曰: "吾有一計, 使謝氏雖或免死, 必不更入此家矣." 附耳密語曰: "如此如此." 喬氏大喜曰: "郎君此計, 鬼神莫測. 雖陳平反間范亞父之計[6], 未及於此矣. 第未

2) 終天之痛(종천지통): 죽을 때까지 잊을 수 없는 슬픔. 부모님의 죽음을 말한다.
3) 告于舅氏, 歸寧父母(고우구씨, 귀녕부모): 『시경』「갈담葛覃」의 3장을 변형한 것이다. 「갈담」의 3장에 '여사(女師)에게 돌아갈 것을 고하게 하고 (…) 돌아가 부모를 뵙겠다(言告師氏, 言告言歸. … 歸寧父母)'고 했다.
4) 時(시): 원문은 '得(득)'으로 되어 있으나 바로잡음.
5) 繡衣(수의): 수의직지(繡衣直指). 지방의 사정을 파악하고 지방 관원을 관리·감독하기 위해 중앙에서 임시로 파견되는 관원.
6) 陳平反間范亞父之計(진평반간범아부지계): 한고조 유방의 모신(謀臣) 진평이 항우와 그의 모신 범증 사이를 이간질한 계책을 말한다. 범증의 계책으로 유방이 위태로워지자, 진평은 항우의 사자(使者)를 범증의 사자인 것처럼 잘 맞이하여 대접하다가 짐짓 항우의 사자라는 것을 처음으로 깨달은 척하면서 박대해, 항우가 범증을 의심토록 만들었다. 그 결과 범증은 병권(兵權)을 모두 빼앗기고 마침내 통분을 못 이긴 채 등창이 나 죽었다.(『사기史記』 권7「항우본기 項羽本紀」)

知誰能行此計乎?"董淸曰:"吾有心腹一友, 名曰'冷進'. 此人多奇謀, 善言語, 足以辦得此事. 但得謝氏所愛玩好首餙, 然後可以行計, 得此物, 恐不可易也."喬氏曰:"謝氏使喚侍女雪梅, 卽臘梅之四寸也. 誘說雪梅, 則可得矣."

卽召雪梅, 以厚賂結其心, 雪梅大喜. 喬氏因使臘梅, 密敎盜出謝夫人首餙之事. 雪梅曰:"夫人首餙所藏之器鎖, 在房中, 必得相似鑰匙, 方可得出. 第未知用於何處乎?"臘梅曰:"用處則不必强知, 愼勿說與他人. 若漏泄, 則汝與我, 皆不得生矣."臘梅告于喬氏. 喬氏欲新造鑰匙, 而恐或有煩, 此鑰匙中必有相似者, 出給鑰匙十餘簡, 曰:"釵鈿指環中, 謝氏所甚愛, 翰林之所熟視者, 偸出, 則尤好矣."雪梅以其鑰匙, 遂開箱子, 盜出玉環, 納于喬氏, 曰:"此物則翰林先世流傳之寶, 夫人極愛之物也."喬氏大喜, 重賞雪梅. 方與董淸, 欲行其計, 忽有自新城來者, 傳謝給事夫人喪患, 且傳謝氏之言曰:"主喪公子年幼, 又無强近親戚, 故吾方手自治喪過葬後, 當卽還家, 家內之事, 十分用心云云矣."喬氏卽使臘梅慰問謝氏之後, 卽與董淸相議, 密送冷進于山東.

是時, 劉翰林行到山東地界, 欲知民間疾苦, 變服如儒生, 周行村閭. 至東昌府[7], 入於酒店, 買酒而飮, 有一少年, 自外而入, 揖而就坐, 風彩俊邁. 翰林問其姓名, 答曰:"小弟, 本是南方之人, 姓名張進. 敢問尊兄高諱."翰林不敢直言, 徐以他姓名答之. 因問民間疾苦, 應答詳悉, 極有倫理. 翰林自思:'此少年必是佳士.' 問曰:"張兄今自何處而來? 兄雖云居在南方, 語音必是京師之人也."少年曰:"小弟本是孤踪, 漂泊東西, 二載遊於京師, 今春又往新城, 留住半年. 才離其地, 欲向故鄕."翰林曰:"吾亦將南行, 數三日同行, 如何?"兩人飮酒相歡, 猶恨相見之晚.

---

7) 東昌府(동창부): 지명. 산동(山東) 지방에 있던 고을로 현재 산둥 성(山東省)의 랴오청(聊城)이다.

兩人竝馬而行, 同入店宿, 翌曉攝衣之時, 有一玉環繫於張生之內衣, 翰林豈不知其家舊物乎? 熟視大怪之, 必欲更觀, 請於少年曰: "我兒時逢西域之人, 暫知玉品之精粗. 今見張兄所佩之環, 必是好品, 願許賞玩." 少年初有難色, 旋卽解投. 翰林受而視之, 玉色與所刻物像, 宛如其家舊物. 又以黑髮小許, 結同心爲纓, 翰林大疑之, 謂少年曰: "此玉, 果是好品. 張兄何從而得此, 繫於內衣結以同心, 其意何居? 必是心中所愛之物也." 少年, 愀然者久之, 不答而還收, 復繫於內衣. 翰林爲欲得其詳, 更問曰: "張兄玉環, 必非無情之物, 何以不言其故乎?" 少年曰: "曾在北方, 適有相知之人, 贈此. 豈有他曲折哉?" 翰林自思: '此物若是吾家舊物, 則彼無可得之路, 若云他家之物, 則玉品物像, 何無一毫相差? 彼云自新城而來, 毋乃婢僕盜出賣之於此人耶?' 必欲知其首末. 累日同處, 荏苒相親. 因醉後又問曰: "張兄玉環同心, 必有深意, 而終始不言, 豈朋友之情乎?" 少年曰: "吾觀兄之氣象, 亦是多情之人, 言之何妨? 韓壽盜賈氏之香[8], 子建留宓妃之枕[9], 此皆千古多情之事, 兄勿笑焉." 翰林曰: "吾與張兄, 可謂奇遇肝肺相照, 豈有隱情? 兄所遇者, 未知何許人?" 少年曰: "不煩多言. 兄雖知之, 亦無益矣, 弟固不言矣." 翰林曰: "兄在北方, 有如此佳緣, 而今棄而南行何也?" 少年太息曰: "好事多魔, 佳期難再. 古語云: '宰相之門, 深如河海, 從此蕭郎[10], 卽

8) 韓壽盜賈氏之香(한수도가씨지향): 한수투향(韓壽偸香)의 고사. 한수는 진(晉)나라 때 미남으로, 사공(司空) 가충(賈充)의 아전이었다. 가충의 딸 가오(賈午)가 한수를 좋아하여 저녁에 불러들여 기향(奇香)을 주었다. 이는 서월(西越)에서 조공한 귀한 향으로, 황제가 가충에게만 준 것이었다. 가충이 이 일을 알고 한수를 사위로 삼았다.
9) 子建留宓妃之枕(자건유복비지침): 조자건이 꿈에서 복비에게 사랑을 고백한 일을 말한다. 삼국시대 조식(曹植, 자건은 자)은 견씨(甄氏) 집 처녀를 사모했지만, 결국 그녀는 형 조비(曹丕)의 부인이 되었다. 조비가 아버지 조조의 뒤를 이어 황제가 된 후, 견씨에게 사약을 내려 죽였다. 그후 조식은 꿈에 견씨를 만나 예전에 사모했다는 것을 호소했으나, 곧 꿈에서 깨고 말았다. 이에 조식은 섭섭함을 이기지 못하여 「낙신부洛神賦」를 짓고, 견씨를 낙수(洛水)의 신녀인 복비에 비유했다.
10) 蕭郎(소랑): 원문은 '蕭娘(소랑)'으로 되어 있으나 바로잡음. '소랑'은 젊은 남자를 가리키는 말로 여기서는 1인칭 '나'를 의미한다.

同路人'[11] 正爲小弟今日事也." 凄然淚下, 翰林曰: "兄可謂多情之人也." 兩人盡醉而罷. 翌日, 分路而去. 翰林曰: "此雖不能無疑, 更思之, 謝氏豈有非禮之擧, 天下豈無相似之物乎!" 以此寬解, 內心自不安矣.

半歲之後, 翰林竣事回京, 復命歸家, 則謝夫人還來久矣. 翰林慰哭夫人之後, 又觀喬氏與兩兒, 大慰安過之意. 忽思東昌少年之言, 居然色變, 謂謝氏曰: "夫人前日所得於先君之玉環, 今在何處?" 夫人曰: "玉環在於箱中, 何以下問?" 翰林曰: "別有可疑之事, 速欲見之." 謝氏疑翰林擧動非常, 使侍婢持箱子而來, 啓而視之, 他物皆依旧, 而獨無玉環. 翰林顏色敎然無一言, 謝氏曰: "相公必知玉環去處矣." 翰林曰: "夫人以情給人, 何以問我?" 謝氏愕然無語. 侍婢忽報杜夫人之來, 翰林迎入于坐, 敍寒暄後, 翰林曰: "家有大事, 敢稟夫人." 曰: "何事也?" 翰林以東昌少年之事, 備細告之, 且曰: "其時意謂'必有相似之物也', 今來見之, 則玉環果不在箱中矣. 門戶不幸, 有此大變, 當以法治, 不敢自專, 敢告矣." 謝氏聽此言, 魂不附体, 流淚而言曰: "妾常時所行無狀, 相公以此疑之, 何面目更對人乎? 惟生惟死, 在於相公, 相公任意處之. 古詩云: '賢人君子, 不信讒言, 讒訴之人, 投諸豹虎.' 相公家中, 必有工讒之人, 相公察焉." 杜夫人大怒曰: "汝之聰明識見, 比先少師如何?" 翰林曰: "小子何敢望焉?" 夫人曰: "少師本有知人之鑑, 天下之事, 多所經歷. 而每稱謝氏曰: '吾婦特異之人, 雖古烈女不及.' 臨終以汝托余曰: '延壽年少, 凡事敎訓.' 而至於新婦, '無他所戒之事云.' 此則深知謝氏之賢, 而謂無可敎訓而然也. 淫穢之行, 中人以下, 所不忍爲, 至於

---

11) 宰相之門~卽同路人(재상지문~즉동로인): 당나라 때의 인물인 최교(崔郊)가 지은 시의 한 구절 "재상가 문은 한번 들어가면 바다처럼 깊으니 이로부터 소랑은 길가 사람 되도다(侯門一入深如海, 從此蕭郎是路人)"를 인용한 한글 원문을 최교의 시인지 몰라 잘못 번역한 것으로 보인다. 최교는 고모 집의 시비(侍婢)와 서로 사랑했는데, 그 시비가 재상의 집에 팔려 가게 되었다. 최교는 한식(寒食) 때 시비가 나온 틈을 타 시를 한 수 주었는데, 시비의 주인인 재상이 그 구절을 보고는 시비를 최교에게 보내주었다. 이 구절은 시비가 재상의 집에 들어가게 되었으니, 그가 나올 때 잠시라도 보기 위해 자신은 길가를 배회할 것이라는 의미이다.

정숙한 아내는 어머니를 뵈러 가고 | 185
음란한 첩은 흉악한 꾀를 부리다

謝氏, 豈有一毫可疑之事乎? 此不過家內奸謟之人, 盜出玉環, 謀害謝氏之計. 不然則侍婢中淫亂者, 必偸贈於人也. 汝今不爲嚴覈, 反疑氷玉之人, 汝之昏暗, 豈意至此乎?" 翰林謝曰: "下敎甚當也."

捉出守家婢子及謝氏帶來婢子, 多般杖問, 而無根之言, 不忍誣服. 雪梅亦在其中, 而自知直招則必未免死, 一切牢諱, 終不得踪跡. 杜夫人亦無如之何, 還歸其家. 謝氏謂: '穢名未洗之前, 何以對人乎?' 出處草屋, 席藁而坐, 以罪人自處. 而前後讒言, 多入翰林之耳, 翰林終不得釋疑, 自此之後, 每與喬氏同處, 喬氏心甚快之.

군자는 참소를 믿고
흉악한 인간은 아들을 죽이다

翰林與喬氏相議謝夫人之事, 喬氏曰: "夫人性本高亢, 餙辭沽名, 每事皆擬於古烈女, 一世上婦人皆視之眼下, 豈樂爲如此鄙陋之行, 自取他人之唾罵乎? 妾之愚意, 則杜夫人之言甚是也. 雖然, 杜夫人之言亦非公正. 襃獎謝氏太過, 貶薄相公太甚, 古之聖人, 亦有被欺於人, 先少師雖甚高明, 眷歸謝氏不久而棄世, 何以逆料其日後之事乎? 且杜夫人欲使相公, 每常聽令於自家, 豈非一偏之甚乎?" 翰林曰: "謝氏之言, 小無苟且之色, 吾亦意其必無是事. 但前日目見可疑之事, 故多有不信之心." 因言前日咀呪之書, 與謝氏筆跡相似. 又曰: "其時則或慮家內多言, 卽使燒燼, 不言於汝矣. 婦女惡行, 一至於此, 以此推之, 亦不能無疑矣." 喬氏曰: "萬一有疑, 則將何以對夫人乎?" 翰林曰: "雖然, 前日之本無證參, 後日之事尤非明白. 而先人之所嘗撫愛, 草土[1]之所與同經, 況且叔母力救之, 不忍黜之矣." 喬氏嘿然不言.

是時, 喬氏懷孕, 又生男子, 翰林名以鳳雛, 愛之如兩兒無間, 孰能知嬴·

---

1) 草土(초토): 거적자리와 흙 베개라는 뜻으로, 상(喪)을 이르는 말.

呂之卜[2]乎? 喬氏乘翰林出外, 與董淸相議, 喬氏曰: "前日之計雖好, 翰林之言如此, 斬草不去根, 則豈知其遇春風, 而不復生乎? 謝氏與杜夫人, 若窮尋玉環去處, 而事猶漏泄, 則豈非大禍乎?" 董淸曰: "杜夫人方助謝氏, 娘子須乘間, 以巧言離間其叔姪. 使之不睦, 則去謝氏不難矣." 喬氏曰: "我亦有此意, 曾有一言於相公, 而相公不答. 蓋其平日事杜夫人如父母, 無一違拒之事, 恐難行間於其間矣." 董淸曰: "如此則妙策難畫, 徐當更議之矣."

是時, 杜夫人爲謝氏周尋玉環去處, 終始不得. 心知其喬氏所爲, 而以無顯著之事, 不得發言, 心甚鬱鬱, 亦不往來於翰林之家. 其子杜益, 適登第爲長沙[3]推官[4], 夫人隨其子當往長沙. 雖喜其子之顯榮, 深慮謝氏之孤踪, 不捨於心中矣. 及其擇日啓行, 劉翰林請杜夫人母子餞行, 杜夫人顧瞻坐上, 不見謝氏, 謂翰林曰: "少師棄世後, 與賢姪相依以慰此心矣. 今作萬里之行, 我心如何? 吾有一言囑於賢姪矣." 翰林跪問曰: "何言耶?" 杜夫人曰: "非他言也. 欲以謝氏相托矣. 謝氏少師所愛, 性品本善, 豈料猝被惡名於白地乎? 敢以百舌保之. 我去之後, 雖有雜言, 愼勿驚聽, 雖目見其過, 必以書札問議於我, 切勿急速處置." 翰林曰: "謹受敎矣." 夫人回顧侍婢曰: "謝夫人安在? 引我相見."

侍婢引夫人, 逐至謝氏所居. 蔀屋草席, 所見慘怛, 謝氏布衣木釵, 蓬頭垢面, 形容憔悴, 如不能勝衣. 迎拜杜夫人曰: "叔之榮貴, 夫人遠行, 而身在草土, 且有不洗之罪名, 故不得進賀門庭, 爲終身無窮之恨矣. 不意夫人下臨陋地, 惶恐惶恐." 杜夫人曰: "少師臨終時, 以姪子托於我, 言猶在耳. 不能以道引喩, 使君到於斯, 都是老身之過也. 他日泉下, 何面目復見少師

---

2) 嬴·呂之卜(영·여지변): 진시황(秦始皇)의 친부가 누구인지에 대한 변별. 진시황의 성은 영(嬴), 이름은 정(政)으로, 그의 아버지 자초(子楚)는 조나라에 인질로 있을 때, 여불위(呂不韋)의 희첩(姬妾)을 취하여 정을 낳았다. 그런데 자초가 여불위의 희첩을 취할 때, 이미 그 희첩은 여불위의 아이를 임신했다는 말이 있어, 진시황은 여불위의 아들이라고도 한다.

3) 長沙(장사): 호광(湖廣) 지방, 동정호 남쪽에 있던 고을 이름. 현재의 후난 성 창사.

4) 推官(추관): 형벌과 관련된 일을 담당하는 벼슬.

乎? 雖然, 某年月日, 與君贈有一言, 今思我言矣."謝氏謝曰:"心中藏之, 何日忘諸? 以妾愚妄, 自就於此, 豈敢怨天? 豈敢尤人?"杜夫人曰:"往事 當勿論, 而夫人不幸早失舅姑, 只與老身, 相依爲命, 老身今將遠行, 板輿[5] 專城[6], 豈非榮也? 以君之故, 心不得安. 以君家內氣色形勢視之, 則決不可 一日留君, 君之本家零落, 難可聊賴, 況新城啓釁之處, 甚非安心之地. 吾 之所去長沙, 道路難遊, 若以船行, 不甚相遠. 萬一有難處之事, 卽通于我, 則當以船相迎, 與我同住, 徐觀來頭之事, 則事甚便好, 讒言亦不得行矣." 謝氏答曰:"夫人下念至此, 萬死難報. 妾豈不思前頭之事? 新城則實不可 歸, 所望者, 只依於夫人, 以爲終身之計[7]. 妾實無所歸, 無以爲心. 至有以 船相迎之敎, 感則感矣. 若以船行, 則千山萬水, 豈女子所可得達乎? 妾之 愚計, 相公若不許留於門下, 則欲終身於舅姑墓下, 未知如何."杜夫人曰: "哀哉, 君之意! 慘哉, 君之意! 墓下雖好, 亦非安身之地. 須記吾言, 而凡事 必須忍耐, 以待後日. 天必保佑善人, 君之厄運, 豈其長存乎!"再三丁寧, 垂淚相別.

杜夫人發行之後, 喬氏心中快悅, 若去眼中釘, 背上之刺也. 又請董淸劃 策, 淸曰:"杜氏已行, 此正用奸之時也. 吾有一計, 使謝氏不能保其性命, 竊恐娘子不能用之."喬氏曰:"若有秘計, 則吾何不從?"董淸袖出一卷書 曰:"此唐之史記也. 唐高宗有王皇后·武昭儀, 而昭儀欲讒皇后, 未得其釁. 昭儀生一女, 形容極妙, 皇后亦愛之, 撫以養之. 一日, 皇后自房中弄兒而 出, 昭儀卽爲壓殺其女, 大聲哭泣曰:'誰殺我女乎?'杖問宮人, 則皆云:'皇 后自房中出矣.'皇后終不得發明, 高宗遂廢皇后, 立昭儀爲后, 則[8]皇后[9],

---

5) 板輿(판여): 가마. 주로 지방관으로 부임한 관리가 부모님을 맞이하는 가마를 가리키는 말.
6) 專城(전성): 지방관.
7) 몇 글자가 빠진 듯하다. 전후 내용이 일치하는 장서각본을 참조할 때, '부인이 만리 밖으로 떠나게 되었으니' 정도의 내용이 빠진 것으로 보인다.
8) 則(즉): 원문은 '卽(즉)'으로 되어 있으나 바로잡음.
9) 則皇后(측황후): 측천무후(則天武后). 당(唐) 고종(高宗)의 황후. 성은 무(武), 이름은 조(曌)

是也. 欲成大事者, 不顧小事, 前日掌珠之病, 相公旣疑謝氏, 娘子又有二男, 誠行則天之計, 則謝氏雖有妊姒之德, 蘇張[10]之辯, 難以卞明. 娘子何憂不得志乎?" 喬氏打董淸背曰: "虎狼尙愛其子, 人豈有殺子之理乎? 觀君之意, 必欲殺他兒, 而存己子之計也." 董淸曰: "娘子形勢, 正如虎狼. 虎不噬人, 則人必殺虎, 不用我言, 後必有悔." 喬氏曰: "此計吾不忍爲之, 更思其次." 因與相戲, 家人忽報翰林入來, 董淸大驚而走出, 謂臘梅曰: "娘子爲人, 似不用吾計[11]. 不用吾計, 則若等無遺矣. 汝乘其便, 必行此計." 臘梅許諾, 伺釁狙隙[12], 欲一下手矣.

一日, 掌珠臥欄干熟寐, 而無人看守. 只謝夫人之婢子春芳與雪梅, 由花園之中, 過欄干之下. 臘梅便出凶暴之心, 俟二人遠去, 始卽下手, 壓殺掌珠, 出而密語雪梅曰: "玉環之事, 終若發覺, 則夫人必先殺汝矣. 如此則可以免禍, 且有重賞." 雪梅許諾. 掌珠乳母, 還見掌珠, 則七竅[13]流血, 死已久矣. 大驚走出, 哭告喬氏, 喬氏大聲痛哭, 顚倒出視, 已無及矣. 雖知董淸之行計, 而事已至此, 欲從售其計, 奔告翰林. 翰林面色如藍, 卽往視之, 無一言出口. 喬氏叩胸痛哭曰: "此必昔年咀呪我母子人之所爲也. 杖問家內奴婢, 則可以查出矣." 翰林卽令會集奴婢, 盛陳刑罰之具, 大杖嚴問, 則掌珠之乳母曰: "我與公子, 戲于欄干, 公子因以熟寐, 忽有緊事, 暫出還來, 則俄頃之間, 變已生矣. 妾之離側, 萬死無惜, 而其他則千萬不知矣." 臘梅曰: "妾適過門外, 偶然入見, 則春芳與雪梅立於欄干之下, 道甚言語而散, 不久

이다. 중국 역사에서 유일한 여제(女帝)로 고종을 대신하여 실권을 쥐고, 두 아들을 차례로 제왕의 자리에 오르게 한 뒤, 스스로 제왕의 자리에 올라 국호를 주(周)로 고치고 성신황제(聖神皇帝)라 칭했다.

10) 蘇張(소장): 소진(蘇秦)과 장의(張儀). 전국시대 유명한 유세객(遊說客)으로 구변(口辯)이 뛰어났다. 소진은 합종책을 주장하여 육국(六國)의 재상이 되었고, 장의는 진나라의 재상이 되어 연횡책을 주장하여 모든 나라가 진나라에게 복종하도록 했다.

11) 似不用吾計(사불용오계): 원문은 '不似不用吾計(불사불용오계)'로 되어 있으나 바로잡음.

12) 狙隙(저극): 저극(抵隙). 틈을 엿보다.

13) 七竅(칠규): 사람의 얼굴에 있는 일곱 개의 구멍.

有此變矣. 問于兩人, 則可知矣. 雪梅則妾之四寸也, 嚴問之下, 不可隱諱矣." 翰林捉出春芳·雪梅, 先問春芳. 重施刑杖, 春芳肌膚盡裂, 骨節片碎, 所招如一, 但曰: "與雪梅偶過欄干之下而已. 此外無所見矣." 雪梅亦與春芳所言無異, 而更加重杖, 則乃曰: "妾今至死境, 不得不直招耳. 夫人招小婢兩人, 謂曰: '獜兒·掌珠勢不兩立. 汝等壓殺掌珠, 則當重賞矣.' 故妾等累日經營, 不得其便. 今日掌珠適獨宿, 而無人看守, 故春芳始乃下手, 而妾則滿身戰慄, 不得前進矣." 翰林大怒, 別以大杖, 重治春芳, 春芳大叱雪梅曰: "汝賣夫人而欲免死乎? 死則死矣. 而豈以萬萬無據之言, 推諉於如氷如玉之夫人乎? 狗彘之行, 不若汝矣. 汝雖免死, 天必殺汝矣." 終無一言變辭, 而死於杖下. 喬氏曰: "雪梅本無兇行之事, 而以直納招, 有功無罪. 春芳則已死, 而旣是他人之所指嗾, 則豈渠之本心哉?" 大呼掌珠, 搥胸大哭曰: "掌珠! 掌珠! 我不報汝之讐, 何以生爲! 寧欲從汝而死." 遂入房中, 以巾自縊, 侍婢急救之. 喬氏呼天頓足, 不絶哭聲, 翰林低首不語. 喬氏曰: "妬婦初欲害吾母子之命, 敢行奸惡之事, 而賴天陰隲, 幸以發覺. 又敎婢子造此不測之大變, 未及明日, 其禍將及於妾矣. 吾寧自死而不死於他人手中矣. 何人多事解我之縊乎? 相公若欲妬婦同住, 則何不速殺我, 以快妬婦之心哉? 妾萬死無恨, 但妬婦本有私人, 實恐相公次第遭其毒手." 言訖復縊. 翰林急救之, 勃然怒曰: "妬婦初作罔測之大變, 特以夫婦之情, 不忍發之, 又有新城之穢行, 恐有門戶之羞, 猶且掩之. 而掌珠之死, 實是天地間, 所無之變. 留此妬婦於家內, 則祖宗必不歆饗矣, 嗣代滅絶矣." 仍慰喬氏曰: "今日已暮, 明日會集宗族, 告于祠堂, 然後黜送妬婦, 以汝爲夫人, 勿爲無益之悲以傷花顏." 喬氏收淚而謝曰: "處置如此, 則庶可以小解妾心之寃矣. 至於夫人之位, 則賤妾何敢當也?" 是日, 翰林遍告諸族, 期以明朝會集祠堂. 嗚呼! 劉少師難起於九原矣, 杜夫人已行於萬里, 孰能回翰林之志哉? 侍婢告于謝夫人而痛哭, 夫人曰: "已知有此擧矣." 言動自若, 顏色不變.

翌日平明, 劉氏宗族一時來會. 翰林迎入于堂, 備盡謝夫人前後罪狀, 且
告以黜送之意, 諸宗本知謝氏之賢, 且謝氏亦多施恩於貧家宗族, 及聞翰
林之言, 莫不愕然. 然誰肯爲他家之事, 獨自擔當拒絶乎? 皆曰: "翰林旣知,
熟思之, 我等何與焉? 惟翰林任意處之." 翰林見議論歸一, 大喜, 命家人掃
灑祠堂, 備設香燭. 翰林整飭冠服, 率宗族, 立於香案前, 焚香再拜, 告謝氏
罪狀于祖宗之靈. 其祝辭曰:

維嘉靖三十年[1], 歲次甲子[2], 月日. 孝曾孫翰林學士延壽, 謹告于祖考
文淵閣大學士文忠公府君·祖考妣夫人·顯考太常卿贈吏部尙書正憲公府
君·顯妣崔氏夫人之靈.[3] 夫婦五倫之始, 萬福之源, 國之興敗, 家之盛衰,

---

1) 嘉靖三十年(가정삼십년): 가정(嘉靖)은 명나라 세종의 연호. 가정 30년은 1551년. 김춘택 한
역본에는 가정 36년으로 되어 있다.
2) 甲子(갑자): 가정 30년은 신해(辛亥)년이다.
3) 謹告于~夫人之靈(근고우~부인지령): 이 부분에서 유연수는 자신을 증손이라고 했으나 증

皆由於此, 豈不愼哉! 謝氏初入吾門, 小無失禮, 凡人靡不有初, 鮮克有終, 能有其終者, 實爲難矣. 不義之言, 漸入於耳; 可惡之行, 時見於目[4], 冀或悛改, 不爲深責. 謝氏凌侮家長, 自稱賢哲, 口誦聖人之言, 身行奸慝之事, 埋置穢物, 禍將不測. 特蒙祖宗黙佑, 筆跡敗露, 當以國法處之, 而曾受先人重愛, 且共三年之衃土, 隱忍不發, 以至于今. 謝氏日益放恣, 稱以母病, 往歸新城, 汚穢之行, 傳播遠近, 聞之者莫不掩耳, 見之者無不寒心, 而猶慮一毫之不明, 姑留累跡於家內, 不思自悔[5], 尤懷怨毒, 敎誘不測之婢, 還及慘禍於襁褓, 是可忍也, 孰不可忍耶? 昔陳皇后[6]發覺咀呪, 廢出長門宮, 先儒史記, 以皇后有罪而廢, 趙飛燕[7]有淫行, 其弟合德[8], 毒殺許夫人之子, 故賜死[9]. 今者謝氏, 兼有三人之惡, 罪在七去之中. 恐祖宗之不爲欽饗, 嗣代之終至滅絶, 不得已黜送謝氏, 以小妾喬氏爲正室. 喬氏雖云六禮之不行, 本是名家之子孫, 誦詩[10]習禮, 有幽閑貞靜之德; 操心飭行, 有塞淵淑愼之節, 足以奉承先祀, 玆乃陞爲正室. 謹告. 尙饗.

조부가 나오지 않고, 조모의 성씨도 밝히지 않는 등 조금 어색한 부분이 있다. 김춘택 한역본에는 이 부분이 "敢昭告于曾祖考文淵閣太學士文忠公府君, 曾祖妣夫人胡氏, 祖考太常卿贈吏部尙書府君, 祖妣夫人鄭氏, 顯考太子少師禮部尙書正獻公府君, 顯妣夫人崔氏"로 되어 있다.

4) 目(목): 원문은 '日(일)'로 되어 있으나 바로잡음.

5) 悔(회): 원문은 '懷(회)'로 되어 있으나 바로잡음.

6) 陳皇后(진황후): 한나라 무제(武帝)의 황후. 요사스러운 방법으로 임금의 마음을 얻으려다 발각되어 장문궁에 유폐되었다.(『한서』「외척전外戚傳」)

7) 趙飛燕(조비연): 한나라 성양후(成陽侯) 조임(趙臨)의 딸. 가무를 배워 몸이 가볍기가 나는 제비 같았으므로 비연이라 했다. 성제(成帝)가 사랑하여 후궁이 되었고, 허황후(許皇后)가 폐한 뒤 황후가 되었으나, 신하를 유혹하는 음란한 행위가 있었다.

8) 合德(합덕): 조비연의 여동생. 언니 조비연과 함께 성제의 후궁[昭儀]이 되어 총애를 받았다. 투기가 심하여 허미인, 조궁 등이 낳은 성제의 아이를 죽게 했다.

9) 趙飛~故賜死(조비~고사사): 이 부분은 실제 역사와 조금 다르다. 『한서』에 따르면 조합덕은 성제를 협박하여 허미인의 아들을 죽게 했으나 독살하지는 않았다. 또한 성제의 갑작스러운 죽음이 자신의 소행으로 의심되자 자살했다.(『한서』「외척전」)

10) 詩(시): 원문은 '持(지)'로 되어 있으나 바로잡음.

讀罷, 侍婢引[11]謝氏進于階下, 四拜祠堂之前, 告辭而出門, 所會宗族, 拜別於門外, 莫不垂淚. 但曰: "夫人保重貴體, 以期他日相見." 謝氏謝曰: "眷此罪人, 遠來送別, 不勝感激, 何以得望更逢乎? 伏望珍重獜兒." 乳母抱獜兒而哭, 謝氏撫其首曰: "幸勿思我, 善事新母. 不知何時與汝更相見乎?" 歎息而言曰: "未有巢傾而卵全者, 何敢望汝之留此乎? 我之罪惡極重, 延累於汝, 只望後生更爲母子, 以贖今生未盡之緣也." 流淚點滴於獜兒之頭髮, 忽然收[12]淚而言曰: "少師捐館[13], 而我不能死; 慈親棄世, 而我不能隨, 豈可綣戀於襁褓之一小兒乎?" 推給獜兒, 乘轎而出. 獜兒大哭曰: "願隨夫人而去." 謝氏於轎上, 更抱而乳曰: "吾當趁明而來, 好在好在." 還給乳母, 遂別而去. 謝氏以白布蒙面, 只二婢隨後, 自本家所率來乳母及叉鬟也. 謝氏出門後, 侍婢擁衛喬氏, 上於祠堂, 着珠[14]翠冠, 曳彩畫裳, 玉聲琅琅, 威儀甚肅, 光彩照耀, 望若神仙焉. 禮畢, 受諸奴婢拜賀, 奴婢等叩頭呼百歲. 喬氏下令曰: "吾自今始掌內政[15], 與前大不同也. 汝等須盡心服役, 期於和睦, 愼無自蹈於罪戾." 皆曰: "謹受命矣." 老婢數人告曰: "謝氏爲此家主人, 累年矣. 今雖以罪見黜, 老婢等情當拜送, 故敢請." 喬氏曰: "此是厚情, 何可挽止乎?" 諸侍婢一時追及於大路, 哭聲動地. 謝氏爲停轎子, 使叉鬟傳語, 曰: "遠送罪人, 感謝感謝. 勉事新夫人, 亦無忘故人焉." 遠近之人, 塡滿街里, 無不垂淚, 相謂曰: "世上事不意飜覆, 至此矣. 十年前, 劉翰林親迎謝夫人, 經過此路, 威儀之盛, 近古所無, 有女之家, 孰不欽羨! 今遽至此, 東海變爲桑田之說, 信不虛矣." 有一人謂曰: "吾聞謝娘子, 非但姿色絶世, 其行過於古之孟光[16], 劉少師之敬愛, 劉翰林之重待, 擧世無比, 一朝賤棄,

11) 引(인): 원문은 '因(인)'으로 되어 있으나 바로잡음.
12) 收(수): 원문은 '垂(수)'로 되어 있으나 바로잡음.
13) 捐館(연관): 죽음을 높여서 부르는 말.
14) 珠(주): 원문은 '朱(주)'로 되어 있으나 바로잡음.
15) 內政(내정): 집안의 안살림.
16) 孟光(맹광): 후한(後漢)의 은사(隱士) 양홍(梁鴻)의 아내. 궂은일을 마다 않고 남편을 깍듯

至於此極, 是非曲直, 實所不知, 而夫婦之間, 豈不難哉?"

是日, 天地暗慘, 日色無光, 擾風急雨, 一時振作, 行路之人, 莫不驚愕. 翰林亦不能無不平之心矣. 轎夫欲向新城之路, 謝氏謂叉鬟曰: "宜直向少師墓下." 遂改前路, 自朝陽門[17]直到墓下, 得數間草屋, 而留住焉. 荒山四圍, 村落蕭條, 朝夕只聞猿嘯鳥啼而已. 謝家小公子聞此奇, 疾馳來見, 痛哭曰: "女子不容於夫家, 則例歸本家, 兄弟相依, 不幸中幸也. 而姐姐來此空山之中, 抑何意也?" 謝氏曰: "吾豈不念兄弟? 又豈不欲陪侍母親靈几乎? 但念一歸本家, 則與劉氏永絕, 又且思量吾身, 本無一毫罪惡, 翰林亦是賢明君子, 雖迷惑於一時讒言, 日後亦豈無追悔之心? 翰林設或永棄於吾, 曾受先少師之重待, 老死於少師之墓, 實是我願也. 弟勿怪焉." 謝公子知其不可更請, 即爲還家, 送蒼頭一人侍婢一人. 謝氏曰: "吾家奴僕, 本來鮮少, 留此兩僕, 何所用乎?" 只留老蒼頭, 使之守門, 即還送其侍婢.

此地則劉氏宗族所會之處, 而奴僕所居之地也. 見謝氏之來, 莫不問候尊敬, 相資有無, 足爲依賴. 謝氏女工敏捷, 傭人作衣, 且善織紡, 以資衣食. 又有若干首餙隨身而來者, 出賣珍珠寶貝等物, 以補不足, 雖甚艱楚, 足過歲月矣.

此時, 喬氏聞謝氏不歸新城本家, 直到劉氏墓下, 自念曰: '此必不以黜婦自處其身.' 言于翰林曰: "謝氏旣有穢行, 得罪朝宗, 何敢自留於劉氏墓下乎?" 翰林曰: "旣黜之後, 猶[18]同路人, 東西南北, 任其自在. 況其地非但劉氏宗族, 亦有他人之所居, 禁之何爲?" 喬氏不悅.

後日喬氏與董淸相議, 淸曰: "謝氏之居墓下, 有三大志. 一則不向新城, 欲爲發明玉環之事; 二則自稱無罪, 猶以劉家息婦自處; 三則得情於鄕倘[19]

이 모셔 현부(賢婦)로 칭송되었다.

17) 朝陽門(조양문): 북경 내성(內城)의 동쪽 대문.
18) 猶(유): 원문은 '有(유)'로 되어 있으나 바로잡음.
19) 鄕倘(향당): 鄕黨(향당). 지역. 마을.

宗族, 以冀他人之相助. 況先山則相公春秋往來之地, 相公若見彼荒山苦
楚之狀, 則豈不追思僥倖之情, 反萌悔悟之心乎? 近聞外間之物情, 人言洶
洶, 頗有爲謝氏稱寃者. 翰林若翻然覺悟, 還送[20]謝氏, 則後日之禍, 豈不有
極乎?" 喬氏曰:"若然 則潛送劍客刺殺之則可矣." 董淸曰:"不可. 謝氏若
不意被殺, 則翰林豈無疑於心乎? 吾有一計, 前日玉環尙在於冷進之手, 事
非偶然. 冷進本無妻子, 夙慕謝氏之爲人, 今使冷進用一計, 瞞取謝氏以爲
其妻, 則謝氏之節行已虧矣. 更無他人之稱寃, 翰林之念亦且絶矣." 喬氏
曰:"甚妙, 〃〃! 但可以瞞謝氏乎?" 董淸曰:"謝氏頗有苦節, 同氣之家亦
且不往, 不可以他事動其心. 使腹心之人僞作杜夫人之奴, 到彼而言曰:'推
官以京官召還, 杜夫人亦以已還家云〃', 且僞作杜夫人相請之書而傳之,
則彼必信聽. 一邊使冷進於深僻處, 擇家預備花燭, 以待謝氏來到, 劫令成
親, 則謝氏雖有兩翅, 不能飛去矣." 喬氏拍掌而笑曰:"此計大妙."

即得杜夫人書札數三丈[21]給之. 婦女之筆, 易於模寫, 董淸模成書札一封,
尋見冷進, 俱告其計, 且曰:"劉翰林兩夫人, 皆人世之絶色也. 而我得其一,
君得其一, 則吾兩人勝於孫策·周瑜[22]之幸, 多矣." 冷進大喜, 不覺手舞足蹈,
准備花燭以待成事.

此時, 謝氏方在窓下織布, 忽有一人在門曰:"此是劉翰林夫人所住之處
乎?" 蒼頭問其故, 其人曰:"我是城中杜鴻臚宅奴也." 蒼頭曰:"杜夫人與杜
老爺, 往赴長沙任所, 誰在其家乎?" 其人曰:"汝不知矣. 我少老爺, 以長沙
推官赴任, 而天子下詔曰:'以翰林院官爲外任, 誤薦矣.' 推考吏部諸官, 卽
以馹騎召還, 老爺陪侍大夫人, 昨已還宅. 聞謝夫人在此, 送我問安, 且送

---

20) 送(송): 맞이하다[迎].
21) 丈(장): 張(장). 물건을 세는 단위.
22) 孫策·周瑜(손책·주유): 삼국시대 오나라의 장수. 당시 강동(江東)의 교공(喬公)에게 절세
미인인 두 딸이 있었는데, 각각 손책과 주유의 아내가 되었다.

書札矣." 蒼頭入納書簡, 俱告來人之言. 謝氏見其辭意[23], 書曰:

一別之後, 思念萬萬, 兒子才爲京官召還故, 我亦來矣. 老身自離京師之後, 夫人至於此地, 難之何及? 夫人所處, 乃山谷之中, 婦女獨居, 豈不懼强暴之所辱哉? 急來吾家, 相與依止, 則事甚便好. 明當送轎, 須速來臨耳.

謝氏聞杜夫人還來, 心甚驚慰大喜, 而書札中, 別無他辭, 相依[24]等語, 如前相議之事相符. 況其筆跡彷彿, 小無疑訝之心. 以往拜之意, 書送答狀.

是夜, 謝氏坐於燈下, 垂淚自思曰: '來此之後, 雖甚難楚, 日對先山松楸, 足以自慰, 明將離此, 心中不覺悽愴.' 依枕假寐, 忽有一人, 自外而入, 申老爺及夫人之命曰: "邀請夫人矣." 謝氏擧眼視之, 乃前日少師使喚婢子也. 卽隨其人到于一處, 房舍窓戶, 窈〃幽僻. 侍婢數人, 迎謂謝氏曰: "老爺與夫人同坐房而待之矣." 謝氏還入其房, 少師與夫人容貌宛然, 無異平日. 夫人則備着命婦冠服, 威儀端嚴. 謝氏伏地, 良久涕泣. 少師曰: "勿爲哀傷, 吾兒信聽譖言, 使賢婦困於此, 吾心豈得一日之安? 幽明殊路, 末由[25]相救, 且天數有定, 亦難圖免矣. 時乘風雲, 下臨古宅, 只有哀淚和雨而灑之而已. 今之相邀無他也, 蒼頭所傳書札, 非杜夫人書也. 其間有違端, 詳細見之, 則可以知之矣, 不必多談." 崔夫人命謝夫人近前, 撫其首而慰之曰: "我亦早棄世上, 未及見賢婦之面目矣. 賢婦擧眼看我. 雖在泉下, 每見賢婦與吾兒陞拜于祠堂, 則心中喜悅, 本不喜酒, 而至於賢婦之杯, 則無不醉之時矣. 不幸今者, 使喬家淫婦主我祭祀, 吾豈歆饗? 自賢婦離家之後, 吾不復到舊宅, 與賢婦長留於此矣. 賢婦又當遠行, 雖天數, 豈不悲哉?" 謝氏聽罷,

---

23) 辭意(사의): 글의 내용.
24) 依(의): 원문은 '議(의)'로 되어 있으나 바로잡음.
25) 末由(말유): 무유(無由). 말미암을 곳이 없음.

嗚咽而答曰: "雖因杜夫人之召命, 欲往城中, 而下情缺然離側, 今承尊舅下敎, 其書札非杜夫人眞跡云, 妾無可往矣. 將欲老死於墓下矣. 尊姑何以有遠行之敎." 少師曰: "非謂此也. 書札雖非眞也, 若久留於此, 則實俱強暴之所辱. 且君有七年之厄, 南行水路五千里外, 則當免禍矣. 此是難逃之數也, 故今日之請, 正謂此也. 勉之〃〃, 勿爲狐疑." 謝氏曰: "女子之身, 實難遠行, 前頭吉凶, 一〃敎之." 少師曰: "此是天機, 何以漏泄? 但有一言, 此後六年四月十五日夜, 於白蘋洲邊, 艤船待之, 以濟危急之人. 銘心不忘. 此則泉下, 非人所居, 不可久留, 須速歸去." 謝氏曰: "一辭尊顔, 何日更逢乎?"

仍痛哭一聲, 乳母又鬒, 以爲夢壓, 大聲搖身, 驚動起坐, 乃一夢也. 收拾精神, 謂乳母曰: "卽得一夢, 甚是奇異也." 仍說夢中事甚詳, 更把杜夫人書再三披閱, 不得其僞. 忽思: '杜鴻臚名字強也, 杜夫人常時言語間, 必欲避其字之音, 此書札中, 直書強字, 必是僞造. 第未知如何之人, 摸其筆跡如此乎?' 問答之間, 日已明矣. 夫人謂乳母曰: "少師分明謂我有五千里之行[26], 夢中雖未詳聞, 長沙府正是南方, 杜夫人去時謂我曰: '去長沙水路五千里云', 舅姑之心, 必欲使我托身於杜夫人也. 但夫人尙未知我之被黜, 且南下之船, 未易得之, 其將奈何?" 蒼頭忽報曰: "杜鴻臚宅家人, 持轎子來矣." 乳母曰: "眞僞間詰問可也." 謝氏曰: "此則僞造明矣. 必是強暴之徒所爲, 若拂其言, 變必作焉. 但言夜來中風, 不得運身云." 乳母以此言之, 其人相顧無語, 敢不強請, 而去于董淸. 董淸曰: "吾聞謝氏多智之人, 昨夜答書之後, 更生疑慮, 送人城中探知其僞, 稱病不來也. 若知吾等之所爲, 則其禍不測矣." 冷進初見答書, 不覺喜倒, 及計不成, 謂董淸曰: "已發之矢, 不可中止, 若以文不勝, 則當用武而取. 我有如兄弟四五人, 皆勇健者也. 夜中往劫, 若從我言, 則冷進之福也, 若不聽從, 則一劒刺殺, 以絕董淸之

---

26) 行(행): 여타 이본과 비교할 때, 앞에 '南(남)'이 빠진 듯함.

禍根矣." 淸曰: "此計與吾相合." 聚會其儕, 方欲擧事.

謝夫人夢中之事, 雖甚分明, 亦不能無疑, 不能決定, 遂向少師墳墓, 焚香而祝曰:

維嘉靖三十三年[27], 丙寅, 月日. 少婦謝氏庭玉, 伏乞舅姑尊靈之前. 妾雖蒙夢中之昭訓, 更思之, 則女子一身獨行萬里, 難保其無事得達. 且遠離松楸, 心所不忍, 今假卜說欲以決疑, 舅姑神靈, 必不昧於冥〃之中矣. 伏愿昭示龜兆, 使之避凶就吉.

祝罷擲錢成卦, 變[28]爲歸妹[29]卦. 占云: '利於南方, 不利於東北, 行于西南, 故人相逢.' 又云: '南行水路, 勿驚勿疑, 比如姮娥[30], 托身月宮, 畢竟大昌.' 占罷, 謝氏歎息曰: "神靈所命矣." 使蒼頭去通州[31]水口, 尋覓順歸船隻. 蒼頭回告曰: "通州居張三, 卽杜鴻臚宅家人. 近以貿易生薑事, 今方發舡向于廣西, 路過長沙云矣." 謝氏大喜曰: "若是杜鴻臚宅家人, 則與我家人何異? 此亦神靈之所助." 卽備盤纏, 向往通州, 而鄰里人處卽曰: "我往新城, 非久當還." 謝氏拜辭于舅姑墳墓, 擧聲痛哭, 雲煙慘憺, 鳥獸亦悲. 謝氏才離墓下, 冷進倘類, 已至其家, 見其空虛, 無聊而去.

---

27) 嘉靖三十三年(가정삼십삼년): 가정 33년은 갑인년임.
28) 變(변): 여타 이본과 비교할 때, 앞에 '돈괘(遯卦)'가 빠진 듯하다. 돈괘는 64괘의 하나로 건괘(乾卦)와 간괘(艮卦)가 거듭된 것이며 물러감을 의미한다.
29) 歸妹(귀매): 원문은 '地梅(지매)'로 되어 있으나 바로잡음. 64괘에는 지매가 없다. 여타 이본을 참고할 때, '귀매(歸妹)'의 오기인 듯하다. 귀매괘는 진괘(震卦)와 태괘(兌卦)가 거듭된 것으로 못 위에 우레가 있음을 상징한다.
30) 姮娥(항아): 달에 사는 선녀. 본래 후예(后羿)의 아내였는데 서왕모(西王母)의 불사약을 먹고 월궁(月宮, 달)에 가 선녀가 되었다.
31) 通州(통주): 순천부에 있던 고을. 북경에서 남방으로 통하는 운하의 거점이었다. 현재 베이징 시 퉁저우 구 부근.

회사정에서 하늘을 향해 통곡하고
황릉묘에서 옷깃을 여미고 이야기하다

謝夫人乘舟於通州, 張三知其劉翰林之夫人, 而長沙亦非迂路, 凡事盡
心奉行, 小無怠慢之意. 舡行累日, 朝風夕霞, 吳山千疊, 楚水萬重, 鴈盡三
江[1], 風起漢水[2], 已到湖廣[3]地境. 謝夫人見長沙之漸近, 心中小安. 至華容
縣[4], 狂風大起, 舟不能行, 舟中之人, 亦多病臥者, 泊舟江邊, 進往江村. 草
屋依山, 柴門傍水, 扣門招人, 有女子年可十四五者, 容顏甚美, 若桃花一
枝, 照耀江水, 迎夫人上堂, 日已暮矣. 謝氏問曰: "娘是如何人也? 何無家
長而獨在空家乎?" 女子答曰: "妾之姓林, 早失嚴父, 與母卞氏相依居生.
母爲觀越江族人之神祀, 乘舟而去, 爲逆風所阻, 時未還來矣." 退問夫人行
色於乳母後, 入於廚下, 以備待客之饌. 良久, 明火堂上, 進供夕食, 〃韠,

<hr>

1) 三江(삼강): '삼강'은 『서경書經』에 나오는 강으로 구체적으로 어떤 강인지는 분명하지 않
   다. 다만 옛 오·초 지방인 양쯔 강(揚子江)의 중·하류 부근에 있었다고 생각된다.
2) 漢水(한수): 강 이름. 양쯔 강의 한 지류로 후베이 성을 관통하여 흐른다.
3) 湖廣(호광): 명나라 때 사용된 지명으로 지금의 후베이 성과 후난 성 일대이다.
4) 華容縣(화용현): 명나라 때 악주부(岳州府)에 소속되었던 고을. 동정호의 북쪽에 있다.

又進酒果, 江村美酒, 武昌[5]魚膾, 特節之果, 東山之菜, 俱極淸潔. 夫人不唧酒肉, 只食菜果而罷. 夫人感其至意, 請主人曰: "遠客使主人勞費, 慙愧〃〃." 女子曰: "夫人天人也. 降臨陋處, 而家計窮寒, 不盡我誠, 褻慢甚矣. 惶愧〃〃." 謝氏再三稱謝, 宿於林家. 明日又風, 仍留三日, 女子愈加厚敬. 臨別兩情依〃, 不忍相捨. 謝氏脫所佩指環以贈女子曰: "此物雖微, 略表我情, 留着玉手, 以爲他日不忘之資." 女子辭曰: "此物切要於夫人路費, 妾不敢受." 夫人曰: "長沙不遠, 到彼則無可用矣, 勿辭." 女子方受而着指, 灑淚而別.

又行數日, 蒼頭非但年老, 不習水路, 得病而死. 夫人不勝悲愴, 爲之停行, 使張三葬于江岸. 夫人行中無一介蒼頭, 只有乳母又鬟兩人而已, 十分狼狽, 問道里遠近, 張三曰: "若得順風, 明日間當到長沙矣." 夫人甚喜.

俄而順風舡急, 由洞庭湖之口, 到岳陽樓[6]之下. 此地乃戰國時楚地也. 虞舜南巡, 崩於蒼梧[7], 二妃追之不及, 哭臨湘水, 淚盡繼血, 灑于竹林, 淚痕斑〃, 所謂瀟湘斑竹[8], 是也. 其後賢臣屈原[9], 事懷王, 竭忠報國, 終爲小人所譖, 遷之江南, 作離騷以自傷心, 遂沈於水. 漢朝賈誼[10]以洛陽才士,

---

5) 武昌(무창): 호광 지방에 있던 고을. 현재 후베이 성 우창이다.
6) 岳陽樓(악양루): 악주부에 있던 유명한 누각. 동정호의 아름다운 경치를 두루 조망할 수 있다.
7) 蒼梧(창오): 창오산(蒼梧山). 구의산(九疑山)이라고도 하는데, 순임금이 이곳의 들에서 죽었다고 한다.
8) 瀟湘斑竹(소상반죽): 순임금과 아황·여영의 고사. 순임금이 창오산에서 별세하자, 두 비인 아황과 여영이 찾아가려 했으나 소상강(瀟湘江)에 막혀 건너가지 못하고 피눈물을 대나무 숲에 뿌리며 통곡하다 강가에서 죽었다. 그후 대나무에는 눈물 자국이 선명하게 나타나 반죽(斑竹)이 되었다. 이를 소상반죽이라 한다.
9) 屈原(굴원): 전국시대 초나라의 대부. 초 회왕(懷王) 때 삼려대부(三閭大夫)가 되었으나, 왕이 참소하는 말을 듣고 그를 멀리하자 「이소離騷」를 지었다. 양왕(襄王) 때 다시 참소를 당하여 강남으로 추방되었고, 굴원은 근심하던 나머지 마침내 멱라수(汨羅水)에 빠져 죽었다.
10) 賈誼(가의): 한나라 때의 문인. 낙양(洛陽) 출신으로 시문에 뛰어나고 제자백가에 정통했다. 태중대부(太中大夫)가 되어 예악(禮樂)을 일으키려 했으나, 주발(周勃) 등 당시 고관들의 시기로 장사왕태부(長沙王太傅)로 좌천되었고 이에 자신의 억울한 심정을 담아 굴원의 죽음을 애도하는 「조굴원부弔屈原賦」를 지었다. 4년 뒤 조정에 복귀했으나, 33세의 젊은 나이로 요절했

見忤遷之長沙, 作文以弔屈原. 三人古跡, 千古猶存, 九疑愁雲, 瀟湘夜雨, 洞庭明月, 黃陵[11]杜鵑, 摠是斷腸之處也. 雖使等閑行人聽之, 莫不愴然魂消, 凄然淚下, 楚國悲凉之稱, 信不虛矣. 況謝夫人潔身謹行, 盡心事人, 爲譖所困, 一身漂泊, 閱盡艱難, 來到此地, 弔古悲今, 自念身世, 豈不悲哉? 終夜耿〃, 不成一寐.

此江乃南航北舫往來都會之地也. 夜深人靜, 萬籟俱寂, 忽聞傍舡人言曰: "長沙人無福也." 一人曰: "何爲無福也?" 答曰: "上年杜推官, 淸廉無私, 善決詞訟, 民無寃矣. 新到劉推官, 不卜曲直, 但愛銀子, 長沙之人, 豈非無福者哉?" 謝夫人聽其言, 自思曰: '若如此言, 則杜推官乃爲京官之說, 似不虛矣.' 展轉之間, 日已明矣. 使張三詳問消息, 張三回報曰: "果如其言矣. 杜老爺到任之後, 郡中大治, 故巡按御史[12], 奏聞朝廷, 別爲擢用, 今爲成都府知府[13], 去月初, 陪侍大夫人, 已赴成都府任所矣." 夫人聽罷, 仰天太息曰: "人生窮迫, 至於如此, 天必使我死於此矣." 謂張三曰: "今去長沙, 更無所依, 下我三人於此地, 汝則好行遠路." 張三曰: "長沙則去無所依, 小人亦將興利於遠方, 不可留此. 第未知夫人從此何往?" 夫人曰: "托此一身, 何處不可? 不必詳問." 乳母叉鬟, 罔知所措, 相把而哭. 張三得水邊草屋, 因下夫人與二婢, 哭辭夫人曰: "行路甚忙, 不得留此, 夫人千萬保重." 遂解纜而去.

乳母叉鬟, 哭謂夫人曰: "盤纏已盡, 無處可依, 夫人將何以處置乎?" 夫人曰: "吾有目而盲, 不能知人, 自取顚沛, 見此困辱. 至今延生, 甚是苟且, 到此地頭, 豈可畏死?" 又曰: "心甚鬱鬱, 願上高峯, 一望故鄕. 汝等扶我而

다.

11) 黃陵(황릉): 황릉묘(黃陵廟). 아황과 여영의 사당.

12) 巡按御使(순안어사): 왕명으로 여러 곳을 돌아다니며 살피고 조사하는 어사.

13) 成都府知府(성도부지부): 성도부의 으뜸 벼슬. 성도부는 사천(四川) 지방에 있는 고을로, 원문은 '城都(성도)'로 되어 있으나 바로잡음. 이하 '城都'는 모두 '成都'로 바꾸었다.

上之." 兩人扶夫人上岸, 斷岸臨水, 喬木千尺, 竹林之間, 有一祠堂, 懸版曰: '懷沙亭'也. 此則屈原抱石沈水之處也. 後人立祠堂, 古今詩人題詠極多. 夫人謂乳母曰: "杜推官已遞, 前日之夢, 亦無驗矣. 今乃知神靈之所指意也." 乳母曰: "何謂也?" 夫人曰: "此乃忠臣沈水之地也. 舅姑神靈, 知我無罪如屈原, 故令使至於此處, 抱石沈水, 保其淸節, 與古之人, 爭其芳名, 豈偶然耶? 淸江之水, 深可千尺, 正藏我骨之所也." 言訖, 欲投於水. 乳母又攀哭告曰: "吾兩人, 千辛萬苦, 陪夫人至此, 死生當與共之. 與夫人同溺, 遊於地下, 小婢之願也." 夫人曰: "我則有罪, 死固宜矣. 汝等無罪, 何以從我? 行中盤纏雖盡, 尙有餘物, 汝等分半持之, 托於此處人家, 爲其奴僕, 則又鬟年少, 可供使喚, 乳母雖老, 亦能炊飯, 豈以不得賢主人爲憂哉? 各愛其身, 千萬保全. 幸逢北方之人, 爲傳我自投於此江." 又曰: "死生大事, 不可不明白." 取筆書柱曰: '某年月日, 謝氏庭玉, 溺死此水.' 書畢, 投筆於地, 仰天大呼曰: "蒼天〃〃! 奚使我至於此乎? 古人所謂'降福於善人, 降禍於淫人', 實是虛言." 又曰: "比干[14]剖心, 子胥[15]抉目, 屈原沈水, 賈誼賦鵩[16]. 自古如此, 我死固當." 北向而祝曰: "父母舅姑神靈, 揚〃在上, 願導小女之魂魄, 共遊一處." 顧謂乳母曰: "雖欲奉厄, 更入於少師祠堂, 豈可得乎? 獜兒死生, 亦復如何? 若使吾兒吾弟, 一番相見, 則死無恨矣."

三人相抱, 俯視江水, 波濤洶湧, 深不可測. 日色慘憺, 陰雲四起, 猿啼鬼

---

14) 比干(비간): 은나라 주왕(紂王)의 숙부. 주왕의 학정을 간언하니, 주왕이 노하여 "성인의 심장에는 일곱 개의 구멍이 있다 하는데 사실인지 보겠다" 하고 비간을 죽여 그 심장을 쪼갰다.

15) 子胥(자서): 오자서(伍子胥). 춘추시대 초나라 사람으로, 오나라 부차(夫差)를 섬겨 초나라와 월(越)나라를 무찌르고 오나라를 부강하게 만들었지만, 부차는 간신의 말만 믿고 오자서에게 촉루검(屬鏤劍)을 주어 자살하게 했다. 자살할 때 그는 자신의 눈을 뽑아 동문에 걸어 오나라가 월나라에 멸망하는 것을 보게 해달라고 부탁했다.

16) 鵩(복): 원문은 '鵬(붕)'으로 되어 있으나 바로잡음. '복(鵩)'은 가의가 쓴 「복조부鵩鳥賦」를 말함. 가의가 좌천되어 장사왕태부(長沙王太傅)로 있을 때 올빼미의 일종으로 불길한 새인 복조가 지붕 위에 날아와 모였다. 당시 민간에 전하는 말로 복조가 지붕에 앉으면 집주인이 죽는다고 했으므로, 가의가 슬퍼하며 「복조부」를 지었다.

哭, 徒增[17]其悲憤而已. 大哭一場, 謝氏氣塞, 不省人事, 乳母又嚖, 悲號扶抱, 撫其手足. 謝氏精神昏沈恍惚之間, 一陣香氣觸鼻, 玉佩之聲, 鏘〃盈耳, 擧目視之, 靑衣童女, 立於眼前, 形容奇異, 非世上人也. 向謝氏謂曰: “娘〃奉請矣.” 謝氏惶忙起問曰: “娘〃何如人, 而在於何處乎? 曾無一面之雅, 何以請我?” 靑衣曰: “夫人去則知之矣.” 謝氏隨靑衣, 由後園竹林百餘步, 則漆城朱門, 若王者居, 連入三重門, 有一高殿, 聳於雲端, 琉璃爲瓦, 白玉爲階, 燦爛嚴肅, 實非人間. 靑衣曰: “擧動未罷, 夫人暫止于此.” 夫人坐于殿門東邊, 從門隙窺見, 殿廡深嚴, 廣庭弘敞, 節鉞旗幟, 羅列左右, 盛陳百部絲竹, 綵女數百, 各以歌曲相和, 其聲淸和, 能令人解其不平之氣. 女官引命婦百餘人, 立於階下, 星冠月佩, 服色參差. 紫衣女官兩人, 立於階上, 高捲朱簾, 設黃金爐, 燒龍腦香, 高聲唱拜禮, 諸命婦一時四拜. 禮畢之後, 女官引諸命婦上殿. 謝氏問於靑衣曰: “此何等婦女也?” 靑衣曰: “今日望日故, 諸夫人朝謁於娘〃矣.” 言未畢, 侍女自殿上下來, 曰: “謝夫人請來耶?” 靑衣曰: “已來矣.” 卽引謝氏, 立於玉階之下, 曰: “拜見于娘〃.” 謝氏行四拜, 自殿上傳曰: “謝夫人上殿.” 靑衣又引謝氏上殿, 拜伏於地, 娘〃賜之坐曰: “平身而坐.”

謝氏就坐, 擧眼視之, 娘〃被雲霧衣, 執靑玉圭, 佩明月珮, 坐白玉床. 其傍排小床, 有一夫人, 威儀擧動, 彷彿娘〃. 命婦百餘人, 分坐左右, 年歲老少, 形容姸蚩, 大凡不同, 而冠服則一色, 嚴肅整齊, 精神秀朗. 娘〃問曰: “夫人能知我乎?” 謝氏曰: “妾下界微踪, 人世賤品, 何由而得識娘〃乎?” 娘〃曰: “夫人博覽書冊, 必知我兄弟之名也. 吾兩人, 卽帝堯之女, 帝舜之妻, 史記所謂娥黃·女英, 楚辭所謂湘君·湘夫人, 卽寡婦之娣妹也.” 謝氏叩頭而言曰: “塵間微賤之女子, 每對書冊中, 常慕盛德芳名, 久矣. 不意今者, 親

---

17) 增(증): 원문은 ‘贈(증)’으로 되어 있으나 바로잡음.

見威儀也." 娘〃曰: "相屈[18]至此, 豈有他意? 夫人徒懷一切[19]之心, 不惜千金之軀, 慨然欲追屈原之古事, 而甚非天[20]意也. 乃反呼天[21]而恨天道之無知, 籲天而謂天理之無徵, 以夫人之聰慧, 猶有所未達者, 故特請夫人, 欲以一言解夫人鬱抑之懷耳." 謝氏曰: "娘〃之下敎至此, 可以小紓賤妾之中情. 妾甚無知, 曾謂天道無私, 福善禍淫, 以今見之, 大有不然. 自古忠臣義士, 被慘酷之禍者, 如子胥·屈原等輩, 姑置不論, 而閨中女子論之, 衛國莊姜, 古之詩人, 盛稱其德, 孔子記之於書, 以爲後世法. 姜德之美如此, 而終困於小人之譖言, 至被莊公之薄待, 至今令人言及嗚咽. 漢國班婕妤[22], 以禮輔君, 固辭同乘玉輦[23], 以智保身, 自願奉養太后, 大爲先儒之所稱. 而終遭飛燕之妬忌, 長信宮裏, 飮恨作詩, 長使後人千載詠歎. 此兩人, 尤其明哲之德, 而不能自保者也. 此外賢婦烈女, 慘被災禍者, 何可盡記? 妾本寒微, 早失家嚴, 慈母愛養, 所學空疏, 劉少師誤聽媒妁之言, 以六禮迎之以爲婦, 於分過矣. 夙夜憂懼, 如履薄氷, 如臨深淵, 以冀庶無大過矣. 何知少師棄世, 家事大變? 伐南山之竹, 而不能盡書之罪狀; 傾東海之水, 而不能盡洗之惡名, 載之於一身之上. 掩面而出閨裌之門, 灑淚而別舅姑之墓, 身落江湖, 路窮瀟湘. 呼天而天不聽, 叩地而地不應, 臨此萬丈之淵, 欲棄一髮之身, 古今棄女黜婦, 豈有如妾身世者乎? 是以, 兒女子愚迷之心, 不能無憾於天, 乃敢疾聲而呼之. 不意娘〃下聽, 有此勤敎, 妾之罪戾, 萬死猶

---

18) 屈(굴): 청하다[請].
19) 一切(일절): 임시 방편에 따라 처리함.
20) 天(천): 원문은 '大(대)'로 되어 있으나 바로잡음.
21) 呼天(호천): 원문은 '天呼(천호)'로 되어 있으나 바로잡음.
22) 班婕妤(반첩여): 한나라 성제(成帝) 때의 여류 시인. 궁녀로 있으면서 황제의 총애를 받아 첩여(한대 여관의 명칭)가 되었다. 몸가짐이 발라 후궁으로서 황제와 수레에 동승할 수 없다고 사양하기도 했다. 후에 조비연이 총애를 받아 참소하자 장신궁으로 물러가 태후(太后)를 모셨다. 장신궁에 있는 동안 시부(詩賦)를 지어 스스로의 처지를 슬퍼했는데, 사(詞)가 매우 애처로웠다.
23) 玉輦(옥연): 임금의 가마.

輕."

娘〃聽畢, 回顧左右, 暫笑而言曰: "聽君之言, 其欲效屈原之問天[24]乎? 我當逐條答之. 以吳王之狂悖, 楚王之昏暗, 得罪於天, 〃方使其國覆其宗社, 子胥・屈原之不容, 乃天之所爲, 豈天有憎於二人? 顧其勢不得不如此也. 若使莊公得其莊姜之內助, 則衛國當成楚莊王[25]之伯業矣. 若使漢成帝, 從其婕妤之所戒, 則漢國當如周宣王[26]之中興矣. 二君愚庸, 無服膺天祿之福, 故二夫人得罪而去, 天意欲覆亡吳・楚而衰微衛・漢之故也. 四人者, 其行其名, 如良金百練而益強, 松柏歲寒而益茂, 其光彩當與天壤俱弊, 日月爭光矣. 四人者, 雖困於生前, 乃一時之辱也. 名垂於身後, 乃萬歲之榮也, 天道昭〃, 豈有一毫之差哉? 寡人兄弟, 閨中弱質, 別無所學, 唯是生長富貴. 而不驕於夫家, 盡心於嚴舅, 上帝特用嘉之, 封爲此地神靈, 盡掌天下之陰敎[27]. 坐上諸夫人, 皆歷代賢婦烈女矣. 時乘風雲, 會於一堂, 生前榮辱, 世上悲歡, 何足論哉? 以此觀之, 苟有善行, 則天必福之, 況夫人之事, 與古不幸人之所遭不同. 劉氏本是積善之人, 誠意伯遺澤, 至今尙存, 劉少師忠信萬世有光, 劉翰林愷悌君子, 年少早達, 而未經天下許多事變, 故天故降一時災禍, 使之大警大戒, 待其改過, 更使夫人重爲內助, 以輔其不逮, 皆是上帝默佑劉氏之意也. 夫人何如是大躁乎? 夫人自稱身有惡名, 此則比如浮雲暫蔽太陽之光矣. 何足慨懷? 讒夫人者, 雖跨一時之得志, 淫亂奢侈, 無所不爲, 而上帝厚其罪惡, 將降大罰於其身. 比如蝮蛇之肆毒, 螫蜫

---

24) 屈原之問天(굴원지문천): 굴원이 「천문天問」을 지은 사실을 말함. 「천문」은 우주의 현상과 설화에 대한 의문을 설정하여 하늘에 묻는 형식으로 지은 글이다.

25) 楚莊王(초장왕): 춘추시대 초나라 임금. 초나라를 강성하게 하여 춘추오패(春秋五霸)의 한 명이 되었다.

26) 周宣王(주선왕): 쇠퇴했던 주나라를 중흥시킨 현군(賢君). 아버지 여왕(厲王)이 죽자 주공과 소공에 의해 즉위했다. 문왕과 무왕의 유법(遺法)을 본받아 정치를 잘하여 중흥의 영주(英主)가 되었다.

27) 陰敎(음교): 음화(陰化). 부녀자의 교화.

在糞壤, 陋穢之物, 言之醜[28]矣, 豈可與彼爭其曲直哉?" 命侍婢進茶於謝夫人, 茶畢, 謂謝夫人曰: "夫人來此已久, 從者必疑, 須速歸去." 謝氏曰: "妾雖被娘〃之召, 姑延時刻之命, 實無所托, 歸當溺水而已. 娘〃不以妾爲陋, 許令側跡於侍女之末, 則欲陪遊於此地矣." 娘〃笑謂曰: "夫人他日自當來會於此處, 與曹大家·孟光相比肩矣. 今則期限未及, 雖欲留之, 豈可得乎? 南海道人, 與君有宿緣, 暫依於彼, 此亦天意也." 謝氏曰: "妾聞南海天地一涯, 途路險遠, 妾無車馬, 且無粮資, 其何以得達乎?" 娘〃曰: "目今必有引導之人, 不必深慮." 指東壁坐上, 容顏極美, 兩目如星者曰: "此是君之所稱, 衛國莊姜也." 又指容貌明花, 眉眸秀朗者曰: "此則漢國班婕妤也." 又指西壁坐上, 擧動閒雅, 顔如婕妤者曰: "此則東京曹大家也." 又指容貌肥澤, 肌膚暫黑者曰: "此則梁處士之妻, 孟氏也." 謝夫人復起致謝曰: "諸夫人, 卽妾之平生所愿執鞭者也. 豈意今日得見眞面目哉?" 四夫人各以目送情而已. 謝夫人拜辭而出, 娘〃曰: "勉哉〃〃! 爲善不倦, 可也. 五十年後, 當會此處矣." 復命靑衣, 而陪送夫人, 謝氏纔下殿, 則殿坐垂十二珠簾. 其聲動地, 謝氏心動身掉, 乳母又驀以爲再生, 大聲呼之, 謝氏起坐, 日已晚矣.

---

28) 言之醜(언지추): 『시경』 「용풍鄘風·장유자墻有茨」에 "말할 수도 있겠지만 말하면 추해진다네(所可道也, 言之醜也)"라 했다.

부인은 불문에 의지하고
소인의 무리는 시로 죄를 꾸미다

謝氏精神怳惚, 久而始定. 茶香尙在口中, 娘〃所言, 歷〃在耳, 謂乳母曰: "我初何以至此也?" 對曰: "夫人良久氣塞而復生, 未知魂遊於何處也?" 謝氏仍說夢中逢娘〃, 相與問答之語, 指後園竹林曰: "我分明從靑衣女娘, 由此路而去, 汝若不信我言, 從我而來."

遂得小路, 因出竹林之外, 果有一廟堂, 懸版曰 '黃陵廟.' 正是娥黃·女英之廟也. 廟中物色, 與夢中所見無異, 而丹靑剝落, 殿宇荒凉矣. 入自廟門, 遂至殿上, 二妃土像, 儼然如夢中所見. 謝氏焚香拜告曰: "賤妾得蒙娘〃黙佑, 他日若逢天時, 則當不忘盛德矣." 退坐西廂, 飢餒頗甚, 使叉鬟乞食於廟直之家, 三人分以療飢, 相謂曰: "廟前無可依之處, 神靈必是戲我也."

此時, 日落西山, 月色朦朧, 忽有兩人, 自廟門而入, 熟視謝氏一行曰: "此無乃其人乎?" 夫人進往視之[1], 一則尼嫗, 一則女童也. 兩人曰: "娘子無乃遭逢患難, 欲投於江水者耶?" 三人驚曰: "師尼何以知之?" 尼嫗惶忙

---

1) 원문에는 뒤에 '則'이 붙어 있으나, 연문(衍文)이므로 생략함.

施禮曰: "我等在於洞庭之中, 君山[2]之上, 卽者似夢非夢間, 有白衣觀音曰: '有賢女遇難, 欲投於水, 急去黃陵廟, 救之云', 故棹舟而來, 果逢娘子於此. 佛言之神, 果如此耶! 謝氏曰: "我等方濱於死矣. 今得師尼之救活, 實甚感佩. 而若從師尼而去, 則亦恐貽弊於菴中矣." 尼嫗曰: "出家之人, 以慈悲爲本. 況菩薩之命乎? 娘子勿慮於此也."

諸人相扶下岸, 乘舟棹進, 而一陣順風, 忽自黃陵廟而來, 瞬息已到君山. 所謂君山子峙於七百里洞庭之中, 四面皆水, 奇巖擁立, 脩竹森〃, 老柏蒼〃, 自古人跡不到處也. 尼嫗携謝氏, 月下尋路, 十步九顚, 艱到菴子. 菴名則水月菴也, 幽淨寥闃, 與人世不通. 三人終日辛苦, 昏到而睡, 不覺日已高春[3]矣. 尼嫗掃佛堂, 焚香敲磬, 請於謝氏曰: "起而禮佛."

謝氏起, 與乳母又鬟詣觀音畫像, 擧眼視之, 忽然涕淚, 畫像中所題之贊, 乃十九年前, 謝氏自作又書者也. 尼嫗見謝氏之流涕, 怪而問之曰: "娘子何以見佛像而垂淚也?" 謝氏曰: "佛像之左所書之詩, 乃我兒時所作所書者也. 舊跡入眼, 不勝悲感." 尼嫗大驚曰: "然則娘子必是新城謝給事宅小姐也. 吾固已疑其形貌之依稀, 聲音之相熟矣. 小僧非他人也, 乃其時乞詩者, 雨花菴僧苗姬也." 謝氏亦大驚曰: "精神昏迷, 不譜故人也." 苗姬問曰: "小僧其時, 奉劉少師之命, 請詩於小姐, 少師見詩之後, 大喜定婚, 重賞小僧. 〃〃欲留見小姐之親事, 急於尋師, 奉菩薩像, 因往衡[4]山. 與師留住十年學道, 師沒之後, 卽到此處, 愛其幽僻, 始搆一菴, 欲成遂工夫之計也. 時對菩薩之畫像, 暗想娘子之玉容矣. 不知緣何事而至於此也?"

謝氏悉陳劉家前後曲折, 苗姬歎曰: "世上事本來如此, 夫人愼勿慨懷." 謝氏見菩薩畫像中大海孤島, 寒天脩竹, 宛然在此菴之景無異. 且念所題之

---

2) 君山(군산): 산 이름. 후난 성 동정호 가에 있는 산으로 옛날 상군(湘君)이 놀던 곳이라 하여 상산(湘山)이라고도 한다.
3) 高春(고용): 석양, 저녁. 여기서는 해가 높이 떴다는 정도의 의미.
4) 衡(형): 원문은 '峴(현)'으로 되어 있으나 바로잡음.

詩, 畫出自家身世, 太息歎曰: "事有前定, 歎之何益? 盖菩薩像有童子, 而哀我懷中不見獜兒, 若使菩薩有知, 豈不悲怜哉?"

每日焚香, 以祝翰林之回心, 獜兒之再見. 苗姬從容謂謝氏曰: "夫人既已到此, 服色何以爲之?" 謝氏曰: "我留此處, 出於不得已也. 況又本是儒家女子, 何可變服?" 苗姬曰: "劉翰林賢名君子, 雖信一時之譖言, 亦豈無他日追懷之心哉? 吾從師父, 嘗學推命之術, 願示夫人貴命." 謝氏俱道年月日時, 苗姬推算畢, 賀曰: "夫人之命, 五福具備. 卽今雖有六七年災厄, 過後則富貴榮華, 不可測也. 以此寬心, 勿傷貴體." 謝氏聞苗喜之言, 與前日夢事相符, 問曰: "此地有白蘋洲乎?" 苗姬曰: "洞庭南邊, 有一島, 蘋草多生, 花開之時, 色如白雪. 故謂之白蘋洲也. 夫人何以知之?" 謝氏具說夢中舅姑之所言, 且曰: "夢中所敎, 雖如此, 至今嘗不知其意." 苗姬曰: "臨期則可知矣."

謝氏因言中路阻風雨, 留宿林家之事, 且稱林家女子之賢, 苗姬曰: "夫人必見小僧之姪女也. 姪女之名, 秋英也. 我弟只有此一女, 在襁褓而見死, 其父更娶卞家女爲後妻. 其父又死, 卞氏欲送此女於小僧處出家, 而小僧觀其八字, 則乃多生貴子之命也. 小僧勸卞氏使之養育矣. 近聞其兒極有孝行, 且勤於女工, 母女相知, 見稱於一村云矣." 謝氏曰: "最難得者, 繼母之心也. 十餘歲女子, 有此至行, 如我之人, 豈不愧哉?" 嗟歎不已. 謝氏居菴中, 凡事與苗姬相議分勞, 時送叉鬟女童於越江村舍, 乞得粮米而資活. 日居月諸, 漸忘世事, 眞所謂'天地無家客, 江湖有髮僧'也.

却說. 謝氏既離墓下之後, 冷進回告董淸, 〃〃使人探知, 則往依新城云矣. 而送人於新城, 跟問則亦無蹤跡, 甚疑於心, 莫測其端. 喬氏謂翰林曰: "聞謝女從人, 已行遠方, 眞是淫婦. 獜兒自其腹中出, 必效其母之惡, 且謝女與人有私情, 久矣. 留置獜兒, 恐辱祖宗." 翰林曰: "自古, 母雖不賢, 而子有賢者. 且獜兒骨骼, 恰似吾先君, 又有酷似吾處者多, 豈有一毫之疑乎?" 翰林亦知其喬氏不利於獜兒, 有意保護, 喬氏不得害焉. 喬氏巧其言令其色, 以妖歌淫辭, 迷惑翰林, 又用酷刑以御其下婢僕, 或有言及其醜行者, 則煮肉削骨, 以示其威, 家中大小, 莫不震恐, 不敢直視. 喬氏尤爲放恣, 翰林直宿之夜, 則只與臘梅, 留宿百子堂, 招董淸同寢, 家內之人, 多有知者, 而畏其威, 莫敢發口.

一日, 天子在西苑[5], 行醮祭[6]之禮, 翰林亦留禁中齋戒, 適天子以氣不平, 不出其時, 天色未明, 翰林罷而還家. 婢僕故[7]欲發其陰事, 告于翰林曰: "夫人出宿于百子堂矣." 喬氏得知翰林回來, 顚倒攝衣, 董淸艱難走避. 喬氏入內堂, 翰林已在堂前矣. 問曰: "百子堂久廢掃灑, 何以出宿乎?" 喬氏答曰: "自居內堂之後, 甚〃夢煩, 獨宿之夜, 則頻頻夢壓, 故時或出宿矣." 翰林曰: "此言誠是. 吾近來亦且夢煩, 精神昏沈, 而出宿之夜, 則不然. 吾甚疑之, 君亦如之, 當問卜術之人矣."

是時, 天子方好神仙鬼神之事, 日行西苑以祈禱爲事, 諫議大夫海瑞[8], 上疏極諫, 且斥嚴崇, 天子大怒, 卽令充軍. 翰林率諸諫官, 上疏極言赦之, 天子切責, 別立科條, '大小群臣, 有諫祈禱之事, 則陵遲處斬'. 翰林惶恐, 稱病不出, 親戚故舊, 多來問病. 有朝天宮[9]陶眞人[10]來見翰林, 翰林客散之後, 獨留眞人, 與之偕入內房, 察其灾祥. 眞人觀畢, 謂曰: "雖非大段, 亦不可謂全無也." 使人毁其寢床之下, 四壁之內, 多得木人, 翰林大驚變色. 眞人笑曰: "此則非害人之術也. 相公家內, 必有欲得相公之寵者也. 自古, 有

5) 西苑(서원): 원문은 '西院(서원)'으로 되어 있으나 바로잡음. 이하 '西院'은 모두 '西苑'으로 바꾸었다.
6) 醮祭(초제): 일월성신에 제사를 지내는 도교의 의식.
7) 故(고): 원문은 '姑(고)'로 되어 있으나 바로잡음.
8) 海瑞(해서): 원문은 '解瑞(해서)'로 되어 있으나 바로잡음. 작품 후반부에 다시 한번 거론되는데 그곳에는 '海瑞'로 표기되어 있다. 해서(1514~1584)는 명나라 세종 때의 실존 인물로, 실제 세종이 초제에 몰두하여 정사를 소홀히 하자 상소를 올려 직간했다. 세종의 노여움으로 하옥되었다가 세종이 죽은 뒤 풀려났다.
9) 朝天宮(조천궁): 도관(道觀)의 명칭. 현재 장쑤 성 난징(南京)에 있었다.
10) 陶眞人(도진인): 성이 '도(陶)'인 진인. 진인은 도교에서 도가 깊은 사람을 일컫는 말.

如此之術, 能使人昏迷而已, 別無貽害之事, 燒毀則無事矣." 遂令燒火. 又
謂翰林曰: "我觀相公之像, 眉間有黑氣, 且家事之氣, 亦不好矣. 其法主人
有離家之厄, 相公須避他處, 以爲禳災之地, 且愼言語, 使無後患." 翰林謝
而送之. 翰林自思: '前日家內得凶穢之物, 致疑於謝氏, 今則謝氏出去已
久, 修治房舍亦不久, 而木人尤多, 必有家中作變之人也. 謝氏之事, 或有
曖昧乎?' 心深不安. 盖喬氏之夢煩云者, 倉卒欲諱其出宿百[11]子堂之計. 而
及其毀壁, 得出木人, 自家凶謀, 幾乎敗露, 而終未得發覺, 可勝痛哉〃〃!

翰林雖不知其喬氏之所爲, 而積年蠱惑之妖術, 一朝斥絶, 翰林之心, 若
去塵瞙, 昔日淸明之氣, 似有一分之萌, 有時低首而坐, 黙思四五年以前之
事, 甚有悔心, 如夢初覺.

適得成都府杜夫人之書, 杜夫人猶未知謝夫人之被黜, 戒飭之言, 不啻
丁寧, 翰林再三披見, 大覺有理, 反覆思量, 自悟于心, 曰: "謝氏之黜, 盖緣
三罪. 而咀呪之事, 實有所疑, 玉環之事, 謝氏爲人, 本無放恣之行, 年歲亦
非靑陽. 雖見玉環於目, 似是侍婢之所爲. 至於掌珠之事, 春芳至死不服,
無乃別有隱情耶?" 沈吟未決, 不平於心.

喬氏卽伶俐之物也, 豈不知其辭色乎? 大懼於心, 請董淸相議, 淸曰: "吾
兩人之事, 家內之人亦多知之, 而言不及於相公者, 徒畏夫人之寵也. 翰
林之心一變, 則此家之收君者, 豈其小哉? 吾兩人不知其死所矣." 喬氏曰:
"事勢如此, 何以則可免禍乎?" 董淸曰: "吾有一計, 古語云: '如其人負於我,
不若我負於人.' 密置毒藥於翰林之飮食, 以致其死後, 吾兩人將爲夫婦, 豈
不樂乎?" 喬氏思之良久曰: "此計非好也. 若機事不密, 萬一發覺, 則大禍
先在目前, 更議他策, 可也." 翰林不可一向稱病, 出就仕路. 一日, 翰林出
外, 喬氏與董淸相議於書堂, 董淸偶見書案上有一休紙, 見之則乃翰林所
作之詩也. 再三觀遍, 喜色滿面, 謂喬氏曰: "天欲使我兩人, 爲百年之夫婦

---

11) 百(백): 원문은 '栢(백)'으로 되어 있으나 바로잡음.

也."喬氏惶忙謂曰:"此何言也?"董淸曰:"向者,天子下詔曰:'群臣敢諫西苑祈禱之事,則陵遲處斬矣.'今觀翰林之詩,大譏當世之事,且斥嚴丞相比古妖人,持此詩以獻於丞相,則丞相反告天子,律之以法,吾兩人豈不爲百年之夫婦乎?"喬氏大喜曰:"前日之計,近於危殆,行之極難,今假他人之手,以除[12]大禍之本,甚是快事也."

---

12) 除(제): 원문은 '際(제)'로 되어 있으나 바로잡음.

간악한 여인은 정부에게 비파를 타고
유배객은 감로수로 풍토병을 씻어내다

董淸袖其詩, 卽去嚴丞相門下, 謂閽者曰: "此有祕密重大之事, 欲親告於
老爺耳." 閽者卽告丞相, 〃〃使之招入, 問曰: "汝何如人也?" 董淸曰: "小
人卽劉延壽之門客也. 雖托跡於彼家, 常聽其人之論議, 每稱丞相之誤國,
恒有疾害之心, 故尋常痛其不正矣. 昨日, 因醉謂余曰: '丞相不以直道引
君, 惟以諂諛爲事, 近見聖上之好誕, 與宋徽宗[1]無異矣. 吾知不[2]可諫, 而
作此一詩以寓吾意.' 小人曰: '何句最妙也?' 延壽曰: '詩中有玉杯天書之
語, 以嚴丞相比古新垣平[3]·王欽若[4], 眞是妙處也.' 小人自思, 此事若發覺,

1) 宋徽宗(송휘종): 송나라의 제8대 황제(재위 1100∼1126)인 휘종. 호사스런 생활을 하며 도
교를 몹시 숭상했다. 금나라와 동맹하여 요나라를 협공하려 했으나, 오히려 금나라 군사의 진
입을 초래해 수도인 변경(汴京)이 함락되고 아들 흠종(欽宗)과 함께 금나라로 잡혀가 만주에
서 죽었다. 이로부터 북송이 멸망하고, 남송이 시작되었다.
2) 不(불): 원문은 '其(기)'로 되어 있으나 바로잡음.
3) 新垣平(신원평): 한나라 문제(文帝) 때의 술사(術士). 궐하(闕下)에서 '인주연수(人主延壽)'
라 새겨진 옥배(玉杯)가 나왔다며 문제에게 바쳤다. 또 주정(周鼎)이 사수(泗水)에 있는데, 지
금 황하(黃河)가 사수로 통하고 분음(汾陰)에 금보(金寶)의 기운이 있으므로, 주정이 나오려는
것이라며 분음에 사당을 만들고 제사 지내 주정이 나오게 해야 할 것이라고 주장했다. 그러나

則恐有連累之禍, 敢盜其詩以獻丞相." 丞相見其詩, 果有玉杯天書之語, 冷笑曰: "劉檜常欲害我, 此兒又效其父之惡, 自促其死矣." 留董淸于家, 而袖其詩, 卽詣闕門請對. 丞相告曰: "近來國綱解弛, 年少朝仕, 凌侮國法, 殊甚寒心. 聖上以祈禱事, 才立科法, 而劉延壽敢以新垣平之玉杯, 王欽若[4]之天書, 譏議聖朝, 辱及小臣." 因進其詩, 天子震怒, 卽下延壽於禁衛獄, 將欲治之極刑. 太學士徐階[5]奏曰: "聖上欲殺近臣, 未知何罪, 請下其詩." 天子卽下其詩曰: "劉延壽敢以玉杯天書之語, 譏議朕身, 其可免死乎?" 徐階曰: "此則不過詩人之寓興, 譏國之意, 甚不分明. 而況漢文[6]帝·宋眞宗, 皆是太平之聖主, 以此見之, 則延壽似無罪矣." 天子是其言, 而怒色稍解, 嚴崇奏曰: "徐階之言, 雖如此, 延壽之罪, 不可全釋. 特竄遠方以警他人." 天子依允.

嚴崇還家, 招刑官曰: "延壽配所, 以其衡州[7]定之." 董淸曰: "延壽顯議丞相, 〃〃何以不殺之?" 崇曰: "適有赦之者, 雖不用極刑, 衡州本是瘴厲之地, 水土不好, 北方之人適此州, 則千無一還, 殺人以挺與刃, 何異焉!" 董淸大喜.

劉延壽一家, 莫不痛哭, 而喬氏亦佯哭. 翰林就道, 喬氏與奴婢偕出城外. 喬氏曰: "妾何忍獨留? 願隨相公去, 與同死生." 翰林曰: "吾今竄逐遠惡之地, 詎望生還? 上奉祭祀, 下育兩兒, 都在夫人一身, 夫人何可隨我?" 又

이듬해 모든 것이 거짓임이 밝혀져 주살되었다.
4) 王欽若(왕흠약, 962~1025): 송나라 진종(眞宗) 때의 대표적인 간신. 민심을 안정시키고 천하를 복종시킨다는 명목으로 진종을 부추겨 태산(泰山)에서 봉선(封禪)할 것을 권하고 하늘에서 내려왔다는 천서(天書)를 조작했다.
5) 徐階(서계): 원문은 '徐桂(서계)'로 되어 있으나 바로잡음. 서계(1503~1583)는 실존 인물로 명나라 세종 때의 충신이다. 엄숭이 실각한 후 정권을 잡아, 집권 기간 동안 선정을 베풀었다. 이하 '徐桂'는 모두 '徐階'로 바꾸었다.
6) 文(문): 원문은 '武(무)'로 되어 있으나 바로잡음.
7) 衡州(형주): 원문은 '幸州(행주)'로 되어 있음. 김춘택 한역본도 '幸州(행주)'로 표기되어 있으나, 명나라의 지명에서 '행주'가 확인되지 않는다. 아마도 장사부와 계림부 사이에 있는 형주부(衡州府)의 오기로 보인다. 이하 '幸州'는 모두 '衡州'로 바꾸었다.

曰:"獜兒雖是惡母之所生, 性頗孝順, 撫以養之, 以及成人, 則吾當瞑目而死矣."喬氏哭對曰:"相公之子, 卽妾之子也. 獜兒·鳳兒, 豈有一毫之間哉?"翰林再三稱謝而去. 翰林出獄, 或有言董淸之所爲, 翰林亦略知之, 問於家人曰:"董淸何在? 何以不見我乎?"家人曰:"董淸出去, 已至三四日矣."翰林始知其言之信, 更不問之. 率家僮數人, 隨獄吏而向南.

董淸自稱嚴丞相家客, 挾其形勢, 圖得陳留縣8)令, 通書喬氏曰:"相會河間, 因赴任所, 可也."喬氏不出此言, 乃曰:"吾兄在河間而病重, 欲與相見, 不可不往."與腹心侍婢臘梅等五六人相議, 率獜·鳳兩兒, 偕往河間. 獜兒乳母愿與獜兒偕去, 喬氏大叱曰:"獜兒已長, 與乳下兒有異. 吾亦不久而還, 汝與他奴婢守家, 可也."遂退獜兒之乳母. 而盡齎9)家中金銀寶貨, 往歸河間, 誰能禁之?

行舡數日, 至於滹沱河10). 天色未明, 獜兒熟寐, 喬氏謂雪梅曰:"獜兒, 自是禍根, 若留此兒, 其禍亦及於汝等, 投之此水, 可也."雪梅遂抱獜兒, 方欲投水, 忽然自思:'謝夫人平日愛我甚厚, 而我與喬氏同謀, 做出虛言, 遂致大禍於夫人. 今又溺殺其公子, 則逆天甚矣. 豈不懼哉?'遂隱置於蘆林深處而回報, 喬氏曰:"獜兒投水時, 作何如狀也?"雪梅曰:"投水之後, 溺而復出, 〃而復溺, 如是者再三, 而不復出矣."喬氏曰:"汝之處置, 極當也."

喬氏至河間, 董淸已先至矣. 擇一大舡, 盛備威儀, 以待喬氏, 及其相見, 俱不勝喜. 喬氏不見其兄, 與董淸同往陳留. 董淸新得仕宦, 又以喬氏爲妻, 兼得劉家許多財物, 意氣揚〃, 自以爲與范蠡11)載西施出五湖相同矣.

---

8) 陳留縣(진류현): 개봉부에 있던 고을. 현재 허난 성 카이펑의 남쪽에 있다.

9) 齎(재): 원문은 '齎(재)'로 되어 있으나 바로잡음.

10) 滹沱河(호타하): 산시(山西) 성에서 발원하여 허베이 성 바이허(白河) 강으로 흘러들어가는 강. 하구가 베이징 가까이에 있다.

11) 范蠡(범려): 전국시대 월나라의 재상. 임금 구천(句踐)을 보좌하여 오나라를 멸한 뒤, 벼슬을 버리고 오호(五湖)에 배를 띄워 서시(西施)를 싣고 떠났다. 서시는 본래 월나라의 빼어난 미인이었는데, 월나라에서 오나라를 멸하려고 꾀를 써서 오왕(吳王)에게 바쳤다. 과연 오왕이 서시의 미색에 혹하여 정사를 돌보지 않다가, 월나라 군사의 침입을 받아 나라가 망했다. 오나

劉翰林登程半年, 十生九死, 得達謫所, 山川不同, 風俗殊異, 惡風朝起, 毒瘴夕漲, 實非北人之所可處. 翰林未久得病, 漸至危境, 不離寢席. 翰林自知不起, 喟然歎曰: "董淸使我至於此, 當初董淸之來也, 謝氏謂我曰: '不正之人, 勿近勿留.' 我不聽之, 自取今日之禍. 以是見之, 謝氏實是賢人, 吾之處事[12], 何面目復見先公於地下." 因垂淚掩泣. 退荒之地, 本無醫藥, 日益沈痼, 漸至澌盡之域.

一日之間, 有白衣夫人, 手持一瓶, 入謂翰林曰: "相公之病甚重, 飮此水則愈矣." 翰林曰: "夫人何如人也, 來救我病乎?" 夫人曰: "我在洞庭君山矣." 置瓶於庭中而去. 夢覺之後, 不知其故, 翌日之曉, 奴僕掃灑庭中, 相喧而言曰: "有水生庭." 翰林起而視之, 正是女子置瓶之地也. 其水淸冽, 源頭甚盛, 湧出庭中, 浩〃不渴. 翰林試飮一勺, 味甘氣爽, 若飮甘露, 水土之病, 如雲捲天, 四肢輕捷, 枯顔生彩, 見之者, 莫不驚異之. 翰林因令掘井, 雖大旱之時, 不減不增, 數十里人, 皆來汲水. 自是, 衡州無土疾, 便爲淸凉之地, 其地之人, 名其井曰 '學士泉'. 古跡至今尙存焉.

董淸赴陳留後, 專事貪婪, 浚民膏澤, 自取其半, 〃與嚴崇, 猶以爲不足. 通告嚴丞相曰: "兒子雖欲盡其誠孝, 邑小物薄, 不得盡力. 願請南方産宝之邑, 庶盡兒子之至誠矣." 嚴崇見其書, 卽奏天子曰: "陳留縣令董淸, 文學甚高, 兼有吏才, 雖古召杜[13]·龔黃[14]之賢, 不及於此矣. 須除大邑守宰, 以試

라가 멸망하자 범려는 권력은 나누어 가질 수 없는 것이라며 배에 서시를 싣고 떠났다.

12) 뒤에 '불명여차(不明如此)' 정도의 내용이 빠진 듯함.

13) 召杜(소두): 소신(召信)과 두시(杜詩). 모두 한나라 때 남양 태수(南陽太守)가 되어 선정을 베풀었다. 백성들이 이들을 칭송하며 "전에는 소부(召父)가 있었고, 뒤에는 두모(杜母)가 있었다"라고 했다. (『후한서後漢書』 권31 「두시열전杜詩列傳」)

14) 龔黃(공황): 공수(龔遂)와 황패(黃覇). 모두 한나라 사람으로 공수는 발해군(渤海郡) 난민(亂民)을 다스려 양민(良民)으로 만들었으며, 황패는 하남 태수(河南太守)의 승(丞)으로 있으면서 백성과 아전을 잘 다스렸다. 그리하여 백성을 잘 다스린 관리로는 반드시 공수와 황패를 첫째로 일컫게 되었다.

其才." 天子答曰: "俟其有窠, 特爲擢用." 適會桂林[15]太守有闕, 嚴崇曰: "桂林則南方大邑, 金銀産出之地, 商賈輻輳之處也." 遂除董淸爲桂林太守, 董淸與喬氏大喜, 擇日赴任.

15) 桂林(계림): 광서(廣西) 지방에 있던 고을 이름. 현재 광시좡족자치구(廣西壯族自治區)의 구이린.

·

此時, 天子冊封太子, 大赦天下. 劉翰林亦蒙赦, 不敢直向京師, 而先世薄莊在於武昌, 經理生業, 累日行邁, 僅到長沙地境. 其時春盡夏初, 天氣向熱, 人馬甚困, 暫憩于路邊竹林之間, 使奴牧馬, 忽然自思曰: ‘吾蒙神靈之佑, 三年瘴癘之地, 身無疾病, 今蒙天恩, 放歸田里, 願已畢矣. 取來北京妻兒, 團會武昌, 力耕薄田, 釣魚清江, 爲聖代之逸民, 豈不樂哉?’ 心甚快豁.

忽有北來一行, 人馬駢闐, 赤捧靑旗, 環衛左右, 大聲淸道, 行人辟除[1]. 翰林隱身竹林, 擧目視之, 乃董淸也. 大驚曰: “此漢, 何以有致靑雲耶? 觀其行色, 若非刺史, 必是太守也. 必附嚴崇, 得此官者也.” 尤不勝憤痛. 繼有呵導之聲, 而衣錦侍女十餘輩, 擁衛七寶車, 徐行而來, 珠翠照日, 香麝振鼻, 威儀之盛, 有倍於前行. 翰林屛氣深坐, 俟其過, 行由大路, 入一店點

---

1) 辟除(벽제): 원문은 ‘辟趾(벽지)’로 되어 있으나 바로잡음. 지위가 높은 사람이 행차할 때, 구종(驅從) 별배(別陪)가 잡인의 통행을 금하는 일을 가리킨다.

心矣. 越邊之家, 有一女娘, 先已入店, 乍出乍入, 熟視翰林, 遂前拜而問曰:
"何以來此耶?" 翰林良久視之, 乃雪梅也. 驚問曰: "我則蒙赦還鄕, 而汝則
何以來此耶? 家中大小, 皆得安過耶?" 雪梅流淚而告曰: "家中之事, 何忍
言之哉? 相公見彼前行, 以爲誰也?" 翰林曰: "董淸爲某官而去也. 姑徐此
言, 急傳家信. 夫人與兩兒, 俱爲無恙耶?" 雪梅曰: "後行內宅, 以爲誰也?"
翰林曰: "此必董淸之妻子也. 我何以知之?" 雪梅曰: "董淸之內宅, 正是喬
氏也. 小婢亦隨其行而來, 偶因落馬, 更衣於此店矣. 不意相公之過此也."
翰林愕然張目, 如癡如狂, 久而乃定, 問曰: "世上安有如此變怪之事乎? 汝
須詳言曲折." 雪梅曰: "小婢上負皇天, 下欺主人, 罪惡如山, 相公若舍前
罪, 則方可直告矣." 翰林曰: "往事勿論, 汝其詳說.

　雪梅叩頭泣曰: "謝夫人待婢僕如子, 而小婢陷於臘梅及喬氏之所謟, 如
此〃〃, 而賊出玉環, 如此〃〃, 壓殺掌珠, 致令謝夫人得被黜禍, 小婢之
罪, 萬死猶輕. 喬氏與董淸私通, 咀呪之事, 則喬氏與李十娘之所爲也. 僞
造咀呪之書, 則董淸之所爲也. 相公之被謫, 亦是董淸之與喬氏所爲也. 董
淸得宰之後, 喬氏盡掃家內財物, 馱歸董淸, 溺殺獜兒公子於江水, 妾雖賤
人, 曾未見如此之事. 喬氏妬忌殘酷, 侍婢輩, 若近丈夫之前, 則輒以嚴刑,
萬端酷治, 妾雖保全性命, 亦不知其死所矣." 自出其臂, 指示數三烙刑之
痕, 曰: "去慈母之懷, 入虎狼之口, 禍實自取. 誰怨誰咎?"

　翰林聞獜兒之事, 大聲氣塞, 久而後乃言曰: "吾甚昏暗, 惑於淫婦, 使無
罪之妻子, 不得保全, 失母稚兒, 慘被戕殺, 何面目立於天地間乎!" 雪梅曰:
"喬氏率公子, 至滹沱河, 使妾投之於水, 妾佯爲投水, 隱置蘆林而來, 或者
祖宗神靈有佑, 必爲近處之人, 所收養矣." 翰林曰: "實是汝言, 或不無僥倖
生存之望, 汝是恩人, 何論已往之過." 雪梅歎息曰: "從人方在門外, 若遲時
刻, 則喬氏必疑之矣. 不得久留也, 相公千萬保重." 翰林曰: "汝是吾家婢子
也, 豈可服役於讐人之手乎? 今旣相遇, 不可捨去." 雪梅曰: "小婢必有一
端人心, 豈欲舍旧主而事仇讐哉? 所帶之人, 旣是董淸, 官人若歸告小婢落

後之由, 則喬氏必使人追攝, 甚恐大禍亦延及於相公, 莫如屈志忍辱. 姑從
於彼, 以緩目前之禍, 以待可乘之機, 復從相公, 亦非晚也." 翰林曰: "汝言
亦似有理, 姑去無妨." 雪梅辭泣而去, 復回而告曰: "忽卒之間, 忘告一言
矣. 昨到岳州[2], 聞一人之言, 劉翰林夫人去向長沙杜推官處, 而推官已遞,
溺水而死. 或不死云. 道路之言, 雖非的實, 旣有所聞, 不可不告." 遂辭而
去.

此時, 喬氏頗怪雪梅久不還來, 企待之際, 臨暮而還, 喬氏問其故, 答曰:
"落傷之處, 殊甚痛楚, 不得追及, 行庄矣." 喬氏本來多智之物也. 招問從
人, 〃〃答曰: "雪梅在客店, 逢一官人, 良久問答, 以是遲來矣." 又問曰:
"其官人, 何如人也?" 答曰: "問其從者, 乃謫居劉翰林, 蒙赦而來云矣." 喬
氏大驚, 問其形容行色, 則的是劉翰林也. 急請董淸相議, 淸亦大驚曰: "曾
謂此漢, 必作南方之鬼, 至今延生, 遇赦而來. 延壽得志, 則必不捨我也." 急
使家丁十餘人, 由大路而去, 不定日數, 以逢延壽爲限, 斬其頭而來, 極其
祕密, 無使漏泄. 家丁等聞令而去.

雪梅初被臘梅之誘脅, 助桀爲虐, 爲其腹心. 董淸乃好色者也, 多近侍婢
有姿色者, 喬氏不勝妬忌, 手殺數婢, 雪梅·臘梅, 則曾欲殺之, 而皆有大功,
臘梅尤好親信也, 不忍殺之. 雪梅深悔前日之事, 多懷怨望之心, 而告之無
處, 日夜腐心, 偶逢古主人, 盡說前後曲折而去, 見董淸·喬氏之致疑, 自知
不免於死, 就後園樹下, 自縊而死.

劉翰林自思: '我甚愚暗, 信聽奸言, 疏其賢婦, 以至身危家敗, 上以辱先,
下不保子, 一身漂泊, 無處可歸, 眞是萬古之愚夫, 天地間一罪人也. 我死
之後, 何忍復見夫人於地下乎?' 遂至岳州, 周行水邊, 逢人卽問謝夫人消
息, 頓無知者. 或有知者, 而亦不詳言. 翰林尤切哀痛, 生死間必欲得其詳,

2) 岳州(악주): 동정호의 동쪽에 있던 고을. 현재 후난 성 웨양(岳陽)이다.

江村漁舍, 無處不問. 最後有一人言曰: "有一京師宰相家眷, 乘廣西[3]適舡而來, 住於懷沙亭下漁父之家, 往問之, 則可知矣." 翰林大喜, 卽往其處, 問之里人, 皆曰: "果然有年少夫人, 着白衣, 率老婢[4]及叉鬟, 乘舡到此, 三人下舡登亭, 俄而不知去處. 或云溺死於水."

翰林聽畢, 尤切罔極, 欲見夫人往來之路, 遂登懷沙亭, 吳山楚水, 一望無際, 物色蕭條, 人跡寥聞, 但聞杜鵑嗚咽之聲而已. 往來其間, 哀號悲咤, 仰視壁上古人詩詞矣. 忽見柱上有書, 書曰: "某年月日, 謝氏庭玉溺此水而死." 翰林大哭一聲, 因以氣塞, 從者救而還甦. 叩地搯胸曰: "謝夫人至於此, 延壽之罪也. 今雖噬臍悔之, 何及? 雖欲更對夫人面目, 何可得乎[5]?" 臨江上下, 一場大哭, 風波嗚咽, 天地慘憺, 落日已沈, 夕靄初起, 湘靈之絃斷矣, 洛浦之步杳然[6]. 翰林遂還漁舍, 分付從者曰: "謹備酒果. 明當祭之, 以表我罔極之懷." 獨坐燭下, 沈吟擧筆, 欲作祭文, 而心緖鬱〃, 終不成文字. 從者已宿, 鼻息如雷, 忽聞自外, 喊聲大振, 翰林大驚, 開窓視之, 有壯士十餘人, 手持大杖利劍, 雷聲而言曰: "劉延壽, 勿走!"

翰林遂蹴後窓, 跳身而走, 從者未及知之. 直穿家後竹林, 不分東西, 顚倒隓突, 莫知所爲. 形若失家之狗, 脫網之魚. 未及遠走, 追者在後, 一倍惶懼, 遂從竹林而走. 林盡處有一大江, 更無可走之處, 十分驚怯之際, 追聲已近矣. 翰林仰天自歎曰: "延壽必死於此矣. 吾寧溺水而死, 不爲他人之所殺." 遂從岌而下, 方欲投水, 忽聞風端有人聲. 翰林曰: "此必漁舡也." 急呼曰: "願漁子, 急救瀕死之命."

先時, 苗姬謂謝氏曰: "夫人之初來也. 謂我曰: '我在舅姑墓下時, 得一

3) 廣西(광서): 원문은 '關西(관서)'로 되어 있으나 바로잡음.
4) 老婢(노비): 원문은 '奴婢(노비)'로 되어 있으나 바로잡음.
5) 내용상 조금 어색하다. "雖欲更對夫人於泉下, 何面目可得乎" 정도의 의미인 듯하다.
6) 湘靈之絃斷矣, 洛浦之步杳然(상령지현단의, 낙포지보묘현): 상령은 상군. 즉, 아황, 여영을 말하며 낙포는 낙수의 여신인 복비를 말한다.

夢, 舅姑謂我曰:〈此後六年四月望日, 泊舟於白蘋洲, 以濟危急之人云矣〉.'
今日乃四月望日也, 刺舡試往如何?"謝氏大悟曰:"我果忘矣. 師尼之言,
是也."遂與苗姬同往白蘋洲邊.

此時, 月色如晝, 秋毫可數. 翰林望見之, 則一女子坐於舡頭, 弄水而歌曰:

綠水明秋月, 南湖採白蘋.
荷花嬌欲語, 愁殺蕩舟人.[7]

有一女子和曰:

湖邊採白蘋, 湖上春光新.
洞庭有歸客, 瀟湘逢故人.[8]

互唱互答, 意氣自若. 翰林急呼曰:"願女子救我!"苗姬曰:"斯速艤舡, 以
濟彼人."女子艤舡江渚, 翰林急上舡頭:"後有追賊, 退舡進棹."此時, 賊
倘追及大呼曰:"汝等若不回泊則皆死."女子不答, 而舡往如飛. 賊倘大怒
曰:"乘舡之人, 乃殺人之賊也. 桂林董太守使我等追捕, 汝若捉給則有賞,
不然則有死矣."翰林始知董賊之所遣, 尤爲惶懼曰:"我是劉翰林也. 元無
殺人之事, 彼皆賊倘也."女子等謂賊倘曰:"汝皆不仁之類, 吾何艤舡!"叩
絃而歌曰:

滄浪之水淸兮, 可以濯我纓.

---

7) 綠水明秋月~愁殺蕩舟人(녹수명추월~수살탕주인): 이 시는 이백의 「녹수곡綠水曲」이다.
8) 湖邊採白蘋~瀟湘逢故人(호변채백빈~소상봉고인): 이 시는 남북조시대 시인 유운(柳惲)의
「강남곡江南曲」을 조금 변형한 것이다. 원시는 다음과 같다. "물가에서 마름을 따는데 강남의
봄날 해 지누나. 동정호에 돌아오는 나그네, 소상강에서 임을 만난다(汀洲採白蘋, 日落江南春.
洞庭有歸客, 瀟湘逢故人)."

滄浪之水濁兮, 可以濯我足[9].[10]

遂棹舟而去, 賊倘無可奈何而還去.

是時, 煙消湘水, 日出東山, 俄已紅已到泊君山之下矣. 翰林知敵倘之遠
去, 稍定精神, 謝於尼媼曰: "師尼何人也? 救此劉延壽之一命乎?" 尼媼曰:
"相公勿謝於我, 入於舡艎, 速見故人." 翰林不知其故, 躊躇之間, 忽聞舡艎
隱隱有女子哭泣之聲.

9) 可以濯我足(가이탁아족): 원문은 "可以濯我之足(가이탁아지족)"으로 되어 있으나 바로잡음.
10) 滄浪之水淸兮~可以濯我足(창랑지수청혜~가이탁아족): 이 시는 흔히 「창랑가滄浪歌」라 불
리는 것으로, 『맹자孟子』「이루離婁」와 「어부사漁父詞」에 나온다.

소인은 악행으로 죽임을 당하고
불운 끝에 평안함이 돌아오다

翰林遂入舡牕, 有一夫人素服出迎, 伏地而哭. 翰林以爲溺死之謝夫人
出而迎哭, 乃大驚曰: "夫人鬼耶? 人耶? 抑又夢耶? 眞耶? 何以在此?" 夫
人祗斂而答曰: "得罪之人, 不能自死, 漂到此處. 苟然, 時刻不意今日復見
相公也, 相公從何處而至於此耶?" 翰林曰: "今忽相見, 悤愧何勝? 古之聖
人, 猶許改過, 夫人平坐, 細聽我言." 因言夫人出家之後, 事事甚悉, 又說
長沙路上, 逢着雪梅, 相與問答之語. 至於喬氏與十娘咀呪之事, 董淸與喬
氏僞造之書, 謝氏曰: "雖有如此之事, 妾則然不知矣." 又說敎誘雪梅盜出
玉環, 以給冷進, 以賣[1]自家之顚末, 謝氏謝曰: "相公不言, 則妾猶九原之
下, 必爲冤結之鬼矣." 翰林又說壓殺掌珠之後, 使雪梅推誘於春芳之事, 謝
氏曰: "人之凶悖, 胡至此極?" 又說董淸譖于嚴崇, 陷於死地之事, 謝氏曰:
"相公被沒身之禍, 而妾則不知, 以其爲方外之人也." 又說喬氏盡歸家內金
銀寶貨, 馱歸董淸之事, 謝氏不答. 至於滹沱河溺死獜兒之事, 謝氏搥胸大

---

1) 賣(매): 속이다.

哭, 仆地而絕, 翰林亦失聲痛哭而氣塞, 苗姬急救而甦. 又說雪梅不忍投水, 棄置蘆林之事, 仍曰:"若如其言, 則天或悔禍而保護一塊餘肉耶?"謝氏曰: "雪梅之言, 何可盡信? 設令其時不投於水, 至今生存, 何可必乎?"兩人涕泣不止.

翰林又說懷沙亭見夫人所書[2]. "意其必死於水, 夜中欲作祭文, 而猝逢董淸所送之賊, 盡失奴僕, 萬無得生之路, 千萬意外, 得蒙夫人之救, 不知夫人何以到此? 又何以知我之急, 而饎飪待之耶? 懷沙[3]亭所書, 抑何故耶?" 謝氏悉陳墓下幾逢賊變之事, 及舅姑夢中指示南行白蘋洲救人之事, 又曰: "夢中舅姑如是指示之詳, 而妾心如在烟霧之中, 不能記憶. 特蒙苗姬師尼之來救[4], 罪重之人, 至今延生也. 棟上之書, 來時忽忽, 不能抹去也. 不意相公之見而致驚也."翰林顧謂苗姬曰:"師尼原是雨花菴之苗姬也. 當初婚事, 由師尼而成. 今又救我夫妻之命, 使之更見, 此恩何可盡報?"苗姬曰: "皆是相公與夫人之洪福, 而亦皇天之所佑也. 老身何功焉? 此處非久留之地, 願歸小菴, 可也."同上菴子.

掃灑客堂, 而奉坐翰林, 乳母又聻, 亦來拜謁而泣. 翰林曰:"今雖脫死地, 家敗身孤, 無地可依, 武昌地有些少薄田, 欲爲收拾, 暫成家道, 歸到京師, 陪來家廟, 奉安請罪後, 讀古人書, 欲改前過. 夫人猶念前事, 欲爲永棄耶? 若不然則願請偕去."謝氏斂容答曰:"相公若不棄妾, 則妾何敢不從相公? 方在窮道, 豈不念相助之道? 但妾出家時, 已會宗族, 告于神靈, 今此再入, 豈無節次? 妾非敢念舊日之事, 女子從人, 天理之常, 出而復入, 亦是變禮, 豈其苟且哉?"翰林謝曰:"我不及思矣. 夫人之言, 甚當. 吾先去京師, 陪來

2) 이 부분에 "仍曰" 정도의 글자가 빠진 듯하다.
3) 沙(사): 원문은 '思(사)'로 되어 있으나 바로잡음.
4) 이 부분은 내용상 결락이 있는 듯하다. 앞뒤 내용이 거의 일치하는 장서각본을 참조하여 원문을 재구하면 "特蒙苗姬師尼之[教, 以救相公之急, 且當初之時, 我欲投水, 賴師尼之]來救"에서 [ ] 부분 정도의 내용이 빠진 듯하다.

家廟, 一邊探知獜兒之消息, 以禮迎夫人." 謝氏曰: "如此則甚好, 而但相公之跡, 孤矣. 董淸之邑與武昌不遠, 若聞相公之在彼, 則必送賊人, 潛害之矣, 豈非可懼之甚哉! 祭祀供奉, 夫妻完合, 雖是緊急之事, 姑且變其姓名, 隱身密處, 使他人不知其舊時劉翰林, 然後徐觀前頭事機, 更與相議則好矣." 翰林曰: "夫人之言如金, 而但董賊才赴桂林, 離其地恐不易也." 夫人曰: "天下之事, 變故無常, 董賊之淫凶, 必不久享富貴. 相公姑待之." 翰林又說在謫所時, 神靈特賜甘泉, 又曰: "神靈自言, 在於洞庭君山云矣. 此地相逢, 必是神靈之靈驗也." 夫人曰: "此是觀音之顯聖也." 偕入佛像之前, 焚香禮拜而謝其恩.

是日, 翰林獨宿客舍. 翌日苗姬具舟楫, 送翰林往武昌, 翰林與夫人垂淚而別. 翰林遂到武昌, 所失奴僕, 已先到矣. 見翰林, 涕泣皆曰: "再生之人也."

盖董賊之所送家丁, 只欲追捕翰林, 而不害他人, 故奴僕以得全生. 不知翰林之去處, 而尋聞到此矣. 董淸所送家丁, 失捕翰林, 回報董淸. 〃〃與喬氏, 大懼相議曰: "吾與延壽, 勢不兩立, 必殺而後已." 更送其人, 跟尋去處, 董淸則赴任於桂林.

此時, 冷進在京師, 以徒磚爲事, 盡失本錢之後, 自思曰: '董淸方爲大官, 今往歸之, 庶不我去.' 遂往桂林, 董淸喜而迎之, 留以爲腹心, 漁利之事, 無不相議, 搆殺富民, 奪其産業, 鴆殺富商, 掠其財物. 董淸惡名, 滿於南方, 〃〃之人, 欲食其肉, 而但畏嚴崇之勢, 不敢開口. 喬氏到桂林, 不久而其子鳳雛, 不習水土, 得病而死. 臘梅已爲董淸所姸, 有娠, 喬氏不勝妬忌, 乘董淸出外, 以土囊壓殺臘梅, 托言病死, 董淸信之. 桂林大邑, 官事浩煩, 董淸巡行屬縣, 在衙之日頗少. 冷進遂與喬氏私通, 如董淸在劉翰林家, 交通喬氏之時.

天道好還, 無往不復, 信非虛也. 董淸跟尋劉翰林, 終始不得, 心中大懼, 事嚴丞相倍前, 措備十萬貫金銀寶貝, 使冷進領去以賀嚴丞相生辰. 冷進到京, 則天子已覺嚴崇之奸凶, 削奪官爵, 放歸田里, 盡屬其家財物, 冷進大驚自思曰: '董淸之罪惡滔天, 人不敢告者, 徒畏嚴丞相之威勢. 今氷山已消, 董淸豈能久矣? 莫如從中設計.' 卽詣闕門, 大擊登聞鼓, 法官詰其由, 答曰: "我本北方之人, 有事往南歷. 過桂林而聞之, 則太守董淸多行不法, 窮凶極惡, 上欺皇天, 下侮朝廷, 雖無干涉於我事, 而不勝憤痛之心, 玆代遠方之怨民, 敢告貪吏之罪惡." 仍條列董淸殘傷百姓, 謀害良民, 劫掠大賈, 贖其財物, 交結凶徒, 謀行不範, 十二罪而告之, 法官啓聞天子, 〃〃震怒, 發禁衛之卒, 追捕董淸, 遂下於獄, 使本道據實按査, 冷進之言, 無一不驗. 朝廷旣無嚴崇, 孰能救之? 董淸之財, 雖與北斗齊高, 而終不救天殤鬼誅[5]之一命, 處斬於長安街上, 沒其妻子於官, 贖其財物於公, 黃金三萬餘兩, 白銀四萬餘兩, 其外珠玉錦繡之類, 不可勝計.

冷進納價於官, 贖得喬氏, 而仍居京師, 以爲不便, 遂與喬氏偕往山東. 喬氏之從冷進, 乃其本願, 隨身寶貝, 恰有一箱, 董淸所賂嚴崇十萬財貨, 又在冷進之手中, 極其快說, 買車載寶, 方向山東. 路次東昌地, 喬氏累日駈馳, 不堪辛苦, 買取酒肉以慰, 喬氏盡歡而醉, 頹臥酒店.

車夫鄭大者, 本是賊倘, 見冷進之行藏, 雖少而甚重, 流涎者多日矣. 是夜, 乘其醉倒, 與無賴輩偸其財而走. 冷進喬氏日明乃覺, 但自呼天而已, 不能登道. 仍留其邑, 欲呈官推尋鄭大之去處, 而勢同捕風, 終不得蹤跡.

一日, 天子下詔, 盛言其守令虐民之弊, 乃顧謂左右曰: "頃見董淸之罪狀, 實同强賊. 當初用何人薦而除官乎?" 徐閣老[6]奏曰: "用嚴崇之薦, 而爲陳留縣令, 又擢桂林太守矣." 上曰: "朕今思之, 嚴崇薦董淸曰: '兼有文學吏才.' 以此觀之, 嚴崇之所薦, 皆小人也, 所排, 皆君子也." 命吏部汰去嚴崇所薦二百餘人, 以嚴崇所譖被罪之臣, 前諫議大夫解瑞爲御史[7], 前翰林

5) 誅(주): 원문은 '洙(수)'로 되어 있으나 바로잡음.
6) 徐閣老(서각로): 서는 성이며, 각로는 벼슬로 재상에 해당된다.
7) 세종 때 해서가 어사가 되는 것은 역사적 사실과는 어긋난다. 해서는 실존 인물로 세종 때

學士劉延壽爲吏部侍郎[8]. 陞擢愛民公廉臣杜益等官[9].

此時, 適當科擧, 勅禮部, 必以公道取人, 勿失人才. 謝給事之子, 旣已終制[10]娶妻, 保全門戶矣. 當初謝夫人之南行也, 密傳其意, 其後得聞杜推官移拜成都府, 只意謝夫人從杜夫人于成都, 以其路遠之故, 不通書信, 久矣. 第切想而已, 不意夫人狼狽至此.

此時, 家道稍定, 正欲買舟入蜀, 見其姐〃, 得見邸報[11], 杜太守已爲順天府尹[12], 知其不久還京. 且試期不遠, 姑且在家做工, 只待杜夫人之還京. 未幾, 生入見三場而出, 順天府尹已還京師, 謝生往見問其姐〃消息, 杜府尹流涕曰: "謝兄尙未知令姐之消息也. 學生在長沙時, 令姐適得長沙商賈之舡隻, 欲依於學生, 未至地境, 聞學生移拜成都府, 進退狼狽, 欲溺於湘水, 賴人之救, 幸得不死云. 而學生未知令姐之所向, 最後得聞舡人之言, 屢送家人於瀟湘近處, 多跟尋, 終無消息. 前年又聞其地居人之言, 劉翰林遇赦還來, 於懷沙亭上, 見謝夫人所書之書, 以爲必死, 備薄奠欲祭之. 是夜逢賊, 爲賊所追, 不知其去處云, 此則必是劉兄. 朝廷方以吏部侍郎召之, 而時未知其去處, 劉兄之無事, 亦未可必也." 謝生聽畢, 痛哭曰: "如此則家姐必不保性命矣." 府尹曰: "屢度跟尋, 皆云不死云矣. 謝兄勿爲過哀, 更加尋問, 可也." 謝生是其言而還家, 將治行李, 欲尋姐〃, 適見科擧榜眼, 謝生得選二甲[13], 爲江西南昌府[14]推官, 謝生自思: '南昌府與長沙不遠, 到任之後,

옥에 갇혔다가 세종이 사망한 뒤 풀려난다.

8) 吏部侍郎(이부시랑): 이부에서 두번째로 높은 벼슬. 조선의 '이조참판'에 해당한다.

9) 여타 이본을 참고할 때, 뒤에 몇 글자가 빠진 듯하다. 장서각본의 "빅셩을 스랑ᄒᆞ고 공정ᄒᆞᆫ 신하들의 벼슬을 도도아 쓰실새"와 김춘택 한역본의 "擢用廉吏成都太守杜億等十餘人"을 참고할 때, 대략 '陞擢愛民公廉臣杜益等十餘人之官職以用' 정도가 될 듯하다.

10) 終制(종제): 부모님의 상을 마침.

11) 邸報(저보): 조보(朝報). 조정의 소식을 담은 조정의 관보(官報).

12) 順天府尹(순천부윤): 순천부의 으뜸 벼슬. 서울시장 정도에 해당함.

13) 二甲(이갑): 1갑의 3인(三人) 중 둘째. 곧 2등 합격자.

14) 江西南昌府(강서남창부): 강서(江西)의 남창부(南昌府). 현재 장시 성(江西省)의 난창. 강서는 장사가 있는 호광의 동쪽에 있다.

當尋姐〃.' 擇日赴任.

劉翰林欲避董淸之害, 變姓名, 自稱儒生, 武昌之人, 無有知者. 使其奴僕墾[15]田力耕, 又使家人得送粮資於君山, 其人回還, 謂翰林曰: "岳州官門掛榜, 跟尋相公所在, 故問其故, 皆曰: '劉翰林今爲吏部侍郞, 朝廷下批於謫所, 〃〃告以遇赦還歸, 故方盤問去處矣. 及到此地而問之, 則翰林夜中逢賊, 奴主各散, 不知去處云, 故方揭榜推尋云矣.' 小人不敢直言相公去處, 敢未告之." 翰林曰: "嚴崇若專權, 則萬無以我爲吏部侍郞之理, 朝廷必有變矣." 卽往武昌, 通名. 知府顚倒出迎曰: "老先生方爲吏部侍郞, 朝廷召命甚急. 先生從何至此?" 侍郞備言其避仇隱身之由, 仍問朝廷之事, 則嚴崇已敗, 董淸已戮矣. 侍郞書通謝夫人, 又傳以吏部侍郞承召上京之意, 嚴崇·董淸已敗之奇, 且曰: "今日朝廷, 雖無小人, 久廢之身, 不可猝處淸顯. 上疏乞遞, 願得南方一小邑, 以迎夫人矣."

侍郞不敢久留, 發程上京. 至南昌府, 地方官出迎, 見其公狀[16], 則謝敬安也. 侍郞猶不知其人, 及其相見, 推官言未及, 發淚先自下, 侍郞問其故, 對曰: "姐〃出家之後, 尙未知生死, 安得不悲?" 侍郞知其爲謝家公子, 大驚大喜握手而言曰: "頃者, 延壽昏迷, 出送無罪之令姐, 今對君顔, 惶愧曷勝?" 推官尤切悲懷, 曰: "大兄雖知姐〃之無罪, 姐〃存沒, 末由得聞, 尤不勝其慘怛之心矣." 侍郞曰: "賢弟想未知令姐之消息矣." 仍說前後曲折, 推官驚倒而起, 謝於侍郞曰: "人孰無過, 難於改過. 姐兄雖被一時小人之所欺, 終至大覺, 可謂君子人也." 王程有限, 兩人未罄歡意而別.

謝推官送侍郞之後, 先送書札粮饌於謝氏, 且傳受由上司, 急時陪[17]來之. 侍郞到京肅拜, 天子引見, 諭以爲前日小人之欺蔽, 歎息不已. 延壽叩頭曰: "聖恩如天, 臣雖粉骨, 難報萬一. 臣本愭暗, 廢棄已久, 今受職名, 決

---

15) 墾(간): 원문은 '懇(간)'으로 되어 있으나 바로잡음.
16) 公狀(공장): 지방관이 높은 관직자를 공식적으로 만날 때 내던, 관직명을 적은 편지.
17) 陪(배): 원문은 '倍(배)'로 되어 있으나 바로잡음.

不可當, 願得湖間一小邑, 治民理政, 以報國恩." 天子初不許允, 見其辭切, 乃曰: "卿志如此, 朕亦觀卿之治民矣." 特拜江西布政使[18], 延壽感泣而退.

歸尋舊家, 則屋舍荒涼, 門庭寂寞, 只有獜兒乳母等數人守家, 塵積中堂, 草生祠堂矣. 侍郎卽上家廟, 叩頭謝罪, 仍往杜夫人宅, 夫人抱持侍郎, 大哭曰: "相離七年, 世事屢變, 老身幸保縷命, 叔侄重會, 豈非天意乎?" 侍郎曰: "叔母累歲, 道路辛苦可想, 而康健如此, 足慰小姪之心也. 小姪, 不幸自外叔母之下敎, 出送無罪之處子, 實無顏於叔母之前矣. 特蒙祖宗之黙佑, 得保萬死之餘生, 幸逢流離之妻, 大悔前日之失, 伏望叔母恕其前罪." 杜夫人驚曰: "此言誠是, 則謝夫人無恙乎? 賢姪旣悔前事, 我何追咎? 不知賢姪, 何以覺悟, 亦何以更逢夫人乎?" 侍郎悉陳前日之事, 夫人流淚曰: "無罪賢娘, 閱盡許多艱苦矣." 宗族齊會致賀, 甚喜謝夫人之還來. 侍郎不敢久留, 別杜夫人, 進往江西. 謝推官亦且幕下, 兩人相見, 喜不可言. 謝推官欲躬往君山, 陪來夫人, 侍郎曰: "吾亦當與賢弟偕往, 而職事有守, 不得離境, 賢弟先往陪來, 則我當迎候於境上矣." 推官應諾, 粧大舡陳威儀, 發程而去.

侍郎寄書夫人, 且送金珠綵段於苗姬, 以謝甚恩. 謝推官由洞庭直到君山, 謝夫人已見推官之書, 而知其來矣, 命苗姬又鬟出迎. 推官至於菴中, 兄弟相離, 不知死生者, 已到十年, 今始得見, 況又謝氏離家之時, 尙在童稚而已, 作朝廷名士, 能繼家聲, 悲喜交極, 流涕而已. 夫人見侍郎之書, 則爲江西布政司, 來在近地, 喜不自勝. 推官向苗姬稱謝, 仍以劉侍郎之所送金帛, 及自己禮單之物, 皆列於堂上, 其數極多. 苗姬謝曰: "侍郎夫人之福, 乃天所賜, 小僧何功之有? 珍寶之物, 貧僧無所用處, 僅用於佛事, 以祝夫人與兩相公之福祿也."

---

18) 布政使(포정사): 원문은 '布政司(포정사)'로 되어 있으나 바로잡음. 명나라는 전국을 13개의 지역으로 나누고 각 지역의 최고관직을 '포정사'라 했다.

是日, 宿於客堂. 翌日, 夫人將行, 苗姫女童下山拜別, 各稱保重, 灑淚而別行. 到江西地境, 侍郎已候於江邊, 雲帆錦纜, 照耀江水; 玉節金旗, 飄拂春風. 兩舡相近, 侍婢先知, 而衣服納于夫人, 七年所着之素服, 今始解脫, 而與侍郎重逢會, 實是人倫之大慶, 世上之稀事. 以絲竹鼓樂, 引至府中, 直上家廟而參謁, 作祭文以告, 辭甚懇切, 莫不泣下. 此時, 江西大小[19]官員, 皆獻禮單, 以賀劉侍郎夫婦之重逢, 又謝〃推官兄弟之相會, 威儀甚盛, 倍於新婚. 侍郎爲設大宴, 賓主盡歡而罷. 謝推官請夫人於衙中, 參謁父母靈前, 特設一宴以慰夫人. 〃〃日以宴樂爲事, 而膝下獨無獜兒, 悲心自切, 使家丁官僮周行諸處, 多般見聞, 終不得其蹤跡.

轉頭之間, 又過一年. 夫人從容謂侍郎曰: "妾有一言, 相公能聽乎?" 侍郎曰: "所言若是, 則有何不從?" 夫人曰: "妾誤薦前人, 大誤相公家事, 到今思之, 毛骨竦然. 卽今之事, 與前大異. 妾年已當四旬, 斷産已過十年, 決無復望之路, 豈有一噎而廢食乎? 相公何不念於此也?" 侍郎曰: "夫人有言, 雖無不從之事, 至於此事, 決不可從矣. 獜兒由我而遭禍, 不知死生, 悲慘之心, 刻於骨髓, 寧絶嗣, 誓不復娶賤人, 而留雜種矣." 夫人曰: "相公何不通之甚也? 不孝三千[20], 無後爲大. 妾每隨相公, 上于祠堂之前, 則只是二人孤子之身, 〃後無一塊之肉, 祖上祭祀, 凜然如一髮之危, 妾甚慙愧. 所可畏者, 祖宗恐絶後嗣, 言尙在耳. 相公之志, 亦不然乎?" 侍郎曰: "夫人之言, 亦非〃矣. 獜兒之死生, 時未的知, 夫人之年, 亦非斷産之時, 姑徐此議, 可也." 夫人自思: '侍郎之如是推辭者, 以其不知獜兒之死生, 而亦懲艾於前日之事, 恐不得賢淑之人而然也. 我年少之時, 經事不多, 遂爲喬女若其德性美之所欺, 而如華容林家之女子[21], 則豈有一毫之疑, 況其形容端正, 可

---

19) 小(소): 원문은 '少(소)'로 되어 있으나 바로잡음.
20) 不孝三千(불효삼천): 원문은 '不孝有三(불효유삼)'으로 되어 있으나 바로잡음.
21) 遂爲喬女若其德性美之所欺, 而如華容林家之女子(수위교녀약기덕성미지소기, 이여화용임가지여자): 필사 과정에서 오사(誤寫)가 있는 듯함. 지금 있는 글자로만 다시 배열한다면, 대략 '遂

以傾城, 且聞苗姬之言, 則多生貴子之命, 若欲卜妾, 無愈於此女矣. 昔者相逢, 年已長成, 到今似當從人, 而臨別之際, 行色忽〃, 悔不得問其年齒, 尙今耿〃於心矣. 且蒼頭從我患難, 而身死路中, 尙不得其棺槨而窆之. 黃陵廟且有發願之事, 而新經患難, 尙今遷就²²⁾. 苗姬之恩, 銘在肝肺, 而阻絶消息, 今幾一旬, 此數三事, 皆不可遲也.'

逐告此意於侍郞, 命送家人乂鬟, 以私藏之財, 重修黃陵廟, 改葬蒼頭, 而林女苗姬處, 多送金帛以酬舊日之情. 苗姬以前後所得之財, 修葺水月菴, 增其間閣, 又於君山絶頂, 特立九層之塔, 名之曰 '夫人塔.' 乂鬟至林家, 卞氏已死, 女子獨居, 見乂鬟大喜, 問夫人安否, 乂鬟備盡言之, 又傳金帛, 女子再三稱謝後受之. 乂鬟回告夫人, 幸其宿願之得成, 而又知林女之時未從人, 大加喜悅.

爲喬女之所欺, 而若其德性美如華容林家之女子' 정도가 될 수 있을 것이다.
22) 遷就(천취): 천연(遷延). 일이나 날짜 따위를 미루고 지체함.

마침내 모자가 상봉하고
잔악한 여인은 결국 죽임을 당하다

當雪梅不忍投獜兒於水, 棄置蘆林而去, 適有荆州[1]人王三, 以商販乘舟
到此, 聞林中有兒啼聲, 進往視之, 若年三四歲之兒, 肌膚如玉, 氣像非常.
王三曰: "此非常人之子. 骨格不凡, 率而歸之, 賣之於無子之人, 則得錢必
多." 遂抱上舡, 周行諸處, 莫有願買. 此舡到武昌, 猝遇大風, 同行諸舡, 皆
已敗沒. 王三之舡, 亦折檣摧棹, 幾至覆敗, 而天幸不破, 漂到華容縣. 是時
大飢, 王三與獜兒丐乞於村家, 王三知獜兒之將難收養, 棄置於林家籬外而
去.

是時, 卞氏與女子同宿, 其女子夜得一夢, 籬下火光, 直燭于天, 出而視
之, 有一獸臥之, 其鱗如玉, 頭生一角, 非龍非虎, 極其奇怪. 林氏大驚覺之,
乃一夢也. 林女深異之, 出而視之, 獸臥之處, 有一小兒, 形容特異, 遂抱其
兒而入來. 卞氏曰: "歲極凶荒, 必是遺棄之兒也. 吾家亦貧, 何以收養?" 女
子曰: "母親無男子, 收養此兒, 作爲己子, 則甚是好事. 且兒夢兆如此, 他

---

1) 荊州(형주): 호광에 있던 고을. 동정호의 북쪽에 있다.

日必貴之兒也."卞氏從其言, 養而子之.

卞氏死後, 近處之人, 皆知其女之賢且美, 欲以爲妻者, 甚多, 女子皆不許, 但曰: "非但時在喪中, 且又女子不能親自主婚, 有出家叔母, 請而主婚, 然後方可." 盖女子之言, 雖如此, 本不樂爲農夫之妻, 欲從其叔母出家, 而以獜兒之故, 時未決矣. 謝夫人所送叉鬟之來也, 獜兒適出闆家, 叉鬟不見而去矣.

夫人以林家女子之事, 言於侍郎, 勸之曰: "妾傷於虎. 此林女之性行, 如有一毫可疑之跡, 則何敢更薦? 況此女子, 乃苗姬之侄女也. 如非苗姬, 則吾夫婦何以重逢? 相公獨不見苗姬之面目乎?" 侍郎感其至誠, 始乃許之. 夫人大悅, 卽送叉鬟于林家, 通其意, 林女曰: "相公與夫人不以妾爲累[2], 欲以爲婢妾, 榮華極矣, 豈有他意? 但母喪數月未畢, 且有家內未長之甥, 此兒則不可率往於府中, 以此爲戀." 叉鬟曰: "當稟於相公夫人而處之. 但前日來時, 未見其兄弟也, 年歲幾何?"

忽有一兒, 自外而入, 年可十一二歲也. 眉目如畫, 風彩俊秀, 與鄉村之兒, 大不同焉. 林氏不言其收養之由, 但曰: "繼母所生, 年今十二歲也. 前日夫人來時, 適出他處而不見矣." 叉鬟再三有意而見之. 因告林女之言, 侍郎曰: "待其喪盡云者, 其賢可知." 內自悅服. 夫人曰: "幼稚同生, 率來無妨, 豈以此爲拘乎?" 叉鬟復告曰: "林女幼甥, 恰似獜兒公子, 不勝其悲, 且其兒之年, 與公子相同, 若是得養之兒, 則實有可疑, 而渠云: '繼母之所生', 更無可問之事矣." 夫人曰: "獜兒死生間, 應在北方, 何以來此遠地? 況歲月已久, 音容漸忘, 雖使生存而得見, 實難知之."

侍郎擇吉日, 迎林女, 容顔之端正, 德性之幽閑, 過於夫人之言矣. 侍郎謂夫人曰: "此女子, 則與喬家淫婦, 大異矣." 夫人曰: "三折後, 方稱良醫. 妾之擇人, 豈不愼於風霜之餘乎?" 兩人皆笑. 林氏自入劉門之後, 盡心盡

---

2) 累(누): 누추하다, 더럽다[陋].

禮, 上下和睦.

一日, 獜兒乳母, 適來林氏之房, 言及獜兒, 嗚咽不能言, 謂林氏曰: "前
日又鬟還自娘子之家, 曰: '娘子幼甥, 形容年歲, 與獜兒彷彿云', 願得一
見." 林氏聞此言, 大疑於心, 謂曰: "公子見失於何方?" 乳母曰: "失於北京
順天府 滹沱河矣." 林氏自思: '北京距吾家, 雖云千里之遠, 吾家在於水邊,
商舡買舶, 皆會於吾家之前. 北京往來之人, 亦不少也, 安知其必非獜兒
乎?' 林氏來此之後, 遂置獜兒於外堂, 使侍婢卽召獜兒. 〃〃見乳母, 如舊
相識之人, 兩人相對熟視. 林氏曰: "此兒有與公子相似處乎?" 乳母曰: "大
都雖異, 骨骼完然恰似吾公子矣. 額上有骨突出, 相公每稱: '此兒有先少
師異表.' 而此兒之額上, 亦有其骨, 是以, 不勝其悲愴之心矣." 林氏曰: "此
事實怪. 此兒實非吾母之所生. 某年月日, 收養棄兒, 而夢兆奇異, 此兒之
形容, 若有彷彿之處, 則或不能無疑也." 獜兒聽此言, 謂曰: "此必我之乳母
也. 夫人率我出去之時, 招乳母使之守家, 乳母不忍舍我, 〃亦不忍舍乳母,
行路哭泣之狀, 尙爾不忘, 我何以不知乳母?" 乳母卽抱痛哭曰: "應是獜兒
公子也. 不然則何以知相別時之事乎?" 林氏曰: "此兒雖不知其父母姓名,
猶記前日遊戲於巨家之事, 及在水邊蘆林中, 逢着商人, 乘舡之事, 歷〃言
之, 故自初甚疑之矣."

此時, 家內之人, 互相傳說, 衙中震動, 夫人急來林氏之房, 見之, 夫人已
知其爲獜兒, 而見之尤無疑矣. 夫人問曰: "汝識我乎?" 獜兒仰視良久, 哭
曰: "夫人出去時, 吾在乳母懷中而哭, 母親抱我於轎子之內, 使之飮乳. 其
時之事, 猶得記憶, 何以不知?" 夫人卽抱獜兒, 大聲痛哭. 此時, 侍郎方聽
政於外堂, 忽聞衙中震動, 驚惶入來, 則十餘年前, 見失之兒, 宛在房中矣.
相抱大哭, 招林氏, 問收養獜兒之曲折, 謂曰: "汝是我家之恩人, 何以婢妾
待之乎? 須益勉柔順, 不負夫人嘉意." 林氏拜謝曰: "皇天使公子授妾, 使
之收養, 妾何功也? 下敎如此, 猶恐損福." 夫人謝林氏, 情若姊妹.

謝推官與所屬官員, 皆來致賀, 又送禮單, 侍郎皆親見之, 或有受之者,

或有不受者. 南豐縣[3]令所送玩好中, 有一雙玉環, 正是前日見失者也. 侍郎怪之, 還送他物, 而只留玉環, 賓客盡散之後, 獨請南豊, 從容問曰: "所送禮單中, 玉環乃重宝也. 受之未安, 而有一事焉. 此物乃吾家傳來舊[4]物也, 十餘年前見失矣. 今從先生得之, 先生始得於何處?" 縣令曰: "有一女人賣之故, 給價買取. 今因慶事, 以表下情, 豈意先生家舊物也? 賣環之人, 今必見在, 還縣之後, 詳覈告達矣."

逐辭而歸邑, 招吏問之曰: "上年賣環之人, 卽須招來." 吏人捉現其女, 縣令曰: "汝以何如人之妻, 居於何處? 某年來此耶?" 女人曰: "小女之姓, 梁也, 家夫之姓, 鄭也. 本居河南開封府, 上年從夫來此, 而夫死之後, 不能歸鄉, 持此玉環, 賣于府中矣." 縣令曰: "汝之所賣玉環, 定非閭家小民所藏之物, 吾甚疑之. 今有京師人, 見此玉環, 曰: '此是御庫寶物而見失, 故朝廷方掛榜四門募得云.' 汝不直告其出處, 則當執送京師矣." 其女人戰慄而對曰: "此則家夫生時所得之物也. 實非女子之所知, 而家夫在河南時, 爲車夫賃得路價, 以爲生活之地. 一日夕, 得宝物而來, 問其所得之由, 則謂曰: '冷進載寶貨五車, 向往山東, 而蹤跡多有可疑, 必是掠取他人之物, 我取此物, 亦似無妨, 夜乘冷進醉倒, 與同儕分執而來云'矣. 未幾問之, 則冷進呈狀東昌府, 推尋其賊, 故不敢留河南, 移來此處, 而不久家夫身死. 若謂御庫之賊, 則冷哥當之." 縣令曰: "聞玉環之來歷甚明." 一 〃 報知於侍郞, 〃 〃 曰: "前日東昌府, 得見少年之玉環, 此無乃冷進乎? 使東昌府跟尋, 則可得之矣." 卽定伶俐家人, 與公差偕往東昌府, 使之跟捕.

喬氏從冷進留東昌府, 家事零落, 四壁而已, 飢寒到骨, 不勝其苦, 日罵冷進, 曰: "我是劉翰林之夫人, 董太守之內室, 身被錦繡, 口厭八珍, 行步

---

3) 남풍현(南豐縣): 강서 건창부(建昌府)에 속한 고을 이름.
4) 舊(구): 원문은 '久(구)'로 되어 있으나 바로잡음.

生蓮⁵⁾, 咳唾成金⁶⁾, 自從歸汝, 艱苦如此, 寧欲自到, 不見此景像也." 冷進
旣無推尋財宝之路, 日逢喬氏怨罵, 不勝其苦. 東昌府王指揮⁷⁾, 家甚殷富,
其子年少, 冷進知其可欺, 日與招引, 或醉娼樓之上, 或遊博徒之中, 而愚
弄媚悅, 盜取財物, 以此家道稍足. 王公子之表叔爲鄰邑守令, 知公子倘於
冷進, 敗於酒色, 大加警嘖, 又發公差捉致冷進, 打臀一百, 載歸其家, 因杖
而死.

　喬氏無所依歸, 方在憂惶之中, 徐州⁸⁾居趙婆, 乃娼妓之首, 適來東昌府,
見喬氏之美麗, 謂曰: "從我而去, 富貴可得, 何乃自苦如此?" 喬氏欣然從
歸, 呼之以趙七娘. 喬氏雖年迫三十, 春色不衰, 一曲霓裳羽衣, 傾動一時,
公子王孫, 雲集遊宴, 七娘之名, 震動徐州.

　侍郎所送家人與官差偕到東昌, 推尋冷進, 則無有知者, 最後有一人, 曰:
"冷進爲名者稱云, 失其財物, 長在官門, 不久身死, 亦無家屬." 問于諸處,
則皆如其言, 無可奈何, 還歸徐州, 入一酒店, 賣酒而飲, 適見越邊樓上, 有
女子捲簾而坐. 侍郎家人, 熟⁹⁾視之, 宛然喬氏也. 謂店人曰: "這樓中佳人,
何如人也?" 答曰: "此地名娼, 趙七娘也." 又問: "本是此地人耶? 自他處
來耶?" 答曰: "移來此地者不久, 而本是東昌人也."

　家人還來, 具告冷進已死, 無處可尋, 及到徐州, 遇逢喬氏之事, 侍郎曰:
"淫婦董淸死後, 流落遠方, 必爲娼女也." 復遣官差, 欲捉來殺之, 夫人曰:
"其罪當死, 今爲娼女, 以受無窮之辱, 天道報復, 亦甚昭〃矣. 況此府乃吏

---

5) 行步生蓮(행보생연): 남제(南齊)의 동혼후(東昏侯) 소보권(蕭寶卷)이 땅에 황금 연꽃을 깔아
놓고 총비(寵妃)인 반옥아(潘玉兒)에게 밟고 가게 하면서 "걸음마다 연꽃이 피어나누나(步步生
蓮花)"라고 일컬었다.
6) 咳唾成金(해타성금): 해타성주(咳唾成珠). 내뱉는 기침과 침마저도 주옥같다는 말로, 뛰어난
시문을 가리킨다. 여기서는 말 한마디 한마디가 모두 금은과 같이 귀하다는 의미이다.(『장자
莊子』「추수秋水」).
7) 指揮(지휘): 벼슬 이름. 군직(軍職)의 한 종류.
8) 徐州(서주): 고을 이름. 현재 장쑤 성 쉬저우.
9) 熟(숙): 원문은 '孰(숙)'으로 되어 있으나 바로잡음.

民俱仰之地, 豈使家內陋行傳播他人乎?" 侍郞是其言, 而欲殺之心, 尤切焉.

侍郞在江西三年, 愛民勤政, 持身以正, 上法祖宗賢行, 內聽夫人善導, 江西大治, 天子嘉之, 特配禮部尙書. 侍郞乘馹上京, 路過徐州, 欲知喬氏消息, 分遣家人於酒店, 使之聞見, 其爲喬氏, 明白無疑, 遂招其地媒婆, 先給重賞後, 言曰:"汝往說趙七娘, 如此〃〃." 媒婆見喬氏, 謂曰:"今者禮部崔尙書, 承召還京, 過去此州, 聞娘子芳名, 欲以爲小室, 分付老身. 崔尙書乃當朝明相, 年未滿四十, 富貴甲於天下, 吾聞其宅婢子之言, 夫人雖在, 病不能治家云. 七娘若入其家, 名雖爲妾, 實則夫人也. 七娘之意如何?" 喬氏自思: '我今來此之後, 雖無衣食之愁, 年已不少, 前程有限, 豈不思終身之所乎?' 此時, 趙婆已死, 喬氏自專其行止, 遂許之. 媒婆曰:"相公與夫人同行, 頗有非便之事, 故遲娘子一日之行, 欲到成親耳." 喬氏曰:"如此尤好矣." 媒婆回報, 尙書美其衣服, 侈其車馬, 使之落後一日而來.

尙書到京, 肅拜後, 到其家, 會集宗族, 相與宴飮. 是日, 謝夫人始與杜夫人相見, 相離已到十年矣. 悲喜交至, 不可形言. 謝夫人招林氏, 拜于杜夫人, 謂曰:"此與前人大不同矣. 夫人勿以爲過." 杜夫人笑曰:"其人則可謂賢矣." 尙書告于杜夫人曰:"山東路上, 得一佳人而來, 夫人欲見之乎?" 夫人曰:"願一見之." 尙書顧左右曰:"招來趙七娘."

此時, 喬氏從人至於近處, 遂引七娘到劉尙書門外, 喬氏忽謂從者, 曰:"此家豈非劉翰林家乎? 何以來此?" 從者曰:"劉翰林謫去後, 吾老爺買得而居矣." 喬氏曰:"我實有緣於此家矣. 應入百[10]子堂矣." 下轎後, 侍女引喬氏, 脫其蒙頭, 至於階下, 擧眼視之, 謝夫人陪杜夫人而坐, 左右皆是劉氏宗族. 喬氏肝腸如裂, 不能擧頭, 願赦一命. 尙書大叱曰:"淫婦! 汝知汝罪乎?" 喬氏曰:"何以不知? 擢妾之髮, 數妾之罪, 死有餘罪." 尙書曰:"汝罪

---

10) 百(백): 원문은 '栢(백)'으로 되어 있으나 바로잡음.

十二條也. 當初夫人戒於淫樂, 此是好意, 汝讒于我, 蠱惑丈夫, 其罪一也. 又與李十娘, 爲妖術弄丈夫於手中, 其罪二也. 又放淫婢通姦董淸, 作爲一心, 其罪三也. 自埋咀呪, 推諉夫人, 其罪四也. 又奸董淸以汚門戶, 其罪五也. 賊出玉環, 以給奸人, 欲以淫行歸於夫人, 其罪六也. 手殺自己之兒, 以陷夫人於大惡, 其罪七也. 陰送盜賊, 欲害夫人, 其罪八也. 與間夫同謀, 譖我嚴嵩, 使我陷於死地, 其罪九也. 掃掠劉家財物, 以從間夫, 其罪十也. 溺殺獜兒, 是可忍歟! 其罪十一也. 途送盜賊, 必欲殺我, 其罪十二也. 淫婦負此天地間不容之罪十二條, 猶望生乎?" 喬氏叩頭曰: "此是妾之罪也. 而殺害掌珠, 臘梅之事也. 盜出玉環以給冷進, 長沙道上, 送賊謀害, 皆董淸之事也." 復向謝氏哀乞, 曰: "妾雖負夫人, 惟望夫人大慈大悲, 以救妾之殘命." 夫人答曰: "汝之害我, 〃不能記之, 而至於得罪祖宗相公之事, 我亦難救矣." 喬氏悲號不絶. 尙書大呼家人, 結縛喬氏, 剖[11]胸出心, 謝氏□ "□□□□□□□□相公, 名位不輕, 雖殺之, 乞保其體." 尙書從其言, 曳出東廂下. □□□□□□其屍一任烏鵲□□□ 夫人追思春芳之寃死, 收骨葬之, 作祭文以祭之. 又欲治李十娘作妖之罪, 使人跟尋, 則已犯於宮女金英之獄[12], 陵遲處斬矣.

林氏入劉門之後, 遂得賢名, 十年之內, 連生三子, 曰 '熊兒'·'駿兒'·'鸞兒', 皆有父兄之風彩. 劉尙書穆宗祖, 位至閣老, 遂致天下太平. 皇后聞謝夫人之賢德, 頻 〃引見, 六宮 〃女, 以師禮事之. 四子皆登科顯達. 謝推官亦至高官, 門戶赫 〃, 無與爲比. 尙書與夫人偕老, 皆至八十而終. 劉麟爲兵部尙書, 劉熊爲吏部侍郎, 劉駿爲戶部尙書, 劉鸞爲太常卿. 林氏亦享無

---

11) 剖(부): 원문은 '部(부)'로 되어 있으나 바로잡음.
12) 金英之獄(금영지옥): 가정 21년(1542)에 궁녀인 양금영(楊金英)이 세종이 잠든 틈을 타 목을 졸라 살해하려 한 사건으로 생긴 옥사. 주모자인 후궁 영빈(寧嬪), 양금영 등 10여 명이 사사되었다. 그러나 이 옥사는 사씨가 쫓겨나기 전에 벌어진 사건이기에 시기적으로 일치하지 않는다. (『명사明史』「효열방황후열전孝烈方皇后列傳」)

窮之福. 夫人作女訓十三章·續烈女傳三卷, 行于世. 四婦王氏·梁氏·杜氏·
李氏, 皆是賢哲, 能逐尊姑敎訓, 爲世名家, 都下之人, 皆慕節義, 作傳記以
自警焉.

사씨남정기

謝氏南征記 · 장서각본

요조숙녀는 관음찬을 짓고
매파는 좋은 인연을 이어주다

　대명(大明) 가정(嘉靖)[1] 년간의 북경(北京) 슌텬부(順天府)[2]에 흔 지샹(宰相)이 이시니 셩(姓)은 뉴(劉)요 명(名)은 희(熙)[3]니 셩의빅(誠意伯) 뉴귀(劉基)[4]의 휘(後ㅣ)라[5]. 희(熙)의 소틱(四代)로븟터 경 소(京師)의 와 벼슬ᄒᆞ야 인(因)ᄒᆞ야 머므러 소라 슌텬부(順天府) 사 름이 되니라. 뉴희(劉熙) 세종조(世宗朝)의 녜부샹셔(禮部尙書)[6]로 문 장덕업(文章德業)이 일틱(一代) 웃듬이라.
　ᄎᆞ시(此時) 태학소(太學士)[7] 엄슝(嚴嵩)[8]이 당국(當國)[9]ᄒᆞ야 됴졍

---

1) 가정(嘉靖): 명나라 제11대 황제인 세종(世宗)의 연호(年號). 1522년부터 1566년까지다.
2) 순천부(順天府): 경사(京師). 지금의 북경 일대.
3) 희(熙): 장서각본은 한글본으로 '희'의 한자가 무엇인지 알 수 없으나, 김춘택 한역본을 따라 '熙'로 표기했다.
4) 성의백(誠意伯) 유기(劉基): 유기(1311~1375). 명나라 초기의 인물로 성의백은 그의 봉호다.
5) 휘(後ㅣ)라: 후예(後裔)라.
6) 예부상서(禮部尙書): 예부의 으뜸 벼슬.
7) 태학사(太學士): 상서보다 높은 고위직.
8) 엄숭(嚴嵩): 명나라 세종 때의 간신.

(朝政) 권셰(權勢)를 희롱(戲弄)ᄒᆞ니 희(熙) 슝(嵩)으로 더브러 블합
(不合)ᄒᆞ야 샹소(上疏)ᄒᆞ고 벼슬을 가라지라10) ᄒᆞᆫ딕, 텬직(天子ㅣ)11)
허(許)ᄒᆞᄉᆞ 특별이 태ᄌᆞ쇼ᄉᆞ(太子少師)12)를 ᄒᆞ이샤13)뼈 어진 사ᄅᆞᆷ 공
경(恭敬)ᄒᆞᄂᆞ 쯧을 뵈시다.

쇼ᄉᆞ(少師)14) 벼슬이 츄긔(樞機)15)옛16) 벼슬이 아니라 비록 됴졍(朝
廷) 득실(得失)의 참예(參預)치 아니ᄒᆞ나, 일시(一時) ᄉᆞ딕뷔(士大夫)
다 쇼ᄉᆞ(少師)의 덕ᄒᆡᆼ(德行)을 츄앙(推仰)ᄒᆞ더라.

가셰(家勢) 딕딕(代代)로 직샹(宰相)이라, 집이 슌셩문(順城門)17)
밧긔 이시니, 거록ᄒᆞ미 왕후딕틱(王侯大宅) 갓고 원님동고(園林鍾
鼓)18)의 즐기믈 그쩌 사ᄅᆞᆷ이 다 흠션(欽羨)19)ᄒᆞᆫ딕 쇼ᄉᆡ(少師ㅣ) 셩되
(性度ㅣ)20) 쳥검(淸儉)ᄒᆞ여 치가(治家)를 녜(禮)로뼈 ᄒᆞ니 규문(閨
門)21) 안이 됴졍(朝廷) 갓더라.

쇼ᄉᆡ(少師ㅣ) ᄒᆞᆫ 누의22) 이시니 홍녀쇼경(鴻臚少卿)23) 두강(杜强)24)

9) 당국(當國): 집정(執政). 국사를 주로 맡음.
10) 벼슬을 가라지라: 벼슬을 갈아주시라. 체직(遞職)을 원한다는 말이다.
11) 텬직(天子ㅣ): 천자(天子)가. 'ㅣ'는 주격 조사.
12) 태자소사(太子少師): 태자를 보도(輔導)하는 벼슬.
13) ᄒᆞ이샤: 내리시어.
14) 소사(少師): 태자소사인 유희를 말한다.
15) 추기(樞機): 매우 중요한 사무나 정무(政務).
16) 옛: '예'의 오기. '~의'의 뜻.
17) 순성문(順城門): 경성(京城)의 남문(南門) 오른쪽에 있던 문.
18) 원님동고: '원님동고'의 오기. 원림(園林)은 나무와 꽃, 정자가 있는 즐기기 좋은 장소를 의
미하고, 종고(鐘鼓)는 종과 북, 곧 음악을 의미한다.
19) 흠션(欽羨): 우러러 공경하고 부러워함.
20) 셩되(性度ㅣ): 성도(性度)가. 성도는 성품(性品)과 도량(度量)을 아울러 이르는 말이다.
21) 규문(閨門): 원래 부녀자가 거처하는 곳을 뜻하나, 여기서는 온 집안을 의미한다.
22) 누의: 누이.
23) 홍려소경(鴻臚少卿): 주로 의례를 담당한 벼슬.
24) 두강(杜强): '두강'의 한자 표기는 김춘택 한역 계열의 이본과 연세대본 등을 참고했다. 이하
인물의 한자 표기는 기본적으로 김춘택 한역본을 따르고, 특별한 경우에만 별도로 언급하기로
한다.

의 안히[25]라. 두강(杜强)이 일즉 죽으니 쇼싀(少師ㅣ) 그 누의 일즉 과부(寡婦) 되믈 불상이[26] 너겨 우익(友愛)ᄒᆞᄂᆞᆫ 졍이 더욱 듕(重)ᄒᆞ더라.

쇼싀(少師ㅣ) ᄉᆞ십(四十) 후의 ᄒᆞᆫ 아ᄃᆞᆯ을 어드니 일홈은 연슈(延壽)요, ᄌᆞ(字)ᄂᆞᆫ 상경(山卿)[27]이라. 강보(襁褓)의 이실 제 모부인(母夫人)[28]이 별셰(別世)ᄒᆞ니 쇼싀(少師ㅣ) 연슈(延壽ㅣ) 어리고 고단(孤單)ᄒᆞ믈 궁측(窮惻)히 너겨 비록 심히 ᄉᆞ랑ᄒᆞ나 교훈(敎訓)ᄒᆞᄂᆞᆫ 되(道ㅣ) ᄯᅩᄒᆞᆫ 엄슉(嚴肅)ᄒᆞ더라.

연슈(延壽ㅣ) 나히 십 셰(十歲) 너므며[29] 얼골이 관옥(冠玉)[30] ᄀᆞᆺ고 문장이 슉셩(熟成)ᄒᆞ야 ᄒᆞᆫ 번 부슬[31] 두로미[32] 일쳔(一千) 말을 닙춰(立就)[33]ᄒᆞ니 쇼싀(少師ㅣ) 크게 긔이(奇愛)[34]ᄒᆞ여 모부인(母夫人)이 보지 못ᄒᆞ믈 상히[35] 슬허ᄒᆞ더라.[36] 연슈 십오(十五)의[37] 니ᄅᆞ러 향시(鄕試)[38] 댱원(壯元)[39]ᄒᆞ고 회시(會試) 급졔(及第)[40]ᄒᆞ니 시관(試

***

25) 안히: 아내.
26) 불상이: 불쌍히.
27) 상경: 한문본 계열의 이본에서 모두 '山卿'으로 표기되어 있는바, '산경'의 오기로 보인다.
28) 모부인(母夫人): 어머니. 남의 어머니를 높여 부르는 말.
29) 너므며: 넘으며.
30) 관옥(冠玉): 관 앞을 꾸미는 아름다운 옥을 가리키는 말로, 흔히 남자의 아름다운 얼굴을 비유한다.
31) 부슬: 붓[筆]을.
32) 두로미: 두르매. 휘두르매.
33) 입춰(立就): 곧바로 나아감. 즉시 이룸.
34) 긔애(奇愛): 특별히 좋아하고, 사랑함.
35) 상히: 항상. 늘.
36) 슬허ᄒᆞ더라: 슬퍼하더라.
37) 십오(十五)의: 열다섯 살에.
38) 향시(鄕試): 지방에서 치르는 과거. 여기에 합격해야 경사에서 치르는 회시(會試)에 응시할 수 있다.
39) 장원(壯元): 1갑(一甲)의 3인(三人) 중 첫째. 곧 1등 합격자.
40) 급제(及第): 과거에 합격함.

官)⁴¹⁾이 쳐음의 연슈(延壽)의 글을 긔특(奇特)이 넉여 장원(壯元)을 ᄒ이고져⁴²⁾ ᄒ딕 연슈(延壽)의 나히 어리믈 혐의(嫌疑)ᄒ야 계삼 탐화(第三探花)⁴³⁾룰 ᄒ이니 즉시 한님편수(翰林編修)룰 ᄒ지라⁴⁴⁾, 소틱⁴⁵⁾와 일홈이 일시의 진동(振動)ᄒ니 졔비(儕輩)⁴⁶⁾ 감히 ᄇ라지 못ᄒ더라.

'연쉬(延壽ㅣ) 나히 졈고⁴⁷⁾ 비홈⁴⁸⁾이 업슴으로 치국지도(治國之道)룰 모르ᄋᆞ니⁴⁹⁾ 십 년(十年)을 한(限)ᄒ야 글을 닑어 됴졍(朝廷)의 나아가지라' 샹소(上疏)ᄒᆞᆫ 딕 텬직(天子ㅣ) 그 ᄯᅳᆺ을 아름다이 넉이샤 됴셔(詔書)룰 ᄂᆞ리와 표장(表章)⁵⁰⁾ᄒ시고

"특별이 본직(本職)⁵¹⁾을 겸(兼)ᄒ고 오 년(五年)을 말믜⁵²⁾ 쥬어 학문(學問)을 강구(講究)ᄒ야 치국지도(治國之道)룰 닉여⁵³⁾ 이십(二十)이 된 후 짐(朕)의 몸을 도으라."

쇼싀(少師ㅣ) 더욱 텬은(天恩)을 감격ᄒ여 '튱의(忠義)로ᄡᅥ 경계(警戒)ᄒ야 셩은을 만분지일(萬分之一)이나 갑스ᄋᆞ라⁵⁴⁾' ᄒ더라.

연쉬 급졔(及第)ᄒᆞᆫ 후 구혼(求婚)ᄒᄂᆞᆫ 직(者ㅣ) 만흐딕 아름다온

---

41) 시관(試官): 시험을 주관하는 관리.
42) ᄒ이고져: 내리고자.
43) 제삼 탐화(第三探花): 3등인 탐화(探花). 과거 급제자 중 1갑 3인을 각각 장원(壯元), 방안(榜眼), 탐화(探花, 혹은 探花郎)라 했다.
44) 한님편수(翰林編修)룰 ᄒ지라: 한림편수가 되었는지라. 한림편수는 한림원(翰林院)의 편수를 말한다. 일반적으로 과거에 1갑으로 급제한 사람이 임명되었다.
45) 소틱: '소리'의 오기.
46) 제배(儕輩): 여러 동료.
47) 졈고: 젊고.
48) 비홈: 배움.
49) 모르ᄋᆞ니: 모르오니.
50) 표장(表章): 표창(表彰).
51) 본직(本職): 본래의 관직. 곧 한림편수.
52) 말믜: 말미.
53) 닉여: 익혀.
54) 갑스ᄋᆞ라: 갚도록 하여라.

혼쳬(婚處ㅣ) 업ᄂᆞᆫ지라, 쇼ᄉᆞ(少師ㅣ) 그 누의 두부인(杜夫人)으로 의논(議論)ᄒᆞ야 모든 미파(媒婆)를 블너 규슈현무(閨秀賢愚)[55]를 뭇더니 모든 미픠(媒婆ㅣ) 어즈러이 와 닷토아[56] 기린즉[57] 하늘의 올니고 나모란즉[58] 굴형[59]에 ᄲᅢ지여 의논이 공번되지[60] 아니ᄒᆞᆫ지라, 쇼ᄉᆞ(少師ㅣ) 괴로이 녁이더니 쥬미파(朱媒婆)라 ᄒᆞᄂᆞᆫ 지(者ㅣ) 나아와 슬오ᄃᆡ[61]

"모든 사ᄅᆞᆷ이 각각 쇼견(所見)을 다토니 심히 공번되지 아닌지라, 쳡이 ᄒᆞᆫ 말ᄉᆞᆷ이 이시니 샹공(相公)은 갈희소셔.[62] 부귀 형셰(富貴形勢)를 구ᄒᆞ온즉 엄승샹(嚴丞相) 손녜(孫女ㅣ) 가(可)ᄒᆞ고 쳐ᄌᆞ(處子)의 현슉(賢淑)ᄒᆞᆷ믈 구ᄒᆞᆫ즉 샤급ᄉᆞ(謝給事)[63] ᄃᆡᆨ 녀ᄌᆡ(女子ㅣ) 가ᄒᆞ니이다."

쇼ᄉᆞ(少師ㅣ) ᄀᆞᆯ오ᄃᆡ

"부귀(富貴)는 본ᄃᆡ ᄂᆡ 원(願)이 아니오. 쳐ᄌᆞ(處子)의 어짐만 구ᄒᆞᄂᆞ니 신셩현(新城縣)[64] 샤급ᄉᆞ(謝給事)ᄂᆞᆫ 반ᄃᆞ시 직간(直諫)ᄒᆞ다가 젹쇼(謫所)의 가 죽은 샤담(謝潭)[65]이로다. 이 사ᄅᆞᆷ은 공명직졀(公明直節)이 일셰(一世)에 읏듬이니 결혼(結婚)ᄒᆞ미 맛당ᄒᆞᄃᆡ 다만 쳐ᄌᆞ(處子)의 현부(賢否)를 아지 못ᄒᆞ노라."

---

55) 규슈현무: '현무'는 '현우(賢愚)'의 오기. 규수현우(閨秀賢愚)는 규수의 현명함과 어리석음. 곧 여러 규수의 장단점을 말한다.
56) 닷토아: 다투어.
57) 기린즉: 칭송(稱頌)한즉.
58) 나모란즉: 나무란즉. 허물한즉.
59) 굴형: 구렁.
60) 공번되지: 공정(公正)하지.
61) 슬오ᄃᆡ: 사뢰되.
62) 갈희소셔: 가리소서. 고르십시오.
63) 사급사(謝給事): 급사는 급사중(給事中)이라고도 하며, 황제의 시종(侍從), 간언(諫言) 등을 담당한 정7품~종7품 사이의 벼슬이다.
64) 신성현(新城縣): 지명. 순천부와 인접한 보정부(保定府)에 속했다.
65) 사담(謝潭): 인명(人名).

쥬미픠(朱媒婆ㅣ) 슬오되

"첩(妾)의 ᄉ촌(四寸) 아이ᄂᆞᆫ 샤급ᄉ(謝給事) 되 비ᄌᆡ(婢子ㅣ)라. 쳐ᄌ(處子)의 유뫼(乳母ㅣ)니 이러므로 그 어질믈 드럿ᄉᆞᆸ고 ᄯᅩ 샤급ᄉ 종졔(終制)66)ᄒᆞᆫ 날의 친(親)히 그 되의 가 쇼져(小姐)ᄅᆞᆯ 보오니 그 ᄣᅥ에 쇼졔(小姐ㅣ) 나히 십삼 셰라, 덕(德)된 그르시67) 발셔68) 일윗고 만일 그 ᄉᆡᆨ(色)을 의논ᄒᆞ면 하ᄂᆞᆯ 사ᄅᆞᆷ이오 실노 인셰(人世) 사ᄅᆞᆷ이 아니라, 녀공(女工)은 녜ᄉ(例事)요 경ᄉ(經史)69)ᄅᆞᆯ 박남(博覽)ᄒᆞ야 비록 지조 잇ᄂᆞᆫ 남ᄌᆞ(男子ㅣ)라도 밋지70) 못ᄒᆞᆯ너이다."

두부인(杜夫人)이 이 말을 듯고 오ᄅᆡ ᄉᆡᆼ각ᄒᆞ다가 이ᄅᆞ되

"우화암(雨花菴) 녀승(女僧) 묘희(妙喜)71)ᄂᆞᆫ 계ᄒᆡᆼ(戒行)72)이 놉고 식감(識鑑)73)이 잇ᄂᆞᆫ 사ᄅᆞᆷ이라. ᄉᆞ오 년 젼(四五年前)의 날ᄃᆞ려 니ᄅᆞ되 '신셩현(新城縣) 샤가(謝家) 녀ᄌ(女子)ᄂᆞᆫ 진짓74) 국ᄉᆡᆨ(國色)75)이라' ᄒᆞ야늘 ᄂᆡ 질ᄌ(姪子)76)의 혼ᄉ(婚事)로써 뉴의(留意)ᄒᆞ더니 이제 네 말을 드ᄅᆞ니 과연 어지도다. 그러나 혼인은 대ᄉᆡ(大事ㅣ)라, 졸연(猝然)이 졍(定)치 못ᄒᆞᆯ지니 어이ᄒᆞ야 ᄌ셰히 알니오?77) ᄂᆡ ᄒᆞᆫ 계괴(計巧ㅣ) 이시니, ᄂᆡ 집의 남ᄒᆡ관음보살(南海觀音菩薩) 화샹(畫像)을

---

66) 종제(終制): 어버이의 삼년상을 마침. 해상(解喪).
67) 그르시: 그릇이.
68) 발셔: 벌써.
69) 경사(經史): 경전과 사서.
70) 밋지: 미치지.
71) 묘희(妙喜): 연세대본은 '苗姬'로 표기되어 있다.
72) 계행(戒行): 계(戒)를 받은 뒤에 계법(戒法)의 조목에 따라 실천하고 수행함.
73) 식감(識鑑): 지감(知鑑). 사람을 잘 알아보는 능력.
74) 진짓: 진실로.
75) 국색(國色): 나라의 으뜸가는 미인.
76) 질자(姪子): 조카.
77) 그러나 혼인은~ᄌ셰히 알니오?: 여타의 이본에서는 유소사가 이 말을 한다. 아마도 옮기는 과정에서 탈락한 부분이 있었던 듯하다.

뫼셔시니 당 젹(唐的)78) 사롬의 명홰(名畫ㅣ)라. 닉 묘희(妙喜)의게 뵈고져 ᄒ연지 오란지라,79) 이졔 묘희(妙喜)를 쳥ᄒ야 화상(畫像)을 가지고 샤갸(謝家)의 보닉여 그 녀ᄌ(女子)의 글을 바든즉 그 ᄌ조를 알거시오, 그 ᄌ식(姿色)은 묘희(妙喜) 일졍(一定)80) 친(親)히 보리니 묘희(妙喜) 엇지 날을 속이리오?"

쇼ᄉᆡ(少師ㅣ) 우어81) 왈(曰)

"이 계괴(計巧ㅣ) 조ᄒ딕 관음(觀音)을 글졔(題)82)를 ᄒ면 짓기 극히 어려오니 규듕녀ᄌ(閨中女子ㅣ) 어이 잘 지으리오?"

두부인(杜夫人)이 ᄀᆞᆯ오딕

"글졔 어려오므로 짓지 못ᄒ면 엇지 ᄌ죄라 니ᄅ리잇가?"

쇼ᄉᆡ(少師ㅣ) 그 말을 올히83) 녀겨 즉시 사롬을 우화암(雨花菴)의 보닉여 묘희(妙喜)를 쳥(請)ᄒ야 관음화상(觀音畫像)을 쥬어 신셩(新城) 샤가(謝家)의 보닉니라.

묘희(妙喜) 샤가(謝家)의 가 부인(夫人)을 뵈온딕 부인(夫人)이 ᄯᅩ흔 불법(佛法)을 슝상(崇尙)ᄒᄂ지라, 즉시 묘희(妙喜)를 보거늘 묘희(妙喜) 나아가 졀ᄒ고 한훤(寒暄)84)을 맛츤 후 부인(夫人)이 ᄀᆞᆯ오딕

"오릭 ᄉ부(師傅)85)를 보지 못ᄒ엿더니, 아지 못게라. 금일(今日)은 무슴 일이 이셔 왓ᄂ뇨?"

묘희(妙喜) 술오딕

"쇼승(小僧)이 잇ᄉᆞᆫ 졀이 퇴락(頹落)ᄒ옵기로 즁창(重創)ᄒ려 ᄒ

---

78) 당 젹(唐的): 당나라 때의.
79) 오란지라: 오랜지라. 오래되었는지라.
80) 일졍(一定): 분명히.
81) 우어: 웃으며.
82) 글졔: 글의 제재(題材).
83) 올히: 옳게.
84) 한훤(寒暄): 날씨 등을 묻는 가벼운 인사말.
85) 사부(師傅): 중을 높여 부르는 말. 스님.

와 여기(餘暇ㅣ) 업습기로 오릭 문안(問安)을 못ㅎ엿습더니 이제는 역수(役事)룰 맛습고[86] 보시(普施)룰 부인(夫人)긔 쳥(請)코져 ㅎ여 특별이 와 뵈옵ᄂ이다."

부인이 글오듸

"진실노 불수(佛事)의 보탈 일이 이시면 늬 엇지 앗가올 거시 이시리오마는 다만 집이 수벽(四壁)쑨이니 수부(師傅)의 쳥을 듯지 못홀 듯ㅎ거니와 수부(師傅)의 구ㅎ는 바는 무어시뇨?"

묘희(妙喜) 글오듸

"쇼승(小僧)의 구ㅎ는 바는 부인 틱의 허비(虛費)ㅎ올 빅 아니라. 나의 원(願)을 닐운즉 엇지 금은(金銀)쑨이리잇가?"

부인(夫人)이 글오듸

"시험(試驗)ㅎ야 니룰라."

묘희(妙喜) 술오듸

"쇼승(小僧)이 암즈(菴子)룰 즁슈(重修)ㅎ온 후의 흔 단월(檀越)[87] 이 잇수와 관음화샹(觀音畫像)을 보닉오니 이는 당 젹(唐的) 명화라. 그림 긋희[88] 명인(名人)의 찬(贊)ㅎ온 글이 업수오니 만일 쇼져(小姐) 글을 엇수와 친히 뻐쥬시면 산문(山門)에 큰 보비 될 거시오니 그 갑슬[89] 의논컨듸 비록 흔 슐위[90]에 칠보(七寶)룰 시러쥬어도 엇지 못 홀가 ㅎᄂ이다."

부인(夫人)이 글오듸

"쇼졔(小姐ㅣ) 비록 냑간 녜긔(禮記) 글 빅화시나 엇지 이 글을 지

---

86) 맛습고: 마치옵고.
87) 단월(檀越): 시주(施主). 자비심으로 조건 없이 절에 물건을 베풀어주는 일을 하는 사람.
88) 긋희: 끝에.
89) 갑슬: 값을.
90) 슐위: 수레.

으리오. 시험후야 무르리라"

후고 즉시 쇼져(小姐)를 부른딕, 쇼제(小姐ㅣ) 명(命)을 좃ᄎ ᄂ와 묘희(妙喜)로 더브러 셔로 볼시 묘희(妙喜) 크게 놀나 가마니 혜오딕[91]

'인셰(人世)에 엇지 이 갓흔 사름이 이시리오. 반ᄃ시 관음(觀音)이 현셩(顯聖)ᄒ여 이의 왓도다'

ᄒ고 글오딕

"ᄉ오 년 전(四五年前)의 쇼져(小姐)를 보앗습더니 소제(小姐ㅣ) 능히 긔록(記錄)ᄒ시ᄂ잇가[92]?"

쇼제(小姐ㅣ) 글오딕

"어이 니즈리오?"

부인(夫人)이 쇼제(小姐ㅣ)를 도라보아 글오딕

"이 ᄉ뷔(師傅ㅣ) 먼니 와 네 글시를 엇고져 ᄒ니 네 능히 지을소냐?"

쇼제(小姐ㅣ) 웃고 글오딕

"일 업슨 산인(山人)이 문인(文人)의 글 엇길 일슴으니 구(求)ᄒᄂ 즈와 응(應)ᄒᄂ 지 다 유익(有益)ᄒ미 업습고, 허믈며 시부(詩賦)와 가ᄉ(歌詞)ᄂ 녀즈의 경계(警戒)라. ᄉ부(師傅)의 청을 듯지 못ᄒᆯ가 ᄒ나이다."

묘희(妙喜) 글오딕

"그러지 아니ᄒ오니 이ᄂ 경기(景槪)를 귀경ᄒ고 짓ᄂ 글이 아니라, 쇼승(小僧)이 관음보살(觀音菩薩) 화샹(畫像)을 엇습고 놉흔 글노 그 덕을 칭숑(稱頌)ᄒᆯ가 ᄒ미니, 관셰음보살(觀世音菩薩)은 녀즈(女子)의 몸이라, 반ᄃ시 녀즈(女子)의 긔특(奇特)ᄒ 글을 어더야 가히

---

91) 혜오딕: 생각하되.
92) 긔록(記錄)ᄒ시ᄂ잇가: 기억하시겠습니까?

그 덕(德)을 칭숑(稱頌)ᄒ리니 댱금(當今) 여자(女子) 즁 소져(小姐)
를 바리고 그 뉘 지으리오? 바라건딕 쇼져(小姐)는 보사님[93] 안면(顔
面)을 보아 ᄉ양(辭讓)치 말으소셔."

부인(夫人)이 ᄯ 굴오딕

"네 만일 지으면 이 ᄯᅩᄒ 보시(布施)라. 엇지 헛도이 지음과 비(比)
ᄒ리오."

쇼제(小姐ㅣ) 딕 왈(對曰)

"시험(試驗)ᄒ야 글제를 드러지이다."

묘희(妙喜) 즉시 죵인(從人)을 블너 ᄒᆫ 축(軸) 그림을 가져와 즁당
(中堂)의 거니 만경창파(萬頃蒼波) 즁에 ᄒᆫ 외로온 셤이 잇ᄂᆫ디 관음
대시(觀音大師ㅣ) 흰옷 닙고 쇼장(梳粧)[94]도 업시 ᄒᆫ 동ᄌ(童子)를 안
고 슈쥭(脩竹)[95] 가온딕 안ᄌ시니 필법(筆法)이 졍묘(精妙)ᄒ야 졍치
(精彩) 맛치[96] 산 사름 갓더라. 쇼제(小姐ㅣ) 굴오딕

"나의 비혼 바는 션비 집[97] 글이라. 불가(佛家) 일을 모ᄅ니 엇지ᄒ
리오?"

묘희 굴오딕

"년(蓮) 불휘[98] ᄒ아히로딕[99] 닙히 프르며 곳치 븕고 공ᄌ(孔子)와
셕가여릭(釋迦如來)는 션비와 부쳐의 되(道ㅣ) 다ᄅ딕 셩인(聖人)인
즉 ᄒᆫ가지라. 쇼제(小姐ㅣ) 만일 션비 집 글노 보샤님[100] 공덕(功德)

---

93) 보사님: 보살님. 관음보살.
94) 소장(梳粧): 빗질과 화장. 곧 꾸밈.
95) 수죽(脩竹): 곧게 자란 가늘고 긴 대.
96) 맛치: 마치.
97) 션비 집: 선비 집. 곧 유가(儒家).
98) 불휘: 뿌리.
99) ᄒ아히로딕: 하나이로되. 하나이지만.
100) 보샤님: 보살님. 관음보살.

을 칭송ᄒ면 더욱 관치[101] 빅승(倍勝)ᄒ리이다."

쇼졔(小姐ㅣ) 이윽이[102] 싱각ᄒ다가 향(香)을 픠오고 붓슬 잡아 관음찬(觀音贊) 일빅이십팔 ᄌ(一百二十八字)ᄅᆞ 지어 족ᄌ(簇子) 우희 가날게 쓰고 아리 줄의 '모년(某年) 모월(某月) 모일(某日)의 샤시 정옥(謝氏貞玉)은 쓰노라' ᄒ엿더라.

묘희(妙喜) 심즁(心中)의 항복(降服)ᄒ야 부인(夫人)과 쇼져(小姐)ᄅᆞ 향(向)하야 무슈(無數)히 샤례(謝禮)ᄒ고 믈너오니라.

이ᄭᅥ 쇼ᄉᆡ(少師ㅣ) 두부인(杜夫人)으로 더브러 ᄒᆞᆫ가지로 안ᄌ 묘희(妙喜) 오기ᄅᆞ 기ᄃᆞ리더니 이윽고 묘희(妙喜) 오거늘 쇼ᄉᆡ(少師ㅣ) '급히 오ᄅᆞ라' ᄒᆞᆫᄃᆡ 묘희(妙喜) 족ᄌ(簇子)ᄅᆞ 밧드러 우으며 드리니 두부인(杜夫人)이 ᄀᆞᆯ오ᄃᆡ

"그ᄃᆡ 샤가(謝家)의 가 쇼져(小姐)ᄅᆞ 보앗ᄂᆞ다?"

묘희(妙喜) ᄃᆡ(對) 왈(曰)

"엇지 보지 못ᄒᆞ엿ᄉᆞ리잇가."

부인(夫人) 왈(曰)

"그러면 먼져 그 ᄌᆞᄉᆡᆨ(姿色)을 니ᄅᆞ라."

묘희(妙喜) 왈(曰)

"족ᄌ(簇子) 즁 사ᄅᆞᆷ 갓더이다"

ᄒ고 인ᄒᆞ여 부인(夫人)과 쇼져(小姐)로 더브러 문답(問答)ᄒ던 일을 일일이 니ᄅᆞᆫᄃᆡ, 쇼ᄉᆡ(少師ㅣ) 왈

"그ᄃᆡ 말을 듯건ᄃᆡ 샤가 녀ᄌᆡ(女子ㅣ) ᄌᆞᄉᆡᆨ(姿色)이 아람다올 ᄲᅮᆫ 아니라 덕셩(德性)과 식견(識見)이 과인(過人)ᄒ도다. 다만 글을 어이 지엇ᄂᆞᆫ고?"

---

101) 관치: 광치(光彩)의 오기.
102) 이윽이: 오랫동안.

즉시 족ᄌᆞ(簇子)를 펴고 보니 필법(筆法)이 정묘(精妙)ᄒᆞ여 조곰도
구ᄎᆞ(苟且)치 안커늘 쇼ᄉᆞ(少師 ᅵ) 그윽이 항복(降服)ᄒᆞ더라.
　그 글의 ᄒᆞ여시ᄃᆡ,

　　아문대ᄉᆞ(我聞大師)ᄂᆞᆫ 고지셩녜(古之聖女 ᅵ)라,
　　면유기덕(緬惟其德)ᄒᆞ니 비쥬임ᄉᆞᆯ(比周妊姒 ᅵ)로다.
　　관져갈담(關雎葛覃)은 부인지ᄉᆞ(夫人之事 ᅵ)라,
　　독닙공샹103)(獨立空山)이 긔기본지(豈其本志)리오.
　　직셜보셰(稷契補世)ᄒᆞ고 이졔아샤(夷齊餓死)ᄒᆞ니,
　　도비부동(道非不同)이라 쇼우각이(所遇各異)로다.
　　아견유샹(我見遺像)ᄒᆞ니 의ᄇᆡᆨ포ᄌᆞ(衣白抱子 ᅵ)로다.
　　인화샹인(因畫想人)ᄒᆞ니 식지개의(識之槪義)로다.
　　고지졀뷔(古之節婦 ᅵ)라 단발훼체(斷髮毁體)로다.
　　니군졀셰(離群絕世)ᄒᆞ니 유의지취(惟義之取)로다.
　　셔역찬셔(西域贊書)ᄒᆞ니 뉴속호이(流俗好異)로다.
　　부회신긔(傅會神奇)ᄒᆞ나 무익뉸긔(無益倫紀)로다.
　　오호ᄃᆡᄉᆞ(嗚呼大師)ᄂᆞᆫ 호위에104)ᄎᆞ(胡爲於此)오?
　　슈쥭텬한(脩竹天寒)ᄒᆞ니 ᄒᆡ파만리(海波萬里)로다.
　　하이ᄌᆞ위(何以自慰)오 방명ᄇᆡᆨ셰(芳名百世)로다.
　　아작찬ᄉᆞ(我作贊詞)ᄒᆞ니 유루타디(流淚墮地)로다.

　　니 드르니 ᄃᆡᄉᆞ(大師)ᄂᆞᆫ
　　녜 셩인(聖人)읫 겨집이라.

---

103) 샹: '산'의 오기.
104) 에: '어'의 오기.

아오라이105) 그 덕(德)을 싱각ᄒ니
쥬(周)나라 팀임(太妊)과 팀ᄉ(太姒)106)에 비(比)ᄒ리로다.
관져(關雎)와 갈담(葛覃)107)은
부인(婦人)을 기린 말이라.
홀노 공샨(空山)의 셧시미
엇지 그 본ᄯᅳᆺ이리오.
직셜(稷契)108)은 셰상을 돕고
이졔(夷齊)109)ᄂᆫ 쥬려110) 죽으니,
되(道 ㅣ) 갓지 아니미 아니라
맛난 빈 각각 다ᄅᆞ도다.
ᄂᆡ 기친111) 화샹(畫像)을 보니
흰옷 닙고 아회112)를 안앗도다.
그림을 인(因)ᄒ야 사ᄅᆞᆷ을 싱각ᄒ니
그 딕개(大槪) ᄯᅳᆺ을 알니로다.
녯 졀뷔(節婦 ㅣ)라
터럭을 쓴코113) 몸을 훼(毁)ᄒ도다.
무리에 ᄶᅥᄂᆞᆨ고 셰샹을 ᄭᅳᆺ츠니114)

---

105) 아오라이: 애오라지. 오직.
106) 태임(太妊)과 태사(太姒): 어질기로 유명한 두 부인으로, 태임은 주나라 문왕(文王)의 어머니이고, 태사는 문왕의 부인이다.
107) 관저(關雎)와 갈담(葛覃): 『시경詩經』 「주남周南」의 편명(篇名). 관저편은 문왕의 후비(后妃)의 덕을 찬미했고, 갈담편은 문왕의 후비의 덕행을 나타냈다.
108) 직설(稷契): 직과 설. 요순(堯舜)시대의 명신(名臣).
109) 이제(夷齊): 백이와 숙제. 은(殷)나라의 충신.
110) 쥬려: 굶주려.
111) 기친: 끼친. 남긴.
112) 아회: 아이. 어린이.
113) 쓴코: 끊고. 자르고.
114) ᄭᅳᆺ츠니: 끊으니. 속세를 떠나니.

오직 의(義)만 취(取)ᄒ도다.

셔역(西域)이 글 지어 기리니

뉴속(流俗)이 긔이(奇異)ᄒ믈 됴히 넉이도다.

신긔(神奇)ᄒ믈 부회(傅會)ᄒ나

뉸긔(倫紀)에ᄂᆞᆫ 니익(利益)이 업도다.

오홉다![115] 딘ᄉᆞ(大師)ᄂᆞᆫ

엇지 이에 왓ᄂᆞᄂᆈ?

긴 딘에 하ᄂᆞᆯ이 ᄎᆞ니

바다 물결이 만리(萬里)나 ᄒ도다.

엇지 ᄡᅥ 스ᄉᆞ로 위로(慰勞)ᄒ리오?

ᄭᅩᆺ다온[116] 일홈이 빅셰(百世)의 잇도다.

닉 찬ᄉᆞ(贊詞)를 지으니

눈물이 이셔 ᄯᅡ희[117] ᄯᅥ러지ᄂᆞᆫ도다.

쇼ᄉᆞ(少師ㅣ) 보기를 맛ᄎᆞ믹[118] 크게 놀나 글오딕

"녜로붓터 관음찬(觀音贊) 지은 직(者ㅣ) 만흐딕 일즉 이 갓흔 졍논(正論)을 보지 못ᄒ엿더니 엇지 년쇼(年少) 녀ᄌᆞ(女子)의 식견(識見)으로 밋츨 비리오."

두부인(杜夫人)ᄃᆞ려 닐너 글오딕

"이졔ᄂᆞᆫ 아히 빅필(配匹)을 졍(定)ᄒ괘라."

ᄯᅩ 연슈(延壽)를 블너 글을 보라 ᄒ고 닐오딕

"네 능히 이럿툿 지을다?"

---

115) 오홉다: 오호(嗚呼)라.
116) ᄭᅩᆺ다온: 꽃다운.
117) ᄯᅡ희: 땅에.
118) 맛ᄎᆞ믹: 마치매.

연쉬(延壽ㅣ) 쏘흔 듕심(中心)의[119] 항복ᄒᆞ더라.

묘희(妙喜) 부인긔 하직(下直)ᄒᆞ여 왈

"쇼승(小僧)이 아직 머므러[120] 쇼져의 친ᄉᆞ(親事)[121]ᄅᆞᆯ 볼거시로듸, 쇼승의 스승이 남악(南嶽)[122]의 잇ᄉᆞᆸ더니 일젼(日前)의 편지ᄒᆞ야 '경셩(京城) 부요(富饒)흔 ᄯᅡᄒᆡ 오릭 머므지 못ᄒᆞᆯ지니 속(速)히 나려와 니르던 경문(經文)을 슈습(收拾)ᄒᆞ라' ᄒᆞ엿ᄉᆞᆸ기로 명일(明日)은 남악(南嶽)으로 가올지라, 감히 쳥(請)ᄒᆞᆸᄂᆞ니 보샤님 화샹(畫像)을 쥬시면 길이 산문(山門)의 뫼셔 조셕(朝夕) 녜비(禮拜)ᄒᆞ고져 ᄒᆞᆸᄂᆞ이다."

부인 왈

"ᄉᆞ뷔(師傅ㅣ) 도(道)ᄅᆞᆯ 비흐려 먼니 가니 비록 결연(缺然)ᄒᆞ나[123] 엇지 만류(挽留)ᄒᆞ리오"

ᄒᆞ고 즉시 관음화샹(觀音畫像)으로 묘희의게 도라보닉니,[124] 쇼싀(少師ㅣ) 쏘흔 금은(金銀)을 쥬며 글오듸

"이것시 비록 ᄉᆞ쇼(些少)ᄒᆞ나 ᄒᆡᆼ듕(行中) 노비(路費)ᄂᆞ 보틸가 ᄒᆞ노라."

묘희(妙喜) 빅샤(拜謝)ᄒᆞ고 가니라.

어시(於是)의 쇼싀(少師ㅣ) 두부인(杜夫人)ᄃᆞ려 닐오듸

"샤급ᄉᆞ(謝給事) 집의 남직(男子ㅣ) 업사니 맛당이 쥬파(朱婆)ᄅᆞᆯ 보닉여 닉 ᄯᅳᆺ을 통ᄒᆞ리라"

ᄒᆞ고 즉시 쥬파(朱婆)ᄅᆞᆯ 불어 샤급ᄉᆞ(謝給事) 집ᄉᆞ(執事)의 가 통혼

---

119) 듕심(中心)의: 마음으로.
120) 머므러: 머물러.
121) 친사(親事): 혼인과 관련된 일.
122) 남악(南嶽): 오악(五嶽)의 하나인 남쪽 형산(衡山).
123) 결연(缺然)ᄒᆞ나: 서운하나. 결연은 부족하거나 부족해 서운하다는 의미.
124) 도라보닉니: 돌려보내니.

(通婚)ᄒ라 ᄒᆞᆫ디 쥬픽(朱婆ㅣ) 승명(承命)ᄒ고 즉시 신셩현(新城縣)의 ᄂᆞ아가 부인긔 뵈옵고 뉴가(劉家) 혼ᄉᆞᄅᆞᆯ 젼(傳)ᄒᆞᆯᄉᆡ 쥬픽(朱婆ㅣ) 몬져 뉴쇼ᄉᆞ(劉少師) 가계125) 부귀와 뉴한님(劉翰林) 문치(文彩) 풍뉴(風流)ᄅᆞᆯ ᄌᆞ랑ᄒ고 ᄯᅩ 니로디

"왕후거족(王侯巨族)의 구혼(求婚)ᄒᆞᄂᆞᆫ 직(者ㅣ) 만흐디 뉴노애(劉老爺ㅣ) 쇼져 경식(傾色)126)을 드르시고 쇼쳡(小妾)으로 ᄒᆞ여곰 이 ᄯᅳᆺ을 통(通)ᄒ라 ᄒᆞ시니 뉴가(劉家) 납폐(納幣)127)ᄒᆞᄂᆞᆫ 날은 곳 쇼져(小姐)의 영화(榮華)로온 날이니이다."

부인이 듕심(中心)의 크게 깃거 쇼져(小姐)로 더브러 의논(議論)ᄒ고 결졍(決定)코ᄌᆞ ᄒᆞ여 친(親)히 쇼져(小姐) 침소(寢所)의 ᄂᆞ아가 쥬파(朱婆)의 온 ᄯᅳᆺ을 닐으고 ᄀᆞᆯ오디

"늬 ᄯᅳᆺ은 심(甚)히 맛당ᄒᆞ거니와 너의 ᄯᅳᆺ은 엇더ᄒᆞ뇨?"

쇼졔(小姐ㅣ) ᄀᆞᆯ오디

"뉴쇼ᄉᆞ(劉少師)ᄂᆞᆫ 당금 현ᄌᆡ상(賢宰相)이라 결혼이 가(可)치 아닌 일이 업ᄉᆞ오디 쥬파(朱婆)의 말삼을 드르니 의심(疑心)이 이셔이다. 쇼녀ᄂᆞᆫ 드르니 '군ᄌᆞ(君子)ᄂᆞᆫ 덕(德)을 슝상(崇尙)ᄒ고 식(色)을 쳔(賤)히 녀기며 옛 어진 부인은 덕(德)으로 사름을 맞고128) 식(色)으로 ᄡᅥ 맞지 아니ᄒᆞᆫ다' ᄒᆞ오니 이졔 쥬픽(朱婆ㅣ) 식(色)을 먼져 의논ᄒ니 쇼녀(小女) 그를 붓그려ᄒᆞᄂᆞ이다.129) ᄯᅩ 져 쥬픽(朱婆ㅣ) 져 집 부귀 형셰(富貴形勢)만 일ᄏᆞᆮ고 우리집 션급ᄉᆞ(先給事) 쳥명직졀(淸名直節)을 니ᄅᆞ지 아니ᄒᆞ니 혹 쥬픽(朱婆ㅣ) 미렬(微劣)ᄒᆞ여 능히 쇼ᄉᆞ의 ᄯᅳᆺ

---

125) 가계: 가세(家勢)의 오기.
126) 경색(傾色): 경국지색(傾國之色).
127) 납폐(納幣): 혼례(婚禮)의 육례(六禮) 중 하나로, 정혼(定婚)의 증거로 신랑 집에서 신부 집으로 예물을 보내는 것.
128) 맞고: 맞이하고.
129) 붓그려ᄒᆞᄂᆞ이다: 부끄러워합니다.

을 알외지 못흔가 흐거니와 그러치 아닌즉 뉴쇼스(劉少師) 어진 일홈이 다 허시(虛事 ㅣ)니 쇼녀(小女)는 그 집의 들기를 원치 아니흐느이다."

부인이 평싱(平生)130) 그 쏠을 듕(重)히 녀기는지라 그 말을 올히 넉여 쥬파(朱婆)드려 니르디

"빈가(貧家) 녀직(女子 ㅣ) 감히 귀인(貴人) 비필(配匹)의 당(當)치 못흘 쑨 아니라 쏘 쇼시(少師 ㅣ) 녀즛(女子)의 즛식(姿色)을 그릇 드럿난지라. 쇼녜(小女 ㅣ) 비록 빈가(貧家)의 느시나 손조131) 질삼132) 흐며 냑간(若干) 녀즛의133) 비혼 일이 이시나 엇지 능히 귀가(貴家) 녀즛의 벼기리오?134) 결혼(結婚)흔 후 만일 쇼문(所聞)과 갓지 못흐면 쏘흔 죄(罪)를 어들가 져허흐느니135) 이 쯧으로 회보(回報)흐라."

쥬픠(朱婆 ㅣ) 고이히 넉여 만단(萬端)으로 유셰(遊說)흐디 부인의 말슴이 종시(終始) 흔갈갓흐니136) 쥬픠(朱婆 ㅣ) 도라와 슈말(首末)을 즛셰히 고(告)흔디 쇼시(少師 ㅣ) 심히 깃거 아니흐여 침음(沈吟)흐다가 므러 굴오디

"녜 샤가(謝家)의 말슴을 무어시라 젼(傳)흔다?"

쥬픠(朱婆 ㅣ) 그 스연을 즛시137) 슬오니 쇼시(少師 ㅣ) 우어 왈(曰)

"닉 이러틋 소략흐야138) 젼흘 말을 즛셰히 가르치지 못흐여 져 집 의심(疑心)을 닐위니 익둡도다. 아직 믈너시라"

---

130) 평생(平生): 평소에.
131) 손조: 손수.
132) 질삼: 길쌈.
133) 녀즛의: 다음에 '일을'이 빠진 듯하다.
134) 벼기리오: 비기리오. 비(比)하리오.
135) 져허흐느니: 저어하나니. 두려우니.
136) 흔갈갓흐니: 한결같으니.
137) 즛시: 자세히.
138) 소략흐야: '소략(疏略)흐야'의 오기. 소략은 꼼꼼하지 못함을 이르는 말.

흐고 잇튼날 쇼시(少師]) 친히 신성현(新城縣)의 느아가 지현(知
縣)139)을 보고 니르딕

"샤급샤(謝給事) 집의 구혼(求婚)흐려 흐야 쥬파(朱婆)를 보닉엿더
니 져 집의 딕답(對答)이 이러이러흐니 일졍 민픽(媒婆]) 닉 뜻을 주
시 젼치 못흐미라. 원컨딕 션싱(先生)은 날을 위흐여 친히 샤가(謝家)
의 느아가 닉 뜻을 통하여 진실노 인연(因緣)을 지은즉 다힝(多幸)하
여이다."

지현(知縣)이 굴오딕

"노션싱(老先生) 분부를 맛당이 진심(盡心)흐려니와 믄일 져 집의
가셔 어이뻐140) 발언흐리잇가?"

쇼시(少師]) 왈(曰)

"다란 말 말고 '나의 원흐는 바는 오직 션급스(先給事)의 청직(淸
直)을 스모흐고 쏘 소져의 부덕(婦德)을 흠앙(欽仰)홈이라' 흐즉 져
집의셔 반드시 허(許)치 아닐 이(理) 업스리라."

지현(知縣) 왈(曰)

"슴가 말숨딕로 흐리이다"

흐더라. 지현(知縣)이 소스(少師)를 보닌 후 하인을 샤가(謝家)의 보
닉여 명일(明日) 지현(知縣)이 친(親)히 가물 젼흐딕 부인이 듯고 굴
오딕

"반드시 혼스(婚事)를 위홈이로다"

흐고 긱당(客堂)을 쇼쇄(掃灑)흐고 기드리더니 이튼날 지현(知縣)이
샤가(謝家)의 니른딕 쇼져(小姐)의 유뫼(乳母]) 쇼공즈(小公子)를
안고 나와 부인 말숨을 젼흐야 굴오딕

---

139) 지현(知縣): 현령(縣令), 현감(縣監) 등과 같은 현의 으뜸 벼슬.
140) 어이뻐: 무엇으로써.

"듀인(主人)이 셰샹을 바린 지 오릭고 쇼쥬인(小主人)이 나히 어려 귀킥(貴客)을 졉딕(接對)치 못ᄒ거니와 아지 못게라 노애(老爺ㅣ) 엇지 닉림(來臨)ᄒ시니잇가?"

지현(知縣) 왈(曰)

"다룸이 아니라 작일(昨日) 뉴쇼ᄉ(劉少師) 상공이 아즁(衙中)의[141] 오ᄉ 날ᄃ려 니릭딕 'ᄌ식을 위ᄒ야 혼쳐(婚處)를 구ᄒ딕 뜻의 맛가즌[142] 딕 업더니 드르니 샤급ᄉ(謝給事) 딕 쳐직(處子ㅣ) 유한뇨됴(幽閑窈窕)ᄒ여 부덕(婦德)이 잇다 ᄒ니 실노 나의 구ᄒᄂ 바오. 허물며 급ᄉ공(給事公)의 념직쳥명(廉直淸名)은 나의 ᄉ모(思慕)ᄒᄂ 빅라. 미파(媒婆)를 보닉여 구혼(求婚)ᄒ딕 분명흔 회보(回報)를 듯지 못ᄒ엿ᄉ미 일졍 미픽(媒婆ㅣ) 나의 뜻을 그룻 젼ᄒ미라. 원컨딕 지현(知縣)은 날을 위ᄒ야 혼ᄉ를 닐우게 ᄒ라' ᄒ시므로 감히 왓ᄂ니 이 뜻을 부인긔 술와 쾌히[143] 허(許)ᄒ쇼셔 ᄒ라."

유뫼(乳母ㅣ) 드러가 부인(夫人)긔 고(告)ᄒ고 나와 부인(夫人) 말씀으로 젼ᄒ딕

"쇼녀(小女)의 혼ᄉ(婚事)로 누지(陋地)의 욕님(辱臨)ᄒ시니 황공(惶恐)ᄒ오며 뉴쇼ᄉ딕(劉少師宅) 통혼(通婚)ᄒ시믄 오직 명(命)딕로 힝(行)ᄒ리이다"

ᄒ거늘 지현(知縣)이 크게 깃거 하직ᄒ고 도라와 즉시 글월을 ᄒ여 쇼ᄉ(少師)긔 보닉니 쇼식(少師ㅣ) 딕희(大喜)ᄒ야 길일(吉日)을 갈히여 셩혼(成婚)홀식 한님(翰林)이 뉵녜(六禮)[144]를 갓초아 쇼져(小

---

141) 아즁(衙中)의: 관아(官衙)에.
142) 맛가즌: 알맞은. 적당한.
143) 쾌히: '쾌(快)히'의 오기.
144) 육례(六禮): 혼인의 여섯 가지 예법. 납채(納采), 문명(問名), 납길(納吉), 납폐(納幣), 청기(請期), 친영(親迎).

姐)를 마즈니 위의(威儀)의 부셩(富盛)홈과 녜졀(禮節)의 아름다오믈
관광(觀光)ㅎ는 지 칭찬(稱讚) 아니 리145) 업더라.

145) 아니 리: 아니하는 사람.

부인은 시경의 덕목을 본받으려 하고
첩은 음란한 음악을 연주하다

한님이 쇼져로 더브러 친수(親事)를 니르미 진짓 요됴슉녀(窈窕淑女)오 군주호귀(君子好逑ㅣ)러라.

잇튼날 폐빅(幣帛)을 밧들어 쇼수(少師)긔 드리고 가묘(家廟)의 뵈오니 친쳑(親戚) 빈긱(賓客)이 다 모혀 쇼져(小姐)의 유한(幽閑)혼 긔질(氣質)을 보미 난최(蘭草ㅣ) 츈풍(春風)의 나붓기고 연꼿치 츄슈(秋水)의 비췸 갓흐여 동용(從容) 쥬션(周旋)이 다 법도(法度)의 마즈니 좌듕(座中)이 칙칙(嘖嘖) 칭찬흐야 쇼수긔 치하(致賀) 아니 리 업더라.

녜(禮)를 맛츠미 쇼시(少師ㅣ) 신부(新婦)를 느아오라 흐야 글오디

"젼일(前日) 신부의 지은바 관음찬(觀音贊)을 보니 직조(才調)를 아란 지 오라고 이졔 니르러 그 아람다오믈 닛지 못흐노라.[1]"

---

[1] 문맥과 여타 이본을 참고하건대, 이 뒤에 "이 외에 지은 글이 적지 않으리라" 정도의 내용이 탈락된 것으로 보인다.

쇼제(小姐ㅣ) 피셕(避席) 딕왈(對曰)

"손으로 필묵(筆墨)을 희롱(戲弄)ㅎ오미 녀주의 맛당ㅎ온 비 아니옵고 본셩(本性)이 노둔(魯鈍)ㅎ와 지은 글이 업스오딕 맛춤 관음찬은 어믜 명을 니어 지어숩더니 존안(尊眼)의 열남(閱覽)ㅎ믈 엇지 뜻ㅎ엿시리잇가?"

쇼스(少師ㅣ) 글오딕

"한묵(翰墨)이 녀주의 일이 아닌즉 녯날 어진 부인이 글을 알 사름이 업슬 거시니 이는 엇진 말고?"

쇼제(小姐ㅣ) 딕왈(對曰)

"녯 부인의 글 비홈은 그 어질믈 법(法)밧고 그 스오느오믈2) 경계(警戒)홈이니이다."

쇼스(少師ㅣ) 글오딕

"신뷔(新婦ㅣ) 이졔 닉 집의 드러오니 무슴 일노 쟝부(丈夫)를 도을고?"

쇼제(小姐ㅣ) 딕(對)ㅎ야 글오딕

"첩(妾)이 일죽 아비를 여희고 주모(慈母)의 스랑을 닙스와 본딕 비혼 비 업스오니 무릇시는 말슴을 딕답지 못ㅎ옵거니와 그러나 어미 첩을 보닐 제 중문(中門)의 님(臨)ㅎ와 경계ㅎ야 글오딕3) '반드시 공경(恭敬)ㅎ며 반드시 경계(警戒)ㅎ야 부즈(夫子)4)를 어긔오지 말나' ㅎ시니 이 말슴이 경경(耿耿)ㅎ야 귀가의 잇느이다."

쇼스(少師ㅣ) 글오딕

"부즈(夫子)의 뜻을 어긔오지 말며 쟝뷔(丈夫ㅣ) 비록 그른 일이 이

---

2) 스오느오믈: 사나움을.
3) 중문(中門)의 님(臨)ㅎ와 경계ㅎ야 글오딕: 옛날 어머니가 딸을 시집보낼 때 중문에서 향주머니를 매어주며 경계의 말을 했다.
4) 부자(夫子): 남편.

실지라도 슌종(順從)ᄒ랴?"

쇼제(小姐ㅣ) 딕왈

"이를 닐은 비 아니오라 부부(夫婦)의 되(道ㅣ) 오륜(五倫)을 겸
(兼)ᄒ여시니 아비 간(諫)ᄒᄂᆫ 즈식이 잇고 나라히 간(諫)ᄒᄂᆫ 신히
잇고 형제(兄弟) 셔로 권ᄒ고 붕위(朋友ㅣ) 셔로 칙(責)ᄒᄂ니 엇지
부부 ᄯᆞ녀5) 간징(諫諍)치 아니리잇가? 그러ᄒ나 즈고(自古)로 쟝뷔
(丈夫ㅣ) 부인(婦人)의 말을 편쳥(偏聽)ᄒ면 히로오미 잇ᅀᆞᆸ고 유익
(有益)ᄒ미 업ᄉ오니 암듥6)이 신빅7)를 가암알믈8) 경계치 아니치 못
ᄒ리이다."

쇼싀(少師ㅣ) 모든 손을 도라보아 굴오딕

"나의 며나리ᄂᆫ 가히 됴딕가(曹大家)의9) 비(比)홀 거시니 엇지 시
쇽(時俗) 녀즈(女子)의 미출 빅리오."

ᄯᅩ 한님(翰林)ᄃᆞ려 닐너 굴오딕

"어진 안히 어드믄 젹은 경ᄉᆞ(慶事ㅣ) 아니라 네 닉조(內助)를 어드
니 닉 엇지 근심이 이시리오"

ᄒ고 시비(侍婢)를 명ᄒ여 상즈 가온딕 거울 일면(一面)과 옥환(玉
環) 일ᄡᅡᆼ(一雙)을 닉여쥬며 왈

"이거시 비록 져그나 우리집 보빅라. 신뷔(新婦ㅣ) 붉ᄋ미 이 거울
갓고 덕(德)이 이 옥환(玉環) 갓흘ᄉᆡ 특별이 쥬노라."

소졔(小姐ㅣ) 두 번 졀ᄒ고 공경(恭敬)ᄒ야 바드니라.

이날 빈쥬(賓主ㅣ) 셔로 즐기다가 날이 져믈ᄆᆡ 각각 도라가나 소졔

---

5) ᄯᆞ녀: 달리.
6) 암듥: 암탉.
7) 신빅: 새벽.
8) 가암알믈: 다스림을. 관장(管掌)함을.
9) 조대가(曹大家): 후한(後漢) 때의 뛰어난 여류 문인인 반소(班昭). 뛰어난 학식으로 황후와
귀인의 스승이 되었고, 오라비 반고가 완성하지 못한 『한서』를 완결했다.

(小姐ㅣ) 구가(舅家)의 드러오므로브터 구고(舅姑)를 효도로 밧들고 비복(婢僕)을 은혜(恩惠)로 딕졉ᄒ며 집을 다ᄉ리미 법되(法度ㅣ) 이시니 규문(閨門) 안히 화(和)ᄒᆫ 긔운이 봄빗 갓더라.

이러구러 삼 년이 지나더니 즐기미 극ᄒ면 슬프미 나ᄂᆫ지라, 쇼ᄉᆡ(少師ㅣ) 홀연 득병(得病)ᄒ야 졈졈 위듕(危重)ᄒ거ᄂᆞᆯ 한림(翰林) 부체(夫妻ㅣ) 일킥(一刻)도10) 써나지 아니ᄒ고 의약(醫藥)과 긔도(祈禱)를 지극히 ᄒᄃᆡ 조곰도 ᄎᆞ되(差度ㅣ) 업더라.

쇼ᄉᆡ(少師ㅣ) 스ᄉ로 니지11) 못ᄒᆯ 쥴 알고 한님(翰林) 부쳐(夫妻)ᄃ려 닐너 ᄀᆞᆯ오ᄃᆡ

"늬 임의 텬쉬(天數ㅣ) 졍(定)ᄒ야시니 속졀업시 과히 슬허 말나."

ᄯᅩ 두부인(杜夫人)을 쳥(請)ᄒ야 ᄀᆞᆯ오ᄃᆡ

"늬 누의로 더브러 영결(永訣)ᄒ노니 누의ᄂᆞᆫ 속졀없시 슬허 말고 쳔만보듕(千萬保重)ᄒ라. 연쉬(延壽ㅣ) 나히 져므니 비록 그른 일이 이셔도 진심(盡心)ᄒ야 가라치라."

ᄯᅩ 한님(翰林)ᄃ려 닐너 왈

"공경(恭敬)ᄒ야 졔ᄉᆞ(祭祀)를 닛고 가풍(家風)을 폐(廢)치 아니ᄒ미 너의 일신(一身)의 미여스니 튱효(忠孝)를 다ᄒ야 학문(學問)을 힘쓰고 고모(姑母)의 말을 늬 말갓치 듯고 범ᄉᆞ(凡事)를 신부(新婦)로 더브러 의논(議論)ᄒ여 힝(行)ᄒ라. 신부(新婦)의 효힝(孝行)과 식견(識見)이 범상(凡常)치 아니ᄒ니 반ᄃᆞ시 비의(非義)로 너를 인도(引導)치 아니리라."

ᄯᅩ 쇼져(小姐)ᄃ려 니ᄅᆞᄃᆡ

"신부(新婦)의 미ᄉᆞ(每事)를 늬 심복(心服)ᄒ연 지 오란지라. 이졔

각별이 경계(警戒)홀 말이 업스니 오직 쳔만보듕(千萬保重)ᄒ라."

삼 인(三人)이 슈명(受命)ᄒ믹 쇼싁(少師ㅣ) 인(因)ᄒ야 명(命)이 진(盡)ᄒ니 한님(翰林) 부쳐(夫妻) 고지규텬(叩地叫天)ᄒ여 거의 죽기에 니르럿더라.

길일(吉日)을 갈희여 션산(先山)의 안장(安葬)ᄒ니 안쉭(顔色)의 여윔과 곡읍(哭泣)의 슬프미 감동(感動)치 아니 리 업더라.

일월(日月)이 물 흐르듯 ᄒ야 삼 년이 지나니 한님(翰林)이 처음으로 벼슬길의 ᄂᆞ으가미 텬직(天子ㅣ) 듕히 쓰고져 ᄒ시ᄃᆡ, 한님(翰林)이 ᄌᆞ조 샹쇼(上疏)ᄒ여 그 득실(得失)을 일너 권귀(權貴)의게 무이니[12] 승샹(丞相) 엄슝(嚴嵩)이 힘뼈 빅쳑(排斥)ᄒᄂ지라, 한휜[13]의 이션 지 여러 히로ᄃᆡ 다른 벼슬의 옴지[14] 못ᄒ니라.

샤시(謝氏) 나히 이십삼 셰오, 혼인하연 지 거의 십 년(十年)이로ᄃᆡ 남녀 간 ᄌᆞ식이 업스이 샤시(謝氏) 심즁(心中)의 심히 근심ᄒ여 스스로 니르ᄃᆡ '긔질(氣質)이 잔악[15]ᄒ니 싱산(生産)을 엇기 어려오리라' ᄒ여 조용흔 쩍에 한님(翰林)을 권ᄒ여 '쳡(妾)을 어드라' ᄒᆞᄃᆡ 한림(翰林)이 그 말을 실졍(實情)이 아닌가 의심ᄒ여 웃고 ᄃᆡ답지 아니ᄒ거늘 샤시(謝氏) 가마니 믜파(媒婆)로 냥가(良家) 녀ᄌᆞ에 ᄌᆞ식 나암 죽흔 사름을 구ᄒ더니 이 말이 젼ᄒ여 두부인(杜夫人)긔 밋ᄎ니 부인이 ᄃᆡ경(大驚)ᄒ여 샤시(謝氏)를 보고 ᄀᆞᆯ오ᄃᆡ

"드르니 그ᄃᆡ 한님(翰林)을 권ᄒ여 쳡을 졈복(占卜)흔다 ᄒ니 올흐냐?"

샤시(謝氏) ᄀᆞᆯ오ᄃᆡ

---

12) 무이니: 미움을 사니. 미움을 받으니. '무이다'는 '미움받다' '원망을 사다'는 의미.

13) 한휜: '한원'의 오기. 한원(翰苑)은 한림원을 말한다.

14) 옴지: 옮아가지. 옮겨가지.

15) 잔악: 잔약(孱弱, 殘弱)의 오기.

"과연 그러ᄒ미 잇ᄂ니이다."

부인 왈

"가ᄂ(家內)에 첩을 두미 실노 화본(禍本)이라. 흔 말긔16) 두 길미17) 업고 흔 그릇시 슐18) 두리 업ᄂ니 쟝뷔(丈夫ㅣ) 비록 첩을 엇고져 ᄒ야도 오히려 힘써 말닐 거시어늘 그ᄃ 스스로 ᄒ믄 엇지뇨?"

샤시(謝氏) 굴오ᄃ

"첩이 돈문(尊門)에 드런 지 임의 아홉 ᄒ라. 남녀 간 ᄉ속(嗣續)이 업스오니 법(法)으로 의논홀진ᄃ ᄂ침이 가(可)ᄒ지라. 엇지 쇼실(小室)을 혐의(嫌疑)하올 빅 이시리잇고."

부인이 굴오ᄃ

"남녀(男女) 싱산(生産)이 됴만지속(早晩遲速)이 잇ᄂ지라. 뉴시(劉氏) 문듕(門中)의도 삼십(三十) 후의 초산(初産)흔 지 이시니 그ᄃ 계유 이십이 넘은지라 엇지 과(過)흔 넘녀를 이갓치 ᄒᄂ뇨?"

샤시(謝氏) ᄃ왈

"첩이 긔품(氣稟)이 허약ᄒ여 이제 쇠잔(衰殘)흔 나히 아니로ᄃ 혈긔(血氣) 셩(盛)ᄒ미 이십 전만 못ᄒ니 이ᄂ 첩이 홀노 아ᄂ지리19) 허믈며 도리(道里)로 일너도 일쳐일쳡(一妻一妾)은 덧덧흔지라. 첩이 비록 관져(關雎) 규목(樛木)20)의 덕이 업스나 밍셰코 셰속(世俗) 부녀(婦女)의 틱(態)를 빅호지 아니ᄒ리이다."

부인(夫人)이 쇼왈(笑曰)

"그ᄃ 반ᄃ시 ᄂ 말을 헛도이 녀기ᄂ도다. 그러나 ᄂ 쏘흔 도리(道

---

16) 말긔: 말에.
17) 길믜: 길마가. '길마'는 안장(鞍裝)을 말한다.
18) 슐: 숟가락.
19) 아ᄂ지리: '아ᄂ지라'의 오기.
20) 규목(樛木):『시경』「주남」의 편명. 후비가 질투가 없으므로 중첩(衆妾)이 그 덕을 즐거워함을 노래했다. 따라서 여기서는 후비와 같은 덕을 의미한다.

理)로 니르리라. 관져(關雎)와 규목(樛木)은 비록 틱식(太姒ㅣ) 투긔(妬忌) 아닌는 덕(德)을 닐넛시나 문왕(文王)이 또흔 식(色)을 조하아니흐스 그 은퇴(恩澤)을 고로게 흐여 즁첩(衆妾)의 원망흐미 업게흐시니 만일 문왕(文王)이 미식(美色)을 전총(專寵)흐여 익증(愛憎)이 고르지 아니흐면 틱식(太姒ㅣ) 비록 투긔(妬忌) 업스나 궁듕(宮中)의 엇지 즁첩(衆妾)의 원망(寃望)이 업스리오. 또 고금(古今)이 각각 달나 셩인(聖人)과 범인(凡人)이 되져 다르니 다만 투긔(妬忌) 아니므로 이람(二南)의 풍속(風俗)[21]을 본밧고져 흐니 진실노 일은바헛 일홈을 스모(思慕)흐고 실(實)노 직화(災禍)를 바드리라.”

소제(小姐ㅣ) 굴오되

“첩이 엇지 이를 모로리잇고마는 다만 셰속(世俗) 부녀(婦女)의 투긔(妬忌)만 일삼아 사름의 집을 어즈러이고 사름의 졔스(祭祀)를 긋게 흐느니를[22] 분(忿)이 녀기노니 비록 풍속(風俗)을 변(變)치 못흐나 엇지 그 일을 본바다리오? 쟝뷔(丈夫ㅣ) 만일 부정(不正)흔 딕 싸져 세상이 쳔(賤)히 넉이면 첩(妾)이 비록 용널(庸劣)흐나 맛당이 딕의(大義)로 간(諫)흐리이다.”

부인이 그 좃지 아닐 쥴 알고 탄 왈(歎曰)

“식로 오는 사름이 힝혀 어진즉 조커니와 만일 어지지 못흔즉 쟝뇌(將來) 무슴 일이 이실 쥴 알니오? 그뒤 또흔 닉 말을 싱각흐리라”
흐더라.

어시(於是)의 미픽(媒婆ㅣ) 쇼져(小姐)긔 고흐야 굴오되

“첩이 부인 명(命)을 밧스와 어진 녀즈(女子)랄 넙이 구옵더니 이

21) 이남(二南)의 풍속(風俗): 주 문왕의 후비의 덕으로 후비와 궁녀가 서로 화목하게 지낸 일. 이남은 『시경』의 「주남」과 「소남召南」을 가리키는 말로 후비의 덕을 칭송하는 내용을 담고 있다.
22) 흐느니를: 하는 이를. 하는 사람을.

졔 흔 녀지(女子 ㅣ) 이시되 부인의 구ᄒ시난 바의 지나더이다."

소졔(小姐 ㅣ) 굴오되

"엇지 니ᄅ미뇨?"

믹픠(媒婆 ㅣ) 굴오되

"부인이 샹공(相公)을 위ᄒ야 쳡(妾)을 구ᄒ시믄 샹공이 ᄉᆡ(色)을 ᄉ랑ᄒ시미 아니라 반ᄃᆞ시 ᄉ족(士族)의 유슌(柔順)ᄒ고 ᄌᆞ식(子息) 나함즉흔 사름을 구ᄒ시미어늘 이 녀ᄌᆞ는 ᄌ조(才調)와 힝실(行實)이 셰샹의 두무니[23] 부인 쓷의 합당치 아닐가 ᄒᆞᄂᆞ이다."

소졔(小姐 ㅣ) 굴오되

"네 날을 희롱(戱弄)ᄒᄂᆞ냐 과연 그 사름이 네 말 갓흐면 다힝(多幸)ᄒ니 셩명(姓名)을 닐으라."

믹픠(媒婆 ㅣ) 되왈(對曰)

"그 녀지(女子 ㅣ) 셩(姓)은 교(喬)오 일홈은 치란(彩鸞)이니 본되 ᄉ족(士族)이라. 일즉 부모를 일코 그 형(兄)의게 의지(依支)ᄒ여시니 시년(時年)이 십뉵 셰(十六歲)라. 바야흐로 의혼(議婚)ᄒ되 그 녀지(女子 ㅣ) 스스로 니ᄅ되 '문회(門戶 ㅣ) 쇠잔(衰殘)ᄒ지라, 한ᄉ(寒士)의 안히 되ᄂᆞ니 출하리 ᄌᆡ샹(宰相)의 쳡(妾)이 되리라' ᄒ니 이는 만나기 어려온 인연(因緣)이라. 그 녀지(女子 ㅣ) ᄌᆞ식(姿色)이 아람다올 ᄲᅮᆫ 아니라 녯글을 닑어 어진 사름의 힝실을 법(法)밧고 ᄯᅩ 녀공(女工)의 모를 닐이 업ᄉᄂᆞ니 쳡(妾)을 구홀진되 이의 너므니 업슬가 ᄒᄂᆞ이다."

소졔(小姐 ㅣ) 깃거[24] 왈(曰)

"ᄉ족 녀지(士族女子 ㅣ)라 ᄒᆞ니 반ᄃᆞ시 쳔인(賤人)과 다를지라. 늬

---

23) 두무니: 드무니.
24) 깃거: 기뻐.

뜻은 맛당ㅎ거니와 샹공(相公)긔 살오고 쳐치(處置)ㅎ리라"

ㅎ고 종용흔 쩍를 타 믜파(媒婆)의 말노뻐 한님(翰林)긔 고(告)흔딕
한님(翰林) 왈(曰)

"닉 쇼실(小室) 두미 급(急)지 아니ㅎ딕 부인의 아름다온 뜻을 져
바리지 못홀지라. 교가(喬家) 녀직(女子ㅣ) 만일 어질진딕 길일(吉日)
을 갈히여 다려오미 올흘가 ㅎ노이다."

샤시(謝氏) 믜파(媒婆)를 교가(喬家)의 보닉여 그 뜻을 통(通)흔딕
교시(喬氏) 한님(翰林)과 부인(夫人)의 젼하는 말을 드른 후에 뉴가
(劉家)에 도라와 한님(翰林)과 부인(夫人) 앏희 뵈옵고 물너안즈니
부드러운 빗과 아리다온 말슴에 좌즁(座中)이 놀나더라. 셩되(性度
ㅣ) 민쳡(敏捷)ㅎ야 일마다 졍딕(靜對)ㅎ니 마치 히당화(海棠花) 흔
가지 이슬을 머음고 바람에 흔드기는 듯ㅎ니 칭찬 아니 리 업고 한님
(翰林)과 소졔(小姐ㅣ) 쏘흔 깃거하딕 오직 두부인(杜夫人)은 크게 깃
거 아니ㅎ더라.

이날 밤의 한님(翰林)이 교시(喬氏)로 더브러 화원(花園) 즁당(中
堂)의 하쳐(下處)ㅎ고 두부인(杜夫人)이 샤시(謝氏)로 더브러 종용이
말슴ㅎ더니 두부인(杜夫人)이 글오딕

"그딕 비록 쇼실(小室)을 어더도 셩힝(性行)이 슌(順)흔 사름을 어
들 거시어늘 이졔 교시(喬氏)를 보니 진짓 졀식(絶色)이라. 그딕의게
니(利)치 아닐 쩐 아녀 조상의게 욕이 밋츨가 ㅎ노라."

소졔(小姐ㅣ) 우어 글오딕

"얼골노 사름을 취(取)치 아닌다 ㅎ거니와 만일 쟝부(丈夫)의 눈의
츠지 못ㅎ면 필연(必然) 갓가이 아니ㅎ리니 자네(子女ㅣ) 어딕로 조
츠 나리잇고? 위(衛)나라 장강(莊姜)25)이 붉은 눈과 고은 입바딕26) 녀

---

25) 장강(莊姜): 춘추시대 위(衛)나라 장공(莊公)의 부인. 제(齊)나라 출신으로, 아름답고 현명

즁(女中)의 읏듬이라. 그 어진 덕(德)이 고금의 일크란즉 엇지 절식가인(絶色佳人)이 다 어지지 못하리잇고."

두부인(杜夫人)이 갈오디

"장강(莊姜)이 비록 어지나 즈식과 덕업(德業)은 업느니라"
하고 두 사름이 웃더라.

한님(翰林)이 교녀(喬女) 잇는 집을 일홈하여 '빅즈당(百子堂)'이라
하고 시비(侍婢) 등 스 인(四人)을 정(定)하여 스환(使喚)케 하니 일가(一家) 사름이 다 교녀(喬女)의 아름다오믈 닐큿더라.

교녜(喬女ㅣ) 총혜(聰慧)하여 한님(翰林)의 쯧을 맛치며 진심(盡心)하야 샤부인(謝夫人)을 셤기니 한님(翰林)이 깃거하더라.[27]

교녜(喬女ㅣ) 힝혀 싱남(生男)치 못홀가 하야 복즈(卜者)를 불너 므르니 굴오디

"남즈(男子)를 나흐면 목슘이 기지 못하리라"
하거늘 교녜(喬女ㅣ) 크게 근심하더니 시비(侍婢) 납미(臘梅) 닐으디

"쳡의 집 겻히 혼 겨집이 이시니 일홈은 십낭(十娘)이라. 남방(南方)으로 와 긔특(奇特)혼 슐(術)이 만흐니 불너 므르면 가히 남녀(男女)를 알니이다."

교녜(喬女ㅣ) 깃거 즉시 십낭(十娘)을 불너 닐으디

"네 남녀(男女) 틱(胎)를 안다 하니 올흐냐?"

십낭(十娘)이 굴오디

"이는 알기 쉬오니 쳥컨디 진믹(診脈)하야보셔이다."

했으나, 아들이 없어 장공의 총애를 잃었다.
26) 입바디: 이빨.
27) 이 부분에 몇 줄 내용이 빠졌다. 가장 내용이 비슷한 연세대본을 참고하건대, "반년이 되지 않아 교씨에게 태기가 있으니 한림과 부인 모두 크게 기뻐하거늘" 정도의 내용이 들어가야한다.

교녜(喬女ㅣ) 즉시 진믹(診脈)ᄒ인딕 십낭(十娘)이 글오딕

"믹(脈)을 보오믹 녀틱(女胎) 분명ᄒ이다"

ᄒ거늘 교녜(喬女ㅣ) 민망ᄒ야 왈(曰)

"샹공(相公)이 날을 고이믄[28] 그 후사(後嗣)ᄅᆞᆯ 위ᄒ미니 만일 싱녀 (生女)ᄒᆞᆫ즉 아니 나홈만 갓지 못ᄒ니라."

십낭(十娘) 왈(曰)

"첩(妾)이 긔특ᄒᆞᆫ 사름을 만나 녀틱(女胎)ᄅᆞᆯ 변(變)ᄒ야 남틱(男胎) 되ᄂᆞᆫ 슐(術)을 빅화 젼(前)브터 시험ᄒᆞᄆᆡ 맛지 아닐 젹이 업ᄉᆞ니, 낭 직(娘子ㅣ) 만일 남ᄌᆞ(男子)ᄅᆞᆯ 구ᄒᆞ거든 엇지 시험치 아니ᄒᆞ나뇨?"

교녜(喬女ㅣ) 깃거 글오딕

"실노 네 말 갓ᄒ면 쳔금(千金)으로 갑ᄒ리라"

ᄒᆞᆫ딕 십낭(十娘)이 부쟉[29]과 고이ᄒᆞᆫ 방슐(方術)을 베퍼 교녀(喬女) ᄌᆞᄂᆞᆫ 침셕(枕席)의 가마니 둔 딕 교녜(喬女ㅣ) 반은 밋고 반은 의심ᄒ 더라.

십 삭(十朔)의 이르러 과연 남ᄌᆞᄅᆞᆯ 나흐니 미목(眉目)이 쳥슈(淸 秀)ᄒᆞ고 인물이 옥(玉) 갓트니 일개(一家ㅣ) 깃거ᄒᆞ야 일홈을 쟝쥬 (掌珠ㅣ)라 ᄒᆞ다. 교녜(喬女ㅣ) 싱ᄌᆞ(生子)ᄒᆞᄆᆞ로붓터 한님(翰林)이 후딕(厚待)ᄒᆞ고 쟝쥬(掌珠) ᄉᆞ랑ᄒᆞ기ᄅᆞᆯ 손 가온딕 보비ᄅᆞᆯ 쥔 듯 ᄒᆞ더 라. 샤시(謝氏) 교녀(喬女)로 더브러 ᄉᆞ랑ᄒᆞ야 기ᄅᆞ니 보ᄂᆞᆫ 직(者ㅣ) 아모의 쇼싱(所生)인 쥴 모로더라.

이ᄯᆡᄂᆞᆫ 춘삼월(春三月)이라. 빅홰(百花ㅣ) 만발(滿發)ᄒᆞ니 졍히 곳 귀경ᄒᆞᆯ 시졀(時節)이러니 한님(翰林)이 텬ᄌᆞ(天子)ᄅᆞᆯ 뫼시고 셔원(西 苑)[30] 잔치에 참예(參預)ᄒᆞᄒᆞ라. 샤부인(謝夫人)이 홀노 셔안(書

---

28) 고이믄: 사랑함은.
29) 부쟉: 부적.
30) 셔원(西苑): 북경 옛 황셩(皇城) 서쪽에 있던 동산.

案)의 비겨 녜긔(禮記)를 보더니 시비 츈방(春芳)이 고 왈(告曰)

"화원(花園) 듕의 모란홰(牧丹花ㅣ) 셩(盛)히 픠여시니 잠간 귀경ᄒ쇼셔."

부인(夫人)이 그 말을 좃ᄎ 시비(侍婢) 오뉵 인을 드리고 졍ᄌ(亭子)에 니라니 버들 그림직 난간을 썰치고 화향(花香)이 옷의 가득ᄒ니 번화(繁華)ᄒ고 심슈(深邃)ᄒ여 진실노 아름다온 경긔(景槪)라. 시비(侍婢)를 명(命)ᄒ야 ᄎ를 다리고 교녀(喬女)를 쳥코져 ᄒ더니 문득 풍편(風便)의 거문고 소ᄅᆡ 쳥아(淸雅)ᄒ거늘 부인(夫人)이 귀를 기우려 드르니 곡죄(曲調ㅣ) 슈상(愁傷)ᄒ고 쇼ᄅᆡ 쳐창(凄愴)ᄒ야 진쥬(珍珠)를 옥반(玉盤)의 구을니고 나모닙희 젹은 이슬이 ᄡᅥ러지는 듯ᄒ야 사름의 마음을 동(動)케 ᄒ거늘 부인(夫人)이 듯기를 파(罷)ᄒ고 좌우(左右)다려 무러 왈(曰)

"뉘 능히 곡조(曲調)를 타ᄂ뇨?"

시비(侍婢) ᄃᆡ(對)ᄒᄃᆡ

"교낭ᄌ(喬娘子)의 손시[31]니이다."

부인(夫人) 왈(曰)

"닉 일즉 교낭자(喬娘子)의 거문고 타믈 듯지 못ᄒ엿더니 젼브터 타더냐?"

시비(侍婢) 글오ᄃᆡ

"교낭직(喬娘子ㅣ) 샹히 빅ᄌ당(百子堂)의 이셔 닉(內)와 격원(隔遠)ᄒ 고(故)로 부인(夫人)이 아지 못ᄒ시거니와 교낭직(喬娘子) 심히 거문고를 ᄉ랑ᄒ야 한가(閑暇)ᄒ 쎄면 항상 쇼조(小調)를 다ᄉ리는 고(故)로 쇼비(小婢) 등이 여러 번 드럿ᄂ이다."

부인이 잠잠ᄒ더니 이윽고 거문고 소ᄅᆡ 긋치고 가는 소ᄅᆡ로 가ᄉ

---

31) 손시: 솜씨.

를 읊흐니 다 당 젹(唐的) 사름의 글이라. 그 글의 굴오듸

　　대월셔상하(待月西廂下)ᄒ고
　　영풍호반기(迎風戸半開)라.
　　불장화영동(拂墻花影動)ᄒ니
　　의시옥인늬(疑是玉人來)라.[32]

　　달을 셧녁[33] 집 아릭셔 기드리고
　　바람을 당ᄒ여 지게룰 반만 여럿도다.
　　곳 그림지 담을 쎨쳐 움죽이니
　　의심컨듸 이 옥인(玉人)이 오ᄂ가 ᄒ도다.

쏘 흔 글을 읊흐니 그 글의 굴와시듸

　　슈구노림야노량(水口蘆林夜露凉)하니
　　월광산싴공창창(月光山色共蒼蒼)을.[34]
　　슈운천리금일시(誰云千里今日始)요
　　별몽의의관싀장(別夢依依關塞長)을.[35]

　　물 어귀 굴듸 슈풀의 밤니슬이 셔늘ᄒ니
　　달빗과 뫼빗치 흔가지로 창창(蒼蒼)ᄒ도다.

---

32) 당나라 원진(元稹)이 지은 전기소설인 『앵앵전鸞鸞傳』에서 앵앵이 읊은 시.
33) 셧녁: '셔녁'의 오기.
34) 을: '이라'의 오기.
35) '을'은 '이라'의 오기. 당나라 설도(薛濤)가 지은 「송우인送友人」이란 작품인데, 몇 글자 차이가 있다. 원시는 다음과 같다. "水國蒹葭夜有霜, 月寒山色共蒼蒼. 誰言千里自今夕, 離夢杳如關塞長."

뉘 쳔니(千里) 길을 오날날 비롯다 니르느뇨.

별몽(別夢)이 의의(依依)ᄒ고 관식(關塞) 길이 기도다.

읇기ᄅᆞᆯ 파(罷)ᄒᆞᄆᆡ 셩운(聲韻) 뇨랑(嫋琅)ᄒᆞ여 들보히 틔글이 썰치고 흐르ᄂᆞᆫ 구름을 머므ᄂᆞᆫ지라. 부인(夫人)이 듯기ᄅᆞᆯ 다ᄒᆞᄆᆡ 머리ᄅᆞᆯ 숙여 싱각ᄒᆞ다가 츈방(春芳)을 명(命)ᄒᆞ야 교시(喬氏)ᄅᆞᆯ 쳥(請)ᄒᆞ야 ᄀᆞᆯ오ᄃᆡ

"맛춤 일이 업셔 우연(偶然)이 화원(花園)의 왓더니 낭지(娘子ㅣ) ᄒᆞᆫ 거름을 앗기지 말고 오라"

ᄒᆞᆫᄃᆡ 교녜(喬女ㅣ) 즉시 니르러 부인(夫人)긔 뵈옵고 ᄒᆞᆫ가지로 경기(景槪)ᄅᆞᆯ 귀경ᄒᆞ더니 부인(夫人)이 ᄀᆞᆯ오ᄃᆡ

"그ᄃᆡ 음뉼(音律)에 졍(精)ᄒᆞᄆᆡ 이러ᄒᆞ믈 ᄯᅳᆺᄒᆞ지 아넛더니 오날 거문고 소ᄅᆡᄅᆞᆯ 드르니 족히 ᄎᆡ문희(蔡文姬)[36]로 더브러 일홈을 닷호리로다."

교녜(喬女ㅣ) ᄉᆞ례(謝禮)ᄒᆞ야 ᄀᆞᆯ오ᄃᆡ

"쳔(賤)ᄒᆞᆫ 지죄(才調ㅣ) 능(能)ᄒᆞ야 ᄒᆞ온 비 아니라 불과(不過) 스스로 즐기미러니 부인(夫人)이 드르시믈 ᄯᅳᆺᄒᆞ지 아니ᄒᆞ엿ᄂᆞ이다."

부인(夫人)이 ᄀᆞᆯ오ᄃᆡ

"그ᄃᆡ의 거문고 소ᄅᆡ 졍묘(精妙)ᄒᆞ니 다시 의논(議論)ᄒᆞᆯ 비 업거니와 ᄂᆡ 그ᄃᆡ로 더브러 형졔(兄弟) ᄀᆞᆺ고 ᄯᅩ 붕우(朋友)의 졍(情)이 이시니 ᄒᆞᆫ 말을 ᄒᆞ고져 ᄒᆞ노라."

교녜(喬女ㅣ) 왈

"부인(夫人)의 가르치시믈 닙으면 곳 쳡(妾)의 다ᄒᆡᆼ(多幸)ᄒᆞ미로쇼이다."

---

36) 채문희(蔡文姬): 후한(後漢) 채옹(蔡邕)의 딸인 채염(蔡琰). 글과 음률이 뛰어났다.

부인(夫人)이 굴오디

"그디의 곡조(曲調)는 예상우의곡(霓裳羽衣曲)[37]이라. 비록 시속(時俗) 사룸이 숭샹(崇尙)호나 그 쎠룰 의논컨디 당(唐) 명황(明皇)[38]이 번화부귀(繁華富貴) 극(極)호나 맛춤니 녹산(祿山)의 난(亂)[39]을 만나 몸을 만니(萬里) 밧긔 숨고 양티진(楊太眞)[40]은 비단 강보(襁褓)의 긔롱(譏弄)[41]을 면(免)치 못호여 맛춤니 마외(馬嵬) 변(變)[42]을 만나 셰샹의 더러온 비 되니 이는 망국풍뉴(亡國風流ㅣ)라. 맛당이 숭샹(崇尙)치 아닐 거시오. 그디 가장 손 쓰기를 너모 가비야이[43] 호야 소리 가장 슬허 가쟝 사룸의 ᄆᆞ음을 동(動)호고 능히 사룸의 긔운을 화락(和樂)게 못호고 쏘 그디의 읇는 글은 잉〃(鶯鶯)[44]과 셜도(薛濤)[45]의 지은 비라. 잉〃(鶯鶯)은 실졀(失節)호고 셜도(薛濤)는 창기(娼妓)니 그 글이 비록 공교(工巧)호나 그 힝실(行實)이 심히 나즈니 고금곡죄(古今曲調ㅣ) 엇지 이의셔 조흔 지 업스며 고금시시(古今詩詞ㅣ) 엇지 이의셔 느흔 지(者ㅣ) 업셔 이를 본바드리오?"

---

37) 예상우의곡(霓裳羽衣曲): 당(唐) 현종(玄宗)이 윤색한 당나라 악곡 이름. 신선 세계를 노래한 것이라 한다.
38) 명황(明皇): 당 현종의 시호.
39) 녹산(祿山)의 난(亂): 안녹산(安祿山)의 난. 안녹산은 당 현종 때의 절도사(節度使)로 재상 양국충(楊國忠)과의 반목으로 반란을 일으켰다.
40) 양태진(楊太眞): 당 현종의 비인 양귀비(楊貴妃).
41) 비단 강보(襁褓)의 긔롱(譏弄): 양귀비는 안녹산의 생일에 안녹산을 아이처럼 다루며 큰 비단 포대기로 싸고 가마에 태우며 놀았는데 그러다가 나중에는 함께 밤을 보내기도 했다. 이러한 사실을 야유한 말이다.
42) 마외(馬嵬) 변(變): 마외의 변. 마외는 지명. 당 현종이 안녹산의 난으로 몽진하다가 마외에 이르렀을 때, 호위하던 육군(六軍)이 나아가지 않고 나라를 망친 장본인들을 처결할 것을 주장하자, 양귀비가 그 오라비 양국충과 함께 죽게 된 일을 말한다.
43) 가비야이: 가볍게.
44) 앵앵(鶯鶯): 당나라 원진의 전기소설인 『앵앵전』의 여자 주인공. 장군서를 사랑했으나, 다른 사람에게 시집갔다.
45) 셜도(薛濤): 당나라 때의 명기(名妓). 음률과 시사(詩詞)에 능하여 항상 원진, 백거이(白居易), 두목(杜牧) 등과 창화(唱和)했다.

교녜(喬女ㅣ) 참괴(慙愧)ㅎ야 비샤(拜謝) 왈(曰)

"향곡(鄕曲)46) 녀지(女子ㅣ) 다른 사롬의 슝샹(崇尙)홈만 알고 그
시비(是非) 이 갓흐믈 아지 못ㅎ여시니 가르치시믈 쎠의 삭여47) 닛지
아니ㅎ리이다."

부인이 그 무류(無聊)히 넉일가48) ㅎ여 글오디

"늬 그디롤 스랑ㅎ는 고(故)로 이럿툿 ㅎ미오, 만일 다른 사룸 갓흐
면 늬 어이 기구(開口)ㅎ리오? 이후는 나의 부족(不足)ㅎ믈 바로 니
르라"

ㅎ고 종용(從容)이 말슴ㅎ다가 파(罷)ㅎ니라.

---

46) 향곡(鄕曲): 시골 구석.
47) 삭여: 새겨[刻].
48) 넉일가: 여길까.

이날 나조의[1] 한님(翰林)이 조회(朝會)를 파(罷)하고 도라와 빅ᄌ당(百子堂)의 니르니 오히려 슬긔운이 잇거늘 난간(欄干)의 비겻더니 달빗치 낫 갓고 그림지 창(窓)의 가득한지라, 한님(翰林)이 교녀(喬女)의 가ᄉ(歌詞)를 듯고져 하되 교녀(喬女ㅣ) ᄉ양(辭讓)하야 글오ᄃᆡ

"요ᄉ이 바람의 상(傷)하야 쇼릭를 닐ᄋ지 못하나이다."

한님(翰林) 왈(曰)

"그러하면 거문고나 타라."

교녀(喬女ㅣ) 즐겨 아니하거늘 한님이 지쵹한되 교녀(喬女ㅣ) ᄌ리를 피하고 눈물을 흘니거늘 한님(翰林)이 고이히 너겨 문 왈(問曰)

"네 집의 드러온 후로 깃거 아니하는 줄을 보지 못하엿더니 집안히 무ᄉ 일이 잇는냐?"

---

1) 나조의: 저녁에.

교네(喬女ㅣ) 답(答)지 아니ᄒ고 눈물이 비 오ᄃᆺ ᄒ거늘 한님(翰林)이 ᄌᆡ삼(再三) 무른딕 교네(喬女ㅣ) 글오딕

"쳡(妾)이 샹공(相公)의 말ᄉᆷ을 딕답(對答)지 아니ᄒ면 샹공(相公)긔 죄(罪)ᄅᆯ 어들 거시오. 실(實)노ᄡᅥ 딕답(對答)홀진딕 부인(夫人)긔 죄(罪)ᄅᆯ 어들지니 이러물오²⁾ 딕답기 어렵ᄉ와다."

한님(翰林) 왈(曰)

"아모커나 닉 너ᄅᆯ 허물치 아닐 거시니 긔이지 말고 니르라."

교네(喬女ㅣ) 눈물을 거두고 왈(曰)

"쳡이 향곡(鄕曲) 노릭와 비속(卑俗)ᄒ 곡조(曲調)로 군ᄌᆞ(君子)의 귀에 더러이지 아닐 거시로딕 샹공(相公)의 명을 바다 췌졸(癴拙)을 싱각지 못ᄒ고 봉ᄒᆡᆼ(奉行)ᄒᄂᆞᆫ 바ᄂᆞᆫ 졍셩(精誠)을 다ᄒ여 샹공(相公)의 우음을 돕고져 ᄒ미라. 엇지 다른 ᄠᅳᆺ이 〃시로마ᄂᆞᆫ 오날날 부인이 쳡(妾)을 불너 니르딕 '샹공(相公)이 너ᄅᆯ 췌(取)ᄒ미 딕(代) 잇기ᄅᆯ 위홈이오 가닉(家內)에 미식(美色)이 업ᄂᆞᆫ 거시 아니어늘 네 날마다 얼골 단장(端裝)ᄒ미 맛당치 아니ᄒ고 드ᄅᆞ니 네 음난(淫亂)ᄒ 풍뉴(風流)와 부졍(不正)ᄒ 곡조(曲調)로 쟝부(丈夫)의 ᄆᆞ음을 미혹(迷惑)게 ᄒ여 션쇼ᄉᆞ(先少師)의 가풍(家風)을 츄락(墜落)게 ᄒ니 네 죄 죽엄즉ᄒ딕 아직 노커니와 만일 곳치지 아니ᄒ면 닉 비록 잔약(孱弱)ᄒ나 오히려 녀후(呂后)의 쳑부인(戚夫人) 슈족(手足) 싯ᄂᆞᆫ 도지(刀子)³⁾와 벙어리 되ᄂᆞᆫ 약(藥)⁴⁾이 〃시니 조심ᄒ라' ᄒ여 칙(責)ᄒ미 심히 엄(嚴)ᄒ니 쳡(妾)은 향곡 녀지(鄕曲女子ㅣ)라. 샹공(相公)의 큰 은혜

---

2) 이러물오: 이러므로.

3) 도자(刀子): 칼. 도끼.

4) 녀후(呂后)의~벙어리 되ᄂᆞᆫ 약(藥): 여후(呂后)는 한고조(漢高祖) 유방(劉邦)의 황후이고, 척부인(戚夫人)은 한고조의 총희(寵姬)다. 한고조가 죽자 여후는 척부인의 손발을 자르고 눈을 빼고 귀를 지지고 벙어리가 되는 약을 먹여 굴속에 살게 하고 '사람 돼지[人彘]'라 불렀다.

(恩惠)를 닙스와 영화(榮華) 부귀(富貴) 극(極)하오니 죽어도 한(恨)
이 업거니와 다만 져허ᄒ건듸 샹공의 명덕(明德)이 첩으로 인(因)ᄒ
야 세샹 우음5)이 될가 ᄒ노이다.”

한님(翰林)이 ᄆᆞᆷ의 크게 놀라 스스로 싱각ᄒ듸

‘부인이 투긔(妬忌) 아니키로 졍심(精心)ᄒᄂᆞ니 엇지 이 말이 이시
며 ᄯᅩ 교시(喬氏)를 듸졉ᄒ기를 녜(禮)로써 ᄒ고 일즉 그른 곳을 닐
을 적이 업고 비복(婢僕)이라도 그 죄악(罪惡)을 닐굿지 아니ᄒᄂᆞ니
교시(喬氏) 부인(夫人)긔 견과(見過)ᄒ미6) 잇ᄂᆞ가?’

그 곡졀(曲切)을 아지 못ᄒ여 오릭 침음(沈吟)ᄒ다가 교시(喬氏)를
불너 니르듸

“늬 너를 취(取)ᄒ미 부인(夫人)의 권(勸)ᄒ미라. 부인(夫人)이 너
를 향ᄒ여 일즉 스오나온 말이 업ᄂᆞ니 일졍(一定) 비복 간(婢僕間)의
참소(讒訴)ᄒᆫ 말이 〃셔 일시 분(憤)ᄒ여 니르미나 본셩(本性)이 온
화(溫和)ᄒ니 반드시 너를 히(害)치 아닐지라. 비록 히코져 ᄒ나 늬
이시니 엇지 능히 히ᄒ리오?”

교녀(喬女ㅣ) 다만 한님(翰林)긔 스례(謝禮)ᄒ더라.

녯말의 ᄒᅟᅧᆺ시듸 ‘범을 그리믹 ᄲᅧ를 그리기 어렵고 사름을 알오듸
ᄆᆞᆷ 알기 어렵다’ ᄒ니 얼골이 공슌(恭順)ᄒ고 말숨이 온화(溫和)ᄒ
믹 샤시(謝氏) ᄆᆞᆷ의 조흔 스람인가 ᄒ여 일시(一時) 경계(警戒)ᄒᆫ
말이 불과(不過) 그 음난(淫亂)ᄒᆫ 풍뉴(風流)로 쟝부(丈夫)의 ᄆᆞᆷ을
혹(惑)ᄒ게 홀가 져허ᄒ미어늘 교녀(喬女ㅣ) 심히 원심(怨心)을 품어
비로소 참쇼(讒訴)할 ᄆᆞᆷ을 늬여 드듸여 딕화(大禍)의 근본(根本)을
비즈니 부〃(夫婦) 쳐첩(妻妾) 스이 엇지 어렵지 아니리오! 한님(翰

---

5) 우음: 웃음. 웃음거리.
6) 견과(見過)ᄒ미: 허물 됨이. 잘못한 것이.

林)이 비록 교녀(喬女)의 간정(奸情)을 씨둣지 못ㅎ나 쏘한 샤시(謝 氏)의게 의심이 업스니 교녜(喬女ㅣ) 다시 참쇼(讒訴)치 못ㅎ더라.

ㅎ로는 납믜(臘梅) 교녀(喬女)긔 고(告)ㅎ디

"츈방(春芳)의 말을 드릭니 샤부인(謝夫人)이 틱긔(胎氣) 잇다 ㅎ더 이다."

교녜(喬女ㅣ) 놀나 니릭디

"십 년 후 틱긔(胎氣) 이시믄 인가[7]의 드문 일이라. 반득시 경휘(經 候ㅣ)[8] 부죡(不足)ㅎ여 그러ㅎ도다."

인(因)ㅎ야 스스로 싱각ㅎ디

'만일 부인(夫人)이 아들을 나흐면 나의 주식은 무싀(無色)홀지라. 엇지ㅎ여야 조흘고?'

여러 가지로 싱각ㅎ디 아모리 홀 줄 모로더니 다숫 달의 니릭러 틱 긔(胎氣) 분명ㅎ니 일기(一家ㅣ) 다 깃거ㅎ디 오직 교녜(喬女ㅣ) 앙 〃(怏怏)ㅎ야 납믜(臘梅)로 더브러 가마니 낙틱(落胎)홀 약을 스 가 져 부인 음식의 화(和)ㅎ여 드리니 샤시(謝氏) 먹기를 님(臨)ㅎ야 긔 운(氣運)이 거사려[9] 토(吐)ㅎ니 못춤닉 계교(計巧)를 힝(行)치 못ㅎ 니라. 십 삭(十朔)이 챠 과연(果然) 남즈(男子)를 나흐니 골격(骨格)이 범상(凡常)치 아니ㅎ고 신치(神彩) 쥰미(俊邁)ㅎ니 한님(翰林)이 크 게 것거[10] 일홈을 닌익(麟兒ㅣ)라 ㅎ다.

교녜(喬女ㅣ) 비록 블측(不測)혼 ᄆ음을 품어시나 조곰도 베플 곳 이 업셔 도로혀 거즛 치하(致賀)ㅎ고 지극히 이즁(愛重)ㅎ는 둣ㅎ더 라.

---

7) 인가: '인간(人間)'의 오기.
8) 경후(經候): 월경(月經)의 징후.
9) 거사려: 거슬려[逆].
10) 것거: '깃거'의 오기.

닌익(麟兒ㅣ) 졈졈 주라 쟝쥬(掌珠)로 더브러 두 유뫼(乳母ㅣ)[11] 셔로 희롱(戲弄)ᄒᆞ믈 보고 나아가 닌익(麟兒ㅣ)를 어로만지니 닌익(麟兒ㅣ) 비록 어리나 긔상(氣象)이 탁월ᄒᆞ야 크게 쟝쥬(掌珠)의 잔약(孱弱)홈과 다른지라. 한님(翰林)이 밋쳐 옷슬[12] 벗지 못ᄒᆞ고 닌ᄋᆞ(麟兒)를 붓들고 굴오ᄃᆡ

"ᄎᆞ익(此兒ㅣ) 니마[13] 우희 놉흔 ᄲᅦ[14] 이셔 맛치 우리 션인(先人) 갓흐니 타일(他日) 반ᄃᆞ시 우리 문호(門戶)를 크게 빗ᄂᆡ리니 너는 조심ᄒᆞ여 잘 기르라"

ᄒᆞ고 도로 유모(乳母)를 쥬고 깃거하믈 마지아니ᄒᆞ거늘 쟝쥬(掌珠)의 유뫼(乳母ㅣ) 쟝쥬(掌珠)를 안고 교녀(喬女)를 ᄃᆡᄒᆞ야 울며 굴오ᄃᆡ

"샹공(相公)이 닌ᄋᆞ(麟兒)만 ᄉᆞ랑ᄒᆞ시고 쟝쥬(掌珠)는 본 쳬 아니ᄒᆞ더이다."

교녜(喬女ㅣ) 듯기를 다ᄒᆞᄆᆡ 크게 번뇌(煩惱)ᄒᆞ야 스스로 니ᄅᆞᄃᆡ

"닉 샤시(謝氏)로 더브러 얼골과 ᄐᆡ되(態度ㅣ) 져만 갓지 못ᄒᆞ고 문지[15] 져만 갓치 못ᄒᆞ고 ᄯᅩ 젹쳡(嫡妾) 분의(分義)[16] 이시ᄃᆡ 다만 나는 ᄌᆞ식이 잇고 져는 ᄌᆞ식이 업는 고로 닉 쟝부의 듕ᄃᆡ(重待)를 닙엇더니 이졔는 닌익(麟兒ㅣ) 이 집 님ᄌᆡ[17] 될지니 닉 ᄌᆞ식이 어이 용납ᄒᆞ리오? 샤시(謝氏) 이졔 비록 밧그로 어진 쳬ᄒᆞ나 젼일 화원의셔 날을

칙ᄒ던 말이 진실노 ᄉᆡ긔ᄒᆞ미라. 혼 번 참쇠(讒訴ㅣ) 비록 한님(翰林) 귀에 드나 한님이 본ᄃᆡ 샤시(謝氏)를 밋으니 나의 젼졍(前程)이 엇지 넘녀(念慮)롭지 아니리오?"

ᄒᆞ고 다시 십낭(十娘)을 쳥(請)ᄒᆞ야 의논ᄒᆞᄃᆡ 십낭(十娘)이 교녀(喬女)의 금은보픽(金銀寶貝)를 만히[18) 바닷난지라. 드듸여 복심(腹心)이 되여 불측(不測)ᄒᆞᆫ 일과 샤특(邪慝)ᄒᆞᆫ 계교를 하지 아니미 업ᄉᆞᄃᆡ 비밀(秘密)ᄒᆞ여 알 니 업더라.

일 〃 은 한님(翰林)이 조회(朝會)를 파(罷)ᄒᆞ고 집의 도라왓더니 니부(吏部) 셩낭듕[19)이 셔간(書簡)을 보닉엿거늘 ᄶᅥ혀[20) 보니 그 글의 하여시ᄃᆡ

쇼쥬(蘇州)[21) 슈ᄌᆡ(秀才) 동쳥(董靑)은 남방(南方) 아람다온 션빈라. 명되(命途ㅣ) 긔구(崎嶇)ᄒᆞ야 여러 번 과거를 맛치지 못ᄒᆞ여 가산(家産)을 픽ᄒᆞ여 졍쳐(定處) 업더니 요ᄉᆞ이 소제(小弟)의 집에 의탁(依託)ᄒᆞ엿난지라. 방금에 소제(小弟) 산셔(山西) 학관(學官)[22)이 되여 임쇼(任所)로 가ᄆᆡ 동쳥(董靑)이 의지홀 곳이 업ᄂᆞᆫ지라. 그런 고(故)로 션싱(先生)긔 쳔거(薦擧)ᄒᆞ나니 션싱(先生)은 문하(門下)의 본ᄃᆡ 긔실(記室)[23)이 업ᄂᆞᆫ지라. 이 사롬이 필법(筆法)이 졍묘(精妙)ᄒᆞ고 미ᄉᆞ(每事)의 민쳡(敏捷)ᄒᆞ니 종용이

---

18) 만히: 많이.
19) 셩낭듕: '셩'은 성이고, '낭즁'은 벼슬 이름. 김춘택 한역본과 연세대본에 각각 '席郎中' '石郎中'으로 되어 있는바, 원본에서 성이 '석'씨였는데, 소리 나는 대로 써서 '셩낭듕'으로 표기된 듯하다.
20) ᄶᅥ혀: 뜯어.
21) 소주(蘇州): 지명. 지금 장쑤 성(江蘇省) 근처 상하이 서쪽에 있다.
22) 산셔(山西) 학관(學官): 산서는 지명이고, 학관은 벼슬 이름이다. 산서는 효산(崤山)과 화산(華山)의 서쪽 지방을 말하며, 학관은 학정(學正), 교수(敎授) 등과 같은 관학 교사를 말한다.
23) 기실(記室): 문서를 담당하는 보좌관. 일반 사대부가에서 문서와 서기의 일을 담당했다.

시험호즉 그 지조(才調)를 가히 알지라. 져로 호여곰 문하(門下)
의 보닉ᄂ니 불너 보소셔.

호엿더라.

딕기 동청(董靑)은 션비의 ᄌ식이라. 일즉 부모를 일코 무뢰비(無
賴輩)를 ᄉ괴여 풍뉴잡기(風流雜技)호는 집의 날마다 추축(追逐)호여
가계(家計) 탕픽(蕩敗)혼 후의 의탁홀 곳이 업셔 경ᄉ(京師)의 와 지
샹(宰相) 명ᄉ(名士)의 집의 의지호니 사름되미 얼골이 쥰슈(俊秀)호
고 말삼이 민첩(敏捷)호며 필법(筆法)이 정묘(精妙)호니 ᄉ딕부(士大
夫ㅣ) 처음 보는 지(者ㅣ) 아니 ᄉ랑호 리 업ᄉ딕 오뤼죽 방ᄌ(放恣)
하며 혹 가닉(家內)의 불미(不美)혼 말을 지어닉니 이러므로 각쳐(各
處)의 용납지 못호여 셩낭듕(席郞中) 집의 투탁(投託)호엿더니 낭즁
(郞中)이 ᄯᅩ흔 눈 밧긔 닌 지 오라딕 그 허물을 낫타닉여 니룻고져 호
더니 뭇춤 외임(外任)호믈 인호야 뉴한님(劉翰林)긔 쳔거(薦擧)호니
한님(翰林)이 오릭 시즁(侍中)[24] 벼슬의 이셔 문뷔(文簿ㅣ) 번거호딕
본딕 긔실(記室)이 업는지라. 샹(常)에 엇고져 호더니 셩낭즁(席郞中)
의 글월을 보고 즉시 동청(董靑)을 불너 슈작(酬酌)호니 응답(應答)
이 여록(如錄)혼지라. 한님(翰林)이 크게 깃거 문하(門下)의 두어 셔
찰(書札) 슈응(酬應)호는 잇브믈[25] 가음알긔 호니[26] 동청(董靑)이 글
을 잘 쓸 분 아니라 셩되(性度ㅣ) 녕미(英邁)호여 온갓 닐을 한님(翰
林) 뜻의 맛치니 한님(翰林)이 크게 ᄉ랑호더라.

동청(董靑)이 드러온 후의 부인(夫人)이 쇼문을 듯고 종용이 한님
다려 닐으딕

---

24) 시중(侍中): 본래 재상을 가리켜 시중이라 하나, 여기서는 한림편수의 벼슬을 가리킴.
25) 잇브믈: 잇븜을. 수고로움을. '잇브다'는 '피곤하다'는 뜻.
26) 가음알긔 ᄒ니: 관장하게 하니. '가음알다'는 '관장하다'는 뜻.

"닉 드린니 동청(董靑)은 단정(端正)흔 사름이 아니라 간 곳마다 용납(容納)지 못흔다 흐니 샹공(相公)은 두지 마른소셔."

한님(翰林)이 글오딕

"닉 쏘흔 동청(董靑)의 허물을 드러시나 다만 진위(眞僞)를 아지 못홀 쑨 아녀, 아직 머므는 바는 그 필법을 비러 나의 잇브믈 면(勉)코져 흐미니이다. 날노 더브러 붕우지되(朋友之道ㅣ) 업스니 그 바르며 부정(不正)흐믈 엇지 의논흐리오."

부인이 글오딕

"샹공(相公)이 져로 더브러 붕우지되(朋友之道ㅣ) 업스나 부정(不正)흔 사름과 동쳐(同處)흐면 침침(沈沈)이 혹(惑)흐여 그 간스(奸邪)의 쌘지고 쏘 이럿틋흔 사름을 가즁(家中)에 머물미 졔가(齊家)흐는 도리(道里)에 엄슉(嚴肅)흔 빅 아니라 션쇼스(先少師) 겨실 쩍의 이럿틋흔 일을 보지 못흐엿느이다."

한님(翰林)이 글오딕

"부인 말슴이 유리(有理)흐나 다만 셰속(世俗)이 사름 훼방흐기를 죠하흐나니 동청(董靑)의 득담(得談)흐미 젹실(的實)치 못흔가 의심되고 쏘 사름의 간스(奸邪)흐고 졍딕(正大)흐믈 오릭 동쳐(同處)흐면 즈연 알니이다"

흐더라.

교녜(喬女ㅣ) 부인(夫人)이 동청(董靑)을 뮈워흐고 한님(翰林)이 동청(董靑)을 친신(親信)흐믈 알고 동청(董靑)으로 외원(外援)을 삼고져 흐야 가마니 납미(臘梅)로 흐여곰 동청(董靑)을 스통흐여 쇠를 셔로 의논(議論)흐더라.

슬프다. 녜브터 규문(閨門) 안의 졍도(正道)를 일흐면 그 남은 일은 가히 볼 거시 업느니 이쩍의 교녜(喬女ㅣ) 십낭(十娘)으로 더브러 일심(一心)이 되여 남직(男子ㅣ) 부녀(婦女)의게 고혹(蠱惑)흐는 부작

27) 뼈쥬니 일노븟터 한님이 점점 교녀(喬女)의게 혹흐여 정신이 젼과 갓지 못흐니 부인이 비로소 져허하나 또흔 엇지홀 길이 업셔 깁히 근심흐더라.

교녜(喬女ㅣ) 십낭(十娘)드려 니르되

"녀지(女子ㅣ) 되여 스람의 아리[28] 흔 날도 평안(平安)흔 비 업스니 쟝닉(將來) 화복(禍福)을 미리 혜지[29] 못홀지라. 긔특(奇特)흔 슐법(術法)을 닉여 져쥬(咀呪)랄 힝흐여 샤시(謝氏)와 닌ㅇ(麟兒)를 더러 쥬면 이 몸이 죽지 아닌 젼(前)은 엇지 은혜를 니즈리오."

십낭(十娘)이 이윽이 싱각흐다가 굴오되

"이 일이 가장 난편(難便)흐니 셜사(設使) 일을 힝(行)흐야 두 사람이 병드러 죽을지라도 지샹가(宰相家)의 츌입(出入)흐는 사람이 만흐니 만일 병근(病根)을 키여닌즉 첩의 몸 죽기는 관겨치 아니커니와 그 홰(禍ㅣ) 낭ᄌ(娘子)의게 밋츨 거시니 니른바 져근 지화(災禍)로 사람의게 옴기려 흐다가 큰 화(禍)를 닉 몸의 바들지니 심히 조흔 쇠 아니라. 닉 흔 계피(計巧ㅣ) 이시니 닉두(來頭)의 쟝쥬(掌珠ㅣ) 병 이시믈 기다려 낭지(娘子ㅣ) 또흔 병드다 일콧고 거즛 낭ᄌ(娘子) 히(害)흐는 글을 민드러 샹공(相公) 눈의 빗츤즉 반다시 부인을 의심홀지니 그제야 곳쳐 참쇼(讒訴)흐면 낭지(娘子ㅣ) 뜻 엇지 못흐믈 어이 근심흐리오."

교녜(喬女ㅣ) 딕희흐여 십낭(十娘)을 듕샹(重賞)흐고 쟝쥬(掌珠)의 병드믈 기다려 쇠를 힝흐려 흐더라.

슈월(數月)이 지난 후 졍(正)히 첫 가을을 만난지라. 쟝쥬(掌珠ㅣ) 바람의 샹흐여 졋도 토흐며 썩썩로 놀나거늘 한님이 근심흐여 의약

---

27) 부작: 부적(符籍).
28) 아릭: 아래에서.
29) 혜지: 헤아리지.

(醫藥)으로 치(治)코30) ᄒ더니 교녜(喬女ㅣ) 가마니 납미(臘梅)로 더브러 쇠를 힝ᄒ려 ᄒ야 납미(臘梅)ᄃ려 니ᄅᄃᆡ

"샤시(謝氏)의 져쥬(咀呪)ᄒᄂᆞᆫ 글을 믠들고져 홀진ᄃᆡ 반ᄃᆞ시 져의 글시 갓흔 후(後)의야 가히 힝ᄉᆞ(行事)홀지라. 다만 져의 셔법(書法)이 극묘(極妙)ᄒ여 모(摹)ᄒ기 어려오니 만일 동쳥(董靑) 곳 아니면 ᄀᆞᆺ치 못홀지라. 너로 ᄒ여곰 이 ᄯᅳᆺ을 통(通)코져 ᄒ나 지친(至親) 소이 아니면 이 말을 니ᄅ기 어렵고 만일 쳥(靑)이 듯지 아니ᄒ야 일이 누셜(漏泄)ᄒᆫ즉 그 홰(禍ㅣ) 불측(不測)ᄒ리니 네 말을 잘ᄒ여 도모(圖謀)ᄒ라."

납미(臘梅) ᄀᆞᆯ오ᄃᆡ

"동쳥(董靑)이 부인(夫人)을 원망(怨望)ᄒ고 낭ᄌᆞ(娘子)ᄂᆞᆫ 극감(極感)ᄒᄂᆞ니 누셜(漏泄)치 아니코 허락홀 듯ᄒ니 쳡이 가 무러보리니다."

교녜(喬女ㅣ) ᄀᆞᆯ오ᄃᆡ

"한 문졔(漢武帝)31) 황휘(皇后ㅣ) ᄉᆞ마샹여(司馬相如)로 쟝문부(長門賦)를 지이고 쳔금(千金)으로 갑하시니32) 나의 일이 이룬즉 동쳥(董靑)의 공(功)이 샹여(相如)의셔 ᄂᆞ흘지라. 모로미 이 ᄯᅳᆺ을 젼ᄒ라" ᄒ고 샤시(謝氏)의 필젹(筆跡)을 어더 이날 밤의 동쳥(董靑)의게 보ᄂᆡ니라.

잇튼날 미명(未明)의 납미(臘梅) 우음을 먹음고 드러오거늘 교녜

---

30) 치(治)코: 다음에 '쟈'가 빠진 듯함. 치료하고자.
31) 한 문졔: '한 무졔'의 오기.
32) 한 문졔(漢武帝)~갑하시니: 한 무제의 진황후(陳皇后)가 투기로 총애를 잃고 장문궁(長門宮)에 물러나서 슬픔과 시름으로 나날을 보내던 중, 사마상여(司馬相如)가 문장이 뛰어나다는 말을 듣고 황금 100근(斤)을 주면서 시름을 풀 수 있는 문장을 요구하자, 사마상여가 그를 위해 「장문부長門賦」를 지었다. 「장문부」로 인해 무제는 마음을 돌려 진황후가 다시 총애를 입게 되었다.

(교녀(喬女ㅣ)) 젼도(顚倒)이 마즈 니ᄅ딕

"그 일을 엇지하뇨?"

납믹(臘梅) 굴오딕

"요힝(僥倖)으로 허락은 바다시나 갑슬 심히 놉게 니ᄅ더이다."

교녜(喬女ㅣ) 니ᄅ딕

"비록 직믈(財物)을 다ᄒ나 무어시 관겨ᄒ리오."

납믹(臘梅) 니ᄅ딕

"보화(寶貨)를 니ᄅ미 아니라"

ᄒ고 인(因)ᄒ여 귀에 다혀 두어 말을 니ᄅ니 교녜(喬女ㅣ) 웃고 딕답(對答)지 아니ᄒ더라.

오희(嗚噫)라! 녜 셩인(聖人)이 녜(禮)를 지으시미 규문(閨門)의 법(法)을 엄(嚴)히 ᄒ여 밧말33)이 안의 드지 못ᄒ게 ᄒ고 안 말이 밧긔 느지 못ᄒ게 ᄒ야 몸을 닥고 집을 가쥭히 ᄒ여34) 음난(淫亂)ᄒ 풍속(風俗)을 닛치고 간ᄉ(奸邪)ᄒ 말을 멀니ᄒ여ᄲ 근본(根本)을 단졍(端正)이 ᄒ고 가만ᄒ35) 일을 막앗거늘 이제 뉴한님(劉翰林)은 안ᄒ로 ᄉ쳡(邪妾)의 말의 혹(惑)ᄒ고 밧그로 부졍지인(不正之人)을 밋어ᄒ며 ᄯ 불측(不測)ᄒ 종이 그 ᄉ이를 타 더러온 말을 지어닉여 가문(家門)의 욕(辱)을 깃치니 엇지 익돏지 아니ᄒ리오?

빅ᄌ당(百子堂)이 밧그로 통(通)ᄒ여 다만 ᄒ 담이 격(隔)ᄒ지라. 화원(花園) 문쇠(門鎖)36)를 다 교녜(喬女ㅣ) ᄎ지ᄒ더니 한님(翰林)이 닉실(內室)의 잔족 교녜(喬女ㅣ) 동쳥(董靑)으로 더브러 통(通)ᄒ니 가즁(家中) 사름이 아는 직(者ㅣ) 업더라.

---

33) 밧말: 바깥의 말.
34) 가쥭히 ᄒ여: 가지런히 하여.
35) 가만ᄒ: 은밀(隱密)한. 은미(隱微)한.
36) 문쇠(門鎖): 문의 자물쇠와 열쇠.

정숙한 아내는 어머니를 뵈러 가고
음란한 첩은 흉악한 꾀를 부리다

　어시(於是)의 한님(翰林)이 쟝듀(掌珠)의 병을 근심ᄒ더니 교녜(喬
女ㅣ) 또 병드러 누어 식음(食飮)을 젼폐(全廢)ᄒ거늘 한님(翰林)이
근심ᄒ더니 납미(臘梅) 흔 글을 부억의셔 어드듸 쎄 바른[1] 거시엇거
늘 가져다가 교녀(喬女)를 뵈니 한님(翰林)이 교녀(喬女)로 더브러
흔가지로 보더니 한님(翰林)이 낫빗츨 변(變)ᄒ고 오릭 묵묵(黙黙)ᄒ
다가, 그 글을 보니 교녀(喬女)와 쟝쥬(掌珠)를 져쥬(咀呪)흔 글이오
뜻이 흉참(凶慘)ᄒ여 참아 보지 못ᄒ너라. 교녜(喬女ㅣ) 크게 울어 글
오듸

　"첩(妾)이 십뉵 세에 샹공(相公) 문하의 드러와 이졔 ᄉ 년(四年)이
로듸 샹에[2] 언ᄉ 간(言辭間)의도 악(惡)흔 일이 업더니 엇던 사름이
이런 흉(凶)흔 일을 ᄒ야 우리 모즈(母子)를 죽이려 ᄒ눈고?"

---

1) 쎄 바른: 뼈를 발라낸.
2) 샹에: 항상. 늘.

한님(翰林)이 ᄌ셰히 그 필체(筆體)를 보고 오ᄅᆡ 말이 업거늘 교녜
(喬女ㅣ) 굴오ᄃᆡ

"이를 엇지 쳐치(處置)하려 ᄒ시ᄂᆞ니잇고?"

한림(翰林) 왈(曰)

"이 일이 낫타ᄂᆞ지 아녀시니 구ᄐᆡ여 알고져 홀진ᄃᆡ 옥셕(玉石)이
구분(俱焚)ᄒ리니 허물며 임의 흉셔(凶書)를 어더시니 반ᄃᆞ시 작화
(作禍)홀 ᄇᆡ 업슬지라. 그 글을 불 지ᄅᆞ고 집 안을 조히³⁾ ᄒ고 이시미
맛당ᄒ니라."

교녜(喬女ㅣ) 져두무언(低頭無言)이러라.

한님(翰林)이 납ᄆᆡ(臘梅)로 ᄒ여곰 글을 앏히 불 지ᄅᆞ고 엄칙(嚴
飭)ᄒ여 '숨가 입 밧긔 ᄂᆡ지 말나' ᄒ고 안으로 드러가거늘 납ᄆᆡ(臘
梅) 교시(喬氏)ᄃᆞ려 니른ᄃᆡ

"이 일을 엇지 헐(歇)ᄒ게 ᄒ시뇨?"

교녜(喬女ㅣ) 굴오ᄃᆡ

"다만 샹공(相公)의 ᄆᆞ음만 의심케 ᄒ미니 궁진(窮盡)이 츄심(推
尋)ᄒ면 도로혀 우리 근심이 될지라. 샹공의 ᄆᆞ음이 임의 동(動)ᄒ여
ᄉᆞ니 곳쳐 달니 도모(圖謀)ᄒ리라"
ᄒ더라.

한님(翰林)이 그 글시 맛치 샤시(謝氏)의 필젹(筆跡) 갓흘ᄉᆡ 궁극
(窮極)히 츠즈면 난쳐(難處)홀가 ᄒ여 불의 살ᄋᆞ고⁴⁾ 스스로 싱각ᄒᆞᄃᆡ

'교시(喬氏) 젼의 부인(夫人)의 투긔(妬忌)ᄒᆞ믈 니ᄅᆞᄃᆡ 밋지 아냣더
니 엇지 그 흉(凶)ᄒ미 이럿ᄐᆞᆺ홀 줄 ᄯᅳᆺᄒ여시리오? 부인이 처음의 ᄌᆞ
식이 업기로 날을 권(勸)하여 쳡(妾)을 어드미 무삼 ᄯᅳᆺ이며 임의 싱

---

3) 조히: 깨끗하게.
4) 불의 살ᄋᆞ고: 불에 사르고. 불로 태우고.

ᄌᆞ(生子)호 후의 문득 독(毒)호 계교(計巧)를 닉니 이ᄂᆞ 한 무졔(漢武帝)의 밧그로 인의(仁義)를 베풀고 안흐로 욕심이 만흠⁵⁾ 갓도다'

ᄒᆞ고 이후로브터 부인 ᄃᆡ졉(待接)이 젼과 다르더라.

이ᄯᆡ 부인의 모부인(母夫人)이 신셩(新城)의 이셔 병(病)이 즁(重)ᄒᆞ다 ᄒᆞ거늘 부인이 졍ᄉᆞ(情思)⁶⁾ 망극(罔極)ᄒᆞ여 한님(翰林)긔 쳥(請)ᄒᆞ여 글오ᄃᆡ

"노뫼(老母ㅣ) 나히 늙고 병이 듕(重)ᄒᆞ니 급히 가보지 못ᄒᆞ면 죵쳔지통(終天之痛)⁷⁾이 될가 져허ᄒᆞᄂᆞ니 시젼(詩傳)의 니ᄅᆞᄃᆡ 'ᄉᆞ시귀고(師氏歸告)ᄒᆞ여 도라가 부모ᄅᆞᆯ 뵈오리라'⁸⁾ ᄒᆞ니 감히⁹⁾ 쳥ᄒᆞᄂᆞ이다."

한님(翰林)이 글오ᄃᆡ

"병환(病患)이 듕(重)ᄒᆞ시니 인ᄌᆞ(人子)¹⁰⁾의 졍니(情理) 망극(罔極)홀지라. ᄲᆞᆯ니 도라가 보소셔. ᄂᆡ 쏘ᄒᆞ 뒤흘 조ᄎᆞ가리이다."

부인이 샤례(謝禮)ᄒᆞ고 교녀(喬女)ᄃᆞ려 니ᄅᆞᄃᆡ

"ᄂᆡ 이졔 가면 일 삭(一朔)이나 될지니 집안일을 젼혀 그ᄃᆡ의게 밋노라"

ᄒᆞ고 힝장(行裝)을 찰혀 닌ᄋᆞ(麟兒)로 더브러 신셩(新城)의 가 모녜(母女ㅣ) 셔로 보고 슬프며 깃브믈 니긔지 못ᄒᆞ더라.

모부인(母夫人)이 병이 날노 듕(重)ᄒᆞ니 일기(一家ㅣ) 근심ᄒᆞ고 한

---

5) 한 무제(漢武帝)의~만흠: 이는 급암(汲黯)이 한 무제에게 한 말에서 따온 것이다. 강직한 신하인 급암은 한 무제에게 "폐하께서 안으로는 욕심이 많으면서 밖으로는 인의를 베푸시니, 그러고서 어찌 요순의 선치(善治)를 본받고자 하십니까"라 했다.(『통감절요通鑑節要』 권3)
6) 졍ᄉᆞ(情思): 그리워하는 생각.
7) 죵쳔지통(終天之痛): 죽을 때까지 잊을 수 없는 슬픔. 더할 수 없이 큰 슬픔. 곧 부모님의 죽음을 말한다.
8) ᄉᆞ시귀고(師氏歸告)ᄒᆞ여 도라가 부모ᄅᆞᆯ 뵈오리라: 『시경』 「주남·갈담」의 내용을 말한 것이다. 「갈담」편의 3장에 '여사(女師)에게 돌아갈 것을 고하게 하고 (…) 돌아가 부모를 뵙겠다(言告師氏, 言告言歸 … 歸寧父母)'란 구절이 나온다.
9) 다음에 "돌아가 뵙기를" 정도의 내용이 빠졌다.
10) 인자(人子): 자식.

님(翰林)이 사룸을 보뇌여 시시(時時)로 약물(藥物)을 돕더라. 슈삭
(數朔)이 지느미 병셰(病勢) 더옥 위듕(危重)ᄒ니 부인(夫人)이 도라
오지 못ᄒ고 머므니라. 이쎠 산셔(山西)·산동(山東)·흐남(河南)이 년
(連)ᄒ여 흉년(凶年) 드러 빅셩이 다 뉴리(遊離)ᄒ니 텬지(天子ㅣ) 근
심ᄒᄉ 근신(近臣) 삼 인(三人)을 명(命)ᄒᄉ 셰 고을의 보뇌여 빅셩
의 질고(疾苦)룰 살필ᄉ 뉴한님(劉翰林)은 산동(山東)을 맛흔지라. 즉
일(卽日) 발힝(發行)ᄒ기로 부인(夫人)과 밋쳐 니별 못ᄒ고 가니라.

한님(翰林) 나간 후의 교녜(喬女ㅣ) 동쳥(董靑)으로 더브러 날마다
흐딕 모혀 조곰도 쎠리미 업셔 이의 동쳥(董靑)다려 니룻딕

"이졔 한님(翰林)이 먼니 느가고 샤시(謝氏) 오릭 오지 아니ᄒ니 엇
지흐즉 가히 계교(計巧)룰 힝(行)ᄒᆯ고?"

동쳥(董靑)이 글오딕

"닉 흔 계괴(計巧ㅣ) 이시니 샤시(謝氏) 비록 죽지 아니하나 반ᄃ시
이 집의 잇지 못ᄒ리라."

교녜(喬女ㅣ) 크게 깃거 글오딕

"낭군(郎君)의 계교(計巧)는 비록 진평(陳平)이 범증(范曾)을 니간
(離間)케 ᄒ던 쇠[11]라도 밋지 못ᄒ리로다. 뉘 능히 이 쇠룰 힝ᄒᆯ고?"

동쳥(董靑) 왈

"닉 심복(心腹)읫 벗이 이시니 셩명(姓名)은 닝진(冷振)이라. 이 사
룸이 긔특흔 쇠 만코 말숨을 잘ᄒ니 족히 츳ᄉ룰 일우려니와 다만 샤
시(謝氏)의 ᄉ랑ᄒᄂ 슈식(首飾)을 어더야 가히 계교(計巧)룰 힝ᄒ리

---

11) 진평(陳平)이 범증(范曾)을 니간(離間)케 ᄒ던 쇠: 한고조 유방의 모신(謀臣) 진평이 항우
와 그의 모신 범증 사이를 이간질한 계책을 말함. 범증의 계책으로 유방이 위태로워지자, 진평
은 항우의 사자(使者)를 범증의 사자인 것처럼 잘 맞이하여 대접하다가 짐짓 항우의 사자라는
것을 처음으로 깨달은 척하면서 박대해, 항우가 범증을 의심토록 만들었다. 그 결과 범증은 병
권(兵權)을 모두 빼앗기고 마침내 통분을 못 이긴 채 등창이 나서 죽었다.(『사기史記』 권7 「항
우본기項羽本紀」)

니 슈식(首飾)을 엇기 어려올가 ᄒ노라.”

교녜(喬女ㅣ) 굴오ᄃᆡ

“샤시(謝氏)의 시비 셜ᄆᆡ(雪梅)ᄂᆞᆫ 곳 납ᄆᆡ(臘梅)의 ᄉᆞ촌(四寸)이라. 셜ᄆᆡ(雪梅)ᄅᆞᆯ 달ᄂᆡᆫ즉 가히 어드리라”

ᄒᆞ고 즉시 셜ᄆᆡ(雪梅)ᄅᆞᆯ 불너 금은(金銀)을 만히 쥰ᄃᆡ 셜ᄆᆡ(雪梅) ᄃᆡ희(大喜)ᄒᆞ거늘 납ᄆᆡ(臘梅)로 ᄒᆞ여곰 가마니 샤부인(謝夫人) 슈식(首飾)을 도젹ᄒᆞ여ᄂᆡ기ᄅᆞᆯ 니른ᄃᆡ 셜ᄆᆡ(雪梅) 굴오ᄃᆡ

“부인의 슈식(首飾)을 ᄒᆞᆫ 그릇시 잠아¹²⁾ 방안의 이시니 맛치 갓흔 열쇠ᄅᆞᆯ 어더야 가히 어드려니와 아지 못게라 무어시 쓰려 ᄒᆞᄂᆞ뇨?”

납ᄆᆡ(臘梅) 굴오ᄃᆡ

“쓸 곳으란 날호여¹³⁾ 알고 삼가 다른 사ᄅᆞᆷᄃᆞ려 니ᄅᆞ지 말나. 말일 누셜(漏泄)ᄒᆞ면 나와 네 다 쥭으리라”

ᄒᆞ고 도라와 교녀(喬女)다려 니른ᄃᆡ 교녜(喬女ㅣ) 즉시 갓흔 열쇠 십여 기ᄅᆞᆯ 쥬며 니ᄅᆞᄃᆡ

“부인이 심히 ᄉᆞ랑ᄒᆞ고 한님(翰林)이 ᄂᆡ이 보던 거슬 어더ᄂᆡ면 더욱 조흐리라.”

셜ᄆᆡ(雪梅) 열쇠 십여 기ᄅᆞᆯ 품고 드러가 샹ᄌᆞ(箱子)ᄅᆞᆯ 여고 옥환(玉環)을 도젹ᄒᆞ여 교녀(喬女)ᄅᆞᆯ 쥬어 굴오ᄃᆡ

“이ᄂᆞᆫ 뉴젼(遺傳)ᄒᆞᄂᆞᆫ 보ᄇᆡ라. 부인이 샹회 심히 ᄉᆞ랑ᄒᆞ시ᄂᆞᆫ 비니라.”

교녜(喬女ㅣ) ᄃᆡ희(大喜)ᄒᆞ여 셜ᄆᆡ(雪梅)ᄅᆞᆯ 듕상(重賞)ᄒᆞ고 동청(董靑)으로 더브러 계교(計巧)ᄅᆞᆯ ᄒᆡᆼ(行)코져 ᄒᆞ더니 문득 신셩(新城)

---

12) 잠아: (자물쇠를) 잠가.
13) 날호여: 천천히.

으로셔 사름이 와 스급스(謝給事) 부인이[14] 상병(喪病)[15]을 전(傳)ᄒ고 ᄯᅩ 샤부인(謝夫人) 말ᄉᆞᆷ을 전(傳)ᄒ야 ᄀᆞᆯ오ᄃᆡ

"공ᄌᆡ(公子ㅣ) 나히 어리고 ᄯᅩ 강근친쳑(强近親戚)[16]이 업ᄉ니 부인이 손조 치상(治喪)ᄒ시ᄂᆞᆫ지라. 장후(葬後)의 도라ᄀᆞᆯ 거시니 집안일을 십분(十分) 조심ᄒ라"

ᄒ엿더라.

교녀(喬女ㅣ) 즉시 납ᄆᆡ(臘梅)로 ᄒ여곰 부인(夫人)긔 조상(弔喪)ᄒᆞᆫ 후의 동쳥(董青)으로 더브러 셔로 의논ᄒ야 가마니 닝진(冷振)을 산동(山東)의 보ᄂᆡ여 계교(計巧)를 ᄒᆡᆼᄒ라 하다.

ᄎᆞ시 뉴한님(劉翰林)이 산동(山東) 지경(地境)의 니ᄅᆞ러 ᄇᆡᆨ셩(百姓)의 질고(疾苦)를 알고져 ᄒ야 션비 옷슬 닙고 각쳐의 슌ᄒᆡᆼ(巡行)ᄒ야 동쳥부[17]의 니ᄅᆞ러 쥬졈(酒店)의 드러 슐 ᄉᆞ 먹고 쉬더니 ᄒᆞᆫ 쇼년(少年)이 드러와 읍(揖)ᄒ고 안ᄌᆞ니 풍ᄎᆡ(風采) 쥰ᄆᆡ(俊邁)ᄒᆞᆫ지라. 한님(翰林)이 그 셩명(姓名)을 무ᄅᆞᆫ디 기인(其人)이 ᄃᆡ왈(對曰)

"쇼졔(小弟)ᄂᆞᆫ 본디 남방(南方) 사름이라. 셩명(姓名)은 장진(蔣振)이어니와 감히 형(兄) 존셩ᄃᆡ명(尊姓大名)을 듯고져 ᄒ노라."

한님(翰林)이 바로 니ᄅᆞ지 아니코 다른 셩명(姓名)으로 ᄃᆡ답(對答)ᄒ고 민간질고(民間疾苦)를 무ᄅᆞᆫ디 쇼답(所答)이 샹명(詳明)ᄒ여 극히 유리(有理)ᄒ거늘 한님(翰林)이 혜오디 '이 사름이 반ᄃᆞ시 단ᄉᆡ(端士ㅣ)로다' ᄒ고 인(因)ᄒ여 문왈(問曰)

"형(兄)이 엇지 이곳의 왓ᄂᆞ뇨. 비록 남방(南方) 사름이로라 ᄒ나 어음(語音)이 경ᄉᆞ(京師) 사름이로다."

14) 부인이: '부인의'의 오기.
15) 상병(喪病): 상사(喪事).
16) 강근친쳑(强近親戚): 가까운 친척.
17) 동쳥부: 동챵부(東昌府)의 오기.

기인(其人)이 딕왈(對曰)

"쇼제(小弟) 본딕 고종(孤蹤)으로 동셔(東西)의 표박(漂泊)ᄒ더니 두 ᄒᆡ를 경ᄉ(京師)의 잇다가 금츈(今春)의 ᄯᅩ 신셩(新城)의 반년(半年)을 머물고 계유 ᄯᅥ나 고향으로 가고져 ᄒ노라."

한님(翰林) 왈(曰)

"닉 ᄯᅩ흔 남방(南方)으로 가ᄂ니 슈숨 일(數三日) 동힝(同行)ᄒ미 조토다"

ᄒ고 인ᄒ여 슐을 마시고 셔로 즐겨 만나미 느ᄌ믈 한ᄒ더라.

흔가지로 힝ᄒ여 긱졈(客店)의 ᄌ더니 잇튼날 니러나 옷 닙을 제 옥환(玉環)이 장싱(蔣生)의 안고름의 미엿거늘 한님(翰林)이 보미 엇지 그 집 긔물(貴物)을 모ᄅᆞ리오? 고히 녁여 장싱(蔣生)을 향ᄒ여 ᄀᆞᆯ오딕

"닉 젼일(前日) 셔역(西域) 사름을 만나 옥품(玉品)을 아더니 형의 찬 옥환(玉環)을 보니 반ᄃ시 호품(好品)이라. 잠간 귀경코져 ᄒ노라."

장싱(蔣生)이 쳐음은 어려이 넉이는 쳬ᄒ다가 문득 글너 쥬거늘 한님이 바다 보니 옥식(玉色)과 물상(物像)이 완연(宛然)이 ᄌ기 집 물건이라. ᄯᅩ 거믄 실노 동심결(同心結)¹⁸)을 미ᄌ 씬¹⁹)을 ᄒ엿거늘 한님이 크게 의심(疑心)ᄒ여 장싱(蔣生)ᄃᆞ려 무러 ᄀᆞᆯ오딕

"이 옥(玉)이 과연 호품(好品)이라. 어딕 가 어더 동심결(同心結)을 미ᄌ 고름의 찻ᄂᆞ뇨? 반ᄃ시 심듕(心中)의 ᄉᆞ랑ᄒ는 거시로다."

장싱이 슬프믈 먹음고 딕답지 아니코 도로 거두어 고름의 미거늘 한님이 ᄌ세히 알고져 ᄒ여 다시 무러 왈

---

18) 동심결(同心結): 실 같은 것으로 두 고를 맞쥐어 풀리지 않도록 묶은 매듭. 남녀가 굳게 사랑하기로 맹세한 후 서로 정표로 주고받는 물건.
19) 씬: 끈[纓].

"형(兄)의 옥환(玉環)이 반드시 무정(無情)흔 거시 아니어늘 엇지 그 연고(緣故)를 니르지 안나뇨?"

장싱(蔣生)이 글오딕

"북방(北方)의 이실 제 맛춤 아는 사름의 쥰 빈라. 엇지 다른 연괴(緣故ㅣ) 이시리오?"

한님이 스스로 싱각흐딕

'이 옥환(玉環)이 만일 닉 집 거신죽 가히 어들 이[20] 업고 쏘다른 거시라 흘진딕 옥품(玉品)과 물형(物形)이 이럿틋 갓흘 빅 업스리니, 이는 의심 업는 닉 집 거시 아닐 쑨 아녀 졔 니르딕 신셩(新城)으로 조차 왓노라 하니 비복비(婢僕輩) 도적흐여 이 사름을 쥬엇는가?'

분명이 그 진위(眞僞)를 알고져 흐여 여러 날 동쳐(同處)흐니 정의(情誼) 셔로 졈졈 깁흔지라. 슐을 권(勸)흐여 취(醉)흔 후의 다시 은근이 무러 왈(曰)

"형(兄)이 옥환(玉環) 동심결(同心結) 일을 니르지 아니흐니 엇지 붕우(朋友)의 정(情)이라 흐리오?"

장싱(蔣生)이 글오딕

"닉 형(兄)의 긔샹(氣象)을 보니 단정(端正)흔 사름이라. 니르나 무숨 히로오리오? 한쉬(韓壽ㅣ) 강후[21]의 향(香)을 도적흐고[22] 주건(子建)이 복비(宓妃)의 벼기를 머므르시니[23] 이는 쳔고(千古)의 풍뉴(風

---

20) 어들 이: 얻을 리. 얻을 이유.

21) 강후: 가후(賈侯)의 오기. 가후는 진(晉)나라 때의 가충(賈充)을 말함.

22) 한쉬(韓壽ㅣ) 강후의 향(香)을 도적흐고: 한수투향(韓壽偸香)의 고사. 한수는 진(晉)나라 때 미남으로, 사공(司空) 가충의 아전이었다. 가충의 딸 가오(賈午)가 한수를 좋아하여 저녁에 불러들여 기향(奇香)을 주었다. 이는 서월(西越)에서 조공한 귀한 향으로, 황제가 가충에게만 준 것이었다. 가충이 이 일을 알고 한수를 사위로 삼았다.

23) 주건(子建)이 복비(宓妃)의 벼기를 머므르시니: 조자건이 꿈에서 복비에게 사랑을 고백한 일을 말함. 삼국시대 조식(曹植, 자건은 자)은 견씨(甄氏) 집 처녀를 사모했지만, 결국 그녀는 형 조비(曹丕)의 부인이 되었다. 조비가 아버지 조조의 뒤를 이어 황제가 된 후, 견씨에게 사약

流])라. 형(兄)은 웃지 말나."

한님(翰林)이 우어 글오듸

"늬 비록 형(兄)을 늣게야 스괴여시나 정의(情誼) 심샹(尋常)치 아 닌지라. 아지 못게라. 형의 사랑ᄒᆞᄂᆞᆫ 바ᄂᆞᆫ 엇던 사롭고?"

장싱(蔣生) 왈(曰)

"형(兄)은 ᄌᆞ셰히 뭇지 말나. 비록 아라도 유익(有益)ᄒᆞ미 업고 쇼 제(小弟) ᄯᅩᄒᆞᆫ 니ᄅᆞ지 아니리라."

한님(翰林) 왈(曰)

"형(兄)이 북방(北方)의 이럿틋ᄒᆞᆫ 아람다온 인연(因緣)이 잇거늘 이제 엇지 바리고 남(南)으로 가려 하ᄂᆞ뇨?"

장싱(蔣生)이 탄왈(歎曰)

"속어(俗語)의 호ᄉᆞ다미(好事多魔])라 ᄒᆞ니 아람다온 긔약(期約) 이 막히기 쉬워 녜브터 니ᄅᆞ듸 '직샹(宰相)의 문이 깁기 하ᅙᆡ(河海) 갓흔지라. 이러므로 소랑(蕭郎)이 ᄒᆡᆼ노(行路) 사롭 갓다'²⁴⁾ ᄒᆞ니 정 (正)히 나의 젼일(前日) 졍니(情理)를 니ᄅᆞ미로다"

ᄒᆞ고 인ᄒᆞ여 쳐연(凄然)히 눈물을 ᄂᆞ리거늘 한님(翰林) 왈(曰)

"형(兄)은 가히 다졍(多情)ᄒᆞᆫ 스람이라 니ᄅᆞᆯ지로다"

ᄒᆞ고 잇튼날 두 사롭이 각각 길흘 난호니라.

을 내려 죽였다. 그후 조식은 꿈에 견씨를 만나 예전에 사모했다는 것을 호소했으나, 곧 꿈에 서 깨고 말았다. 이에 조식은 섭섭함을 이기지 못하여 「낙신부洛神賦」를 짓고, 견씨를 낙수(洛 水)의 신녀인 복비에 비유했다.

24) 직샹(宰相)의~ᄒᆡᆼ노(行路) 사롭 갓다: 당나라 때의 인물인 최교(崔郊)가 지은 시의 한 구 절 "재상가 문은 한번 들어가면 바다처럼 깊으니 이로부터 소랑은 길가 사람 되도다(侯門一入 深如海, 從此蕭郎是路人)"를 말한다. 최교는 고모 집의 시비(侍婢)와 서로 사랑했는데, 그 시비가 한 재상의 집에 팔려가게 되었다. 최교는 한식(寒食) 때 시비가 나온 틈을 타 시를 한 수 주었 는데, 시비의 주인인 재상이 그 구절을 보고는 시비를 최교에게 보내주었다. 이 구절은 시비가 재상의 집에 들어가게 되었으니, 그가 나올 때 잠시라도 보기 위해 자신은 길가를 배회할 것 이라는 의미이다.

추후(此後)로 한님(翰林)이 미양 의심(疑心)을 노치 못다 다시 싱 각하되

'엇지 이런 일이 〃시며 쏘 엇지 갓흐25) 거시 업스리오?'

ᄒ야 일노뻐 관심(寬心)ᄒ되26) 심즁(心中)의 ᄌ연(自然) 닛지 못ᄒ더 라.

반년 후 관ᄉ(官事)롤 맛고 도라와 텬ᄌ(天子)긔 조현(朝見)ᄒ고 집의 도라오니 샤부인(謝夫人)이 임의 도라왓거늘 한님(翰林)이 통곡 (痛哭)ᄒ여 부인(夫人)을 위로(慰勞)ᄒ고 쏘 교녀(喬女)와 냥ᄋ(兩兒) 롤 보더니 문득 동챵(東昌) 쇼년(少年)의 일을 싱각ᄒ고 안식(顏色) 을 변(變)ᄒ며 샤부인(謝夫人)을 향(向)ᄒ여 굴오되

"부인(夫人)이 젼일 션군(先君)긔 밧ᄌ온 옥환(玉環)이 어듸 잇ᄂ 니잇고?"

부인(夫人) 왈(曰)

"옥환(玉環)은 상ᄌ(箱子) 가온 잇거니와 엇지 무르시ᄂ니잇가?"

한님(翰林)이 굴오되

"의심(疑心)된 일이 〃시니 밧비 보고져 ᄒ나이다."

부인(夫人)이 한님(翰林)의 긔식(氣色)이 다르믈 보고 시비(侍婢) 로 ᄒ여곰 상ᄌ(箱子)롤 가져오라 ᄒ여 〃러보니 다른 거슨 의구(依 舊)히 이시되 옥환(玉環)이 업거늘 한님(翰林)이 발연(勃然)ᄒ여 흔 말도 아니ᄒ니 부인(夫人)이 굴오되

"샹공(相公)겨오셔 옥환(玉環) 간 곳을 알으시ᄂ니잇가?"

한님(翰林) 왈(曰)

"부인(夫人)이 졍(情)으로뻐 다른 사롬을 주고 도로혀 날ᄃ려 뭇ᄂ

---

25) 갓흐: '갓흔'의 오기.
26) 관심(寬心)ᄒ되: 마음을 편히 하되.

뇨?"

부인이 ᄎᆞ언(此言)을 듯고 악연(愕然)ᄒᆞ여 ᄒᆞᆫ 말도 ᄃᆡ답지 안터니 시비(侍婢) 고왈(告曰)

"두부인(杜夫人)이 오시ᄂᆞ이다"

ᄒᆞ거ᄂᆞᆯ 한님(翰林)이 마ᄌᆞ 좌정(坐定)ᄒᆞᆫ 후의 별ᄂᆡ(別來) 한훤(寒暄)을 맛고 문득 두부인(杜夫人)긔 고왈(告曰)

"가ᄂᆡ(家內)에 불측(不測)ᄒᆞᆫ 변(變)이 잇습기로 감히 알외ᄂᆞ이다."

두부인(杜夫人)이 ᄀᆞᆯ오ᄃᆡ

"무ᄉᆞᆷ 일고?"

한님(翰林)이 동창(東昌) 쇼년(少年)의 일을 일〃이 고(告)ᄒᆞ고 ᄯᅩ ᄀᆞᆯ오ᄃᆡ

"그ᄯᅦ의는 오히려 갓흔 거시라 하얏습더니 이졔 와 보온즉 옥환(玉環)이 업ᄂᆞᆫ지라. 문회(門戶ㅣ) 불ᄒᆡᆼ(不幸)ᄒᆞ여 이런 변(變)이 잇ᄉᆞ오니 맛당이 법(法)으로ᄡᅥ 쳐치(處置)코ᄌᆞ ᄒᆞ오ᄃᆡ 감히 ᄌᆞ단(自斷)치 못ᄒᆞ여 알외ᄂᆞ이다."

샤부인(謝夫人)이 이 말을 듯고 넉시 몸의 븟지 아녀 눈물만 흘녀 ᄉᆞᆯ오ᄃᆡ

"쳡(妾)이 상시(常時) 쇼ᄒᆡᆼ(所行)이 무상(無狀)ᄒᆞ와 이런 악명(惡名)을 엇ᄉᆞ오니 어ᄂᆡ 면목(面目)으로 사ᄅᆞᆷ을 ᄃᆡᄒᆞ리오? 쳡의 ᄉᆞᄉᆡᆼ(死生)이 샹공(相公)긔 달녓시니 임의로 ᄒᆞ소셔. 녯글의 닐온바 '군ᄌᆞ(君子)ᄂᆞᆫ 참언(讒言)을 밋지 아니코 참인(讒人)을 가져 싀호(豺虎)의게 더진다' ᄒᆞ니 가즁(家中)의 반ᄃᆞ시 간인(奸人)이 잇ᄂᆞᆫ지라. 바라건ᄃᆡ 샹공(相公)은 ᄌᆞ시 ᄉᆞᆯ피소셔"

ᄒᆞ니 안ᄉᆡᆨ(顏色)이 찬 ᄌᆡ[27] 갓고 말ᄉᆞᆷ이 쳐졀(悽絕)ᄒᆞᆫ지라. 두부인(杜

27) 찬 ᄌᆡ: 찬 재. 불이 꺼진 재. 한회(寒灰).

夫人)이 딕로(大怒)ᄒ여 골오딕

"네 총명(聰明) 식견(識見)이 션쇼ᄉ(先少師)긔 비(比)컨딕 엇더ᄒ뇨?"

한림(翰林)이 골오딕

"쇼ᄌᆡ(小子ㅣ) 엇지 감히 바라리잇가?"

두부인(杜夫人) 왈(曰)

"우리 형(兄)이 본딕 지인지감(知人之鑑)이 이셔 텬하(天下) 인물(人物) 열남(閱覽)ᄒ여시딕 항상 샤시(謝氏)를 일ᄏᆞ라 니ᄅᆞᄉ딕 '나의 며느리는 특별한 사름이니 비록 녜 녈뷔(烈婦ㅣ)라도 밋지 못ᄒ리라' ᄒ시고 님종(臨終)의 널로써 나의게 부탁ᄒ여 가ᄅᆞᄉ딕 '연쉬(延壽ㅣ) 나히 져므니 범ᄉ(凡事)를 가ᄅᆞ치라' ᄒ시고 신부(新婦)의 니ᄅᆞ러는 '계칙(戒飭)홀 빅 업다' ᄒ시니 이는 본딕 샤시(謝氏)의 어진 줄 알으ᄉ 가ᄅᆞ칠 닐이 업다 ᄒ시니 이 갓흔 일은 범샹(凡常)ᄒ 사름도 참아 못홀 일이어늘 엇지 일호(一毫)나 샤시(謝氏)를 의심ᄒ리오? 반ᄃᆞ시 가닉(家內)의 흉인(凶人)이 이셔 옥환(玉環)을 도젹ᄒ야 샤시(謝氏)를 모ᄒᆡ(謀害)ᄒᄂ 일이오. 그러치 아니면 시비(侍婢) 즁 음난(淫亂)ᄒ 쟤(者ㅣ) 도젹ᄒ여 닉미니 엄(嚴)히 ᄉᄒᆡᆨ(査覈)든 아니코 도로혀 빙옥(氷玉) 갓흔 몸을 의심(疑心)ᄒ니 네 혼암(昏暗)ᄒ미 이 갓흘 줄 엇지 ᄯᅳᆺᄒ여시리오?"

한림(翰林)이 샤례(謝禮) 왈(曰)

"슉가 명(命)딕로 ᄒ리이다"

ᄒ고 즉시 모든 시비(侍婢)를 쳐 국문(鞠問)ᄒ딕 다른 시비(侍婢)는 익미(曖昧)ᄒ 일이라 참아 무복(誣服)지 못ᄒ고 셜믹(雪梅)는 직초(直招)ᄒ면 죽기를 면(免)치 못홀지라 죽기로써 직고(直告)치 아니ᄒ니 맛ᄎᆞᆷᄂᆡ 종젹(踪跡)이 업ᄂᆞᆫ지라. 두부인(杜夫人)이 ᄯᅩᄒ 홀일업셔 도라가니라.

샤시(謝氏) 스스로 싱각ᄒᄃᆡ

'더러온 일홈을 ᄲᅥᆨ기 젼(前)은 엇지 사ᄅᆞᆷ을 ᄃᆡᄒᆞ리오?'

ᄒᆞ고 졍당(正堂)을 피ᄒᆞ야 초옥(草屋)의 거쳐(居處)ᄒᆞ야 집흐로²⁸⁾ ᄌᆞ리ᄅᆞᆯ 숨고 죄인(罪人)으로 ᄌᆞ쳐(自處)ᄒᆞ더라.

28) 집흐로: 짚으로.

군자는 참소를 믿고
흉악한 인간은 아들을 죽이다

이후로븟터 한림(翰林)이 교녀(喬女)로 더브러 동쳐(同處)ᄒ고 샤시(謝氏)의 일을 의논(議論)ᄒ더니 교녜(喬女ㅣ) 글오ᄃᆡ

"부인이 셩되(性度ㅣ) 교한(驕悍)ᄒ야 말슴을 ᄭᅮ미고 일홈을 낙가 ᄆᆡᄉᆞ(每事)를 다 녈녀(烈女)의게 비기고 사름을 다 눈 알ᄋᆡ[1] 보ᄂᆞᆫ니 엇지 이 갓흔 ᄒᆡᆼ실(行實)을 ᄒ여 사름의 춤 밧고[2] ᄭᅮ지ᄌᆞ믈 즐겨 취(取)ᄒ리오? 쳡의 어린[3] ᄯᅳᆺ은 두부인(杜夫人) 말슴이 올흔가 ᄒ오ᄃᆡ 샤시(謝氏) 기리ᄂᆞᆫ 말슴이 너모 과도(過度)ᄒ지라. 셩인(聖人)도 ᄯᅩ흔 사름의게 속으믈 보거든 션쇼ᄉᆡ(少師ㅣ) 비록 고명(高明)ᄒ시나 샤시(謝氏)를 다려온 지 오ᄅᆡ지 아녀 셰샹(世上)을 바려 계시니 엇지 그 일 후를 혜아리며 ᄯᅩ 두부인(杜夫人)이 샹공(相公)으로 ᄒ여곰 ᄆᆡᄉᆞ

---

1) 알ᄋᆡ: 아래.
2) 춤 밧고: 침 뱉고.
3) 어린: 어리석은.

(每事)룰 즈거⁴⁾긔 텽명(聽命)ᄒᆞ야 괘졍⁵⁾케 ᄒᆞ시니 엇지 일편(一偏)⁶⁾
되지 아니리잇가?"

한림(翰林) 왈(曰)

"샤시(謝氏) 말ᄉᆞᆷ이 조금도 구ᄎᆞ(苟且)치 아니ᄒᆞ니 닉 ᄯᅩᄒᆞᆫ 홀 일이
업슬가 ᄒᆞ노라마ᄂᆞᆫ 젼일(前日) 닉 눈의 〃심(疑心)된 일을 보아시니
이러므로 불신(不信)ᄒᆞᆫ ᄆᆞ음이 만흐여라. 인(因)ᄒᆞ여 젼일(前日) 져
쥬(咀呪)ᄒᆞ던 필젹(筆跡)이 샤시(謝氏)의 필쳬(筆體) 갓흐므로 가져
현발(現發)ᄒᆞ려 ᄒᆞ면 가닉(家內) 요란(擾亂)홀가 ᄒᆞ여 즉시 불 지ᄅᆞ
고 너ᄃᆞ려 니ᄅᆞ지 아니ᄒᆞ여더니 부녀(婦女)의 용심(用心)이 흉참(凶
慘)ᄒᆞ미 이에 니를 쥴을 엇지 ᄯᅳᆺᄒᆞ엿시리오? 일노 보건딕 의심이 업
지 아니ᄒᆞ도다."

교녜(喬女ㅣ) 글오딕

"만일 의심(疑心)이 이시면 부인을 엇지 딕졉(待接)ᄒᆞ려 ᄒᆞ시ᄂᆞ
뇨?"

한림(翰林) 왈(曰)

"젼일(前日)은 증참(證參)⁷⁾이 업고 후일(後日)도 ᄯᅩᄒᆞᆫ 명빅(明白)
지 아니ᄒᆞ면⁸⁾ 션인(先人)이 극(極)히 ᄉᆞ랑ᄒᆞ시든 바오. ᄯᅩ ᄒᆞᆫ가지로
초토(草土)⁹⁾룰 지닉엿고 허물며 슉뫼(叔母ㅣ) 힘뻐 구ᄒᆞ시니 춤아 닉
치지 못ᄒᆞ노라."

교녜(喬女ㅣ) 다시 딕답지 못ᄒᆞ고 잠〃ᄒᆞ더라.

이ᄶᅥ 교녜(喬女ㅣ) 아ᄃᆞᆯ을 나흐니 일홈을 봉츄(鳳雛ㅣ)라 ᄒᆞ고 ᄉ

---

4) 즈거: 자가(自家)의 오기. 자기(自己).
5) 괘졍: 문맥상 '결졍(決定)'의 오기로 보임.
6) 일편(一偏): 한쪽으로 치우침.
7) 증참(證參): 증거.
8) 아니ᄒᆞ면: '아니ᄒᆞ며'의 오기.
9) 초토(草土): 거적자리와 흙 베개라는 뜻으로, 상(喪)을 이르는 말.

랑ᄒ미 두 아ᄒ(兒孩)로 더부러 스이 업스니 뉘 진위(眞僞)를 분변ᄒ리오?

어시의 교녜(喬女ㅣ) 한림(翰林)의 ᄂ가믈 타 동쳥(董靑)과 쏘 쇠를 의논하더니 교녜(喬女ㅣ) 굴오디

"젼일(前日) 계괴(計巧ㅣ) 비록 조흐나 한림(翰林)의 말이 여ᄎ(如此)ᄒ니 풀을 버히미 불휘를 씃지 아니면 니두(來頭) 일이 엇더홀 쥴 알니오? 쏘 샤시(謝氏) 두부인(杜夫人)으로 더브려 지금 옥환(玉環) 거취(去就)를 추심(推尋)ᄒ니 만일 누셜(漏泄)ᄒ면 엇지 딘홰(大禍ㅣ) 되지 아니리오?"

동쳥(董靑)이 굴오디

"두부인(杜夫人)이 샤녀(謝女)를 도으니 그디 그 스이를 타 공교(工巧)흔 말노뼈 그 슉질(叔侄)을 니간(離間)케 ᄒ여 슉질(叔侄)이 불목(不睦)ᄒ거든 샤시(謝氏)를 니치미 어렵지 아니리라."

교녜(喬女ㅣ) 왈

"니 쏘흔 이 ᄯᅳᆺ이 이션 지 오라디 샹공(相公)이 두부인(杜夫人) 셤기믈 부모(父母) 갓ᄒ니 〃간(離間)하기 어려울가 ᄒ노라."

동쳥(董靑)이 굴오디

"진실노 이 갓흔즉 조흔 쇠 극히 어려오니 날회여¹⁰⁾ 다시 의논(議論)ᄒ리라"

ᄒ더라. 두부인(杜夫人)이 샤시(謝氏)를 위ᄒ여 옥환(玉環)을 두로 츄심(推尋)ᄒ디 죵시(終始) 엇지 못ᄒ여 ᄆᆞᄋᆞᆷ의 한(恨)ᄒ며 반ᄃᆞ시 교녀(喬女)의 쇼위(所爲)믈 짐작(斟酌)ᄒ나 현져(顯著)흔 일이 업스미 심즁(心中)의 울〃(鬱鬱)ᄒ여 한님(翰林) 집 왕ᄂᆡ(往來)를 아니ᄒ더라.

(남졍긔 권지일 끝)

---

10) 날회여: 천천히.

어시(於是)의 두부인(杜夫人)의 ᄋ달 두익[11]이 급졔(及第)ᄒ야 쟝ᄉ(長沙)[12] 츄관(推官)[13]을 하니 부인이 그 아들을 조차 쟝ᄉ(長沙)로 가는지라. 비록 영홰( ) 극(極)ᄒ나 샤씨(謝氏) 고단ᄒ믈 싱각고 심히 슬허ᄒ더니 틱일(擇日)ᄒ야 발힝(發行)ᄒᆞᆯ식 한림(翰林)이 두부인(杜夫人) 모ᄌ(母子)ᄅᆞᆯ 쳥(請)ᄒ야 젼숑(餞送)ᄒ더니 두부인(杜夫人)이 좌샹(座上)의 샤시(謝氏) 업ᄉᄆᆞᆯ 보고 한림(翰林)ᄃ려 닐오ᄃᆡ

"션형(先兄)[14]이 기셰(棄世)ᄒ시믹 현질(賢姪)노 더브러 셔로 의지(依支)하야 이 ᄆᆞᄋᆞᆷ을 위로(慰勞)하더니 이제 만리(萬里)로 가니 나의 심ᄉᆡ(心事) 엇더ᄒ리오? 닉 ᄒᆞᆫ 말이 이시니 현질(賢姪)은 쳥납(聽納)ᄒᆞᆯ쇼냐?"

한림이 ᄭᅮ러 딕왈(對曰)

"무삼 말숨이니잇고?"

부인(夫人)이 ᄀᆞᆯ오ᄃᆡ

"다른 말이 아니라. 샤시(謝氏)로ᄡᅥ 부탁고져 ᄒᄂᆞ니 샤시(謝氏)ᄂ 션형(先兄)의 ᄉᆞ랑ᄒ던 빈라. 셩품(性品)이 본ᄃᆡ 어지니 엇지 이런 죄악(罪惡)이 이시리오? 내 반ᄃᆞ시 빅 가지로ᄡᅥ 보젼(保全)코져 ᄒᄂᆞ니 나의 간 후에 비록 잡말이 이셔도 숨가 듯지 말고 눈의 그른 일이 뵐지라도 셔찰(書札)노ᄡᅥ 내게 의논(議論)ᄒᆞᆫ 후의 범ᄉ(凡事)ᄅᆞᆯ 쳐치(處置)ᄒᆞ라."

한림(翰林)이 ᄀᆞᆯ오ᄃᆡ

"삼가 가라치시믈 밧ᄌᆞ오리이다."

부인(夫人)이 시비(侍婢)ᄅᆞᆯ 불너 니ᄅᆞᄃᆡ

---

11) 두익: 한문 이본들에는 '두억(杜億)'이라 표기된바, '두억'의 오기로 보인다.
12) 장사(長沙): 지명. 소상강 하류에 있다.
13) 추관(推官): 형벌과 관련된 일을 담당하는 관직. 각 부(府)에 1명씩 두었다.
14) 선형(先兄): 돌아가신 형님. 여기서는 돌아가신 오빠, 곧 유소사(劉少師)를 말한다.

"샤부인(謝夫人)이 어딘 잇느뇨? 날노 흐여곰 보게 흐라."

시비(侍婢) 부인(夫人)을 인도(引導)흐야 샤시(謝氏) 쳐쇼(處所)에 니르니 쒸집[15]의 초셕(草席)을 깔고 빈옷[16] 닙고 머리털이 날여 쑥 갓고 낫빗치 먹 갓흐여 형용(形容)이 초췌(憔悴)흔지라. 두부인(杜夫人)을 마주 글오딘

"슉시(叔氏)[17] 현달(顯達)흐오셔 부인(夫人)이 먼니 가시딘 일신(一身)의 벗지 못흐올 죄명(罪名)이 잇습기로 문젼(門前)의 나아가 치하(致賀)치 못흐오니 무궁(無窮)흔 한(恨)이로쇼이다. 흐물며 부인이 누지(陋地)의 앙님(仰臨)흐시니 황공(惶恐)흐야이다."

두부인(杜夫人)이 글오딘

"쇼스형(少師兄)이 님종(臨終)의 질즈(姪子)로뻐 나의게 부탁흐야 계시니 그 말숨이 오히려 귀에 잇거늘 어진 정도(正道)로뻐 인도치 못흐야 그딘로 흐여곰 이에 니르게 흐니 도시(都是) 노신(老身)의 허물이라. 지하(地下)의 간들 무슴 면목(面目)으로 션형(先兄)을 보리오? 그러나 젼일(前日)의 그딘로 더브러 흐던 말을 이의 혹 싱각흘가?"

샤시(謝氏) 샤례(謝禮) 왈(曰)

"즁심(中心)의 삭엿스오나 엇지 하늘을 원망(怨望)흐오며 사름을 허물흐오리잇가?"

두부인(杜夫人)이 글오딘

"젼스(前事)는 니르지 말고 그딘 불힝(不幸)흐야 구고(舅姑)를 여희고 노신(老身)과 셔로 의지(依支)흐엿다가 이제 니 쪼흔 즈식을 조츠 장스(長沙)로 가미 엇지 영홰(榮華 |) 아니리오마는 그딘를 니별

15) 쒸집: 띠집. 초옥(草屋).
16) 빈옷: 베옷.
17) 슉씨(叔氏): 아주버님. 두부인의 아들 두억을 말한다.

(離別)ᄒᆞᄂᆞᆫ 고(故)로 ᄆᆞᄋᆞᆷ이 일즉(一刻)도 편(便)치 못ᄒᆞ고 지금 형세(形勢)로 보건ᄃᆡ 결단코 그ᄃᆡᄅᆞᆯ 집의 머므지 아닐 거시니 궁박(窮迫)ᄒᆞ야 갈 곳이 업ᄂᆞᆫ지라. 이졔 그ᄃᆡ 본가(本家)로 가려흔죽 가되(家道ㅣ) 녕낙(零落)ᄒᆞᆯ 분 아녀 신셩(新城)은 덜어온 말 난 곳이라. 그리 가기 미안(未安)ᄒᆞ니[18] 만일 어려온 일이 잇거든 즉시 내게 통(通)ᄒᆞ면 맛당이 비ᄅᆞᆯ 보ᄂᆡ여 마즐 거시니 나의게 와 날호여 늬두(來頭)의 일을 보면 심히 맛당ᄒᆞ고 참소(讒訴)도 듯지 아니ᄒᆞ리라."

샤시(謝氏) ᄃᆡ왈(對曰)

"부인(夫人)이 쳡(妾)을 싱각하시믈 이러틋 하시니 쳡(妾)이 일만 번 죽어도 갑ᄉᆞ올 길이 업거니와 쳡(妾)인들 엇지 늬두(來頭)를 싱각지 아니리잇가? 신셩(新城)은 결단코 가지 못ᄒᆞᆯ 곳이오. 다만 바라난 바ᄂᆞᆫ 부인(夫人)긔 의지(依支)ᄒᆞ와 죵신(終身)ᄒᆞ려 ᄒᆞ엿ᄉᆞᆸ더니 부인(夫人)이 ᄯᅩ 만니(萬里) 밧긔 힝ᄎᆞ(行次)ᄒᆞ시ᄂᆞᆫ지라. 쳡(妾)이 진실노 도라갈 곳이 업더니 비ᄅᆞᆯ 보ᄂᆡ여 다려가려 ᄒᆞ시니 감격(感激)ᄒᆞ온 은덕(恩德)이 극(極)ᄒᆞ오ᄃᆡ 만경창파(萬頃蒼波)의 여자의 몸이 엇지 말 미암아 득달(得達)ᄒᆞ리잇가? 쳡(妾)의 어린 ᄯᅳᆺ은 만일 늬치믈 닙ᄉᆞ오면 구고(舅姑) 묘하(墓下)의 가 죵신(終身)코져 ᄒᆞᄂᆞ이다."

두부인(杜夫人)이 ᄀᆞᆯ오ᄃᆡ

"슬프다. 그ᄃᆡ ᄯᅳᆺ이 비록 죠흐나 묘하(墓下)도 ᄯᅩ흔 안신(安身)ᄒᆞᆯ ᄯᅡ히 아니니 늬 말을 긔록(記錄)ᄒᆞ야 범ᄉᆞ(凡事)를 조심ᄒᆞ야ᄡᅥ 후일(後日)을 기ᄃᆞ리라. 하늘이 반ᄃᆞ시 어진 사ᄅᆞᆷ을 도울 거시니 이럿틋 ᄒᆞ면 일월(日月)이 오릴지니 그ᄃᆡ 익홴(厄禍ㅣ)들 엇지 미양(每樣) 이러ᄒᆞ리오?"

ᄌᆡ삼(再三) 졍녕(丁寧)이 니ᄅᆞ며 눈믈을 흘니고 셔로 니별(離別)ᄒᆞ

---

18) 미안(未安)ᄒᆞ니: 편치 아니하니.

니라.

두부인(杜夫人)이 발힝(發行)혼 후 교녜(喬女ㅣ) 크게 깃거 눈의 못
슬 샌히고[19] 등의 가싀룰 업시 혼 듯 깃거ᄒᆞᄂᆞᆫ지라. 동쳥(董靑)을 불
너 '조혼 쇠룰 닉라' ᄒᆞᆫ듸 동쳥(董靑) 왈(曰)

"두부인(杜夫人)이 임의 먼니 가시니 이 졍(正)히 쇠룰 힝(行)ᄒᆞᆯ 써
라. 닉 혼 계괴(計巧ㅣ) 이시니 사시(謝氏) 그 셩명(性命)을 보젼(保
全)치 못ᄒᆞᆯ지라. 다만 져허ᄒᆞ건듸 낭직 닉 말을 쓰지 아닐가 ᄒᆞ노라."

교녜(喬女ㅣ) 굴오듸

"만일 됴혼 쇠 이시면 엇지 좃지 아니리오?"

동쳥(董靑)이 혼 권 칙(冊)으로 ᄉᆞ민[20]로셔 닉여 굴오듸

"이ᄂᆞᆫ 당나라 ᄉᆞ긔(史記)라. 당(唐) 고종(高宗)이 왕황후(王皇后),
무쇼의(武昭儀) 잇더니 황후(皇后)룰 참소(讒訴)코져 ᄒᆞ듸 틈을 엇지
못ᄒᆞ더니 쇼희[21] 혼 ᄯᅩᆯ을 나흐니 얼골이 졀묘(絶妙)ᄒᆞᆫ지라. 황휘(皇后
ㅣ) 극히 ᄉᆞ랑ᄒᆞ더니 일일은 황휘(皇后ㅣ) 아히룰 희롱(戱弄)ᄒᆞ다가
ᄂᆞᄋᆞ거늘 쇼희(昭儀) 즉시 ᄋᆞ히룰 눌너 죽이고 울며 굴오듸 '뉘 나의
ᄌᆞ식(子息)을 죽인고?' ᄒᆞ고 궁인(宮人)을 쳐 므르니 모다 니ᄅᆞ듸 '황
휘(皇后ㅣ) 방(房)으로 조ᄎᆞ 나오시더라' ᄒᆞ거늘 황휘(皇后ㅣ) 발명
(發明)치 못ᄒᆞ야 고종(高宗)이 드듸여 황후(皇后)룰 폐하고 쇼희(昭
儀)룰 세우니 이 곳 무측쳔(武則天)[22]이라. 므릿[23] 듸샤(大事)룰 일우
려 ᄒᆞ면 쇼ᄉᆞ(小事)룰 도라보지 아니ᄒᆞ나니 젼일(前日)의 장쥬(掌珠

---

19) 못슬 샌히고: 못을 빠지게 하고.
20) ᄉᆞ민: 소매.
21) 쇼희: '소의(昭儀)'의 오기.
22) 무측쳔(武則天): 측천무후(則天武后, 624~705). 당(唐) 고종(高宗)의 황후. 성은 무(武), 이
름은 조(曌). 중국 역사에서 유일한 여제(女帝)로 고종을 대신하여 실권을 쥐고, 두 아들을 차
례로 제왕의 자리에 오르게 한 뒤, 스스로 제왕의 자리에 올라 국호를 주(周)로 고치고 성신황
제(聖神皇帝)라 칭했다.
23) 므릿: 무릇.

ㅣ) 병(病)드러실 제 한림(翰林)이 임의 샤녀(謝女)24)를 의심ㅎ야시니 낭지(娘子ㅣ) 두 아들이 잇는지라. 진실노 측쳔(則天)의 쇠를 힝(行)ㅎ면 샤녜(謝女ㅣ) 비록 틱임(太姙)의 덕(德)과 소진(蘇秦)25)의 구변(口辯)이라도 발명(發明)치 못홀지니 낭지(娘子ㅣ) 엇지 쯧 못어드믈 근심ㅎ리오?"

교녜(喬女ㅣ) 동쳥(董靑)의 등를 쳐 골오딕

"호랑의 스오나옴으로도 즛식은 스랑ㅎ는 마음이 이셔 힉(害)치 아니ㅎ거든 허물며 사름가? 네 쯧을 보니 즛식을 두고 다른 즛식을 죽이고져 ㅎ미니 이는 참아 못ㅎ리쇼다."

동쳥(董靑)이 골오딕

"낭즛(娘子)의 형셰(形勢) 졍(正)히 호랑과 다름이 업는지라. 범이 사름을 너흐지26) 아니ㅎ면 사름이 반듯시 범을 죽이나니 닉 말을 쓰지 아니면 반듯시 후회(後悔) 이시리라."

교녜(喬女ㅣ) 골오딕

"이 쇠는 참아 쓰지 못홀지니 다시 싱각ㅎ라"

ㅎ며 셔로 희롱(戲弄)ㅎ더라.

이윽고 시비(侍婢) 한림(翰林)의 드러오믈 젼(傳)ㅎ거늘 동쳥(董靑)이 놀나 다라느다가 납미(臘梅)를 만나 골오딕

"낭지(娘子ㅣ) 닉 말을 쓰지 아니려 ㅎ니 진실노 쓰지 아니면 너희등(等)이 다 죽기를 면(免)치 못홀 거시니 네 그 쩍를 타 계교(計巧)를 힝(行)ㅎ라."

납미(臘梅) 허락(許諾)ㅎ고 십분(十分) 엿보더니 ㅎ로는 쟝쥬(掌珠

---

24) 샤녀(謝女): 사녀는 사씨를 낮추어 부른 말이다.
25) 소진(蘇秦): 전국시대 합종책을 주장한 유명한 유세객(遊說客). 뛰어난 구변(口辯)으로 육국(六國)의 재상이 되었다.
26) 너흐지: 물지. 물어뜯지. 씹지.

ㅣ) 난간(欄干)의 누어 잠을 깁히 드러시딕 사름이 업고 다만 부인
(夫人)의 시비(侍婢) 츈방(春芳)이 셜믹(雪梅)로 더브러 난간을 지나
가거늘 납믹(臘梅) 흉(兇)훈 마음을 품고 츈방(春芳)과 셜믹(雪梅) 먼
니 가기를 기드려 즉시 쟝쥬(掌珠)를 눌너 쥭이고 가마니 셜믹(雪梅)
드려 니르딕

"네 옥환(玉環) 도젹훈 일이 느타나면 반드시 쥭을지니 여츳여츳ᄒ
면 화(禍)를 면ᄒ리라."

셜믹(雪梅) 허락ᄒ더라.

쟝쥬(掌珠)의 유뫼(乳母ㅣ) 느와 쟝쥬(掌珠)를 보니 칠규(七竅)[27]의
피를 흘니고 쥭엇거늘 크게 놀나 울며 교녀(喬女)긔 고(告)훈딕 교녜
(喬女ㅣ) 방셩딕곡(放聲大哭)ᄒ고 젼도(顚倒)이[28] 나와보니 발셔 밋
츨 빅 업ᄂ지라. 비록 동쳥(董靑)의 쐰 쥴 아나 일이 임의 이에 니르
럿ᄂ지라. 홀 일 업셔 그 계교(計巧)를 쓰고져 ᄒ야 밧비 한림(翰林)
긔 고(告)훈딕 한림(翰林)이 딕경(大驚)ᄒ야 느아가 보고 일언(一言)
을 못ᄒ거늘 교녜(喬女ㅣ) 통곡(痛哭)ᄒ야 굴오딕

"이 반드시 젼일(前日) 져쥬(詛呪)ᄒ야 우리 못ᄌ[29]를 쥭이고져 ᄒ
던 사름의 일이니 가즁(家中) 비복(婢僕)을 져쥬어[30] 무른즉 가히 ᄉ
힉(査覈)ᄒ리라"

ᄒ거늘 한림(翰林)이 즉시 비복(婢僕) 등(等)을 일시(一時)의 모라 엄
형(嚴刑) 국문(鞠問)ᄒ식 쟝쥬(掌珠)의 유뫼(乳母ㅣ) 슬오딕

"쳔비(賤婢) 공ᄌ(公子)로 더브러 난간(欄干)의셔 희롱(戲弄)ᄒ더
니 공직(公子ㅣ) 잠들거늘 급훈 일이 이셔 즘간 나갓다가 도라와 보

---

27) 칠규(七竅): 사람의 얼굴에 있는 일곱 개의 구멍.
28) 젼도(顚倒)이: 넘어질 듯이 급히.
29) 못ᄌ: '모자'의 오기.
30) 져쥬어: 고문(拷問)하여. 국문(鞠問)하여.

은즉 이 변(變)이 낫스오니 쇼비(小婢) 쩌나온 죄난 일만 번 죽어도 앗갑지 아니커니와 그 밧근 천만(千萬) 이미(曖昧)ㅎ여이다."

또 납미(臘梅)를 쳐 져쥰디 납미(臘梅) 공초(供招)ㅎ디

"쳔비(賤婢) 문밧긔 지나다가 우연이 드러가오니 츈방(春芳)이 셜미(雪梅)로 더브러 난간의 셔셔 무슴 말을 ㅎ다가 흣허³¹⁾ 간 후에 오리지 아냐 이 변(變)이 낫스오니 두 사름의게 무릭시면 쾌(快)히 알니이다"

ㅎ거늘 한림(翰林)이 츈방(春芳)과 셜미(雪梅)를 즙아너여 몬져 츈방(春芳)을 치니 살이 다 썰어지고 쎄 씌여지디 다만 알외기를

"셜미(雪梅)로 더부러 우연이 난간(欄干) 아릭로 지날 쑨이오, 드릅은 업셔이다"

ㅎ고 셜미(雪梅)도 또흔 츈방(春芳)의 말과 다름이 업거늘 한림(翰林)이 딕로(大怒)ㅎ야 듕쟝(重杖)을 더ㅎ니 셜미(雪梅) 굴오디

"쳔비(賤婢) 임의 죽을 쏘히 님(臨)ㅎ엿스오니 바로 알외리이다. 부인이 쇼비(小婢) 등(等)을 부릭스 니릭스디 '너희 둘이 도모(圖謀)ㅎ야 쟝쥬(掌珠)를 죽이면 즁샹(重賞)ㅎ리라' ㅎ시거늘 쇼비(小婢) 등이 여러 날 경영(經營)ㅎ디 틈을 엇지 못ㅎ엿습더니 오늘은 쟝쥐(掌珠ㅣ) 홀노 즈고 보ᄂ 사름이 업거늘 츈방(春芳)은 햐슈(下手)ㅎ고 쇼비(小婢)ᄂ 만신(滿身)이 썰여 ᄂ아가지 못ㅎ오니 츈방(春芳)이 발셔 죽엿더이다."

한림(翰林)이 딕로(大怒)ㅎ야 각별 듕쟝(重杖)ㅎ니 츈방(春芳)이 크게 셜미(雪梅)를 쑤지져 굴오디

"네 이미(曖昧)흔 부인(夫人)을 파라 죽기를 면(免)코져 ㅎ나냐? 사름이 죽을지언졍 엇지 참아 무거(無據)흔 말을 쥬작(做作)하야 빙옥

---

³¹⁾ 흣허: 흩어. 흩어져.

(氷玉) 갓흔 부인(夫人)을 히(害)ᄒ리오? 돈견(豚犬)의 ᄯᅳᆺ이라도 ᄒᆡᆼ실(行實)이 너 갓흔 거슨 업ᄉ리라. 네 비록 이졔 죽기를 면ᄒ나 오ᄅᆡ지 아녀 하늘이 반ᄃᆞ시 너를 죽이시리라"

ᄒ며 ᄒᆞᆫ 말도 변(變)치 아니코 인(因)ᄒ여 쟝하(杖下)의 죽으니 교녜(喬女ㅣ) 굴오ᄃᆡ

"셜ᄆᆡ(雪梅)ᄂᆞᆫ ᄒᆡᆼ흉(行凶)ᄒᆞ미 업고 ᄯᅩ 직고(直告)ᄒ니 공(功)이 잇고 죄 업슬 분 아니라 다른 사ᄅᆞᆷ의 부린 비 되고 츈방(春芳)이 임의 죽어시니 셜ᄆᆡ(雪梅)ᄂᆞᆫ 죄 업슬가 ᄒᄂᆞ이다"

ᄒ고 인(因)ᄒ여 쟝쥬(掌珠)를 부르고 가슴을 두ᄃᆞ리며 울어 굴오ᄃᆡ

"쟝쥬(掌珠)야! 네 원슈를 갑지 못ᄒ면 엇지 살니오? 찰하리 너를 조ᄎ 죽으리라"

하고 방의 드러가 목ᄆᆡ거늘 시비(侍婢) 구(救)ᄒᆞᄃᆡ 교시(喬氏) 한림(翰林)을 브르며 울기를 긋치지 아니ᄒ니 한림(翰林)이 머리를 슉이고 ᄒᆞᆫ 말도 아니ᄒ더니 교녜(喬女ㅣ) 굴오ᄃᆡ

"투뷔(妬婦ㅣ) 쳐음의 우리 모ᄌ(母子)를 히코져 ᄒᆞ야 흉악(凶惡)ᄒᆞᆫ 일을 ᄒ다가 현발(現發)ᄒᆞ야 그 ᄭᅬ를 닐우지 못ᄒ고 ᄯᅩ 비ᄌ(婢子)를 가ᄅᆞ쳐 참아 못홀 일을 ᄒᆡᆼ(行)ᄒ니 오ᄅᆡ지 아녀셔 홰(禍ㅣ) ᄯᅩ 쳡의 몸의 밋츨지라. 찰하리 ᄌ결(自決)ᄒᆞ야 다른 사ᄅᆞᆷ의 손의 죽지 아니려 ᄒᆞ거늘 뉘 ᄂᆡ 목ᄆᆡᆫ 거슬 글너나뇨? 샹공이 만일 투부(妬婦)로 더브로 틈 업시 살진ᄃᆡ ᄂᆡ 엇지 살니오? 투부(妬婦)의 손의 죽기를 면(免)치 못ᄒ리니, 쳡(妾)은 일만 번 죽어도 앗갑지 아니커니와 투뷔(妬婦ㅣ) 다른 사ᄅᆞᆷ으로 더브러 ᄉ정(私情)이 깁흔 지 오란지라. 두리건ᄃᆡ[32] 샹공(相公)이 ᄯᅩ흔 화(禍)를 만날가 ᄒ노라"

ᄒ고 말을 맛ᄎᆞ며 목을 ᄆᆡ거늘 한림(翰林)이 급히 구(救)ᄒ고 발연(勃然) ᄃᆡ로(大怒) 왈(曰)

"투뷔(妬婦ㅣ) 쳐음은 불측(不測)ᄒᆞᆫ 변(變)을 지어시ᄃᆡ 부부(夫婦)

의 졍(情)을 닛지 못ᄒ야 참아 발각(發覺)지 못ᄒ고 신셩(新城)의 가
더러온 힝실(行實)이 이스되 오히려 법(法)으로 다스리지 아녓더니
쟝쥬(掌珠)의 죽임은 텬지간(天地間)의 업ᄂᆞᆫ 변(變)이라. 가듕(家中)
의 두면 조종(祖宗)이 일졍(一定) 흠향(歆饗)치 아닐 거시오, 가되(家
道ㅣ) 멸졀(滅絶)ᄒ리라"

ᄒ고 교녀(喬女)ᄅᆞᆯ 위로(慰勞) 왈(曰)

"오ᄂᆞᆯ은 임의 져므러시니 ᄂᆡ일(來日) 종족(宗族)을 모화 ᄉᆞ당(祠
堂)의 고(告)ᄒ고 투부(妬婦)ᄅᆞᆯ ᄂᆡ칠 거시니 ᄂᆡ친 후 널노뼈 부인(夫
人)을 삼으리니 속졀업시 슬허 무익(無益)ᄒ고 곳 갓흔 양ᄌᆞ(樣子)ᄅᆞᆯ
상(傷)케 말나."

교녜(喬女ㅣ) 눈물을 거두고 샤례(謝禮) 왈(曰)

"이럿툿 ᄒ신족 쳡(妾)의 원(寃)이 져기 플닐가 ᄒ거니와 부인위
(夫人位)야 쳡(妾)이 엇지 감당(堪當)ᄒ리잇가?"

ᄒ더라.

ᄂᆡ날 한림(翰林)이 종족(宗族)의게 통(通)ᄒ야 글오되

"ᄂᆡ일(來日) ᄉᆞ당(祠堂)의 모히라"

ᄒ니, 슬프다! 뉴쇼ᄉᆡ(劉少師ㅣ) 구원(九原)[33]의 밋지 못ᄒ고 두부인
(杜夫人)이 만니(萬里) 밧긔 가시니 뉘 능히 한림(翰林)의 ᄠᅳᆺ을 두루
허게[34] ᄒ리오? 시비(侍婢) 샤부인(謝夫人)긔 이 ᄠᅳᆺ을 고(告)ᄒ되 부
인(夫人)이 글오되

"내 발셔 이 거죄(擧措ㅣ) 이실 줄 알앗노라"

ᄒ고 안ᄉᆡᆨ(顔色)을 변(變)치 아니ᄒ더라.

---

32) 두리건듸: 두려워하건대. 걱정컨대.
33) 구원(九原): 저승.
34) 두루허게: 돌이키게. 돌리게.

조강지처가 집에서 쫓겨나니
시부모가 꿈속에서 계시하다

잇튿날 뉴시(劉氏) 제족(諸族)이 일시(一時)의 못거늘[1] 한림(翰林)
이 마즈 좌정(坐定) 후 한님(翰林)이 샤부인(謝夫人)의 전휴(前後) 죄
샹(罪狀)을 니르고 닉칠 뜻을 니른되 모든 사름 즁 뉘 말닐 지(者ㅣ)
이시리오. 모다 유유(唯唯)ᄒ거늘 한님(翰林)이 종족(宗族)의 의논
(議論)이 구일(俱一)ᄒ믈 보고 딕희(大喜)ᄒ야 시비(侍婢)를 명(命)ᄒ
야 ᄉ당(祠堂)을 쇼쇄(掃灑)ᄒ고 향쵹(香燭)을 갓초아 한림(翰林)이
관복(冠服)을 정졔(整齊)ᄒ고 종족(宗族)을 거느려 향안(香案) 젼(前)
의 ᄂ아가 두 번 졀ᄒ고 샤시(謝氏) 죄샹(罪狀)을 고(告)ᄒ니 그 축ᄉ
(祝辭)의 ᄒ야시되

가졍(嘉靖) 삼십 년 셰차(歲次) 갑ᄌ(甲子) 월일(月日)의 효종
손(孝宗孫) 한님학사(翰林學士) 년슈(延壽)ᄂ 소고우문연각(昭告

---

1) 못거늘: 모이거늘.

于文淵閣) 티학스(太學士) 문츙공(文忠公) 부군(府君) 영위(靈位) 고티상경(考太常卿) 증니부샹셔(贈吏部尙書) 정헌공(正獻公) 부인(夫人) 조비(祖妣)긔 알외느니2) 부부(夫婦)는 오륜(五倫)의 쳐음이오 만복(萬福)의 근원(根源)이라. 나라 흥픽(興敗)와 집안 셩쇠(盛衰) 다 일노 말미암나니 엇지 감히 삼가지 아니리잇가? 샤시(謝氏) 문호(門戶)의 드러와 조곰도 실녜(失禮)혼 빈 업더니 범인(凡人)이 쳐엄의 어지지 아니 리 업스딕 나죵이 이시 리 젹다 ᄒ오니 그 나죵을 두는 즈는 실노 어려온지라. 조치 아닌 말삼이 졈졈 귀의 들니고 스오나온 힝실이 쩌쩌3) 눈의 뵈오딕 도로혀 딕톄(大體)를 싱각ᄒ와 깁히 졀쳑(切責)지 아냣습더니 샤시(謝氏) 가쟝(家長)을 능모(凌侮)ᄒ고 스스로 현쳘(賢哲)ᄒ괘라 닐ᄏ라 닙의 셩인(聖人)의 글을 외오고 몸의 스특(邪慝)혼 힝실(行實)을 힝(行)ᄒ야 흉예지믈(凶穢之物)을 무더 직화(災禍ㅣ) 장ᄎ 불측(不測)게 되엿는지라. 조종(祖宗)이 묵우(黙祐)ᄒ샤 흉(凶)혼 일이 느타나게 ᄒ시니 맛당이 법(法)으로써 쳐치(處置)홀 거시로딕 일즉 션인(先人)의 스랑ᄒ시든 뵈오, 또 삼 년 초토(草土)를 흔가지로 지닉온 고(故)로 오히려 참아 발각(發覺)지 못ᄒ엿습더니 샤시(謝氏) 더욱 방즈(放恣)ᄒ여 어미 병드다 닐ᄏ고 신셩(新城)의 가 더러온 힝실(行實)이 원근(遠近)의 젼파(傳播)ᄒ니 듯는 즈 귀를 가리오지 아니 리 업는지라. 오히려 일호(一毫)나 븕지 못ᄒ미

2) 소고우문연각(昭告于文淵閣)~조비(祖妣)긔 알외느니: 고유문(告由文)의 첫머리로 여러 가지 어색한 부분이 있다. 김춘택 한역본이 가장 잘 갖추어져 있어 참고할 만하다. 김춘택 한역본에 따르면 이 부분은 "증조고(曾祖考) 문연각(文淵閣) 태학사(太學士) 문충공(文忠公) 부군(府君), 증조비(曾祖妣) 부인 호씨(夫人胡氏), 조고(祖考) 태상경(太常卿) 증이부상서(贈吏部尙書) 부군(府君), 조비(祖妣) 부인 정씨(夫人鄭氏), 현고(顯考) 태자소사(太子少師) 예부상서(禮部尙書) 정헌공(正獻公) 부군(府君), 현비(顯妣) 부인 최씨(夫人崔氏)께 밝게 아뢰나니"정도의 내용으로 구성되어야 한다.
3) 쩌쩌: 때때로.

잇ᄂᆞᆫ가 ᄒᆞ야 아직 더러온 ᄌᆞ취를 무딧ᅀᆞᆸ더니 종시(終始) 회과(悔
過)치 아니ᄒᆞ고 더욱 원독(怨毒)을 품어 불측(不測)ᄒᆞᆫ 종을 가ᄅᆞ
쳐 참독(慘毒)이 강보(襁褓)의 밋츠니 이를 가히 참아 ᄒᆞ고 무어
슬 참아 ᄒᆞ지 못ᄒᆞ리잇가? 녜 진황휘(陳皇后ㅣ) 죄(罪) 이셔 장문
궁(長門宮)의 폐(廢)ᄒᆞ엿고[4] 됴비연(趙飛燕)[5]이 음난(淫亂)ᄒᆞᆫ 힝
실(行實)이 잇고 아ᄋᆞ[6] 합덕(合德)[7]이 허미인(許美人)[8]의 아들을
독살(毒殺)ᄒᆞᆫ 고(故)로 다 쥭으믈 어덧ᄂᆞᆫ지라. 이제 샤시(謝氏)
셰 사름의 힝실(行實)을 겸(兼)ᄒᆞ여시니 조종(祖宗)이 흠향(歆饗)
치 아니실 거시오, 향홰(香火ㅣ) 멸절(滅絶)ᄒᆞᆯ가 ᄒᆞ와 샤시(謝氏)
를 늬치고 쇼쳡(小妾) 교시(喬氏)로 정실(正室)을 삼ᄉᆞ오니 교시
(喬氏) 비록 뉵녜(六禮)를 갓초지 못ᄒᆞ야ᄉᆞ오나 본시 명가(名家)
ᄌᆞ손(子孫)이라. 글을 외오고 녜(禮)를 닉여 유한졍졍(幽閑貞靜)
ᄒᆞᆫ 덕(德)이 이셔 조종(祖宗) 졔ᄉᆞ(祭祀)를 밧드럼즉ᄒᆞ오니 교시
(喬氏)를 봉(封)ᄒᆞ야 정실(正室)을 삼으믈 숨가 고(告)ᄒᆞᄂᆞ이다.

ᄒᆞ엿더라.

   츅ᄉᆞ(祝辭) 읽기를 파(罷)ᄒᆞ고 시비(侍婢)로 ᄒᆞ야금 샤시(謝氏)를
계하(階下)의 ᄂᆞ리와 샤비(四拜)를 ᄒᆞ이고[9] 인ᄒᆞ야 문밧긔 늬치니 보

---

4) 진황휘(陳皇后ㅣ)~장문궁(長門宮)의 폐(廢)ᄒᆞ엿고: 한나라 무제(武帝)의 진황후가 요사스
   러운 방법으로 임금의 마음을 얻으려다가 발각되어 장문궁에 유폐된 일을 가리킴.(『한서』「진
   후전」)
5) 됴비연(趙飛燕): 한나라 성양후(成陽侯) 조임(趙臨)의 딸. 가무를 배워 몸이 가볍기가 나는
   제비 같았으므로 비연이라 했다. 성제(成帝)가 사랑하여 후궁이 되었고, 허황후(許皇后)가 폐
   한 뒤 황후가 되었으나 신하를 유혹하는 음란한 행위가 있었다.
6) 아ᄋᆞ: 아우. 동생.
7) 합덕(合德): 조비연의 여동생. 언니 조비연과 함께 성제의 후궁[昭儀]이 되어 성제의 총애를
   받았다. 아이를 낳지 못하고, 투기가 심하여 허미인, 조궁 등이 낳은 성제의 아이를 죽게 했다.
8) 허미인(許美人): 성제의 후궁. 미인은 궁녀의 관직이다.
9) ᄒᆞ이고: 하게 하고.

는 구족(九族)이 모다 싸라와 비별(拜別)홀식 다 눈물을 흘니며 골오
딘

"부인(夫人)은 쳔만보즁(千萬保重)ㅎ쇼셔. 타일(他日) 셔로 뵈오믈
바라느이[10]."

샤시(謝氏) 스례(謝禮) 왈(曰)

"죄인(罪人)을 위ㅎ야 먼니 와 보시니 감격(感激)ㅎ여이다. 엇지 다
시 뵈오믈 바라리잇가?"

ㅎ더라.

츠시(此時) 닌ᄋ(麟兒)의 유뫼(乳母ㅣ) 닌ᄋ(麟兒)룰 안고 울거늘
샤시 닌ᄋ(麟兒)의 머리룰 어로만지며 골오딘

"날을 싱각지 말고 힘뼈 시어미룰 셤기라. 나는 죄악(罪惡)이 극듕
(極重)ㅎ야 일신(一身)을 안보(安保)치 못ㅎ야 이졔 모진(母子ㅣ) 니
별(離別)을 당ㅎ니 다시 볼 긔약(期約)이 업슬지라. 다만 후싱(後生)
의 다시 모진(母子ㅣ) 되어 츠싱(此生)의 다 못흔 인연(因緣)을 잇고
져 ㅎ노라"

ㅎ며 눈물이 비 오듯 ㅎ니 닌ᄋ(麟兒)의 머리털이 젓는지라. 보는 사
룸이 위ㅎ여 통곡(痛哭)지 아니 리 업더라. 문득 눈물을 거두고 다시
골오딘

"쇼시(少師ㅣ) 관스(館舍)룰 바리시딘[11] 내 능히 죽지 못ㅎ고 모친
(母親)이 셰샹을 바리시딘 내 능히 죽지 못ㅎ여시니 엇지 이 강보(襁
褓)의 싼힌 ᄋ희룰 권연(眷戀)ㅎ리오만는[12] 내 들르니 '깃드리는 곳

10) 바라느이: 뒤에 '다'가 빠졌음. 바라느이다.
11) 관스(館舍)룰 바리시딘: 살던 집을 버리시되. 돌아가시되. '관사를 버린다'는 것은 사망(死
亡)을 높여서 이르는 말이다.
12) 권연(眷戀)ㅎ리오만는: 연연(戀戀)하겠는가마는.

이 기울면 온젼흔 알이 업다¹³)' ᄒ니 내 이제 보젼(保全)치 못ᄒ니 네 쟝ᄂᆡ(將來) 이 집의 잇실 쥴 엇지 긔필(期必)ᄒ리오?"

인ᄒ야 닌ᄋᆞ(麟兒)를 밀치고 교ᄌᆞ(轎子)의 오ᄅᆞ니 닌ᄋᆞ(麟兒) 크게 울며 조ᄎᆞ가기를 원ᄒ거늘 부인이 교ᄌᆞ(轎子) 우희셔 다시 안아 졋 먹이고 ᄀᆞᆯ오ᄃᆡ

"내 ᄂᆡ일(來日) 올 거시니 조희 이시라."

드ᄃᆡ여 니별(離別)ᄒ고 갈ᄉᆡ 흰 보(褓)로 머리를 ᄡᆞ고 다만 두 겨집종이 뒤흘 조ᄎᆞ니 본가(本家)의셔 다려온 유모(乳母)와 ᄎᆞ환(叉鬟)이더라.

샤시(謝氏) 문(門)의 난 후 시비(侍婢) 시 부인을 쎠 ᄉᆞ당(祠堂)의 오ᄅᆞ니 쥬췌(珠璀)로 꾸민 관(冠)과 금의(錦衣) 옥픿(玉佩) 쇼리 낭낭(琅琅)흔지라. 위의(威儀) 심히 싁싁ᄒ고 광ᄎᆡ(光彩) 날의 비최여 바라보미 신션(神仙) 갓더라. 녜(禮)를 맛츤 후 모든 비복(婢僕)의 하례(賀禮)를 바드니 비복(婢僕) 등이 머리를 두다혀¹⁴) 빅셰(百歲)를 부ᄅᆞ는지라. 교녜(喬女ㅣ) 녕(슈)을 ᄂᆞ리와 ᄀᆞᆯ오ᄃᆡ

"내 이제 ᄂᆡ졍(內政)¹⁵)을 잡아시니 젼(前)으로 더브러 갓지 아니ᄒᆯ지라. 너희 등이 질슴¹⁶)과 농ᄉᆞ를 힘쓰고 화목(和睦)ᄒ야 죄의 ᄲᅡ지지 말나."

모다 ᄀᆞᆯ오ᄃᆡ

"녕(슈)ᄃᆡ로 ᄒ리이다"

ᄒ더라.

---

13) 깃드리ᄂᆞᆫ 곳이 기울면 온젼흔 알이 업다: (새가) 깃들여 사는 새집이 기울게 되면 새알이 온전할 수 없다는 말.
14) 두다혀: 두드려. 공경하는 뜻으로 머리를 땅에 조아리는 것을 말함.
15) 내정(內政): 집안의 안살림.
16) 질슴: 길쌈.

비복(婢僕) 슈인(數人)이 고(告) 왈(曰)

"샤부인(謝夫人)이 비록 죄(罪)로뻐 닉치믈 만나시나 쥬모(主母)로 되션 지 오란지라 빙송(拜送)코져 ᄒᆞ니이다."

교녜(喬女ㅣ) ᄀᆞᆯ오ᄃᆡ

"너의 ᄯᅳᆺ이 후(厚)ᄒᆞᆫ 졍니(情理)니 엇지 금(禁)ᄒᆞ리오."

모든 시비(侍婢) 일시(一時)의 닉다라 교ᄌᆞ(轎子)ᄅᆞᆯ 줍고 곡셩(哭聲)이 진동(震動)ᄒᆞ니 샤시(謝氏) 교ᄌᆞ(轎子)ᄅᆞᆯ 머므르고 추한(叉鬟)으로 ᄒᆞ야곰 말을 젼(傳)ᄒᆞ야 왈(曰)

"여등(汝等)이 먼니 와 죄인(罪人)을 보ᄂᆞ니 감샤(感謝)ᄒᆞ여라. 힘뻐 시 부인을 셤기고 고인(故人)을 닛지 말나"

ᄒᆞ니 원근(遠近) 사ᄅᆞᆷ이 길의 가득ᄒᆞ야 눈믈을 아니 흘니 리 업고 셔로 니ᄅᆞᄃᆡ

"셰ᄉᆞ(世事ㅣ) 번복(翻覆)ᄒᆞ미 이 갓도다. 십 년(十年) 젼의 뉴한님(劉翰林)이 샤부인(謝夫人)을 마ᄌᆞ 이 길노 지닐 제 위의(威儀) 부셩(富盛)ᄒᆞ미 젼고(前古)의 드므더니 이제 믄득 이럿툿 ᄒᆞ니 벽희(碧海) 변(變)ᄒᆞ여 상젼(桑田)이 되단 말이 진실노 거즛말이 아니로다."

ᄒᆞᆫ 사ᄅᆞᆷ 이ᄅᆞᄃᆡ

"내 드ᄅᆞ니 샤부인(謝夫人)이 다만 ᄌᆞᄉᆡᆨ(姿色)만 아름다울 분 아니라 그 ᄒᆡᆼ실(行實)이 ᄯᅩᄒᆞᆫ 밍광(孟光)[17]의 지난 고(故)로 뉴쇼ᄉᆞ(劉少師ㅣ) ᄉᆞ랑홈과 뉴한님(劉翰林)의 ᄋᆡ듕(愛重)ᄒᆞ미 셰샹(世上)의 비홀 직(者ㅣ) 업다 ᄒᆞ더니 일조(一朝)의 쳔(賤)히 바리여 이의 니ᄅᆞ니 그 ᄉᆞ이 시비(是非) 곡직(曲直)은 아지 못ᄒᆞ거니와 부쳐(夫妻) 간 인ᄉᆞ(人事)ᄅᆞᆯ 졍(定)치 못홀 거시라"

---

17) 맹광(孟光): 후한(後漢)의 은사(隱士) 양홍(梁鴻)의 아내. 궂은일을 마다 않고 남편을 깍듯이 모셔 현부(賢婦)로 칭송되었다.

ᄒᆞ더라.

이날 텬지극참(天地極慘)ᄒᆞ고 힌빗치 업스며 모진 바람과 급ᄒᆞᆫ 비 일시에 딕쟉(大作)ᄒᆞ니 힝노(行路) 사름이 다 놀나고 한님(翰林)이 쏘ᄒᆞᆫ 심즁(心中)이 불평(不平)ᄒᆞ여 ᄒᆞ더라.

교뷔(轎夫ㅣ) 신셩(新城) 길노 가려 ᄒᆞ거ᄂᆞᆯ 샤시(謝氏) 니ᄅᆞ딕

"바로 쇼ᄉᆞ(少師) 묘하(墓下)로 향(向)ᄒᆞ라"

ᄒᆞ여 드딕여 묘하(墓下)의 니ᄅᆞ러 슈간(數間) 초옥(草屋)을 어더 머므니 놉흔 산이 ᄉᆞ면(四面)의 둘넛고 조셕(朝夕)의 들니는 바는 다만 진납[18]의 파람[19]과 ᄉᆡ소릭분이러라.

어시(於是)의 샤가(謝家) 공지(公子ㅣ) 이 말을 듯고 급히 와 부인을 보고 통곡(痛哭) 왈(曰)

"녀지(女子ㅣ) 부가(夫家)의 용납(容納)지 못ᄒᆞ면 반듯시 친졍(親庭)의 도라오나니 우리 형제(兄弟) 셔로 의지ᄒᆞ미 불힝 즁(不幸中) 다힝(多幸)이라. 엇지 이 공산(空山) 즁의 이시리오?"

샤시(謝氏) ᄀᆞᆯ오딕

"닌들 엇지 현졔(賢弟)를 싱각지 아니ᄒᆞ며 쏘 엇지 모친(母親) 녕졔(靈祭)[20]를 뫼시고져 아니리오마는 도로혀 싱각건딕 이제 본가(本家)의 도라가면 뉴시(劉氏)로 더브러 영결(永訣)ᄒᆞ고 쏘ᄒᆞᆫ 내 몸의 죄 업ᄂᆞᆫ지라. 한님(翰林)이 쏘ᄒᆞᆫ 현명(賢明) 군지(君子ㅣ)니 비록 일시(一時) 참쇼(讒訴)의 혹(惑)ᄒᆞ야시나 엇지 뉘웃치미 업스리오? 셜ᄉᆞ 한님(翰林)이 날을 영졀(永絶)ᄒᆞᆯ지라도 일즉 션쇼ᄉᆞ(先少師)의 ᄉᆞ랑ᄒᆞ시믈 과도(過度)히 닙어시니 쇼ᄉᆞ(少師)의 묘하(墓下)의셔 늙어 죽으미 진실노 나의 원(願)이라. 현졔(賢弟)는 고이히 넉이지 말나."

18) 진납: 잔나비. 원숭이.
19) 파람: 휘파람.
20) 영졔(靈祭): 제사.

샤공ᄌᆞ(謝公子ㅣ) 다시 쳥치 못홀 쥴 알고 도라가 창두(蒼頭) 일 인(一人)과 시비(侍婢) 일 인(一人)을 보ᄂᆡ엿거늘 샤시(謝氏) 굴오ᄃᆡ

"우리집이 본ᄃᆡ 노복(奴僕)이 젹으니 엇지 둘을 다 두리오?"

ᄒᆞ고 창두(蒼頭)만 머므러 문(門)을 직히오고 시비(侍婢)ᄂᆞᆫ 도로 보ᄂᆡ다.

이 ᄯᅡᄒᆞᆫ 뉴시(劉氏) 조종(祖宗) 션산(先山)이오 노비(奴婢) 등(等)의 ᄉᆞᄂᆞᆫ ᄯᅡ히라. 샤시(謝氏)ᄅᆞᆯ 보고 공경(恭敬)치 아니 리 업더라. 샤시(謝氏) 녀공(女工)의 민쳡(敏捷)ᄒᆞ야 옷도 지으며 질솜도 ᄒᆞ며 ᄯᅩ 약간 슈식(首飾)이 몸의 조ᄎᆞ와 그 진쥬(珍珠)ᄅᆞᆯ 파라 보틴니 비록 고쵸(苦楚ㅣ) 심ᄒᆞ나 족히 셰월을 보ᄂᆡ더라.

이ᄯᅥ 교녜(喬女ㅣ) 샤시(謝氏) 신셩(新城)으로 가지 아니ᄒᆞ고 뉴시(劉氏) 묘하(墓下)의 머므ᄂᆞᆫ 쥴 알고 싱각ᄒᆞᄃᆡ 샤시(謝氏) ᄂᆡ친 사름으로 ᄌᆞ쳐(自處) 아니ᄒᆞᄂᆞᆫ 쥴을 무이[21] 넉여 한님(翰林)ᄃᆞ려 니ᄅᆞᄃᆡ

"샤시(謝氏) 더러온 ᄒᆡᆼ실(行實)이 이셔 조종(祖宗)긔 득죄(得罪)ᄒᆞ얏거늘 엇지 뉴시(劉氏) 묘하(墓下)의 이셔 머믈니오?"

한님(翰林) 왈(曰)

"긔(旣)이[22] ᄂᆡ친 후ᄂᆞᆫ ᄒᆡᆼ노(行路) 사름과 갓흔지라. 동셔남북(東西南北)을 졔 ᄆᆞ음ᄃᆡ로 홀 거시오. 허믈며 그 ᄯᅡᄒᆞᆫ 뉴시(劉氏) 족산(族山)ᄲᅮᆫ 아니라 ᄯᅩᄒᆞᆫ 다른 사름이 만히 ᄉᆞ나니 금(禁)ᄒᆞ야 무ᄉᆞᆷᄒᆞ리오?"

교녜(喬女ㅣ) 깃거 아니ᄒᆞ더라.

후일 교녜(喬女ㅣ) 동쳥(董靑)으로 더브러 셔로 의논(議論)홀ᄉᆡ 동쳥(董靑)이 굴오ᄃᆡ

---

21) 무이: 밉게.
22) 긔이: 이미.

"샤녜(謝女ㅣ) 뉴시(劉氏) 묘하(墓下)의 이시미 제 큰 뜻이 이시니 그 신셩(新城)의 가지 아니ᄒᆞᆫ 젼일(前日) 옥환(玉環) 일을 발명(發明)코져 ᄒᆞ미오. ᄯᅩ 스스로 무죄(無罪)ᄒᆞ라 일ᄏᆞ라 오히려 뉴시(劉氏) 식부(息婦)로 ᄌᆞ쳐(自處)ᄒᆞ고 ᄯᅩ 향당(鄕黨) 죵족(宗族)의 졍(情)을 ᄆᆡᆽ 다른 날 셔로 돕기ᄅᆞᆯ 바라고 허믈며 한님(翰林)이 츈츄(春秋)로 션산(先山)의 왕ᄂᆡ(往來)ᄒᆞᄂᆞᆫ 쎄의 만일 공산(空山) 즁에 고초(苦楚)ᄒᆞᄂᆞᆫ 형샹(形狀)을 본즉 반ᄃᆞ시 녯날 은졍(恩情)을 싱각ᄒᆞ여 ᄆᆞ음을 동(動)ᄒᆞᆯ 거시니 요ᄉᆞ이 외간(外間) 물졍(物情)을 드ᄅᆞ니 인언(人言)이 흉흉(洶洶)ᄒᆞ야 ᄌᆞ못 샤시(謝氏)ᄅᆞᆯ 위ᄒᆞ야 이미(曖昧)ᄒᆞᆷᆯ 닐ᄏᆞᄅᆞ니 만일 일노 인ᄒᆞ야 샤시(謝氏)ᄅᆞᆯ 거둔작 후일(後日) 뉘웃ᄎᆞ미 엇지 아이[23) 이시리오?"

교녜(喬女ㅣ) 왈(曰)

"그러ᄒᆞᆫ즉 가만니 ᄌᆞ긱(刺客)을 보ᄂᆡ여 질너 죽이면 가(可)ᄒᆞ리라."

동청(董靑) 왈(曰)

"불가(不可)ᄒᆞ다. 샤시(謝氏) 만일 불의(不意)에 죽은즉 한님(翰林)이 엇지 의심이 업스리오? 내 계괴(計巧ㅣ) 이시니 젼일(前日) 옥환(玉環)이 닝진(冷振)의게 잇ᄂᆞᆫ지라. 닝진(冷振)이 본ᄃᆡ 쳐ᄌᆡ(妻子ㅣ) 업ᄉᆞ니 샤시(謝氏)ᄅᆞᆯ ᄉᆞ모(思慕)ᄒᆞᄂᆞᆫ지라. 이졔 닝진(冷振)으로 ᄒᆞ야곰 ᄒᆞᆫ 계교ᄅᆞᆯ 뼈 샤시(謝氏)ᄅᆞᆯ 속이고 닝진(冷振)의 안히ᄅᆞᆯ 삼으면 샤시(謝氏) 졍졀(貞節)이 헐어지고 다시 다른 샤ᄅᆞᆷ을 쳑원(慽寃)ᄒᆞᆷ이 업ᄉᆞ리라."

교녜(喬女ㅣ) ᄀᆞᆯ오ᄃᆡ

"이 ᄭᅬ 심히 묘(妙)ᄒᆞᄃᆡ 샤시(謝氏)ᄅᆞᆯ 어이 속일고?"

---

23) 아이: '아니'의 오기.

동청(董青)이 골오딕

"샤시(謝氏) 졔 동싱의 집의도 가지 아니ᄒ니 다른 일노 속이지 못
ᄒ리니 사ᄅ름을 보니여 두부인(杜夫人)의 노빈(奴婢ㄴ) 쳬하야 골오딕
'두추관(杜推官)이 경ᄉ(京師) 벼슬을 ᄒ야 올나오고 두부인이 ᄯ오흔
와 겨시다' ᄒ야 두부인(杜夫人)이 쳥ᄒ는 편지를 위조(僞造)ᄒ야 보
닌즉 졔 반ᄃ시 밋으리니 일변(一邊) 닝진(冷振)으로 ᄒ야금 깁흔 곳
의 집을 엇고 화촉(華燭)을 준비ᄒ야 샤녜(謝女ㅣ) 오거든 위력(威
力)으로 겁칙ᄒ면 샤녜 비록 몸의 날ᄋ이[24] 이셔도 피(避)치 못ᄒ리라."

교녜(喬女ㅣ) 손벽 치고 니ᄅ딕

"이 ᄭ괴 크게 묘(妙)ᄒ도다"

ᄒ고 즉시 두부인(杜夫人)의 셔찰(書札)을 어더 쥬니 부인(婦人)의 글
시는 모ᄊ기[25] 쉬운지라. 동청(董青)이 흔 셔찰을 밍그러, 닝진(冷振)
으로 가 보고 그 계교(計巧)를 니ᄅ며 ᄯ오 골오딕

"교시(喬氏)와 ᄉ시(謝氏)는 인셰(人世)의 졀ᄉ쇠(絶色)이라. 내 그 ᄒ
나흘 엇고 ᄯ오 그딕 그 ᄒ나흘 어드면 우리 모ᄉ쇡(謀策)이 손ᄉ쇡(孫策)과
주랑(周郎)의셔 묘(妙)ᄒ리아.[26] 닝진(冷振)이 딕희(大喜)ᄒ야 즉시
화촉(華燭)을 준비ᄒ야 셩ᄉ(成事)ᄒ믈 기ᄃ리더라.

ᄎ시(此時) 샤부인(謝夫人)이 바야흐로 질ᄉ음ᄒ더니 믄득 사ᄅ름이 와
창두(蒼頭)ᄃ려 뭇딕

"이 집이 뉴한님(劉翰林) 부인 머므시는 곳인가?"

ᄒ거늘 창뒤(蒼頭ㅣ) 왈(曰)

---

24) 날ᄋ이: 날개.
25) 모ᄊ기: 모방하기.
26) 손ᄉ쇡(孫策)과 주랑(周郎)의셔 묘(妙)ᄒ리아: 주랑은 삼국시대 오나라의 주유(周瑜)를 말한
다. 당시 강동(江東)의 교공(喬公)에게 절세미인인 두 딸이 있었는데, 언니는 손책의 아내가 되
고, 동생은 주유의 아내가 되었으니, 이를 비유하여 한 말이다.

"그니라."27)

기인(其人)이 굴오딕

"나는 셩즁(城中) 두홍녀(杜鴻臚)28) 딕(宅) 죵이로라."

챵뒤(蒼頭ㅣ) 왈(曰)

"두부인(杜夫人)이 두노야(杜老爺)로 더브러 장亽(長沙) 임쇼(任所)의 가 겨시더니 뉘 그 딕의 겨시뇨?"

기인(其人)이 딕왈(對曰)

"네 아지 못ᄒ도다. 우리 노애(老爺ㅣ) 장亽츄관(長沙推官)으로 부임(赴任)ᄒ야 겨시더니 텬直(天子ㅣ) 됴셔(詔書)를 나리와 한원관원(翰苑官員)으로 외임(外任)을 ᄒ(下)이미 그릇다 하시고 역마(驛馬)로 부릭시니 노애(老爺ㅣ) 부인을 뫼시고 어제 도라오시며 샤부인(謝夫人)이 이곳의 계시믈 드릭시고 셔찰(書札)을 보닉시더이다."

챵뒤(蒼頭ㅣ) 편지를 부인긔 드리고 온 사름의 말ᄉᆞᆷ을 ᄌᆞ시 고(告)ᄒ딕 부인이 반가오믈 니긔지 못ᄒ야 급히 ᄶᅥ여 보니 갈와시딕

셔로 니별ᄒᆞᆫ 후 싱각이 간절(懇切)ᄒ더니 ᄌᆞ식이 셔울 벼슬을 ᄒ야 올나오기로 닉 쏘ᄒ 왓노라. 노신(老身)이 나간 후의 그딕이 쏘ᄒ 와 잇다 하니 슬픈 마음을 엇지 형용(形容)ᄒ리오. 머믄 곳이 산곡(山谷)이라 부녜(婦女ㅣ) 홀노 이시미 강포(強暴)의 욕(辱)이 엇지 두렵지 아니ᄒ리오. 닉 집의 와 셔로 의지(依支)ᄒ면 심히 맛당ᄒ지라. 명일(明日) 교ᄌᆞ(轎子)를 보닐 거시니 즉시 셔로 보기를 갈망ᄒ노리29)

27) 그니라: 그러하니라.
28) 두홍려(杜鴻臚): 홍려는 홍려소경의 줄인 말로, 홍려시(鴻臚寺)에서 두번쩨로 높은 벼슬.
29) 갈망ᄒ노리: '갈망ᄒ노라'의 오기.

ᄒ엿거늘 샤시(謝氏) 남필(覽畢)의 두부인(杜夫人) 오시믈 크게 깃거
ᄒ니 ᄃᆡ기 편지 가온ᄃᆡ 다른 말이 업고 셔로 의지ᄒᆞᆨ고져 ᄒᆞ미 젼일
(前日) 의논ᄒᆞ던 바와 ᄀᆞᆺᄒᆞᆯ 분 아니라 그 필젹(筆跡)이 다ᄅᆞ미 업거늘
지필(紙筆)을 ᄂᆡ아와30) 명일(明日) 진알(進謁)ᄒᆞᆯ 쁫으로 회셔(回書)
ᄅᆞᆯ 닷가 보ᄂᆡ다.

이날 밤의 부인이 등하(燈下)의 안ᄌ 눈물 흘니고 싱각ᄒᆞᄃᆡ

'ᄂᆡ 이의 오므로 비록 고초(苦楚)ᄒᆞ나 날마다 션산 숑추(先山松楸)
ᄅᆞᆯ ᄃᆡ(對)ᄒᆞ야시니 족히 ᄆᆞᄋᆞᆷ을 위로ᄒᆞᆯ너니 ᄂᆡ일은 하직(下直)케 되
니 결연(缺然)ᄒᆞ미 가이업다'
ᄒᆞ고 슬프믈 니긔지 못ᄒᆞ야 벼기를 비겨 ᄌᆞᆷ간 조으더니 믄득 ᄒᆞᆫ 사ᄅᆞᆷ
이 밧그로 조ᄎ 드러와 골오ᄃᆡ

"노야(老爺)와 부인(夫人)이 샤부인(謝夫人)을 쳥(請)ᄒᆞ시더이다."

샤시(謝氏) 눈을 드러보니 젼일 쇼ᄉᆞ(少師) 부리던 죵이라. 그 사ᄅᆞᆷ
을 조ᄎ ᄒᆞᆫ 집의 이ᄅᆞ니 방ᄉᆞ(房舍)와 챵희31) 심히 유벼32)ᄒᆞ고 뇨젹
(寥寂)ᄒᆞ더라. 시비(侍婢) ᄂᆞ와 마ᄌ 왈(曰)

"노애(老爺ㅣ) 부인(夫人)으로 더브러 방안의 겨샤33) 샤부인(謝夫
人)을 기ᄃᆞ리ᄂᆞ이다."

샤시(謝氏) 그 방으로 드러가니 쇼싀(少師ㅣ) 부인과 ᄒᆞᆫ가지로 안
ᄌᆞ시니 의용(儀容)이 완연(宛然)ᄒᆞ야 평일(平日)과 갓더라. 부인(夫
人)은 명부(命婦) 관복(冠服)으로 위의(威儀) 엄슉(嚴肅)ᄒᆞ거늘 샤시
(謝氏) ᄯᆞ히 업더여 통곡(痛哭)ᄒᆞᄃᆡ 쇼싀(少師ㅣ) 골오ᄃᆡ

"식부(息婦)ᄂᆞᆫ 슬허 말나. ᄂᆡ ᄋᆞ희(兒孩) 참쇼(讒訴)ᄅᆞᆯ 밋어 식부(息

---

30) ᄂᆡ아와: 내어오게 하여.
31) 챵희: 창(窓)이.
32) 유벼: '유벽(幽僻)'의 오기.
33) 겨샤: 계시어.

婦)로 ᄒ야곰 곤(困)케 ᄒ니 늬 ᄆᆞᆷ이 엇지 일긱(一刻)인들 편ᄒ리
오? 유명(幽明)이 길이 달라 셔로 구원(救援)치 못ᄒ고 ᄯᅩ 텬쉬(天數
ㅣ) 졍(定)ᄒ미 이셔 도모(圖謀)ᄒ야 면(免)키 어려온지라. ᄯᅥᆨᄯᅥᆨ 풍운
(風雲)을 타고 고퇵(古宅)의 나려와 슬픈 눈물만 비를 좃ᄎᆞ ᄲᆡ릴 ᄯᆞ름
이러니 오날 쳥(請)ᄒ기ᄂᆞᆫ 다름이 아니라 두부인(杜夫人)의 셔찰(書
札)이라 ᄒᄂᆞᆫ 거시 두부인(杜夫人)의 흔 비 아니라 기간(其間)의 의단
(疑端)³⁴⁾이 잇ᄂᆞ니 ᄌᆞ셰히 보면 ᄌᆞ연 알거시니 만히 니르지 아니ᄒ노
라."

  최부인(崔夫人)이 샤시(謝氏)를 명(命)ᄒ여 '느아오라' 하야 머리를
어로만져 위로(慰勞)ᄒ야 골오ᄃᆡ

  "늬 일즉 셰샹을 니별ᄒ엿기로 식뷔(息婦ㅣ) 늬 면목(面目)을 보지
못흔지라. 눈을 드러 ᄌᆞ셰히 보라. 비록 지하(地下)의 이시나 미양 식
뷔(息婦ㅣ) 늬 ᄋᆞ희(兒孩)로 더브러 ᄉᆞ당(祠堂)의 들 ᄯᅥ면 ᄆᆞᆷ이 깃
븐지라. 본ᄃᆡ 슐을 즐기지 아니하ᄃᆡ 식부(息婦)의 슐잔인즉 취(醉)치
아닐 ᄶᆡ 업더니 이졔 교가(喬家) 음부(淫婦)로 졔ᄉᆞ(祭祀)를 주(主)케
하니 늬 엇지 흠향(歆饗)ᄒ리오. 식뷔(息婦ㅣ) 집을 ᄯᅥ나므로붓터 본
가(本家)의 가지 아니코 이곳의 이시니 우리도 ᄯᅩ흔 의지(依支)되더
니 이졔 식뷔(息婦ㅣ) 먼니 가기의 당ᄒ야시니 엇지 슬프지 아니리
오?"

  샤시(謝氏) 듯기를 다ᄒ고 목이 몌여 ᄉᆞᆯ오ᄃᆡ

  "비록 두부인(杜夫人)이 부르셔 셩풍³⁵⁾의 가오나 쇼부(小婦)의 졍
니(情理)ᄂᆞᆫ 묘측(墓側)을 ᄯᅥ나옵기 챵연(愴然)ᄒ더니 이졔 존구(尊
舅)의 가르치시믈 듯ᄌᆞ오민 두부인(杜夫人) 셔찰(書札)이 아니라 ᄒ

---

34) 의단(疑端): 의심이 되는 단서.
35) 셩풍: '셩듕(城中)'의 오기.

시니 첩(妾)이 다른 뒤 가지 말고 묘하(墓下)의셔 늙어 죽고져 ᄒ오
니 쩌날 뜻이 업ᄂ이다."

쇼시(少師ㅣ) 굴오뒤

"이를 닐으미 아니라 셔찰이 비록 위죄나36) 만일 이곳의 뉴(留)ᄒ
죽 강포(強暴)의 욕이 이실 거시오. 쏘 그듸 칠 년(七年) 익(厄)이 이
시니 남(南)으로 슈로(水路) 오쳔 니(五千里)를 가면 맛당이 화(禍)를
면(免)홀지라. 이ᄂ 도망키 어려온 쉬니37) 오날날 식부(息婦)를 쳥ᄒ
미 졍졀(貞節)를 위ᄒ미라. 힘쓰고 힘써 의심치 말나."

샤시(謝氏) 뒤왈(對曰)

"녀ᄌ(女子)의 몸이 실노 원힝(遠行)ᄒ옵기 어렵ᄉ오니 젼두(前頭)
길흉(吉凶)을 일일이 굴ᄋ치쇼셔."

쇼시(少師ㅣ) 굴오뒤

"이ᄂ 텬쉬(天數ㅣ)라. 엇지 누셜(漏泄)ᄒ리오? 다만 ᄒ 말이 이시
니 ᄎ후(此後) 뉵 년(六年) ᄉ월(四月) 십오일(十五日)의 빅빈주(白蘋
洲) 가의 비를 다혀 급ᄒ 사름을 건네라. 명심(銘心)ᄒ야 잇지 말고
이 ᄯᄒᆫ 오릭 머무지 못홀 곳이니 썰니 도라가라."

샤시(謝氏) 굴오뒤

"이제 존안(尊顔)을 여희오니 어ᄂᆡ 날 다시 뵈오리잇가?"
ᄒ고 인(因)ᄒ야 통곡(痛哭)ᄒ니 유모(乳母)와 ᄎ환(叉鬟)이 '몽압(夢
壓)ᄒ다38)' ᄒ야 크게 쇼릭ᄒ고 몸을 흔들거늘 놀나 씨ᄃᆞᆯ니 ᄒ 꿈이
라. 졍신(精神)을 졍(定)ᄒ야 유모(乳母)다려 닐너 왈(曰)

"너 ᄒ 꿈을 어드니 심히 그이(奇異)ᄒ지라."

ᄌ셰히 몽ᄉ(夢事)를 니르고 다시 두부인(杜夫人) 셔찰(書札)을 지

---

36) 위죄나: 위조(僞造)이나.
37) 쉬니: 수(數)이니. 운명이니.
38) 몽압(夢壓)ᄒ다: 가위에 눌리다.

삼(再三) 펴보되 그 의단(疑端)을 아지 못ᄒ더니 믄득 싱각ᄒ야 글오
되

'두홍녀(杜鴻臚) 명ᄌ(名字ㅣ)[39] 강(強)이라. 두부인(杜夫人)이 샹
시 언어 간(言語間)의 본다시 강ᄌ(強字)를 피ᄒ더니 이 셔찰(書札)
즁의 바로 강 ᄌ(強字)를 뻐시니 일졍(一定) 위죄(僞造ㅣ)라. 아지 못
게라. 엇던 사름이 그 필젹(筆跡)을 모(摸)쎠 이리 ᄒ엿는고?'
ᄒ고 문답(問答)홀 ᄉ이의 날이 임의 밝앗는지라. 부인이 유모(乳母)
다려 닐너 글오되

"쇼ᄉ(少師ㅣ) 분명이 날다려 니르시되 오쳔 니(五千里) 길을 가리
라 ᄒ시니 몽즁(夢中)이 비록 ᄌ셰치 못ᄒ나 장ᄉ(長沙) 따히 졍(定)
히 남방(南方)이라. 두부인(杜夫人)이 가실 쩍의 날다려 니르시되 장
ᄉ(長沙) 고을이 수로(水路)〃 오쳔 니(五千里)라 ᄒ시더니 구고(舅
姑)의 가르치시미 일졍 날노 ᄒ여곰 두부인(杜夫人)긔 의탁(依託)ᄒ
라 ᄒ시미로다마는 두부인(杜夫人)이 나의 닉친 줄을 아지 못ᄒ실 거
시오. 또 나려가는 비 쉽지 아니ᄒ니 엇지ᄒ리오?"
ᄒ고 ᄆᆞᆷ을 졍(定)치 못ᄒ더니 창뒤(蒼頭ㅣ) 알외되

"두홍녀(杜鴻臚) 뒥 사름이 교ᄌ(轎子)를 가지고 왓느이다"
ᄒ거늘 유뫼(乳母ㅣ) 글오되

"진위 간(眞僞間) 무러 보ᄉ이다."
샤시(謝氏) 글오되

"이는 분명흔 위죄(僞造ㅣ)라. 반드시 강포(強暴)흔 사름의 일이니
만일 몽즁(夢中) 구고(舅姑)의 말ᄉᆷ을 거스리면 반다시 변(變)을 지
을지니 간밤의 듕풍(中風)ᄒ야[40] 운신(運身)치 못흔다 ᄒ라."

---

39) 명ᄌ(名字ㅣ): 이름 자(字)가.
40) 듕풍(中風)ᄒ야: 바람을 맞아.

유뫼(乳母ㅣ) 느가 이딕로 젼(傳)ᄒ니 그 사름이 셔로 도라보아 말ᄉᆞᆷ이 업고 간쳥(懇請)치 못ᄒᆞ야 도라가 동쳥(董靑)ᄃᆞ려 니른딕 동쳥(董靑)이 글오딕

"닉 드릭니 샤시(謝氏)는 지혜 만흔 사름이라. 답쟝흔 후 다시 의심ᄒᆞ야 셩즁(城中)의 사름을 보닉여 진위(眞僞)를 탐지(探知)하고 칭병(稱病)하야 오지 아니ᄒᆞ미라. 만일 우리 등(等)의 흔 빈 줄 알면 그 홰(禍ㅣ) 불측(不測)ᄒᆞ리라."

닝진(冷振)이 샤시(謝氏)의 답쟝을 보고 깃브믈 니긔지 못ᄒᆞ더니 일이 니지[41] 못흔 줄 알고 동쳥(董靑)ᄃᆞ려 닐너 왈(曰)

"일을 시작ᄒᆞ고 즁지(中止)치 못홀 거시니 만일 글노써 일우지 못홀진딕 맛당이 위력(威力)으로 겁박(劫迫)ᄒᆞ리라"
ᄒᆞ더라.

어시(於是)의 닝진(冷振)이[42] 동쳥(董靑)ᄃᆞ려 닐너 글오딕

"일을 시작흔 후에 즁지(中止)치 못홀지라. 만일 글노써 니지 못ᄒᆞ면 맛당이 호반(虎班)[43]을 쓸 거시니 닉 형졔(兄弟) 갓흔 사름 ᄉᆞ오인(四五人)이 다 용건(勇健)흔지라. 흔가지로 다려가 야반(夜半)의 겁칙ᄒᆞ야 만일 닉 말을 드릭면 닝진(冷振)의 복(福)이오. 만일 듯지 아니ᄒᆞ면 흔 칼노 질너 죽여 동쳥(董靑)의 화근(禍根)을 ᄭᅵᆺ츠리라."

동쳥(董靑)이 글오딕

"네 계괴(計巧ㅣ) 닉 ᄯᅳᆺ과 갓다"
ᄒᆞ고 당뉴(黨類)를 모화 힝ᄉᆞ(行事)ᄒᆞ려 ᄒᆞ더라.

샤시(謝氏) 몽듕(夢中)에 일이 비록 분명(分明)ᄒᆞ나 ᄯᅩ흔 의심(疑

---

41) 니지: 이루어지지.
42) 동쳥(董靑)ᄃᆞ려 닐너 왈(曰)~어시(於是)의 닝진(冷振)이: 내용상 생략되어야 하는 연문(衍文). 동일한 내용이 이어지고 있다. 한문으로 된 원문을 번역하는 가운데 생긴 오류인 듯하다.
43) 호반(虎班): 무반(武班). 여기서는 무력(武力)을 의미함.

心)이 만하 결단(決斷)치 못ᄒᆞ야 쇼ᄉᆞ(少師) 분묘(墳墓)ᄅᆞᆯ ᄇᆞ라며 분향 ᄌᆡ비(焚香再拜)ᄒᆞ고 비러 글오ᄃᆡ

"쳡(妾)이 비록 몽듕(夢中)의 지시(指示)ᄒᆞ시믈 바다ᄉᆞ오나 다시 ᄉᆡᆼ각ᄒᆞ오니 녀ᄌᆞ의 몸으로 만리(萬里) 밧긔 가옵기 진실노 어렵ᄉᆞᆸ고 ᄯᅩ 송츄(松楸)⁴⁴⁾ᄅᆞᆯ ᄎᆞ마 니별(離別)치 못ᄒᆞ와 이졔 복셔(卜筮)ᄅᆞᆯ 비러 의심(疑心)을 결단(決斷)코져 ᄒᆞ오니 구고(舅姑) 신령(神靈)은 박명(薄命) 쳡(妾)의 위급(危急)ᄒᆞ오믈 구원ᄒᆞ오셔 길흉(吉凶)을 ᄇᆞᆰ히 니ᄅᆞ쇼셔."

빌기ᄅᆞᆯ 파(罷)ᄒᆞ고 돈⁴⁵⁾을 더지니 둔괘(遯卦)⁴⁶⁾ 변ᄒᆞ여 지미괘⁴⁷⁾ 된지라. 괘ᄉᆞ(卦辭)의 ᄒᆞ야시ᄃᆡ

'남(南)은 길(吉)ᄒᆞ고 동북(東北)은 불길(不吉)ᄒᆞ니 남셔(南西)으로 발힝(發行)ᄒᆞ면 고인(故人)을 만나리라'

ᄒᆞ고

'남방(南方) 슈로(水路)〃 가기를 놀나지 말고 져허 말나. 항이(姮娥) ㅣ)⁴⁸⁾ 월궁(月宮)에 의탁(依託)홈 갓ᄒᆞ며 말죵(末終)의 크게 창셩하리라'

ᄒᆞ엿거늘 샤시(謝氏) 탄식(歎息) 왈(曰)

"신령(神靈)의 명(命)혼 비로다"

ᄒᆞ고 창두(蒼頭)로 ᄒᆞ야금

---

44) 송추(松楸): 무덤을 비유적으로 이르는 말.
45) 돈: 동전. 동전을 던져서 점을 쳤음.
46) 둔괘(遯卦): 돈괘. 64괘의 하나로 건괘(乾卦)와 간괘(艮卦)가 거듭된 것으로 물러감을 의미한다.
47) 지미괘: 귀미괘(歸妹卦)의 오기. 64괘 중에 지매괘는 없다. 귀매괘는 진괘(震卦)와 태괘(兌卦)가 거듭난 것으로 못 위에 우레가 있음을 상징한다.
48) 항아(姮娥): 달에 사는 선녀. 본래 항아(姮娥)는 후예(后羿)의 아내였는데 서왕모(西王母)의 불사약을 먹고 월궁(月宮, 달)에 가서 선녀가 되었다.

"통쥬(通州)49)의 가 ᄂ려가ᄂ 비ᄅ 듯보라50)"

ᄒ니 창뒤(蒼頭ㅣ) 즉시 회보(回報)ᄒ디

"통쥬(通州)의셔 스ᄂ 장삼(張三)은 두홍녀(杜鴻臚) 딕 하인(下人)이
라. 요ᄉ이 싱강(生薑) 무역(貿易)ᄒ려 이졔 발션(發船)ᄒ야 관셔51)로
가올ᄉᆡ 길이 장ᄉ(長沙)로 지ᄂ다 ᄒ더이다."

샤시(謝氏) 크게 깃거 갈오디

"과연 두홍녀(杜鴻臚) 딕 하인(下人)이면 늬 죵이나 다ᄅᆞ랴. 이 ᄯᅩ
ᄒᆫ 신령(神靈)이 도으시미로다"

ᄒᆞ고 즉시 반젼(盤纏)52)을 갓쵸아 통쥬(通州)로 갈ᄉᆡ 니웃 사ᄅᆞᆷ의게
니ᄅᆞ디

"신셩(新城)을 가노라"

ᄒ다.

샤시(謝氏) 구고(舅姑) 분묘(墳墓)의 하직(下直)ᄒᆞᆯᄉᆡ 일장통곡(一
場痛哭)ᄒᆞ니 일광(日光)이 참담(慘憺)ᄒᆞ고 금쉬(禽獸ㅣ) ᄯᅩᄒᆫ 슬허ᄒ
ᄂ 듯ᄒᆞ더라. 샤시(謝氏) 겨유 묘측(墓側)을 써나며 닝진(冷振)의 당
뉘(黨類ㅣ) 그 집을 가보니 일공(一空)ᄒᆞ엿ᄂ지라. 심히 무류(無聊)ᄒ
야 흣터져 가니라.

---

49) 통주(通州): 지금의 베이징 시 퉁저우 구. 명나라 때에는 순천부에 속했으며, 북경에서 남
방으로 통하는 운하의 거점이었다.
50) 듯보라: 알아보라.
51) 관셔: '광셔(廣西)'의 오기.
52) 반젼(盤纏): 노자(路資).

회사정에서 하늘을 향해 통곡하고
황릉묘에서 옷깃을 여미고 이야기하다

샤시(謝氏) 비를 통쥬(通州)에서 타니 쟝삼(張三)이 엇지 뉴한님
(劉翰林) 부인(夫人)을 모르리오? 진심(盡心)ᄒ야 비를 힝홀ᄉᆡ 즈연
여러 날 지체(遲滯)ᄒ니 오산(吳山)은 쳔쳡(千疊)이오 초슈(楚水)난
만층(萬層)이라. 기러기 삼강(三江)¹⁾의 다ᄒᆞ고 한슈(漢水)²⁾의 바람이
니러 임의 호관지경³⁾의 니르럿ᄂᆞᆫ지라. 샤부인(謝夫人)이 쟝ᄉᆞ(長沙)
쯔히 갓가오믈 알고 심듕(心中)의 깃거ᄒᆞ더라.

화용현(華容縣)⁴⁾의 니르러 광풍(狂風)이 대작(大作)하야 비[船] 힝
(行)치 못ᄒᆞᄂᆞᆫ지라. 쥬듕(舟中) 사름이 크게 두려 비를 강변(江邊)의
미거늘 부인이 비의 ᄂᆞ려 강촌(江村)의 나아가니 초옥(草屋)이 뫼흘

---

1) 삼강(三江): '삼강'은 『서경書經』에 나오는 강으로 구체적으로 어떤 강인지는 분명하지 않
다. 다만 옛 오·초 지방인 양쯔 강(揚子江)의 중·하류 부근에 있었다고 생각된다.
2) 한수(漢水): 강 이름. 양쯔 강의 한 지류로 후베이 성을 관통하여 흐른다.
3) 호관지경: '호광지경(湖廣地境)'의 오기. 호광은 명나라 때 사용된 지명으로 지금의 후베이
성과 후난 성 일대를 가리킨다.
4) 화용현(華容縣): 명나라 때 악주부(岳州府)에 소속되었던 고을. 동정호의 북쪽에 있다.

의지(依支)ᄒᆞ엿고 그 싀문(柴門)이 물의 가ᄒᆞ엿거늘5) 문을 두드려 사ᄅᆞᆷ을 부ᄅᆞ니 ᄒᆞᆫ 녀지(女子ㅣ) 나히 십ᄉᆞ오(十四五)는 ᄒᆞᆫ 지(者ㅣ) 용뫼(容貌ㅣ) 아름다와 의연(依然)이 도화(桃花) ᄒᆞᆫ 가지 물의 빗침6) ᄀᆞᆺ흔지라. 부인이 인(因)ᄒᆞ야 집의 드러가니 날이 임의 어둡거늘 샤시(謝氏) 무러 ᄀᆞᆯ오ᄃᆡ

"낭ᄌᆞ(娘子)는 엇더한 사ᄅᆞᆷ이완ᄃᆡ 가장(家長) 업시 혼ᄌᆞ 잇ᄂᆞ뇨?"

그 녀지(女子ㅣ) ᄃᆡ답ᄒᆞᄃᆡ

"첩(妾)의 셩(姓)은 님(林)이라. 일즉 아비를 여희고 어미 변시(卞氏)로 더브러 의지(依支)ᄒᆞ야 ᄉᆞ더니 어미 강 건너 족인(族人)의 신ᄉᆞ(神祀)ᄒᆞᄂᆞᆫ ᄃᆡ 가 바람의 막혀 오지 못ᄒᆞ엿ᄂᆞ이다"

ᄒᆞ고 물너가 부인 힝식(行色)을 유모(乳母) 차환(叉鬟)더려 무른 후의 졍쥬(鼎廚)7)의 드러가 ᄃᆡ긱(待客)ᄒᆞᆯ 반찬을 쥰비(準備)ᄒᆞ더니 이윽ᄒᆞ야 불 혀고 셕식(夕食)을 나아오며 쥬과(酒果)를 드리니 강촌(江村) 아름다온 슐과 무챵(武昌) 노어회(鱸魚膾)며 시졀(時節) 과실(果實)과 동산(東山) 치소(菜蔬)를 극히 졍결(淨潔)이 흔지라. 부인이 쥬육(酒肉)을 물니치고 다만 치과(菜果)를 먹은 후의 그 극진(極盡)ᄒᆞ믈 감격(感激)ᄒᆞ야 쥬인ᄃᆞ려 닐너 ᄀᆞᆯ오ᄃᆡ

"원긱(遠客)이 우연이 와 쥬인(主人)을 잇부게 하니8) 불안(不安)ᄒᆞ여라."

그 녀지(女子ㅣ) ᄀᆞᆯ오ᄃᆡ

"분외(分外)의9) 부인 존귀(尊貴)ᄒᆞ시므로 이 더러온 ᄯᅡ히 강님(降

---

5) 물의 가ᄒᆞ엿거늘: 물가에 있거늘. 임수(臨水)하였거늘.
6) 빗침: 비침[照].
7) 졍주(鼎廚): 부엌.
8) 잇부게 하니: 피곤하게 하니. '잇부다'는 피곤하다는 뜻.
9) 분외(分外)의: (나의) 분수 이상의.

臨)ᄒᆞ야 겨시되 가계(家計) 궁박(窮迫)ᄒᆞ야 졍셩(精誠)을 다ᄒᆞ지 못
ᄒᆞ니 셜만(褻慢)ᄒᆞ미 심(甚)ᄒᆞ온지라. 황공(惶恐)ᄒᆞ야이다."

샤시(謝氏) 직삼(再三) 치샤(致謝)ᄒᆞ고 그날 님가(林家)의셔 자고
잇튼날 바람의 막혀 인(因)ᄒᆞ야 삼 일을 뉴(留)ᄒᆞ니 녀ᄌᆡ(女子ㅣ) 더
욱 공경(恭敬)ᄒᆞᄂᆞᆫ지라. 님별(臨別)의 두 졍이10) 의의(依依)ᄒᆞ야 ᄎᆞᆷ마
셔로 ᄯᅥᄂᆞ지 못ᄒᆞᄂᆞᆫ지라. 샤시(謝氏) ᄭᅦᆻ던 지환(指環)을 글너 녀ᄌᆞ를
쥬어 글오되

"이거시 비록 미물(微物)이나 뉴(留)ᄒᆞ야 옥슈(玉手)의 두어ᄡᅥ 일
후(日後)의 잇지 아니ᄒᆞᆯ 졍을 표(表)ᄒᆞ노라."

그 녀ᄌᆡ(女子ㅣ) ᄉᆞ양(辭讓)ᄒᆞ야 갈오되

"이거시 부인 긱즁(客中) 노비(路費)예 간졀(懇切)ᄒᆞ올지니 쳡이
감히 밧ᄌᆞᆸ지 못ᄒᆞ올쇼이다."

부인이 글오되

"장ᄉᆞ(長沙) ᄯᅩᆺ히 머지 아냐시니 져곳의 닐은즉 쁠 ᄃᆡ 업ᄂᆞ니 ᄉᆞ양
치 말나."

녀ᄌᆡ(女子ㅣ) 마지못ᄒᆞ야 바다 손의 ᄭᅵ고 눈물을 닉긔지 못ᄒᆞ야 셔
로 니별(離別)ᄒᆞ고 슈일(數日)을 힝(行)ᄒᆞᆯ식 챵뒤(蒼頭ㅣ) 나히 만흘
ᄉᆞᆫ 아녀 슈로(水路)의 익지 못ᄒᆞ여 병드려 죽거늘 부인이 슬픈 마음
을 이긔지 못ᄒᆞ야 슈삼 일(數三日)을 머므러 장삼(張三)으로 ᄒᆞ야금
강가의 미치(埋治)ᄒᆞ다. 부인(夫人)이 챵두(蒼頭) 죽은 후의 유모(乳
母)와 ᄎᆞ환(叉鬟)ᄲᅮᆫ이라. 근심이 간졀ᄒᆞ야 길 원근(遠近)을 무른되 장
삼(張三)이 글오되

"만일 슌풍(順風)을 어드면 금명간(今明間) 장ᄉᆞ(長沙)의 니ᄅᆞ리이
다."

---

10) 두 졍이: 두 사람의 졍(情)이.

부인(夫人)이 일변(一邊) 다힝(多幸)ㅎ더라. 바람이 슌(順)ㅎ고 비 가기 썬른지라. 동졍(洞庭)[11] 어귀를 말미암아 악양누(岳陽樓)[12] 하(下)의 니르니 이 쓰흔 젼국시(戰國時)[13] 초(楚)나라[14] 슌(舜)님금이 남슌(南巡)ㅎᄉ 챵오산(蒼梧山)[15]의 붕(崩)ㅎ시니 두 안히 아황(娥黃)과 녀영(女英)이 소상강(瀟湘江)의 가 눈물이 진(盡)ㅎ고 피 흘너 듸[竹] 가지의 쓸이니 드듸여 반죽(斑竹)이 되니라.[16] 그후의 초(楚)나라 어진 신하 굴원(屈原)이 츙셩(忠誠)을 다ㅎ야 님군을 돕다가 맛춤니 쇼인(小人)의 참쇼(讒訴)를 닙어 강남(江南)의 니쳐 니소경(離騷經)을 지어 스스로 원망(怨望)ㅎ다가 물의 쌘지고[17] 한(漢)나라 가의(賈誼)ᄂᆞ 낙양직ᄌᆞ(洛陽才子)로 듸신(大臣)의게 무이여 장ᄉᆞ(長沙)의 니치니 글 지어 굴원(屈原)의게 됴문(弔問)ㅎ니[18] 이 슈삼 인(數三人)의 그 젹(跡)이 오히려 잇더라. 구와산[19]의 근심된 구름과 소상강(瀟

<hr>

11) 동졍(洞庭): 동정호.
12) 악양누(岳陽樓): 악주부에 있던 유명한 누각. 동정호의 아름다운 경치를 두루 조망할 수 있다.
13) 젼국시(戰國時): 전국시대에.
14) 초(楚)나라: 문맥상 '초나라 땅이라'가 타당함. 순임금은 전국시대 초나라의 임금이 아니라, 태고(太古) 시기의 전설적인 임금이다.
15) 챵오산(蒼梧山): 구의산(九疑山)이라고도 하는데, 순임금이 이곳의 들에서 죽었다고 한다.
16) 슌(舜)님금이~반죽(斑竹)이 되니라: 순임금과 아황·여영의 고사. 옛날 순임금이 창오산에서 별세하자, 두 비인 아황과 여영이 찾아가려 했으나 소상강(瀟湘江)에 막혀 건너가지 못하고 피눈물을 대나무 숲에 뿌리며 통곡하다 강가에서 죽었다. 그후 대나무에는 눈물 자국이 선명하게 나타나 반죽(斑竹)이 되었다 한다.
17) 굴원(屈原)이~물의 쌘지고: 굴원의 고사. 초 회왕(懷王) 때 굴원은 삼려대부(三閭大夫)가 되었으나, 왕이 참소하는 말을 듣고 그를 멀리하자 『이소離騷』를 지었다. 양왕(襄王) 때 다시 참소를 당하여 강남(江南)으로 추방되었고 근심하던 나머지 마침내 멱라수(汨羅水)에 빠져 죽었다.
18) 가의(賈誼)ᄂᆞ~됴문(弔問)ㅎ니: 가의가 참소를 입고 장사왕태부(長沙王太傅)로 좌천되어, 굴원의 죽음을 애도하는 「조굴원부弔屈原賦」를 지은 일을 말함. 가의는 전한(前漢) 때 낙양(洛陽) 사람으로 시문에 뛰어나고 제자백가에 정통하여 태중대부(太中大夫)가 되어 예악(禮樂)을 일으키려 했으나, 주발(周勃) 등 당시 고관들의 시기로 장사왕태부로 좌천되었다. 4년 뒤조정에 복귀했으나 33세의 젊은 나이로 요절했다.
19) 구와산: '구의산(九疑山)'의 오기.

湘江) 밤비와 동정호(洞庭湖) 붉은 달과 황능묘(黃陵墓)[20] 두견의 소
리 비록 수심(愁心) 업슨 사룸이라도 눈물 아니 흘니 리 업거늘 허물
며 샤부인(謝夫人)은 몸을 닥고 힝실(行實)을 슴가며 ᄆᆞ음을 다ᄒᆞ야
사룸을 셤기다가 챰쇼(讒訴)의 곤(困)ᄒᆞ야 일신(一身)이 표박(漂泊)ᄒᆞ
야 이 ᄯᆞ히 니르니 녯일을 싱각ᄒᆞ고 이졔를 탄식(歎息)ᄒᆞᄆᆡ 엇지 슬
푸지 아니ᄒᆞ리오? 밤이 새도록 경경(耿耿)ᄒᆞ야 ᄌᆞᆷ을 일우지 못ᄒᆞ더
라.

  이 ᄯᆞ흔 남으로 오는 ᄇᆡ와 북으로 가는 ᄇᆡ 도회(都會)ᄒᆞᄂᆞᆫ 곳이라.
밤이 깁고 사룸의 자최 고요ᄒᆞ더니 문득 드르니 겻ᄇᆡ[21] 사룸드리 글
오ᄃᆡ

"장사(長沙) 사람이 복(福)이 업도다"

ᄒᆞ거늘 ᄒᆞᆫ 사람이 글오ᄃᆡ

"엇지 무복(無福)다 니르나뇨?"

  그 사룸이 ᄃᆡ왈

"샹년(上年)의 부임(赴任)ᄒᆞᆫ 두추관(杜推官)은 쳥념(清廉)ᄒᆞ고 숑
ᄉᆞ(訟事)를 명결(明決)ᄒᆞ더니 이졔 뉴추관(劉推官)[22]은 숑니(訟理) 곡
직(曲直)을 분변(分辨)치 아니코 다만 금은(金銀)만 ᄉᆞ랑ᄒᆞ니 쟝사
(長沙) 사룸이 엇지 무복(無福)지 아니ᄒᆞ리오"

ᄒᆞ거늘 샤시(謝氏) 그 말을 듯고 싱각ᄒᆞᄃᆡ

  '만일 이 말 갓흘진ᄃᆡ 두추관(杜推官)이 장사(長沙)를 ᄯᅥ나 셔울노
오단 말이 헛말이 아니랏다'

---

20) 황릉묘(黃陵廟): 순임금의 두 비인 아황과 여영의 사당.
21) 겻ᄇᆡ: 옆의 배.
22) 유추관(劉推官): 김춘택 한역본에는 성(姓)이 나오지 않으나, 연세대본에 성이 '유(劉)'로
되어 있기에, 이를 근거로 '뉴'의 한자를 '劉'로 했다.

ᄒ고 젼〃(展轉)ᄒ야 더욱 ᄌ²³⁾ 좀을 닐우지 못ᄒ더니 날이 임의 밝
은지라. 장삼(張三)으로 ᄒ야곰 소식(消息)을 듯보더니 장삼(張三)이
도라와 고(告)ᄒ되

"과연 그 말 갓더이다. 두노애(杜老爺ㅣ) 도임(到任)ᄒ 후의 군즁
(郡中)이 크게 다ᄉ리니 순안어ᄉ(巡按御使ㅣ) 조정(朝廷)의 주문(奏
聞)ᄒ야 특별이 탁용(擢用)ᄒ야 셩도지뷔(成都知府)²⁴⁾ 되야 거월(去
月) 초의 부인(夫人)을 뫼시고 셩도(成都)의 부임(赴任)ᄒ시다 ᄒ더
이다."

부인이 듯고 앙텬(仰天) 탄 왈(歎曰)

"나의 팔지(八字ㅣ) 궁(窮)ᄒ미 이럿툿 ᄒ니 반ᄃ시 하날이 날노
ᄒ야곰 이 ᄯᅡᄒ히셔 죽게 ᄒ미라"

ᄒ고 장삼(張三)다려 닐너 왈(曰)

"이졔 장ᄉ(長沙)로 간들 눌을 의지ᄒ리오. 우리 셰 사ᄅᆷ을 이 ᄯᅡᄒ
ᄂᆞ리오고 너ᄂᆞ 조히 가라."

장삼(張三)이 ᄀᆞ오되

"그러ᄒ오면 부인(夫人)이 장ᄎᆞ 어ᄃᆡ로 가려 ᄒ시ᄂᆞ니잇가?"

부인이 ᄀᆞ오되

"ᄂᆡ 몸이 어ᄃᆡ 의지 못ᄒ리오? ᄌᆞ시 뭇지 말나"

ᄒ니 유모(乳母)와 ᄎᆞ환(叉鬟)이 아모리 ᄒᆯ 줄을 아지 못ᄒ야 셔로 붓
들고²⁵⁾ 울며 고 왈(告曰)

"ᄒᆡᆼ식(行色)이 심히 밧바 머므지 못ᄒ오니 바라건ᄃᆡ 부인은 쳔만보
듕(千萬保重)ᄒ쇼셔"

---

23) ᄌ: 연문(衍文).
24) 셩도지부(成都知府): 셩도부(成都府)의 으뜸 벼슬. 셩도는 사천(四川) 지방에 있는 지명.
25) 이 부분은 내용상 어색하다. 연세대본 등을 참고하건대, 이 부분에 "통곡하였다. 장삼이
물가 초가집을 얻어 부인과 두 비자(婢子)를 내려주고는" 정도의 내용이 들어가야 한다.

호고 드듸여 비를 노화 가더라.

유모(乳母)와 츠환(叉鬟)이 부인긔 고 왈(告曰)

"반젼(盤纏)이 임의 다호고 가히 의지(依支)홀 곳이 업스오니 장츳 엇지호리잇가?"

부인이 굴오듸

"너 눈이 이셔도 쇼경과 다름업셔 사룸을 아지 못호고 쏘 믹스(每事)를 남을 미더 이러혼 곤욕(困辱)을 당호니 이졔가지 스랏기 극히 구츳(苟且)혼지라. 이러혼 지경(地境)의 니르러 엇지 혼 번 죽기를 져허호리오?"

쏘 굴오듸

"무음이 심히 울울(鬱鬱)호니 져 놉흔 봉의 올나 고향(故鄉)을 바라볼지니 날을 붓드러 올나라."

유모(乳母)와 츠환(叉鬟)이 붓드러 두던26)의 올으니 두던이 물의 님(臨)호엿고 고목(高木)이 쳔쳑(千尺)이오 죽님(竹林) 스이의 스당(祠堂)이 이시니 현판(懸板)의 쎠시듸 '회스졍(懷沙亭)'이라 호야시니 이는 굴원(屈原)이 돌을 안고 물의 쌘진 곳이라. 후인(後人)이 스당(祠堂)을 세우고 고금시인(古今詩人)이 위호야 졔영(題詠)호미 만터라. 부인(夫人)이 유모(乳母)드려 닐너 굴오듸

"너 드르니 두츄관(杜推官)이 임의 갈녓기로 젼일(前日) 몽시(夢事ㅣ) 효험(效驗)이 업다 호더니 이졔야 신녕(神靈)의 가르치시믈 알괘라."

유뫼(乳母ㅣ) 굴오듸

"엇지 니르시미니잇고?"

부인이 굴오듸

---

26) 두던: 언덕. 둔덕.

"이 짜흔 튱신(忠臣)이 물의 싼진 곳이라. 구고(舅姑) 신녕(神靈)이 나의 무죄(無罪)흐미 네 충신(忠臣)과 갓흐물 알으시고 날노 흐야곰 이의 니르러 물의 싼져 그 졍졀(貞節)을 보젼(保全)케 흐야 넷사름으로 더브러 곳다온 일홈을 닷토고져 흐미라. 쳥강(淸江) 물 깁희 쳔쳑(千尺)이나 흐니 졍(正)히 늬 쎄를 감출 짜히라."

말을 맛츠며 물의 싼지려 흐거늘 유모(乳母)와 츠환(叉鬟)이 급히 붓드러 굴오디

"우리 두 사름이 쳔신만고(千辛萬苦)흐야 부인(夫人)을 뫼시고 이에 니르러시니 맛당이 스싱(死生)을 흔가지로 홀지라. 부인으로 더브러 흔가지로 싸져 지하(地下)의 가 놀미 쇼비(小婢) 등(等)의 원(願)이로쇼이다."

부인(夫人)이 굴오디

"나는 죄(罪) 이시니 죽어 맛당흐거니와 너희는 죄(罪) 업는지라. 엇지 죽으리오? 힝즁(行中) 반젼(盤纏)이 오히려 나므미 이시니 너희 반식 난화27) 가지고 이 짜 사름의게 의탁(依託)흐야 그 비복(婢僕)이 된즉 츠환(叉鬟)은 나히 졈은지라 가히 스환(使喚) 흐염즉흐고 유모(乳母)는 비록 늙으나 오히려 못홀 일이 업슬 거시니 엇지 의탁(依託) 홀 곳이 업다 흐리오? 각각 몸을 스랑흐야 숨가 보젼(保全)흐고 힝혀 북방(北方) 사름을 만나거든 나의 이곳의 죽으믈 젼(傳)흐라."

쏘 굴오디

"스싱(死生)은 디시(大事ㅣ)라. 가히 명빅(明白)지 아니치 못흐리라"

흐고 지필(紙筆)을 가져오라 흐야 이원(哀怨)흔 졍회(情懷)를 주시 긔록(記錄)흔 후 붓슬 가져 짜히 더지며 왈

---

27) 난화: 나누어.

"유유 창쳔(悠悠蒼天)은 엇지 날노 ᄒ야곰 이의 니르게 ᄒᄂ뇨? 옛 말의 닐은바 하늘이 어진 사름의게 복(福)을 나리오고 스오나온 사름의게 화(禍)를 나리온다 하더니 실노 허언(虛言)이로다."

ᄯᅩ 글오ᄃᆡ

"비간(比干)[28]은 오장(五臟)을 씌치고[29] 굴원(屈原)은 멱나(汨羅)의 즘기고[30] ᄌᆞ셔(子胥)ᄂᆞᆫ 오강(吳江)의 바리이고[31] 가의(賈誼)ᄂᆞᆫ 복됴부(鵩鳥賦)를 지으니[32] 녜브터 이러ᄒᆞᆫ지라. 닉 죽으미 맛당ᄒᆞ도다"

ᄒᆞ고 북향(北向)ᄒᆞ야 비러 글오ᄃᆡ

"부모(父母) 신령(神靈)은 쇼녀(小女)의 오늘날 이 물의 ᄲᅡᆫ지믈 알으소셔. 쇼녀(小女)의 혼백(魂魄)을 부르ᄉ ᄒᆞᆫ가지로 지하(地下)의 가 뫼시게 ᄒᆞ소셔"

ᄒᆞ고 유모(乳母)ᄃᆞ려 니르ᄃᆡ

"비록 쇼ᄉᆞ(少師) ᄉᆞ당(祠堂)의 드러 슐잔을 밧들고져 ᄒᆞ나 엇지 가히 어드리오? 닌ᄋᆞ(麟兒)ᄂᆞᆫ ᄉᆞ랏ᄂᆞᆫ가, 죽엇ᄂᆞᆫ가? 이 아희와 닉 동ᄉᆡᆼ을 보면 죽어도 한(恨)이 업스리로다."

셰 사름이 셔로 안고 강물을 굽어보니 파도 흉용(洶湧)ᄒᆞ야 깁희를 아지 못ᄒᆞᆯ너라. 날빗치 참담(慘憺)ᄒᆞ고 수운(愁雲)이 ᄉᆞ방(四方)으로

---

28) 비간(比干): 은나라 주왕(紂王)의 숙부. 주왕의 학정을 간하니, 주왕이 노하여 "성인의 심장에는 일곱 개의 구멍이 있다 하는데 사실인지 보겠다" 하고 비간을 죽여 그 심장을 쪼갰다.

29) 씌치고: 가르다[剖].

30) 굴원(屈原)은~즘기고: 굴원이 참소를 입어 멱라수에 빠져 죽은 고사를 말함.

31) ᄌᆞ셔(子胥)ᄂᆞᆫ~바리이고: 오자서(伍子胥)가 오강(吳江)에 버려진 고사를 말함. 오자서는 춘추시대 초나라 사람으로, 오나라 부차(夫差)를 섬겨 초나라와 월(越)나라를 무찌르고 오나라를 부강하게 만들었지만, 부차는 간신의 말만 믿고 오자서에게 촉루검(屬鏤劍)을 주어 자살하게 한 다음, 그의 시체를 가죽 부대에 넣어 강물에 버렸다.

32) 가의(賈誼)ᄂᆞᆫ~지으니: 가의가 「복조부鵩鳥賦」를 지은 고사. 한나라 가의가 좌천되어 장사 왕태부(長沙王太博)로 있을 때 올빼미의 일종으로 불길한 새인 복조가 지붕 위에 날아와 모였다. 당시 민간에 전하는 말로 복조가 지붕에 앉으면 집주인이 죽는다고 했으므로, 가의가 슬퍼하며 「복조부」를 지었다.

니려나며 진납의 파람과 귀신의 쇼리 슬픈 무 옴을 도도는지라. 샤시(謝氏) 통곡(痛哭)ᄒ다가 인ᄉ(人事)를 출히지 못ᄒ거늘 유모(乳母) ᄎ환(叉鬟)이 창황(愴惶)ᄒ야 수족(手足)을 만지더니 샤시(謝氏) 졍신(精神)이 혼미(昏迷)ᄒ야 환홀[33]ᄒᆯ ᄉ이에 일진(一陣) 향풍(香風)이 코를 지르고 옥픠(玉佩) 쇼리 징징(錚錚)ᄒ거늘 눈을 드러보니 쳥의(靑衣) 녀동(女童)이 앏히 셔시ᄃᆡ 형용(形容)이 그이(奇異)ᄒ야 셰샹 사롬이 아니라. 샤시(謝氏)를 향(向)ᄒ야 왈(曰)

"낭낭(娘娘)이 쳥(請)ᄒ시더이다."

샤시(謝氏) 밧비 무러 굴오ᄃᆡ

"낭낭(娘娘)은 어ᄃᆡ 겨시며 엇더ᄒ신 사롬고? 일죽 ᄒᆞᆫ 번 뵈오미 업거늘 엇지 날을 쳥(請)ᄒ시더뇨?"

녀동(女童)이 굴오ᄃᆡ

"부인(夫人)이 가시면 ᄌᆞ연 알니이다."

샤시(謝氏) 녀동(女童)을 조ᄎᆞ 후원(後園) 듁님(竹林)으로 말미아마 빅여 보(百餘步)를 ᄂ아가니 주궁픠궐(珠宮貝闕)[34]이 엄연(嚴然)이 왕자(王者)의 거쳐(居處ㅣ) 줄 알너라. 년(連)ᄒ야 셰 겹 문(門)을 드러가니 ᄒᆞᆫ 놉흔 집이 이시ᄃᆡ 구름 ᄌᆞᆺ히 다핫고[35] 뉴리(琉璃) 기와와 빅옥(白玉) 셤[36]이 찬난(燦爛)ᄒ고 위의(威儀) 엄슉(嚴肅)ᄒ더라. 녀동(女童)이 굴오ᄃᆡ

"낭낭(娘娘)이 됴회(朝會)를 파(罷)치 아녀 겨시니 부인은 좀간 머므쇼셔"

ᄒᆞ거늘 부인이 동편(東便) 월앙(月廊)[37] 아릐 안즈 문틈으로 여어보니 널은[38] 뜰의 긔치(旗幟) 버렷고[39] 각식(各色) ᄉᆞ쥭(絲竹)[40]을 베푼 가온듸 옥녀(玉女)[41] 슈빅 인(數百人)이 셔로 곡조(曲調)ᄅᆞᆯ 화답(和答)ᄒᆞ니 음뉼(音律)이 화락(和樂)ᄒᆞ야 능히 사름으로 ᄒᆞ야곰 그 불평(不平)ᄒᆞᆫ ᄆᆞ음을 풀니게 ᄒᆞᄂᆞᆫ지라. 녀관(女官)이 명부(命婦) 빅여 인(百餘人)으로뻐 계하(階下)의 세우니 별 ᄀᆞᆺᄒᆞᆫ 관(冠)과 달 ᄀᆞᆺᄒᆞᆫ 픠옥(佩玉) 의복식(衣服色)이 찬난(燦爛)ᄒᆞ더라. 홍의(紅衣) 닙은 녀관(女官)이 인(二人)이 계샹(階上)의 셔고 놉히 쥬렴(珠簾)을 거더 황금(黃金) 향노(香爐)의 농뇌향(龍腦香)을 픠오고 긴 소릐로 ᄇᆡ례(拜禮)ᄅᆞᆯ 브르니 모든 명뷔(命婦ㅣ) 일시(一時)의 ᄇᆡ례(拜禮)ᄒᆞ더라. 녜(禮)ᄅᆞᆯ 맛춘 후의 녀관(女官)이 모든 명부(命婦)로뻐 젼샹(殿上)의 올니거늘 샤시(謝氏) 녀동(女童)ᄃᆞ려 무러 ᄀᆞᆯ오듸

"져ᄂᆞᆫ 엇더ᄒᆞᆫ 녀인(女人)들이뇨?"

녀동(女童)이 ᄀᆞᆯ오듸

"오날이 망일(望日)인 고로 졔 부인(諸夫人)이 낭낭(娘娘)긔 됴회(朝會)ᄒᆞᄂᆞ이다."

말이 맛지 못ᄒᆞ야 ᄒᆞᆫ 시녜(侍女ㅣ) 젼샹(殿上)으로 조ᄎᆞ 나려와 닐오듸

"샤부인(謝夫人)이 와 겨시냐?"

녀동(女童)이 ᄀᆞᆯ오듸

"발셔 와 겨시니이다."

---

37) 월랑(月廊): 행각(行閣). 궁궐이나 절 등의 정당(正堂) 앞이나 좌우에 지은 줄행랑.
38) 널은: 넓은.
39) 버렷고: 벌여져 있고[列].
40) 사죽(絲竹): 현악기와 관악기. 곧 여러 악기.
41) 옥녀(玉女): 몸과 마음이 옥처럼 깨끗한 여자. 여기서는 아름다운 여자, 선녀 같은 여자를 말함.

시녜(侍女ㅣ)

"즉시 샤시(謝氏)를 인도(引導)ᄒᆞ야 계하(階下)의셔 ᄉᆞ비(四拜)ᄒᆞ야 낭낭(娘娘)긔 뵈오라"

ᄒᆞᆫ디 샤시(謝氏) ᄉᆞ비(四拜)를 맛춘 후의 젼샹(殿上)의셔 젼(傳)ᄒᆞ디

"샤부인(謝夫人)을 젼(殿)의 올니라"

ᄒᆞ니 녀동(女童)이 ᄯᅩ 샤시(謝氏)를 인도(引導)ᄒᆞ야 젼(殿)의 올나 부복(俯伏)ᄒᆞᆫ디 낭〃(娘娘)이 좌(座)를 주며 왈(曰)

"평신(平身)ᄒᆞ야 안ᄌᆞ라."

샤시(謝氏) 좌(座)의 ᄂᆞ와가[42] 눈을 드러보니 낭낭(娘娘)이 운무의(雲霧衣)를 닙고 쳥옥규(靑玉圭)를 줍고 명월픽(明月珮)를 ᄎᆞ고 빅옥상(白玉床)의 안ᄌᆞᆺ고 겻히 ᄒᆞᆫ 부인(夫人)이 위의(威儀)와 거동(擧動)이 방불(彷彿)ᄒᆞ고 명부(命婦) 빅여 인(百餘人)이 좌우(左右)를 난화 안ᄌᆞ시니 연치(年齒)와 형용(形容)이 ᄃᆡ범 ᄀᆞᆺ지 아니ᄒᆞᆫ디 관복(冠服)은 일식(一色)이러라. 엄숙 졍졔(嚴肅整齊)ᄒᆞ야 졍신(精神)이 황홀(恍惚)ᄒᆞᆯ 즈음의 낭〃(娘娘)이 샤시(謝氏)ᄃᆞ려 문 왈(問曰)

"그ᄃᆡ 능히 날을 아ᄂᆞ냐?"

샤시(謝氏) ᄃᆡ왈(對曰)

"쳡(妾)은 인간 ᄀᆡ야미[43] ᄀᆞᆺ흔 ᄌᆞ최라. 엇지 알음이 〃시릿가?"

낭낭(娘娘)이 ᄀᆞᆯ오ᄃᆡ

"부인(夫人)이 셔ᄉᆞ(書史)를 박남(博覽)ᄒᆞ야시니 반ᄃᆞ시 우리 형제(兄弟)의 일홈을 알지라. 우리 두 사ᄅᆞᆷ은 졔요(帝堯)[44]의 ᄯᅡᆯ이오 졔슌(帝舜)[45]의 안히니 ᄉᆞ긔(史記)에 닐은바 아황(娥黃)과 녀영(女英)이

---

42) ᄂᆞ와가: 'ᄂᆞ아가'의 오기.
43) ᄀᆡ야미: 개미.
44) 졔요(帝堯): 요임금.
45) 졔슌(帝舜): 순임금.

오, 초亽(楚辭)의 닐은바 상군(湘君)은 곳 과인(寡人)의 亽미(姊妹)라."

샤시(謝氏) 머리를 조아 살오디

"미쳔(微賤)호온 녀지(女子ㅣ) 미양 셔칙(書冊)을 디호와 셩덕(盛德)과 방명(芳名)을 亽모(思慕)호옵더니 오날날 뵈오믈 뜻호지 아니호엿느이다."

낭낭(娘娘)이 글오디

"셔로 굴(屈)호야 이의 니르게 흐미 엇지 다른 뜻이 이시리오? 그디 쳔금(千金) 갓흔 몸을 앗기지 아냐 굴원(屈原)의 亽최를 쭏르고져 흐니 이는 하늘 뜻을 거스리미라. 하늘을 블너 쳔지(天地)의 무심(無心)흐시믈 원(怨)흐니 그디의 총혜(聰慧)흐므로 오히려 싱각지 못흐미 잇는지라. 이러므로 특별(特別)이 부인(夫人)을 쳥(請)호야 흔 말노쎠 그디 울젹(鬱寂)흔 회포(懷抱)를 풀고져 흐미라."

샤시(謝氏) 디왈(對曰)

"낭〃(娘娘)의 하괴(下敎ㅣ) 이의 밋츠시니 쳔쳡(賤妾)이 져기 회포(懷抱)를 펴리로소이다. 쳡(妾)이 무지(無知)호야 다만 닐으디 텬되(天道ㅣ) 亽亽(私私ㅣ)[46] 업셔 어지 니는 복(福)을 주시고 亽오느오 니는 화(禍)를 더흐느니 이제로 보건디 크게 그러치 아니흔지라. 녜로브터 츙신 의亽(忠臣義士ㅣ) 참혹(慘酷)흔 화(禍)를 닙은 지(者ㅣ) 져 亽셔(子胥)와 굴원(屈原) 갓흔 이는 아직 의논(議論)치 말고 규듕 녀亽(閨中女子)로 의논(議論)컨디 위(衛)나라 장장[47]은 녯글 줄흐는 사름이 그 덕(德)을 셩(盛)히 일컷고 공지(孔子ㅣ) 긔록(記錄)흐사 후셰(後世)에 법(法)을 숨으시니 지덕(才德)의 아름다오미 이러틋 흐디

---

46) 亽亽(私私ㅣ): 사사로움이.
47) 장장: '장강(莊姜)'의 오기.

맛춤닉 참쇼(讒訴)의 곤(困)ᄒ야 장공(莊公)의 박딕(薄待)를 닐어 이제 니ᄅ히[48] 눈물을 흘니게 ᄒ고 한(漢)나라 반쳡여(班婕妤)[49]는 녜도(禮道)로뼈 님군을 도아 그 동년(同輦)[50]을 ᄉ양(辭讓)ᄒ고 지혜로뼈 그 몸을 보젼(保全)ᄒ야 틱후(太后) 봉양(奉養)홈을 ᄌ원(自願)ᄒ니 크게 션유(先儒)의 닐ᄏᄅ미로딕 맛춤닉 비연(飛燕)의 투긔(妬忌)를 만나 장신궁(長信宮) 즁(中)에 한(恨)을 먹음어 글 지어 쳔추(千秋)의 눈물을 흘니게 ᄒ니 이 두 사름은 더욱 명쳘(明哲)ᄒ 사름이라. 이 밧긔 현부(賢婦)와 녈녀(烈女) 참혹(慘酷)히 화(禍)를 닙은 지(者 ㅣ) 무슈(無數)ᄒ지라. 엇지 니긔여 긔록(記錄)ᄒ리잇고? 쳡(妾)이 본딕 한미(寒微)ᄒ야 일즉 엄군(嚴君)을 여희오고 ᄌ뫼(慈母ㅣ) 과도이 ᄉ랑ᄒ야 기르므로 ᄒ 일도 빈흔 빅 업거늘 뉴쇼ᄉᆡ(劉少師ㅣ) 믹파(媒婆)의 말을 그릇 드ᄅ시고 뉵녜(六禮)로뼈 마ᄌ 며ᄂ리를 삼으시니 닉 분(分)의 넘ᄉ온지라. 밤낫 근심ᄒ야 야튼 어름을 넓은 듯ᄒ고 집흔 못의 님(臨)ᄒ 듯ᄒ야 혹 허물이나 업슬가 바라옵더니 쇼ᄉᆡ(少師ㅣ) 셰샹(世上)을 바리시고 집안일이 날노 딕변(大變)ᄒ야 남산(南山)의 딕[竹]를 다 버혀도 쓰지 못홀 죄상(罪狀)과 동히(東海)를 기우려도 다 씻지 못ᄒ올 악명(惡名)을 몸의 시럿ᄂ지라. 낫츨 가리우고 지아비 문졍(門庭)의 나며, 눈물을 ᄲ리고 구고(舅姑) 송츄(松楸)를 니별(離別)ᄒ야 몸이 강호(江湖)의 쎠러지고 길이 쇼상(瀟湘)의 궁진(窮盡)ᄒ야 하늘을 브ᄅ딕 하늘이 응(應)치 아니ᄒ고 싸흘 부

48) 니ᄅ히: 이르기까지.
49) 반첩여(班婕妤): 한나라 성제(成帝) 때의 여류 시인. 궁녀로 있으면서 황제의 총애를 받아 첩여(婕妤, 한대 여관의 명칭)가 되었다. 몸가짐이 발라 후궁으로서 황제와 수레에 동승할 수 없다고 사양하기도 했다. 후에 조비연이 총애를 받아 참소하자, 장신궁으로 물러가 태후(太后)를 모셨다. 장신궁에 있는 동안 시부(詩賦)를 지어 스스로의 처지를 슬퍼했는데, 특히 사(詞)가 매우 애처로웠다.
50) 동련(同輦): 임금의 가마에 같이 탐.

르디 싸히 응(應)치 아니ᄒᆞᄂᆞᆫ지라. 다시 바랄 이 업셔 이 물의 님(臨)ᄒᆞ야 만ᄉᆞ(萬事)를 영결(永訣)코져 ᄒᆞᄂᆞ니 텬하(天下)의 박명(薄命)ᄒᆞᆫ 녀ᄌᆞ(女子ㅣ) 무슈(無數)ᄒᆞ오나 엇지 쳡(妾) 갓흔 직(者ㅣ) 이시리오? 아녀ᄌᆞ(兒女子)의 쇼쇼(小小)ᄒᆞ온 소견(所見)이 하ᄂᆞᆯ긔 유감(遺憾)ᄒᆞ오미 이셔 망녕도이 하ᄂᆞᆯ을 부르지지미 잇ᄉᆞ오니 낭낭(娘娘)의 아ᄅᆞ시믈 쫏ᄒᆞ지 아니ᄒᆞ엿ᄂᆞ이다."

낭낭(娘娘)이 듯기를 다ᄒᆞ고 좌우(左右)를 도라보아 줍간 웃고 다시 안ᄉᆡᆨ(顔色)을 졍(整)히 ᄒᆞ고 니ᄅᆞ오ᄃᆡ

"그ᄃᆡ 말을 드ᄅᆞ니 굴원(屈原)의 하ᄂᆞᆯ긔 뭇기[51]를 본밧고져 ᄒᆞᄂᆞᆫ도다. 너 일일이 츅조(逐條)ᄒᆞ야 ᄃᆡ답하리라. 오왕(吳王)의 광픽(狂悖)홈과 초왕(楚王)의 어둡고 암악ᄒᆞ므로 하ᄂᆞᆯ긔 죄를 어든지라. 하ᄂᆞᆯ이 바야흐로 두 나라흐로 ᄒᆞ야곰 종ᄉᆞ(宗社)를 망(亡)케 홀ᄉᆡ ᄌᆞ셔(子胥)와 굴원(屈原)의 용납(容納)지 못홈이 하ᄂᆞᆯ이 진실노 ᄒᆞ시미라. 하ᄂᆞᆯ이 엇지 이 두 사ᄅᆞᆷ을 무이 넉이며 만일 장공(莊公)으로 ᄒᆞ야곰 장강(莊姜)의 도음을 어덧던들 위(衛)나라히 맛당이 초 장왕(楚莊王)[52]의 픽업(霸業)을 일울 거시며 만일 한 셩제(漢成帝)로 ᄒᆞ야곰 쳡여(婕妤)의 경계(警戒)를 조촛던들 한(漢)나라히 맛당이 쥬 션왕(周宣王)[53]의 즁흥(中興)을 닐울 거시어늘 님군이 용녈(庸劣)ᄒᆞ야 텬녹(天祿)을 누릴 복(福)이 업셔 두리 다 죄를 어더 닉치이믈 입으니 이는 다 하ᄂᆞᆯ 쯧이오. 오(吳)와 초(楚)를 망(亡)케 ᄒᆞ고 위국(衛國)과 한(漢)을 쇠

---

51) 굴원(屈原)의 하ᄂᆞᆯ긔 뭇기: 굴원이 「천문天問」을 지은 사실을 말함. 「천문」은 우주의 현상과 설화에 대한 의문을 설정하여 하늘에 묻는 형식으로 지은 글이다.
52) 초 장왕(楚莊王): 춘추시대 초나라 임금. 초나라를 강성하게 하여 춘추오패(春秋五霸)의 한 명이 되었다.
53) 주 선왕(周宣王): 쇠퇴했던 주나라를 중흥시킨 현군(賢君). 아버지 여왕(厲王)이 죽자 주공과 소공에 의해 즉위했다. 문왕과 무왕의 유법(遺法)을 본받아 정치를 잘하여 중흥의 영주(英主)가 되었다.

미(衰微)케 ᄒᆞ미라. 네 사ᄅᆞᆷ이 그 ᄒᆡᆼ실(行實)과 일홈이 냥금(良金)과 미옥(美玉) 갓흐며 일ᄇᆡᆨ 번 년마(鍊磨)ᄒᆞ야도 더욱 강(强)홈 갓고 송ᄇᆡᆨ(松柏)이 셰한(歲寒)ᄒᆞᆫ 후의 더욱 프름 갓ᄒᆞᆫ지라. 그 광ᄎᆡ(光彩) 맛당이 일월(日月)노 더브러 빗츨 다톨지니 이 ᄉᆞ 인(四人)은 비록 싱젼(生前)의 곤(困)ᄒᆞ나 일시(一時) 욕(辱)이오. 일홈이 신후(身後)의 ᄭᅩᆺ 다울지니 만세(萬歲) 영홰(榮華ㅣ)라. 엇지 일호(一毫)나 그ᄅᆞ미 이시리오? 과인(寡人)의 형제(兄弟)ᄂᆞᆫ 규듕 약질(閨中弱質)이라. 황고(皇考)54)와 부군(夫君)긔 빈혼55) 거시 업고 비록 부귀(富貴) 녀지(女子ㅣ)나 가부(家夫)56)긔 교만(驕慢)치 아니ᄒᆞ고 엄구(嚴舅)긔 진심(盡心)ᄒᆞ니 샹졔(上帝) 아름다이 넉이ᄉᆞ 봉(封)ᄒᆞ야 이 ᄯᅡ 신녕(神靈)을 삼아 음교(陰敎)57)를 ᄎᆞ지케 ᄒᆞ시니 좌샹(座上) 제 부인(諸夫人)은 다 녁딕(歷代) 쳘부졀녜(哲婦節女ㅣ)라. 셔로 ᄇᆞ라지 아니ᄒᆞ고 썩썩로 풍운(風雲)을 몡에ᄒᆞ야58) ᄒᆞᆫ 집의 회합(會合)ᄒᆞ니 싱젼(生前) 영욕비환(榮辱悲歡)을 엇지 의논(議論)ᄒᆞ리오? 일노 보건ᄃᆡ 진실(眞實)노 어진 일을 홀지언졍 하ᄂᆞᆯ이 엇지 어진 사ᄅᆞᆷ을 져바리 〃오? 허믈며 부인의 일은 졔(第)59) 불ᄒᆡᆼᄒᆞᆫ 사ᄅᆞᆷ으로 ᄭᅢ를 만나지 못홈이어니와 뉴가(劉家ㅣ)60) 본시(本是) 젹션(積善)ᄒᆞᆫ 집으로 셩의ᄇᆡᆨ(誠意伯) 기친 은ᄐᆡᆨ(恩澤)이 지금 오히려 잇고 뉴쇼ᄉᆞ(劉少師)ᄂᆞᆫ 충신녈ᄉᆞ(忠臣烈士)오 뉴한님(劉翰林)은 어진 사ᄅᆞᆷ이로ᄃᆡ 나히 젹고 조달(早達)ᄒᆞ야 텬하(天下) ᄉᆞ리(事理)를 살피지 못ᄒᆞᄂᆞᆫ 고(故)로 하ᄂᆞᆯ이 일시 ᄌᆡ화(災

---

54) 황고(皇考): 선고(先考, 돌아가신 아버지)를 높여 부르는 말.
55) 빈혼: '비혼'의 오기.
56) 가부(家夫): 남편.
57) 음교(陰敎): 음화(陰化). 부녀자의 교화.
58) 풍운(風雲)을 멍에ᄒᆞ야: 풍운을 부려. 구름과 바람을 타고.
59) 졔(第): 다만.
60) 뉴가(劉家ㅣ): 유씨 집안이.

禍)를 누리와 ᄒ야곰 크게 경계(警戒)ᄒ고 부인으로 ᄒ야곰 줌시 닉치믈 닙엇다가 그 기과(改過)홈을 기ᄃ려 다시 부인을 돕게 홈이니 이는 다 샹졔(上帝) 뉴시(劉氏)를 돕는 ᄯᅳᆺ이라. 부인(夫人)이 엇지 이러ᄐᆞᆺ 조급(躁急)ᄒ뇨? 부인이 스스로 악명(惡名)을 닐캇거니와 일즉 부운(浮雲)이 줌간 일월(日月)의 비출 가리옴 갓흔지라. 엇지 괘렴(掛念)ᄒ리오? 부인을 춤쇼(讒訴)ᄒᄂᆫ 쟈(者)ᄂᆫ 일시(一時) 비록 괴로오나[61] 음난(淫亂)ᄒ기를 아닐 비 업시 ᄒ니 샹졔(上帝) 그 죄악(罪惡)을 듕(重)히 ᄒᄉ 쟝ᄎᆺ 디환(大患)을 그 몸의 나리올지니 비컨디 독흔 비얌[62]이 사름 히(害)ᄒ기로 능ᄉ(能事)를 숨고 버러지[63] 죵과 흙 ᄉᆞ이 셧겨 이시디 그 츄(醜)ᄒᆷ믈 아지 못ᄒ니 이를 니르려 ᄒ면 입이 욕(辱)된지라. 엇지 참아 더브러 그 곡직(曲直)을 닷토리오?"

ᄒ고 시녀(侍女)를 명(命)ᄒ야 ᄎᆞ를 드리고 ᄎᆞ를 파(罷)흔 후 낭〃(娘娘)이 굴오디

"부인(夫人)이 이에 온 지 오리니 종쟈(從者ㅣ) 의심(疑心)홀지라. 슈히[64] 도라가라."

샤시(謝氏) 굴오디

"쳡(妾)이 낭〃(娘娘)의 부르시믈 닙어 아직 목숨을 머므러거니와 진실노 의탁(依託)홀 곳이 업ᄉ오니 도라가오면 믈의 ᄲᅡ지올 ᄯᅲ름이라. 낭낭(娘娘)이 쳡(妾)을 더러이 넉이지 아니시거든 말좌 시비(末座侍婢)를 숨으시면 뫼셔 이 ᄯᅳᆺ히 놀고져 ᄒᄂ이다."

낭낭(娘娘)이 웃고 니르디

---

61) 괴로오나: 의미상 어색하다. 여타 한역본을 참고할 때, '뜻을 얻으나' 정도의 내용이 와야 한다.
62) 비얌: 뱀.
63) 버러지: 벌레.
64) 슈히: 속히.

"부인(夫人)이 다른 날의 맛당이 〃곳의 올지니 도라가 밍광(孟光)으로 더브러 비견(比肩)홀지라. 지금은 쩍 오히려 니르니 비록 머믈고져 ᄒᆞ나 엇지 어드리오? 남ᄒᆡ(南海) 도인(道人)이 그ᄃᆡ와 인연(因緣)이 〃시니 즘간 게65) 가 의지(依支)하라. 이 ᄯᅩ흔 하늘 ᄯᅳᆺ이시니라."

샤시(謝氏) 글오ᄃᆡ

"쳡(妾)은 드르니 남ᄒᆡ(南海)는 하날가히라. 쳡(妾)이 거ᄆᆡ(車馬ㅣ) 업고 ᄯᅩ 냥식(糧食)이 업ᄉᆞ오니 엇지 득달(得達)ᄒᆞ리잇가?"

낭〃(娘娘)이 글오ᄃᆡ

"젼두(前頭)의 반ᄃᆞ시 셔로 인도(引導)홀 사룸이 〃실거니 념녀(念慮) 말나"

ᄒᆞ고 동벽(東壁) 좌샹(座上)의 얼골이 극히 아룸답고 눈이 별 ᄀᆞᆺ흐 니ᄅᆞᆯ 갈쳐 왈(曰)

"이ᄂᆞᆫ 한국(漢國) 반쳡여(班婕妤)오."

ᄯᅩ 셔벽(西壁) 좌샹(座上)의 거동(擧動)이 한아(閒雅)ᄒᆞ 니ᄅᆞᆯ 갈쳐 왈(曰)

"이ᄂᆞᆫ 동한(東漢) 조ᄃᆡ가(曹大家)오."

ᄯᅩ 얼골이 살지고 살빗치 즘간 검으 니ᄅᆞᆯ 가ᄅᆞ쳐 왈(曰)

"이ᄂᆞᆫ 냥쳐사(梁處士)의 안ᄒᆡ 밍광(孟光)이라"

ᄒᆞᄃᆡ 샤시(謝氏) 다시 니러 치ᄉᆞ(致謝)ᄒᆞ야 글오ᄃᆡ

"졔 부인(諸夫人)은 곳 쳡(妾)의 평싱(平生) 치나 잡기ᄅᆞᆯ 원ᄒᆞᄃᆞᆫ 바이어ᄂᆞᆯ66) 엇지 오날날 진면목(眞面目)을 뵈오믈 ᄯᅳᆺᄒᆞ엿시리잇가?"

졔 부인(諸夫人)이 각각 눈으로써 졍(情)을 보ᄂᆡ더라.

---

65) 게: 거기에.
66) 치나 잡기ᄅᆞᆯ 원ᄒᆞᄃᆞᆫ 바이어ᄂᆞᆯ: 모시는 사람이 되기를 원하였거늘.

샤시(謝氏) 니려 하직(下直)흔 듸 낭낭(娘娘)이 굴오듸

"그듸는 힘뻐 어진 일을 흐라. 오십 년(五十年) 후(後)의 맛당이 이 곳의 모히리라"

흐고 두 녀동(女童)을 명(命)흐샤 샤시(謝氏)를 인도(引導)흐야 가라 흐니 샤시(謝氏) 젼하(殿下)의 나리믹 젼샹(殿上)의셔 열두 주렴(珠簾)을 느리오니 쇼릭 쓰히 진동(振動)흐눈지라. 샤시(謝氏) 놀나 몸을 움즉이니 유모(乳母)와 챠환(叉鬢)이 경희(驚喜)흐야 큰 쇼릭로 브르거늘 샤시(謝氏) 니러보니 날이 임의 느졋눈지라.

부인은 불문에 의지하고
소인의 무리는 시로 죄를 꾸미다

정신(精神)이 황홀(恍惚)ᄒ야 오ᄅᆫ 후의 진정(鎭靜)ᄒ니 ᄆᆰ은 향ᄂᆡ 오히려 입의 져젓고 낭낭(娘娘)이 니ᄅ던 말이 녁녁(歷歷)히 귀의 잇ᄂᆞᆫ지라. 유모(乳母)ᄃ려 닐너 ᄀᆞᆯ오ᄃᆡ

"ᄂᆡ 처음의 엇지ᄒ야 이러ᄒ더뇨?"

유뫼(乳母ㅣ) ᄃᆡ왈(對曰)

"부인(夫人)이 오ᄅᆡ 긔졀(氣絶)ᄒ엿다가 다시 ᄭᆡ시니 아지 못게라. 어ᄃᆡ 가셔시더니잇가?"

샤시(謝氏) 인(因)ᄒ야 몽듕(夢中)의 낭낭(娘娘)을 만나 셔로 문답(問答)ᄒ던 말을 니ᄅᆫ 후 후원(後園) 쥭님(竹林)으로 가 죠쳐 니ᄅᆞᄃᆡ

"ᄂᆡ 분명이 청의 녀동(靑衣女童)을 조ᄎ 이 길노 가시니 네 밋지 아니ᄒ거든 날을 ᄯᆞ라오라."

드ᄃᆡ여 쇼로(小路)〃 조ᄎ 쥭님(竹林) 밧긔 ᄂᆞ아가니 과연 ᄒᆫ 샤당(祠堂)이 잇시ᄃᆡ 현판(懸板)의 황능묘(黃陵廟ㅣ)라 ᄡᅥ시니 형샹(形象)이 몽듕(夢中) 쇼견(所見)으로 더브러 다ᄅᆞ치 아니ᄒᆞᄃᆡ 단쳥(丹

靑)이 오릭여 즈못 황냥(荒凉)ㅎ더라. 묘문(廟門)으로붓터 전샹(殿上)의 오릭니 이 비(二妃)의 토샹(土像)이 몽중(夢中)과 분명(分明)ㅎ더라.

샤시(謝氏) 분향(焚香) 스비(四拜) 왈(曰)

"쳔쳡(賤妾)이 낭낭(娘娘)의 도으시믈 닙어시니 타일(他日) 조흔 시졀을 만나오면 맛당이 셩덕(盛德)을 닛지 아니ᄒ리이다"

ㅎ고 물너와 셕샹(石上)의 안ᄌ니 긔곤(飢困)이 심(甚)ᄒ지라. 묘(廟) 직흰 사름의 집의 가 밥을 비러 셰히[1] 난화 뇨긔(療飢)ㅎ고 셔로 닐너 왈(曰)

"묘젼(廟前)의 의지(依支)홀 곳이 업스니 신녕(神靈)이 날을 희롱(戲弄)ㅎ도다"

ㅎ고 아모리 홀 줄을 아지 못홀 쓴 아녀 날이 셔산(西山)의 지고 달빗치 몽농(朦朧)ㅎ야 만뇌(萬籟)[2] 고요ᄒ더니 문득 두 사름이 묘문(廟門)으로붓터 드러와 샤시(謝氏) 일힝(一行)을 닉이 보다가 왈(曰)

"이 사름이 아니 샤부인(謝夫人)인가?"

ㅎ니 그 사름이 ᄒᄂ흔 니고(尼姑)오 ᄒᄂ흔 녀동(女童)이라. 두 사름이 굴오ᄃᆡ

"낭ᄌ(娘子ㅣ) 아니 환난(患難)을 만나 물에 ᄲᅡ지고져 ᄒᄂ는 사름인다?"

샤시(謝氏) 놀나 왈(曰)

"스뷔(師傅ㅣ) 엇지 알으시ᄂ니잇가?"

니괴(尼姑ㅣ) 녜(禮)ㅎ야 왈(曰)

---

1) 세히: 셋이.
2) 만뢰(萬籟): 자연에서 나는 온갖 소리.

"빈도(貧道)3)는 동졍(洞庭) 군산(君山)4)의 잇슙더니 오날 스몽비몽(似夢非夢)간의 빅의 관음(白衣觀音)이 니릭시딕 '어진 겨집이 난(難)을 만나 물의 싼지고져 ㅎ니 급히 항능묘(黃陵廟)의 가 구(救)ㅎ라' ㅎ시거늘 빅를 급히 져혀 왓더니 과연 낭즈(娘子)를 만나니 관음(觀音) 말씀이 신긔롭도다."

샤시(謝氏) 글오딕

"우리 거의 죽게 된 사름이라. 이제 스부(師傅)의 구졔(救濟)ㅎ시믈 닙으니 진실노 감격(感激)ㅎ거니와 스부(師傅)를 좃ᄎ 가오면 암즈(菴子)의 폐(弊)를 깃칠가 ㅎᄂ이다."

니괴(尼姑ㅣ) 왈(曰)

"출가(出家)혼 사름은 즈비(慈悲)로 근본(根本)을 슘ᄂ니 허믈며 보샤님 명을 밧즈와오미라. 낭즈(娘子)는 념녀(念慮) 마릭소셔"
ㅎ고 모든 사름이 붓드러 물가의 다다라 빅의 오릭니 니른바 군산(君山)은 동졍호(洞庭湖) 팔빅 니(八百里) 가온딕 잇ᄂ지라. 스방(四方)이 다 물이오 긔특(奇特)혼 바회와 뫼히 둘넛고 경긔(景槪) 졀승(絶勝)ㅎ여 녜붓터 인젹(人跡)이 니릭지 아닌 곳이라. 니괴(尼姑ㅣ) 샤시(謝氏)를 붓드러 월하(月下)의 험혼 산노(山路)를 계유 힝(行)ㅎ야 열 거름의 아홉 번 업더져 간신이 암즈(菴子)의 니릭니 암즈(菴子) 일홈은 슈월암(水月菴)이라. 그 심슈(深邃)ㅎ고 유벽(幽僻)ㅎ미 진셰(塵世)와 다르더라.

셰 사름이 종일톡록5) 신고(辛苦)ㅎ얏ᄂ지라. 곤븨(困憊)ㅎ여 줌을 깁히 드러 날이 붉는 줄을 씨둣지 못ㅎ더니 니괴(尼姑ㅣ) 불당(佛堂)

---

3) 빈도(貧道): 빈승(貧僧). 스님이 자기를 낮추어 부르는 말.
4) 군산(君山): 산 이름. 후난 성 동정호 가에 있는 산으로 옛날 상군(湘君)이 놀던 곳이라 하여 상산(湘山)이라고도 한다.
5) 종일톡록: '종일토록'의 오기.

을 소쇄(瀟灑)ᄒ고 분향(焚香)ᄒ며 경쇠 치고 샤시(謝氏)를 쳥(請)ᄒ야 녜불(禮佛)ᄒᄅ ᄒ거늘 샤시(謝氏) 유모(乳母)와 ᄎ환(叉鬟)으로 더브러 분향(焚香) 녜비(禮拜)ᄒᆫ 후의 눈을 드러 보고 문득 눈물을 흘니니 이ᄂᆫ 십구 년 젼(十九年前)의 샤시(謝氏) 친히 글 지어 빅의관음화상(白衣觀音畫像)의 손조 쓴 글시라. 니괴(尼姑 l) 샤시(謝氏)의 눈물 흘니믈 보고 고이히 녁여 곡졀(曲折)을 무른디 샤시(謝氏) 골오디

"불샹(佛像) 우희 쓴 글시와 지은 글이 다 나의 흔 비라. 이제 다시 보니 슬픈 마음을 금(禁)치 못ᄒᆯ소이다."

니괴(尼姑 l) 크게 놀나 골오디

"그러ᄒ오면 반ᄃᆞ시 신셩(新城) 샤급ᄉᆞ(謝給事) 딕 쇼졔(小姐 l)로쇼이다. 닉 ᄆᆞ음의 셩음(聲音)과 형용(形容)이 눈과 귀에 닉으믈 의심(疑心)ᄒ엿더니 그러ᄒ신 줄 엇지 ᄯᅩ하여ᄉᆞ오리잇가? 쇼승(小僧)은 다른 사ᄅᆞᆷ이 아니라 글 쳥(請)ᄒ려 갓던 우화암(雨花菴) 승(僧) 묘희(妙喜)로쇼이다."

샤시(謝氏) ᄯᅩ흔 크게 놀나 왈(曰)

"졍신(精神)이 혼미(昏迷)ᄒ야 고인(故人)을 아지 못ᄒ도쇼이다."

묘희(妙喜) 왈(曰)

"쇼승(小僧)이 그ᄢᅥ의 뉴쇼ᄉᆞ(劉少師) 명(命)을 밧ᄌᆞ와 쇼져(小姐) 긔 시(詩)를 쳥(請)ᄒ온지라. 쇼ᄉᆞ(少師 l) 시(詩)를 보시고 크게 칭찬(稱讚)ᄒ야 즉시 졍혼(定婚)ᄒ시고 소승(小僧)을 듕샹(重賞)ᄒ시거늘 쇼승(小僧)이 머물러 쇼져(小姐)의 친ᄉᆞ(親事)를 보려 ᄒ엿ᄉᆞᆸ더니 스승이 급히 브르웁기로 보샤님 화샹(畫像)을 뫼시고 형산(衡山) 도라와 스승으로 더브러 십 년(十年)을 머므러 도(道)를 빅호더니 스승이 죽은 후 샹년(上年)의 이 ᄯᅡ히 와 그 유벽(幽僻)ᄒ믈 ᄉᆞ랑ᄒ와 암ᄌᆞ(菴子)를 짓고 공부를 니루려 ᄒ오며 ᄯᅥ〃 보샤님 화샹(畫像)을 딕ᄒ야 항상 소져(小姐)의 옥용(玉容)을 싱각ᄒ더니 아지 못게라. 무

슴 일노 이의 니르시니잇가?"

샤시(謝氏) 젼후(前後) 곡절(曲折)을 일일이 니른되 묘희(妙喜) 왈
(曰)

"셰샹일이 이럿툿 혼지라. 부인은 슬허 마르소셔."

샤시(謝氏) 보살화샹(菩薩畫像)을 닉이 보니 큰 바다 가온되 외로
온 셤의 긴 되[竹] 수풀의 셧는 거동(擧動)이 의연(依然)이 암즈(菴
子) 경기(景槪)로 더브러 다르지 아니ᄒ고 그 지은 글의 보살(菩薩)
길인 말이 즈긔(自己) 신셰(身世)를 그려닉엿는지라. 샤시(謝氏) 탄식
(歎息) 왈(曰)

"사름의 일이 젼졍(前定)이 이시니 슬허혼들 엇지ᄒ리오? 그러나
보샤님 품 가온되는 동지(童子ㅣ) 이시되 닉 품의는 닌ᄋᆡ(麟兒ㅣ) 업
스니 슬프도다"
ᄒ고 미일(每日) 분향(焚香)ᄒ야 한님(翰林)의 회심(回心)홈과 닌ᄋᆡ
(麟兒)를 다시 보믈 축원(祝願)ᄒ더라.

묘희(妙喜) 죵용(從容)이 샤시(謝氏)드려 니르되

"부인이 임의 이곳의 이르러시니 복쇠[6]을 엇지ᄒ시리잇가?"

샤시(謝氏) 왈(曰)

"닉 이곳의 머물미 오라지[7] 아닐 거시오. 허믈며 유가 복졔(儒家服
制)라 엇지 변복(變服)ᄒ리오?"

묘희(妙喜) 왈(曰)

"한님(翰林)은 현명(賢明) 군지(君子ㅣ)라. 비록 일시(一時) 참쇼
(讒訴)를 미드나 어지 다른 날 뉘우ᄎ미 업스리오? 닉 ᄉ부(師父)긔
측슈(測數)[8]ᄒ는 법(法)을 빅홧더니 부인의 닉두(來頭) 길흉(吉凶)을

6) 복식: 복식(服色)의 오기.
7) 오라지: 오래지.
8) 측수(測數): 운수를 헤아리다.

보스이다."

샤시(謝氏) 스쥬(四柱)를 닐은딕 묘희(妙喜) 평싱(平生)을 슬피다가 치하(致賀)ᄒ야 왈(曰)

"부인(夫人)의 팔직(八字ㅣ) 오복(五福)이 겸젼(兼全)ᄒ야시니 비록 뉵칠 년(六七年) 직앙(災殃)이 이시나 이 익(厄)이 진(盡)ᄒ면 영화(榮華)를 가히 측냥(測量)치 못ᄒ리이다. 일노써 관심(寬心)ᄒ야 귀체(貴體)를 산난(散亂)케 말으소셔."

샤시(謝氏) 묘희(妙喜) 말이 젼일(前日) 몽스(夢事)로 더브러 갓ᄒ믈 싱각ᄒ고 깃거 왈(曰)

"이 짜히 빅빈쥐(白蘋洲) 잇ᄂ냐?"

묘희(妙喜) 왈(曰)

"동졍(洞庭) 남(南)녁히 ᄒ 셤이 이시니 빅빈(白蘋)이 무슈(無數)ᄒ지라. 곳치 만발(滿發)ᄒ면 빅셜(白雪) ᄀᆺ흔 고로 일홈을 빅빈쥐(白蘋洲ㅣ)라 ᄒᄂ니 부인(夫人)이 엇지 알으시ᄂ니잇가?"

샤시(謝氏) 몽즁(夢中)의 구고(舅姑)의 ᄒ던 말슴을 니ᄅ고 왈(曰)

"몽중(夢中)의 가ᄅ치시미 비록 그러ᄒ나 지금 그 뜻을 아지 못ᄒ노라."

묘희(妙喜) 굴오딕

"님시(臨時)[9]ᄒ오면 ᄌ연 알니이다."

샤시(謝氏) 인(因)ᄒ야 바람의 막혀 님가(林家)의셔 ᄌ던 일을 니ᄅ고 또 님가(林家) 녀ᄌ(女子)의 용모(容貌)를 칭찬(稱讚)ᄒ딕 묘희(妙喜) 굴오딕

"부인(夫人)이 일졍(一定) 쇼승(小僧)의 질녀(姪女)를 보시도쇼이

---

9) 임시(臨時): 때가 되다.

다. 질녀(姪女)의 일홈은 추영(秋英)이니 쇼승의 아이[10] 흔 딸이 이시
딕 강보(襁褓)의 이실 제 죽은지라. 그 아비 다시 변가(卞家) 녀즈(女
子)를 취(娶)ᄒ야 후쳐(後妻)를 삼앗더니 그 아비 쏘 죽으믹 그 어미
이 ᄋ희를 소승(小僧)의게 보닉여 츌가(出家)ᄒ려 ᄒ거늘 쇼승(小僧)
이 그 팔즈(八字)를 보니 귀즈(貴子)를 만이 나코 부귀(富貴)를 누릴
팔지(八字ㅣ)어늘 권(勸)ᄒ야 길너닉라 ᄒ엿더니 요ᄉ이 듯즈오니
그 ᄋ희 극히 효성(孝誠)이 잇고 쏘 일의 부즈런ᄒ야 셔로 화목(和睦)
ᄒ야 산다 ᄒ오니 그런 다힝(多幸)ᄒ미 업셔이다."

샤시(謝氏) 골오딕

"가장 엇기 어려온 거슨 계모(繼母)의 마음이라. 이 녀즈(女子ㅣ)
이러틋 흔 힝실(行實)이 이시니 우리 갓흔 사름은 엇지 붓그럽지 아
니ᄒ리오?"

ᄒ고 추탄(嗟歎)ᄒ기를 마지아니ᄒ더라.

샤시(謝氏) 암즈(菴子)의 이셔 믹ᄉ(每事)를 묘희(妙喜)로 더브러
의논(議論)ᄒ고 잇다감[11] 츠환(叉鬟)을 강 건너 보닉여 냥식(糧食)을
비러 일월(日月)을 보닉믹 졈졈 셰ᄉ(世事)를 니즈니 니른바 텬지(天
地)의 집 업슨 손이오 강호(江湖)의 텰 잇는 즁이라.

샤시(謝氏) 묘하(墓下)를 쩌난 후 닝진(冷振)이 도라가 동쳥(董靑)
드려 니른딕 동쳥(董靑)이 사름으로 ᄒ야곰 탐지(探知)흔즉 신셩(新
城)의 갓다 ᄒ거늘 다시 신셩(新城)의 보닉여 탐지(探知)흔딕 종젹
(踪跡)이 업눈지라. 교녜(喬女ㅣ) 한님(翰林)드려 니른딕

"샤시(謝氏) 사름을 좃ᄎ 원방(遠方)의 가다 ᄒ니 진짓 음뷔(淫婦
ㅣ)라. 닌이(麟兒ㅣ) 그 속으로 나시니 그 어믜 ᄉ오나온 일을 본바들

---

10) 아이: 아우[弟].
11) 잇다감: 이따금.

거시오. 샤시(謝氏) 그 스람으로 더브러 스정(私情)이 이션 지 오리니 닌ᄋ(麟兒)를 머르러 문호(門戶)의 욕(辱)되게 말으쇼셔."

한님(翰林)이 글오ᄃᆡ

"비록 그 어미 어지〃 못ᄒ나 ᄌ식(子息)은 어진 지(者ㅣ) 녜브터 이실 쁜 아니라 허물며 닌ᄋ(麟兒)는 골격(骨格)이 우리 선군(先君) 갓고 ᄯᅩ 날 ᄀᆺ흔 곳이 만흐니 엇지 일호(一毫)나 의심(疑心)이 이시리오?"

ᄒ고 교녜(喬女ㅣ) 닌ᄋ(麟兒)를 히(害)ᄒᆯ가 져허 각별(各別) 보호(保護)ᄒ니 교녜(喬女ㅣ) ᄆᆞᄎᆞᆷ내 발뵈지[12] 못ᄒ더라.

교녜(喬女ㅣ) 제 힝실(行實)을 알고 혹(或) 누셜(漏泄)ᄒᆯ가 져허 더욱 말슴을 공교(工巧)이 ᄒ며 눗빗츨 고이 ᄒ야 요사(妖邪)ᄒᆫ 노리와 음난(淫亂)ᄒᆫ 풍뉴(風流)로 한님(翰林)을 고혹(蠱惑)케 ᄒ고 ᄯᅩ 혹형(酷刑)으로 비복(婢僕)을 졔어(制御)ᄒᆯᄉᆡ 말이 제 힝실(行實)의 밋츠미 이시면 고기를 버히고 ᄭᅵ를 씨치니 가중(家中) 사름이 진공(盡恐)ᄒ야[13] 그 허물을 감히 니르지 못ᄒ더라. 교녜(喬女ㅣ) 더욱 방ᄌᆞ(放恣)ᄒ야 한님(翰林)이 번(番)든 날이면 ᄌ약(自若)히 동쳥(董靑)으로 더브러 ᄇᆡᄌᆞ당(百子堂)의셔 쥬야(晝夜)로 동쳐(同處)ᄒ니 가ᄂᆡ(家內) 사름이 아지 못ᄒ 리 업스ᄃᆡ 그 위염(威嚴)을 져허 감히 입 밧긔 닉지 못ᄒ더라.

하로는 텬ᄌᆞ(天子ㅣ) 셔원(西苑)의 계스 초졔(醮祭)[14]를 힝(行)ᄒ실ᄉᆡ 한님(翰林)이 직쇼(直所)의셔 ᄌᆡ계(齋戒)ᄒ더니 텬ᄌᆞ(天子ㅣ) 긔운(氣運)이 불평(不平)ᄒᄉ 녜를 치[15] 못ᄒ시미 한님(翰林)이 ᄯᅩ흔

---

12) 발뵈지: 발보이지. 드러내 보이지.
13) 진공(盡恐)ᄒ야: 모두 두려워하여.
14) 초제(醮祭): 일월성신에 제사를 지내는 도교의 의식.
15) 치: '맛치'의 오기. 마치지.

집의 도라오니 비복(婢僕)들이 그 일을 발(發)코져 ᄒᆞ야 한님(翰林)ᄭ긔 고(告)ᄒᆞᄃᆡ

"부인(夫人)이 빅ᄌᆞ당(百子堂)의 가 ᄌᆞ시ᄂᆞ이다."

교녜(喬女ㅣ) 한님(翰林) 오ᄂᆞᆫ 줄 알고 전도(顚倒)이 옷슬 닙고 동청(董靑)은 겨유 다라ᄂᆞ니라. 교녜(喬女ㅣ) ᄂᆡ당(內堂)의 드러오니 한님(翰林)이 임의 당 아ᄅᆡ 다다랏ᄂᆞᆫ지라. 문 왈(問曰)

"빅ᄌᆞ당(百子堂)이 오ᄅᆡ 폐(廢)ᄒᆞ엿거늘 엇지 게셔16) ᄌᆞᄂᆞ뇨?"

교녜(喬女ㅣ) ᄃᆡ왈(對曰)

"ᄂᆡ당(內堂)의 드므로붓터 몽ᄉᆞ(夢事ㅣ) 심(甚)히 번거ᄒᆞ고 홀노 잘 젹이면 ᄌᆞ로17) 몽압(夢魘)ᄒᆞᄂᆞᆫ 고로 잇다감 ᄂᆞ ᄌᆞ나이다."

한님(翰林)이 굴오ᄃᆡ

"ᄂᆡ 요ᄉᆞ이 ᄯᅩᄒᆞᆫ 쑴이 번거ᄒᆞ여 혼침(昏沈)ᄒᆞ고 나가 ᄌᆞ면 그러치 아니ᄒᆞᄆᆡ ᄂᆡ 심히 의심(疑心)ᄒᆞ더니 그ᄃᆡ ᄯᅩ 그러타 ᄒᆞ니 맛당이 복슐(卜術)ᄒᆞᄂᆞᆫ 사람의게 무ᄅᆞ리라"

ᄒᆞ더라.

이ᄯᅥ 텬ᄌᆞ(天子ㅣ) 바야흐로 신션(神仙)과 귀신(鬼神)의 일을 조히 녁역18) 날마다 셔원(西苑)의 가 긔도(祈禱)를 일삼ᄂᆞᆫ지라. 간의ᄃᆡ부(諫議大夫) 하계19) 상소(上疏)ᄒᆞ야 극간(極諫)ᄒᆞ고 ᄯᅩ 엄슝(嚴嵩)을 공격ᄒᆞᆫᄃᆡ 텬ᄌᆞ(天子ㅣ) ᄃᆡ로(大怒)ᄒᆞ샤 즉시 하계를 충군(充軍)ᄒᆞ신ᄃᆡ 한님(翰林)이 모든 간관(諫官)을 거ᄂᆞ리고 극역(極力)ᄒᆞ야 구원(救援)ᄒᆞᆫᄃᆡ 텬ᄌᆞ(天子ㅣ) 졀최(切責)ᄒᆞ시고 각별(各別)이 죄목(罪目)

---

16) 게셔: 거기에서.
17) ᄌᆞ로: 자주.
18) 녁역: '너겨'의 오기. 여겨.
19) 하계: '해서'의 오기. 작품 후반부에 다시 한번 거론되는데, 그곳에는 '해서'로 표기되어 있다. 해서는 명나라 세종 때의 실존 인물이다. 청렴하고 강직하여, 가정 45년에 세종이 초제에 몰두하여 정사를 돌보지 않는다고 상소를 올려 하옥되었다가 세종이 죽은 뒤에 풀려났다.

을 느리우시되 '디쇼인민(大小人民)의 긔도(祈禱)를 간(諫)ᄒᆞᄂᆞᆫ 직(者
ㅣ) 이시면 일죄(一罪)로 다스리리라' 하시니 한님(翰林)이 황공(惶
恐)ᄒᆞ야 칭병 불츌(稱病不出)ᄒᆞ되 고구(故舊) 친쳑(親戚)이 다 와 병
(病)을 뭇더니 조텬궁(朝天宮)[20] 조진인(眞人)[21]이 와 한님(翰林)을
보거늘 한님(翰林)이 다른 손을 다 보닉고 진인(眞人)을 머므러 다리
고 닉당(內堂)의 드러가 가니 길흉(吉凶)을 무른디 진인(眞人)이 굴
오디

"비록 디단치 아니ᄒᆞ나 약간(若干) 미치(埋置)ᄒᆞᆫ 거시 업지 아닌가
ᄒᆞ나이다."

한님(翰林)이 즉시 사롬으로 ᄒᆞ야곰 수탐(搜探)ᄒᆞ야 침방(寢房) 으
리 ᄉᆞ벽(四壁)을 헐고 목인(木人)을 어더닉여 디경(大驚) 변식(變色)
ᄒᆞ거늘 진인(眞人)이 굴오디

"이는 사롬 히(害)ᄒᆞᄂᆞᆫ 술(術)이 아니라 샹공(相公) 가닉(家內)예
샹공(相公) 은춍(恩寵)을 엇고져 ᄒᆞ미니 예로붓터 이런 일이 이셔 능
히 사롬으로 혼미(昏迷)케 ᄒᆞ고 히로온 일은 업스니 블에 살온즉 무
ᄉᆞ(無事)ᄒᆞ리이다"

ᄒᆞ고 쏘 한님(翰林)다려 니ᄅᆞ디

"닉 샹공(相公)의 샹(像)을 보니 눈섭 ᄉᆞ이에 거믄 긔운(氣運)이 이
시니 쟝닉 조치 아닐지라. 그 징죄(徵兆ㅣ) 쥬인(住人)의게 조치 아닌
익(厄)이라 ᄒᆞ여시니 샹공(相公)이 다른 집의 쳐(處)ᄒᆞ시고 쏘 언어
(言語)를 삼가소셔. 그리ᄒᆞᆫ즉 후환(後患)이 업스리이다."

한님(翰林)이 샤례(謝禮)ᄒᆞ야 보닌 후의 스스로 싱각ᄒᆞ되

'젼일(前日) 가닉(家內)의 이럿툿 ᄒᆞᆫ 일이 이셔 샤시(謝氏)를 의심

---

20) 조텬궁(朝天宮): 도관(道觀)의 명칭. 현재 쟝쑤 셩 난징(南京)에 있었다.
21) 조진인(眞人): 셩이 '조'인 진인. 김춘택 한역본과 연세대본에는 셩이 '도(陶)'로 되어 있다.
진인은 도교에서 도가 깊은 사람을 일컫는 말이다.

(疑心)ᄒᆞ더니 이제 샤시(謝氏)난 간 지 오ᄅᆡ고 방ᄉᆞ(房舍) 슈보(修補) ᄒᆞ연 지 오라지 아니ᄒᆞᄃᆡ 목인(木人) ᄆᆡ치(埋置)한 변(變)이 이시니 가즁(家中)의 일졍(一定) 작변(作變)ᄒᆞᄂᆞᆫ 사람이 잇도다. 샤시(謝氏)의 일이 혹 ᄋᆡᄆᆡ(曖昧)ᄒᆞᆫ가?'
ᄒᆞ야 ᄆᆞ음이 심히 불평(不平)ᄒᆞ더라.

ᄃᆡ기 교녀(喬女)의 몽압(夢壓)ᄒᆞ다 니른 바는 창졸(倉卒)의 그 ᄇᆡᆨᄌᆞ당(百子堂)의 ᄌᆞᄂᆞᆫ 일을 긔이고져[22] ᄒᆞ미러니 벽(壁)을 허러 목인(木人)을 어드ᄆᆡ 졔 일이 거의 발각(發覺)ᄒᆞ게 되엿다가 맛ᄎᆞᆷ내 현발(現發)치 못ᄒᆞ니 가히 앗갑도다.

한님(翰林)이 비록 교녀(喬女)의 ᄒᆞᆫ 바를 ᄭᆡ닷지 못ᄒᆞ나 그 고혹(蠱惑)ᄒᆞᆫ 요슐(妖術)노 ᄒᆞ야곰 일조(一朝)의 불에 ᄉᆞᆯ오니 한님(翰林) ᄆᆞ음 가리온 거시 업ᄉᆞᆫ 듯ᄒᆞ여 녯날 쳥명(淸明)ᄒᆞᆫ 긔운(氣運)이 잠간 회복(回復)ᄒᆞᄂᆞᆫ 듯ᄒᆞᆫ지라. 머리를 ᄂᆞᆺ죽이 ᄒᆞ고 종용(從容)이 안ᄌᆞ ᄉᆞ오년(四五年) 일을 홀연(忽然) ᄉᆡᆼ각ᄒᆞ고 뉘웃츤 ᄆᆞ음이 ᄭᅮᆷ이 쳐음으로 ᄭᆡᆫ 듯ᄒᆞ더라.

이ᄯᅢ 셩도부(成都府) 두부인(杜夫人)의 셔찰(書札)이 오니 오히려 샤부인(謝夫人) ᄂᆡ치믈 아지 못ᄒᆞ고 닐은 말ᄉᆞᆷ이 극히 유리(有理)ᄒᆞᆫ지라. 한님(翰林)이 ᄌᆡ삼 보고 여러 가지로 ᄉᆡᆼ각ᄒᆞᄃᆡ

'샤시(謝氏) ᄂᆡ치미 셰 가지 죄(罪) 이시니 쳐음은 실노 의심(疑心)이 잇고, 두번ᄌᆡᄂᆞᆫ 샤시(謝氏)의 위인(爲人)이 본ᄃᆡ 방ᄌᆞ(放恣)ᄒᆞᆫ ᄒᆡᆼ실(行實)이 업고 년셰(年歲) ᄯᅩᄒᆞᆫ 쇼년(少年)이 아니라. 비록 옥환(玉環)을 눈의 보앗시나 반ᄃᆞ시 종의 일인 듯ᄒᆞ고, 셋ᄌᆡᄂᆞᆫ 장주(掌珠)의 일이니 춘방(春芳)이 죽기의 니ᄅᆞᄃᆡ 항복(降服)지 아녀스니 아니 슯흔 졍(情)이 잇던가?'

---

22) 긔이고져: 속이고져.

침음(沈吟)ᄒ야 마음이 불평(不平)ᄒ여 ᄒ니 교녀(喬女)ᄂ 극히 영오(穎悟)ᄒ 계집니라. 엇지 ᄉ식(辭色)을 모로리오? 닉렴(內念)의 크게 져허 동청(董青)을 청(請)ᄒ여 의논(議論)ᄒ더니 동청(董青) 왈(曰)

"우리 두 사ᄅᆷ의 일을 아지 못홀 지(者ㅣ) 업ᄉ듸 말이 샹공(相公)긔 밋지 못ᄒᄂ 바ᄂ 흔갓 부인의 젼총(專寵)ᄒᄆᆯ 두려ᄒ미라. 한님(翰林)이 마음이 흔번 변(變)ᄒ면 이 집의 그듸ᄅ 거둘 지(者ㅣ) 뉘 이시리오? 우리 두 사ᄅᆷ이 그 죽을 싸흘 아지 못홀지라."

교녀(喬女ㅣ) ᄀᆯ오듸

"ᄉ셰(事勢) 이러하면 엇지ᄒ여야 화(禍)ᄅ 면(免)ᄒ리오?"

동청(董青)이 ᄀᆯ오듸

"너 흔 계교(計巧ㅣ) 이시니 옛말의 ᄒ여시듸 '사ᄅᆷ이 날을 져바리면 닉 ᄯᅩ흔 져바림만 갓지 못ᄒ다' ᄒ니 이계 동청(董青)이 독약(毒藥)을 가져 가마니 한님(翰林)의 음식(飲食)에 두어 그 죽으믈 어든 후 우리 두 사ᄅᆷ이 쾌(快)히 부뷔(夫婦ㅣ) 되어 은근이 살미 엇지 즐겁지 아니ᄒ리오?"

교녀(喬女ㅣ) ᄀᆯ오듸

"이ᄂ 조흔 쇠 아니라. 만일 나타난즉 듸홰(大禍ㅣ) 목젼(目前)의 참혹(慘酷)홀지니 다른 묘칙(妙策)을 ᄒ라"
ᄒ더라.

한님(翰林)이 흔갈갓치 칭병(稱病) 못ᄒ여 벼슬의 ᄂ아가니 교녀(喬女ㅣ) 그ᄰᆷ를 타 동청(董青)으로 더브러 희롱(戲弄)ᄒ더니 동청(董青)이 누어 셔안(書案) 우희셔 흔 조각 됴희[23]ᄅ 어더보니 한님(翰林)의 지은 글이어늘 두셰 번 보고 깃거 교녀(喬女)ᄃ려 닐으듸

23) 됴희: 종이.

"하늘이 우리 두 사름으로 ᄒ야곰 ᄇ ᆡ년ᄒᆡ로(百年偕老)케 하시도다."

교녀(喬女 ㅣ) 밧비 무러 왈(曰)

"엇진 말고?"

동청(董青)이 ᄃ ᆡ왈(對曰)

"져즈음긔 텬ᄌ ᆞ(天子 ㅣ) 됴셔(詔書)를 나리와 졔신 듕 감히 셔원(西苑) 긔도(祈禱)를 간(諫)ᄒᄂ ᆞᆫ 쟈(者 ㅣ) 이시면 일죄(一罪)로 다스리려 ᄒ여 겨시거늘 이졔 한님(翰林)의 글을 보니 당셰(當世)를 긔롱(譏弄)ᄒ고 엄승샹(嚴丞相)을 ᄭ ᆞ지져 쇼인(小人)의게 비(比)ᄒ여시니 이 글을 가져다가 엄승샹(嚴丞相)긔 드려 텬ᄌ ᆞ(天子)긔 알왼죽 맛당이 법(法)으로뻐 버힐지니 우리 엇지 ᄇ ᆡ년ᄒᆡ로(百年偕老)치 못ᄒ리오?"

교녀(喬女 ㅣ) 크게 깃거 ᄀ ᆞᆯ오ᄃ ᆡ

"젼일(前日) 계교(計巧)는 위ᄐ ᆡ(危殆)하기에 갓갑더니 이ᄂ ᆞᆫ 다른 사름의 손을 비러 ᄒ니 심(甚)히 묘(妙)ᄒ도다."

동청(董靑)이 그 글을 ᄉᆞ미에 여코 엄숭(嚴嵩)의 집의 가 문 직흰
사름다려 니르디
"비밀(祕密)흔 큰일이 이시니 승샹(丞相)긔 ᄉᆞᆯ와달나"
흔디 문리(門吏) 즉시 드러가 ᄉᆞᆯ오니 브른거ᄂᆞᆯ[1] 동청(董靑)이 드러가
뵈온디 엄숭(嚴嵩)이 문 왈(問曰)
"그디ᄂᆞᆫ 엇더흔 사람이뇨?"
동청(董靑) 왈(曰)
"쇼인(小人)은 뉴연슈(劉延壽)의 문긱(門客)이러니 비록 그 집의 의
지(依支)ᄒᆞ여사오나 상시(常時)에 연슈(延壽)의 의논(議論)을 듯ᄉᆞ오
미 쇼인(小人)이 그 심슐(心術)이 부졍(不正)홈을 한(恨)ᄒᆞ옵더니 어
졔ᄂᆞᆫ 슐을 취(醉)ᄒᆞ고 날ᄃᆞ려 니르디 '승샹(丞相)이 어진 일노 님군을

---

1) 브른거ᄂᆞᆯ: '브르거ᄂᆞᆯ'의 오기.

인도(引導)치 아니ᄒᆞ야 숑(宋) 휘종(徽宗)²⁾ 쎠와 드르미 업ᄉᆞ니 닉 그
간(諫)치 못ᄒᆞᆯ 줄 알고 이 글을 지어 닉 ᄠᅳᆺ을 위로(慰勞)ᄒᆞ노라' ᄒᆞ거
늘 쇼인(小人)이 굴오ᄃᆡ '엇지 글귀에 그 묘(妙)ᄒᆞᆫ 말이 잇ᄂᆞᆫ가?' ᄒᆞ오
니 연쉬(延壽ㅣ) 니르ᄃᆡ '이 글 가온ᄃᆡ 옥빈텬셔(玉杯天書)의 말이 이
시니 엄슝(嚴嵩)으로 신원평(新垣平)³⁾과 왕흠약(王欽若)⁴⁾으로 비(比)
ᄒᆞ엿ᄂᆞᆫ 고로 가장 묘(妙)ᄒᆞ니라' ᄒᆞ니 쇼인(小人)이 스스로 ᄉᆡᆼ각건ᄃᆡ
이 일이 누셜(漏泄)ᄒᆞ면 쇼인(小人)의게도 연좌(連坐)ᄒᆞ올가 저허 감
히 그 글을 도젹(盜賊)ᄒᆞ야 드리ᄂᆞ이다."

엄슝(嚴嵩)이 바다보니 과연 옥빈텬셔(玉杯天書)의 말이 잇거늘 숭
(嵩)이 우어 굴오ᄃᆡ

"뉴희(劉熙) ᄆᆡ양(每樣) 날을 히(害)코져 ᄒᆞ더니 이 아히(兒孩) ᄯᅩ
제 아븨 ᄉᆞ오ᄂᆞ오믈 본바다 스스로 죽으믈 지촉ᄒᆞᄂᆞᆫ도다."

동쳥(董青)을 머므르고 그 글을 가지고 바로 궐문(闕門) 밧긔 ᄂᆞ아
가 인견(引見)ᄒᆞᆷ믈 쳥(請)ᄒᆞ야 굴오ᄃᆡ

"요ᄉᆞ이 긔강(紀綱)이 봉퇴⁵⁾ᄒᆞ와 년쇼(年少) 조ᄉᆞ(朝士ㅣ) 국법(國
法)을 능모(陵侮)ᄒᆞ오니 극히 한심(寒心)ᄒᆞ온지라. 폐히(陛下ㅣ) 긔
도(祈禱) 일노 갓 죄목(罪目)을 셰워 겨시거날 뉴연쉬(劉延壽ㅣ) 감히

2) 휘종(徽宗): 송나라의 제8대 황제(재위 1100~1126). 호사스런 생활을 하며 도교를 몹시 숭
상했다. 금나라와 동맹하여 요나라를 협공하려 했으나, 오히려 금나라 군사의 진입을 초래해
수도인 변경(汴京)이 함락되고 아들 흠종(欽宗)과 함께 금나라로 잡혀가 만주에서 죽었다. 이
로부터 북송이 멸망하고, 남송이 시작되었다.
3) 신원평(新垣平): 한(漢) 문제(文帝) 때의 술사(術士). 궐하(闕下)에서 '인주연수(人主延壽)'라
새겨진 옥배(玉杯)가 나왔다며 문제에게 바쳤다. 또 주정(周鼎)이 사수(泗水)에 있는데, 지금
황하(黃河)가 사수로 통하고 분음(汾陰)에 금보(金寶)의 기운이 있으므로, 주정이 나오려는 것
이 아닌가 생각된다면서 분음에 묘를 만들고 제사 지내 주정이 나오게 해야 할 것이라고 주장
했다. 그러나 이듬해 모든 것이 거짓임이 밝혀져 주살되었다.
4) 왕흠약(王欽若): 송 진종(眞宗) 때의 대표적인 간신. 민심을 안정시키고 천하를 복종시킨다
는 명목으로 진종을 부추겨 태산(泰山)에서 봉선(封禪)할 것을 권하고 하늘에서 내려왔다는
천서(天書)를 조작했다.
5) 봉퇴: 붕퇴(崩頹)의 오기. '붕퇴'는 '무너지다'는 뜻.

신원평(新垣平)의 옥비(玉杯)와 왕흠약(王欽若)의 텬셔(天書) 말노뻐 셩됴(聖朝)를 긔롱(譏弄)ᄒᄂᆞ이다"

ᄒᆞ고 그 글을 드린되 텬지(天子ㅣ) 진노(震怒)ᄒᆞᄉᆞ 즉시 연슈(延壽)를 금오(金吾)6)의 가도고 장ᄎᆞ 극형(極刑)으로뻐 버히려 ᄒᆞ시거늘 틱학ᄉᆞ(太學士) 셰계7) 극간(極諫) 왈(曰)

"셩샹(聖上)이 근신(近臣)을 쥭이고져 ᄒᆞ시니 신(臣)이 그 죄(罪)를 아지 못ᄒᆞᄋᆞᆸᄂᆞᆫ지라. 바라건되 그 글을 ᄂᆞ리소셔."

텬지(天子ㅣ) 즉시 글을 ᄂᆞ리와 가ᄅᆞ스되

"연슈(延壽ㅣ) 감히 옥비텬셔(玉杯天書)의 말노 국가(國家)를 희롱(戲弄)ᄒᆞ니 그 죄(罪) 족(足)히 쥭기를 면(免)치 못ᄒᆞ리라."

셰계 글오되

"이 블과(不過) 시인(詩人)의 흥(興)을 브치미오 나라흘 긔롱(譏弄)ᄒᆞ온 ᄯᅳᆺ이 아니오. 허물며 한 무졔(漢武帝)ㆍ숑 진종(宋眞宗)은 다 틱평셩쥬(太平聖主ㅣ)라. 일노뻐 보아도 연슈(延壽ㅣ) 죄(罪) 업ᄉᆞ오믈 알니이다."

텬지(天子ㅣ) 올히 녁이ᄉᆞ 노식(怒色)을 줌간 거두시거늘 엄숭(嚴嵩)이 알외되

"셰계의 말ᄉᆞᆷ이 비록 이러ᄒᆞ오나 연슈(延壽)의 죄를 젼연이 샤(赦)치 못ᄒᆞ리이다. 맛당이 귀향(歸鄕)8) 보뇌여 다른 사름을 징계(懲戒)ᄒᆞ쇼셔."

텬지(天子ㅣ)

"그리ᄒᆞ라"

---

6) 금오(金吾): 의금부.
7) 셰계: '서계'의 오기. 서계(徐階, 1503~1583)는 명나라 세종 때의 충신으로 엄숭이 실각한 후에 정권을 잡아 선정을 베풀었다.
8) 귀향(歸鄕): 귀양. 유배.

ᄒ시니 엄숭(嚴嵩)이 이 집의 도라와 형조(刑曹) 관원(官員)을 블너 왈(曰)

"연슈(延壽)의 비쇼(配所)ᄅᆞᆯ 형쥬(衡州)⁹⁾로 졍(定)ᄒᆞ라"

ᄒᆞ다. 동청(董靑)이 ᄀᆞᆯ오ᄃᆡ

"연쉬(延壽ㅣ) 승샹(丞相)을 긔롱(譏弄)ᄒᆞ엿거ᄂᆞᆯ 엇지 죽이지 아니ᄒᆞ신잇가?"

숭(崇)이 ᄀᆞᆯ오ᄃᆡ

"ᄆᆞᄎᆞᆷ 구(救)ᄒᆞᄂᆞᆫ 사람이 이셔 극형(極刑)을 쓰지 못ᄒᆞ나 형쥬(衡州)ᄂᆞᆫ 본ᄃᆡ 쟝녀지지(瘴癘之地)라. 슈퇴(水土ㅣ) ᄉᆞ오나와 이곳의 귀향 간 지(者ㅣ) 열에 ᄒᆞ나히 살아 도라오지 못ᄒᆞᄂᆞ니 엇지 사람을 굿타여 형쟝(刑杖)으로 죽이리오?"

동청(董靑)이 크게 깃거ᄒᆞ더라.

한림(翰林)의 일개(一家ㅣ) 다 통곡(痛哭)ᄒᆞᄃᆡ 교녀(喬女)ᄂᆞᆫ 거즛 우는 쳬ᄒᆞ더니 한림(翰林)이 힝쟝(行裝)을 ᄎᆞ려 비쇼(配所)로 갈ᄉᆡ 교네(喬女ㅣ) ᄯᆞ라 셩(城) 밧긔 가 울며 왈(曰)

"쳡(妾)이 ᄎᆞ마 홀노 스지 못홀지니 원컨ᄃᆡ 홈긔 가 ᄉᆞ싱(死生)을 ᄒᆞᆫ가지로 ᄒᆞ려 ᄒᆞ노이다."

한림(翰林)이 ᄀᆞᆯ오ᄃᆡ

"늬 이졔 먼니 풍토(風土) ᄉᆞ오나온 ᄃᆡ 가니 엇지 ᄉᆞ라 도라오믈 싱각ᄒᆞ리오? 바라건ᄃᆡ 부인(夫人)은 우흐로 졔ᄉᆞ(祭祀)ᄅᆞᆯ 밧들고 아리로 두 아ᄒᆡᄅᆞᆯ 기ᄅᆞᆯ ᄲᅮᆫ이니 조ᄎᆞ가 무솜ᄒᆞ리오? ᄯᅩ 닌ᄋᆡ(麟兒ㅣ) 비록 부인(夫人)의 긔츌(己出)이 아니나 텬셩(天性)이 효슌(孝順)ᄒᆞ고 긔골(氣骨)이 비범(非凡)ᄒᆞ니 ᄉᆞ랑ᄒᆞ여 길너 사람 되미 니른즉 늬 죽어도 눈을 감으리라."

---

9) 형주(衡州): 호광에 있던 고을 이름. 장사의 남쪽에 있다.

교녜(喬女 l) 딕(對)ᄒ딕

"샹공(相公)의 아들은 곳 녀 아들이라. 닌♀(麟兒)와 봉아(鳳兒) 보기를 엇지 추등(差等)이 이시리잇고?"

한림(翰林)이 직삼(再三) 치소(致謝)하고 발힝(發行)ᄒ니라.

(남졍긔 권지이 끝)

시시(是時)의 한림(翰林)이 옥(獄)의 느미 혹 동쳥(董靑)의 흔 비라 니르느니 만커늘 한림(翰林)이 의심(疑心)ᄒ더니 가인(家人)드려 뭇딕

"동쳥(董靑)이 어딕 갓관딕 날을 보지 아니ᄒ느뇨?"

가인(家人)이 알외딕

"동쳥(董靑)이 나간 지 삼ᄉ 일(三四日)이니이다."

한림(翰林)이 그 말들이 올흔 쥴 알고 다시 뭇지 아니코 가동(家僮) 슈인(數人)을 드리고 옥니(獄吏)를 조ᄎ 남(南)으로 가니라.

이ᄶ 동쳥(董靑)이 스스로 엄승샹(嚴丞相) 문인(門人)이로라 닐큿고 그 형셰(形勢)를 쎠 진뉴현10)녕(陳留縣令)을 도모(圖謀)ᄒ야 엇고 교녀(喬女)의게 편지(便紙)ᄒ야 갈오딕

"셔로 하간(河間)11)으로 모다12) 인하야 도임(到任)ᄒ᷁"

ᄒ엿거늘 교녜(喬女 l) 딕희(大喜)ᄒ야 말을 쑤며 사름드려 니르딕

"형(兄)이 하간(河間)의셔 병(病)이 듕(重)하다 ᄒ니 아니 가지 못ᄒ리라"

ᄒ고 심복(心腹) 시비(侍婢) 납미(臘梅)와 셜미(雪梅) 등 오뉵 인(五六人)을 더브러 의논(議論)ᄒ야 닌♀(麟兒)와 봉♀(鳳兒)를 다리고 하

---

10) 진류현(陳留縣): 개봉부(開封府)에 있던 고을. 현재 허난 성 카이펑의 남쪽에 있다.
11) 하간(河間): 경사의 남쪽. 현재는 허베이 성 허젠(河間).
12) 모다: 모여[會].

가13)후로 갈시 닌ᄋ(麟兒)의 유뫼(乳母 ㅣ) 흔가지로 가기를 쳥(請)흔
딕 교녜(喬女 ㅣ) 꾸지져 왈(曰)

"닌이(麟兒 ㅣ) 임의 즈랏ᄂᆞᆫ지라. 졋 먹지 아니ᄒᆞ고 너 또흔 오릭지
아니ᄒᆞ야 도라올지니 네 다른 비복(婢僕)으로 더브러 집을 직희라"

ᄒᆞ고 가듕(家中) 금은보화(金銀寶貨)를 다 쓰러 가지고 하간(河間)으
로 가니 뉘 금지(禁止)ᄒᆞ리오? 발힝(發行)흔 지 슈일(數日)의 호타하
(滹沱河)14)에 니르러ᄂᆞᆫ 하늘이 붉지 아니ᄒᆞ고 닌이(麟兒 ㅣ) 줌을 깁
히 드럿거늘 교녜(喬女 ㅣ) 셜믹(雪梅)다려 니르딕

"닌ᄋ(麟兒)ᄂᆞᆫ 큰 화근(禍根)이라. 만일 살면 그 홰(禍 ㅣ) 너의게 밋
츨지니 이 물의 너허 죽이미 가(可)ᄒᆞ니라"

ᄒᆞᆫ딕 셜믹(雪梅) 마지 못ᄒᆞ야 닌ᄋ(麟兒)를 안고 물가의 ᄂᆞ아가 물의
더지려 ᄒᆞ다가 문득 싱각ᄒᆞ야 갈오딕

'샤부인(謝夫人)이 평일(平日) 날을 샤랑ᄒᆞ시더니 닉 교시(喬氏)로
더브러 동모(同謀)ᄒᆞ야 딕화(大禍)를 부인(夫人)긔 깃치고 쏘 공즈
(公子)를 죽이면 하늘을 거스리미 심(甚)흔지라. 엇지 두렵지 아니ᄒᆞ
리오?'

ᄒᆞ고 드듸여 갈슈풀 깁흔 속의 가만이 두고 도라와 교녀를 보고

"물에 녀헛노라"

ᄒᆞᆫ딕 교녜(喬女 ㅣ) 갈오딕

"닌이(麟兒 ㅣ) 물의 쌘질 졔 ᄒᆞᄂᆞᆫ 거동(擧動)이 엇더터뇨?"

셜믹(雪梅) 왈(曰)

"닌이 물의 쌔진 후에 ᄲᅡ졋다가 다시 ᄂᆞ고 낫다가 다시 쌘지니 이
갓기를 이슴 츠(二三次)를 ᄒᆞ다가 간 딕 업더이다."

---

13) 하가: '하간'의 오기.

14) 호타하(滹沱河): 산시 성(山西省)에서 발원하여 허베이 성 바이허(白河) 강으로 흘러들어가
는 강. 그 하구가 베이징 가까운 곳에 있다.

교녜(喬女丨) 갈오되

"네 쳐치(處置) 가쟝 맛당타"

ᄒ더라.

교녜(喬女丨) 하간(河間)의 니르니 동쳥(董靑)이 임의 몬져 왓ᄂᆞᆫ지라. 큰 비를 ᄂᆞ와 교녀를 틱오고 크게 깃거ᄒ더라. 교녜(喬女丨) 그 형(兄)을 보지 아니코 동쳥(董靑)으로 더브러 진류(陳留) 임쇼(任所)의 가니 동쳥(董靑)이 식로 벼슬을 엇고 뉴가(劉家) 허다(許多) 직물(財物)을 겸(兼)ᄒ야 어드니 의긔양〃(意氣揚揚)ᄒ야 범예(范蠡丨) 셔시(西施)를 싯고 오호(五湖)의 노는 듯ᄒ야[15] 즐기미 극(極)ᄒ더라.

뉴한림(劉翰林)이 발힝(發行)ᄒᆞᆫ 반년(半年)의 십ᄉᆡᆼ구ᄉᆞ(十生九死)하야 적소(謫所)의 다〃로니 산쳔(山川)이 ᄀᆞᆺ지 안코 풍속(風俗)이 쏘ᄒᆞᆫ 달나 아춤의 악풍(惡風)이 닐고 나조의 독챵(毒瘡)이 나니 진실노 북방(北方) 사름의 이실 곳이 아닐너라. 한님(翰林)이 오릭지 아냐 병(病)을 어드니 졈〃 위틴(危殆)ᄒ야 침셕(寢席)의 쩌나지 못ᄒᆞᆫ지라. 한림(翰林)이 스스로 니지 못홀 쥴 알고 탄 왈(歎曰)

"동쳥(董靑)이 날노 ᄒᆞ야금 이에 니르게 하니 당초(當初)의 동쳥(董靑)이 집에 드러올 제 샤시(謝氏) 날ᄃᆞ려 니르되 '브졍(不正)ᄒᆞᆫ 사름을 갓가이 말고 일시(一時)도 머므지 말나' ᄒ되 내 듯지 아니ᄒ엿다가 스스로 오날〃 화(禍)를 취(取)하엿시니 일노 보건되 샤시(謝氏)ᄂᆞᆫ 진실노 어진 사름이로다. 닉 쳐식(處事丨) ᄇᆞᆰ지 못ᄒ야 이러틋 ᄒ니 어닉 면목(面目)으로 디하(地下)의 가 션군(先君)을 뵈오리오?"

---

15) 범예(范蠡丨)~노는 듯ᄒ야: 전국시대 월나라 범려(范蠡)가 임금 구천(句踐)을 보좌하여 오나라를 멸한 뒤, 벼슬을 버리고 오호(五湖)에 배를 띄워 서시(西施)를 싣고 가버린 고사를 말한다. 서시는 본래 월나라의 빼어난 미인(美人)이었는데, 월나라에서 오나라를 멸하려고 꾀를 써서 오왕(吳王)에게 바쳤다. 과연 오왕이 서시의 미색에 혹하여 정사를 돌보지 않다가, 월나라 군사의 침입을 받아 나라가 망했다. 오나라가 멸망하자 범려는 권력은 나누어 가질 수 없는 것이라며 배에 서시를 싣고 떠났다.

인호야 눈물 흘니더라.

이 쓰흔 본딘 의약(醫藥)이 업눈지라. 심식(心事ㅣ) 불평(不平)호야 긔운(氣運)이 쇠진(衰盡)홀 지경(地境)의 니르럿더라. 홀눈[16] 밤의 흔 부인이 조고마흔 병(病) 호나흘 가지고 드러와 한림(翰林)두려 닐너 갈오딘

"그딘 병(病)이 듕(重)흔지라. 이 물을 마신즉 병(病)이 즈연(自然) 츠되(差度ㅣ) 이시리라"

호거눌 한림(翰林)이 갈오딘

"부인(夫人)은 엇더흔 사름이완딘 내 병(病)을 구원(救援)호시누니 잇고?"

부인이 갈오딘

"누눈 동정(洞庭) 군산(君山)의 잇노라"

호고 가져온 병(瓶)을 쓸 가온딘 노코 가거눌 흠신(欠身)호야 쒸두르 니 흔 꿈이라. 이 쏘흔 긔이(奇異)타 호더니 싀빅[17]의 니르러 노복(奴僕) 등이 쓸을 쓰다가 셔로 니르딘

"업든 싀얌[18]이 쓸히셔 솟눈다"

호거눌 한림(翰林)이 더욱 긔이(奇異)히 넉여 즉시 누아가 보니 몽중(夢中) 부인(夫人)의 병 노턴 곳이라. 그 물이 묽고 근원(根源)이 심장(深長)호야 쓸 가온딘 소스나거눌 한림(翰林)이 몬져 흔 그릇슬 마시니 마시 달고 긔운(氣運)이 샹쾌(爽快)호야 감노(甘露)를 마신 듯흔 지라. 수토(水土)의 상(傷)흔 병(病)이 하눌의 구름 것듯 호야 스지 가비얍고 여윈 낫치 화긔(和氣) 누니 보눈 직(者ㅣ) 놀나고 기특(奇特)이 넉이더라. 한림(翰林)이 인(因)호야 우물 파니 비록 딘한(大旱)

---

16) 홀눈: 하루는.
17) 싀빅: 새벽.
18) 싀얌: 샘.

이라도 마ᄅ지 아니ᄒ야 수십 니(數十里) 안 사름드리 다 와 기르니 형쥐(衡州ㅣ) 일노븟터 토질(土疾)이 업고 됴ᄒᆫ 고을이 된 고(故)로 그 ᄯ 사름이 그 우물을 일홈ᄒ야 '합ᄉ졍'19)이라 ᄒ니 그 고젹(古跡) 이 지금 잇더라.

잇ᄯᅥ 동쳥(董靑)이 진뉴(陳留)의 부임(赴任)ᄒᆫ 후에 오로지 탐남 (貪婪)을 일삼아 빅셩(百姓)의 고퇵(膏澤)을 ᄲᅢ라 반(半)은 졔 가지고 반(半)은 엄숭(嚴嵩)의게 보ᄂᆡᄃᆡ 오히려 부족히 넉여 엄슉20)의게 ᄒᆫ 셔찰(書札)을 보ᄂᆡ여 왈(曰)

"동쳥(董靑)이 비록 졍셩(精誠)을 다ᄒ고져 ᄒ나 고을이 젹고 지력 (財力)이 업셔 진심(盡心)치 못ᄒ오니 원컨ᄃᆡ 남방(南方) 보화(寶貨) 나는 고을〃 어더 졍셩(精誠)을 다ᄒ야지라"

ᄒᆫᄃᆡ 엄숭(嚴嵩)이 보고 즉시 텬ᄌ(天子)긔 엿ᄌᆞ와 갈오ᄃᆡ

"진뉴(陳留) 틱슈(太守) 동쳥(董靑)이 문학(文學)이 너ᄅ고 ᄌᆡ직21) 만ᄉ오와 녜 소두(召杜)22) · 공황(龔黃)23)의 ᄌᆡ죄라도 오히려 밋지 못 ᄒᆯ지라. 특별이 큰 고을〃 맛져24) 그 ᄌᆡ죠를 시험ᄒ야지이다."

텬ᄌ(天子ㅣ) 드ᄅ시고 그 궐(闕)을 기드려 탁용(擢用)ᄒ려 ᄒ시더 니 ᄆᆞ츰 계림(桂林)25) 틱쉬(太守ㅣ) 궐(闕)이 잇거늘 엄숭(嚴嵩)이 갈

---

19) 합ᄉ졍: '학사졍(學士井)'의 오기.

20) 엄슉: '엄숭'의 오기.

21) ᄌᆡ직: 'ᄌᆡ죄'의 오기. 재주가.

22) 소두(召杜): 소신(召信)과 두시(杜詩). 모두 한나라 때 남양 태수(南陽太守)가 되어 선정을 베풀었다. 당시 백성들이 이들을 칭송하여 "전에는 소부(召父)가 있었고, 뒤에는 두모(杜母)가 있었다"라고 했다.(『후한서後漢書』권31「두시열전杜詩列傳」)

23) 공황(龔黃): 공수(龔遂)와 황패(黃霸). 모두 한나라 사람으로 공수는 발해군(渤海郡) 난민 (亂民)을 다스려 양민(良民)으로 만들었으며, 황패는 하남 태수(河南太守)의 승(丞)으로 있으면서 백성과 아전을 잘 다스렸다. 그리하여 백성을 잘 다스린 관리로는 반드시 공수와 황패를 첫째로 일컫게 되었다.

24) 맛져: '맛겨'의 오기.

25) 계림(桂林): 광서(廣西) 지방에 있던 고을 이름. 현재 광시좡족자치구(廣西壯族自治區)의 구이린이다.

오딕

"계림(桂林)은 남방(南方) 큰 고을이[26] 금은(金銀)과 보픽(寶貝) 느
는 고을이오, 남북(南北) 샹괴(商賈ㅣ) 모히는 곳이라"

ᄒ야 드딕여 동쳥(董靑)을 계림(桂林) 틱수(太守)를 ᄒ니이[27] 동쳥(董
靑)이 교녀(喬女)로 더브러 크게 깃거 틱일(擇日)ᄒ야 계림(桂林)의
부임(赴任)ᄒ니라.

<hr />

26) 고을이: 문맥상 '고을로' 혹은 '고을이오' 정도의 내용을 잘못 쓴 것으로 보인다.
27) ᄒ니이: 'ᄒ이니'의 오기.

태수는 미녀와 함께 가고
돌아가는 나그네는 옛 임을 만나다

　이쩍 텬자(天子]) 틱즈(太子)를 칙봉(冊封)ᄒ시고 대샤텬하(大赦
天下)ᄒ시니 뉴한림(劉翰林)이 또흔 샤즁(赦中)의 드러시되 감히 경
ᄉ(京師)는 가지 못ᄒ고 션셰(先世]) 농쟝(農莊)이 무창(武昌)¹⁾ ᄯ히
잇는 고로 무창(武昌)으로 향ᄒ올ᄉ 여러 날 ᄒᆡᆼᄒ야 계림(桂林)·쟝ᄉ(長
沙) 지경(地境)²⁾의 니르니 츠시(此時) 봄이 다ᄒ고 여름이라. 일긔(日
氣) 심히 더우믹 곤(困)ᄒ야 길가 쥭림(竹林) ᄉ이에 쉬며 말을 먹이
더니 믄득 싱각ᄒ되

　'내 신령(神靈)이 도으시믈 힘닙어 삼 년(三年)을 ᄉ오나온 ᄯ히 뉴
(留)ᄒ야 몸의 질병(疾病)이 업고 이졔 텬은(天恩)을 닙어 젼니(田里)
로 도라갈ᄉ 쳐ᄌ(妻子)를 다려와 무창(武昌)에 모히여 힘뻐 밧 갈고
묽은 강의 고기 낙가 셩디(聖代)에 평안(平安)흔 빅셩이 될지니 엇지

---

1) 무창(武昌): 호광 지방에 있던 고을. 현재 후베이 성 우한(武漢).
2) 계림(桂林)·장사(長沙) 지경(地境): 계림부와 장사부 근처.

즐겁지 아니ᄒᆞ리오?'

ᄒᆞ야 ᄆᆞ음을 위로(慰勞)ᄒᆞ더니 문득 북으로셔 오ᄂᆞᆫ 인미(人馬ㅣ) 붉은 막ᄃᆡ를 들고 프른 긔(旗) 젼도(前途)ᄒᆞ야 큰 소ᄅᆡ로 길을 치오거ᄂᆞᆯ 한림(翰林)이 숨어 보니 곳 동쳥(董靑)이라. 놀나 갈오ᄃᆡ

"이놈이 엇지 벼슬길을 어덧ᄂᆞᆫ고?"

ᄒᆞ며 그 ᄒᆡᆼᄎᆞ(行次)를 보니 ᄌᆞ시(刺史ㅣ) 아니면 ᄃᆞ시 ᄐᆡ쉬(太守ㅣ)라. 혜오ᄃᆡ '일졍(一定) 엄숭(嚴嵩)의 이목(耳目)이 되어 이 벼슬을 ᄒᆞ도다' ᄒᆞ고 분(憤)ᄒᆞ믈 니긔지 못ᄒᆞ더니 ᄯᅩ 쳥초도[3] 셩(盛)이 ᄂᆞ며 비단옷 닙은 시녀(侍女) 십여(十餘) 인(人)이 칠보(七寶) 슐위를 옹위(擁衛)ᄒᆞ야 오니 주취(珠翠) 됴요(照耀)ᄒᆞ고 향ᄂᆡ 코의 ᄡᅩ이니 위의(威儀) 부셩(富盛)ᄒᆞ미 극(極)ᄒᆞ더라.

한림(翰林)이 깁흔 ᄃᆡ 안ᄌᆞ 그 지남을 기다려 대로(大路)〃 말ᄆᆡ암아 ᄒᆞᆫ 졈(店)의 드러가 졈심 ᄒᆞ더니 건넌편의 ᄒᆞᆫ 겨집이 몬져 드럿ᄂᆞᆫ지라. ᄌᆞ로 츌입(出入)ᄒᆞ야 한님(翰林)을 닉이 보다가 ᄂᆞ와 굴오ᄃᆡ

"샹공(相公)이 엇지 이곳의 와 겨시니잇가?"

한님(翰林)이 자셰히 보니 곳 셜ᄆᆡ(雪梅)라. ᄃᆡ경(大驚)ᄒᆞ야 문 왈(問曰)

"나ᄂᆞᆫ 샤(赦)를 만나 이의 왓거니와 너ᄂᆞᆫ 엇지 이곳의 왓ᄂᆞ뇨? 가즁(家中) ᄃᆡ쇠(大小ㅣ) 다 무양(無恙)ᄒᆞ냐?"

셜ᄆᆡ(雪梅) 눈물을 흘녀 ᄃᆡ 왈(對曰)

"집안일이야 엇지 참아 〃 뢰리잇가? 샹공(相公)은 몬져 가ᄂᆞᆫ 사ᄅᆞᆷ을 눌노 알으시나니잇고?"

한림(翰林)이 ᄃᆡ왈(對曰)

---

3) 쳥초도: '쳥도도'의 오기. 쳥도(淸道)는 고관이 거동할 때, 잡인의 출입을 막고 길을 치우는 일을 말한다.

"동쳥(董靑)이 무슴 벼슬ᄒᆞ야 가ᄂᆞᆫ가십부거니와 아직 이 말은 날회고 부인(夫人)과 두 아ᄒᆡ(兒孩) 병(病)ᄒᆞ나 업ᄂᆞ냐?"

셜ᄆᆡ(雪梅) ᄀᆞ로오ᄃᆡ

"뒤ᄒᆡ ᄂᆡᄒᆡᆼ(內行)은 샹공(相公)이 눌노 알으시ᄂᆞ니잇가?"

한림(翰林)이 ᄀᆞ로오ᄃᆡ

"반ᄃᆞ시 동쳥(董靑)의 안히니라. ᄂᆡ 엇지 ᄌᆞ셔히 알이요?"

셜ᄆᆡ(雪梅) ᄀᆞ로오ᄃᆡ

"동쳥(董靑)의 안히ᄂᆞᆫ 곳 교부인(喬夫人)이니 쇼비(小婢)도 그 ᄒᆡᆼ츳(行次)를 조츠왓습더니 ᄆᆞᄎᆞᆷ 긱졈(客店)의 졈심(點心) ᄒᆞ오려 드럿습다가 오날날 샹공(相公)을 이 ᄯᆞ히셔 뵈올 쥴 엇지 ᄯᅳᆺᄒᆞ야시리잇가?"

한림(翰林)이 크게 놀나고 분울(憤鬱)ᄒᆞ야 어린 ᄃᆞᆺ 미친 ᄃᆞᆺᄒᆞ다가 오린 후 졍신(精神)을 찰혀 왈(曰)

"셰샹의 엇지 이런 일이 〃시리오? ᄌᆞ셰히 알외라."

셜ᄆᆡ(雪梅) 왈(曰)

"우흐로 한ᄂᆞᆯ⁴⁾을 속이고 아릭로 쥬인을 져바리오니 쇼비(小婢)의 죄샹(罪狀)이 뢰 갓흔지라. 샹공(相公)이 만일 젼일(前日) 쇼비(小婢)의 죄를 샤(赦)ᄒᆞ려 ᄒᆞ시면 바로 알외리이다."

한림(翰林) 왈(曰)

"왕사(往事)ᄂᆞᆫ 허물치 아닐 거시니 일호(一毫)도 슘기지 말고 ᄌᆞ셔히 알외라."

셜ᄆᆡ(雪梅) 울며 술오ᄃᆡ

"샤부인(謝夫人)이 쇼비(小婢) 사랑ᄒᆞ시믈 ᄌᆞ식(子息)갓치 ᄒᆞ시거늘 소비(小婢)와 납ᄆᆡ(臘梅) 교시(喬氏)의 달ᄂᆡ믈 입어 여ᄎᆞ〃〃(如此如此)ᄒᆞ야 옥환(玉環)을 도젹ᄒᆞ고 ᄯᅩ흔 여ᄎᆞ여ᄎᆞ(如此如此)ᄒᆞ야 쟝쥬

---

4) 한ᄂᆞᆯ: '하ᄂᆞᆯ'의 오기.

(掌珠)를 죽이고 쪼 여추 〃 〃(如此如此)ᄒ야 샤부인(謝夫人)을 닉치
게 ᄒ니 쇼비(小婢)의 죄(罪)ᄂᆞᆫ 일만 번(一萬番) 죽어도 남은 죄(罪)
잇ᄂᆞᆫ지라. 교시(喬氏) 동청(董靑)으로 더브러 ᄉᆞ통(私通)ᄒ야 온갖 일
의논(議論)ᄒ고 당초(當初)의 장쥬(掌珠)를 져주(咀呪)ᄒᆞᆫ 일은 교시
(喬氏)니 십낭(十娘)으로 더브러 ᄒᆞᆫ 바오, 져쥬(咀呪)ᄒᆞᆯ 졔 글시 위조
(僞造)ᄒ기ᄂᆞᆫ 동청(董靑)의 ᄒᆞᆫ 바오, 샹공(相公)의 죄 닙으심도 동청
(董靑)의 ᄒᆞᆫ 바오, 샹공(相公)이 죄적(罪謫)ᄒᆞ신 후(後)의 인ᄋᆞ(麟兒)
를 하슈(河水)의 ᄲᅢ지오고 뉴가(劉家) 지믈(財物)을 다 가지고 동청
(董靑)의게 도라가니 쇼비(小婢) 〃록 쳔(賤)ᄒᆞ오나 이런 일을 보지
못ᄒᆞ엿ᄂᆞ이다. 교시(喬氏) 투긔(妬忌) 춤혹(慘酷)ᄒ야 시비(侍婢) 듕
(中) 동청(董靑)의 앏히 갓가이 출입(出入)ᄒ면 엄형(嚴刑)으로 다ᄉᆞ
리니 쇼비(小婢)도 아직 셩명(性命)을 보젼(保全)ᄒ엿ᄉᆞ오나 그 죽을
곳을 아지 못ᄒᆞᄂᆞ이다."

ᄒ며 그 팔을 너여 두 곳 지진 곳을 가ᄅᆞ쳐 왈(曰)

"ᄌᆞ모(慈母)의 품을 쩌나 호랑의 입에 드니 눌을 원(怨)ᄒ리잇가?"

한림(翰林)이 닌ᄋᆞ(麟兒) 죽단 말 듯고 긔식(氣塞)ᄒ야다가 다시
씨여 니로ᄃᆡ

"내 혼암(昏暗)ᄒ야 음부(淫婦)의게 미혹(迷惑)ᄒ야 죄(罪) 업슨 쳐
ᄌᆞ(妻子)를 보젼(保全)치 못ᄒ야 ᄒ니 어늬 면목(面目)으로 텬디간
(天地間)의 용납(容納)ᄒ리오?"

셜미(雪梅) 갈오ᄃᆡ

"교시(喬氏) 공ᄌᆞ(公子)를 다리고 호타하(滹沱河)의 니ᄅᆞ러 소비(小
婢)로 ᄒ야곰 믈의 너흐라 ᄒ거ᄂᆞᆯ 쇼비(小婢) 거즛 여흔 쳬ᄒ고 갈수
풀5)의 두고 앗ᄉᆞ오니6) 혹 조종(祖宗)이 도으시면 반ᄃᆞ시 그 근쳐 사

---

5) 갈수풀: 갈대 수풀.

롬이 거두어 기르리이다."

한림(翰林)이 갈오딕

"진실노 네 말 갓흘진딕 혹 요힝(僥倖)으로 스라실 듯ᄒ니 도로혀 네7) 은인(恩人)이라. 엇지 이왕(已往) 허믈을 의논(議論)ᄒ리오?"

셜ᄆᆡ(雪梅) 한숨지고 갈오딕

"둉인(從人)이 문 밧긔 갓가이 〃시니 만일 지체(遲滯)ᄒ면 반ᄃᆞ시 의심(疑心)ᄒ올지라. 오릭 머므지 못ᄒᆞ옵ᄂᆞ니 샹공(相公)은 쳔만보듕(千萬保重)ᄒ소셔"

ᄒ고 하직(下直)고 가더니 도로 드러와 고(告)ᄒ딕

"총〃(怱怱)ᄒ야 ᄒ 말ᄉᆞᆷ을 알외지 못ᄒ엿ᄂᆞ이다. 어졔 익쥬8)의셔 ᄒ 사ᄅᆞᆷ의 말을 듯ᄌᆞ오니 뉴한림(劉翰林) 부인(夫人)이 장ᄉ(長沙) 두 츄관(杜推官)의게 가시다가 추관(推官)이 가ᄅᆞ시믈9) 듯고 물의 ᄲᅡ져 죽으시다 ᄒ며 삿랏다도 ᄒ오니 도쳥도셜(道聽塗說)ᄒ야 비록 젹실(的實)치 못ᄒ오나 쇼문(所聞)이 잇ᄉᆞ오ᄆᆡ 고(告)ᄒᄂᆞ이다"

ᄒ고 하직(下直)고 가니라.

교녜(喬女 ㅣ) 셜ᄆᆡ(雪梅) 오릭 오지 아니믈 보고 극(極)히 의심(疑心)ᄒ더니 날이 져믈게야 왓거ᄂᆞᆯ 그 연고(緣故)를 무ᄅᆞᆫ딕 〃답(對答)ᄒ딕

"실족(失足)ᄒ 곳이 심(甚)히 알파 밋지 못ᄒ엿ᄂᆞ이다."

교녜(喬女 ㅣ) 본딕 영오(穎悟)ᄒ 겨집이라. 종인(從人)을 블너 무ᄅᆞᆫ딕 〃답(對答)ᄒ딕

---

6) 왓ᄉᆞ오니: '왓ᄉᆞ오니'의 오기.
7) 네: 네가.
8) 익쥬: '악쥬(岳州)'의 오기. 악주는 동정호의 동쪽에 있던 고을. 현재 후난 성 웨양(岳陽)이다.
9) 가ᄅᆞ시믈: 교체됨을.

"셜민(雪梅) 긱졈(客店)의셔 흔 관인(官人)을 만나 냥구(良久)히 말 ᄒ다가 오〃니 그러ᄒ와 더딕니이다."

교녜(喬女ㅣ) 쏘 무러 갈오딕

"관인(官人)은 엇더흔 사름이라 ᄒ더뇨?"

딕왈(對曰)

"그 죵ᄌ(從者)ᄃ려 뭇ᄌ오니 귀향 갓던 뉴한림(劉翰林)이 샤(赦)를 만나 플려 오다 ᄒ더이다."

교녜(喬女ㅣ) 크게 놀나 그 형용(形容)과 거동(擧動)을 ᄌ셰히 무ᄅ니 과연 뉴한림(劉翰林)이라. 급히 동쳥(董靑)을 쳥(請)ᄒ야 의논(議論)ᄒ더니 동쳥(董靑)이 쏘흔 딕경(大驚)ᄒ야 왈(曰)

"이놈이 일졍(一定) 남방(南方) 귀신(鬼神)이 되리라 ᄒ엿더니 지금 샤(赦)를 만나 도라오ᄂ도다. 연쉬(延壽ㅣ) 쯧을 어든족 반ᄃ시 날을 노치 아닐지니 엇지ᄒ리오?"

급히 가졍(家丁) 십여 인(十餘人)으로 ᄒ야곰

"딕로(大路)〃 가 연수(延壽)를 만나거든 머리를 버혀오라."

가졍(家丁) 등(等)이 녕(令)을 듯고 가니라.

셜민(雪梅) 당초(當初)의 달닉믈 듯고 교녀(喬女)를 도아 ᄉ오ᄂ온 일을 ᄒ야 복심(腹心)이 되엿더니 동쳥(董靑)은 호식지뉴(好色之類)ㅣ라. 시비(侍婢) 등(中) ᄌ식(姿色) 잇ᄂ ᄌ(者)를 갓가이 ᄒ민 교녜(喬女ㅣ) 투긔(妬忌)를 니긔지 못ᄒ야 손조 시비(侍婢) 수인(數人)을 죽이고 셜민(雪梅)와 납민(臘梅)ᄂ 죽이고져 ᄒ딕 큰 공(功)이 잇ᄂ지라. ᄎ마 죽이지 못ᄒ엿더니 셜민(雪梅)ᄂ 젼일(前日)의 졔 ᄒ던 일을 뉘웃쳐 원망(怨望)의 ᄆᄋᆞᆷ을 품어시되 고(告)흘 곳이 업더니 ᄆᄎᆞᆷ 고쥬(古主)를 만나 젼후(前後) 곡졀(曲折)을 다 고(告)ᄒ고 온 후의 교녀(喬女)와 동쳥(董靑)의게 죽기를 면(免)치 못흘 쥴 알고 후원(後園) 남긔[10] 목민여 죽으니라.

이쩌 한림(翰林)이 스스로 싱각ᄒᆞᄃᆡ

'내 극히 아득ᄒᆞ야 간ᄉᆞ(奸邪)ᄒᆞᆫ 말을 신쳥(信聽)ᄒᆞ고 어진 사람을 먼니ᄒᆞ야 집이 픿(敗)ᄒᆞ고 몸이 위틱(危殆)ᄒᆞ야 우흐로 졔샤(祭祀)를 밧드지 못ᄒᆞ고 아릭로 쳐ᄌᆞ(妻子)를 보젼(保全)치 못ᄒᆞ야 이러틋시 표박(漂泊)ᄒᆞ야 도라갈 곳이 업ᄉᆞ니 실노 만고(萬古)의 어린 사람이로다. 텬디간(天地間)의 극(極)ᄒᆞᆫ 죄인(罪人)인니[11] 어늬 면목(面目)으로 다시 부인(夫人)을 ᄃᆡ(對)ᄒᆞ리오?'

ᄒᆞ고 드듸여 악주(岳州)의 니ᄅᆞ러 물가의 단니며 사람을 만난즉 샤부인(謝夫人)의 소식(消息)을 뭇더니 혹 아는 지(者ㅣ) 이셔도 ᄌᆞ셰히 니ᄅᆞ지 아니ᄒᆞ거늘 더욱 슬픈 ᄆᆞ음을 졍(定)치 못ᄒᆞ야 싱ᄉᆞ 간(生死間) 그 졍녕(丁寧)ᄒᆞᆷ을 알고져 ᄒᆞ야 강촌(江村) 어샤(漁舍)의 뭇지 아닐 ᄃᆡ 업시 주류(周流)ᄒᆞ더니 최후(最後)의 ᄒᆞᆫ 사람이 니ᄅᆞᄃᆡ

"경ᄉᆞ(京師) 직샹 ᄃᆡᆨ(宰相宅) 가권(家眷)이 관셔(關西) 흥졍ᄒᆞᄂᆞᆫ[12] 비를 타고와 회ᄉᆞ졍(懷沙亭) 어촌(漁村)의 주인(住人)ᄒᆞ엿다[13] 가다 ᄒᆞ니 그곳의 가 ᄆᆞ르시면 가히 알니이다"

ᄒᆞ거늘 한림(翰林)이 크게 깃거 즉시 그곳의 가 무른즉 마을 사람이 다 니ᄅᆞᄃᆡ

"과연 년쇼(年少) 부인(夫人)이 흰옷 닙고 늙은 종과 ᄎᆞ한(叉鬟)을 다리고 이곳의 니ᄅᆞ러 비에 ᄂᆞ린 후의 회ᄉᆞ졍(懷沙亭)의 올나 인(因)ᄒᆞ야 ᄂᆞ간 후에 간 곳을 아지 못ᄒᆞᄂᆞ이다"

ᄒᆞ고 ᄯᅩ 혹 니ᄅᆞᄃᆡ

"믈의 ᄲᅡ져 죽다 ᄒᆞ던이다."

---

10) 남긔: 나무에.
11) 죄인인니: '죄인이니'의 오기.
12) 흥졍ᄒᆞᄂᆞᆫ: 장사하는.
13) 주인(住人)ᄒᆞ엿다: 유숙(留宿)하였다.

한림(翰林)이 더욱 망극(罔極)ᄒᆞ니 부인(夫人) 왕ᄂᆡ(往來)ᄒᆞ던 길이나 보고져 ᄒᆞ야 회ᄉᆞ졍(懷沙亭)의 올나가니 오산초슈(吳山楚水)ᄂᆞᆫ 가이업고 인연(因緣)이 묘연(杳然)ᄒᆞᄃᆡ 다만 두견셩(杜鵑聲)ᄲᅮᆫ이려라. 그 ᄉᆞ이로 왕ᄂᆡ(往來)ᄒᆞ며 슬피 우더니 벽샹(壁上)의 옛사름의 졔영(題詠)ᄒᆞᆫ 글을 보다가 문득 기동14)의 쓴 글을 보니

'모년 모월 모일(某年某月某日)의 샤시(謝氏) 졍옥(貞玉)은 이 믈의 ᄲᅡ져 죽노라'

ᄒᆞ엿거늘 한림(翰林)이 크게 통곡(痛哭)ᄒᆞ고 인ᄒᆞ야 긔졀(氣絶)ᄒᆞ니 죵ᄌᆞ(從者ㅣ) 구원(救援)ᄒᆞ야 겨유 회소(回蘇)ᄒᆞᄆᆞᆯ 어더 가슴을 두드리고 우러 왈(曰)

"부인(夫人)으로 하야곰 이의 니ᄅᆞ게 홈은 다 연수(延壽)의 죄(罪)니 아모리 뉘웃촌들 엇지 밋ᄎᆞ리오? ᄉᆞ라셔 어늬 면목(面目)으로 사름을 ᄃᆡᄒᆞ며 죽어 디하(地下)의 간들 어늬 면목(面目)으로 ᄎᆞ마 부인(夫人)을 보리오?"

죵ᄌᆞ(從者ㅣ) 오열(嗚咽)ᄒᆞ고 텬디(天地) 참담(慘憺)하더라.

날이 〃믜 져므러 나죠 안기 크게 일고 샹영(湘靈)의 고슬(鼓瑟)15)이 긋치고 낙포(洛浦)의 구름이 묘연(杳然)ᄒᆞᆫ지라. 드듸여 어ᄉᆞ(漁舍)의 도라와 죵ᄌᆞ(從者)를 분부(分付)ᄒᆞ야

"주과(酒果)를 장만ᄒᆞ라. 닉일 졔(祭)ᄒᆞ야 나의 망극(罔極)ᄒᆞᆫ 회포(懷抱)를 펴리라"

ᄒᆞ고 등하(燈下)의셔 졔문(祭文)을 지으려 ᄒᆞᄃᆡ 심ᄉᆞ(心思ㅣ) 울〃(鬱鬱)ᄒᆞ야 짓지 못ᄒᆞ더니 죵ᄌᆞ(從者ㅣ) 임의 ᄌᆞ미 코소리 우레 ᄀᆞᆺᄒᆞ

---

14) 기동: 기둥.
15) 샹령(湘靈)의 고슬(鼓瑟): 샹령은 샹군(湘君), 곧 순임금의 두 비인 아황과 여영을 말하고, 고슬(鼓瑟)은 비파 연주하는 소리를 말한다. 샹군이 동정호 가에서 죽었기에 동정호에서 들리는 소리를 이렇게 표현했다.

니 전〃(輾轉)호 중 그 소리 더욱 심난(心亂)호야 제문(祭文) 호 줄을
닐우지 못호고 무음을 졍(定)치 못홀 즈음의 문득 드르니 밧긔 고함
소리 진동(振動)호거늘 크게 놀나 챵(窓)을 열고 보니 댱수(壯士) 십
여 인(十餘人)이 각〃 도창(刀創)을 가지고 크게 소리호야 갈오디

"뉴연슈(劉延壽)는 닷지 말나, 닷지 말나[16]"

호거늘 한림이 뒤챵을 박츠고 쒸여 닉다르니 종ᄌᆞ(從者)는 미쳐 아지
못호는지라. 바로 죽님(竹林)을 조ᄎ 나가 동셔(東西)를 분변(分辨)치
못호니 그 형샹(形狀)이 집 일흔 기와 그믈 버슨 고기 갓더라. 창황
(悵惶)호 가온딕 셜니 가지 못호기로 뚤는[17] ᄌᆞ(者ㅣ) 임의 뒤히 잇는
지라. 더욱 황구(惶懼)호야 힘을 다호야 닷더니 죽님(竹林)이 진(盡)
호고 큰 강(江)이 이시니 갈 길이 업고 추ᄌᆞ(追者)는 발셔 갓가이 왓
는지라. 한림(翰林)이 홀일업셔 하늘을 우러러 탄 왈(歎曰)

"연쉬(延壽ㅣ) 이곳의셔 죽을지언졍 남의 손의는 죽지 아니호리라"

호고 언덕을 조ᄎ 나려와 이의 ᄲᆞ지려 호더니 믄득 드르니 바람 ᄶᅩᆺ히
사름의 소리 잇거늘 한림(翰林)이 혜오딕 '반ᄃᆞ시 어션(漁船)이로다'
호고 급히 웨여[18] 왈(曰)

"어부(漁夫)는 셜니 사름을 구(救)ᄒᆞ라"

ᄒᆞ더라.

션시(先時)의 묘희(妙喜) 샤시(謝氏)ᄃᆞ려 니르디

"부인(夫人)이 쳐음 오실 졔 날ᄃᆞ려 니르사디 '내 구고(舅姑) 묘하
(墓下)의 이실 졔 몽중(夢中) 구괴(舅姑ㅣ) 날ᄃᆞ려 니르시디 이후 뉵
년(六年) ᄉᆞ월(四月) 망일(望日)의 비를 빅빈쥬(白蘋洲)의 믹야 급
(急)호 사름을 구하라 ᄒᆞ시더라' ᄒᆞ고 니르시더니 오늘이 ᄉᆞ월(四月)

망일(望日)이라. 비를 가지고 빅빈듀(白蘋洲)의 가 시험(試驗)ᄒᆞ야보
스이다."

샤시(謝氏) 씌다라 갈오ᄃᆡ

"ᄉᆞ부(師傅)의 말ᄉᆞᆷ이 올타"

ᄒᆞ고 드듸여 묘희(妙喜)로 더브러 ᄒᆞᆫ가지로 빅빈쥬(白蘋洲)의 가니
잇ᄻ 달빗치 낫 갓흔지라. 한림(翰林)이 바라보니 두 녀ᄌᆡ(女子ㅣ) 션
두(船頭)의 안ᄌᆞ 믈을 희롱(戲弄)ᄒᆞ며 노ᄅᆡᄒᆞ야 갈오ᄃᆡ

창파월ᄉᆡᆨ빅(靑波月色白)ᄒᆞ니 남호ᄎᆡ빅빈(南湖採白蘋)이라.
하화교욕어(荷花嬌欲語)ᄒᆞ니 수쇄탕쥬인(愁殺蕩舟人)이라.[19]

프른 믈결의 달빗치 희여시니 남호(南湖)의 흰 마름을 키ᄂᆞᆫ도다.
년곳치 아리ᄯᅡ와 말ᄒᆞ고져 ᄒᆞ니 ᄇᆡ 흔드ᄂᆞᆫ 사ᄅᆞᆷ을 시름케 ᄒᆞᄂᆞᆫ도
다.

쏘 ᄒᆞᆫ 녀ᄌᆡ(女子ㅣ) 화답(和答)ᄒᆞ야 갈오ᄃᆡ

호변ᄎᆡ빅빈(湖邊採白蘋)ᄒᆞ니 강남츈일지(江南春日遲)라.
동졍유귀긱(洞庭有歸客)ᄒᆞ니 소상봉고인(瀟湘逢故人)이라.[20]

호수가의 흰 마름을 키니 강남(江南)에 봄날이 더듸도다.
동졍(洞庭)에 도라가ᄂᆞᆫ 손이 〃시니 소상(瀟湘)에셔 고인(故人)을

---

19) 이 시는 이백(李白)의 「녹수곡綠水曲」인데, 원시와 몇 글자 출입이 있다. 원시는 다음과 같
다. "綠水明秋月, 南湖採白蘋. 荷花嬌欲語, 愁殺蕩舟人."
20) 이 시는 양(梁)나라 유운(柳惲)의 「강남곡江南曲」인데, 원시와 몇 글자 출입이 있다. 원시
는 다음과 같다. "汀洲採白蘋, 日落江南春. 洞庭有歸客, 瀟湘逢故人."

만나도다.

셔로 브르며 딕답(對答)ㅎ야 의긔(意氣) ᄌ약(自若)ㅎ거늘 한림(翰林)이 급히 불너 왈(曰)

"원컨딕 녀ᄌ(女子)ᄂ 사름을 구ᄒ라."

묘희(妙喜) 빅를 강가의 다힌딕 한림(翰林)이 빅의 올나 왈(曰)

"뒤히 ᄯᆞ르는 도젹이 〃시니 빅를 급히 져으라"

흔딕 젹당(賊黨)이 크게 불너 왈(曰)

"너희 빅를 도로혀지 아니ᄒ면 다 죽으리라."

녀직(女子ㅣ) 딕답(對答)지 아니ᄒ고 빅 가기 살 ᄀᆞᆺ흔지라. 젹당(敵黨)이 크게 노(怒)ㅎ야 갈오딕

"빅의 올닌 사름은 살인(殺人)흔 도젹이라. 계림(桂林) 동틱쉬(董太守ㅣ) 우리로 ᄒ야곰 져 사름을 줍으라 ᄒ야시니 너희 잡아주면 큰 샹(賞)이 〃시려니와 그러치 아니ᄒ면 너희도 죽으리라."

한림(翰林)이 동청(董靑)의 보닌 줄 알고 더욱 황구(惶懼)ㅎ야 갈오딕

"나ᄂ 젼 한림학ᄉ(前翰林學士) 뉴연쉬(劉延壽ㅣ)라. 살인(殺人)흔 일이 업스니 져놈들이야 도젹이라"

ᄒ딕 녀직(女子ㅣ) 빅 젼(前)을 두드리며 노릭ᄒ야 갈오딕

챵낭(滄浪)의 물이 묽거든 가히 나의 관낀[21]을 빨고

챵낭(滄浪) 물이 흐리거든 가히 나의 발을 삐스리라[22]

---

21) 관낀: 관(冠) 끈.
22) 이 시는 흔히 「챵랑가滄浪歌」라 불리는 것으로, 『맹자孟子』 「이루離婁」와 「어부사漁父詞」에 나온다.

ᄒ고 드듸여 비ᄅᆞᆯ 져어가니 젹당이 홀일업셔 도라가니라.

이ᄶᅥ 상강(湘江)²³⁾의 연긔(煙氣)²⁴⁾ 살아지고 달이 동산(東山)의 ᄂᆞ니 비 임의 군산(君山) 아ᄅᆡ 다″랏ᄂᆞᆫ지라. 한림(翰林)이 젹당의 먼니 가믈 혜아리고 줌간 졍신(精神)을 ᄎᆞ려 니고(尼姑)의게 샤례(謝禮) 왈(曰)

"ᄉᆞ부(師傅)ᄂᆞᆫ 엇더ᄒᆞ신 사ᄅᆞᆷ이완ᄃᆡ 뉴연슈(劉延壽)의 명(命)을 구(救)ᄒᆞ시니잇가?"

니괴(尼姑ㅣ) 갈오ᄃᆡ

"상공(相公)은 ᄂᆡ게 샤례(謝禮) 마르시고 션챵(船艙)의 드러가 고인(故人)을 보소셔."

한림(翰林)이 그 연고(緣故)ᄅᆞᆯ 므ᄅᆞ더니 션챵(船艙) 간온듸셔²⁵⁾ 은″(隱隱)ᄒᆞᆫ 여ᄌᆞ(女子)의 곡읍(哭泣)ᄒᆞᄂᆞᆫ 소ᄅᆡ 잇거ᄂᆞᆯ

---

23) 상강(湘江): 소상강.
24) 연기(煙氣): 안개.
25) 간온듸셔: '가온듸셔'의 오기.

소인은 악행으로 죽임을 당하고
불운 끝에 평안함이 돌아오다

　드듸여 드러가 보니 흔 부인(婦人)이 흰옷 닙고 느와 마주 짜히 업
듸여 울거눌 한림(翰林)이 주셰히 보니 이는 곳 샤부인(謝夫人)이라.
한림(翰林)이 크게 놀나 갈오듸

　"부인(夫人)이 귀신(鬼神)인가, 사름인가? 또흔 꿈인가, 상신(常時
ㄴ)가? 내 죽은가 헤아리고 스라시믈 싱각지 못흐엿더니 부인(夫人)
을 엇지 오날々 이곳의셔 만날 쥴 쓴흐엿시리잇고?"

　부인(夫人)이 옷기술 넘의고 딕(對)흐야 갈오듸

　"작죄(作罪)흔 사름이 스스로 죽지 못흐야 이 짜히 표박(漂泊)흐야
간난(艱難)이 지닉옵더니 오날々 샹공(相公)을 뵈오믈 쓴흐지 아니
흐엿느이다. 샹공(相公)은 어늬 곳으로 조츠 이곳의 니른러 겨시니잇
가?"

　한림(翰林)이 갈오듸

　"이제 눗츨 드러 부인(夫人)을 보오니 참괴(慙愧)홈을 늣기지 못흐
거니와 녜 셩인(聖人)도 기과(改過)호믈 허(許)흐야 계시니 부인(夫

人)은 편히 안ᄌ 내 말을 드ᄅ소셔."

인(因)ᄒ야 부인(夫人) 출가(出家)ᄒᆫ 후 일을 ᄌ셰히 니ᄅ고 ᄯ 쟝ᄉ(長沙) 노샹(路上)의셔 셜미(雪梅)ᄅᆯ 만나 문답(問答)ᄒ던 일을 니ᄅᆯᄉᆡ 교시(喬氏) 니십낭(李十娘)으로 더브러 져주(咀呪)ᄒ던 일과 동쳥(董靑)이 교시(喬氏)로 더브러 위조(僞造)ᄒ던 일을 니ᄅᆫᄃᆡ 샤시(謝氏) 갈오ᄃᆡ

"비록 이런 일이 〃셔도 쳡(妾)은 망연(茫然)이 아지 못ᄒ도소이다."

ᄯ 셜미(雪梅)ᄅᆯ 달ᄂ여 옥환(玉環)을 도젹ᄒ야 닝진(冷振)을 주어 동챵(東昌)의 가 속은 닐을 니ᄅᆫᄃᆡ 샤시(謝氏) 샤례(謝禮)ᄒ야 갈오ᄃᆡ

"샹공(相公)이 니ᄅ지 아니ᄒ시던들 쳡(妾)이 구쳔(九泉)의 원(寃)을 먹으믄 귀신(鬼神)이 되리로소이다."

ᄯ 한림(翰林)이 니ᄅᆫᄃᆡ 쟝쥬(掌珠) 죽인 후의 셜미(雪梅)로 ᄒ야곰 춘방(春芳)의게 미로던[1] 일과 동쳥(董靑)이 엄슉[2]의게 참소(讒訴)ᄒ야 죽을 ᄯᆞ히 ᄲ지온 일을 일은ᄃᆡ 샤시(謝氏) 갈오ᄃᆡ

"샹공(相公)이 이런 ᄃᆡ화(大禍)ᄅᆯ 닙어 위ᄐᆡ(危殆)ᄒᆫ ᄯᆞ히 ᄲ진 줄을 쳡(妾)이 표박(漂泊)ᄒᆫ 가온ᄃᆡ 이셔 망연(茫然)이 아지 못ᄒ엿도소이다."

한림(翰林)이 ᄯ 교시(喬氏) 가ᄂᆡ(家內) 금은보ᄑᆡ(金銀寶貝)ᄅᆯ 가지고 동쳥(董靑)의게로 간 일을 니ᄅᆫᄃᆡ 샤시(謝氏) ᄃᆡ답(對答)지 아니ᄒ더니 호타하(滹沱河)에 니ᄅ러 닌ᄋ(麟兒) 죽이려 ᄒ던 일을 니ᄅ고 한림(翰林)이 실셩통곡(失聲痛哭)ᄒᆫᄃᆡ 샤시(謝氏) 가슴을 두ᄃᆞ리

---

1) 미로던: 미루던.
2) 엄슉: '엄슝'의 오기.

고 크게 울거늘 한림(翰林)이 셜미(雪梅) 참아 물에 넛지 못ᄒ야 노림(蘆林)의 둔 일을 일으고 ᄯᅩ 갈오ᄃᆡ

"만일 셜미(雪梅) 말 갓흐면 하늘이 반ᄃᆞ시 도으미 이셔 사라실가 하ᄂᆞ이다."

샤시(謝氏) 울기을 긋치고 갈오ᄃᆡ

"ᄉᆞ싱(死生)이 유명(有命)ᄒ거니와 ᄯᅩᄒᆞᆫ 엇지 셜미(雪梅)의 말을 밋으리오? 셜샤(設使) 그ᄶᅥ 물의 ᄃᆞ지 아니ᄒ야신들 어린거시 엇지 말미암아 지금 셩명(性命)을 보젼(保全)ᄒ리잇가?"

셔로 울기를 긋치지 아니ᄒ더라.

한림(翰林)이 ᄯᅩ

"회ᄉᆞ졍(懷沙亭) 기동의 ᄡᅳᆫ 글을 보고 반ᄃᆞ시 물의 ᄲᅡ져 죽도다 ᄒᆞ야 밤의 졔문(祭文) 지어 졔(祭)ᄒ려 ᄒᆞ다가 동쳥(董靑)의 보닌 도적을 만나 노복(奴僕)을 다 일코 다시 ᄉᆞ라날 길이 업더니 쳔만(千萬)ᄯᅳᆺ 밧긔 부인(夫人)의 구ᄒ시믈 닙으니 아지 못게라. 부인이 엇지 이곳의 와 계시며, 회ᄉᆞ졍(懷沙亭)의 ᄡᅳᆫ 글은 엇진 연괴(緣故 ㅣ)며 ᄯᅩ 엇지 나의 급(急)ᄒ믈 알아 빅를 다혀 기다리시더니잇가?"

샤시(謝氏) 갈오ᄃᆡ

"묘하(墓下)의셔 거의 도적을 만날너니 몽듕(夢中)의 구괴(舅姑 ㅣ) 니ᄅᆞ시ᄃᆡ '남(南)으로 빅빈주(白蘋洲)의 가 급(急)ᄒᆞᆫ 사름을 구(救)ᄒ라' ᄒ시미 이럿ᄐᆺ 명빅(明白)ᄒ시ᄃᆡ 쳡(妾)의 ᄆᆞ음이 연무(烟霧) 가온ᄃᆡ 잇ᄂᆞᆫ 듯ᄒ야 긔억(記憶)지 못ᄒ엿ᄉᆞᆸ더니 특별이 묘희(妙喜) ᄉᆞ부(師傅)의 가ᄅᆞ치시믈 닙어 샹공(相公)의 급(急)ᄒ믈 구(救)ᄒ고 ᄯᅩ 당초(當初)의 물에 ᄲᅡ져 죽고져 ᄒ더니 ᄉᆞ부(師傅)의 구(救)ᄒ믈 닙어 이제가지 ᄉᆞ랏ᄉᆞᆸ고 기동의 ᄡᅳᆫ 글은 올 ᄯᅥ의 총총(悤悤)ᄒ야 엽시치³⁾ 못ᄒ고 왓더니 샹공(相公)이 보시고 놀나도쇼이다."

한림(翰林)이 묘희(妙喜)를 도라보아 왈(曰)

"ᄉ부(師傅)ᄂᆞ 원ᄂᆡ(原來) 우화암(雨花菴)의 잇던 묘훤(妙喜ㄴ)가? 당초 혼ᄉᆞ(婚事)를 ᄉ부(師傅)로 인연ᄒᆞ야 일우고 이제 ᄯᅩ 우리 부부(夫婦)의 명(命)을 구(救)ᄒᆞ야 다시 보게 ᄒᆞ니 은혜를 엇지 다 갑흐리오?"

묘희(妙喜) 갈오ᄃᆡ

"이ᄂᆞᆫ 다 샹고⁴⁾과 부인(夫人)의 홍복(洪福)으로 하늘이 도ᄋᆞ시미라. 엇지 쇼승(小僧)의 공(功)이리오? 이곳은 오ᄅᆡ 머므지 못ᄒᆞᆯ ᄯᅡ히오니 원컨ᄃᆡ 쇼암(小菴)으로 도라가ᄉᆞ이다"
ᄒᆞ고 ᄒᆞᆫ가지로 암ᄌᆞ(菴子)의 올나가 ᄀᆡᆨ당(客堂)을 쇼쇄(掃灑)ᄒᆞ고 한림(翰林)을 뫼시니 유모(乳母)와 ᄎᆞ환(叉鬟)이 다 와 뵈고 눈물을 흘니더라.

한림(翰林)이 갈오ᄃᆡ

"내 이제 비록 죽을 ᄯᅢ흘 버셔ᄂᆞ시나 집이 ᄃᆡ픽(大敗)ᄒᆞ고 몸이 외로와 도라갈 곳이 업ᄉᆞ니 다만 무챵(武昌)의 박젼(薄田)이 약간 잇ᄂᆞᆫ지라. 그리로 도라가 슈습(收拾)ᄒᆞ야 가도(家道)를 일운 후 경ᄉᆞ(京師)의 올나가 〃묘(家廟)를 뫼셔 와 고ᄉᆞ 쳥죄(告辭請罪)ᄒᆞ온 후의 녯사ᄅᆞᆷ의 글을 닑어 허물을 쾌(快)히 곳치고져 ᄒᆞ노니 부인(夫人)은 젼일(前日)을 싱각ᄒᆞ야 날을 바리지 아니ᄒᆞᆯ진ᄃᆡ 홈ᄭᅴ 가ᄉᆞ이다."

샤시(謝氏) ᄂᆞᆺ빗ᄎᆞᆯ 엄정(嚴正)이 ᄒᆞ고 갈오ᄃᆡ

"샹공(相公)이 만일 쳡(妾)을 바리지 아니ᄒᆞ시면 엇지 감히 샹공(相公)을 바리〃잇가? 불힝(不幸)ᄒᆞ야 샹공(相公)이 바야흐로 궁도(窮途)의 겨시니 엇지 셔로 도울 일을 싱각지 아니ᄒᆞ리잇기마ᄂᆞᆫ⁵⁾ 쳡(妾)이 츌가(出家)ᄒᆞᆯ ᄶᅢ 종족(宗族)을 모호고 ᄉᆞ당(祠堂)의 고(告)

---

3) 엽시치: 없애지.
4) 샹고: '샹공(相公)'의 오기.
5) 아니ᄒᆞ리잇기마ᄂᆞᆫ: '아니ᄒᆞ리잇가마ᄂᆞᆫ'의 오기.

ᄒ엿ᄉ오니 이졔 드러가기 엇지 졀ᄎᆞ(節次ㅣ) 업ᄉ오리잇가? 쳡(妾)
이 녜일을 싱각ᄒ오미 아니라 녀ᄌᆞ(女子)의 사ᄅᆞᆷ 좃ᄎᆞ미 듕(重)ᄒ고
ᄯᅩᄒᆞᆫ 크온지라. 엇지 구ᄎᆞ(苟且)히 ᄒ리잇고?"

한림(翰林)이 샤례(謝禮)ᄒᆞ야 갈오ᄃᆡ

"내 싱각지 못ᄒᆞ미라. 부인(夫人) 말ᄉᆞᆷ이 극히 맛당ᄒ니 내 몬져 경
샤(京師)로 가 〃묘(家廟)ᄅᆞᆯ 뫼시고 일변(一邊) 닌ᄋᆞ(麟兒)의 쇼식(消
息)을 탐문(探問)ᄒ온 후(後)의 녜(禮)로뻐 부인(夫人)을 마즈리라."

샤시(謝氏) 갈오ᄃᆡ

"이 갓흔즉 ᄉ쳬(事體) 올커니와 샹공(相公)은 외로온 몸이라. 도적
의 고을이 무챵(武昌)셔 머지 아니ᄒ니 도적이 만일 샹공(相公)이 〃
의 니ᄅᆞ시믈 드른즉 다시 당뉴(黨類)ᄅᆞᆯ 보ᄂᆡ여 희(害)ᄒᆞᆯ 듯ᄒ오니 엇
지 두립지[6] 아니ᄒ리오? 우흐로 졔ᄉᆞ(祭祀)ᄅᆞᆯ 밧들고 부쳬(夫妻ㅣ)
완합(完合)ᄒ미 비록 밧브오나 아직 셩명(姓名)을 변(變)ᄒ고 종젹
(蹤迹)을 감초아 녯날 뉴한림(劉翰林)인 줄을 모르게 ᄒ고 날희여[7]
ᄂᆡ두(來頭) 일을 보아 다시 의논(議論)ᄒᄉ이다."

한림(翰林)이 답 왈(答曰)

"부인(夫人) 말ᄉᆞᆷ이 금옥(金玉) 갓ᄉ오나 다만 도적이 갓 계림(桂
林)의 가시니 그 ᄯᆞ흘 ᄶᅥ나기 쉽지 아닐가 ᄒᄂ이다."

부인(夫人)이 갈오ᄃᆡ

"텬하(天下) 일이 ᄌᆞ로 변환(變換)ᄒᄂᆞ니 도적이 반ᄃᆞ시 부귀(富
貴)ᄅᆞᆯ 오ᄅᆡ 누리지 못ᄒ리이다. 샹공은 아직 기ᄃᆞ리소셔."

한림(翰林)이 ᄯᅩ 니ᄅᆞᄃᆡ

"적쇼(謫所)의 이실 졔 신령(神靈)이 특별이 도우셔 감쳔(甘泉)을

---

6) 두립지: 두렵지.
7) 날희여: 천천히.

쥬시고 동정(洞庭) 군산(君山)의 잇노라 ᄒᆞ시더니 이졔 부인(夫人)을 만나오니 반ᄃᆞ시 그 신령(神靈)이 영험(靈驗)ᄒᆞ시도쇼이다."

부인(夫人)이 갈오ᄃᆡ

"일졍(一定) 관음(觀音)이 구(救)ᄒᆞ시도소이다"

ᄒᆞ고 ᄒᆞᆫ가지로 불샹(佛像) 아래히 ᄂᆞ아가 분향(焚香) 녜ᄇᆡ(禮拜)ᄒᆞ야 그 은혜(恩惠)를 사례(謝禮)ᄒᆞ다. 이날의 한림(翰林)이 긱당(客堂)의셔 ᄌᆞ더니 이튼날 묘희(妙喜) 쥬즙(舟楫)을 졍돈(整頓)ᄒᆞ야 악주(岳州)의 니르러 무챵(武昌)으로 보닐ᄉᆡ 부인(夫人)으로 더브러 눈물을 흘니고 니별(離別)ᄒᆞ다. 한림(翰林)이 무챵(武昌)의 니ᄅᆞ니 일헛던 노복(奴僕)이 임의 왓ᄂᆞᆫ지라. 한림(翰林)이 보고 크게 깃거ᄒᆞ더라.

딕기 동쳥의 보닌바 가졍(家丁)드리 한림(翰林)을 잡으려 ᄒᆞ고 다른 사름은 ᄒᆡ(害)치 아니ᄒᆞᆫ 고(故)로 노복(奴僕)드리 ᄉᆞ라 한림(翰林)을 ᄎᆞᆺ 거쳐(去處)를 아지 못ᄒᆞ고 우연이 〃곳의 왓더라.

동쳥(董青)의 가졍(家丁)이 한림(翰林)을 잡지 못ᄒᆞ고 도라와 동쳥(董青)의게 고(告)ᄒᆞᆫᄃᆡ 동쳥(董青)이 교녀(喬女)로 더브러 셔로 의논(議論)ᄒᆞ야 갈오ᄃᆡ

"ᄂᆡ 연슈(延壽)로 더브러 셰샹의 ᄒᆞᆫ가지로 잇지 못ᄒᆞᆯ지라. 반ᄃᆞ시 연슈(延壽)를 죽인 후에 말니라"

ᄒᆞ고 다시 그 가졍(家丁)을 보닐여 한림(翰林)의 거쳐(去處)를 탐지(探知)ᄒᆞ라 ᄒᆞ고 동쳥(董青)은 계림(桂林)의 부임(赴任)ᄒᆞ니라.

ᄎᆞ시(此時) 닝진(冷振)이 경ᄉᆞ(京師)의셔 박혁(博奕)을 일삼더니 스스로 싱각ᄒᆞᄃᆡ

'동쳥(董青)이 〃졔 큰 고을〃 어더시니 ᄂᆡ 가 의탁(依託)ᄒᆞ면 거의 날을 바리지 아니ᄒᆞ리라'

ᄒᆞ고 드듸여 계림(桂林)으로 가니 동쳥(董青)이 깃거 머므러 복심(腹心)을 삼으니 만ᄉᆞ(萬事 l) 여의(如意)ᄒᆞᆫ지라. 불측(不測)ᄒᆞᆫ 일을 의

논(議論)ᄒ야 기[8] 염연[9] 사ᄅᆞᆷ을 구함(構陷)ᄒ야 죽기의 니ᄅᆞ게 ᄒᆞ고
그 ᄌᆡ물(財物)을 아ᄉᆞ며[10] ᄯᅩ 독한 술로 부상(富商)을 머므러 죽이고
그 ᄌᆡ물(財物)을 아ᄉᆞ니 동쳥(董靑)의 악명(惡名)이 남방(南方)의 가
득ᄒᆞᆫ지라. 남방(南方) 사ᄅᆞᆷ이 그 고기를 먹고져 ᄒᆞ딕 다만 엄숭(嚴嵩)
의 위엄(威嚴)을 두려 감히 싱의(生意)치 못ᄒᆞ더라.

　교녜(喬女ㅣ) 계림(桂林)의 가 오릭지 아냐 봉츄(鳳雛ㅣ) 토질(土
疾)노 죽으니 교녜(喬女ㅣ) ᄆᆞᄋᆞᆷ을 졍(定)치 못ᄒᆞᆯ 즈음의 납ᄆᆡ(臘梅)
동쳥의게 ᄌᆞ식(子息)을 비얏ᄂᆞᆫ지라. 교녜(喬女ㅣ) 투긔(妬忌)를 니긔
지 못ᄒᆞ야 동쳥(董靑)의 ᄂᆞ간 ᄯᅥ를 타 납ᄆᆡ(臘梅)를 죽이고 거줏 병
(病)드러 죽다 니ᄅᆞ더라.

　계림(桂林) 고을이 관ᄉᆞ(官事ㅣ) 번거ᄒᆞ야 동쳥(董靑)이 슈읍(數
邑)의 순ᄒᆡᆼ(巡行)ᄒᆞ니 아즁(衙中)의 이실 날이 젹은지라. 닝진(冷振)
이 ″ᄯᅥ를 타 드듸여 교녜(喬女)로 더브러 ᄉᆞ통(私通)ᄒᆞ니 이 거죄(擧
措ㅣ) ᄯᅩᄒᆞᆫ 동쳥(董靑)이 뉴한림(劉翰林) 집의셔 교녀(喬女)를 ᄉᆞ통
(私通)홈과 갓더라.

　텬되(天道ㅣ) 소″(昭昭)ᄒᆞ야 보복(報復)이 잇단 말이 과연 붉은지
라. 동쳥(董靑)이 뉴한림(劉翰林)을 죽이고져 ᄒᆞ딕 종시(終始) 엇지
못ᄒᆞ야 ᄆᆞᄋᆞᆷ의 크게 두려 엄숭(嚴嵩) 셤기믈 더욱 지극(至極)히 ᄒᆞ야
십만 냥(十萬兩) 금은(金銀)을 쟝만ᄒᆞ야 닝진(冷振)으로 ᄒᆞ여곰 거ᄂᆞ
려 엄승상(嚴丞相) 싱일(生日)의 드리라 홀ᄉᆡ 닝진(冷振)이 영거(領
去)ᄒᆞ더니 ᄆᆞᄎᆞᆷ 이ᄯᆡ의 텬지(天子ㅣ) 엄숭(嚴嵩)의 간ᄉᆞ(奸邪)ᄒᆞ믈
ᄭᆡᄃᆞ라ᄉᆞ 샥탈관쟉(削奪官爵)ᄒᆞ시고 그 집 ᄌᆡ물(財物)을 젹몰(籍沒)
ᄒᆞᆫ지라. 닝진(冷振)이 크게 놀ᄂᆞ 스ᄉᆞ로 싱각ᄒᆞ되

---

8) 기: '죄'의 오기.
9) 염연: 없는.
10) 아ᄉᆞ며: 빼앗으며.

'동쳥(董靑)의 죄악(罪惡)이 산 궃흐디 사람히 이르지 못ᄒᆞᆫ 엄슝(嚴嵩)의 위셰(威勢)를 져허ᄒᆞ미러니 이졔 빙산(氷山)이 녹아시니 동쳥(董靑)이 엇지 오라리오? 이ᄹᅢ를 타 쳥(靑)의 죄(罪)를 고(告)홀만 ᄀᆞᆺ지 못ᄒᆞ다.'

ᄒᆞ고 즉시 궐문(闕門)의 ᄂᆞ아가 신문고(申聞鼓)를 울닌디 법관(法官)이 곡졀(曲折)을 뭇거늘 닝진(冷振)이 디답(對答)ᄒᆞ디

"나는 본디 북방(北方) 사름으로 ᄒᆞᆫ 일을 인연(因緣)ᄒᆞ야 남방(南方)의 갓더니 계림틱슈(桂林太守) 동쳥(董靑)이 법(法) 아닌 일을 만이 ᄒᆞ야 우흐로 하늘을 속이고 아릭로 조졍(朝廷)을 능모(陵侮)ᄒᆞ야 방ᄌᆞ(放恣)ᄒᆞ미 극(極)ᄒᆞ니 닉 비록 그 ᄉᆞ이의 간셥(干涉)ᄒᆞ미 업ᄉᆞ나 그 분통(憤痛)ᄒᆞᆫ 마음을 니기지 못ᄒᆞ고 ᄯᅩ 빅셩(百姓)을 잔학(殘虐)ᄒᆞ믈 ᄎᆞ마 보지 못ᄒᆞ야 고관(告官)ᄒᆞᄂᆞ이다"

ᄒᆞ고 동쳥(董靑)의 침학빅셩(侵虐百姓)ᄒᆞ고 부샹디고(富商大賈)를 겁살(劫殺)ᄒᆞ고 그 직물(財物)을 아ᄉᆞ며 흉도(凶徒)를 체결(締結)ᄒᆞ야 가졍(家丁)을 숨아 불졔(不悌)를 도모(圖謀)ᄒᆞᄂᆞᆫ 열두 가지 일을 알외니 법관(法官)이 계달(啓達)ᄒᆞᆫ디 텬ᄌᆞ(天子ㅣ) 축조(逐條)ᄒᆞ야 보시고 진노(震怒)ᄒᆞ샤 금오군ᄉᆞ(金吾軍士)를 보닉여 동쳥(董靑)을 줍아올여 옥(獄)의 가도고 본도(本道)로 ᄒᆞ야곰 ᄉᆞ획(査覈)게 ᄒᆞ시니 닝진(冷振)의 말과 ᄒᆞᆫ 일도 어긔지 아니ᄒᆞᆫ지라. 조졍(朝廷)의 엄슝(嚴嵩)이 업ᄉᆞ니 뉘 동쳥(董靑)을 구(救)ᄒᆞ리오? 동쳥(董靑)의 직물(財物)이 산갓치 놉흐나 ᄒᆞᆫ 명(命)을 구(救)치 못ᄒᆞ야 장안(長安) 져직거리의셔 버히고 쳐ᄌᆞ(妻子)를 속공(屬公)ᄒᆞ야 관비(官婢)를 삼고 그 직물(財物)을 젹몰(籍沒)ᄒᆞ니 황금(黃金)이 삼만여 냥(三萬餘兩)이오 은젼(銀錢)이 ᄉᆞ십여만(四十餘萬)이오 주옥(珠玉) 금슈(錦繡)의 뉴(類)는 니로 혜지 못홀너라. 닝진(冷振)이 갑슬 관가(官家)의 밧치고 교녀(喬女)를 속신(贖身)ᄒᆞ야 경ᄉᆞ(京師)의셔 살기 불평(不平)타 ᄒᆞ

야 교녀(喬女)로 더브러 산동(山東)으로 가니 교녀(喬女)의 닝진(冷振) 좃기는 그 원(願)이라. 가만이 감초앗던 보픠(寶貝) 훈 상주를 닉고 쏘 닝진(冷振)이 엄숭(嚴嵩)의게 가져가든 보픠(寶貝) 몸의 다 잇는지라. 닝진(冷振)과 교녜(喬女ㅣ) 무음의 극(極)히 쾌활(快活)ㅎ야 슐위를 수 보희[11]를 싯고 산동(山東)으로 갈식 동챵(東昌) 셕히[12] 다 〃라눈 교녜(喬女ㅣ) 여러 날 구치(驅馳)ㅎ니 곤(困)ㅎ믈 니기지 못ㅎ야 ㅎ거늘 닝진(冷振)이 쥬육(酒肉)을 ᄀᆞᆺ초아 교녀(喬女)를 위로(慰勞)ㅎ고 취(醉)ㅎ야 쥬졈(酒店)의 누엇더니 챠우[13] 졍듸(鄭大)[14]는 본뇌(本來) 젹당(賊黨)이라. 닝진(冷振)의 힝장(行裝)이 비록 젹으나 무거오믈 의심(疑心)ㅎ얀 지 여러 날이러니 이날 밤의 그 슐 취(醉)ㅎ믈 인ㅎ야 그 직물(財物)을 도젹ㅎ야 가지고 다라누니라. 날이 붉은 후의 교녀(喬女)와 닝진(冷振)이 비로소 일흔 줄 알고 다만 한늘[15]을 부를 싸름이러라. 힝지(行資ㅣ) 쇼여(小餘)ㅎ야 길을 날 계픠(計較ㅣ) 업셔 그 고을의 오릭 머므러 졍듸(鄭大)를 추심(推尋)코ᄌᆞ ㅎ듸 표풍착영[16]이라. 종시(終始) 종젹(蹤迹)을 엇지 못ㅎ니라.

이쩌 텬지(天子ㅣ) 됴셔(詔書)를 ᄂᆞ리와 수령(守令)이 빅셩(百姓) 침학(侵虐)ㅎ믈 니르시고 좌우(左右)를 도라보아 갈ᄋᆞᄉᆞ듸

"젼일(前日) 동쳥(董靑)의 죄샹(罪狀)을 보니 극(極)혼 국젹(國賊)이라. 당초(當初)의 뉘 쳔(薦)으로 벼슬을 ㅎ이뇨?"

셔각뇌(徐閣老ㅣ) 알외듸

"엄숭(嚴嵩)의 쳔(薦)으로 진뉴 퇴슈(陳留太守)를 ㅎ읍고 쏘 계림

---

11) 보희: '보픠(寶貝)'의 오기.
12) 셕히: 'ᄯᅳ히'의 오기.
13) 챠우: '챠부(車夫)'의 오기. 수레꾼.
14) 졍대(鄭大): 인명. 한자 표기는 김춘택 한역본 및 연세대본에 따랐다.
15) 한늘: 하늘의 오기.
16) 표풍착영: '포풍착영(捕風捉影)'의 오기. '포풍착영'은 바람과 그림자를 잡는다는 뜻이다.

틱슈(桂林太守)를 탁용(擢用)ᄒᆞ니이다."

텬ᄌᆡ(天子ㅣ) 갈ᄋᆞᄉᆞᄃᆡ

"짐(朕)이 이제 싱각ᄒᆞ니 엄숭(嚴嵩)이 동쳥(董靑)을 쳔거(薦擧)ᄒᆞ야 갈오ᄃᆡ '문학긔ᄌᆡ¹⁷⁾ 잇다' ᄒᆞ더니 일노 보건ᄃᆡ 엄숭(嚴嵩)의 쳔거(薦擧)ᄒᆞᆫ 비 다 쇼인(小人)이오 빅쳑(排斥)ᄒᆞᆫ 바ᄂᆞᆫ 다 군ᄌᆡ(君子ㅣ)라"
ᄒᆞ시고 니부(吏部)의 명(命)ᄒᆞ샤 엄숭(嚴嵩)의 쳔거(薦擧)ᄒᆞᆫ 바 빅여인(百餘人)을 삭긔샤판(削其仕版)ᄒᆞ시고 엄숭(嚴嵩)이 참소(讒訴)ᄒᆞ야 죄(罪)닙은 신하(臣下) 젼간의ᄃᆡ부(前諫議大夫) 히셔(海瑞)¹⁸⁾로 어ᄉᆞ(御史)를 ᄉᆞᆷ고 젼 한림학ᄉᆞ(前翰林學士) 뉴연슈(劉延壽)로 니부낭즁(吏部郞中)¹⁹⁾을 ᄉᆞᆷ고 빅셩(百姓)을 ᄉᆞ랑ᄒᆞ고 공정(公正)ᄒᆞᆫ 신하들의 벼슬을 도도아 ᄡᅳ실ᄉᆡ 이ᄢᅥ ᄆᆞᆺᄎᆞᆷ 과게(科擧ㅣ) 잇ᄂᆞᆫ지라. 녜부(禮部)의 신칙(申飭)ᄒᆞᄉᆞ 공도로온²⁰⁾ 사ᄅᆞᆷ을 취(取)ᄒᆞ야 인ᄌᆡ(人才)를 일치 말나 ᄒᆞ시다.

이ᄢᅥ 샤급ᄉᆞ(謝給事)의 아ᄃᆞᆯ이 임의 등졔²¹⁾ᄒᆞ고 셩혼(成婚)ᄒᆞ야 문호(門戶)를 보젼(保全)ᄒᆞ더니 당초(當初)의 샤부인(謝夫人)이 남(南)으로 갈 졔 즁간 두부인(杜夫人) 가신 곳을 샤공ᄌᆞ(謝公子)의게 젼(傳)ᄒᆞ엿ᄂᆞᆫ지라. 그후의 두추관(杜推官)이 올마 셩도(成都)로 가ᄆᆡ 샤공ᄌᆡ(謝公子ㅣ) 쯧ᄒᆞᄃᆡ '미시(妹氏) 반ᄃᆞ시 두부인(杜夫人)을 좃ᄎᆞ 셩도(成都)에 가 의탁(依託)ᄒᆞ엿도다' ᄒᆞ고 길이 뇨원(遙遠)ᄒᆞᆫ 고(故)로

---

17) 문학긔직: '문학이재(文學吏才)'의 오기. 문학이재는 문학적 능력과 관리로서의 능력을 말한다.
18) 해서(海瑞): 해서는 실존 인물로 앞에는 '하계'로 표기되었다. 해서가 어사가 되는 것은 세종 때가 아니라 목종 때로 본 내용은 역사적 사실과는 조금 다르다.
19) 이부낭중(吏部郞中): 니부시랑(吏部侍郎)의 오기.
20) 공도로온: 공정(公正)한. 여기서는 '공정하게'의 의미.
21) 등제: '둉졔(終制)'의 오기. 아직 과거에 합격하지 않았기에 '등제(登第)'가 될 수 없고, 문맥과 여타 이본을 고려할 때, 부모님의 삼년상을 마치는 것을 의미하는 '종제(終制)'의 오기로 보인다.

셔신(書信)을 통(通)치 못ᄒ연 지 오ᄅ니 비록 슬픈 마음을 니긔지 못하나 가되(家道ㅣ) 져기 초강(稍強)ᄒ 후의 비ᄅ를 사 촉(蜀)의 드러가 져져(姐姐)를 ᄎᄌ고져 ᄒ더니 조보(朝報)[22]를 보미 두틔쉬(杜太守ㅣ) 임의 슌쳔 부윤(順天府尹)[23]을 ᄒ야 오ᄅ지 아냐 경셩(京城)으로 올 거시오, ᄯᅩ 과게(科擧ㅣ) 님박(臨迫)ᄒ엿ᄂᆞ지라. 아직 집의 이셔 두부인(杜夫人) 도라오믈 기ᄃ리고 과공(科工)을 힘ᄡᅥ ᄒ랴 ᄒ더니 오ᄅ지 아니ᄒ야 과긔(科期) 다다랏ᄂᆞ지라. 샤ᄉᆡᆼ(謝生)이 장듕(場中)의 드러가 삼장(三場)을 보고 ᄂ오니 슌쳔 부윤(順天府尹)이 도라왓거늘 샤ᄉᆡᆼ(謝生)이 가 보고 져져(姐姐)의 소식을 무론되 두추관(杜推官)이 눈물을 흘니고 이ᄅ되

"영져(令姐)의 소식을 아지 못ᄒ엿도다. 닉 장ᄉᆞ(長沙)의 이실 졔 드ᄅ니 영졔(令姐ㅣ) 무ᄎᆷ 쟝ᄉᆞ(長沙)의 가는 비ᄅ를 어더 닉게 의탁(依託)고져 ᄒ더니 장ᄉᆞ(長沙) 지경(地境)의 니ᄅ지 못ᄒ야 내 올마 셩도(成都)의 간 줄 알고 진퇴(進退) 낭픽(狼狽)ᄒ야 상슈(湘水)의 ᄲᅡ져 죽으려 ᄒ다가 ᄒ 사ᄅᆷ의 구ᄒ믈 함닙어[24] 다ᄅᆫ 되로 가다 ᄒ니 그쩌의 영져(令姐)의 간 곳을 아지 못ᄒ야 ᄒᆞᆫ갓 울울(鬱鬱)ᄒ 마음을 니긔지 못홀 ᄲᅢᆫ이러니 최후(最後)의 션인(船人)의 말을 드ᄅ니 상수(湘水) 근쳐로 표박(漂泊)ᄒ더라 ᄒ거늘 ᄌ로 가인(家人)을 보닉여 탐문(探問)ᄒ되 종젹(蹤迹)을 엇지 못ᄒ고 ᄯᅩ 년젼(年前)의 그 ᄯ 사ᄅᆷ의 말을 드ᄅ니 귀향 갓다가 샤(赦)를 닙어 도라오는 사ᄅᆷ이 회사졍(懷沙亭) 우희셔 샤부인(謝夫人)의 ᄡᅡᆫ 글을 보고 일졍(一定) 죽도다 ᄒ야 졔문(祭文) 짓고 졔물(祭物)을 갓초아 붉는 날의 졔(祭)ᄒ려 ᄒ다가 그날 밤의 도젹을 만나 쫏치여 간 곳을 아지 못ᄒ다 ᄒ니 이는 반듯

---

22) 조보(朝報): 조정의 소식을 담은 관보(官報).
23) 슌천 부윤(順天府尹): 순천부의 으뜸 벼슬.
24) 함닙어: '힘닙어'의 오기.

시 뉴형(劉兄)이라. 조정(朝廷)이 바야흐로 니부시랑(吏部侍郎)을 졔
수(除授)ᄒ야 브르시ᄃᆡ 즉금 간 곳을 아지 못ᄒ니 뉴형(劉兄)이 반ᄃ
시 ᄯᅩᄒᆞᆫ 무ᄉᆞ(無事)ᄒᆞᆫ 쥴을 긔필(期必)치 못홀지라"

ᄒ거늘 샤ᄉᆡᆼ(謝生)이 통곡(痛哭)ᄒ야 왈(曰)

"이러ᄒᆞᆫ즉 뉴형(劉兄) 져졔(姐姐ㅣ) 반ᄃᆞ시 셩명(性命)을 보젼(保
全)치 못ᄒ야도쇼이다."

부윤(府尹)이 갈오ᄃᆡ

"여러 번 ᄎᆞ즈니 다 니ᄅᆞᄃᆡ 일졍(一定) 죽든 아니ᄒ다 하니 샤형(謝
兄)은 과히 슬허 말고 다시 ᄎᆞ즈소셔."

ᄉᆡᆼ(生)이 그 말을 올히 녀겨 집의 도라와 ᅙᅵᆼ장(行裝)을 찰혀 바야
흐로 찻고져 ᄒ더니 이ᄯᅥ 과거(科擧) 방목(榜目)이 나시니 샤ᄉᆡᆼ(謝
生) 갑과(甲科)의 ᄲᆡᆫ히여 강셔(江西) 남창부(南昌府)[25] 추관(推官)을
ᄒ엿ᄂᆞᆫ지라. 샤ᄉᆡᆼ(謝生)이 ᄉᆡᆼ각ᄒᄃᆡ

'남창(南昌)은 쟝ᄉᆞ(長沙)로 더브러 머지 아니ᄒ니 도임(到任)ᄒᆞᆫ 후
의 맛당이 져져(姐姐)를 추심(推尋)ᄒ야 ᄎᆞ즈리라'

ᄒ고 퇵일(擇日)ᄒ야 부임(赴任)ᄒᆞ니라.

이ᄯᅥ 뉴한림(劉翰林)이 동청(董靑)의 희(害)ᄒᆞᆷ믈 피코져 ᄒ야 셩명
(姓名)을 변(變)ᄒ고 션비로라 일ᄏᆞᄅᆞ니 무창(武昌) 사ᄅᆞᆷ이 알 니 업
ᄂᆞᆫ지라. 노복(奴僕)으로 농ᄉᆞ(農事)를 힘쓰고 ᄯᅩ 가인(家人)으로 ᄒ야
곰 부인(夫人)의 냥식(糧食)을 군산(君山)의 보ᄂᆡ더니 그 사ᄅᆞᆷ이 도
라와 한림(翰林)ᄀᆡ 알외ᄃᆡ

"악쥬(岳州) 고을 관문(官門)의 방(榜)을 부쳐 샹공(相公)의 거쳐
(去處)를 추심(推尋)ᄒ엿거늘 그 연고(緣故)를 무른즉 ᄃᆡ답(對答)ᄒ

25) 강서(江西) 남창부(南昌府): 현재 장시 성(江西省)의 난창(南昌). 강서는 장사가 있는 호광
지방의 동쪽에 있다.

딕 '뉴한림(劉翰林)이 즉금 니부시랑(吏部侍郞)을 ᄒᆞ야실ᄉᆡ 됴졍(朝廷)이 젹소(謫所)로 부르니 그 ᄯᆞ 사ᄅᆞᆷ이 니르딕 뉴한림(劉翰林)이 샤(赦)ᄅᆞᆯ 닙어 임의 도라갓다 ᄒᆞ고 날마다 그 거쳐(居處)ᄅᆞᆯ 방문(訪問)ᄒᆞᆫ다' 하읍더니 이 ᄯᅡ히 니르러 ᄯᅩ 듯ᄉᆞ오니 샹공(相公)이 이 ᄯᅳᆨ히 주인(住人)ᄒᆞ야 ᄌᆞ다가 밤의 도젹을 만나 노쥬(奴主ㅣ) 각각 흣터져 거쳐(去處)ᄅᆞᆯ 아지 못ᄒᆞᄂᆞᆫ 고로 방(榜) 브쳐 추심(推尋)ᄒᆞᆫ다 ᄒᆞ거ᄂᆞᆯ 쇼인(小人)이 바로 니르지 아니ᄒᆞ고 와 알외ᄂᆞ이다."

한림(翰林)이 갈오딕

"엄슝(嚴嵩)이 만일 권(權)을 잡아시면 날노 니부시랑(吏部侍郞)을 ᄒᆞ일 비 업스리니 일정(一定) 됴졍(朝廷)이 변(變)ᄒᆞ엿도다"

ᄒᆞ고 즉시 무챵 아즁(武昌衙中)의 드러가 틱슈(太守)의게 통ᄌᆞ(通刺)²⁶)ᄒᆞᆫ딕 지뷔(知府ㅣ) 젼도(顚倒)히 ᄂᆞ와 마ᄌᆞ 갈오딕

"션싱(先生)이 조졍(朝廷)을 ᄯᅥ는 후 지금 니부시랑(吏部侍郞)을 ᄒᆞ이시고 부르시는 명(命)이 심히 급(急)ᄒᆞ거ᄂᆞᆯ 션싱(先生)이 어딕로 조차 오시ᄂᆞ잇가?"

한림(翰林)이 그 원수ᄅᆞᆯ 피(避)ᄒᆞ야 몸을 숨겨 단니던 일을 이르고 인ᄒᆞ야 됴졍(朝廷) 닐을 무른딕 지뷔(知府) 니르딕

"엄슝(嚴嵩)이 ᄯᅩᆫ 죽다"

ᄒᆞᄂᆞᆫ지라. 샤시(謝氏)긔 이 긔별(奇別)을 젼(傳)ᄒᆞ고 ᄯᅩ 니부시랑(吏部侍郞)으로 경ᄉᆞ(京師)의 가는 ᄯᅳᆺ과 오릭 폐(廢)ᄒᆞᆫ 몸이 청현화직(淸顯華職)을 못ᄒᆞᆯ 거시니 샹소(上疏)ᄒᆞ야 간(諫)ᄒᆞᆫ 후의 남방(南方) 젹은 고을을 어더뼈 부인을 마즐 ᄯᅳᆺ을 젼ᄒᆞ니라.

시랑(侍郞)이 오릭 머므지 못ᄒᆞ야 경ᄉᆞ(京師)로 올나가더니 남챵

26) 통자(通刺): 통지(通知).

부(南昌府)의 니르러 지방관(地方官)이 느와 마즈 공쟝(公狀)²⁷⁾을 드리니 이는 샤경안(謝景顔)이라. 시랑이 그 틱슈(太守)를 아지 못ᄒᆞ더니 셔로 디(對)ᄒᆞᄆᆡ 추관(推官)이 밋쳐 말을 못ᄒᆞ고 눈물을 흘니거늘 시랑(侍郎)이 그 연고(緣故)를 무른디 추관(推官)이 디왈(對曰)

"오릭 쩌난 후 ᄉᆞ싱(死生)을 아지 못ᄒᆞ니 엇지 슬프지 아니리오?"

시랑(侍郎)이 그졔야 샤공진(謝公子ᅵ) 줄 알고 일변(一邊) 크게 반겨 손을 줍고 갈오디

"젼(前)의 연쉬(延壽ᅵ) 혼미(昏迷)ᄒᆞ야 어진 부인(夫人)을 닉여보닉니 이졔 그디 면목(面目)을 디ᄒᆞᄆᆡ 참괴(慙愧)ᄒᆞᆷ믈 엇지 니긔리오."

추관(推官)이 더욱 슬허 왈(曰)

"이졔 비록 져져(姐姐)의 죄(罪) 업ᄉᆞ믈 아나 ᄉᆞ싱(死生)을 아지 못ᄒᆞ오니 더욱 참졀(慘絶)ᄒᆞ온 마음을 니긔지 못ᄒᆞ리로쇼이다."

시랑(侍郎)이 갈오디

"현졔(賢弟)는 부인(夫人)의 쇼식(消息)을 아지 못ᄒᆞ도다?"

ᄒᆞ고 인ᄒᆞ야 젼후곡졀(前後曲折)을 다 닐은디 추관(推官)이 놀나 것구러졋다가 계유 인ᄉᆞ(人事)를 출혀 시랑(侍郎)긔 샤례(謝禮) 왈(曰)

"뉘 허물이 업스리오? 기과(改過)홈이 어렵다 ᄒᆞ니 뉴형(劉兄)은 비록 일시(一時) 쇼인(小人)의 참쇼(讒訴)를 닙어시나 크게 씨치니 가히 군ᄌᆞ(君子)윗 사름이로다"

ᄒᆞ야 셔로 쩌느기를 결연(缺然)ᄒᆞ디 가는 길이 한(限)이 잇ᄂᆞᆫ지라. 두 사름이 심ᄉᆞ(心事)를 다 펴지 못ᄒᆞ고 니별(離別)ᄒᆞ니라.

샤추관(謝推官)이 시랑(侍郎)을 보닌 후에 몬져 셔찰(書札)을 닷고 냥식(糧食)을 샤부인(謝夫人)긔 보닉고 ᄯᅩ 샹샤(上司)²⁸⁾의 슈유(受由)

---

27) 공쟝(公狀): 지방관이 높은 관직자를 공식적으로 만날 때 내던, 관직명을 적은 편지.
28) 상사(上司): 윗 등급의 관청. 상부(上部).

ᄒ야[29] 져져(姐姐)를 미셔 올 뜻을 젼(傳)ᄒ니라. 시랑(侍郎)이 경ᄉ(京師)의 와 슉비(肅拜)ᄒ니 텬지(天子ㅣ) 인견(引見)ᄒ시고 갈ᄋ샤ᄃᆡ

"짐(朕)의 불명(不明)ᄒᄆ로 쇼인(小人)의게 속은 ᄇᆡ 되어 경(卿)을 먼니 보ᄂᆡ괘라"
ᄒ시고 갈ᄋ샤ᄃᆡ

"경(卿)으로 니부(吏部) 듕임(重任)을 맛지노니 증슉찰직(精熟察職)[30] ᄒ라"
ᄒ시거늘 시랑(侍郎)이 머리를 조아 〃 뢰ᄃᆡ

"셩은(聖恩)이 여쳔(如天)ᄒᆞ오니 신(臣)이 간뇌도지(肝腦塗地)[31] ᄒ와도 그 만분지일(萬分之一)을 갑ᄉᆸ지 못ᄒ리로소이다. 신은 본ᄃᆡ 용암(慵暗)ᄒ온 인물이라 직임(職任)을 폐(廢)ᄒ온 지 오라온 가온ᄃᆡ 이졔 밧ᄌ온 직명(職名)을 가히 봉승(奉承)치 못ᄒ올지니 원컨ᄃᆡ 남방(南方)의 ᄒᆞᆫ 소읍(小邑)을 어더 ᄇᆡᆨ셩(百姓)을 다스려 셩은(聖恩)을 만분(萬分)의 일(一)이나 갑ᄉ올가 바라ᄂᆞ이다."

텬지(天子ㅣ) 허(許)치 아니ᄒ시더니 그 말ᄉᆞᆷ이 간졀(懇切)ᄒ믈 보시고 갈ᄋ샤ᄃᆡ

"짐(朕)이 ᄯᅩᄒ 경(卿)의 치민(治民)ᄒ믈 보리라"
ᄒ고 특별이 강셔(江西) 조졍ᄉ[32]를 ᄒ이신ᄃᆡ 시랑(侍郎)이 샤은(謝恩)ᄒ고 집의 도라오니 가ᄉᆞ(家舍ㅣ) 황냥(荒凉)ᄒ야 유모(乳母) 등 슈인(數人)이 이셔 집을 직희엿더라. 뒷글이 즁당(中堂)의 ᄌᆞ옥ᄒ고

---

29) 슈유(受由)ᄒᆞ야: 말미를 얻어.
30) 졍슉찰직(精熟察職): 업무를 능숙하게 두루 살핌.
31) 간뇌도지(肝腦塗地): 참혹한 죽임을 당하여 간장(肝臟)과 뇌수(腦髓)가 땅에 널려 있다는 뜻으로, 나라를 위하여 목숨을 돌보지 않고 애씀을 이르는 말.
32) 조졍ᄉ: 포졍ᄉ(布政使)의 오기. 포졍사는 한 셩(省)의 최고 관직으로, 조선시대 관찰사에 해당하는 벼슬이다.

풀이 〈당(祠堂)의 〈시니 쇼견(所見)이 슈츔(羞慙)혼지라. 시랑(侍郎)이 즉시 가묘(家廟)의 올나 통곡(痛哭)호고 머리를 조아 〈례(謝禮)호고 인호야 두부인(杜夫人) 뒥(宅)의 가 부인(夫人)긔 뵈온뒤 부인(夫人)이 시랑(侍郎)을 안고 크게 울어 갈오뒤

"셔로 니별(離別)혼 지 임의 칠 년(七年)이라. 세〈(世事) 즈로 변(變)호뒤 노신(老身)이 지금 〈라 슉질(叔姪)이 다시 모되니 엇지 하늘 쯧이 아니리오."

시랑(侍郎)이 갈오뒤

"슉뫼(叔母ㅣ) 여러 히를 도로(道路)의 구치(驅馳)하시뒤 오히려 강건(康健)호시미 이럿툿 호시니 족히 쇼질(小姪)의 ᄆ음을 위로(慰勞)호리로소이다. 쇼질(小姪)이 불초(不肖)호와 슉모(叔母)의 말슴을 거스려 죄(罪) 업슨 쳐ᄌ(妻子)를 뇌치오니 진실노 슉모(叔母) 안젼(案前)의 뵈올 ᄂᆺ치 업습더니 조종(祖宗)이 도으시믈 힘닙어 젼일 그릇믈 씻치옵고 뇌친 쳐ᄌ(妻子)를 공교(工巧)히 만나오니 바라건뒤 쇼질(小姪)의 죄를 샤(赦)호쇼셔."

두부인(杜夫人)이 크게 놀나 갈오뒤

"이 말이 올흐면 샤시(謝氏) 병(病)이 업더냐? 현질(賢姪)이 임의 젼〈(前事)를 뉘웃쳐호니 뉘 엇지 도로혀 허물을 호리오? 아지 못게라. 그 젼식(前事ㅣ) 그릇믈 엇지 씻치며 쏘 엇지 말믜암아 샤시(謝氏)를 만나뇨?"

시랑이 젼후곡졀(前後曲折)을 일일이 알왼뒤 부인이 눈믈을 흘녀 왈(曰)

"죄(罪) 업슨 어진 사름이 고초(苦楚)혼 셩상(星霜)을 격도다"
호며 모든 종족(宗族)이 모다 하례(賀禮)하야 샤시(謝氏) 만나믈 깃거호더라.

시랑(侍郎)이 오릭 머무지 못호야 두부인(杜夫人)긔 하직(下直)호

고 강셔(江西)로 가니 추관(推官)이 쏘흔 그 막히(幕下ㅣ)라. 두 스름 이 셔로 보미 그 즐거오믈 다 긔록(記錄)지 못홀러라. 샤추관(謝推官) 이 군산(君山)의 ᄂᆞ아가 부인(夫人) 되셔 오믈 닐온디 시랑(侍郎)이 갈오디

"늬 쏘흔 현제(賢弟)로 더브러 함긔 갈 거시로디 직ᄉᆞ(職事)의 분주 ᄒᆞ야 ᄉᆞ정(私情)을 보지 못ᄒᆞ니 현제(賢弟) 몬져 가 되셔 온즉 늬 경 샹(境上)의 ᄂᆞ아가 기ᄃᆞ리리라."

추관(推官)이 쩌날ᄉᆡ 큰 비에 위의(威儀)를 셩(盛)히 출혀 발션(發 船)ᄒᆞ니 시랑(侍郎)이 부인(夫人)긔 편지(便紙)ᄒᆞ야 속히 모히믈 당 부(當付)ᄒᆞ고 쏘 금은(金銀)과 치단(采緞)을 묘희(妙喜)의게 보닉여 그 은혜(恩惠)를 샤례(謝禮)ᄒᆞ니라. 추관(推官)이 동졍(洞庭)으로 말 미암아 바로 군산(君山)의 니ᄅᆞ니 샤부인(謝夫人)이 임의 추관(推官) 편지를 보앗ᄂᆞ지라. 묘희(妙喜) 츠환(叉鬟)을 명(命)ᄒᆞ야 ᄂᆞ 마즐ᄉᆡ 추관(推官)이 암ᄌᆞ(菴子)의 니ᄅᆞ니 형제(兄弟) 셔로 여희연 지 십 년 (十年)이라. 싱ᄉᆞ(生死)를 모르다가 이졔 다시 만날 쓴 아니라 샤시 (謝氏) 집의 쩌날 제 오히려 동ᄌᆞ(童子ㅣ)러니 이졔 됴졍(朝廷) 명관 (名官)이 되어 능히 가풍(家風)을 니ᄋᆞ니 그 일변(一邊) 슬프고 일변 (一邊) 깃브믈 니긔지 못ᄒᆞ야 눈물을 흘닐 ᄯᆞ름이러라. 부인(夫人)이 시랑(侍郎)의 편지를 보고 강셔(江西) 죠졍ᄉᆞ(布政使ㅣ) 되야 갓가이 왓시믈 깃거ᄒᆞ더라. 추관(推官)이 묘희(妙喜)의게 ᄌᆡ삼(再三) 치샤 (致謝)ᄒᆞ고 인ᄒᆞ여 뉴시랑(劉侍郎) 보닌 금은(金銀) 치단(采緞)을 당 샹(堂上)의 노ᄒᆞ니 묘희(妙喜) 샤례(謝禮)ᄒᆞ야 갈오디

"시랑(侍郎)이 부인(夫人)을 만나시믄 하늘 쯧이라. 쇼승(小僧)이 무슴 공이 이시리잇가? 쇼승(小僧)은 일기(一箇) 빈되(貧道ㅣ)라. 보 닉신 금은(金銀)이 쓸 디 업ᄉᆞ오니 삼가 드러 불ᄉᆞ(佛事)의 ᄡᆞ와 부인 (夫人)과 두 샹공(相公)을 위ᄒᆞ야 복녹(福祿)을 빌니이다"

ㅎ더라.

이날 추관(推官)이 긱당(客堂)의셔 즈고 이튼날 부인(夫人)이 장춧 쎠날싀 묘희(妙喜)와 모든 녀승(女僧)이 산의 ㄴ려 비별(拜別)ㅎ고 각각 보듕(保重)ㅎ믈 닐ㄱ르며 눈물을 쑤리고 가다. 이의 강셔 지경 (江西地境)의 니르니 시랑(侍郎)이 발셔 강가의 와 기드리니 구름 갓흔 돗과 비단 쥴이 강물의 빗최고 옥졀(玉節)과 긔치(旗幟) 바람을[33] 밧드러 들이거늘 칠 년(七年) 닙엇던 흰옷슬 비로소 벗고 시랑(侍郎) 으로 더브러 다시 모히니 진실노 인셰(人世)의 큰 경亽(慶事ㅣ)오 인 륜(人倫)의 드믄 일이라. 관현亽쥭(管絃絲竹)으로 부즁(府中)의 니르 러 가묘(家廟)의 비알(拜謁)홀싀 시랑(侍郎)이 졔문(祭文) 지어 고 (告)ㅎ니 쯧이 간졀(懇切)ㅎ야 체읍(涕泣)지 아니 리 업더라.

이쩍 강셔(江西) 디쇼관원(大小官員)이 폐빅(幣帛)을 드리고 시랑 (侍郎) 부뷔(夫婦ㅣ) 다시 만남과 샤추관(謝推官) 형졔(兄弟) 다시 모 히믈 하례(賀禮)ㅎ니 위의(威儀) 극히 부셩(富盛)ㅎ야 신혼(新婚) 쩍 의셔 더으더라. 시랑(侍郎)이 큰 잔치룰 비셜(排設)ㅎ야 빈쥬(賓主ㅣ) 셔로 즐기니라. 샤추관(謝推官)이 부인(夫人)을 아즁(衙中)의 쳥(請) ㅎ야 부모(父母) 영젼(靈前)의 비알(拜謁)ㅎ고 큰 잔치룰 비셜(排設) ㅎ야 부인(夫人)을 위로(慰勞)ㅎ니 부인(夫人)이 날마다 연낙(宴樂) 을 일솜ㄴ지라. 부족(不足)혼 일이 업亽되 다만 슬하(膝下)의 닌이(麟 兒ㅣ) 업亽니 슬픈 ㅁ음을 졍(定)치 못ㅎ야 졔쳐(諸處)의 두로 무릇 디 종젹(蹤迹)이 업ㄴ지라. 이러홀 亽이의 쏘 일 년(一年)이 지나니 부인이 죵용(從容)이 시랑(侍郎)드려 니르디

"첩(妾)이 쏘혼 말솜이 잇亽오니 샹공(相公)은 능히 드르시리잇

33) 이 부분에 몇 글자가 빠졌음. 가장 내용이 비슷한 연세대본을 참고하건대, 대략 "맞아 나 부졌다. 배가 강가에 가까워지자 시비들이 먼저 새 옷을" 정도의 내용이 들어가야 한다.

가?"

시랑(侍郞)이 디왈(對曰)

"니ᄅ시ᄂ 말슴이 올흔죽 엇지 듯지 아니ᄒ리잇가?"

부인(夫人) 왈(曰)

"젼일(前日)은 쳡(妾)이 거쳔(擧薦)을 그릇ᄒ야 샹공 가ᄉ(家事)를 그릇ᄒ니 이제 싱각건디 모골(毛骨)이 숑연(竦然)ᄒ거니와 지금은 젼일(前日)노 더브러 크게 다ᄅ니 쳡(妾)이 ᄂ히 ᄉ십(四十)의 당(當) ᄒ야 단산(斷産)ᄒ연 지 십 년(十年)이라. 다시 바라올 길이 업ᄉ오니 엇지 ᄒᆞᆫ 변³⁴⁾ 목 머이기로³⁵⁾ 밥을 폐(廢)ᄒ오리잇가? 샹공(相公)은 닉이 싱각ᄒᆞ쇼셔."

시랑(侍郞)이 갈오디

"부인 말슴을 드ᄅ니 듯지 아닐 일이 업ᄉ오디 이 말슴은 결단(決斷)ᄒ야 좃지 못ᄒ올 비니 닌이(麟兒ㅣ) 날노 말미암아 싱ᄉ(生死)를 아지 못ᄒ니 비참(悲慘)ᄒᆞᆫ ᄆᆞ음이 골슈(骨髓)의 박혓ᄂᆞᆫ지라. 찰하리 졀ᄉ(絶嗣)ᄒᆞᆯ지언정 어즈러온 뉴(類)ᄂᆞᆫ 다시 가ᄂᆡ(家內)의 머므ᄅ지 아니ᄒ리라."

부인(夫人)이 갈오디

"샹공(相公)은 엇지 불통(不通)ᄒᆞ시미 이러틋 ᄒᆞ시ᄂᆞ니잇가? 불효 삼쳔(不孝三千)의 무휘(無後ㅣ) 크다 ᄒᆞ니 쳡(妾)이 민양 샹공(相公)을 좃ᄎ 샤당(祠堂)의 올ᄋ면 다만 두 사ᄅᆞᆷ의 몸ᄲᅮᆫ이라. 쳡(妾)이 심(甚)히 참괴(慙愧)ᄒᆞᄂᆞ니 샹공(相公)의 뜻은 후ᄉ(後嗣)를 도라보지 아니ᄒᆞ시ᄂᆞ니잇가?"

시랑(侍郞)이 갈오디

---

34) 변: '번'(番)의 오기.
35) 머이기로: 메이기로[壹].

"부인 말삼이 그르다 호미 아니로딕 아직 닌아(麟兒)의 亽싱(死生)을 아지 못호고 부인(夫人)이 또혼 단산(斷産)홀 나히 아니라. 아직은 의논(議論)치 마른쇼셔."

부인 싱각호딕

'샹공(相公)의 이러툿 亽양(辭讓)호눈 밧亽36)눈 닌아(麟兒)의 亽싱(死生)을 아지 못호고 또 젼일(前日)을 징계(懲戒)호야 혹 어진 사룸을 엇지 못홀가 의심(疑心)홈이니 닉 년쇼(年少) 시(時)의 경亽(經事)를 만이 못호야 교녀(喬女)의게 속은 비 되엿거니와 만일 덕셩(德性)되고 아람다오미 화용현(華容縣) 님가(林家) 녀亽(女子) 갓흔즉 엇지 일호(一毫)나 의심(疑心)이 이시리오? 또 이 녀亽(女子)눈 형용(形容)이 단졍(端正)호고 귀亽(貴子)를 만히 느흘 팔직(八字ㅣ)라 호니 만일 쳡(妾)을 어들진딕 이 녀亽(女子)를 바리고 눌을 췌(娶)호리오? 처음 만날 쩌의 느히 임의 주라시니 이제 겨유 사룸을 춫출 듯호거니와 니별(離別)홀 쩌의 총총(悤悤)호야 그 년치(年齒)를 뭇지 못호야시나 이제까지 경경(耿耿)호미 맛지 아니호고 창뒤(蒼頭ㅣ) 환난(患難)즁(中)의 날을 좃추다가 길히셔 죽어시딕 관곽(棺槨)도 못호엿고 황능묘(黃陵廟)의 발원(發願)혼 일이 이시딕 일우지 못호엿눈 고(故)로 묘희(妙喜)의 소식(消息)이 묘연(杳然)호니37) 이 두세 가지를 가히 지체(遲滯)치 못홀지라'

호고 즉시 시랑(侍郞)긔 살와 가졍(家丁)과 추환(叉鬟)을 보닉여 亽축(私蓄)호엿든 직물(財物)을 보닉여 황능묘(黃陵廟)를 즁수(重修)호고 창두(蒼頭)를 기장(改葬)호고 님가(林家) 녀亽(女子)와 묘희(妙喜)

---

36) 밧亽: 까닭. 이유.
37) 일우지~묘연(杳然)호니: 이 부분에 내용상 결락이 있다. 가장 내용이 비슷한 연세대본을 참고하건대, 대략 "이루지 못하였고, 묘희의 은혜도 마음에 새겨놓았는데 소식이 묘연하니" 정도의 내용이 들어가야 한다.

의 곳의 금빅(金帛)을 만히 보닌딕 묘회(妙喜) 젼후(前後) 소득(所得)으로 슈월암(水月菴)을 중수(重修)ㅎ야 그 집 간슈(間數)룰 더ㅎ고 쏘 군산(君山) 졀의 구충탑(九層塔)을 세우고 일홈을 부인탑(夫人塔)이라 ㅎ다.

차환(叉鬟)이 님가(林家)의 니르니 변시(卞氏) 임의 쥭고 녀직(女子ㅣ) 홀노 이셔 차환(叉鬟)을 보고 크게 반겨 부인 안부(安否)룰 무른 딕 차환(叉鬟)이 즈셰히 젼(傳)ㅎ고 쏘 금빅(金帛)을 준딕 녀직(女子ㅣ) 직숨 빅스(再三拜辭)ㅎ 후의 바드니라.

마침내 모자가 상봉하고
잔악한 여인은 결국 죽임을 당하다

져젹의 셜미(雪梅) 닌ᄋ(麟兒)를 ᄎᆞᄆ 믈에 바리지 못ᄒᆞ야 노림(蘆
林)의 두고 갓더니 ᄆᆞᄎᆞᆷ 셩쥬[1] 사ᄅᆞᆷ 왕슴(王三)[2]이 닌ᄋ(麟兒)를 보
고 갈오ᄃᆡ

"이ᄂᆞᆫ 필연(必然) 샹인(常人)의 ᄌᆞ식이 아니라 골격(骨格)이 범샹
(凡常)치 아니ᄒᆞ니 다려가 ᄌᆞ식 업ᄂᆞᆫ ᄃᆡ 팔면 갑슬 만히 바드리라"

ᄒᆞ고 인(因)ᄒᆞ야 안고 ᄇᆡ의 올나 각쳐(各處)의 두로 단니ᄃᆡ ᄉᆞ지라[3]
ᄒᆞᄂᆞᆫ 사ᄅᆞᆷ이 업더니 무창(武昌)의 니ᄅᆞ러 대풍(大風)을 만나 동ᄒᆡᆼ(同
行)ᄒᆞ든 ᄇᆡ 다 픽몰(敗沒)ᄒᆞ고 왕삼의 ᄇᆡ ᄯᅩ흔 닷치 썻거져 거의 픽
(敗)ᄒᆞ게 되엿더니 텬ᄒᆡᆼ(天幸)으로 구원(救援)ᄒᆞ야 픽션(敗船)ᄒᆞ믈

---

1) 셩쥬: 김춘택 한역본과 연세대본에서는 '荊州'로 되어 있다. 형주(荊州)는 호광에 있던 고을
로 동정호의 북쪽에 있다.
2) 왕슴: 김춘택 한역본은 '阮三', 연세대본은 '王三'으로 되어 있다. 여기서는 한글 표기를 존중
하여 연세대본을 따랐다.
3) ᄉᆞ지라: 사겠노라.

면(免)학고 표풍(漂風)학야 화용현(華容縣)의 니르니 이히 흉년(凶年)이라. 왕숨이 닌우(麟兒)를 드리고 촌가(村家)의 비러먹더니 왕숨이 무춤닉 닌우(麟兒)를 슈양(收養)치 못홀 쥴 알고 닌우(麟兒)를 님가(林家) 울 밧긔 바리고 가니 이쩌 변시(卞氏) 그 녀주로 더브러 주다가 그 녀지(女子ㅣ) 쑴을 꾸니 화광(火光)이 하늘의 다핫고 날빗치 찬난(燦爛)학거늘 나가보니 흔 즘싱이 누어시디 비늘이 옥(玉) 갓고 머리의 흔 쌀이 이시디 농도 아니오 범도 아냐 크게 긔이(奇異)학거늘 녀지(女子ㅣ) 크게 놀나 씨드르니 흔 꿈이라. 정신을 출혀 느가보니 즘싱 누엇던 곳의 흔 아히 이시디 형용(形容)이 긔특(奇特)학거늘 즉시 안고 드러온디 변시(卞氏) 갈오디

"흉년(凶年)이 춤혹(慘酷)학니 반드시 수양(收養)치 못학야 바린 우히로다. 닉 집이 쏘흔 가난학니 엇지 슈양(收養)학리오?"

그 녀지(女子ㅣ) 갈오디

"모친(母親)이 아들이 업스니 이 우히(兒孩)를 수양(收養)학야 주식(子息)을 삼으시면 조흔 일이오. 쏘 쑴이 이러학니 타일(他日) 반드시 귀(貴)히 될 우히(兒孩)니이다."

변시(卞氏) 그 말을 좃추 길으니라. 변시(卞氏) 죽은 후의 사롬드리 그 녀주(女子)의 어짐과 얼골의 탁월(卓越)흔 쥴 알고 취(娶)코주 학눈 지(者ㅣ) 심(甚)히 만흐디 다 녀주(女子)의 쯧의 맛지 아니학야 갈오디

"내 상듕(喪中)의 잇고 쏘 닉 혼주 쥬혼(主婚)치 못학느니 출가(出家)흔 슉모(叔母)를 청(請)학야 쥬혼(主婚)학여야 가히 셩수(成事)학리다"

학니 그 녀주(女子)의 말이 비록 이러학나 농부(農夫)의 안회 되기는 원치 아니학고 슉모(叔母)를 좃추 흔가지로 출가(出家)학고져 학디 닌인(麟兒ㅣ) 이시므로써 결단(決斷)치 못학더라.

샤부인(謝夫人) 보닌 추환(叉鬟)이 도라올 제 닌익(麟兒ㅣ) 뭇춤 마을의 가고 업기의 보지 못ᄒᆞ고 왓더니 부인(夫人)이 님녀(林女)의 일노뻐 시랑(侍郎)긔 니ᄅᆞ고 권(勸)ᄒᆞ야 ᄀᆞᆯ오ᄃᆡ

"첩(妾)은 범의게 상(傷)ᄒᆞᆫ 사름이라. 님녀(林女)의 셩ᄒᆡᆼ(性行)이 일호(一毫)나 의심(疑心)이 이시면 첩(妾)이 어이 쳔거(薦擧)ᄒᆞ리잇가? ᄒᆞ믈며 이 녀ᄌᆞ(女子)ᄂᆞᆫ 묘희(妙喜)의 질녜(姪女ㅣ)니 만일 묘희(妙喜) 아니면 우리 부뷔(夫婦ㅣ) 엇지 다시 만ᄂᆞ시리오? 샹공(相公)은 묘희(妙喜)를 도라보지 아니시ᄂᆞ니잇가?"

시랑(侍郎)이 지셩(至誠)을 감격(感激)ᄒᆞ야 허락(許諾)ᄒᆞᆫᄃᆡ 부인(夫人)이 크게 깃거 즉시 추환(叉鬟)을 님가(林家)의 보니고 그 ᄠᅳᆺ을 통(通)ᄒᆞᆫᄃᆡ 님시(林氏) ᄀᆞᆯ오ᄃᆡ

"부인(夫人)이 첩(妾)을 더럽다 아니ᄒᆞ시고 비첩(婢妾)을 숨고져 ᄒᆞ시니 영홰(榮華ㅣ) 극(極)ᄒᆞ온지라 엇지 다른 ᄠᅳᆺ이 이시리오? 다만 어믜 상고(喪故)를 만난 지 두 달이 못ᄒᆞ고 ᄯᅩ ᄌᆞ라지 못ᄒᆞᆫ 오라비 이시니 이 아ᄒᆡ를 가히 부즁(府中)의 ᄃᆞ려가지 못ᄒᆞᆯ 거시니 일노뻐 넘녀(念慮)ᄒᆞ노라."

추환(叉鬟)이 ᄀᆞᆯ오ᄃᆡ

"이ᄂᆞᆫ 부인(夫人)과 샹공(相公)긔 술와 쳐치(處置)ᄒᆞ오려니와 다만 니 젼일(前日)의 와실 제 형제(兄弟) 잇ᄂᆞᆫ 줄을 보지 못ᄒᆞ엿ᄂᆞ이다" ᄒᆞ더니 문득 그 ᄋᆞ희(兒孩) 밧그로브터 드러오니 ᄂᆞ히 졍히 십일 셰(十一歲)ᄂᆞᆫ ᄒᆞ고 풍치(風采) 쥰수(俊秀)ᄒᆞ야 향곡(鄕曲) ᄋᆞ희(兒孩) 가지 아니ᄒᆞ더라. 님시(林氏) 그 수양(收養)ᄒᆞᆫ ᄠᅳᆺ을 니르지 아니ᄒᆞ고 다만 ᄀᆞᆯ오ᄃᆡ

"계모(繼母)의 ᄂᆞ흔 빈니 ᄂᆞ히 십일 셰(十一歲)어니와 젼일(前日) 낭ᄌᆡ(娘子ㅣ) 왓실 제 ᄆᆞ춤 ᄂᆞ갓기로 보지 못ᄒᆞ엿ᄂᆞ니라."

차한[4]이 뉴의(留意)ᄒ야 보고 도라와 님시(林氏)의 말ᄉᆞᆷ을 알외딕 시랑(侍郞)이 글오딕

"'삼상(三喪) 맛기를 기ᄃᆞ리ᄌᆞ' ᄒ더라 ᄒ니 그 어지믈 가히 알니로다"

ᄒ고 안 ᄆᆞᆷ의 깃거ᄒ더라. 부인(夫人)이 글오딕

"ᄂᆞ히 어린 동싱이면 다려오미 희롭지 아니ᄒ니 엇지 이룰 거리끼리오?"

ᄎᆞ한(叉鬟)이 다시 알외딕

"님시(林氏)의 어린 오라비 형용(形容)이 ᄆᆞ치 닌ᄋ(麟兒) 공ᄌᆞ(公子) 갓ᄉᆞ오니 슬프믈 니긔지 못ᄒᆞᆸ고 ᄯᅩ 그 ᄋᆞ희(兒孩) ᄂᆞ히 우리 공ᄌᆞ(公子)로 더브러 갓ᄉᆞ오니 만일 어더 길넛ᄉᆞ오면 의심(疑心)이 업지 아니ᄒᄋ오딕 그 계모(繼母)의 나은 빅라 ᄒ오니 다시 물을 말ᄉᆞᆷ이 업더이다."

부인이 글오딕

"닌이(麟兒ㅣ) 싱ᄉᆞ 간(生死間) 북방(北方)의 이실지니 엇지 이곳의 이시믈 바라리오? 허믈며 셰월(歲月)이 오라니 비록 보아도 능히 아지 못ᄒᆯ가 ᄒ노라"

ᄒ더라.

시랑(侍郞)이 길일(吉日)을 갈히여 님시(林氏)롤 다려오니 얼골의 단정(端正)ᄒᆞᆷ과 덕힝(德行)의 유한(幽閑)ᄒ미 부인 말ᄉᆞᆷ의 지나더라. 시랑(侍郞)이 부인ᄃᆞ려 니ᄅᆞ딕

"이 녀ᄌᆞ(女子)ᄂᆞᆫ 교가(喬家) 음부(淫婦)로 더브러 갓지 아니ᄒᄋ도쇼이다."

부인(夫人)이 글오딕

---

4) 차한: '차환'의 오기.

"속담의 닐넛시딕 세 번 사름의 팔을 썩은 후의 바야흐로 어진 의원(醫員)이 된다 ᄒ오니 첩(妾)이 사름 알기를 쏘 엇지 풍상지여(風霜之餘)의 ᄌ상(仔詳)치 아니ᄒ리잇고?"

냥닌(兩人)이 셔로 웃더라.

님시(林氏) 뉴문(劉門)의 드러온 후로 샹하(上下ㅣ) 다 화목(和睦)ᄒ는 즈음의 할는5) 닌ᄋ(麟兒)의 유뫼(乳母ㅣ) 님시(林氏) 방(房)의 와 닌ᄋ(麟兒) 일흔 일을 니ᄅ고 목이 메여 말을 못ᄒ거늘 님시(林氏) 쏘흔 슬허ᄒ더니 유뫼(乳母ㅣ) 님시(林氏)ᄃ려 니ᄅ되

"전일(前日) ᄎ환(叉鬟)이 낭ᄌ(娘子)의 집으로 와 니ᄅ되 '낭ᄌ(娘子)의 어린 오라비 형용(形容)과 년치(年齒) 우리 일흔 공ᄌ(公子)와 방불(彷彿)ᄒ더라' ᄒ니 원컨되 보아지이다."

님시(林氏) 이 말을 듯고 크게 의심(疑心)ᄒ야 닐오되

"공ᄌ(公子)를 어늬 곳의셔 일헛느뇨?"

유뫼(乳母ㅣ) 갈오되

"북경(北京) 슌쳔부(順天府) 호타하(滹沱河)의셔 일헛ᄂ이다."

님시(林氏) 싱각ᄒ되

'닉 집이 비록 북경(北京)과 머나 닉 집이 믈가의 잇ᄂ지라. 왕닉(往來)ᄒ는 상고(商賈)의 빅 다 닉 집 앏히 모히고 쏘 북경(北京) 왕닉(往來)ᄒ는 사름이 젹지 아니ᄒ니 엇지 그 반ᄃ시 닌ᄋ(麟兒) 아닌 쥴을 알니오?'

님시(林氏) 이의 온 후의 닌ᄋ(麟兒)를 외ᄉ(外舍)의 두엇더니 즉시 브른되 닌이(麟兒ㅣ) 드러오며 유모(乳母)를 보고 전일(前日) 아는 사름 갓트여 둘이 셔로 보거늘 님시(林氏) 골오되

"이 아히(兒孩) 공ᄌ(公子) 갓흔 곳이 잇ᄂ냐?"

---

5) 할는: 하루는.

유뫼(乳母ㅣ) 글오듸

"형용(形容)이 비록 다르나 골격(骨格)이 완연(完然)이 우리 공주
(公子) 갓흔지라. 우리 공직(公子ㅣ) 니마 우희 흔 쎄 소소나시니 상
공(相公)이 미양 니르시듸 '이 ㅇ히 니마 우희 쎄 션쇼ㅅ(先少師)를
달맛다' 흐시더니 이 ㅇ히(兒孩) 니마를 보니 맛치 우리 공주(公子)
곳흔지라. 슬프믈 니긔지 못흐라로소이다.6)"

님시(林氏) 글오듸

"일이 실(實)노 고이흐도다. 아히 실노 내 계모(繼母)의게 난 빅 아
니라 모년 모일(某年某日)의 바린 ㅇ히(兒孩)를 어드니 쑴이 긔특(奇
特)흔지라. 이 아히(兒孩) 진실노 긔특(奇特)흔 곳이 이신즉 의심(疑
心)이 업지 아니니라."

닌이(麟兒ㅣ) 이 말을 듯고 닐너 글오듸

"이 반드시 나의 유뫼(乳母ㅣ)로다. 부인(夫人)이 날을 바리고 가실
제 유모(乳母)를 불너 집을 직희라 흐시니 유뫼(乳母ㅣ) 날을 참아 바
리지 못흐고 길희셔 우던 형샹(形狀)이 오히려 눈의 의연(依然)흐니
엇지 유모(乳母)를 아지 못흐리오?"

유뫼(乳母ㅣ) 안고 통곡(痛哭)흐야 글오듸

"이는 반드시 우리 공직(公子ㅣ)로다. 그러치 아니면 엇지 셔로 쩌
느던 일을 알니오?"

님시(林氏) 글오듸

"이 ㅇ히(兒孩) 비록 그 부모(父母)의 셩명(姓名)을 아지 못흐나 오
히려 큰 집의셔 기르던 일과 물가 노림(蘆林)의셔 장ㅅ의 비를 타고
오든 일을 녁녁(歷歷)히 니르니 쳐엄브터 의심(疑心)이 업지 아니7)

6) 못흐라로소이다: '못흐리로소이다'의 오기.
7) 이 부분에서 몇 줄 내용이 빠졌음. 가장 내용이 비슷한 연세대본을 참고하건대, 대략 "하였
느니라. 이때 집안 사람들이 서로 말을 전하니 아중(衙中)이 진동하였다. 부인이 급히 임씨의

흔지라. 부인이 무러 글오딕

"네 날을 아느다?"

닌이(麟兒ㅣ) 우러러보기를 니윽이 ᄒ다가 통곡(痛哭)ᄒ야 글오딕

"부인(夫人)이 ᄂ가실 ᄺ의 품의셔 우니 부인이 날을 교ᄌ(轎子) 안
의셔 안아 졋 먹이시다가 도로 유모(乳母)를 쥬시고 인ᄒ야 가 겨신
지라. 그ᄺ 일을 오히려 싱각ᄒ거든 엇지 부인(夫人)을 아지 못ᄒ오
리잇가?"

부인(夫人)이 결단(決斷)ᄒ야 닌인(麟兒ㅣ) 줄 알고 방셩딕곡(放聲
大哭)ᄒ니 이ᄺ 시랑(侍郞)이 바야흐로 외당(外堂)의셔 졍ᄉ(政事)를
ᄒ더니 부즁(府中)이 진동(震動)ᄒ믈 보고 드러오니 십여 년 젼(十餘
年前)의 일엇던 닌이(麟兒ㅣ) 왓느지라. 시랑(侍郞)이 안고 크게 통곡
(痛哭)ᄒ다가 님시(林氏)를 블너 닌ᄋ(麟兒) 어든 곡졀(曲折)을 뭇고
닐너 갈오딕

"너는 진실노 ᄂ의 은인(恩人)이로다. 엇지 비첩(婢妾)으로 딕졉(待
接)ᄒ리오? 더욱 슌(順)ᄒ야 부인의 아람다온 ᄯᆺ을 져바리지 말나."

님시(林氏) ᄉ례(謝禮)ᄒ야 글오딕

"이는 하늘이 첩(妾)으로 ᄒ야곰 공ᄌ(公子)를 맛져 기르게 ᄒ시미
니 첩(妾)이 무슴 공(功)이 이시리잇고? 하괴(下敎ㅣ) 이럿툿 은근
(慇懃)ᄒ오니 첩(妾)이 도로혀 손복(損福)홀가 ᄒᄂ이다."

부인(夫人)이 님시(林氏)를 감격(感激)ᄒ야 더욱 ᄉ랑ᄒᄂ 정(情)
이 형졔(兄弟) ᄀᆺ더라.

샤추관(謝推官)이 쇼관(所管) 슈현(數縣)으로 더브러 치하(致賀)ᄒ
고 각관(各官)이 다 녜단(禮單)을 드릴ᄉᆨ 시랑(侍郞)이 친(親)히 보아

방에 와서 보았는데, 이미 그가 인아임을 알았으나 직접 보니 더욱 의심할 여지가 없는지라"
정도의 내용이 들어가야 한다.

밧더니 남풍녕(南豐令)8)의 녜단(禮單)이 이시니 졍히 젼일(前日)의 일흔 옥한(玉環)이라. 시랑(侍郎)이 고이히 녁여 다른 거슨 밧지 아니 ᄒ고 다만 옥한(玉環)만 머므러더니 빈긱(賓客)이 다 간 후의 남풍 현녕(南豐縣令)을 쳥(請)ᄒ야 왈(曰)

"보ᄂᆡ신 녜단(禮單)을 보오니 그 가온ᄃᆡ 옥한(玉環)은 즁(重)ᄒᆞᆫ 보비라. 밧기 미안ᄒᆞᄃᆡ 이거시 본ᄃᆡ ᄂᆡ 집 구물(舊物)이라. 십여 년 젼의 일허 지금 엇지 못ᄒ엿더니 이제 션싱(先生)으로 말믜암아 엇ᄉᆞ오니 젼일(前日) 어든 곳을 알고져 ᄒᆞᄂᆞ이다."

현녕(縣令)이 굴오ᄃᆡ

"이ᄂᆞᆫ ᄒᆞᆫ 겨집이 팔거ᄂᆞᆯ 삿ᄉᆞᆸ더니 엇지 션싱(先生) 딕(宅) 구물(舊物)인 줄 알니오? 파던 사ᄅᆞᆷ이 이실 거시니 고을의 도라가 므ᄅᆞ리이다"

ᄒᆞ고 즉시 하직(下直)고 도라와 하인(下人)을 분부(分付)ᄒᆞᄃᆡ

"샹년(上年)의 옥한(玉環) 파던 겨집을 브ᄅᆞ라."

하인(下人)들이 즉시 그 겨집을 즙아 왓거ᄂᆞᆯ 현녕(縣令)이 무러 굴오ᄃᆡ

"너ᄂᆞᆫ 엇던 사ᄅᆞᆷ이며 어ᄃᆡ셔 ᄉᆞ다가 어ᄂᆡ ᄒᆡ에 이 ᄯᆞ히 왓ᄂᆞᆫ다?"

그 녀인(女人)이 굴오ᄃᆡ

"쳡(妾)의 셩(姓)은 냥(楊)9)이오. 가부(家夫)의 셩(姓)은 졍(鄭)이라. 본ᄃᆡ 하람(河南) 긔봉부(開封府)의셔 ᄉᆞ다가 샹년(上年)의 지아비ᄅᆞᆯ 조ᄎᆞ 왓ᄉᆞᆸ더니 블ᄒᆡᆼ(不幸)ᄒᆞ야 지아비 죽은 후의 고향(故鄕)으로 도라가지 못ᄒ엿ᄉᆞᆸᄂᆞ이다."

---

8) 남풍령(南豐令): 남풍현(南豐縣)의 현령. 남풍현은 강서(江西) 건창부(建昌府)에 속한 고을이다.
9) 양(楊): 김춘택 한역본에는 '楊'으로, 연세대본은 '梁'으로 표기되어 있다. 여기서는 김춘택 한역본을 따랐다.

현녕(縣令)이 골오딕

"샹년(上年)의 네 옥한(玉環)를 파라시니 그 츌쳐(出處)를 알고져 ᄒ노라."

그 계집이 골오딕

"지아비 이실 졔 어든 거시라. 그 츌쳐(出處)를 엇지 알니잇가?"

지현(知縣)이 다시 엄(嚴)히 분부(分付)ᄒ야 골오딕

"그 옥한(玉環)이 녀염 간(閭閻間) 쇼민(小民)의 집 거시 아니라. ᄂᆡ 쳐음의 의심(疑心)ᄒ엿더니 이졔 셔울셔 온 사름이 이를 보고 골오딕 이는 어고(御庫) 보물(寶物)이라. 일허 지금 엇지 못ᄒ얏더니 ᄂᆞ라히 ᄉᆞ방 츄심(推尋)ᄒ오시니 네 만일(萬一) 그 츌쳐(出處)를 바로 니르 지 아니ᄒ면 너를 줍아 경ᄉᆞ(京師)로 보ᄂᆡ리라."

그 계집이 황구(惶懼)ᄒ야 골오딕

"지아비 하람(河南)의 이실 ᄯᅵ의 ᄎᆞ부(車夫)로 삭[10]을 어더ᄉᆞ옵더 니 ᄒᆞ로는 보물(寶物)을 만히 어더 왓ᄉᆞ거늘 그 어든 곡졀(曲折)을 므 른딕 지아비 니ᄅᆞ딕 '닝진(冷振)이라 ᄒᆞ는 사름이 보화(寶貨) 다ᄉᆞᆺ 술 위[11]를 싯고 산동(山東)으로 골ᄉᆡ 종젹(蹤迹)이 극히 수상(殊狀)ᄒ오 믹 동당(同黨)으로 더브러 아ᄉᆞ 왓노라' ᄒᆞ더니 오릭지 아니ᄒ야 듯 ᄌᆞ오니 닝진(冷振)이 동창부(東昌府)의 졍댱(呈狀)[12]ᄒ야 도젹(盜賊) 을 츄심(推尋)ᄒᆞ는 고(故)로 그 ᄯᅳ히 잇지 못ᄒ야 이곳의 왓ᄃᆞ가 죽 어ᄉᆞ오니 만일 어고(御庫) 도젹(盜賊)이라 ᄒ오면 닝진(冷振)이 당 (當)ᄒ리로소이다."

현령(縣令)이 그 겨집의 초ᄉᆞ(招辭)로 일일히 시랑(侍郎)긔 보ᄒᆞᆫ딕 시랑(侍郎)이 골오딕

---

10) 삭: 삯. 품삯.
11) 술위: 수레.
12) 정장(呈狀): 문서를 올림.

"젼일(前日) 동챵부(東昌府)의셔 흔 쇼년(少年)을 만나 옥환(玉環)을 보앗더니 그 쇼년(少年)이 아니 닝진(冷振)인가? 동챵부(東昌府)의 추심(推尋)흔즉 가히 닝진(冷振)을 어드리라"

ᄒ고 영오(穎悟)흔 가인(家人)과 관인(官人)을 분부(分付)ᄒ야 동챵부(東昌府)의 보닉다.

이쩍 교녜(喬女ㅣ) 닝진(冷振)으로 더브러 동챵부(東昌府)의 머므더니 가되(家道ㅣ) 딕픽(大敗)ᄒ야 ᄉ고무친(四顧無親)흔 가온딕 긔한(飢寒)이 골슈(骨髓)의 이르니 그 괴로오믈 니긔지 못ᄒ야 날마다 닝진(冷振)을 ᄭ지져 글오딕

"나는 뉴한림(劉翰林) 안히요 동틱수(董太守)의 닉지(內子ㅣ)라. 몸은 금수(錦繡)의 ᄡ히고 입은 팔진미(八珍味)를 슬희여13) ᄒ야 거름마다 년홰(蓮花ㅣ) ᄂᆞ고14) 춤 밧트면 금은(金銀)이 ᄂᆞ더니15) 이제 너를 좃ᄎᄆᆞ로브터 간곤(艱困)ᄒ미 이러ᄐᆞᆺ ᄒ니 찰하리 죽어 이 경상(景狀)을 보지 아니ᄒ리라."

닝진(冷振)이 실물(失物)흔 거슬 ᄎ즐 걸16)이 업셔 날마다 교녀(喬女)의 즐칙(叱責)을 만나니 그 괴로오믈 니긔지 못ᄒᆞᆫ지라. 동챵부(東昌府) 왕지휘17) 집이 가음열고18) 아들이 ᄂᆞ히 졈으니 가히 속일 줄을 알고 날마다 초인(招引)ᄒ야 혹 챵가(娼家)의도 가며 혹 박혁(博

<hr/>

13) 슬희여: 실컷.
14) 거름마다 년홰(蓮花ㅣ) 나고: 남졔(南齊)의 동혼후(東昏侯) 소보권(蕭寶卷)이 땅에 황금 연꽃을 갈아놓고 총비(寵妃)인 반옥아(潘玉兒)에게 밟고 가게 하면서 "걸음마다 연꽃이 피어나누나(步步生蓮花)"라고 일컬었다.
15) 춤 밧트면 금은(金銀)이 ᄂᆞ더니: 해타성주(咳唾成珠)의 고사를 가리킴. 본래 내뱉는 기침과 침마저도 주옥같다는 말로, 뛰어난 시문을 가리키는 것인데, 여기서는 말 한마디 한마디가 모두 금은과 같이 귀하다는 의미이다.(『장자莊子』「추수秋水」)
16) 걸: '길'의 오기.
17) 왕지휘: 왕씨 성의 지휘(指揮). 지휘는 군직(軍職)의 한 종류.
18) 가음열고: 부유하고.

奕)ᄒᆞ는 집의도 모화 놀ᄉᆡ 닝진(冷振)은 가온ᄃᆡᄅᆞᆯ 조ᄎᆞ 그 공ᄌᆞᄅᆞᆯ 속여 ᄌᆡ물(財物)을 도젹(盜賊)ᄒᆞ니 가되(家道ㅣ) 졈간 ᄯᅡ 낫더라.

왕공ᄌᆞ(王公子)의 외슉(外叔)이 그 곗 고을 슈령(守令)이 되여 그 ᄉᆡᆼ질(甥姪)이 닝진(冷振)을 조ᄎᆞ 이럿ᄐᆞ시 쥬ᄉᆡᆨ(酒色)의 픽(敗)ᄒᆞ는 줄 알고 크게 견ᄎᆡᆨ(譴責)ᄒᆞ며 닝진(冷振)을 잡아 일ᄇᆡᆨ 쟝(一百杖)을 치니 닝진(冷振)이 실녀 도라와 인ᄒᆞ야 쥭으니 교녜(喬女ㅣ) 갈 곳이 업셔 우환(憂患)으로 지ᄂᆡ더니 셔쥬(徐州)[19] ᄯᅡᄒᆡ 조파(趙婆)라 ᄒᆞ는 사ᄅᆞᆷ은 챵기(娼妓) 즁 읏듬이라. 맛춤 동챵부(東昌府)의 왓다가 교시(喬氏) ᄌᆞᄐᆡ(姿態)ᄅᆞᆯ 보고 굴오ᄃᆡ

"날을 조ᄎᆞ가면 일ᄉᆡᆼ(一生) 부귀(富貴)ᄅᆞᆯ 누리리오다. 엇지 스스로 괴로오믈 이러ᄐᆞ시 ᄒᆞ리오."

교녜(喬女ㅣ) 흔연(欣然)ᄒᆞ야 조ᄎᆞ가니 그 ᄯᅡ 사ᄅᆞᆷ이 다 조칠낭(趙七娘)이라 닐ᄏᆞᆺ더라. 교녜(喬女ㅣ) 비록 삼십(三十)이 갓가오나 춘ᄉᆡᆨ(春色)이 아릿답고 ᄯᅩ 예샹우의곡(霓裳羽衣曲)으로 일ᄃᆡ(一代)의 경동(傾動)ᄒᆞ니 공ᄌᆞ왕손(公子王孫)이 구름 못듯ᄒᆞ야 날마다 연낙(宴樂)ᄒᆞ니 칠낭(七娘)의 일홈이 셔쥬(徐州)의 진동(震動)ᄒᆞ더라.

시랑(侍郎)의 보ᄂᆡᆫ 하인(下人)이 동챵(東昌)의 니ᄅᆞ러 닝진(冷振)을 츄심(推尋)ᄒᆞᄃᆡ 아는 ᄌᆡ(者ㅣ) 아조 업더니 최후(最後)의 흔 사ᄅᆞᆷ이 이셔 니ᄅᆞᄃᆡ

"닝진(冷振)이라 ᄒᆞ는 ᄌᆡ 보ᄇᆡᄅᆞᆯ 일헛노라 ᄒᆞ고 날마다 관문(官門)의 출입(出入)ᄒᆞ며 ᄎᆞᄌᆞ려 ᄒᆞ더니 오릭지 아냐 쥭은 후의 가쇽(家屬)도 업다"

ᄒᆞᄃᆡ 그 하인(下人) 등(等)이 ᄌᆞ셰히 알고져 ᄒᆞ여 각쳐(各處)의 광문(廣問)ᄒᆞᄃᆡ 다 흔가지라. 츄심(推尋)홀 길이 업셔 도라오다가 셔쥬(徐

---

19) 서주(徐州): 남경(南京) 서주부(徐州府)의 중심 도시. 현재 장쑤 성의 북부에 있다.

州)〃 졈(酒店)의 드러 술을 ᄉ 먹ᄃ가 못춤 보니 건넌편 누(樓) 우희

흔 녀진(女子 ㅣ) 주렴(珠簾)을 것고 안졋거늘 시랑(侍郞)의 가인(家

人)이 익이 보니 분명이 교시(喬氏)라. 졈인(店人)ᄃ려 무러 굴오ᄃ

"져 누샹(樓上)의 잇ᄂ 가인(佳人)이 엇던 사롬고?"

졈인(店人)이 ᄃ답(對答)ᄒᄃ

"이 ᄯ 명챵(名娼) 조칠낭(趙七娘)이라"

ᄒ거늘 ᄯ 무르ᄃ

"본ᄃ 이 ᄯ 사롬인가?"

ᄃ왈(對曰)

"이 ᄯ희 온 지 오라지 아니하니 본ᄃ 동챵부(東昌府) 사롬이라"

ᄒ거늘 가인(家人)이 도라와 시랑(侍郞)긔 고(告)ᄒᄃ 닝진(冷振)은

임의 죽어 추줄 길이 업거늘 도라오다가 셔쥬(徐州)의셔 교시(喬氏)

본 말을 고(告)ᄒᄃ 시랑(侍郞)이 굴오ᄃ

"음녜(淫女 ㅣ) 동쳥(董靑)이 죽은 후의 원방(遠方)의 뉴락(流落)ᄒ

야 챵녜(娼女 ㅣ) 되도다"

ᄒ고 관치(官差 ㅣ)를 보니여 죽이려 ᄒ거늘 샤부인(謝夫人)이 말녀

왈(曰)

"졔 죄ᄂ 죽엄즉ᄒ거니와 이졔 챵녜(娼女 ㅣ) 되여 무궁(無窮)흔 욕

(辱)을 바드니 텬도(天道)의 보복(報復)이 ᄯ흔 쇼쇼(昭昭)ᄒ고 허믈

며 이 ᄯ 인민(人民)이 앙망(仰望)ᄒᄂ 빈라. 엇지 집안의 더러온 힝

실(行實)을 젼파(傳播)ᄒ리오?"

시랑(侍郞)이 그 말을 올히 녀기ᄃ 죽이고져 ᄒᄂ ᄆ음은 더욱 심

(甚)ᄒ더라.

시랑(侍郞)이 강셔(江西)의 이션 지 삼 년(三年)의 빅셩(百姓)을 ᄉ

랑ᄒ고 졍ᄉ(政事)를 브즈러니 ᄒ며 몸 가지기를 졍도(正道)로써 ᄒ

며 우흐로 됴종(祖宗)의 어진 힝실(行實)을 법(法)밧고 아리로 부인

(夫人)의 인도(引導)호믈 힘닙으니 강셰(江西ㅣ) 크게 다스리ᄂᆞᆫ지라. 텬직(天子ㅣ) ᄋᆞ람다이 녁이샤 특별이 니부샹셔(吏部尙書)를 ᄒᆞ(下)이시니 시랑(侍郎)이 경ᄉᆞ(京師)로 올나갈ᄉᆡ 셔쥬(徐州)의 니르러 교녀(喬女)의 소식(消息)을 알고져 ᄒᆞ야 가인(家人)을 쥬졈(酒店)의 난화 보ᄂᆡ여 둣보니 그 교녠(喬女ㅣ) 쥴이 분명(分明)ᄒᆞ야 의심(疑心)이 업거늘 미파(媒婆)를 블너 몬져 즁샹(重賞)ᄒᆞᆫ 후의 닐너 ᄀᆞᆯ오ᄃᆡ

"네 조칠낭(趙七娘)를 보아 여차〃〃(如此如此)ᄒᆞ라."

민픠(媒婆ㅣ) 듯고 믈너와 칠낭(七娘)을 보고 닐너 ᄀᆞᆯ오ᄃᆡ

"녜부샹셔(禮部尙書) 최샹공(崔相公)이 셔울노 가시다가 이 ᄯᅥ히 니르러 낭ᄌᆞ(娘子)의 곳다온 일홈을 듯고 소실(小室)을 삼고져 ᄒᆞᄂᆞ니 최샹셔(崔尙書)ᄂᆞᆫ 당금(當今) 명샹(名相)이오 나히 오히려 져멋고 부귀(富貴) 텬하(天下)의 ᄒᆞ나히라. 닉 그 딕(宅) 비ᄌᆞ(婢子)의 말을 드르니 부인(夫人)이 비록 겨시나 병(病)드러 집안일을 다스리지 못ᄒᆞᆫ다 하니 칠낭(七娘)이 그곳의 드러가면 일홈이 비록 쳔(賤)ᄒᆞ나 실(實)은 부인(夫人)이나 드르지 아니ᄒᆞ리라"

ᄒᆞ니 칠낭(七娘)이 이 말을 듯고 스스로 싱각ᄒᆞᄃᆡ

'닉 이곳의 온 후의 비록 의식(衣食)의 근심이 업ᄂᆞ 나히 젹지 아니ᄒᆞ엿고 젼졍(前程)이 한(限)이 이시니 엇지 죵신(終身)ᄒᆞᆯ 곳을 싱각지 아니ᄒᆞ리오? 허물며 조픠(趙婆ㅣ) 임의 죽어시니 범ᄉᆞ(凡事)를 내 ᄌᆞ젼(自專)ᄒᆞ리라'

ᄒᆞ고 드듸여 허락(許諾)ᄒᆞᄃᆡ 민픠(媒婆ㅣ) ᄀᆞᆯ오ᄃᆡ

"샹공(相公)이 부인(夫人)으로 한긔[20] 가시기의 ᄌᆞ못 비편(非便)ᄒᆞᆫ지라. 그런 고(故)로 낭ᄌᆞ(娘子)ᄂᆞᆫ 하로ᄅᆞᆯ 머므러 ᄯᆞ라 경ᄉᆞ(京師)의 가 동쳐(同處)ᄒᆞ고져 ᄒᆞ더라"

---

20) 한긔: '함긔'의 오기.

혼디 칠낭(七娘)이 굴오디

"그러흐면 더욱 됴토다"

흐거늘 미픠(媒婆ㅣ) 그 뜻을 회보(回報)흔디 샹셰(尙書ㅣ) 그 슈식
(修飾)과 의복(衣服) 거마(車馬)를 갓초아 하로를 낙후(落後)흐야 드
러오라 흐다.

샹셰(尙書ㅣ) 경ᄉ(京師)의 올ᄂ와 슉빈(肅拜)흔 후의 집의 도라와
종족(宗族)을 모호고 셔로 치하(致賀)흘ᄉ 이날 샤부인(謝夫人)이 두
부인(杜夫人)으로 더브러 모드니 셔로 여희연 지 십 년(十年)이라. 슬
프고 깃브믈 가히 형용(形容)치 못흘너라. 샤부인(謝夫人)이 님시(林
氏)를 블너 두부인(杜夫人)긔 뵈와 굴오디

"이ᄂ 교녀(喬女)로 더브러 크게 드ᄅ니이다."

두부인(杜夫人)이 쇼왈(笑曰)

"이 사름이 비록 어지나 유닉(有益)흐미 업다"

흐더라. 샹셰(尙書ㅣ) 두부인(杜夫人)긔 고(告) 왈(曰)

"쇼질(小姪)이 산동(山東) 노샹(路上)의셔 흔 가인(佳人)을 어덧더
니 슉뫼(叔母ㅣ) 보고져 흐시니잇가?"

부인(夫人)이 굴오디

"흔번 보고져 흐노라."

샹셰(尙書ㅣ) 좌우를 도라보아 굴오디

"조칠낭(趙七娘)을 블너드리라"

흐니 이쩌 교네(喬女ㅣ) 근쳐의 와 머므럿ᄂ지라. 드듸여 문밧긔 니
ᄅ러 교네(喬女ㅣ) 종인(從人)드려 니ᄅ디

"이 집이 뉴한림(劉翰林) 집이 아니야. 엇지 네 보던 곳과 다ᄅ뇨?"

종지(從子ㅣ) 굴오디

"뉴한림(劉翰林)이 귀향 간 후의 우리 노애(老爺ㅣ) ᄉ겨시니라."

교네(喬女ㅣ) 굴오디

"닉 진실노 이 집의 인연(因緣)이 잇도다. 일정(一定) 다시 빅즈당(百子堂)의 들니라"

ᄒᆞ더라. 교녜(喬女ㅣ) 교즈(轎子)의 ᄂᆞ라니 시비(侍婢) 교녀(喬女)를 인도(引導)ᄒᆞ야 계ᄒᆞ(階下)의 니ᄅᆞ러 굴오ᄃᆡ

"샹공(相公)과 부인(夫人)이 당샹(堂上)의 겨시니 비알(拜謁)ᄒᆞ라."

교녜(喬女ㅣ) 눈을 드러 보니 한림(翰林)이 샤부인(謝夫人)으로 더브러 두부인(杜夫人)을 뫼시고 안즌 가온ᄃᆡ 좌우(左右)의 다 뉴시(劉氏) 종족(宗族)이라. 교녜(喬女ㅣ) 간장(肝腸)이 무여지ᄂᆞᆫ[21] ᄃᆞᆺᄒᆞ야 머리를 드지 못ᄒᆞ고 다만 굴오ᄃᆡ

"원컨ᄃᆡ 샹공(相公)은 일명(一命)을 살오쇼셔."

샹셰(尙書ㅣ) ᄃᆡ로(大怒) 왈(曰)

"음녜(淫女ㅣ) 네 죄(罪)를 아ᄂᆞᆫ다?"

교녜(喬女ㅣ) 굴오ᄃᆡ

"엇지 모로리잇가? 첩(妾)의 틸을 쌰혀[22] 혜ᄋᆞ려도 다 긔록(記錄)지 못ᄒᆞᄂᆞ이다."

샹셰(尙書ㅣ) 굴오ᄃᆡ

"네 죄(罪) 열두 가지라. 당초(當初)의 부인(夫人)이 네 음난(淫亂)을 경계(警戒)ᄒᆞ시니 네게 극히 조흔 일이어늘 네 닉게 참쇼(讒訴)ᄒᆞ야 쟝부(丈夫)의 ᄆᆞ음을 고혹(蠱惑)게 ᄒᆞ니 그 죄(罪) ᄒᆞ나히오. 니십낭(李十娘)으로 더브러 요슐(妖術)을 ᄒᆞ야 쟝부(丈夫)를 슈듕(手中)의 희롱(戲弄)ᄒᆞ니 그 죄(罪) 둘이요. ᄯᅩ 음특(淫慝)ᄒᆞᆫ 종(從)을 노하 동쳥(董靑)을 통간(通姦)ᄒᆞ야 일심(一心)이 되니 그 죄(罪) 세히오. 스스로 져쥬(咀呪)ᄒᆞ야 부인(夫人) 위(位)의 오ᄅᆞ니 그 죄(罪) 네히

---

21) 무여지ᄂᆞᆫ: 무너지는.
22) 쌰혀: 뽑아.

오. 동쳥(董靑)을 통간(通姦)ᄒ야 문호(門戶)를 더러이니 그 죄(罪) 다슷시오. 옥환(玉環)을 도젹ᄒ야 음인(淫人)을 쥬어 음ᄒᆡᆼ(淫行)을 부인(夫人)긔 도라 보니니 그 죄(罪) 여슷시오. 스스로 네 ᄂᆞ흔 ᄌᆞ식(子息)을 죽이고 대악(大惡)을 부인긔 도라 보니니 그 죄(罪) 닐곱이오. 가만이 도젹(盜賊)을 보ᄂᆡ여 부인(夫人)을 죽이려 ᄒ니 그 죄(罪) 여ᄃᆞᆲ이오. 간부(姦夫)로 더브러 날을 엄승(嚴嵩)의게 참쇼(讒訴)ᄒ야 ᄉᆞ디(死地)에 ᄲᅡ지오니 그 죄(罪) 아홉이오. 가듕(家中) 직물(財物)을 쇼탕(掃蕩)ᄒ야가지고 간부(姦夫)를 좃ᄎ가니 그 죄(罪) 열히오. 닌ᄋᆞ(麟兒)를 물의 더져 죽이려 ᄒ니 그 죄(罪) 열한아히오. 길히 도젹(盜賊)을 보ᄂᆡ여 날을 죽이려 ᄒ니 그 죄(罪) 열둘이라. 음뷔(淫婦ㅣ) 텬디간(天地間)의 용납(容納)지 못ᄒᆞᆯ 죄 열둘을 짓고 어니 ᄂᆞᆺ츨 드러 살기를 ᄇᆞ라ᄂᆞᆫ다?"

교녜(喬女ㅣ) 머리를 조아 왈(曰)

"이ᄂᆞᆫ 다 첩(妾)의 죄(罪)어니와 쟝쥬(掌珠)를 죽이기ᄂᆞᆫ 납ᄆᆡ(臘梅)의 일이오. 옥환(玉環) 도젹ᄒ야 닝진(冷振)을 쥬기와 쟝ᄉᆞ(長沙) 도샹(途上)의셔 도젹(盜賊) 보닌 일은 다 동쳥(董靑)의 일이라"

ᄒ며 샤부인(謝夫人)을 향(向)ᄒ야 ᄀᆞᆯ오ᄃᆡ

"첩(妾)이 비록 부인(夫人)을 져ᄇᆞ려ᄉᆞ오나 오직 ᄇᆞ라건ᄃᆡ 부인(夫人)은 ᄃᆡᄌᆞᄃᆡ비지심(大慈大悲之心)을 ᄂᆞ리오ᄉᆞ 첩(妾)의 잔명(殘命)을 구ᄒᆞ소셔."

부인이 ᄃᆡ답(對答)ᄒᆞᄃᆡ

"그ᄃᆡ 날을 죽이려든 일은 내 긔억(記憶)지 아니커니와 조종(祖宗)과 샹공(相公)긔 득죄(得罪)ᄒᆞᆷ 내 구원(救援)키 어려오리라."

교녜(喬女ㅣ) 홀일업셔 크게 울 ᄲᅮ름이러라. 샹셰(尙書ㅣ) 좌우(左右)를 명(命)ᄒ야 교녀(喬女)를 결박(結縛)ᄒᆞ고 가슴을 헤쳐 넘통[22]을 ᄂᆡ라 ᄒᆞᄃᆡ 샤부인(謝夫人)이 ᄀᆞᆯ오ᄃᆡ

"교녀(喬女)의 죄악(罪惡)이 즁(重)ᄒ나 일즉 샹공(相公)을 뫼와[24] 명(名)히 가븨얍지 아니ᄒ오니 비록 죽이나 몸을 완젼(完全)이 ᄒ야 죽이소셔."

샹셰(尙書ㅣ) 그 말을 좃ᄎ 글너닉여 목 잘나[25] 죽이고 죽엄[26]을 거두지 아니ᄒ야써 오작(烏鵲)의 밥이 되게 ᄒ다.

부인(夫人)이 춘방(春芳)의 인미(曖昧)이 죽으믈 싱각ᄒ야 쎄를 거두어 제문(祭文) 지어 제(祭)ᄒ니라. 샹셰(尙書ㅣ) 니십낭(李十娘)의 죄(罪)를 다ᄉ리려 ᄒ야 추심(推尋)ᄒ즉 궁녀(宮女) 금영(金英)의 옥ᄉ(獄事)[27]에 범(犯)ᄒ야 죽엇더라.

님시(林氏) 뉴문(劉門)의 드러오므로브터 드듸여 큰 일홈을 엇고 십여 년 닉(十餘年內)에 년(連)ᄒ야 삼ᄌ(三子)를 ᄂᄒ니 갈온 뉴ᄋ[28] 와 쥰ᄋ(駿兒)와 난ᄋ(鸞兒)니 다 부형(父兄)의 풍치(風采) 잇더라. 뉴 샹셰(劉尙書ㅣ) 목종[29]조(穆宗朝)에 각뇌(閣老ㅣ) 되여 텬하(天下ㅣ) 틱평(太平)ᄒ믈 닐위니 황휘(皇后ㅣ) 샤부인(謝夫人)의 어진 덕(德) 을 드릭시고 ᄌ로 인견(引見)ᄒ실ᄉᆡ 뉵궁(六宮)[30]이 다 스승으로 셤

---

23) 념통: 염통. 심장.

24) 뫼와: 모시어.

25) 잘나: 잘라. 기본형은 '자르다'이고, '잘록할 정도로 단단히 죄어 매다'라는 뜻.

26) 죽엄: 주검. 시체.

27) 금영(金英)의 옥ᄉ(獄事): 가정 21년(1542)에 궁녀인 양금영(楊金英)이 세종을 살해하려 한 역모 사건. 세종이 후궁인 조비(曹妃)의 궁에서 자고 있었는데, 양금영이 황제가 잠든 틈을 타 황제의 목을 졸라 살해하려 했다. 황후가 이 사실을 알고 달려와 황제를 구했다. 이 일로 후궁 인 영빈(寧嬪), 조비, 양금영 및 그 무리 10여 명이 사사되었다. 그러나 이 옥사는 사씨가 쫓겨 나기 전에 벌어진 사건이기에 시기적으로 일치하지는 않는다. (『명사明史』 「효열방황후열전孝 烈方皇后列傳」)

28) 뉴ᄋ: '웅ᄋ(熊兒)'의 오기인 듯함. 김춘택 한역본과 연세대본에서 모두 '熊兒'로 표기하고, 유연수의 아들을 모두 동물의 이름으로 명명(命名)하는데, '뉴ᄋ'의 경우 이름에 적당한 한자 를 찾기 어렵다.

29) 목종(穆宗): 명나라 제12대 황제. 재위 기간은 1566~1572년이다.

30) 육궁(六宮): 옛날 황후에게 소속된 여섯 개의 침전으로 정침(正寢) 하나와 연침(燕寢) 다섯 이 있었다. 후에는 황후의 거처라는 의미로 사용되었다.

기고 〈 (四子 ㅣ) 다 등과(登科) ㅎ야 현달(顯達) ㅎ고 샤추관(謝推官)이 또흔 벼슬이 놉하 문회(門戸 ㅣ) 혁혁(赫赫) ㅎ니 더브러 비(比)ㅎ 리 업더라.

샹셔(尙書)와 부인(夫人)이 함긔 늙어 팔십(八十)의 셰샹(世上)을 니별(離別) ㅎ고 님시(林氏) 또흔 부귀(富貴)를 누려 영화(榮華 ㅣ) 극(極)하다 죽은 후의 네 며나리 왕시(王氏)와 양시(楊氏)와 두시(杜氏)와 니시(李氏) 구고(舅姑)의 교훈(敎訓) ㅎ던 바를 좃추니 당시 사룸이 다 샤시(謝氏)의 졀힝(節行)을 흠탄(欽歎) ㅎ야 이 젼(傳)을 지어 뼈 스스로 경계(警戒) ㅎ니라.

(남졍긔 권지삼 끝)

해설

『사씨남정기』를 읽는 법

인기와 호평을 동시에—대중성과 작품성

　조선시대에 소설은 가치를 인정받지 못했다. 황당무계하여 인륜에 도움이 되지 않는다고 폄하되었다. 특히 한글소설의 경우 그 정도가 더욱 심했는데, 한문 작품에 비해 한글 작품은 품격이 떨어진다고 생각했기 때문이다. 그러나 이런 가운데서도 서포^{西浦} 김만중^{金萬重, 1637~1692}이 한글로 창작한 『사씨남정기^{謝氏南征記}』는 작품 수준이나 내용 면에서 크게 칭송받았다. 김만중의 종손자인 북헌^{北軒} 김춘택^{金春澤, 1670~1717}은 1709년 제주 유배시 『사씨남정기』가 한글로만 전하는 것을 안타깝게 여겨 직접 한문으로 번역했고, 1786년 영남의 학자 이양오^{李養吾, 1737~1811}는 『사씨남정기』를 읽고 허구인 소설 속 사건을 역사에 비견할 만하다고 여겨 역사비평 형식의 글을 짓기까지 했다. 소설을 배격하던 양반 사대부조차 『사씨남정기』를 높이 평가하여, 한문으로 번역하고 비평문까지 작성했던 것이다. 부녀자도 마찬가지였다. 부녀자가 주요 독자였던 한글필사본의 필사 후기에서 『사씨남정기』를 높게 평가하는 것을 쉽게 발견할 수 있다. 영남 지방 양반 가문의 부녀자를 대상으로 한 고전소설 선호도 조사에서도 『사씨남정기』는 우위를 차지했다.

『사씨남정기』는 작품성으로 높이 평가되었을 뿐 아니라 많은 독자가 애호했던 작품이기도 하다. 약 1000종 가까이 되는 고전소설 중 일곱번째로 많은 이본이 전한다는 사실은 『사씨남정기』의 인기를 단적으로 보여준다. 그리고 그 인기는 어느 한 계층에 집중된 것이 아니었다. 서민부터 사대부까지, 글을 읽을 수 있는 거의 모든 계층에서 『사씨남정기』는 애독되었다. 상층 남성들이 주요 독자인 한문필사본과 상층 여성들이 주요 독자였던 한글필사본이 상당수 전하는데, 서민들이 주요 독자였던 방각본으로도 간행되었다는 사실에서 『사씨남정기』가 거의 모든 계층의 사랑을 받았다는 점을 확인할 수 있다. 『사씨남정기』는 작품성으로 칭송받은 동시에 모든 계층으로부터 사랑받은 작품인 것이다.

▨ 창작 동기 논란—『사씨남정기』는 목적소설?

그렇다면 김만중은 왜 이런 소설을 창작했을까? 흔히 인현왕후를 폐위하고 장희빈을 왕후로 맞이한 숙종의 마음을 돌리기 위해 창작했다고들 한다. 김만중은 숙종이 인현왕후를 폐위하고 남인이 지지하는 장희빈을 왕후로 맞이한 데 대한 서인의 반대에 가담해 유배를 갔다가 끝내 유배지인 남해에서 죽었다. 그의 이러한 정치적 행보를 볼 때, 정실부인인 사씨가 첩인 교씨의 모해로 쫓겨나고 교씨가 정실부인이 되는 『사씨남정기』의 내용은 인현왕후의 폐위와 장희빈의 중전 등극을 빗댄 것으로 이해될 수 있다. 역사적 사실과 작품 내용이 교묘하게 연결되는 것이다. 하지만 이러한 견해에는 쉽게 수용할 수는 없는 많은 난점이 있다.

김만중이 정치적인 목적으로 『사씨남정기』를 창작했다는 설은 이규경李圭景, 1788~?의 『오주연문장전산고五洲衍文長箋散稿』에 나오는 다음 기록을 근거로 한다.

여항에 유행하는 소설로 서포 김만중이 지은 『구운몽』과 북헌 김춘택이 지은 『사씨남정기』가 있다. 속설에 따르면 『구운몽』은 김만중이 유배 갔을 때 대부인의 근심을 덜고자 하룻밤 만에 지었다 하고, 『사씨남정기』는 김춘택이 숙종이 인현왕후 민씨를 폐위했기 때문에 임금의 마음을 깨우치려고 지었다 한다.

閭巷間流行者, 只有『九雲夢』(西浦金萬重所撰, 稍有意義)・『南征記』(北軒金春澤所著). 世傳西浦竄荒時, 爲大夫人銷愁, 一夜製之, 北軒則爲肅廟仁顯王后閔氏異位, 欲悟聖心而製者云.

위 기록에서 알 수 있듯이 이규경은 단순히 세상에 전하는 속설을 옮겼을 뿐이다. 게다가 그 내용도 믿기 어렵다. 만약 김만중이 숙종의 잘못을 깨우치려는 목적으로 『사씨남정기』를 창작했다면 당연히 한글이 아닌 한문을 사용했을 것이고, 장희빈을 극악무도한 교씨에 빗대고 남인을 간신배인 동청의 무리에 빗대었다면, 당시 실권을 장악했던 남인이 곧바로 『사씨남정기』를 크게 문제삼았을 것이다. 하지만 그와 관련된 아무런 정치적 사건도 없었다. 이뿐 아니다. 이규경의 기록은 『사씨남정기』가 창작된 지 100여 년이 훨씬 지나 작성된 것인데다 『사씨남정기』의 작자도 김춘택이라고 잘못 전하고 있다. 자료의 신빙성이 의심되는 것이다.

이에 비해 김만중의 형인 김만기金萬基의 손자 김춘택의 경우, 그의 나이 23세까지 김만중이 살아 있었다. 게다가 18세에 직접 김만중에게 수학까지 했으니 김만중에 관한 정확한 정보를 가장 많이 알고 있는 사람은 바로 김춘택이라 할 것이다. 그런 김춘택이 『사씨남정기』를 한역漢譯

하며 지은 서문에서 당시 정치적 내용을 일절 언급하지 않았다. 정말 김만중이 숙종의 마음을 돌리기 위해 『사씨남정기』를 창작했다면 김춘택이 『사씨남정기』를 한역하며 쓴 서문에 비슷한 내용이라도 언급했을 것이다.

이상의 사실로 보건대 김만중이 숙종의 마음을 돌릴 목적으로 『사씨남정기』를 창작했다고 보기는 어렵다. 김만중이 처한 정치적 상황과 『사씨남정기』 내용의 유사성으로 인해 그런 속설이 생긴 것일 뿐이다. 소설처럼 만들어진 소문인 것이다.

▨ 선악 대립 구도 그리고 제어되지 못한 욕망의 결말

『사씨남정기』가 어떤 구체적 목적을 위해 창작된 작품이 아니라면, 『사씨남정기』의 인기와 작품성도 작품 자체의 내용을 중심으로 살펴볼 수밖에 없다. 작품 내용을 중심으로 『사씨남정기』에 좀더 가까이 다가가보자.

『사씨남정기』는 선과 악의 대립 구도가 뚜렷하다. 이는 작품의 핵심 인물인 사정옥과 교채란의 대립에서 뚜렷이 드러난다. 사정옥은 가문의 존속과 유지라는 중세적 윤리 이념에 충실한 '선善'한 인물이며, 교채란은 부귀와 권세라는 개인적 욕망을 끝까지 추구하는 '악惡'한 인물이다. 작품 서두에서부터 사정옥은 현숙한 덕을 지닌 여성으로 형상화되며, 교채란은 도덕보다는 욕망을 추구하는 인물로 형상화된다. 사씨의 도덕적 면모는 결연 과정과 시아버지인 유소사와의 문답 과정에서 뚜렷이 드러난다. 매파를 통한 결연 과정에서 사씨는 부귀와 형세보다 덕성을 추구했고, 혼인한 날 유소사와 나눈 문답에서 아내의 자리에서 지켜야 할 도덕 원칙에 대한 깊은 이해를 보였다. 이에 반해 교채란은 '가난한 선비의 아내가 되기보다는 재상의 첩이 되겠다'고 언명할 정도로 선비의 청덕보다는 부귀와 권세를 추구하는 인물로 그려진다. 처음부터 도덕적 가치보다는 현실적 욕망이 우선인 인물임을 분명히 하고 있는 것이다. 그런데 교씨의 집요한 욕망 추구는 작품이 진행될수록 점점 더 증폭된다. 그 과정에서 사씨와 교씨가 대표하는 선과 악의 대립은 더욱더 뚜렷해진다.

사씨의 천거로 유연수의 첩이 된 교씨는 가장의 사랑과 집안에서의 권세를 얻기 위해 아들을 임신하기를 바랐다. 하지만 딸을 임신하게 되자 아들로 바꾸기 위해 요사한 술법도 마다하지 않는다. 그런데 본부인인 사씨가 아들을 낳자, 자신의 지위가 한순간에 무너질 것을 걱정한 교씨는 자신의 욕망 성취를 위해 극단적인 방법을 쓰기도 한다. 유씨 문중에 서기로 들어온 동청과 정을 통하고, 그와 함께 다양한 방법으로 사씨를 모해한다. 사씨의 필체를 모방하여 가짜 저주문을 만들고, 사씨의 가락지를 훔쳐내 사씨를 부정한 여인으로 참소한다. 끝내 교씨는 사씨를 쫓아내기 위해 아들의 죽음까지 이용한다. 부귀와 권세를 위해 수단과 방법을 가리지 않는 잔인한 면모를 보이는 것이다. 이에 비해 사씨는 교씨의 음모로 유씨 가문에서 쫓겨나고, 여자의 몸으로 수천 리의 남정南征을 감행해야 하는 고난을 겪는다. 하지만 고난을 묵묵히 감내하고 견디며 역경과 고난 속에서도 부덕을 잃지 않는 여인의 모습을 보인다. 그런데 작품 서두에서부터 마련된 선인과 악인의 대립적 형상이 작품 전개에 따라 더욱더 선명해진다. 교씨의 악행이 심해지면 심해질수록, 사씨의 고난 역시 심해진다. 이로 인해 사씨의 선량함은 더욱더 부각되어, 선악의 대립이 더욱 뚜렷해지는 것이다.

작품이 전개됨에 따라 악행은 거대해져서, 처음에는 가정의 단위에서 시작된 악행이 점점 확대되어 사회적 악행으로 나타난다. 동청은 엄숭과 결탁하여 유연수를 귀양 보내고, 관직을 얻는다. 동청과 교씨는 관직을 통해 권세와 재물에 탐닉하고, 나아가 엄숭에게 뇌물을 주며 더 큰 권세와 재물을 추구한다. 재물과 권력에 대한 욕망이 가정에서 사회로 확대되면서 악행 역시 더욱더 커가는 것이다.

악행의 심화와 확대가 도달하는 곳은 결국 처참한 결말이다. 교씨와 동청과 냉진 앞에 놓인 것은 처참한 죽음일 뿐이다. 악인들의 처참한 결말은 사씨와 같은 선인의 노력으로 얻어진 것이 아니었다. 오히려 악인들의 파멸은 악인에 의해 일어났다. 유연수를 고발한 동청은 자신의 하수인인 냉진의 고발로 파멸에 이르고, 냉진은 또다른 도적 정대에게 모든 재물을 잃고 끝내 곤장을 맞아 죽게 된다. 교씨 역시 동청, 냉진과 함께 몰락한다. 재물과 권세를 잃은 교씨는 기예를 팔아 먹고사는 기생으로 전락하고, 끝내 유연수에게 잡혀 죽임을 당한다. 이러한 악인의 파멸은 재물과 권세의 극단적 추구로 야기되었다. 제어되지 못하는 욕망이 또다른 욕망에 의해 파멸된 것이다. 악인들의 파멸과 함께 선인들이 영광스럽게 복귀한다. 사씨와 유연수는 죽었다고 생각한 아들을 다시 만나고, 다 함께 부귀와 영화를 누린다. 결국 악한 자는 벌을 받고 선한 자는 복을 받는 복선화음福善禍淫의 원리가 구현되는 것이다.

이상의 과정은 흔히 이야기하는 고전소설의 주제인 '권선징악勸善懲惡'임이 분명하다. 하지만 『사씨남정기』는 재물과 권세에 대한 무절제한 추구가 가정, 나아가 사회에 얼마나 큰 해악을 끼치는지 분명히 드러낸다. 욕망에 이끌린 사회의 문제점을 비판적으로 보이는 것이다. 동시에 끝없는 욕망의 추구는 스스로의 파멸을 야기할 뿐이라는 점도 분명히 보인다. 이는 단순히 악행을 경계하는 것만이 아니다. 재물과 권세에 대한 무절제한 욕망이 현실 사회 병폐의 근원임을 보이고, 나아가 재물과 권세의 끝없는 추구는 결국 파멸을 이끌 뿐임을 서사적으로 드러낸 것이다.

특히 이 주제가 구현되는 과정은 대단히 흥미롭다. 교씨와 동청이 벌

이는 모해 과정 등에서 확인되는 치밀한 작품 구성이나 갈등이 벌어지는 구체적 지점에 대한 뛰어난 장면 묘사와 심리 묘사는 『사씨남정기』를 읽는 즐거움을 한껏 더한다. 독자들은 악인들의 모해 과정과 실감나는 사건 전개 과정에서 진진한 흥미를 느낄 것이다. 특히 조금은 통속적인 복선화음의 구도 역시 작품의 흥미를 높이는 데 기여했을 것이다. 이러한 작품의 구성과 주제 등이 『사씨남정기』에 대한 높은 평가와 인기를 이끈 것이다.

▨ 통속을 넘어서

악행의 원인이 권세와 재물에 대한 무절제한 욕망임을 서사적으로 탐색하고, 나아가 무절제한 욕망은 파멸을 초래할 수밖에 없다는 비판적 현실인식을 진지하게 드러내긴 하지만, 『사씨남정기』의 통속적인 성격을 전적으로 부인하기는 어렵다. 17세기에 창작된 소설이라는 시대적 한계를 인정하더라도 조금은 찜찜한 마음을 지울 수 없다. 정말 현실에서 복선화음의 구도가 실현될까? 선한 자가 복 받기를, 끝내 당위가 승리하는 현실을 꿈꾸지만 현실이 정말 그런 것은 아니다. '선'이 끝내 승리한다는 것은 통속적인 바람일 뿐이기도 하다. 이 점을 『사씨남정기』의 작자 김만중 역시 모르지 않았다. 이와 관련된 진지한 물음을 김만중은 사씨의 삶 속에 투영해놓고 있다.

사씨는 자신의 삶의 원칙을 끝까지 고수한 인물이다. 사씨는 단순히 주어진 도덕을 되뇌는 인물이지만은 않았다. 유연수와 혼례가 끝나자, 시아버지 유소사와 사씨는 삶의 원칙에 대해 문답한다. 사씨는 남편에게 순종하기만 하는 삶이 아니라 잘못이 있을 경우 간언하는 삶을 살겠다고 천명한다. 사씨와 유소사의 문답은 사씨가 단순히 제시되는 도덕

규범을 되뇌는 존재가 아니라 스스로 삶의 원칙을 내면화하고 그에 따라 삶을 영위하려는 존재임을 드러낸다. 자신의 원칙에 따라 행동하는 주체임을 보이는 것이다.

그런데 스스로 내면화한 삶의 원칙을 철저히 실천하는 사씨에게 돌아온 것은 고난뿐이었다. 가문을 위하여 스스로 첩을 들이지만, 그로 인해 자신의 삶이 훼손되고 만다. 언제나 도덕 원칙에 맞게 행동하지만, 아내와 어머니의 자리를 빼앗기고 수천 리 남쪽으로 달아나야 하는 신세가 된다. 계속되는 고난에도 불구하고 사씨는 의연하다. 유씨 문중에서 쫓겨나게 된 소식을 들었을 때조차도 '이런 일이 있을 줄 알았다'며 아무런 감정적 동요를 보이지 않는다. 하지만 두부인을 만나지 못한 채, 굴원이 빠져 죽은 회사정에 이르렀을 때 사씨는 처음으로 격한 감정적 동요를 보인다. 언제나 도의를 실천하는 삶을 살았지만, 끝내 죽음 외에 다른 선택이 불가능한 현실에서 좌절하고 만 것이다. 여기서 사씨 삶의 비극적 면모가 최고조에 이른다. 항상 도덕적으로 살았지만 남은 것은 고난뿐이고, 오히려 악행을 일삼은 자는 부귀와 영화를 누리는 것이다. 물론 이후 악행이 징치되고 사씨의 영광스런 복귀가 이루어진다. 하지만 그것은 통속적인 결말일 뿐이다. 여전히 당위가 실현되지 않는 현실을 살아가야만 하는 주체의 문제는 해명되지 않고 있기 때문이다.

여기서 주목해야 할 것이 바로 '관음찬' 모티프이다. 「관음찬」은 사씨의 삶을 이해하는 핵심적인 모티프로 사씨의 삶을 통관한다. 「관음찬」은 사씨가 관음보살 그림을 보고 지은 글이다. 유소사와 두부인은 결혼에 앞서 사씨의 재주와 용모를 알아보기 위해 관음보살 그림에 글을 얻어오도록 묘희에게 부탁했고, 이에 사씨가 직접 짓고 그림에 써넣은 글이 바로 「관음찬」인 것이다. 그런데 작품 곳곳에서 그림 속의 관음보살과 사씨의 동일성이 강조된다. 묘희는 사씨를 보고 관음의 현신이라 느꼈고, 사씨 역시 군산 수월암에 걸린 관음보살 그림을 보고 자신의 모습과 같다고 느꼈다. 사씨가 곧 관음보살과 같은 존재라면 사씨의 「관음찬」은 바로 자신에 대한 언술이 된다. 그렇다면 사씨가 찬양한 '관음'은 어떤 모습일까?

사씨가 본 관음보살 그림은 절해고도絶海孤島에 관음보살이 동자童子와 함께 있는 모습이다. 사씨는 그림 속의 관음보살을 고난에 처한 옛 성녀로 이해한다. 그리고 그가 절해고도에 머물게 된 것은 오직 도의를 추구하다 얻게 된 결과라고 한다. 절해고도에 버려지는 것과 같은 고난이 찾아오더라도 오직 올바름義만을 추구한 삶을 산 것으로 이해하고, 이를 칭송한 것이다. 이러한 관점에 서면, 인간의 삶에서 중요한 것은 '올바름'이지 현실적인 부귀영화나 고난은 부차적인 것이 된다. 인간 삶의 가치는 부귀영화나 고난 같은 세속적 성공과 실패가 아니라 올바름을 실천했는지 여부에 있는 것이다.

사씨는 자신의 찬문이 쓰인 관음보살 그림을 수월암에서 다시 대면한다. 여기서 사씨가 자신의 삶에 가진 의문, 즉 선행을 실천했지만 죽음에 이를 수밖에 없는 삶에 대한 의문이 해소된다. 삶의 가치는 현실적인 성공이나 실패가 아니라 올바름을 실천하려 노력했느냐 여부에 있다는 것, 그리고 「관음찬」을 통해 칭송한 삶이 바로 자신의 삶이라는 것을 확인하게 되는 것이다.

사실 이 지점에서 사씨의 삶의 의미는 완결된 것이 된다. 이후 사씨의 영광스런 복귀가 이루어지고, 사씨는 부귀와 영화를 누리지만, 그것은 부차적인 것일 뿐이다. 「관음찬」을 대함으로써 자신의 삶의 원칙을 자신의 삶 속에서 구현했음을 스스로 확인하기 때문이다. 이 경우 사씨의 삶은 외부적인 규율을 따른 삶이 아니라 자신이 찬양한, 자신이 내면화한 가치를 구현한 삶이 된다. 이때 사씨는 진정한 도덕적 주체가 된다. 자발적으로 인정한 가치를 스스로 구현하는 삶을 실천했기 때문이다. 진정한 삶의 의미는 세속적 풍요로움이 아니라 올바름의 구현에 있는 것이다.

하지만 여전히 문제는 남는다. 사씨가 추구한 '올바름'의 구체적 내용이 문젯거리인 것이다. 사씨의 삶의 여정은 도덕적 주체성을 구현한 것임이 확인되었지만, '도덕'의 내용이 무엇인가 하는 점 또한 중요하다. 작품 서두에서 사씨가 유소사와의 문답을 통해 제시한 자신의 삶의 원칙은 '순종과 간언'이었다. 아내로서 남편에게 순종하지만, 남편에게 잘못이 있을 경우 적극적으로 간언하는 삶을 살겠다는 것이었다. 비록 사씨는 '간언'의 원칙을 통해 아내로서 주체적 삶의 실현 가능성을 제기하지만, '간언'이 용납되지 않으면 결국 남편에게 '순종'할 수밖에 없는 가부장제 질서 아래에서는 아내의 주체적 삶의 실현이 불가능해지고 만다. 「관음찬」을 통해 아내는 스스로 설정한 가치 체계에 따라 삶을 실천하는 도덕적 주체임을 드러내지만, 그 가치 체계가 한편으로 아내 스스로의 주체성을 훼손하는 도덕 체계라는 한계를 보이는 것이다. 이는 작자 김만중의 한계이자 시대적 한계라고 할 수밖에 없다. 아내의 자리에서 진정한 주체성이 실현되는 길을 진지하게 탐색했지만, 가부장제 너머를 생각할 수 없었던 17세기의 김만중이 지닐 수밖에 없었던 한계인 셈이다.

우리가 고전에 눈을 돌리는 것은 고전으로 회귀하기 위해서가 아니다. 한국의 고전은 고전으로서 계승된 역사가 극히 짧고 지금 이 순간에도 발견되고 있으며 심지어 어떤 작품은 저 구석에서 후대의 눈길을 간절하게 기다리고 있기도 하다. 우리의 목표는 바로 이런 한국의 고전을 귀환시키는 것이다. 그러니까 고전 안에 숨죽이며 웅크리고 있는 진리내용들을 다시 불러들이고 그것으로 이 불투명한 시대의 이정표를 삼는 것, 이것이 우리의 궁극적인 목적이다.

문학동네 한국고전문학전집은 몇몇 전문가의 연구실에 갇혀 있던 우리의 위대한 유산을 널리 공유하는 것은 물론, 우리 고전의 비판적·창조적 계승을 통해 세계문학사를 또 한번 진화시키고자 하는 강한 열망 속에서 탄생하였다. 그래서 문학동네 한국고전문학전집은 이미 익숙한 불멸의 고전은 말할 것도 없고 각 시대가 새롭게 찾아내어 힘겨운 논의 끝에 고전으로 끌어올린 작품까지를 두루 포함시켰다. 뿐만 아니라 한국 고전의 위대함을 같이 느끼기 위해 자구 하나, 단어 하나에도 세밀한 정성을 들였다. 여러 이본들을 철저히 비교하는 과정을 거쳐 정본을 획정했고, 이제까지의 모든 연구를 포괄한 각주를 달았으며, 각 작품의 품격과 분위기를 충분히 살려 현대어 텍스트를 완성했다. 이 모두가 우리의 고전을 재발명하는 것이야말로 세계문학의 인식론적 지도를 바꾸는 일이라는 소명감 덕분에 가능했음은 물론이다. 부디 한국의 고전 중 그 정수들을 한자리에 모은 문학동네 한국고전문학전집이 그간 한국의 고전을 멀리했던 독자들에게 널리 읽히고 창조적으로 계승되어 세계문학의 진화를 불러오는 우리의, 더 나아가 세계 전체의 소중한 자산으로 자리하기를 기대해본다.

문학동네 한국고전문학전집 편집위원
심경호, 장효현, 정병설, 류보선

옮긴이 **류준경**

서울대학교 국어국문학과를 졸업하고, 같은 대학원을 졸업했다. 현재 성신여자대학교 한문교육과 교수로 재직하고 있다. 소설을 중심으로 한국 서사문학에 대한 연구를 진행하고 있으며 저서 및 역서로 『한국 고전소설의 세계』(공저) 『의유당관북유람일기』 등이 있고, 논문으로 「지식의 상업유통과 소설출판」 「여성 주체성을 향한 여정: 사씨남정기 다시 읽기」 등이 있다.

한국고전문학전집 017
사씨남정기
ⓒ류준경 2014

1판 1쇄 | 2014년 10월 4일
1판 4쇄 | 2022년 11월 14일

지은이 김만중 | **옮긴이** 류준경

책임편집 류기일 | **편집** 오경철 | **독자모니터** 황치영 | **디자인** 윤종윤 이주영
마케팅 정민호 이숙재 박치우 한민아 이민경 안남영 김수현 정경주
브랜딩 함유지 함근아 김희숙 박민재 박진희 정승민
제작 강신은 김동욱 임현식 | **제작처** 영신사

펴낸곳 (주)문학동네 | **펴낸이** 김소영
출판등록 1993년 10월 22일 제2003-000045호
주소 10881 경기도 파주시 회동길 210
전자우편 editor@munhak.com | **대표전화** 031)955-8888 | **팩스** 031)955-8855
문의전화 031)955-3578(마케팅), 031)955-2671(편집)
인스타그램 @munhakdongne | **트위터** @munhakdongne
문학동네카페 http://cafe.naver.com/mhdn
북클럽문학동네 http://bookclubmunhak.com

ISBN 978-89-546-2594-4 04810
        978-89-546-0888-6 04810 (세트)
• 이 책의 판권은 옮긴이와 문학동네에 있습니다.
  이 책 내용의 전부 또는 일부를 재사용하려면 반드시 양측의 서면 동의를 받아야 합니다.
• 이 도서의 국립중앙도서관 출판예정도서목록(CIP)은 서지정보유통지원시스템 홈페이지(http://seoji.nl.go.kr)와 국가자료종합목록 구축시스템(http://kolis-net.nl.go.kr)에서 이용하실 수 있습니다.
  (CIP제어번호: CIP2014027026)
• 잘못된 책은 구입하신 서점에서 교환해드립니다. 기타 교환 문의: 031) 955-2661, 3580

www.munhak.com